JAMES SWALLOW

Die Rubicon-Mission

Buch

Vor einem Jahr wurde auf das Team des britischen Agenten Marc Dane ein verheerender Anschlag verübt. Er, der einzige Überlebende, wurde zum Sündenbock gemacht und konnte erst nach einer Hetzjagd um die halbe Welt seine Unschuld beweisen und weitere terroristische Gräueltaten abwenden. Nun arbeitet Marc in Kroatien für die UN in der Abteilung für nukleare Sicherheit. Als er auf eine Spur der legendären Kurjak-Brüder stößt, die sich mit dem Verkauf gefälschter Atomwaffen in der Vergangenheit viele Feinde gemacht haben und vor Langem untergetaucht sind, weigert seine Chefin sich jedoch, ihm ein Team für einen Einsatz zur Verfügung zu stellen. Marc weiß, dass er nur diese eine Chance haben wird, die Brüder aufzuspüren, und macht sich im Alleingang auf zu einem Treffen der Kurjaks mit einem potenziellen Geschäftspartner. Er ahnt nicht, dass die Waffe, um die es diesmal geht, echt und hochgefährlich ist und dass das Treffen in einem Blutbad enden wird. Nun befindet sich eine legendäre russische »Geisterwaffe« – eine Atombombe – in den Händen eines skrupellosen Warlords, der für seine Mission die Welt in Schutt und Asche legen würde. Und Marc braucht erneut mächtige Verbündete, um die Katastrophe abzuwenden und sein eigenes Leben zu retten.

Autor

James Swallow wurde für seine Drehbücher unter anderem für einen BAFTA Award nominiert und hat zahlreiche erfolgreiche Video- und Hörspiele, Kurzgeschichten und Science-Fiction-Romane verfasst. Nach *Die Rubicon-Verschwörung* ist *Die Rubicon-Mission* sein zweiter Thriller um den britischen Agenten Marc Dane. James Swallow lebt und arbeitet in London.

JAMES SWALLOW

DIE RUBICON-MISSION

THRILLER

Deutsch von Leo Strohm

blanvalet

Die Originalausgabe erschien 2017 unter dem Titel
»Exile« bei Zaffre Publishing, London.

Dieses Buch ist auch als E-Book erhältlich.

MIX
Papier aus verantwortungsvollen Quellen
FSC® C014496
FSC
www.fsc.org

Verlagsgruppe Random House FSC® N001967

1. Auflage

Redaktion: Bernd Stratthaus
Umschlaggestaltung © Johannes Frick unter Verwendung eines
Motivs von Shutterstock.com (© Netfalls Remy Musser)
AF · Herstellung: sam
Satz: KompetenzCenter, Mönchengladbach
Druck und Bindung: GGP Media GmbH, Pößneck
Printed in Germany
ISBN 978-3-7341-0626-2

www.blanvalet.de

Für meine Freunde,
ohne deren Unterstützung ich nie so weit gekommen wäre.

1

Eine eigentümliche Stille lag in der Luft, und es schien, als hätte die Nacht sich wie eine undurchdringliche Schicht über die flache, staubige Stadt gebreitet. Die Balkontüren waren nur halb geöffnet, sodass kaum etwas von der drückenden, blutwarmen Hitze des Tages aus der Villa gewichen war. Bei jeder Bewegung spürte Welldone Amadayo, wie das teure Hemd aus chinesischer Seide an seinem Rücken klebte. Die Temperatur war wie ein stetiger Trommelschlag der Angst und trieb ihm den Schweiß aus den Poren, während er mit seinen langen Fingern geistesabwesend über die tiefen Sorgenfalten in seinem Gesicht fuhr.

Auf dem Bildschirm an der Wand über seinem Schreibtisch war nur ein blaues Quadrat mit einem ununterbrochen um sich selbst kreisenden Pfeil zu sehen. Es zeigte an, dass seine Voice-over-IP-Software gerade eine Verbindung herstellte. Amadayo starrte in die kleine Digitalkamera, die am Bildschirm befestigt war, und beobachtete das träge Blinken der dunkelroten Leuchtdiode. Für einen kurzen Moment flackerte Panik in ihm auf, und er zupfte an seinem Hemd herum, versuchte, ein klein wenig lässiger zu wirken. Doch es dauerte nicht lange, bis er seine Bemühungen wieder einstellte und ein ungeduldiges Zischen ausstieß. Der Pfeil setzte unterdessen die endlose Jagd nach seinem eigenen Ende fort.

Amadayo überlegte, ob er sich setzen sollte, doch dann ließ er den Gedanken gleich wieder fallen. Er warf einen hastigen Blick auf die geschlossene Tür in seinem Rücken und wandte sich gleich wieder ab. Mit jeder Sekunde des Wartens wuchs seine Unruhe. Er spähte durch die Jalousien vor der Balkontür nach draußen, sah das gedämpfte Licht, das aus seinem Haus drang, ebenso wie das wässrige Glitzern des Swimmingpools, doch die Helligkeit verlor sich bei den hohen Mauern und den Akazien, die sein Anwesen umgaben.

Dahinter lag das Großstadtgewimmel von Mogadischu, wo die Lichter aus den Fenstern rot gedeckter Mietshäuser oder die Straßenlaternen mit ihren Natriumdampflampen einen Teppich aus orangefarbenen Lichtpunkten bildeten. Hätte er dort gestanden, hätte er vielleicht sogar den dunklen Streifen des Strands erkennen können, aber Amadayo zog sich in diesen Tagen immer öfter in seine eigenen vier Wände zurück. Und wenn jemand den Grund dafür wissen wollte, dann hatte er sich ein ganzes Arsenal an Lügen zurechtgelegt.

Schließlich beschloss er, das Hemd aufzuknöpfen, um durch und durch entspannt zu wirken. Er setzte sich auf seinen Stuhl und starrte in die Kamera, betrachtete sein Spiegelbild, das auf den dunklen Flächen des Bildschirms gut zu erkennen war, und probierte verschiedene Gesichtsausdrücke aus. Er hatte Erfahrung in solchen Dingen, sagte er sich. Es gab keinen Grund zur Sorge.

Der sich selbst jagende Pfeil verschwand, und die rot blinkende LED sprang auf Dauergrün. Dann tauchte ein weißer Mann auf dem Bildschirm auf. Er befand sich in einem großen Zimmer mit Wänden aus einem gelblichen, italienischen Stein. Die untergehende Sonne warf ihre Strahlen an die Mauern. »*Mr. Amadayo*«, sagte der Mann. »*Ich grüße Sie.*«

»*Doktor* Amadayo«, verbesserte Amadayo ihn automatisch. Die gerahmte Promotionsurkunde an seiner Wand hatte ihn ein stolzes Sümmchen gekostet, und er hatte sich angewöhnt, jeden Gesprächspartner darauf aufmerksam zu machen. »Mr. Brett. Es ist mir ein Vergnügen, wie immer.« Dazu setzte er ein routiniertes Lächeln auf.

Brett neigte den Kopf und blickte für einen kurzen Augenblick zur Seite, dann schaute er wieder in die Kamera. »*Herr Dr. Amadayo, bitte verzeihen Sie, dass ich Sie um diese Uhrzeit noch stören muss, aber Sie werden sicherlich verstehen, dass meine Auftraggeber nicht länger warten können, um ihrer Besorgnis Ausdruck zu verleihen. Zumal Sie in den letzten Wochen sehr schwer erreichbar waren.*« Brett sprach mit demselben Akzent wie die Radiosprecher des BBC World Service, den Amadayo in seiner Jugend immer gehört hatte – jedes Wort hatte genau die richtige Betonung, genau die richtige Länge und saß an genau der richtigen Stelle. Darüber hinaus wirkte sein Gesprächspartner seltsam seelenlos und maschinenhaft, was Amadayo als ausgesprochen beunruhigend empfand. Sein milchig-blasses Gesicht, die strohfarbenen Haare und die wässrig-blauen Augen ließen ihn irgendwie unwirklich erscheinen. Der Somalier fühlte sich an die Albinokinder erinnert, die er in Tansania einmal gesehen hatte. Ob man die Körperteile des Engländers nach dessen Tod wohl auch als Talismane verkaufen konnte?

Er nickte und blickte mit breitem Grinsen in die Kamera. »Ich bin derjenige, der um Verzeihung bitten muss!« Amadayo mischte eine Prise geheuchelter Zerknirschung in seine Stimme und schüttelte den Kopf. »Aber ich habe hier so unglaublich viel zu tun, verstehen Sie? Ich muss mich um die Belange so vieler Menschen kümmern, und alle wollen etwas von mir. Für alles andere fehlt mir dann die Zeit.«

»Genau deshalb haben wir Sie ja zu unserem Repräsentanten in Somalia gemacht. Aufgrund Ihrer Beziehungen«, erwiderte Brett. Amadayo sah sich zwar eher als gleichberechtigten Partner und nicht als Angestellten, aber er beschloss, vorerst nicht darauf einzugehen. *»Allerdings sind wir etwas besorgt angesichts der Tatsache, dass es an konkreten Fortschritten mangelt.«*

»Ach?« Amadayo zog eine Augenbraue in die Höhe. Er hielt zwar die Fassade der gelassenen Anteilnahme aufrecht, aber sein Herz raste. Sein Hemd klebte wie eine zweite Haut an seinem Rücken. »Ich habe alles getan, was das Kombinat von mir verlangt …«

»Bitte verwenden Sie diese Bezeichnung nie wieder«, herrschte Brett ihn an und verzog dabei das Gesicht.

Der Tonfall des Engländers machte Amadayo wütend, und er fuhr fort, während er seine Ängste mit zunehmendem Ärger übertünchte. »Wie lange schon können Sie sich hier, in meinem Land, auf meine Unterstützung verlassen? Ihre jüngsten Aktivitäten in Puntland und anderswo – wer hat dafür gesorgt, dass sie vollkommen reibungslos verlaufen sind?«

»Und für Ihre Vermittlungstätigkeit sind Sie auch großzügig entlohnt worden«, lautete die Erwiderung. *»Das gut bewachte Anwesen, in dem Sie sich gerade aufhalten? Nur durch das Geld meiner Auftraggeber ist es Ihnen möglich, in solchem Luxus zu leben. Und in Sicherheit.«*

In diesen Worten schwang eine unmissverständliche Drohung mit, aber Amadayo ging nicht darauf ein. Es wäre reine Zeitverschwendung gewesen. Dieser Mann saß auf der anderen Seite des Erdballs. Das, wovor Amadayo wirklich Angst hatte, befand sich in sehr viel unmittelbarerer Nähe.

Doch dann blickte Brett ihm direkt in die Augen, und

es kam ihm so vor, als würde der bleiche Mann mitten in seine Gedanken greifen und diese Angst ans Tageslicht zerren. »*Sie genießen ihr angenehmes Leben, Herr Doktor. Sie bezeichnen sich gerne als einen Mann, der jeden kennt, der in jeder Stadt und jedem Dorf Freunde hat. Aber stimmt das wirklich?*« Er kam so nahe, dass sein Gesicht fast den gesamten Bildschirm ausfüllte. »*Sie haben uns* Stabilität *versprochen. Das haben Sie meinen Auftraggebern ausdrücklich zugesagt, aber Sie haben Ihr Wort nicht gehalten.*«

Amadayo blinzelte ein paarmal und suchte vergebens nach Worten.

Als Brett weitersprach, hatte sein kultivierter Akzent einen beißenden, anklagenden Unterton bekommen. »*Sie wurden engagiert, weil Sie angeblich ein Mindestmaß an Stabilität in dieser Jauchegrube namens Somalia aufrechterhalten konnten. Aber trotz all Ihrer Versprechen, obwohl angeblich so viele Menschen tun, was Sie wollen, sind Terrorismus und Piraterie erneut auf dem Vormarsch. Wie ist das möglich, wo Sie doch so unermüdlich für uns arbeiten?*«

»Ich …« Amadayo holte tief Luft und legte sich eine Schimpftirade zurecht, die es in sich hatte. Doch noch bevor er den bleichen Ausländer damit bombardieren konnte, hörte er ganz in der Nähe ein lautes Knattern. Schüsse.

Er sprang auf und war mit zwei schnellen Schritten bei der Balkontür, gerade noch rechtzeitig, um den lauten Knall zu hören, der vom Haupttor herüberdröhnte. Zögerlich lehnte Amadayo sich über die Brüstung und sah, dass sich am Ende der staubigen Einfahrt etwas bewegte. Eine Handvoll Wachleute waren bereits im Sprint dorthin unterwegs.

Unten sah er einen schlaksigen Wachmann mit einer Kalaschnikow misstrauisch um den zwei Stockwerke tiefer liegenden Swimmingpool streichen. Amadayo rief ihm im Benadir-Dialekt der Einheimischen zu: »He! Du da! Was ist denn da los?«

Der Wachmann blieb stehen und zuckte mit den Schultern. »Ich weiß auch nicht, Herr Doktor. Da ist jemand am Tor, aber ich weiß nicht …« Ein leises Knacken unterbrach ihn mitten im Satz, dann hüllte dunkelroter Sprühnebel seinen Kopf ein, während die eine Hälfte seines Gesichts einfach abgerissen wurde. Der Wachmann taumelte und stürzte in den Pool. Blut lief über die schmuddeligen Fliesen und färbte das Wasser rot.

Noch mehr Schüsse ertönten. Als Amadayo sich vom Anblick des Toten losreißen konnte, sah er, wie ein Viehtransporter das Haupttor rammte und zertrümmerte. Gelbes Mündungsfeuer flackerte entlang der Akazienallee auf. Amadayo zuckte zusammen, duckte sich und flüchtete in sein Zimmer.

»*Was war denn das für ein Lärm?*«, erkundigte sich Brett gelangweilt.

Amadayo trat an eine Kommode, riss eine Schublade auf und zog unter den Papieren eine alte Tokarev-Pistole aus dem Zweiten Weltkrieg hervor. Mit beiden Händen umklammerte er die Waffe und machte auf der Stelle kehrt, um wütend in die kleine Kamera zu starren. »Waren Sie das?« Er marschierte auf den Bildschirm zu. Zu schade, dass das Ding kein Fenster war, durch das er eine Kugel hätte jagen können. »Haben Sie die geschickt?«

»*Wen denn geschickt?*« Der Engländer wirkte vollkommen ruhig. Er saß da wie ein unbeteiligter Zuschauer im Theater, verfolgte in aller Ruhe ein Drama, das ihn nicht das Geringste anzugehen schien.

Automatisches Gewehrfeuer ratterte. Kugeln schlugen in der steinernen Brüstung ein und ließen die hölzerne

Balkontür splittern. Amadayo stieß einen lauten Schrei aus, dann rannte er quer durch das Zimmer und riss eine Klappe im Fußboden auf. In der Luke befand sich ein Safe, und darin lag eine Tasche, die mehrere Goldbarren, ein Dollarbündel sowie gefälschte Ausweispapiere enthielt. Amadayo starrte die Tasche an. Er wusste genau, was es bedeutete, wenn er sie jetzt in die Hand nahm: nichts anderes als das Eingeständnis der Niederlage, wie ein Pilot, der den Schleudersitz auslöst, kurz bevor seine Maschine an einem Berghang zerschellt.

Die Schüsse verhallten, und dann vernahm Amadayo eine tiefe, raue Männerstimme, ohne jedoch die einzelnen Worte verstehen zu können. Er hielt den Atem an und lauschte.

Nachdem das Tor aufgebrochen worden war und die ersten Schusswechsel geendet hatten, legte sich eine gefährlich aufgeladene Stille über das Anwesen. Amadayos Wachmannschaft bestand überwiegend aus ehemaligen jemenitischen Soldaten, die vor dem Bürgerkrieg in ihrer Heimat geflüchtet waren und auf der anderen Seite des Golfs von Aden ein besseres Leben zu finden gehofft hatten. Aus Sicht des Doktors waren sie im Vergleich zu den Einheimischen eindeutig die bessere Wahl, zum einen, weil sie ausgebildete Soldaten waren, zum anderen, weil sie nicht in das weit verzweigte Netz verfeindeter Clans mit all den Rivalitäten verstrickt waren, die für seine somalischen Landsleute zum Alltag gehörten. Sie konnten ihn vor den Verbrechern beschützen, denen er im Zusammenhang mit seiner Tätigkeit in die Quere gekommen war, aber auch vor den militanten Kriegern der al-Shabaab-Miliz, die ihn für einen gottlosen Ungläubigen hielten. Was er bei seinen Überlegungen jedoch nicht berücksichtigt hatte, war die Tatsache, dass diese Männer *Überlebende* waren. Sie wussten genau, wann das Blatt sich zu ihren Ungunsten gewendet hatte.

Die Wachen gingen hinter Pflanzenkübeln und niedrigen Steinmauern in Deckung und wogen ihre Chancen ab. Schon während des ersten Schusswechsels war die Hälfte von ihnen ums Leben gekommen.

Der Viehtransporter, der das Tor gerammt hatte, setzte zurück. Dutzende Bewaffnete strömten auf das Grundstück. Sie hielten die gleichen zerschrammten, schlachterprobten Kalaschnikows in der Hand wie Amadayos Wachen, ergänzt von ein, zwei heruntergekommenen Panzerfäusten und Maschinengewehren mit sperrigen Munitionskästen. Auf den ersten Blick ähnelten die Männer den Banden, die plündernd durch die Provinzen des Landes zogen, in denen Gesetzlosigkeit herrschte, oder den *Burcad Badeed*, den Piraten außerhalb der Stadt. Doch im Gegensatz zu diesem Gesindel legten sie zumindest einen Hauch von Disziplin an den Tag. Die jemenitischen Wachen hatten mit wildem Geschrei und unkontrollierten Schüssen gerechnet, aber nicht mit einem beherrscht und methodisch vorgehenden Gegner.

Die Reihen der Eindringlinge teilten sich vor ihrem Anführer. Er war sehr groß und sehr muskulös, ein Straßenkämpfer mit einer mehrfach gebrochenen Nase und einem Gesicht, das wie poliertes Teakholz glänzte. Eine halbkreisförmige Narbe zog sich von seinem rechten Mundwinkel über die Wange nach oben und endete oberhalb der rechten Augenbraue. Es sah aus, als würde er ununterbrochen die Augen zusammenkneifen. Außerdem war sein rechtes Auge irgendwie beschädigt, jedenfalls war die Pupille dauerhaft geöffnet und schwarz wie das Auge eines Hais. Mit langsamen Schritten kam er die Einfahrt entlang. In seiner Hand baumelte eine Desert Eagle, eine schwere halbautomatische Waffe aus massivem Eisen. Schließlich hatte er eine Stelle gefunden, wo er von allen Seiten gut zu sehen war, und blieb stehen.

Er holte tief Luft und fuchtelte mit seiner massigen Pistole herum. »Seht mich an«, rief er. Ein paar Köpfe hoben sich unsicher für einen Moment aus der Deckung und waren genauso schnell wieder verschwunden. »Wer weiß nicht, wer ich bin?« Er blickte sich um, wartete auf eine Antwort. »Fragt diejenigen, die euch begleiten, falls ihr es nicht wisst.« Er steckte die Pistole in das Lederhalfter, das sich über seiner Brust spannte. »Wollt ihr euch wirklich gegen mich stellen? Ist euch klar, was das bedeuten würde?«

In dreißig Meter Entfernung blickte der Bruder des jungen Mannes, der jetzt im pinkfarbenen Wasser von Amadayos Swimmingpool trieb, über den Lauf seiner Kalaschnikow hinweg. Er wusste, wer dieser hünenhafte Mann war.

Abur Ramaas.

Er wusste, wer er war und kannte die Gerüchte über ihn, doch jetzt, in diesem Augenblick, wurde er von der Trauer beherrscht. Der Bruder des toten Wachmanns stützte den Lauf seiner Waffe auf eine Pflanzenvase aus Beton, nahm die Brust des anderen genau ins Visier und biss die Zähne aufeinander. Dann durchbrach ein Schuss aus seiner schlecht instand gehaltenen Waffe die Stille und verfehlte ihr Ziel. Ramaas hörte, wie die Kugel laut an ihm vorbeizischte, und blickte ihr mit missbilligender Miene nach.

Der nächste Schuss erfolgte von einem seiner Männer, der auf der Außenmauer des Anwesens postiert war. Er hielt ein schlankes Dragunov-Scharfschützengewehr in der Hand. Die Waffe keuchte einmal, dann war der Wachmann mit seinem Bruder vereint.

Ramaas seufzte. »Sonst noch jemand?«

Langsam wurden Hände in die Luft gereckt, landeten Waffen klappernd auf dem Boden.

»Erschießen wir sie?« Guhaad wollte keinen übereifrigen Eindruck machen, aber auf Ramaas wirkte der andere immer wie ein ausgehungerter Hund, der ständig an seiner Kette zerrte, immer Blut lecken wollte.

Er schüttelte den Kopf. »Nehmt ihnen die Waffen ab und lasst sie laufen. Das ist eine gute Lektion für alle anderen.« Ramaas verschwieg, dass Dutzende Leichen auf dem gescheckten Rasen der Villa nur die falschen Leute aufgeschreckt hätten. Eine Handvoll Toter konnte man in Mogadischu im Dunkel der Nacht noch übersehen, aber ein Massaker an einem Dutzend entwaffneter Soldaten … das hätte die Männer, die vorgaben, diese zersplitterte Stadt zu regieren, womöglich zum Handeln gezwungen. Sie hätten sich genötigt gesehen, sichtbare Maßnahmen zu ergreifen, und das lag nicht in Ramaas' Interesse. Er wollte, dass sie so lange zufrieden und selbstgefällig blieben, bis er sie eigenhändig in ihren Betten erstach.

Guhaad verzog das Gesicht zu einer Grimasse und entblößte dabei seine Zähne. Das Khat, das er in übermäßigen Mengen kaute, hatte zahlreiche orangefarbene Flecken darauf hinterlassen. Ramaas machte sich schon lange nichts mehr aus den berauschenden Pflanzenblättern, aber sein Stellvertreter konsumierte das Zeug immer noch genauso gerne wie die jüngeren Banditen. Dadurch blieb er lange wach und aufmerksam und konnte ganze Nächte durchmachen, ohne zu ermüden. Aber Ramaas hatte Nachsicht mit ihm. Guhaad war schließlich sein Bluthund. Er hörte auf sein Kommando, konnte von einem Augenblick auf den anderen brutal und gewalttätig werden. Guhaad war der Schläger, mit dem Ramaas seine Widersacher in Grund und Boden rammte. Das Einzige, was ihm fehlte, war die Fähigkeit, weiter als bis zum nächsten Tag zu denken.

»Keine Armee in Sicht«, sagte eine andere Stimme. Sie gehörte Ramaas' zweiter Waffe, dem Scharfschützen. Sein Name lautete Zayd, und er war die feine Klinge, während Guhaad den Vorschlaghammer verkörperte. Die beiden sahen einander so ähnlich, dass sie auch Brüder hätten sein können – sie hatten die gleichen langen Arme und Beine und stammten beide aus dem Süden. Andererseits konnte man schon an ihrer Haltung ihre durch und durch gegensätzlichen Charaktere erkennen. Während Zayd den Eindruck eines raffinierten und kaltblütigen Menschen erweckte, wirkte Guhaad wie eine wandelnde Zeitbombe.

Ramaas nickte. »Sie werden nicht kommen.« Er wies mit einer Kopfbewegung auf die weit geöffneten, unbewachten Türen des Haupthauses. »Er ruft sie gerade an.« Er schüttelte den Kopf. »Sie werden nicht kommen«, wiederholte er.

Amadayo klappte sein Handy zu und zerquetschte es fast mit seiner Faust. Die Männer in der Regionalregierung, die ihm einen Gefallen schuldig waren, waren urplötzlich *nicht erreichbar*, als wären sie alle auf einmal von einer seltsamen Krankheit außer Gefecht gesetzt worden. Mit einem Mal war sein Name etwas Unanständiges, ein Wort, das niemand in den Mund nehmen wollte.

Wie konnte das geschehen? Er warf das Handy weg und griff erneut nach seiner Pistole. »Ramaas. Der Pirat ist in mein Haus eingedrungen.« Amadayo sprach die Worte laut aus, verankerte die grässliche Wahrheit damit in der Realität. »Er ist gekommen, um mich zu töten.«

»Ich denke, damit dürften wir am Ende unserer Arbeitsbeziehung angelangt sein«, sagte Brett und streckte die Hand nach einem Schalter außerhalb des Monitorbildes aus.

»Nein!« Amadayo hatte die Augen vor Panik weit aufgerissen. »Sie glauben, dass ich keine Ergebnisse liefern kann? Ich werde es Ihnen beweisen!« Er fuchtelte mit der Pistole herum. »Sie werden schon sehen!«

Vor dem Zimmer knarrten Dielenbretter unter schweren Stiefeln, und Amadayo beschloss zu handeln, anstatt weiter zu streiten. Lauthals fluchend jagte er das ganze Magazin der Tokarev in die Tür. Er drückte ab, so schnell er nur konnte, die Kugeln durchschlugen das Holz … es war der verzweifelte Versuch, alle diejenigen zu töten, die sich auf der anderen Seite befanden.

Ohne Vorwarnung verharrte der Verschluss der Pistole regungslos aufgeklappt. Amadayo starrte die Waffe in seiner Hand an. Das Magazin war leer. Messinghülsen lagen verstreut zu seinen Füßen, und Pulverdampf umhüllte den Lauf.

Die durchlöcherte Tür flog auf, fiel dabei halb aus den Angeln, und dann füllte Ramaas die Öffnung aus. Amadayo wich zurück, doch der groß gewachsene, kräftige Mann brauchte nur einen einzigen Schritt, dann stand er so dicht vor seinem Gegenüber, dass er ihn mit einem Rückhandschlag entwaffnen konnte. Die Tokarev landete auf dem Fußboden.

»Du hast dich immer respektlos mir gegenüber verhalten«, knurrte Ramaas, und seine Worte klangen wie das leise Fauchen eines Leoparden.

Amadayo sammelte zur Erwiderung bereits Speichel in seinem Mund, doch nachdem er in das tote Auge des anderen geblickt hatte, überlegte er es sich noch einmal und schluckte lieber.

»Du bist selbst schuld«, sagte Ramaas. »Du hättest das Land gemeinsam mit deiner Frau und deiner Tochter verlassen sollen.«

»Meine …?« Amadayos Knie wurden weich wie Gummi, und er musste sich an einer Stuhllehne festhalten, um nicht umzukippen. »Was hast du mit ihnen gemacht?«

Ramaas ging nicht auf seine Frage ein. »Alle hassen dich«, fuhr er fort, »weil du ein Schakal bist, den man nicht einfach ohne Weiteres töten kann, weil du dich unentbehrlich gemacht hast.« Er schüttelte den Kopf. »Aber nicht mehr lange.« Er warf einen Blick auf den Bildschirm mit der Kamera, als würde er das alles jetzt erst wahrnehmen, dann wandte er sich wieder seiner Beute zu. »Ich habe gehört, wie du den anderen Schwächlingen etwas von *Stabilität* und *Gemeinschaft* erzählt hast. Aber das sind nur Worte wie die Ketten, die ihr den Menschen um den Hals legt.«

Amadayo blinzelte sich den Angstschweiß aus den Augen. Seit etlichen Monaten schon unterdrückte er Informationen über Ramaas' Aktivitäten in Somalia, schmierte und bestach alle möglichen Leute, nur damit nicht allzu öffentlich darüber gesprochen wurde, während er gleichzeitig vergeblich nach einer Möglichkeit suchte, ihn gefügig zu machen. Die ganze Zeit über hatte er sich vor den Konsequenzen gefürchtet, falls offensichtlich würde, dass er längst nicht mehr alles im Griff hatte.

Der zerrüttete Zustand des somalischen Staates war für Welldone Amadayo Chance und Bürde zugleich. Er hatte jedenfalls jede Gelegenheit genutzt, um sich bei Regierungspolitikern und reichen Investoren aus dem Ausland einzuschmeicheln, die selbst jetzt noch darüber spekulierten, wie sich die bislang unangetasteten Öl- und Gasvorräte des Landes am besten ausbeuten ließen. Aber Ramaas war eine ernsthafte Bedrohung für all das geworden.

Zunächst war er nichts weiter als ein winziger Punkt auf Amadayos Radar gewesen, einer von vielen räuberischen Kriegsfürsten in einem Volk voller Schmuggler und Piraten. Diese Einschätzung war sein größter Fehler überhaupt gewesen. Tag für Tag erfuhr Amadayo von neuen Allianzen zwischen Ramaas' Räuberbande und den verfeindeten Clans in Puntland, Galmudug und anderswo. Und sogar die skrupellosen Islamisten des al-Shabaab hatten angeblich ein Abkommen mit ihm geschlossen. Er untergrub damit Amadayos jahrelange, mühsame Arbeit. Kein einziger der Männer, die er losgeschickt hatte, um Ramaas zu töten, war je zurückgekehrt. Die meisten, so fürchtete er, hatten die Seiten gewechselt und dem Kriegsfürsten die Treue geschworen – Somalier hatten eine Schwäche für Macht.

Während Amadayo in Ramaas' vernarbtem Gesicht nach einer Spur von Menschlichkeit suchte, wurde ihm klar, dass der Kriegsfürst ihn voll und ganz in der Hand hatte.

»Die Ältesten sind voller Abscheu für dich«, sagte Ramaas jetzt. »In Haradheere verspotten sie dich. Sie sagen, du bist wie eine Frau, die sich zu jedem Mann legt – die größte *Dhillo* in ganz Mogadischu.« Er stieß ihm seinen dicken Finger gegen die Brust und nickte in die Kamera. »Ein Schoßhündchen der *Gaal*.«

»Ich bin keine Hure!« Amadayo nahm allen Widerspruchsgeist zusammen, den er aufbringen konnte, doch der Ausbruch ließ ihn nur noch kraftloser werden, und er fiel in sich zusammen.

Ramaas sah es – ein Jäger, der wusste, dass seine Beute

aufgegeben hatte – und nickte. »Es wird Zeit, dass du verschwindest.«

War das etwa ein Angebot? Amadayo machte einen unsicheren Schritt in Richtung Tür, wo ihm jedoch ein Mann in einem leuchtend roten Fußballtrikot mit wütendem Gesicht in den Weg trat.

»Du hast Glück gehabt«, sagte Ramaas, »dass du es so weit gebracht hast.« Er ließ den Blick durch das Zimmer schweifen. »Mal sehen, ob das Glück dir immer noch hold ist.« Der Kriegsfürst kramte in einer seiner Taschen herum und holte drei abgewetzte, zerknickte Spielkarten heraus. Er zeigte sie Amadayo: Pik-Bube, Kreuz-Bube und Herz-Dame. »Sie musst du finden.«

Amadayo kannte das Spiel, und er wusste auch, dass es ein Trick war, aber Ramaas legte die Karten bereits auf den Tisch und schob sie mit einer Geschmeidigkeit hin und her, die man seinen schwerfälligen Boxerhänden niemals zugetraut hätte. Als er fertig war, trat er einen Schritt zurück und wartete ab.

Dreiunddreißig Prozent Chance, dachte Amadayo. Er hatte keine andere Wahl, als mitzuspielen. Also tippte er die mittlere Karte an. Der Schläger mit dem Fußballtrikot schnaubte verächtlich.

Ramaas nickte nachsichtig und signalisierte Amadayo, dass er die Karte umdrehen durfte. Als er das blasse Gesicht des Pik-Buben sah, fühlte er sich unwillkürlich an Bretts einstudierte Posen erinnert.

»Na, dann komm mal mit, Herr Doktor. Ich will dir etwas zeigen.« Ein Lächeln umspielte Ramaas' Lippen, und er stieß Amadayo in Richtung Balkon. Nur zögerlich fügte dieser sich. Hastig ließ er den Blick in alle Richtungen huschen, suchte nach Fluchtmöglichkeiten. In den unteren Stockwerken hatten die Männer des Kriegsfürsten bereits angefangen, das Haus zu plündern, und schleppten alles nach draußen, was ihnen irgendwie wertvoll erschien. Amadayo unterdrückte ein angstvolles Stöhnen.

Jetzt landete eine schwere Hand auf seiner Schulter. »Siehst du das?« Ramaas deutete über die Stadt. »Sie hat noch nie dir gehört, obwohl du es geglaubt hast. Aber das war dumm von dir.« Er hielt kurz inne. »Glaubst du an einen Gott? Glaubst du, dass er dir gnädig ist?« Amadayo wusste nicht, was er darauf erwidern sollte, aber er hatte den Verdacht, dass Ramaas die Antwort auf seine Frage bereits kannte.

»Bruder, bitte«, flüsterte Amadayo flehend. »Wirst du mich gehen lassen?«

»Nein.« Ramaas versetzte ihm einen brutalen Stoß und umklammerte mit einer Hand Amadayos Hals, drückte den Daumen in das weiche Fleisch an seiner Kehle und schnürte ihm den Atem ab.

Amadayo taumelte rückwärts gegen die durchlöcherte Balustrade, doch Ramaas hielt den Druck so lange aufrecht, bis Amadayo mit dem gesamten Oberkörper über dem Abgrund hing. Von Todesangst übermannt riss er die Arme nach oben, schlug um sich, kratzte und erkannte, dass sein Ende unmittelbar bevorstand.

Ramaas packte Amadayo am Gürtel, um einen besseren Hebel zu haben, und stieß ihn über die Balustrade. Amadayo wirbelte durch die Luft und landete auf den Fliesen, die den trüben Swimmingpool umgaben. Knochen splitterten. Der Schmerz machte ihn blind und taub. Rund um seinen Körper bildete sich eine Blutlache und durchnässte sein seidenes Hemd.

»Boss.« Zayd warf einen Blick auf den zuckenden Leib und dann nach oben zum Balkon, wo Ramaas sich gerade den Schweiß von den Händen wischte. Er zeigte auf Amadayo. »Er lebt noch.«

»Oh.« Fast beiläufig zog Ramaas die Desert Eagle aus dem Halfter und jagte dem Sterbenden vier Kugeln in den Leib. Die Schüsse aus der großkalibrigen Pistole hallten wie Donnerschläge über das Anwesen, und dann war die Akte Welldone Amadayo endgültig geschlossen. »Komm rauf«, sagte der Kriegsfürst.

Zayd neigte seinen dünnen Hals, warf sich das Gewehr über die Schulter und machte sich auf den Weg. Mit ausdrucksloser Miene betrachtete er die teuren Möbel und die knallbunten Gemälde an den Wänden. Auf jedem Quadratmeter in diesem Haus türmte sich schwülstiger, kitschiger Müll. Zayd wandte den Blick ab – Amadayos Villa war voller hohler Dinge, an denen nur reiche Narren Gefallen finden konnten. Sie waren genauso wertlos, wie Amadayo selbst es gewesen war. Hier gab es nichts, was durch ehrliche Arbeit verdient worden war. Vielmehr waren es die Früchte der Heimtücke und der Lüge.

Die anderen Banditen nahmen mittlerweile das ganze Haus auseinander. Alles, was zu Geld gemacht werden konnte, würde der Gruppe zugutekommen. Und den Rest würden sie den Leuten überlassen, die sich bereits draußen vor den Toren sammelten – denen, die gezwungen gewesen waren, ihr Leben im Schatten von Amadayos unverschämtem Reichtum zu fristen. Sollten sie damit machen, was sie wollten. Zayd schob sich an einem Mann vorbei, der gerade mit einem ganzen Arm voller farbenprächtiger Frauenkleider die Treppe herunterkam. Dann suchte er das Büro des toten Politikers auf.

Beim Betreten sah er, wie Guhaad den Inhalt einer Tasche auf den Fußboden kippte. Kleine Goldbarren plumpsten auf den dicken Teppich, und Guhaad starrte sie mit weit aufgerissenen Augen an. Zayd beachtete ihn nicht weiter und wandte seinen Blick Ramaas zu, der vor einem Fernseher stand und nach einer faustgroßen Plastikkugel griff, die daran befestigt war.

Er zog die Kugel mit einem Ruck aus ihrer Halterung. Es knackte, und dann sah man die Kabel, die das kleine Gerät mit dem Bildschirm verbanden. »Hat Ihnen die Show gefallen?«, fragte er.

Der gut gekleidete Ausländer auf dem Bildschirm neigte den Kopf zur Seite wie ein neugieriger Hund. *»Es sieht ganz so aus, als hätten Sie gerade ein gemeinsames Problem beseitigt. Hätten Sie möglicherweise Interesse an dem Posten? Er ist soeben frei geworden.«*

Ramaas ließ ein heiseres Kichern hören und warf Guhaad einen Blick zu, worauf dieser, etwas verspätet, kurz und rau auflachte. Zayds Miene blieb vollkommen regungslos. Es gab nicht viel, was ihn amüsierte, und ein bleichgesichtiger *Gaal*, der mit ihnen sprach, als hielte er sie für ausgemachte Dummköpfe, gehörte ganz gewiss nicht dazu.

»Mittelsmann«, sagte Ramaas zu dem Weißen. »Geh und sag deinen Herren, dass ich jetzt das Kommando hier habe.« Anschließend riss er mit einer einzigen Handbewegung die Kamerakabel aus der Wand und warf sie auf den Schreibtisch. Der Bildschirm flackerte und wurde schwarz.

Zayd stupste die Kamera mit dem Finger an, um sich zu versichern, dass sie wirklich tot war. Daneben sah er die Spielkarten des Kriegsfürsten liegen. Er drehte die beiden noch verdeckten Karten um und brachte zwei identische Buben zum Vorschein. »Amadayo hätte niemals spielen dürfen«, bemerkte er und reichte dem Kriegsfürsten die Karten.

»Wohl wahr«, erwiderte Ramaas. »Die Gier verleitet den Menschen dazu, seine Chancen zu überschätzen. Er wusste, dass er im Nachteil war, und trotzdem hat er gespielt. Erkennst du die Arroganz, die darin liegt? Bis zum Schluss hat Amadayo geglaubt, dass die Gesetze dieser Welt für ihn nicht gelten.«

»Was soll ich für Euch tun?«, sagte Zayd.

Ramaas betrachtete den Computer auf Amadayos Schreibtisch. Sie hatten Männer, die sich mit solchen Dingen auskannten. Sie würden dieses Gerät in die Hände bekommen, so wie die Beute aus dem Haus unter den Gesetzlosen aufgeteilt werden würde. Ramaas musterte Zayd von Kopf bis Fuß. »Du bist nicht größer als der verstorbene Doktor. Er war immer sehr gut gekleidet. Geh und such dir ein paar Sachen aus. Alles, was dir gefällt.«

»Warum?«

»Weil du eine sehr bedeutende Reise antreten wirst.« Er wies mit einer Kopfbewegung auf den Bildschirm. »Es gibt noch mehr zu tun.« Dann beugte Ramaas sich nach vorne und sprach leise weiter. »Es gibt nur einen, der das für mich tun kann, Bruder, und das bist du.« Der Rest blieb ungesagt, aber es war nicht das erste Mal, dass Zayd die Flagge des Kriegsfürsten tragen durfte. Es gab nicht viele, denen Ramaas eine solche Ehre zuteil werden ließ.

Am anderen Ende des Zimmers ertönte lautes Krachen und Splittern, als Guhaad mit vollem Körpereinsatz ein Holzregal beiseite wuchtete. Dahinter kam ein Geheimfach zum Vorschein. Guhaad brach das Schloss mit seinem Gewehrkolben auf und schob die Klappe beiseite. »Boss, seht Euch das an!«

Ramaas fasste in die Vertiefung und brachte ein in Plastik verpacktes Bündel zum Vorschein, amerikanische Dollarnoten, alles große Scheine. Er nickte. »Räum es aus.

Amadayo erweist sich im Tod noch als großzügiger Spender.« Zayd sah, wie er Guhaad die Hand auf die Schulter legte. »Kann ich mich darauf verlassen, dass du hier nach dem Rechten siehst, solange wir weg sind?«

»Wir?« Guhaad warf Zayd einen Blick zu, der Verwirrung und Verärgerung ausdrückte. Die Vorstellung, ausgeschlossen zu sein, behagte ihm ganz und gar nicht.

Ramaas schüttelte bereits den Kopf. »Während meiner Abwesenheit benötige ich deine starke Hand hier vor Ort.« Wie er es immer wieder schaffte, die Launen des Muskelprotzes einzufangen, blieb dem Scharfschützen ein ewiges Rätsel. »Zayd hat eine Mission, genau wie ich auch. Es geht um bedeutende Dinge, Bruder. Ich hätte euch beide heute alleine hierher schicken können, aber das habe ich nicht getan. Ich bin hier, und weißt du auch, warum?«

»Manche Dinge müssen persönlich erledigt werden«, antwortete Guhaad, weil er sich an bereits Gelerntes erinnerte. »Ein Mann muss sich bei seinen Taten sehen lassen.« Da kam ihm ein Gedanke. »Deshalb habt Ihr die Jemeniten leben lassen. Damit sie von Euren Taten erzählen können.«

Ramaas nickte. »Alle Menschen sollten nach bestimmten Regeln leben. Nach Grundsätzen.« Er ließ Guhaads Schulter los und entfernte sich. Dabei betrachtete er das Geldbündel von allen Seiten. »Einige wenige Dinge müssen noch getan werden. Es gibt Fesseln, die uns niederhalten, und sie müssen durchtrennt werden.«

»Und dann?«, wollte Zayd wissen. Normalerweise dachte er nicht einmal im Traum daran, Ramaas' Anweisungen zu hinterfragen, aber in diesem Fall wollte er es wissen. Tag für Tag kamen sie einem Ziel näher, das nur Ramaas klar und deutlich vor Augen hatte.

»*Waaq* wird uns leiten.« Der Kriegsfürst gebrauchte in seiner Antwort das kuschitische Wort für Gott. Zayd hatte nicht viel für Religion übrig, aber das behielt er lieber für sich. Schließlich wollte er seine muslimischen Brüder nicht beleidigen. Ramaas wiederum hing dem alten Volksglauben der Oromo an, und niemand hatte den Mut, ihn deswegen zu kritisieren. Zayd hatte ihn schon mehr als einmal von *Missionen* und *Pflichten* sprechen hören. Ramaas konnte sehr überzeugend sein, wenn er wollte, aber er konnte auch von einem Augenblick auf den anderen außerordentlich furchterregend werden.

»Wir sind der Wandel«, fügte er mit solcher Überzeugung hinzu, dass seine Wunschvorstellungen beinahe schon Gewissheit zu sein schienen. »Wir sind der Orkan, der über unsere Nation hinwegfegen wird, das könnt ihr mir glauben.« Dann lächelte er und hielt ihnen das dicke Geldbündel vor die Nase. »Aber damit es so weit kommt, brauchen wir noch mehr *davon*.«

2

»Also ich finde die P-90 besser.« Jürgen Goss hob die Hände, als hielte er die belgische Maschinenpistole tatsächlich im Anschlag. Er richtete seine imaginäre Waffe quer durch das viel zu kleine und viel zu schlecht beleuchtete Büro auf einen ebenfalls imaginären Gegner. »Zack, zack! Direkt nebeneinander!« Er ließ sich gegen die Lehne sinken, sodass der Schreibtischstuhl bedenklich knarrte, und kicherte leise. »Und dann noch dieses coole, durchsichtige Magazin. Da siehst du genau, wie die Patronen eine nach der anderen …«

»Für den Nahkampf völlig in Ordnung, zugegeben.« Marc Dane hockte auf der Kante von Goss' ziemlich unordentlichem Schreibtisch und zuckte mit den Schultern. »Aber mir wäre etwas mit mehr Durchschlagskraft lieber.«

»Ein Sturmgewehr?«

Dane nickte. »Eine SCAR-L mit 5,56-Millimeter-NATO-Geschossen und extra großem Magazin. Dazu die ACOG-Zieloptik und ein Lasermarkierer. Ich steh auf Laser.«

»Lässt sich aber nicht so schnell nachladen«, bemerkte Goss und rutschte ein Stückchen nach vorne. Der Österreicher war ziemlich dick und versuchte zu ignorieren, dass er sich in dem viel zu schmalen Schreibtischstuhl fühlte, als hätte er einen Schwimmring um die Hüften. Aber er hatte auch keine Lust mehr, bei der Beschaffungsstelle ständig neue Möbel zu beantragen.

»Wenn du das Ziel gleich beim ersten Mal triffst, musst

du auch nicht nachladen, oder?«, erwiderte Dane. »Weißt du, wo dein Problem liegt?«

»Du sagst es mir bestimmt gleich.« Goss seufzte.

Der Engländer tat so, als würde er mit einem Gartenschlauch seinen Rasen sprengen. »Viel zu viel Aufwand für viel zu wenig Ertrag.«

»Wenn genügend Blei in der Luft ist, muss irgendjemand dran glauben.«

»Ja, genau!«, erwiderte Dane. »Deine Teamkameraden, wenn wir so blöd sind und uns in deine Schusslinie verirren.«

Goss verdrehte die Augen. »Das musst du mir jedes Mal wieder aufs Butterbrot schmieren, stimmt's?« Anfang des Monats hatten sie bei einem Onlineturnier eine schmachvolle Niederlage gegen vier ziemlich unverschämte Schüler aus Texas hinnehmen müssen, nachdem Jürgens mangelhafte Disziplin an der Waffe zu einem klassischen Fall von Eigenfeuer geführt und das Match beendet hatte. »Mit einer richtigen Waffe könnte ich bestimmt viel besser umgehen.«

Da legte sich ein Schatten auf Danes Miene. »Das ist bloß viel weniger spaßig, als du denkst.«

Goss ging nicht weiter darauf ein. Der Engländer benahm sich manchmal ziemlich eigenartig. In der Regel war er ein gutmütiger und fleißiger Kerl, sogar was diesen ganzen nervtötenden Bürokram anging, und eigentlich immer zu einem Späßchen bereit – nur manchmal eben nicht. Dann schlug seine Stimmung um, als würde eine Wolke sich vor die Sonne schieben, und er wurde düster und unzugänglich.

Dane war, genau wie sein Kollege, Mitte dreißig, aber damit war auch schon das Ende der Gemeinsamkeiten erreicht. Goss hatte einen zerzausten Schopf aus fettigen schwarzen Haaren über einer hohen Stirn und dazu ein Gesicht, das besser zu einem Schuljungen als zu einem erwachsenen Mann gepasst hätte. Danes kurzes schmutzig-blondes Haar und seine Bartstoppeln hingegen bildeten den Rahmen für verwegene Gesichtszüge mit einem viel zu ernsten Ausdruck. Goss saß, wenn er ehrlich zu sich selber war, viel zu lange am Schreibtisch und machte viel zu wenig Sport, sodass sein Körper immer mehr Speck ansetzte. Dane hingegen wirkte hager und bestand überwiegend aus Sehnen und Muskeln.

Goss wusste nicht viel über den Mann, der erst vor Kurzem zu der Untersuchungskommission der Vereinten Nationen in Kroatien gestoßen war, aber er hatte ein paar Gerüchte gehört. Angeblich hatte er den britischen Geheimdienst unter eher unglücklichen Umständen verlassen. Allerdings hatte Goss nie nachgefragt. Nach seiner Erfahrung galten persönliche Fragen bei Engländern allgemein als sehr unhöflich.

Er beschloss, das Thema zu wechseln. »Kommst du nach der Arbeit noch mit auf ein Bier?«

»Nööh. Heute spielen die Weißen gegen Dynamo Zagreb.« Die Weißen, das war der Spitzname des Teams von Hajduk Split. »Dann sind die Kneipen voll mit Fußballfans, und du weißt ja, was das bedeutet.«

»Aber die Kroaten verwüsten nicht jedes Mal das Lokal, wenn ihre Mannschaft verliert, anders als eure Hooligans«, erwiderte Goss und wies mit einer Handbewegung auf die umgebenden Wände. »Wir sind hier in Split, nicht in London. Schon vergessen? Das ist eine kultivierte Stadt.«

»Halt bloß die Klappe.« Dane quittierte die sanfte Spitze seines Kollegen mit einem kurzen Lächeln. Goss hatte schnell herausgefunden, dass der Engländer Heimweh hatte, und zog ihn immer wieder gerne damit auf.

»Was haben Sie da gerade gesagt?« Die raue Stimme und der gebieterische Tonfall ließen beide Männer aufblicken. Sie drehten sich um und starrten zu der Nische hinüber, in der Goss' über alles geliebte Espressomaschine stand.

Die Stimmung des Österreichers sackte schlagartig in den Keller. Gedrungen und quadratschädelig spielte dort der Polizeiinspektor Franko Horvat mit einer schalenförmigen Kaffeetasse herum. Dabei starrte er die beiden anderen Männer durchdringend an.

Horvat hatte die unangenehme Eigenschaft, sich jedes Mal still und heimlich anzuschleichen. Er trug ein graues Sportsakko und eine Hose, die seit zwei Jahrzehnten aus der Mode war. Außerdem schien er ununterbrochen gereizt zu sein und einen Streit vom Zaun brechen zu wollen. Was ihm für gewöhnlich auch gelang.

Jetzt schwenkte er seine Tasse in Goss' Richtung. »Was war das gerade? Ich stamme aus Split! Wollen Sie mich etwa beleidigen?« Der Atem des Polizeibeamten roch nach kaltem Rauch.

»Er hat einen Witz gemacht«, erwiderte Dane. »Das ist österreichischer Humor, *ned wooaa*?!« Die letzten Worte waren eine miserable Imitation von Goss' Akzent und erzielten genau die gewünschte ablenkende Wirkung.

Goss blinzelte und war erleichtert, dass sein Kollege ihm zur Seite gesprungen war. Er empfand Horvat und die meisten anderen kroatischen Polizisten als bedrohlich, und es ärgerte ihn immer wieder aufs Neue, dass sie im selben Gebäude wie sie untergebracht waren. Als Jürgen Goss sich bei den Vereinten Nationen beworben hatte, hatte er auf ein glitzerndes Gebäude aus Glas und Stahl in Wien oder New York gehofft. Stattdessen musste er seine Arbeit jetzt in einer trostlosen Polizeiwache in Split verrichten.

»Wie funktioniert das gleich noch mal?« Horvat hantierte an der Espressomaschine herum und drückte sinnlos auf alle möglichen Tasten. Goss sprang auf, weil er Angst hatte, dass Horvat gleich etwas kaputt machen könnte.

»Lassen Sie mich das machen«, sagte er.

Horvat drückte ihm seine Tasse in die Hand und lächelte siegessicher. »Gern. Sie können das. Wie eine gute Hausfrau.«

Dane wies mit dem Zeigefinger nach oben. »Sie haben in Ihrem Stock doch auch eine Kaffeemaschine. Und trotzdem kommen Sie ständig hier runter. Wieso eigentlich?«

»Sie ist kaputt.« Horvat gab sich nicht einmal die Mühe, seine Lüge einigermaßen glaubhaft zu verpacken. Goss vermutete, dass der Polizist einerseits zu geizig war, um für seinen Kaffee zu bezahlen, und zum anderen die UN-Untersuchungskommission immer wieder daran erinnern wollte, in wessen Zuständigkeitsbereich sie sich eigentlich befanden. Er musterte Dane mit spöttischem Blick. »Na? Heute schon ein paar Bomben entdeckt?«

»Und Sie? Heute schon ein paar Kumpels verhaftet?«, gab Dane zurück. Es wurde viel darüber spekuliert, dass Horvat seine Dauerstellung bei der Policija eher seinen Beziehungen ins kriminelle Milieu als denen in die Strafverfolgungsbehörden zu verdanken hatte. Er war einfach so aalglatt, dass absolut nichts Verwertbares an ihm hängen zu bleiben schien. Aber er verstand, was die Bemerkung des Engländers zu bedeuten hatte, und sein breites Grinsen verschwand augenblicklich.

»*Mislite da ste pametni.*« Ganz egal, was Horvat gerade gesagt hatte, Goss war sich sicher, dass es eine Beleidigung gewesen war. »Sie müssten mal nach oben kommen«, fügte Horvat dann unter leisem Schnauben hinzu, während seine kleinen Augen sich zu Schlitzen verengten. »Da würden Sie zur Abwechslung mal richtige Polizeiarbeit zu sehen bekommen.« Er klopfte sich auf die Brust. »Dort, wo ein wichtiger Mann seinen Dienst verrichtet.« Er zeigte mit seinem nikotingelben Zeigefinger auf die Wand mit der großen Karte des Adriatischen Meeres und der umgebenden Länder. Die Karte war übersät mit Stecknadeln und angeklebten Datenblättern. »Nicht das da.«

Auf dem Rahmen über der Karte war die genaue Bezeichnung der Untersuchungskommission zu lesen: *Abteilung für Nukleare Sicherheit (NSNS, Operative Einheit Nr. 7) – Internationale Atomenergiebehörde.* Darunter war ein Logo zu erkennen, das einen Atomkern mit Elektronenkreisbahnen zeigte, der von zwei Olivenzweigen umschlossen wurde.

Horvats verächtlicher Kommentar über ihre Arbeit machte Goss stinkwütend, aber was sollte man von diesem Typen anderes erwarten? Horvats Vorstellung von Polizeiarbeit bestand darin, Verdächtige die Treppe hinunterzuschubsen, Bestechungsgelder anzunehmen und alle möglichen Verbrechen irgendwelchen Einwanderern in die Schuhe zu schieben. Die Vorstellung, dass es auch um akute Bedrohungen für die ganze Welt gehen konnte, überstieg seinen Horizont.

Goss hatte einmal versucht, ihm zu erklären, was die Abteilung für Nukleare Sicherheit eigentlich in Kroatien wollte. Hier trafen mehrere Schmuggelrouten aus der ehemaligen Sowjetunion und ihren Satellitenstaaten zusammen. Dadurch war das Land zu einer Durchgangsstation, einem Tor zur Welt für den illegalen Handel geworden, der hier genauso florierte wie der legale auch. Ein Großteil dieser illegalen Handelsgüter waren Waffen aus den Beständen, die die UdSSR während des Kalten Krieges angehäuft hatte – und zwar weit mehr als nur Gewehre und Munition. Angereichertes Uran, Plutoniumbrennstäbe aus schnellen Brütern, nukleare Abfälle, alle möglichen spaltbaren Materialien … es war ein komplettes Bestiarium des radioaktiven Horrors, das ohne Weiteres dazu verwendet werden konnte, eine schmutzige Bombe oder gar einen funktionsfähigen Atomsprengkörper herzustellen.

Die Operative Einheit Nr. 7 war eine von vielen NSNS-Kommissionen auf der ganzen Welt, die den Handel mit nuklearen Technologien und Materialien überwachen sollte, ununterbrochen Informationen sammelte und ihre Arbeit mit den UN-Mitgliedsstaaten koordinierte, immer mit dem Ziel, die gefährlichsten Waffen, die die Menschheit je ersonnen hatte, unter Verschluss zu halten. Aber alles, was Franko Horvat wahrnahm, waren ein Haufen Ausländer auf seinem Territorium, die nichts Besseres zu tun hatten, als ihm in die Quere zu kommen und wertvolle Ressourcen für sich zu beanspruchen, ohne dass etwas Nennenswertes dabei herauskam.

Goss schenkte ihm einen großzügigen Schluck einer kräftigen Arabicamischung in einen Plastikbecher – er hatte bereits schmerzlich erfahren müssen, dass Horvat eine »geborgte« Tasse nie wieder zurückbrachte. »Hier.« *Und jetzt hau ab.* Der zweite Teil des Satzes hing unausgesprochen in der Luft.

Horvat nippte an seinem Kaffee und wandte sich bereits zum Gehen, doch eine letzte Spitze konnte er sich nicht verkneifen. »Sie sollten wieder nach Hause gehen«, sagte er zu Dane. »Zurück nach Englisch-Land. Sie sind hier eine völlige Zeitverschwendung.«

»Bitte, sag, dass du in den Becher gespuckt hast«, fuhr Dane Goss an, sobald Horvat außer Hörweite war. »Wieso redest du überhaupt mit dem Kerl?«

Goss runzelte die Stirn und ärgerte sich selbst darüber, dass er den Polizeibeamten einfach nicht loswurde. Aber einen Tag nach seinem letzten Versuch war sein kleiner Fiat 500 aufgebrochen worden, und Horvat hatte ihm mit größtem Vergnügen einen Vortrag über die unangenehmen Folgen von »unfreundlichem Benehmen« gehalten.

»Weil es einfacher ist, als sich mit ihm zu streiten«, sagte er.

»Nach allem, was ich gehört habe, hat er seine gesamte beschissene Karriere auf diesem Prinzip aufgebaut.« Kopfschüttelnd blickte Dane zur Tür. »Ich hasse solche Typen. Die gehen mir tierisch auf den Sack.«

Goss merkte, dass Horvats abschließende Beleidigung den Engländer viel mehr ärgerte als ihn selbst. Aber warum? Es gab noch andere Gerüchte über Marc Dane und den Grund, aus dem er für die NSNS arbeitete. *Er durfte nicht mehr nach Hause zurück. Er war an einem katastrophalen Zwischenfall beteiligt. Er war vom MI6 unehrenhaft entlassen worden.* Goss fragte sich unwillkürlich, welches dieser Gerüchte wohl der Wahrheit am nächsten kam.

»Hast du die Notizen, um die ich dich gebeten hatte?« Danes Stimme klang jetzt wieder ganz sachlich. Er war ja aus einem bestimmten Grund zu Goss gekommen.

Dieser nickte und nahm einen Aktenordner von einem Stapel mit mehreren Untersuchungsberichten. Dane klappte den Ordner auf und runzelte die Stirn, als er den Brief mit dem Wappen der Royal Canadian Mounted Police sah. Das, was er da las, war ganz eindeutig nicht das, was er erwartet hatte. »Genau wie du gesagt hast«, meinte Goss. »Es gibt zwar ein paar verdächtige Verbindungen zum organisierten Verbrechen in Quebec, aber nichts, was ein Eingreifen rechtfertigen würde.«

Dane atmete einmal scharf aus. »Noch mehr Daten.

Keine Schlussfolgerungen, bloß immer noch mehr Daten.« Er rang sich ein Lächeln ab. »Danke, Jürgen. Ich weiß deine Mühe wirklich zu schätzen.« Der Engländer warf einen Blick auf die Taucheruhr an seinem Handgelenk – eine Cabot – und sprang auf. »Ah. Ich muss los. Besprechung.«

»Viel Spaß«, erwiderte Goss müde. »Ich muss hier erst noch fertig werden.«

»Dieses Mal wird die Schrader mir ganz bestimmt zuhören. Aller guten Dinge sind vier«, sagte Dane, aber sein Tonfall verriet, dass er genau das Gegenteil meinte.

Die Besprechung hatte bereits angefangen, als Marc möglichst unauffällig in die hinterste Reihe huschte. Trotzdem fing er sich einen vorwurfsvollen Blick von dem Mann am Rednerpult ein. Maarten de Wit war der stellvertretende Leiter der Operativen Einheit Nr. 7, ein groß gewachsener Holländer mit kahl rasiertem Schädel, Hundeblick und einer leisen, monotonen Stimme. Er ließ den Blick über das halbe Dutzend im Raum schweifen und runzelte die Stirn.

Auf der Leinwand hinter ihm war eine Powerpoint-Präsentation im Gang. Der Beamer zeigte gerade das Bild eines Sattelzugs, und aus den Polizeiuniformen am Rand schloss Marc, dass der Sattelzug bei einer Straßenkontrolle aufgefallen war.

»In diesem Fall haben wir Glück gehabt«, erklärte de Wit gerade. »Reiner Zufall. Die Grenzschützer waren eigentlich auf der Suche nach illegalen Migranten.« Er drückte eine Taste auf seinem Pult und holte das nächste Bild vom Innenraum des Aufliegers auf den Schirm. Darauf waren zwölf Ölfässer zu erkennen. Jedes war mit einer dicken Plastikplane umwickelt. »Kontaminierte Schlacke mit extrem hohen Cadmium- und Cäsiumwerten. Der Fahrer sitzt in Haft, aber wie üblich sind sämtliche Papiere gefälscht. Wir können keine Verbindung zu den Auftraggebern herstellen.«

»Was war das Ziel der Fahrt?« Die Frage kam von einem der einheimischen Verbindungsbeamten auf den vorderen Plätzen.

»Er wollte die Ladung eigentlich an ein Frachtschiff übergeben. Wir wissen, dass das nicht die einzige Fuhre war, und wollen den Fahrer ausführlich befragen.«

»Also gut.« Eine ernst wirkende Frau in dunklem Anzug erhob sich von ihrem Stuhl in der ersten Reihe, signalisierte de Wit mit einer Handbewegung, dass er Platz nehmen solle, und stellte sich selbst hinter das Pult. Gesa Schrader war Ende vierzig, kurz angebunden und als Chefermittlerin der NSNS-Einheit Marcs Vorgesetzte.

Schrader hatte früher eine hohe Stelle im Bundeskriminalamt bekleidet und war, soweit Marc es beurteilen konnte, die Verkörperung der Sachlichkeit. Er war jetzt seit etlichen Monaten hier für die NSNS im Einsatz, aber noch nie hatte er bei dieser Frau auch nur einen Hauch von Emotion feststellen können.

»Wir schaffen es einfach nicht, diese Schmuggelroute dichtzumachen. Sobald wir ihnen an einer Stelle den Weg abschneiden, suchen sie sich einen anderen.« Schrader ließ den Blick über ihre Mitarbeiter schweifen. »Ich habe die Schnauze voll davon, dass wir der Zentrale in Wien immer nur kleine Fische liefern können. Konzentration, meine Damen und Herren. Wir werden diesem Atommüllschmuggel einen Riegel vorschieben, und zwar zielgerichtet und schnell.« Sie holte Luft und presste die Lippen aufeinander. »Wir alle wissen, weshalb wir hier sind, denn unser Name ist Programm: Abteilung für Nukleare Sicherheit.« Schrader nickte. »Das bedeutet, dass jeder Tropfen Reaktorflüssigkeit, der uns vor die Füße fällt, jeder Umweltverschmutzer, der glaubt, er könnte das Gesetz umgehen, jeder Giftverklapper und jeder Atommüllschmuggler für uns ein Zielobjekt sind.« Sie zeigte auf die Leinwand. »Das verseuchte Material kommt aus Zentral- und Nordasien und dann über den Balkan in diese Region, aber über den Bestimmungsort wissen wir bislang immer noch nichts. Nur, dass das Zeug, ganz egal, wo es landet, Tod und Verderben bringt. Aber wir werden dafür sorgen, dass das aufhört. Dass dieser Müll gefahrlos entsorgt wird. *Vorschriftsmäßig.*« Schrader trat einen Schritt beiseite und gab damit zu erkennen, dass sie zum Schluss kommen wollte. »Ich habe mit Europol Kontakt aufgenommen und mit unseren Freunden in den oberen Rängen der Policija gesprochen. Sie haben uns ihre volle Unterstützung zugesagt. Dieser Fang könnte der Durchbruch sein, auf den wir schon so lange warten. Ich möchte, dass Sie alle Ihr absolut Bestes geben. Nur dann haben wir eine Chance.«

De Wit stand auf und hob die Hände. »Heute Nachmittag sind die neuen Dienstpläne mitsamt den angepassten Arbeitsaufträgen fertig. Jeder bekommt eine Reihe von Anhaltspunkten und Hinweisen, die dann abzuarbeiten sind.«

Marc spürte, wie seine Laune in den Keller sackte. Beinahe hätte er sich zu Wort gemeldet, überlegte es sich aber anders. Trotzdem hatte Schrader es bemerkt. »Sie haben noch eine Frage, Dane?«

Ihr Tonfall machte eindeutig klar, dass es das Beste gewesen wäre, wenn er einfach den Kopf geschüttelt und *Nein, Madam* gesagt hätte, wie es sich für einen braven Beamten gehörte. Aber dann musste er an den Aufwand denken, den er im Zusammenhang mit seinen Ermittlungen bereits betrieben hatte, und konnte nicht anders: »Was wird aus unseren aktuellen Fällen?«

»Stand jetzt«, erwiderte de Wit, »ist diese illegale Schiffsroute unser aktueller Fall.«

»Hören Sie, ich verstehe absolut, wie wichtig das Ganze ist, aber ich würde meine aktuellen Ermittlungen nur äußerst ungern schleifen lassen. Ich habe da ein paar ... vielversprechende Hinweise bekommen.« Marc konnte beinahe hören, wie gewisse Leute im Raum die Augen verdrehten.

»Ich dachte, Ihre Ermittlungen steckten fest«, schaltete Schrader sich ein und bedeutete den anderen mit einer Handbewegung, dass die Sitzung beendet war. »Die Kurjaks haben sich jedenfalls schon seit einiger Zeit nicht mehr in der Gegend blicken lassen.«

Marc schüttelte den Kopf und blieb standhaft, während die übrige Einheit den Raum verließ. »Die Kurjaks sind nach wie vor aktiv. Und das bedeutet, dass sie eine ernst zu nehmende Gefahr darstellen.« Er wählte seine Worte mit Bedacht.

Ursprünglich hatten die Gebrüder Kurjak eine kleine serbische Bande innerhalb der *Bratva*, also des ausgedehnten osteuropäischen Netzwerks der sogenannten russischen Mafia, gebildet. In den Neunzigerjahren des vergangenen Jahrhunderts hatten sie sich dann als Schmuggler und Geldwäscher einen Namen gemacht. Nach dem Golfkrieg waren sie zum ersten Mal auf dem Radar der Internationalen Atomenergiebehörde aufgetaucht. Vertreter der Bande hatten auf dem Schwarzmarkt nukleares Material angeboten, das angeblich aus geheimen irakischen Waffenlaboren stammte. Sie hatten einen lukrativen Handel mit rotem Quecksilber betrieben, einem sehr seltenen Reaktionsbeschleuniger, der extrem schwer herzustellen war, der jedoch, richtig angewandt, selbst aus der kleinsten und primitivsten Atombombe eine grausame Massenvernichtungswaffe machte. Zahllose militante Gruppen, Terroristen und Rebellen rissen sich darum, diesen Stoff irgendwie in die Finger zu bekommen, weil sie glaubten, dass sie damit einer Bombe, vor der die Welt erzittern würde, einen Schritt näher kommen könnten.

Die ganze Sache hatte nur einen kleinen Schönheitsfehler. Sie war eine Lüge.

Rotes Quecksilber war ein reines Fantasieprodukt. Die angeblich existierenden Proben waren mithilfe dunkelroter Flüssigkeit und radioaktiver Bauteile aus alten Röntgengeräten einfach zusammengepanscht worden. Es gab diese Verbindung schlichtweg nicht und auch nichts anderes, was über die unglaublichen Fähigkeiten verfügte, die die Verkäufer des sagenhaften Stoffes ihrer Ware zuschrieben. Doch die Kurjaks waren außergewöhnlich gute Lügner und hatten mit ihrem Betrug eine Menge Geld gemacht – und zwar nicht nur einmal, sondern immer und immer wieder. Schließlich gab es jede Menge Terrororganisationen, die ganz versessen darauf waren, die Welt mit einer Massenvernichtungswaffe in Angst und Schrecken zu versetzen.

Marc musste zugeben, dass er in einer winzigen Ecke seines Herzens sogar so etwas wie zähneknirschende Anerkennung für die Serben empfand. Wer Leute wie al-Qaida oder den Leuchtenden Pfad austricksen wollte, der musste außergewöhnlich gierig und unfassbar verwegen sein.

Natürlich standen die Kurjaks aufgrund dieser Aktivitäten auf zahlreichen Todeslisten. Darum waren sie ständig in Bewegung, blieben nie länger als wenige Tage an einem

Ort und hinterließen so gut wie keine Spuren. Dabei waren sie ein fortwährender Stachel im Fleisch der Internationalen Atomenergiebehörde und der NSNS. Mit ihrer gefälschten Schmuggelware und den nebulösen Gerüchten, die sie zusätzlich verbreiteten, behinderten sie die Suche nach echten Atomwaffen aus den ehemaligen Staaten des Warschauer Paktes erheblich. Nur ihnen war es zu verdanken, dass die Operative Einheit Nr. 7 wertvolle Arbeitszeit darauf verwenden musste, die falschen Spuren von echten zu unterscheiden.

Marc Dane war ihnen schon seit geraumer Zeit auf den Fersen und kam ihnen immer näher, da war er sich sicher. Die Analyse von Verhaltensmustern war schon immer eine seiner größten Stärken gewesen, und so hatte er die Bewegungen der serbischen Bande Stück für Stück verfolgt und ein System erkannt. Sie zogen immer an der Adriaküste entlang, im Winter weiter nach Süden, der Wärme entgegen, im Frühjahr dann wieder weiter in den Norden. Im Augenblick waren sie seiner Vermutung nach in Kroatien untergetaucht, vielleicht sogar hier in Split. Das Problem war nur, dass seine Kollegen seine Einschätzung nicht teilten.

De Wit deutete an, dass Europol gewillt war, die Kurjaks sich selbst zu überlassen. Irgendwann würde ihre Vergangenheit sie ohnehin einholen. Irgendwann würde eine der Terrororganisationen, die sie übers Ohr gehauen hatten, sich revanchieren. »Solche Dinge regeln sich üblicherweise von selbst«, behauptete de Wit.

Marc war anderer Meinung. »Auch ein blindes Huhn findet ab und zu ein Korn.« Das Sprichwort brachte ihm außer verwirrten Blicken nichts ein. Er seufzte und fuhr fort: »Ich weiß, dass Wien den Kurjaks in Bezug auf das NSNS-Mandat nicht die größte Bedeutung beimisst …«

»Und das ist noch sehr milde ausgedrückt«, warf de Wit ein.

»Aber ich sehe das anders. Bei diesen Mengen an militärischer Ausrüstung, die diese Typen verschieben, bei all den Gewehren und der Munition? Dazu noch ihre Beziehungen zu allen möglichen Leuten aus der ehemaligen Sowjetunion? Das sind ja keine Hirngespinste. Wir sollten uns weniger damit beschäftigen, wer sie sind, als vielmehr damit, wen sie alles kennen.«

Schrader runzelte die Stirn. »Dane, Sie müssten mittlerweile doch kapiert haben, dass wir hier bei der NSNS die Dinge ein wenig anders anpacken, als Sie es vielleicht vom britischen Geheimdienst her gewohnt sind.«

»Das ist nicht …«

Sie redete einfach weiter. »Dass Sie überhaupt hier sind, haben andere entschieden.« Für einen kurzen Moment flackerte der Ärger erneut über ihr Gesicht. Schrader hatte schon in der Vergangenheit deutlich gemacht, dass Marc nicht ihr Wunschkandidat für die Operative Einheit Nr. 7 gewesen war. »Ihre analytischen Fähigkeiten haben sich als sehr hilfreich erwiesen, und Sie haben uns damit weitergeholfen. Aber was Ihnen immer noch abgeht, ist die Bereitschaft, sich als Mitglied eines Teams zu begreifen. Sie haben zu lange alleine gearbeitet.«

Marc warf de Wit einen schnellen Blick zu, hoffte auf ein wenig Unterstützung, aber der andere verzog keine Miene.

»Ich muss Sie doch nicht daran erinnern, was wir für eine Organisation sind«, fuhr Schrader fort. »Wir sind nicht bewaffnet und treten auch keine Türen ein. Wir sammeln und vergleichen Informationen. Wir arbeiten mit den Polizeidienststellen und Strafverfolgungsbehörden der jeweiligen Länder zusammen. Wir suchen undichte

Stellen und schließen sie.« Sie tippte mit ihrem langen, elegant manikürten Zeigefinger auf den Ordner, den Marc in der Hand hielt. »Aber vor allem sind wir dafür verantwortlich, die Bewohner und die Umwelt dieses Planeten zu schützen. Das bedeutet, dass ich klare, eindeutige Bedrohungen brauche, etwas Greifbares. Denn nur dagegen kann ich auch etwas unternehmen. Mit irgendwelchen Betrügern, die eventuell etwas im Schilde führen könnten, kann ich absolut nichts anfangen.«

Es dauerte eine Weile, bis Marc sich zu einem zögerlichen Nicken durchgerungen hatte.

»Beim nächsten Mal ein bisschen unauffälliger«, sagte der andere Mann. »Sonst kannst du dir auch gleich ein Schild um den Hals hängen, mit dem du deine nächste Aktion ankündigst.«

»Ich werd's versuchen …«

Marcs Angreifer ließ ihm keine Zeit, den Satz zu Ende zu bringen. Mit einem lauten Schrei auf den Lippen stürmte er los. Der Schlag sollte seine Kehle treffen, und Marc sah aus dem Augenwinkel einen verschwommenen schwarzen Knüppel auf sich zufliegen.

All seine Instinkte brüllten ihn an, sich zurückfallen zu lassen, den Abstand zu vergrößern, aber er machte genau das Gegenteil. Er riss den rechten Arm nach oben, stürmte in die Angriffsbewegung seines Gegners hinein, rammte ihm den Unterarm gegen das Schlüsselbein, den Ellbogen gegen das Brustbein, die Faust seitlich an den Hals. Dann drehte er sich zur Seite, stemmte sich mit vollem Gewicht gegen den Angreifer und hielt ihn auf, noch bevor er seinen Schlag ausführen konnte.

Gut möglich, dass er gleich von dem Schlagstock getroffen wurde, falls der andere sich schnell genug von seiner Attacke erholte, aber dieses Risiko ging er ein. Seine schlechte Laune hatte die Oberhand über sein Urteilsvermögen gewonnen. Nun bearbeitete er mit der anderen Faust den Schädel seines Angreifers und brachte ihn dadurch aus der Balance.

Eine Sekunde lang sah es so aus, als hätte er es tatsächlich geschafft, das Blatt zu wenden, jedenfalls kam sein Gegenüber ins Straucheln. Doch der Schlagstock war immer noch im Spiel, und Marc erkannte zu spät, dass er durch seine Attacke eine Flanke geöffnet hatte. Mit voller Wucht landete der kurze Knüppel auf seinem Brustkorb und trieb ihm die Luft aus der Lunge.

Dieser eine Schlag reichte aus, um all seine zielgerichtete, wütende Konzentration hinwegzufegen. Der Angreifer holte bereits ein zweites Mal aus, und Marc war viel zu langsam, um den Treffer zu vermeiden. Die Welt begann sich um ihn zu drehen, und er landete mit einem lauten Knall auf der dicken Schaumstoffmatratze.

Die hellen Leuchtstoffröhren an der Decke blendeten ihn. Er musste blinzeln und schluckte den Ärger über seinen Fehler herunter. Jetzt schob sich ein freundliches, ovales Gesicht in den Vordergrund und verzog sich zu einem sardonischen Grinsen. »Du weißt, was du falsch gemacht hast.«

Eine Hand in einem fingerlosen Trainingshandschuh kam auf ihn zu, und Marc ergriff sie und ließ sich auf die Füße ziehen. »Ja.«

Luka Pavic warf den Gummiknüppel von der Matte und musterte Marc abschätzend. »Du lässt die Linke nicht mehr fallen, und das ist ein Fortschritt.« Er deutete auf Marcs Unterarm, wo ein Streifschuss eine Narbe hinterlassen hatte. »Aber was war da los? Eindeutig die falsche Entscheidung.« Er ließ den Kopf kreisen und schien trotz der zahlreichen Treffer, die er hatte einstecken müssen, keinerlei Schmerzen zu haben.

»Stimmt«, pflichtete Marc ihm bei und schüttelte seine Enttäuschung ab. »Tut mir leid. Ich bin mit den Gedanken woanders.«

Pavic ließ die Arme sinken. »Ach so. Schrader hat abgelehnt.« Seine freundliche Miene bekam einen niedergeschlagenen Zug. Er war einfühlsam, und das mochte Marc an ihm. Es war eine Eigenschaft, die ihn zu einem guten Polizisten machte, die aber auch bedeutete, dass er den Dingen manchmal sehr viel schneller auf den Grund kam, als es gut für ihn war.

»Die Ermittlungen sind nicht eingestellt«, erwiderte Marc und ließ die Schultern kreisen. »Aber sie treten auf der Stelle.«

Pavic zog das Muskelshirt über seiner breiten Brust zurecht. »Trotzdem nicht gut«, sagte er. Auf dem Shirt waren das Logo des Fitnessstudios und ein Blitz abgebildet, der den Träger des Shirts als Trainer auswies. Pavic war zehn Jahre jünger als Marc und so unverschämt durchtrainiert, dass ihm das bei jedem Training einen zusätzlichen Motivationsschub gab.

Das, was er bei Pavic lernte, war jedenfalls die Mühe und die blauen Flecken wert. Der breitschultrige Polizeibeamte unterrichtete in seiner Freizeit Mixed Martial Arts und schien Marcs Entwicklung als lohnendes Projekt zu betrachten. Bis jetzt hatte er ihm jedenfalls schon etliche wirklich nützliche Krav-Maga-Techniken beigebracht, sodass Marc zuversichtlich war, sich beim nächsten Mal, wenn ihn jemand umbringen wollte, ein bisschen besser zur Wehr setzen zu können. Nach allem, was sich im letzten Jahr ereignet hatte, wollte er zumindest eine Chance haben, falls wieder etwas schiefging.

Das Training war gratis, aber es hatte trotzdem seinen Preis. Luka Pavic war sympathisch, aber er war zugleich auch ehrgeizig und hatte sich irgendwie in die Vorstellung verrannt, dass er seiner eigenen Karriere einen Schub geben konnte, indem er einen Mitarbeiter der NSNS unterrichtete. Obwohl Marc immer wieder versuchte, ihn davon abzubringen, blieb er davon überzeugt, dass das der erste Schritt zu einer Beförderung sein musste. Und es war nicht zu bestreiten, dass Marc bei seiner Suche nach den Kurjaks jede Hilfe gebrauchen konnte. Allerdings hatte der Deal bis jetzt noch nichts Entscheidendes ergeben, abgesehen davon, dass Marc etwas mehr Muskeltonus und Pavic jemanden bekommen hatte, den er durch die Gegend prügeln konnte.

Im Augenblick waren Pavics Informanten die einzige Quelle, die ihnen geblieben war. Das teilte Marc seinem Gegenüber mit, während sie Block und Gegenangriff übten. »Ich lasse trotzdem nicht locker«, sagte er. »Diese Schweine sind ganz in der Nähe, das weiß ich genau. Wenn wir diese Gelegenheit verpassen, sind sie bald wieder über alle Berge. Dann kann es Monate dauern, bis sie sich wieder blicken lassen.«

»Es ist ein schlechter Zeitpunkt. Oder ein guter, je nachdem, wie man es betrachtet«, erwiderte Pavic. »Ich halte jedenfalls die Ohren auf, *inschallah*.« Sie schwiegen kurz. Beiden war klar, dass sie sich mit alledem außerhalb ihres Dienstauftrags bewegten.

Marc hatte das Gefühl, in dem Polizisten eine Art verwandte Seele getroffen zu haben, jemanden, der denselben Drang verspürte, das Richtige und Gute zu tun – ein Instinkt, den er bei sich selbst lange ignoriert hatte, bis er durch gewisse Ereignisse in jüngster Vergangenheit an die Oberfläche gekommen war.

Pavic war ein bosnischer Moslem, ein Kind des Balkankriegs, und Marc nahm an, dass seine persönliche Geschichte eine große Rolle bei seiner Berufswahl gespielt hatte. Er war in einer Welt des Schreckens groß geworden und wollte zum Ausgleich zumindest einen Teil der Welt ein kleines bisschen besser machen. Pavic war das genaue Gegenteil von jemandem wie Horvat, was schon allein dadurch deutlich wurde, dass er Horvat hasste wie die Pest. Der Ältere war in den Vorurteilen seiner römisch-katholischen Erziehung gefangen und betrachtete Pavic als Außenseiter, der in dieselbe Kategorie gehörte wie Marc und die anderen. Lukas tiefsitzende Verachtung für Horvat und dessen durch und durch korrupte Existenz war einer der Gründe, weshalb Marc und Pavic sich so gut verstanden.

»Deine Arbeit gefällt dir nicht, stimmt's?« Wie aus dem Nichts stellte Pavic ihm diese Frage, während sie den Ring für die nächsten Sparringskämpfer freigaben. »Gib's zu.«

»Das ist es nicht.« Marc warf ihm einen Blick zu. »Ich habe nur keine Lust, mich ganz umsonst so reinzuhängen. Weißt du, was ich glaube? Dass Schrader mich auf die Kurjaks angesetzt hat, weil sie dachte, dass ich sowieso nichts rauskriegen würde.«

»Du bist ihr einfach aufs Auge gedrückt worden«, erwiderte Pavic. »Stimmt's? Sieh es doch mal von ihrer Warte aus. Was hättest du getan?«

»Ich weiß nicht …« Marc schlängelte sich in die Umkleidekabine. »Vielleicht wenigstens meine Fähigkeiten anerkannt?«

»Du hast nie offen darüber gesprochen, warum du nach Kroatien versetzt worden bist«, erwiderte der andere. »Und wenn ich dich frage, dann sagst du Sachen wie *Es gab da eine Meinungsverschiedenheit* oder *Ich habe mal einen*

Tapetenwechsel gebraucht. Und ich wette, Schrader hast du noch viel weniger verraten.«

»Kann schon sein«, gestand Marc ein. Pavic wartete, ob er noch mehr zu sagen hatte, aber das war nicht der Fall. Wo hätte er auch anfangen sollen? *Tja, Mann, also die NSNS hat mich engagiert, weil jemand bei den Vereinten Nationen einem Freund aus dem britischen Secret Service einen Gefallen schuldig war. Weil mich mein eigenes Land vor einem Jahr zum Fahnenflüchtigen erklärt hat, nachdem ein Verräter im MI6 mein gesamtes Team ermordet hat. Und ich bin dann um die halbe Welt gehetzt, um zu beweisen, dass ich nichts damit zu tun habe, und außerdem, um einen fürchterlichen Terroranschlag zu verhindern.*

Nachdem der Staub sich wieder gelegt hatte, hatte er tatsächlich die ganze Wahrheit ans Licht gezerrt, aber dennoch hatte Marc Dane alles verloren – und die Schuldigen waren immer noch auf freiem Fuß. Auch wenn er vieles zurückgewonnen hatte, hatte er alles in allem doch sehr viel mehr eingebüßt. Unwillkürlich legte er eine Hand auf die Brust, genau auf die Stelle mit der runzeligen Narbe, die ihm von einer Schusswunde geblieben war.

Er musste an einen kalten Morgen in Washington, D. C., denken, an laute Schüsse. Einen Keller, in dem es nach geronnenem Blut stank. Er dachte an Feuer, das vom Himmel regnete, und ein bleiches Gesicht, das vor seinen Augen im dunklen Wasser versank.

»He!« Pavic klopfte ihm auf die Schulter. »Hast du gehört, was ich gerade gesagt habe? Du warst für einen Moment wie weggetreten.«

»Ich bin voll da.«

Der Polizist blickte sich um und versicherte sich, dass sie allein waren. Dann wühlte er ein billiges Handy aus seiner Sporttasche hervor. Es war mit einer Prepaidkarte ausgestattet und ließ sich nicht zu ihm zurückverfolgen. »Ich habe dich um ein Treffen gebeten, weil einer meiner Informanten mir etwas geschickt hat.«

Marcs Stimmung hellte sich sofort auf. »Und ich habe gedacht, du hast nur einen Vorwand gesucht, um mir eine Tracht Prügel zu verpassen.« Er warf einen Blick auf die Nachricht, die auf dem Display zu erkennen war, aber die Mischung aus Abkürzungen und kyrillischen Schriftzeichen überforderte ihn. »Bitte sag, dass es etwas ist, was uns weiterbringt.«

Pavic fing wieder an zu grinsen. »Und du sorgst dafür, dass ich die Verhaftung durchführen darf, okay?«

»Immer eins nach dem anderen, Kumpel.«

Der Polizist nickte. »Was, wenn ich dir sage, dass du mit deiner Vermutung recht gehabt hast? Dass die Kurjaks tatsächlich in Split sind? Und dass sie sich mit jemandem treffen wollen?«

Marcs Puls fing umgehend an zu rasen, aber er hielt seine Gefühle vorerst im Zaum. »Bist du sicher? Ist das eine verlässliche Quelle?«

»Vanja und ich, wir kennen uns seit unserer Kindheit.« Pavic winkte ihm mit dem Handy zu. »Wir haben unterschiedliche Wege eingeschlagen. Er ist auf die schiefe Bahn geraten, aber ich bin mir sicher, dass er mich niemals belügen würde.«

»Was wissen wir über dieses Treffen?« Marc hatte bereits mit der Analyse begonnen. Die Kurjaks wagten sich eigentlich nur aus der Deckung, wenn es um Geld ging, und auch nur dann, wenn es so viel war, dass die Gier zumindest kurzfristig die Oberhand über das Bedürfnis weiterzuleben gewann.

»Nur dass es heute Abend stattfinden soll. Wer der andere ist, wissen wir nicht, nur dass er wie aus heiterem

Himmel aufgetaucht ist und dass unsere Zielpersonen sofort reagiert haben.« Pavic zeigte ihm noch einmal das Handydisplay und deutete auf einen bestimmten Satz. »*Velika Stvar*«, las er laut vor. »Dickes Ding.«

3

Marc traf Schrader im dritten Stock der Polizeiwache an. Sie sprach gerade mit einem Beamten der Hafenbehörde von Split, während de Wit als Aufpasser daneben stand. Marc drängte sich vom Fahrstuhl durch das überfüllte Büro auf sie zu, doch der Holländer sah ihn näher kommen und versperrte ihm den Weg.

»Was gibt's denn, Dane?«

»Ich muss mit Schrader reden.«

De Wit stockte und schnüffelte.

»Ich war in der Mittagspause im Fitnessstudio.« Marc runzelte die Stirn. »Ja, ja, ich hab danach nicht geduscht. Weil ich glaube, dass das hier wichtiger ist.«

»Falls es etwas mit den Kurjaks zu tun hat …«

Marc unterbrach de Wit. »Ich habe doch gesagt, dass ich konkrete Hinweise habe.« Er senkte die Stimme. »Ich glaube, ich weiß, wie wir sie schnappen können. Ich brauche nur ein paar Leute, um etwas abzuklären, dann sitzen diese widerlichen Typen hoffentlich bald hinter Gittern.«

»Sie *glauben*?«, wiederholte de Wit. »Wo kommen denn diese konkreten Hinweise mit einem Mal her?«

»Aus einer sehr zuverlässigen Quelle.« Marc wollte nicht zu viel preisgeben. »Sehr belastbar.« Doch er hatte mit seiner Antwort kurz gezögert, und das war für de Wit Grund genug, den Kopf zu schütteln.

Schrader ließ den uniformierten Hafenmeister stehen und warf Marc einen warnenden Blick zu. »Was gibt's?«

»Dane behauptet, er hätte Informationen über den Aufenthaltsort der Gebrüder Kurjak.«

»Ich habe Grund zu der Annahme, dass sie hier in Split sind, um sich mit jemandem zu treffen«, ergänzte Marc. »Höchstwahrscheinlich irgendwo im Norden der Stadt. Sie sind am Hafen von Sjeverna Luka gesehen worden. Ich glaube, dass sie dort irgendwo ein Schlupfloch haben.«

Schrader seufzte. »Und diese neuen Informationen tauchen also wenige Stunden, nachdem ich Sie auf diesen Atommüllschmuggel angesetzt habe, auf? Sehr praktisch.«

»Ich würde ja eher sagen: hilfreich, aber was soll's«, erwiderte Marc.

»Während Sie sich Ihrer schweißtreibenden Freizeitbeschäftigung gewidmet haben, hat der Fahrer des Sattelzuges, den wir an der Grenze geschnappt haben, ausgesagt. Wir kennen jetzt den Namen des Frachters, für den seine Ladung bestimmt war. Er wird noch etliche Stunden lang im Hafen liegen. Die kroatische Bereitschaftspolizei stellt gerade eine Einheit zusammen, um das Schiff gründlich zu durchsuchen. Also, selbst wenn ich wollte, ich könnte niemanden abstellen, der Ihnen bei Ihrer plötzlichen Entdeckung behilflich sein kann. Wir stehen kurz vor einem entscheidenden Schlag, Dane. Da brauche ich alle meine Leute, und das bedeutet: auch Sie.«

»Vielleicht lässt sich beides ja unter einen Hut bringen?« Er ließ nicht locker.

Sie durchbohrte ihn mit Blicken. »Wo soll dieses angebliche Treffen denn stattfinden?«

»Das weiß ich noch nicht, aber …«

»Kennen Sie wenigstens den Informanten?«, schaltete sich de Wit ein. »Bringen Sie ihn doch zu uns. Wir unterhalten uns mit ihm, sobald wir mit dem Schiff durch sind, und hören uns an, was er zu sagen hat.«

»Nein«, entgegnete Marc. »Wir müssen reagieren, und zwar *jetzt*, verdammt noch mal.« Seine Stimme wurde lauter, und er erntete prompt ein paar schiefe Blicke von den Polizeibeamten, die in der Nähe an ihren Schreibtischen saßen. Darum holte er Luft und bemühte sich um einen gemäßigteren Tonfall. »Ich meine, wir wissen doch, wie diese Kerle vorgehen. Am Abend sind sie jedenfalls garantiert schon wieder woanders und morgen früh dann endgültig in einem Nachbarland untergetaucht.«

»Falls Sie wirklich einen Informanten haben, dann tun Sie das, was Maarten gesagt hat. Lassen Sie ihn zu einer Befragung vorladen«, erwiderte Schrader bestimmt. »Aber wenn wir es sowieso nur mit Gerüchten und Hörensagen zu tun haben, dann vergeuden Sie meine Zeit. Ich habe keine Lust mehr, mich ständig zu wiederholen, Dane. Wir müssen als Team zusammenarbeiten, und das bedeutet, dass Sie Anweisungen zu befolgen haben.« Sie drehte sich um und überließ es de Wit, ihn wegzuschicken.

»Sie tun sich wirklich keinen Gefallen damit«, sagte der Holländer jetzt. »Jedes Mal, wenn Sie den Mund aufmachen, muss sie an den Mann denken, der eigentlich für Ihre Stelle vorgesehen war.« Er schüttelte den Kopf. »Denken Sie mal gründlich nach und überlegen Sie sich, ob Sie wirklich weiter hier arbeiten wollen.«

»Sie hat mir doch diese beschissene Akte in die Hand gedrückt«, zischte Marc, während er sich bereits abwandte. »Und jetzt, wo ich vielleicht wirklich eine heiße Spur habe, interessiert es plötzlich keinen mehr?«

Sein Gegenüber ließ sich nicht zu einer Erwiderung hinreißen, sondern bedeutete Marc mit einer Handbewegung, dass das Gespräch beendet war. »Gehen Sie zurück an Ihren Schreibtisch und regen Sie sich wieder ab. Goss wird Unterstützung brauchen, um die Erkenntnisse, die wir auf dem Frachter gewinnen, zu verarbeiten. Und danach beschäftigen wir uns mit dem, was Sie herausgefunden haben.«

Marc drehte sich mit zusammengebissenen Zähnen um – und starrte direkt in die dunklen, wachsamen Augen von Franko Horvat. Der Polizeiinspektor verzog spöttisch-mitleidig das Gesicht. »Oooch. Streit mit Mami und Papi? Wie schade.«

»Sie sind wie Unkraut, stimmt's?«, fauchte Marc ihn wütend an. »Immer da, wo man es am wenigsten gebrauchen kann.«

Horvats Englisch war nicht besonders gut, darum bekam er nicht jedes Wort mit, aber Marcs Körpersprache war auch so unmissverständlich. »Freundlich sein«, sagte er warnend. »Das hier oben? Alles mein Reich.«

Marc schob sich an ihm vorbei und verschwand, bevor ihm noch etwas herausrutschte, was er nicht mehr zurücknehmen konnte. Aber eine Frage wurde er nicht wieder los. *Wie lange hatte Horvat schon gelauscht?*

Am Rand des Großraumbüros blieb er stehen und tat so, als würde er auf den Fahrstuhl warten. Dann steckte er die Hände in die Jacketttaschen und drehte sich dabei ein wenig zur Seite, um Horvat möglichst unauffällig beobachten zu können.

Aus dem Augenwinkel sah er, wie Horvat ein Smartphone aus einer Schreibtischschublade holte und auf ihn zukam. Er hatte das Smartphone ans Ohr gedrückt und redete hastig auf seinen Gesprächspartner ein. Ohne seinen Redeschwall zu unterbrechen, warf er Marc einen verächtlichen Blick zu und ging an ihm vorbei in Richtung Pausenraum.

»*Postoje psi njuškati*«, hörte er ihn sagen. »*Su blizu. Budi oprezan.*«

Die Fahrstuhltüren glitten auf, und Marc betrat die leere Kabine. Als die Türen sich wieder geschlossen hatten und der Fahrstuhl sich in Bewegung setzte, zog er die linke Hand aus seiner Jacketttasche. Darin lag sein Smartphone. Er tippte ein Icon an, um die Tonaufnahme zu stoppen, und hörte sich an, was er gerade eben aufgenommen hatte. Franko Horvats Stimme war vor den Hintergrundgeräuschen des Büros deutlich zu erkennen.

Im nächsten Stockwerk ging er so schnell wie möglich zu Pavic und hielt ihm das Handy hin. »Was sagt er?«

Der junge Polizist verzog das Gesicht, als er Horvats Stimme erkannte. »Irgendwas mit einem Hund. Lass es noch mal laufen.«

»Er hat mitbekommen, wie ich mit Schrader und de Wit geredet habe. Und dann hat er mir beim Telefonieren direkt in die Augen geschaut. Die reinste Provokation, weil er gedacht hat, dass ich ihn nicht verstehe.«

»Tust du ja auch nicht«, bemerkte Pavic. Dann legte er die Stirn in Falten und bat Marc, die Aufnahme ein drittes Mal abzuspielen. »Er sagt jemandem, dass irgendwo Hunde herumschnüffeln. Dass sie näher kommen. Und dass der Betreffende vorsichtig sein soll.«

Eine Eiseskälte ergriff von Marc Besitz. Horvat hatte irgendwen gewarnt. Er überlegte kurz, ob das vielleicht etwas mit Schraders Atommüllschmugglern zu tun haben könnte, aber dann hätte die Nachricht sehr viel dringlicher klingen müssen. Und das ließ nur einen anderen Schluss zu: »Er hat garantiert mit den Kurjaks telefoniert. *Verdammt!*«

Pavic machte ein Gesicht, als würde er sich gleich übergeben. »Warum überrascht mich das nicht? Alle sagen, dass Horvat korrupt ist, also warum sollte er nicht auch mit diesen serbischen Arschlöchern unter einer Decke stecken?«

»Würdest du das vielleicht gerne beweisen?« Marc musterte sein Gegenüber aufmerksam. »Bis jetzt ist immer alles an ihm abgeperlt, stimmt's? Aber wenn wir zusammenarbeiten, können wir das ändern. Wenn wir die Kurjaks tatsächlich festsetzen könnten … ich wette, dass sie ohne mit der Wimper zu zucken jeden einzelnen Beamten auf ihrer Gehaltsliste zum Abschuss freigeben würden.«

»Einverstanden! Aber wir müssen sehr vorsichtig sein. Dieser schmierige Schweinehund bekommt alles mit, was hier im Bezirk passiert. Falls da irgendjemand etwas unternimmt, kann er die Kurjaks warnen.«

Marc schüttelte den Kopf und ging die verschiedenen Möglichkeiten durch. Die Worte Schraders zum Thema »Anweisungen befolgen« hallten in seinem Schädel wider, aber er ignorierte sie geflissentlich und versuchte, sich zu konzentrieren. »Luka, mein Freund. Du siehst das ganz falsch. Das ist alles andere als ein Problem. Das ist eine Gelegenheit.«

»Wann habe ich jemals gelogen?« Bojan Kurjak saß auf der Rückbank des S-Klasse-Mercedes und hielt sich das Telefon an das unverletzte rechte Ohr, während er geistesabwesend an dem vernarbten Ohrläppchen seines linken Ohres spielte. Das war ein nervöser Tick, der sich immer dann bemerkbar machte, wenn er wütend war, auch wenn er es jedes Mal vehement leugnete. »Dir gegenüber, meine ich.«

Bojans jüngerer Bruder Neven stand draußen auf dem Bürgersteig und breitete verärgert die Arme aus, als wollte er sagen: *Was machst du da eigentlich?* Bojan bedeutete ihm mit einer Handbewegung, dass er sich gefälligst verziehen solle.

»*Ihr habt euch in letzter Zeit finanziell gesehen ziemlich zurückgehalten*«, erwiderte Horvat, und seine Stimme hallte durch die Leitung. Es hörte sich an, als wäre er in einem Badezimmer. »*Und das nehme ich persönlich.*«

»Wir bezahlen nach Gewicht, das weißt du genau.« Bojan fuhr sich durch seine Miniplifrisur und widerstand dem Drang, eine Faust zu ballen. »Wenn du mir etwas bringst, womit ich was anfangen kann, hast du auch keinen Grund, dich zu beklagen. Aber einen Vorschuss kannst du nicht erwarten, Franko.«

»*Lass meinen Namen aus dem Spiel. Das ist keine sichere Verbindung*«, herrschte der andere ihn an. »*Und mit dem, was ich dir jetzt sage, kannst du mit Sicherheit etwas anfangen. Euch ist jemand auf die Spur gekommen. Vielleicht solltet ihr besser die Stadt verlassen.*«

»Ich werd's mir überlegen.« Bojan stieg aus, knallte die Autotür ins Schloss und winkte Neven und der Handvoll anderer Männer zu, die neben ihm standen. »Willst du dir einen Bonus verdienen? Behalt diese Leute im Blick. Unternimm was dagegen.« Dann legte er auf und steckte das vergoldete iPhone zurück in die Tasche seines Ledermantels.

»Was wollte er denn?«, erkundigte sich Neven sofort und verkrampfte die Hände ineinander. »Müssen wir abbrechen?« Er schaukelte auf seinen dünnen Beinen vor und zurück. Den Reißverschluss seiner Trainingsjacke hatte er zum Schutz vor der Kälte ganz zugezogen. Neven wies mit dem Kinn auf den Wohnblock, vor dem sie standen. Das ganze Gebäude war komplett eingerüstet und mit einer Plastikplane abgedeckt, die sich sanft im Wind wellte. »Fedorin ist ja noch nicht mal da …«

»Nein«, erwiderte Bojan verächtlich. »Dafür ist es jetzt zu spät. Soll das Schwein sich wenigstens ein Mal seinen Lohn verdienen. Außerdem dauert es bestimmt nicht mehr lange.« Neven machte sich immer viel zu viele

Sorgen. Bojan bemühte sich, seinen kleinen Bruder zu beschwichtigen, aber auch er war ein wenig beunruhigt. Darum winkte er jetzt einen seiner Männer zu sich und befahl ihm, besonders aufmerksam zu sein. *Kann ja nicht schaden*, dachte er.

Neven und die anderen betraten den leer stehenden Wohnblock zuerst, während Bojan den Schluss bildete. Das Gebäude gehörte den Kurjaks, allerdings getarnt durch ein Konstrukt aus mehreren Briefkastenfirmen. Die Baufirma, die die Renovierung übernommen hatte, war wiederum die legale Fassade eines ukrainischen *Bratva*-Clans. Mit dieser Masche konnten beide Seiten Einnahmen verbuchen, ohne irgendetwas dafür tun zu müssen. Der Wohnblock wurde bewusst in diesem unbewohnbaren Zustand gehalten, weil er für die Kurjaks als Lagerplatz für illegale Waren oder, so wie jetzt, als unauffälliger Treffpunkt viel wertvoller war.

Das, zumindest, war die Idee dabei. Bojan musterte die Gesichter der Männer, während sie die Treppe hinaufgingen, und überlegte, was Horvats Anruf wohl zu bedeuten hatte. Hatte vielleicht jemand aus ihrer Gruppe ein zu loses Mundwerk gehabt? Falls ja, dann mussten sie wohl deutlich machen, was so eine Person zu erwarten hatte.

Die vierte Etage war fast vollständig entkernt, und die meisten Trennwände waren herausgenommen worden, sodass man einen freien Blick quer durch das ganze Stockwerk hatte. Neven war bereits dabei, die Männer zu verteilen, um sicherzustellen, dass wirklich alles sauber war. Bojan stellte sich an ein Fenster und blickte durch das schmutzige Glas und die dicken grünen Polypropylenbahnen, mit denen das Gebäude abgehängt war, hinunter auf die viel befahrene, sechsspurige Domovinskog Rata. Er konnte absolut nichts Ungewöhnliches feststellen.

Aber Neven. »Bruder«, raunte er ihm zu und starrte ihn dabei durchdringend an. »Ich weiß wirklich nicht, ob wir alle beide hier sein müssen. Vielleicht …«

»Du willst gehen? Du hast doch Fedorin überhaupt erst angeschleppt.« Bojan bewegte beim Sprechen kaum die Lippen. Er war genervt. Ständig musste er seinen Bruder bei der Stange halten, musste dessen Impulsivität im Zaum halten. »Wenn du nicht dabei bist, dann macht er doch auf dem Absatz kehrt, und wir werden nie erfahren, was er uns anzubieten hat. Reine Zeitverschwendung.«

Neven schüttelte den Kopf. »Ich habe aber kein gutes Gefühl dabei. Er hat uns zu diesem Treffen gezwungen, und ich hasse es, wenn mich jemand zu etwas zwingt. Weil dieser Jemand dann immer irgendwas vorhat.«

»Hab einfach Geduld.« Bojan warf einen Blick auf seine Armbanduhr. Sie hatten noch eine ganze Weile Zeit. »Ob es dir nun passt oder nicht, aber wir haben mit Fedorin schon öfter gute Geschäfte gemacht. Darum hat er sich durchaus einen kleinen Vertrauensvorschuss verdient.«

»Ich weiß nicht …«, begann Neven.

Bojan brachte ihn mit einem Blick zum Schweigen. »Wenn irgendwas schiefgeht …«, bei diesen Worten deutete er auf eine schattige Wand, »… haben wir immer noch andere Möglichkeiten.« Es war in der Dunkelheit nur schwer zu erkennen, dass der nackte Beton schon ein halbes Dutzend Mal mit aggressiven Industriereinigern bearbeitet worden war. Dafür hatten die zahlreichen Kugeln tiefe Scharten in der Wand hinterlassen, als dauerhaftes Zeichen dafür, was sich hier abgespielt hatte.

Horvat bog um die Ecke hinter den Verhörzimmern und prallte mit einem Muskelberg zusammen. Er taumelte zurück, fluchte laut und blickte in die stechenden Augen eines jüngeren Mannes in Uniformjacke. Den Schulterabzeichen zufolge war er Sergeant. »Pass doch auf, wo du hinläufst, du Idiot!«

»Sie sind doch in mich reingerannt«, wehrte sich der andere. »*Herr Inspektor!*« Er zeigte auf Horvats Gesicht. »Sie sollten vielleicht mal zum Augenarzt gehen.« Er machte einen Schritt auf Horvat zu, und dieser wich instinktiv zurück.

Der Sergeant war halb so alt, aber dafür doppelt so groß wie er. Eine halbe Sekunde lang fühlte er sich tatsächlich eingeschüchtert, dann schob er dieses Gefühl beiseite und richtete den Zeigefinger direkt auf die muskulöse Brust seines Gegenübers. »Für wen hältst du dich eigentlich, dass du mir mit so einer Respektlosigkeit kommst?« Horvat kramte in seinem Gedächtnis nach dem Namen dieses Kerls, aber er fiel ihm nicht ein. Die älteren Beamten hier im Präsidium kannte er in der Regel, aber diese Jungspunde aus den unteren Rängen wurden ja ständig ausgetauscht. Die interessierten ihn nicht. Trotzdem schimpfte er weiter. »Weißt du eigentlich nicht, wie man sich einem Vorgesetzten gegenüber zu verhalten hat?«

Der Sergeant schnaubte. »Sie haben zwar einen höheren Dienstgrad als ich, aber deswegen sind Sie noch lange nicht mein Vorgesetzter.« Er schubste Horvat gegen die Tür eines Verhörzimmers. »Ganz bestimmt nicht.«

Hinter dieser Tür saß Marc an dem im Boden verankerten Metalltisch und beugte sich über den Bildschirm eines klobigen Laptops. Es war ein Amrel Rocky. Am Gehäuse des speziell für militärische Zwecke entwickelten Computers steckte ein Gerät, das an ein Walkie-Talkie erinnerte. Vom einen Ende führte ein Kabel in einen USB-Port des gehärteten Laptops, am anderen Ende saß eine daumengroße Antenne. Sie war auf die Tür gerichtet. Marc hörte den dumpfen Schlag, als sich jemand dagegenlehnte, und dazu laute Stimmen.

Das Gerät suchte in der unmittelbaren Umgebung nach Handysignalen, dann öffnete sich ein Koordinatensystem auf dem Monitor. Das nächstgelegene Signal stammte aus einem iPhone, nicht einmal einen Meter entfernt. Genau dieses Handy hatte Marc vorhin bei Horvat gesehen.

Marc klickte ein anderes Fenster an und schob es auf seinem Monitor wie ein Blatt Papier über das vorherige. Er gab einen Befehl ein, und der Scanner fing an, dem iPhone eine digitale Lüge zu erzählen, sodass Horvats Handy schließlich bereit war, sich nicht mit dem nächstgelegenen Sendemast zu verbinden, sondern mit Marcs Laptop. Auf so kurze Entfernung war es überhaupt kein Problem, in die normalen Arbeitsprozesse eines Smartphones einzugreifen.

Während das hitzige Wortgefecht vor der Tür in hemmungsloses Gebrüll überging, war Marcs Hack bereits in vollem Gang. Er fischte die Nummer des iPhones aus den Daten heraus und schickte ihm eine Textnachricht mit einem eingebauten Trojaner. Dieser machte sich sofort an die Arbeit und trat, bildlich gesprochen, die Tür zum Betriebssystem des Handys ein.

Anschließend löschte sich die Nachricht automatisch, sodass keine Spur zurückblieb. Marc griff nach seinem eigenen Telefon, wählte Pavics Nummer und ließ es genau einmal klingeln.

»Ich besorge mir deine Dienstmarke, und dann stopfe ich sie dir in den Rachen, du dreckiges Stück Scheiße!« Horvats Gesicht war puterrot angelaufen. Da hörte er ein leises Summen. Es schien aus der Jacke des anderen zu kommen, aber er war viel zu wütend, um es zu registrieren. »Hast du eigentlich eine Ahnung, wer ich bin? Welche Beziehungen ich habe?«

»Ich weiß genau, wer du bist!«, brüllte der Jüngere zurück und feuerte noch ein paar kräftige Flüche hinterher. »Und wenn du nicht sofort aufhörst, meine Schwester anzurufen, dann reiße ich dir mit bloßen Händen die Lunge aus dem Leib, ob Vorgesetzter oder nicht!«

Es war, als hätte man aus Horvat schlagartig die Luft rausgelassen. »Was? Wer hat was gemacht?«

»Marta hat gesagt, du sollst sie in Ruhe lassen, du perverses Schwein, also *lass sie gefälligst auch in Ruhe!*«

Horvat stieß den wütenden jungen Polizisten von sich. Sie erregten für seinen Geschmack ein bisschen zu viel Aufmerksamkeit. »Was redest du da eigentlich, Junge? Ich kenne keine einzige Nutte, die Marta heißt.«

»Wie hast du meine Schwester gerade genannt, Kovac? Ich ramme dich ungespitzt in den Boden!« Mittlerweile hatten sich mehrere andere Polizeibeamte im Flur versammelt und waren kurz davor einzugreifen.

»Kovac? Wer ist Kovac?« Horvat fuchtelte mit den Händen vor dem Gesicht des Jüngeren herum. »Kann vielleicht irgendjemand diesem durchgeknallten Vollidioten sagen, wie ich heiße?«

»Du meine Güte, Pavic. Das ist Franko Horvat«, sagte ein Zuschauer. »Kovac arbeitet doch draußen am Flughafen beim Zoll, du Pfeife.«

»Oh Mann.« Pavic ließ die Schultern hängen. Sämtliche Wut war aus ihm gewichen, und er bot ein Bild der Zerknirschung. »Herr Inspektor, *es tut mir leid.* Es tut mir wirklich leid. Ich … ich habe wirklich gedacht, dass Sie das sind … bitte verstehen Sie, er schickt ihr ständig Bilder von seinem …«

»Lass mich bloß in Ruhe, verfluchte Scheiße noch mal!« Horvats Stimme überschlug sich vor Wut und Empörung. Dann stieß er den anderen mit aller Kraft beiseite. Die Umstehenden fingen an zu lachen, als sie sahen, was aus dem Streit geworden war, und das brachte Horvat erst recht zur Weißglut. »Ihr nutzlosen Schwachköpfe! Geht wieder an eure Arbeit!« Und dann, an Pavic gewandt: »Und wenn mir deine Visage noch einmal unter die Augen kommt, dann schlage ich dir sämtliche Zähne ein, kapiert?«

Pavic wich zurück und entschuldigte sich vielmals, dann stürmte Horvat den Gang entlang davon.

Die Aufregung hatte sich schnell wieder gelegt, und es dauerte nicht lange, bis die Tür des Verhörzimmers sich öffnete. Marc hob den Kopf und sah Pavic eintreten. »Das hat wirklich Spaß gemacht«, grinste der Polizist. »Dieser arrogante Wichser. Hat mich schon so oft zur Schnecke gemacht und weiß immer noch nicht, wie ich heiße.«

»Ab sofort weiß er es«, erwiderte Marc, doch dann erforderte der Laptop seine ganze Aufmerksamkeit. »Gut gemacht. Aber jetzt müssen wir uns beeilen, nur für den Fall, dass er schlauer ist, als er aussieht.«

»Hast du das Handy gehackt?«

»Bin gerade dabei …« Marcs Finger tanzten über die schwarzen Tasten, während Pavic sich ihm gegenüber auf den Stuhl setzte, auf dem hier üblicherweise die Person saß, die die Befragung durchführte.

»Wie funktioniert das eigentlich? Hast du sein Passwort geknackt?«

Marc nickte. »Mit brutaler Gewalt. Horvat weiß zwar, wie man so ein Ding benutzt, aber technisch ist er nicht so versiert, dass er sich an die Prozessorkonfigurationen heranwagen könnte. Also habe ich den Bootloader entsperrt und das Ding gerootet, mich anschließend als Ghost-User eingeloggt…« Er hielt inne und hob den Blick. »Zu viel Technobabble?«

»Ja«, gab Pavic unumwunden zu. »Sag mir einfach, wie illegal das Ganze ist.«

»Oh, sehr illegal«, erwiderte Marc. »Sehr, sehr illegal. Wieso? Hast du Bedenken bekommen?«

Pavic überlegte kurz. »So gut wie keine. Ich frage mich nur, wie wir das alles dem Staatsanwalt erklären sollen.« Es dauerte nicht lange, bis er selbst die Antwort gab. »Ich sage einfach, dass ich es von einem Informanten erfahren habe.«

»Na also. Wieder ein moralisches Dilemma weniger.« Marc gab mit großer Geste den nächsten Befehl ein. »Jetzt habe ich sämtliche Verschlüsselungs- und Sicherheitsprogramme deaktiviert.« Er drehte den Laptop so, dass Pavic den Bildschirm sehen konnte. »Und damit sind wir die offiziellen Besitzer von Franko Horvats Prepaidhandy.«

Pavic warf einen Blick zur Wanduhr. »Das ging aber schnell.«

»Ganz schön furchterregend, nicht wahr?«

»Du musst dir unbedingt mal mein Handy ansehen, ob das auch gerootet ist oder wie das heißt.«

»Später, kein Problem.« Er tippte auf den Bildschirm. »In der Zwischenzeit schau dir das mal an. Diese Zahlenreihe hier? Das sind die Protokolldaten seines letzten Telefonats.«

Pavic fuhr sich mit der Zungenspitze über die Lippen. So langsam wurde ihm klar, wofür diese ganze Aktion gut war. »Und können wir auch den Standort seines Gesprächspartners ermitteln?«

»Na ja, ich kenne jemanden, der das kann.« Marc

schnappte sich sein Telefon und wählte. »Jürgen? Hier spricht Dane. Ich schicke dir gleich eine E-Mail. Du musst jemanden für mich aufspüren, und danach vergisst du das Ganze sofort wieder, okay?« Der Österreicher näselte eine Antwort in Marcs Ohr, und dieser runzelte die Stirn. Dann schaltete er das Handy stumm und warf dem Polizisten einen Blick zu. »Gib mir eine Minute. Er muss erst noch überzeugt werden.«

Pavic stand auf. »Ich hol schon mal den Wagen.«

Marc wartete einen Augenblick, dann verließ er die Polizeiwache durch eine andere Tür. Seinen abgeschabten Swissgear-Rucksack hatte er sich über die Schulter geworfen. Er tat alles, was in seiner Macht stand, um möglichst unauffällig zu wirken, während er in einem weiten Bogen über den Parkplatz schlenderte und sich Pavics schwarzem VW-Golf näherte. Doch mit jedem Schritt wuchs der Druck in seinem Kopf, bis er sich wie eine ausgewachsene Migräne anfühlte.

Noch ist es nicht zu spät. Noch kannst du umkehren. Dieser Gedanke drängte sich immer mehr in den Vordergrund, so lange, bis Marc an nichts anderes mehr denken konnte. *Alle Daten auf dem Laptop löschen. Alle Eingriffe in Horvats Handy rückgängig machen. Luka davon überzeugen, alles zu vergessen.* Das waren die Schritte, die er unternehmen musste. Noch war Zeit dafür. Marc konnte sein Vorhaben immer noch abblasen, und niemand würde etwas davon erfahren.

Er verzog das Gesicht und ballte die Fäuste, versuchte durch diese körperliche Reaktion jeden Gedanken an Aufgabe zu verbannen, bevor er sich festsetzen und Zweifel säen konnte. Immer stärker wurde das Gefühl, dass ihm eine endgültige Entscheidung bevorstand. Bald schon würde er den Punkt erreicht haben, an dem es kein Zurück mehr gab.

Sicher, er hatte sich wochenlang mit den Kurjaks befasst, und jetzt hatte seine Vorgesetzte ihn angewiesen, diese Ermittlungen einzustellen. Das war hart. Aber dass er jetzt auf dem besten Weg war, eine dienstliche Anordnung bewusst zu missachten und sogar eine Straftat zu begehen, nur um dranzubleiben ... In diesem Verhörzimmer, unter dem unmittelbaren Eindruck der Ereignisse, war es leicht gewesen, sich mitreißen zu lassen. Er hatte schon viel zu lange nur reagiert, hatte schon viel zu lange lediglich Daten verarbeitet und Muster verglichen. Es fühlte sich gut an, endlich wieder etwas zu riskieren, die Initiative zu ergreifen.

Doch jetzt ließ die Wirkung des Adrenalins langsam nach, und er überlegte, was alles passieren konnte, wenn ihr Vorhaben schiefging. Sicher, damals, als seine ganze Welt in Trümmern lag, hatte er sein Leben nur dadurch retten können, dass er sich gegen alle Vorschriften auf eigene Faust durchgeschlagen hatte. Aber es gab noch eine andere, erbarmungslose Wahrheit, die er nicht verleugnen konnte. Vor über einem Jahr waren seine Kameraden aus dem OpTeam des MI6 aus genau demselben Grund ums Leben gekommen, darunter auch eine Frau, die ihm sehr viel bedeutet hatte. Letztendlich hatten Samantha Green und das gesamte Operationsteam Nomad mit ihrem Leben dafür bezahlt, dass Einzelne damit angefangen hatten, auf eigene Faust zu ermitteln, und jetzt wollte Marc genau den gleichen Weg wieder einschlagen? Er sah Pavic in seinem Golf sitzen und verlangsamte seine Schritte.

Luka hat eine Schwester in Dubrovnik, dachte er. *Und sein Vater lebt als Rentner irgendwo auf dem Land.* Marc war alleine und ungebunden, aber falls Pavic etwas zustoßen sollte, dann würden auch andere, unschuldige Menschen schwer darunter zu leiden haben.

Falls Marc und Luka ihr Vorhaben in die Tat umsetzten, dann setzten sie nicht nur ihre berufliche Karriere, sondern auch ihr Leben aufs Spiel. Eine ernüchternde Tatsache, die man durchaus ins Kalkül ziehen sollte.

Pavic stieg aus und blickte Marc über das Dach seines Wagens hinweg an. »Was ist denn los?«

»Das ist die letzte Chance, alles abzublasen«, erwiderte Marc. »Wir haben keine Absicherung, keinerlei Unterstützung, falls etwas schiefgeht.«

»Was soll das denn heißen?« Ohne den leisesten Zweifel im Blick winkte Pavic ihn zu sich. »Komm jetzt.«

Marc wollte gerade antworten, da piepste sein Smartphone. Er hob die Hand und holte das Gerät aus seiner Jacketttasche. Das S-60 war dicker als ein gewöhnliches Smartphone, sehr widerstandsfähig, wasserdicht und für höchste Anforderungen entwickelt worden. Marc hatte darüber hinaus ein paar individuelle Veränderungen vorgenommen, hatte zum Beispiel ein Chiffriergerät integriert und ein Softwarepaket installiert, das verhinderte, dass irgendjemand mit seinem Handy das machte, was er mit dem von Franko Horvat angestellt hatte. Der Anruf kam von Jürgen Goss, und Marc nahm ihn an. »Was hast du für mich?«

Er hörte, wie Goss einen lauten Seufzer ausstieß. »*Was soll denn das, Dane? Wenn Schrader dahinterkommt, was du vorhast, und wenn sie mitkriegt, dass ich dir geholfen habe …*«

»Schrader will Ergebnisse sehen«, unterbrach ihn Marc. »Wenn ich ihr eindeutige Beweise liefere, regt sie sich schnell wieder ab.« Sie wussten beide, dass ihre Chefin diese Atommüllschmuggler auch deshalb so unbedingt dingfest machen wollte, weil die Operative Einheit Nr. 7

in den letzten Monaten kaum Ergebnisse zur vermelden hatte. Schrader und de Wit würden ihm vielleicht gewisse Regelwidrigkeiten durchgehen lassen, wenn er ihnen dafür einen Erfolg lieferte. Und ganz egal, wie die Zentrale in Wien sich in der Vergangenheit geäußert hatte, eine Zerschlagung der Organisation der Kurjaks wäre ein großer Erfolg. »Was hast du für mich?«, wiederholte er.

Goss senkte verschwörerisch die Stimme. »*So was mache ich garantiert nie wieder, aber das Handy mit den Protokolldaten, die du mir zugeschickt hast, hat sich zuletzt über einen Funkmast im Norden der Stadt eingeloggt. Ich habe das Signal zurückverfolgt und eine Winkelmessung gemacht, und ich habe den wahrscheinlichen Standort des Handys bestimmt.*«

Der Österreicher nannte ihm eine Adresse, und Marc horchte auf. »Die Kurjaks haben überall in Split Immobilien aufgekauft, alles über irgendwelche Briefkastenfirmen. Ich bin mir ziemlich sicher, dass diese Adresse auch dazugehört.«

»*Das will ich gar nicht wissen!*«, brüllte Goss ihn an. »*Sobald dieses Gespräch zu Ende ist, lösche ich den Anruf und alles, was du mir zugeschickt hast!*« Er hielt inne und fügte hinzu: »*Ich finde, dass du zurückkommen solltest. Rede mit de Wit. Ich begleite dich auch. Vielleicht können wir sie gemeinsam davon überzeugen, dass an der Sache was dran ist.*«

Marc schüttelte den Kopf. »Du kennst doch die Antwort schon. Danke, Jürgen.«

»*Du bist mir was schuldig*«, erwiderte sein Gesprächspartner und legte auf.

»Und?«, wollte Pavic wissen. »Ja oder nein?«

»Los geht's«, sagte Marc und machte die Beifahrertür auf.

Horvat zog ein Päckchen Ronhills aus seiner Jackentasche und klopfte eine Zigarette heraus, steckte sie sich zwischen die Lippen und suchte nach seinem Feuerzeug. Ohne auf die Rauchverbotsschilder zu achten, stellte er sich ans Fenster und steckte sich den Glimmstängel an. Er war immer noch wütend auf diesen dämlichen Muskelprotz, der ihn im Flur wie einen Volltrottel hatte aussehen lassen. Die unterschiedlichsten Überlegungen wirbelten durch seinen Kopf, und alle drehten sich darum, wie er dem jungen Sergeant das Leben von nun an zur Hölle machen konnte. Er hatte viele Freunde bei der Schutzpolizei und wusste über so viele heimliche Vergehen und kleine Geheimnisse Bescheid, dass er genügend Möglichkeiten hatte, Druck auszuüben. Im Moment jedenfalls war Horvat so sauer, dass er viel darum gegeben hätte, dass dieser Vollidiot einen schmutzigen und höchst gefährlichen Dienstauftrag bekam. Bei der Vorstellung, dass der Sergeant – *Wie war noch mal sein Name? Pavic?* – irgendwo am Strand von betrunkenen Touristen vollgekotzt wurde oder, noch besser, ihm irgendein Junkie in einer üblen Gegend der Stadt ein Messer zwischen die Rippen rammte, musste er grinsen.

Er starrte zum Fenster hinaus und sah zwischen zwei Zügen, wie eine Gestalt den Parkplatz überquerte. Horvat kniff die Augen zusammen. Noch so einer, der auf seiner persönlichen Hassliste ganz weit oben stand – dieser englische Schwachmat, der ihm ständig widersprechen musste. Horvat fuhr den Mittelfinger aus und wünschte sich sehnsüchtig, dass der Kerl zu ihm hochsah, aber dieser Wunsch ging nicht in Erfüllung.

Stattdessen blieb der Engländer stehen, quatschte in sein Handy und gab irgendjemandem in einem Auto ein Zeichen. Und dieser Jemand war … Sergeant Muskelprotz!

Er hatte seine Uniformjacke ausgezogen, aber trotzdem – er war es ganz eindeutig.

Die kennen sich? Horvat holte tief Luft und musste husten. Automatisch drückte er die Zigarette aus und verarbeitete das Gesehene.

Franko Horvat war alles andere als ein guter Ermittler, aber er besaß eine instinktive Schläue und ein misstrauisches Wesen. Er glaubte nicht an Zufälle. Darum ließ er sich die gesamte Auseinandersetzung mit Pavic im Flur noch einmal durch den Kopf gehen, jede einzelne Szene. Gab es da vielleicht irgendwo eine Verbindung zu dem Engländer und diesen Wichtigtuern von der UNO?

Unten auf dem Parkplatz hatte Dane sein Telefonat mittlerweile beendet und steuerte Pavics Wagen an. *Die haben irgendwas vor.* Da war Horvat sich ganz sicher.

Auf sein Gefühl war bis jetzt noch immer Verlass gewesen. So schnell er konnte, machte der Inspektor sich auf den Weg zum Fahrstuhl und zwängte sich durch die fast schon geschlossene Tür in die Kabine. Dann hieb er mit der Faust auf die Erdgeschosstaste.

Er musste an Bojan Kurjaks Worte denken. *Willst du dir einen Bonus verdienen? Behalt sie im Blick. Unternimm was dagegen.*

Grinsend fischte er die Schlüssel zu seinem alten Lada aus der Manteltasche und streifte mit den Fingern kurz den unregistrierten Revolver, den er in einer verborgenen Tasche immer mit sich führte.

*

Neven Kurjak und Oleg Fedorin waren sich auf dem Deck der Jacht irgendeines reichen Schwachkopfs in den seichten Gewässern des Kaspischen Meeres zum ersten Mal begegnet. Er konnte sich noch sehr gut an das Wochenende erinnern. Geschäftlich waren er und sein Bruder damals gerade ziemlich erfolgreich gewesen. Auf der Jacht hatten sie sich, getarnt durch eine dreitägige Party, mit einer Gruppe finnischer Neofaschisten getroffen, die Gewehre kaufen wollten. Bedauerlicherweise hatten die Finnen sich als reine Zeitverschwendung erwiesen, weil sie nicht mit Geld, sondern vor allem mit Revolutionsrhetorik für die Waffen bezahlen wollten, aber dann hatte die zufällige Begegnung mit Fedorin den Ausflug doch noch lohnend gemacht. Es war der Beginn einer angenehmen finanziellen Partnerschaft gewesen.

Neven verstand sich gut mit Fedorin, aber Bojan hielt ihn für arrogant und überheblich, weil er ständig den Eindruck vermittelte, als hätte er immer und überall die Zügel in der Hand. Aber das hatte er sich in Russland so angewöhnt, wo er das Amt eines Generals der strategischen Streitkräfte bekleidete. Ansonsten aber war er einfach nur Oleg, immer überaus gepflegt und belesen, mit einem Hang zum Glücksspiel sowie zu den etwas zwangloseren Formen der Freizeitgestaltung, wie sie zum Beispiel in Südostasien angeboten wurden. In Bezug auf das Glücksspiel stand er allerdings beständig am Abgrund zur Sucht. Bojan, der immer ein Auge für die Schwächen seiner Mitmenschen hatte, hatte vorgeschlagen, Fedorin eine »Beraterrolle« bei der Kurjak International Shipping Company anzubieten und ihm im Gegenzug bei der Rückzahlung seiner Schulden behilflich zu sein.

Fedorin war ein treuer Russe, ein Anhänger der nationalistischen Rodina-Partei, und hätte niemals etwas unternommen, was sein Vaterland in Gefahr gebracht hätte. Aber er hatte keine Probleme damit, die Inventarlisten der Waffen- und Munitionsvorräte so zu manipulieren, dass die Kurjaks Kalaschnikows an afrikanische Milizen oder unternehmungslustige Gangsterbanden in Nordamerika verkaufen konnten. Außerdem hatte er den Brüdern mithilfe seiner Beziehungen innerhalb des Militärs diverse Materialien und Papiere besorgt, mit denen sie ihrem Atombombenschwindel ein Mäntelchen der Glaubwürdigkeit hatten umhängen können.

Das alles war jetzt schon etliche Jahre her. In der Zwischenzeit war der General in die höheren Kreise Moskaus befördert worden, wo seine Beziehungen zu serbischen Gangstern als unschicklich galten. Darum hatte Neven Kurjak sehr überrascht reagiert, als Oleg Fedorin sich sehr inoffiziell bei ihm gemeldet und auf einem Treffen bestanden hatte.

Die Kommunikation war nur auf das Nötigste beschränkt gewesen. Fedorin hatte einen dicken Fisch zu verkaufen, und nur ein sehr begrenztes Zeitfenster. Nevens Gier befand sich zwar im ständigen Widerstreit mit seinem Sicherheitsbedürfnis, aber letztendlich hatte Erstere gesiegt.

Der Mann, der nun von einem Leibwächter der Kurjaks abgetastet und durchsucht wurde, sah zwar aus wie der Oleg Fedorin, den Neven von jenem Wochenende auf der Jacht noch in Erinnerung hatte, allerdings war er viel stärker gealtert, als man das hätte vermuten können.

Irgendwie sah er kleiner aus, als läge eine unsichtbare Last auf seinen Schultern. Neven warf Bojan einen Blick zu und sah das leise Lächeln auf dessen Gesicht. Er hatte die Schwäche des Russen und die damit verbundenen Möglichkeiten erkannt.

Fedorin hatte nur einen einzigen Mann mitgebracht, einen Mittzwanziger mit dem Körperbau eines Schwimmers. Er hatte einen Wanderrucksack auf dem Rücken und trug einen weiten Mantel, in dem er garantiert mindestens eine Schusswaffe versteckt hielt. Fedorin stellte seinen Begleiter nicht vor, aber die Blicke, die die beiden sich immer wieder zuwarfen, ließen bei Neven die Alarmglocken schrillen. Bei jedem anderen hätte er das Treffen sofort abgeblasen.

»Herr General«, fing Neven an. »Es ist lange her. Wir dachten schon, Sie hätten Ihre Freunde in diesem Teil der Welt völlig vergessen.«

»Ich vergesse nie etwas«, erwiderte Fedorin mit schmalem Lächeln und ließ den Blick über die anderen Männer im Raum schweifen. »So viele Leute? Ist das wirklich nötig? Vertrauen Sie mir etwa nicht?«

Bojan beschrieb mit dem ausgestreckten Arm einen Halbkreis. »Sicherheit ist oberstes Gebot, Herr General. Das verstehen Sie gewiss.« Dann deutete er mit dem Kinn auf Fedorins Begleiter. »Und wer ist das?«

»Vladimir«, erwiderte der Mann mit dem Rucksack, obwohl Fedorin ihm mit erhobener Hand signalisiert hatte, still zu bleiben.

Neven überlegte. Vladimir hatte also keine Erfahrung in solchen Dingen, ansonsten hätte er den Mund gehalten. »Als wir uns das letzte Mal begegnet sind, hatten Sie Dutzende von Beschützern dabei. Ein einziger sieht mir ein bisschen nach Abstieg aus.«

»Betrachten Sie es als Geste des Respekts«, erwiderte Fedorin immer noch lächelnd. »So großes Vertrauen habe ich zu Ihnen.«

»Oder liegt es womöglich daran, dass Sie an Einfluss eingebüßt haben?« Bojan schlenderte durch den Raum. »Man hat den Namen Fedorin in letzter Zeit gar nicht mehr gehört. Woran liegt das?«

»In letzter Zeit war ich für Aufträge abgestellt, die der strengsten Geheimhaltung unterliegen. Sie verstehen.«

»*Mmm-hmm.*« Bojan blieb stehen und schnüffelte.

Dann blickte er Neven an. »Riechst du das auch, kleiner Bruder?«

Sie hatten dieses Spielchen schon öfter gespielt. Neven wusste, was er zu sagen hatte. »Verzweiflung?« Jetzt, wo er Fedorin ein bisschen gründlicher in den Blick nahm, nahm er tatsächlich eine gewisse Nervosität wahr. Also hatte er mit seinem ursprünglichen Verdacht doch recht gehabt. Er beschloss nachzulegen. »Das kurzfristige Treffen. Die wertvolle Ware … ich glaube, Sie sind auf der Flucht.« Das kurze panische Flackern in Fedorins Blick beseitigte die letzten Zweifel, und dann sah er denselben Ausdruck auch auf Vladimirs Miene. *Alle beide … haben Angst um den anderen.*

»Ich wiederhole nur ungern Gerüchte, Oleg«, sagte Bojan, »aber ich habe gehört, was über dich geredet wird.« Er verwendete absichtlich Fedorins Vornamen, missachtete dessen Titel damit ebenso wie jeden eventuell noch vorhandenen Anflug von Überlegenheit. »Was deine Vorlieben angeht.« Bojan musterte Vladimir von Kopf bis Fuß und kicherte leise.

»Oh.« Jetzt hatte auch Neven begriffen, in welchem Verhältnis Fedorin und sein »Leibwächter« zueinander standen. Mit einem Mal erhielten ein Dutzend belangloser Bemerkungen, die im Lauf ihrer jahrelangen Zusammenarbeit gefallen waren, eine ganz neue Bedeutung. Er war bestürzt darüber, dass er das nicht schon viel früher erkannt hatte, aber dann wurde ihm alles klar, und er nickte. »Ich verstehe. Ist jemand dahintergekommen? Jemand, der beschlossen hat, es gegen Sie zu verwenden?«

Fedorin wich ein Stück zurück, stellte sich etwas dichter zu Vladimir. Müdigkeit schlich sich in seine Züge. »Mein … persönlicher Lebensstil stößt bei der Regierung meines Landes auf wenig Verständnis.«

»Uns ist es scheißegal, wen du vögelst.« Bojan nickte kühl und ließ keinen Zweifel daran, wer bei diesem Spiel am längeren Hebel saß. »Was willst du von uns, und was kannst du uns im Gegenzug dafür anbieten?«

»Ich spiele meinen allerletzten Trumpf aus«, erwiderte Fedorin und ließ ein schwaches, bösartiges Lächeln sehen. »Und, ehrlich gesagt, wenn ich mich an jemand anderen hätte wenden können, hätte ich es getan. Aber alle anderen werden überwacht.«

»Ganz reizend«, knurrte Neven leise und starrte Vladimir an. »Ernsthaft? Der könnte doch dein eigener Sohn sein.«

»Ihr braucht einen Notausgang. Ihr seid *verzweifelt*!« Bojan lenkte die allgemeine Aufmerksamkeit wieder auf das eigentliche Thema.

Fedorin presste die Lippen zu einem schmalen Strich zusammen. Er nickte Vladimir zu, und dieser nahm behutsam den Rucksack ab. »Ich will zwanzig Millionen US-Dollar auf mein Schweizer Bankkonto haben, heute Abend noch.« Er starrte den Kurjak-Brüdern in die Augen, und für einen kurzen, flüchtigen Augenblick blitzte wieder der alte befehlsgewohnte General Fedorin auf. »Und eins können Sie mir glauben: Wenn Sie sehen, was ich Ihnen anzubieten habe, dann werden Sie mir das Geld auch geben.«

4

Pavic stellte den VW in einer Gasse hinter einem dreigeschossigen Einkaufszentrum ab. Dann folgte Marc ihm eine wackelige Eisentreppe hinauf, bis sie auf das mit Pappe gedeckte Dach gelangten. Sie duckten sich, damit sie von unten nicht gesehen werden konnten.

Die Sonne stand bereits hinter den Hausdächern, die Schatten wurden immer länger und immer schwärzer. Nur einige wenige Geschäfte in den unteren Stockwerken des Einkaufszentrums hatten noch geöffnet, aber abgesehen davon gab es nichts, was sie bei der Beobachtung des gegenüberliegenden Wohnblocks hätte stören können.

»Hier drüben.« Marc hatte neben einem kleinen Mäuerchen einen turmartigen Belüftungsschacht entdeckt und kauerte sich in dessen Schatten. Dann setzte er seinen kleinen Rucksack ab, holte eine Panasonic-Digitalkamera mit langem Teleobjektiv heraus und nahm das Ziel ins Visier.

Pavic kniete sich neben ihn und beobachtete konzentriert das Gebäude. »Da stehen ein paar Leute vor dem Haus herum und versuchen, möglichst unauffällig auszusehen.«

Marc machte die Blende seiner Kamera ganz weit auf und ließ den Verschluss etwa ein Dutzend Mal klicken. »Hast du einen von denen erkannt? Ist dein Kumpel Vanja vielleicht dabei?«

»Ich kann ihn nicht sehen.«

»Wie bist du überhaupt an den Kerl geraten?« Sie wussten beide, dass die Kurjaks die Verschwiegenheit ihrer Helfershelfer mit Gold oder aber mit Blei sicherstellten, je nachdem, wie viel Loyalität von ihnen zu erwarten war. Die NSNS war jedenfalls unter anderem deshalb nie an sie herangekommen, weil der Schutzschild um ihre Organisation praktisch undurchdringlich war.

»Er war mir etwas schuldig«, erwiderte Pavic, und sein Tonfall machte Marc deutlich, dass er keinerlei weitere Erklärungen zu erwarten hatte.

Vielleicht konnte er ja später noch einmal darauf zurückkommen, doch im Moment musste er sich auf die vor ihnen liegende Aufgabe konzentrieren. Er hängte sich die Kamera um den Hals und scannte mit dem thermografischen Sensor seines Smartphones die Hauswand des Wohnblocks ab. Schon nach wenigen Augenblicken hatte er in einem der oberen Stockwerke ein paar gelblich-orangefarbene Punkte ausgemacht, die auf die Wärmestrahlung menschlicher Körper hindeuteten. Er nahm die Kamera wieder in die Hand und reichte Pavic sein Smartphone. »Da sind sie ja. Sieht ganz so aus, als wäre das Treffen schon in vollem Gang.« Er machte ein Foto nach dem anderen, füllte die Speicherkarte mit Stillleben der Plastikfolie, die vor dem Baugerüst hing. Aber immerhin bekam er gelegentlich durch einen Riss in der Folie auch ein Gesicht oder zumindest Teile davon vor die Linse. »Mist, wir hätten mal ein Parabolmikrofon mitbringen sollen.«

»Da. Ist das Bojan?« Pavic streckte die Hand aus und verzog angewidert das Gesicht.

»Na, hallo.« Marc zoomte heran und machte eine schöne Seitenprofilaufnahme des älteren Kurjak-Bruders. »Das ist er, wie er leibt und lebt. Und wenn Bojan da ist, dann ist auch Neven nicht weit.« Durch das Studium der Europol-Akten wusste er, wie die beiden aussahen, und kannte auch etliche der Ganoven aus ihrem Umfeld. Da kam ein weiterer Mann ins Blickfeld – älter, ergrauende Haare, slawische Gesichtszüge – und gestikulierte. »Den kenne ich nicht«, sagte er mehr zu sich selbst und knipste weiter. »Vielleicht ja der Kunde?«

»Wie willst du vorgehen?«, erkundigte sich Pavic leise, Er hatte die Jacke aufgeknöpft, und Marc konnte im Dämmerlicht das Schulterhalfter mit der HS-2000, seiner Dienstpistole, deutlich sehen. »Zu zweit können wir die unmöglich festnehmen.«

»Dann müssen wir uns eben für die zweitbeste Möglichkeit entscheiden. Wir sammeln Beweise.« Marc verzog das Gesicht, aber er wusste, dass Pavic recht hatte. »So viele, dass Schrader mich auf keinen Fall wieder wegschicken kann.« Er tippte auf eine Taste an der Kamera und aktivierte die Funkübertragung. Die Kamera verband sich nun automatisch mit seinem Handy und dem Cloudserver, bei dem Marc sich für wenig Geld Speicherplatz gemietet hatte. Jetzt wurden Sicherheitskopien seiner Aufnahmen ins Internet hochgeladen.

Pavic blickte Marc dabei über die Schulter und sah zu, wie die Bilder der Männer auf der anderen Straßenseite über das Display zuckten. Dabei kniff er die Augen zusammen.

»Stimmt was nicht?«

Der Polizist schüttelte den Kopf und wandte sich ab. »Nicht wichtig.«

Bojans Geduld mit dem arroganten Russen war erschöpft. Kopfschüttelnd nahm er den gut aussehenden Begleiter des Generals ins Visier. »Dein Stecher hat den Verstand verloren«, herrschte er ihn an. »Glaubt ihr im Ernst, dass wir solchen Typen wie euch so einen Haufen Kohle in den Rachen schmeißen können?«

Neven sah Bojan mit gerunzelter Stirn an. Er wusste genau, was sein jüngerer Bruder dachte. Zwanzig Millionen US-Dollar, das war praktisch das gesamte Betriebskapital ihrer Organisation in Kroatien. Sie besaßen zwar überall im Land reich gefüllte Lagerhallen mit Waffen und Munition, aber was Bargeld anging, war ihr Spielraum nicht besonders groß.

Bojan verglich das Geld mittlerweile gerne mit dem Meer. Es schwappte bei jeder ihrer Transaktionen an Land und dann wieder zurück. Das meiste gehörte anderen Leuten, die mithilfe der Briefkastenfirmen der Kurjaks ihre Gewinne reinwuschen und für diese Dienstleistung einen angemessenen Anteil liegen ließen. Leuten wie den Georgiern oder den Ukrainern, diesen Typen in Afrika oder den Cousins aus Kanada, die ihr albernes Spielgeld wieder nach Europa zurückfließen ließen.

Er schnaubte. Was bildete dieser Russe sich eigentlich ein? *Zwanzig Millionen?* Fedorin hätte genauso gut den Mond verlangen können, da wäre die Wahrscheinlichkeit auch nicht größer gewesen.

»Du bist ein Relikt aus dem Kalten Krieg, aber mit solchen Leuten wollen wir nichts mehr zu tun haben.« Bojan war wütend, weil sie ihre Zeit so verplempert hatten. »Du hast uns fallen lassen, als wir nicht mehr gut genug für dich waren, und jetzt tauchst du mit einem Mal wieder auf und stellst solche absurden Forderungen?« Er schüttelte den Kopf und schickte seine Männer mit einer Handbewegung weg, außer Hörweite. Bojan blickte seinen Bruder an. »Er glaubt, wir wären Idioten, Neven. Du hast recht gehabt. Wir hätten diesen Dummkopf niemals empfangen dürfen.«

Fedorin ließ ein leises Kichern hören. »Sehr witzig, Kurjak. Weil ich nämlich genau das anzubieten habe: ein Relikt aus dem Kalten Krieg.« Er gab Vladimir ein Zeichen, das so viel bedeutete wie *Los geht's.*

Der Begleiter des Russen machte seinen Rucksack auf und entnahm ihm einen großen, schweren Metallkoffer, einen von der Sorte, die mit viel Schaumstoff ausgekleidet werden, um wertvolle Antiquitäten oder andere empfindliche Gegenstände zu transportieren. Vladimir legte ihn sehr behutsam, fast so, als wäre er giftig, auf einer aufklappbaren Werkbank ab. Dann machte er einen Schritt zurück. Schweiß trat ihm auf die Stirn, als Fedorin die schweren Schnallen öffnete.

Der Russe begleitete seine Handgriffe mit einem Vortrag. »Was Ihre Geschäfte mit dem roten Quecksilber angeht … haben Sie sich eigentlich jemals gefragt, wer dieses Märchen erfunden hat?« Er wartete eine Antwort gar nicht erst ab. »*Wir* waren das. Der KGB hat bei seinen Desinformationskampagnen sehr langfristig gedacht. Wir haben die ersten Samenkörner ausgesät, streng geheim, und unsere Feinde im Westen über die Wahrheit hinweggetäuscht. Denn wir waren längst nicht so mächtig, längst nicht so weit fortgeschritten, wie sie geglaubt haben. Aber wir mussten unbedingt dafür sorgen, dass sie das niemals erfuhren. Amerika war schon immer eher für die brachiale Gewalt als für die Raffinesse zu haben, und das haben wir uns zunutze gemacht. Schließlich ist eine Lüge sehr viel billiger als alles andere, finden Sie nicht auch?« Er ließ die letzte Kofferschnalle aufschnappen, so laut, dass Bojan reflexartig nach der Glock-Halbautomatik in seinem Hosenbund griff.

Er zögerte, doch mit einem Mal lag eine spürbare Spannung in der Luft. Er warf seinen Männern einen Blick zu und befahl ihnen mit einer knappen Kopfbewegung Zurückhaltung.

»Was ist da drin?«, erkundigte sich Neven, als er die Anspannung nicht länger ertrug.

»Noch eine Lüge«, erwiderte Fedorin. Er klappte den Deckel auf und drehte den Koffer so, dass alle ins Innere sehen konnten.

Vor ihnen lag, in Längsrichtung, ein dicker Stahlzylinder. Zahlreiche Verbindungskabel liefen spinnennetzartig von beiden Enden zu einem komplizierten Bedienungsfeld voller klobiger Elektronikbauteile, die schon seit dreißig Jahren veraltet waren. Der Russe zog einen Schlüssel aus seiner Tasche und steckte ihn in ein Schloss. Er drehte ihn um, und das Gerät erwachte zum Leben. Dicke rote LEDs ließen eine Zahlenreihe aufflammen. Fedorin gab auf der kleinen Tastatur gleich daneben einen Code ein.

»Eine Bombe«, sagte Neven und wich zurück.

»Weit mehr als das«, verbesserte ihn Fedorin. »Das ist nicht *eine* Bombe, das ist *die* Bombe. Meine Herren, ich darf Ihnen ein Spielzeug aus der schlechten, alten Zeit präsentieren. Das hier ist Posten Nummer drei aus dem Exile-Programm. Ich nehme an, Sie haben davon gehört. Einer von fünf tragbaren Atomsprengsätzen, die als Erstschlagwaffen für den Fall eines Krieges mit den Vereinigten Staaten von Amerika konzipiert wurden.«

Ein nervöses Lachen drang aus Bojans Mund. »Das ist natürlich ein Witz. Eine solche Waffe gibt es nicht. Das ist eine Lüge, genau wie das rote Quecksilber!« Er schnaubte. »Ein Betrüger lässt sich nicht betrügen.«

Fedorin sah ihn an, während Vladimir, der neben ihm stand, leichenblass geworden war. »Sechs Kilotonnen Sprengkraft. Ein Meisterwerk sowjetischer Wissenschaft und Ingenieurskunst. Wenn sie hier gezündet würde, dann wäre die Stadt Split auf Hunderte Jahre nur noch eine radioaktive Wüste.«

Neven schüttelte den Kopf. »Nein, nein, nein. Die Russen haben das Exile-Programm 1991 beendet, während Gorbatschows Präsidentschaft. Die Amerikaner sollen ihn dazu gezwungen haben, soweit ich weiß.«

»Zum Teil stimmt das«, erwiderte Fedorin. »Zwei Posten wurden tatsächlich unschädlich gemacht und einbehalten. Ich habe einen davon erworben, als … Versicherung, sagen wir mal, und habe ihn reaktivieren lassen.« Er betrachtete sein Gegenüber im vollen Bewusstsein der Tatsache, dass der ganze Raum an seinen Lippen hing. »Sie kennen mich, Neven. Sie haben mir beim Kartenspielen zugesehen, damals, als ich im Casino von Macau eine Million Dollar gewonnen und anschließend wieder verspielt habe. Denken Sie nach. Bluffe ich etwa?«

»Nein«, erwiderte Bojans Bruder hölzern. Vladimir holte einen Partikeldetektor aus seinem Rucksack und reichte ihn Neven. Nachdem dieser sich versichert hatte, dass nichts auf eine Manipulation des Messgeräts hindeutete, führte er es an dem Stahlzylinder entlang. Das insektenähnliche Klicken des Geigerzählers schwoll dabei dramatisch an. »Oh großer Gott. Das ist … *Das ist …*« Er brachte kein Wort mehr heraus.

»Die letzte Geisterwaffe der UdSSR«, vollendete Fedorin seinen Satz. »Sie haben ja im Lauf der Zeit genügend Fälschungen an den Mann gebracht, sodass Sie sicherlich wissen, wann Sie es mit einer echten Bombe zu tun haben. Ich biete Ihnen hiermit die Chance, in eine andere Liga aufzusteigen.«

Unsicher trat Bojan einen Schritt näher. Er hatte schon etliche Geschichten über diese sogenannten »Atomkoffer« gehört, kompakte Nuklearsprengsätze, die über die Grenzen verfeindeter Staaten geschmuggelt werden konnten, um irgendwo in der Nähe von Regierungssitzen oder wichtigen militärischen Einrichtungen versteckt zu werden. Und wenn der Kalte Krieg dann irgendwann heiß geworden wäre, hätte man sie gezündet. Er warf einen Blick auf seine Männer. Ob irgendeiner von denen begreifen konnte, was hier vor ihnen lag?

Der General holte einen dicken Aktenordner aus dem Rucksack und warf ihn neben den Koffer auf die Werkbank. Bojan blinzelte und nahm die Akte kaum wahr. Es war nicht einfach, sich von dem dunkelroten Display der Bombe nicht magisch angezogen zu fühlen. »Der Kaufpreis beinhaltet sämtliche technischen Spezifikationen sowie die Baupläne des Sprengsatzes. Aber dazu ist schnelles Handeln erforderlich. Das Angebot ist zeitlich begrenzt.« Fedorin ließ sich von seinem eigenen Galgenhumor ein grimmiges Schnauben entlocken.

Bojan zog seine Pistole. »Mal angenommen, wir töten Sie und den hübschen Burschen da drüben gleich mit, was passiert dann? Warum sollen wir so viel Geld für etwas bezahlen, was wir uns einfach nehmen können?«

»Ich habe den Vibrationszünder der Bombe aktiviert«, erläuterte Fedorin. »Und ich bin der einzige Mensch, der den Deaktivierungscode kennt. Wenn Sie Vladimir oder mir etwas antun, dann sterben wir alle. Zusammen mit der gesamten Stadt.« Der Gefährte des Generals wandte sich mit flehender Miene zu ihm um, doch der General winkte ab. Seine Miene wurde hart und abweisend. »Das sind meine Bedingungen. Das Geld ist, wenn Sie so wollen, eine Entsperrungsgebühr. Sie sollten sich jedoch nicht allzu viel Zeit mit Ihrer Entscheidung lassen.«

»Warum machen Sie das?«, wollte Neven wissen. »Wenn die Bombe explodiert ...«

»Ich bin verzweifelt, haben Sie das schon vergessen?«, unterbrach ihn Fedorin. »Sie haben keine Ahnung, wie sehr! Morgen wird man in Moskau eine Meldung veröffentlichen, in der man mich … schrecklicher Dinge beschuldigt. Ich habe keine Zeit mehr. Ich muss verschwinden. Man hat mich zu dieser extremen Maßnahme gezwungen.« Mit einem Mal schlug seine Stimmung in wilde Wut um. »Ich weiß, dass Sie das Geld haben! Lügen Sie mich nicht an! Ich kenne den Stand Ihres Kontos auf den Caymaninseln. Sie haben genug!«

»Aber das dürfen wir nicht …«, setzte Bojan an, bis Neven ihm die Hand auf den Arm legte und seinen Bruder zur Seite zog.

»Das Ding ist echt«, flüsterte Neven. »Es ist *echt*! Wir wissen, dass Fedorin auf solche Waffen Zugriff gehabt hat. Wir wissen, dass alles, was er uns erzählt hat, stimmen kann. Bruder, er hat uns das Geschäft unseres Lebens beschert.«

»Eine *Atombombe*?« Bojan schüttelte den Kopf. Kalte Angst legte sich um seine Brust, während diese Tatsache immer mehr in sein Bewusstsein einsickerte. »Das ist ein paar Nummern größer als Gewehre und Granaten, Neven. Zu groß. Wir können das nicht …« Er hielt inne, schüttelte den Kopf. Er empfand wirklich nicht oft Angst, aber jetzt war einer dieser seltenen Momente. »Sag ihm, er soll sie entschärfen. Sag ihm, er soll sie wieder mitnehmen.«

Doch dann stellte Neven ihm die Frage, die seine Panik schlagartig besänftigte. »Was glaubst du wohl, was das Ding wert ist? Wir könnten das Fünffache dafür verlangen, wenn nicht sogar noch mehr. Du weißt, dass ich recht habe.«

»Schon.« Bojans Kehle war wie ausgedörrt, und ihm wurde schwindelig. »*Schon*. Da gibt es bloß ein kleines Problem.«

»Das Geld.« Neven nickte. Was Fedorin dort auf ihrem geheimen Bankkonto gesehen hatte, war gewaschenes Geld, das für ihre Kunden bereitlag. Sie durften es unter keinen Umständen anrühren, es sei denn, sie wollten Geld unterschlagen, das sehr gewalttätigen und äußerst reizbaren Menschen gehörte. Menschen, die, ganz im Gegensatz zu den Terroristen, die sie in der Vergangenheit übers Ohr gehauen hatten, *ganz genau* wussten, wo sie zu finden waren. »Das ist zu kurz gedacht, Bruder. Wir geben das Geld aus, jetzt, heute Abend noch. Später ersetzen wir es dann wieder, mit Zins und Zinseszins, und können uns mit dem, was übrig ist, trotzdem als reiche Männer zur Ruhe setzen. Als sehr reiche Männer sogar.«

Unwillkürlich zeigte sich ein Lächeln auf Bojans Gesicht. Er empfand dieselbe Verwegenheit, spürte denselben Ansturm des Adrenalins wie jedes Mal, wenn sie einen besonders riskanten Schwindel durchgezogen hatten. Er betrachtete den silbernen Koffer mit neuen Augen und stellte fest, dass er ihn haben wollte. Dass er das, was er repräsentierte, haben wollte.

»Ich verliere langsam die Geduld«, sagte Fedorin. »Wie lautet Ihre Antwort?«

Neven und Bojan wechselten einen wissenden Blick. Sie empfanden beide genau die gleiche Erregung.

»Gib dem Mann sein Geld«, sagte der ältere Bruder. *Letztendlich gewinnt eben immer die Gier*, dachte er.

»Ich weiß auch nicht«, sagte Marc. »Vielleicht haben die ja einen Häkelzirkel gegründet.« Er suchte mit dem Kameraobjektiv die ganze Gebäudefront ab.

»Bewegung«, sagte Pavic und hob das Kinn.

Marc beugte sich nach vorne und stützte das Objektiv auf der Dachkante ab. Schnell hatte er die Männer erfasst, die jetzt das Erdgeschoss verließen und auf die Straße traten. Auch Bojan Kurjak gehörte zu ihnen. Er zündete sich gerade eine Zigarette an, und seine Körpersprache verriet höchste Anspannung. Auch der ältere Mann mit den slawischen Zügen, den Marc schon vorhin gesehen hatte, und dessen durchtrainierter Begleiter waren mit von der Partie. Beide sahen sehr müde und erschöpft aus.

Der automatische Verschluss der Kamera surrte, während Marc noch mehr Bilder machte. Sie gingen zu einem silbernen Škoda am Straßenrand. Der junge Mann hatte es sehr eilig, ans Steuer zu kommen, als könnte es ihm gar nicht schnell genug gehen. Marc bekam eine schöne Aufnahme von seinem Gesicht und zoomte sich dann so nahe wie möglich heran, um auch Bojan und den anderen, der der Kunde sein musste, zu fotografieren.

»Kannst du sehen, was sie da machen?«, wollte Pavic wissen.

»Ja.« Der Kunde starrte mit unbewegter Miene auf sein Smartphone. Er schien etwas zu sehen, was ihm gefiel, weil er nämlich erleichtert nickte, dann streckte er dem älteren der beiden Kurjak-Brüder einen gefalteten Zettel entgegen.

Bojan riss ihn an sich und begann dann sofort zu telefonieren. Als der Kunde in den Škoda einstieg und der Wagen losfuhr, war Marc für einen Moment unsicher, doch dann beschloss er, ganz bei dem Serben zu bleiben. Er sah, wie Bojan den Kopf hob und zu einem der oberen Stockwerke des Wohnblocks hinaufblickte. Dabei las er etwas von dem Zettel ab, den der Kunde ihm gegeben hatte. *Irgendwann muss ich mal Lippenlesen lernen,* dachte Marc.

»Er redet mit jemandem da oben«, sagte Pavic. »Wahrscheinlich Neven.«

Marc nickte, und Bojan beendete das Telefonat. Anschließend nahm der Serbe sehr bedächtig die Zigarette aus seinem Mundwinkel und steckte damit den Zettel in Brand.

Während er noch die Asche beiseiteschnipste, glitten zwei Fahrzeuge – eine elegante Mercedes-Limousine und ein dunkelblauer Renault-Van – aus der verborgenen Zufahrt einer Tiefgarage unter dem Wohnblock hervor. Marc stieß einen leisen Fluch aus. Das Treffen war beendet, und jetzt zogen die Kurjaks weiter.

Er zog sich von der Dachkante zurück. »Komm, wir müssen los!«

Pavic folgte ihm im Laufschritt die laut klappernde Eisentreppe hinunter. Die rostigen Streben gaben dabei besorgniserregende Kreischlaute von sich. Als Marc bei dem VW eintraf, musste er feststellen, dass die Heckleuchten der anderen schon am hinteren Ende der Gasse angelangt waren. Er rannte bis zur Straße und sah gerade noch, wie der Mercedes und der Renault sich in den abendlichen Verkehr einfädelten. Instinktiv richtete er die Digitalkamera in Richtung der Fahrzeuge und drückte ab. »*Verdammt!* Jetzt holen wir sie nie wieder ein.«

»Hast du vielleicht die Kennzeichen draufbekommen?« Pavic war jetzt wieder neben ihm.

Marc reichte ihm die Kamera. »Man müsste sie erkennen können.« Dann schüttelte er den Kopf. Er war wütend auf sich selbst. »Vielleicht lässt sich ja was draus machen, aber sicher bin ich mir nicht … Das passiert eben, wenn man keine Unterstützung dabei hat.«

Das passiert, wenn man gegen die Vorschriften handelt, ließ sich eine Stimme in seinem Hinterkopf vernehmen. Sie hörte sich unerfreulicherweise sehr nach Samantha Green an.

»Noch sind wir nicht geschlagen«, sagte Pavic, blickte

nach rechts und links und wartete auf eine Lücke im Verkehr. »Komm mit.« Er rannte über die Straße, direkt auf den verlassenen Wohnblock zu.

Marc zog eine Grimasse und lief ihm hinterher.

Horvat beobachtete hämisch grinsend, wie der Engländer quer über die Straße rannte. Einen Augenblick lang weidete er sich an der Vorstellung, wie er ihn mit seinem Lada über den Haufen fuhr. Er saß am Steuer des Wagens, direkt unter einer defekten Straßenlaterne, sodass er alles, was um ihn herum vor sich ging, genau beobachten konnte, ohne selbst gesehen zu werden.

Er hatte den richtigen Riecher gehabt, wie immer. Jetzt fischte er das protzige goldene iPhone, das Bojan ihm geschenkt hatte, aus der Tasche und wählte eine Nummer. Er verabscheute dieses Ding. Es sah aus, als gehörte es irgendeinem belanglosen Strichmädchen, und Horvat hatte den leisen Verdacht, dass Bojan ihn genau aus diesem Grund gezwungen hatte, es immer bei sich zu tragen. Die Kurjak-Brüder machten sich gerne einen Spaß auf anderer Leute Kosten. *Tja, aber heute Abend drehe ich den Spieß um.*

Bojan nahm beim zweiten Klingeln ab. *»Hast du wenigstens dieses Mal etwas Interessantes für mich?«*, schnaubte er in den Hörer. Aufgrund der Hintergrundgeräusche wusste Horvat, dass die Kurjaks immer noch in dem Mercedes saßen, mit dem er sie gerade eben hatte wegfahren sehen.

»Was wolltet ihr eigentlich gerade in den Delfin-Apartments?«, fragte Horvat, der sich gerade noch rechtzeitig an den Namen des renovierungsbedürftigen Wohnblocks erinnert hatte.

»Was?« Der Ärger war dem anderen deutlich anzuhören. *»Spionierst du uns etwa nach?«*

Horvat ging nicht darauf ein. »Ich frage deshalb, weil euch vermutlich nicht klar war, dass ihr von einem Europol-Schweinehund beobachtet worden seid.«

Nach einer langen Stille sagte Bojan: »*Woher weißt du das?*«

»Weil ich gerade direkt vor dem Wohnblock stehe. Während der Schweinehund und sein Kumpel da drin herumschnüffeln. Ich habe euch gewarnt.«

Es raschelte laut, als Bojan die Hand über das Mikrofon seines Handys legte. Trotzdem konnte Horvat die wütenden Befehle deutlich hören, ebenso wie die quietschenden Bremsen und die anklagenden Hupen. Eine Autotür knallte, und er hörte etwas, was klang wie: ... *im Van, hol sie zurück, und zwar schnell.*

Dann dauerte es noch einen kurzen Augenblick, bis der ältere Kurjak wieder in der Leitung war. »*Hör mir gut zu*«, sagte Bojan und betonte jedes Wort überdeutlich. »*Du gehst jetzt zur Haustür, und da wartest du, gut versteckt, sodass dich keiner sieht. Meine Männer sind unterwegs. Du sagst ihnen alles, was du weißt, und dann sorgst du dafür, dass nichts an uns hängen bleibt.*«

Horvat stieß einen deutlich hörbaren Seufzer aus und holte eine Skimaske aus dem Handschuhfach. »Und was ist mit meinem Honorar?« Er zog an seiner Jacke und spürte seinen schweren, nicht registrierten Revolver.

»Verdien es dir«, erwiderte Bojan und legte auf.

Pavic übernahm die Führung. Die Halbautomatik schussbereit dicht vor dem Körper, so stiegen sie die Treppe hinauf. Er warf Marc einen hastigen Blick zu und runzelte die Stirn. »Hast du etwa keine Waffe dabei?«

Marc schüttelte den Kopf. In seinem Nachttisch im Zimmer des Wohnheims, wo er untergekommen war, lag ein Elektroschocker, aber der nützte ihm dort natürlich wenig. »Ich habe noch nie mein Geld damit verdient, andere Leute umzulegen, Luka.« Im Treppenhaus hingen Lackdämpfe, und er rümpfte die Nase.

Pavic zuckte unbestimmt mit den Schultern und stieg weiter nach oben. »Wie soll man böse Menschen sonst daran hindern, böse Dinge zu tun?« Aus seinem Mund klang das so sachlich und selbstverständlich, dass Marc sich kein bisschen sicherer fühlte.

Im vierten Stock frischte der Wind spürbar auf. Die kalte Brise, die von der Dalmatinischen Küste her über die Stadt wehte, brachte Regenwolken und einen Kälteschub mit sich. Die Plastikfolie, die das Gerüst abdeckte, schlug laut flatternd gegen die Stahlstützen. Marc hielt den Atem an und lauschte angestrengt, aber bis auf das Rauschen des Verkehrs unten auf der Straße war nichts zu hören.

»Sieh dich um«, sagte er zu Pavic. »Und wenn du was Interessantes siehst, gib Laut.«

»Dass du dich ja nicht ohne mich in Schwierigkeiten bringst«, grinste der Jüngere und ging den zentralen Mittelgang entlang, der das Stockwerk in zwei Hälften teilte.

Auf jedem Stockwerk der Delfin-Apartments gab es acht Wohnungen, vier links und vier rechts des Flurs. Die Eingänge mit den Türen waren noch intakt, allerdings hatten die Arbeiter sämtliche Trennwände herausgehauen, sodass dahinter riesige, offene Flächen entstanden waren, stabilisiert von dicken Betonpfeilern. Auch im Fußboden und in der Decke gähnten mehrere quadratische Löcher, die vielleicht einmal einen Fahrstuhlschacht oder einen Kabelkanal aufnehmen sollten, bis jetzt jedoch lediglich Fallgruben waren, die bis hinunter in die Tiefgarage reichten. Marc machte einen großen Bogen darum und steuerte die Balkone an, vorbei an Paletten voller Gipskartonplatten und Porenbetonsteinen. Gelegentlich war auch eine gasbetriebene Baustellenlampe zu erkennen, allerdings ausgeschaltet und, wie alles andere, mit einer dicken Staubschicht überzogen.

In der Mitte des offenen Bereichs blieb Marc stehen und holte sein Smartphone aus der Innentasche seiner Jacke. Er machte ein paar Fotos und schaltete auch den Infrarotmodus ein, in der Hoffnung, auf etwas Ungewöhnliches zu stoßen. Er drehte sich langsam im Kreis und besah sich die verschwommenen Aufnahmen seiner Umgebung. Alle Gegenstände erschienen, je nach Oberflächentemperatur, in einer meeresgrünen oder kobaltblauen Färbung.

Da blitzte ein heller Fleck auf dem Display auf: verblassendes Gelb auf einer metallenen Werkbank. Marc war sich nicht sicher, was das zu bedeuten hatte, und trat näher.

Er hörte Pavic näher kommen. »Hast du was gefunden?«, rief er Marc zu.

»Wärme.« Marc legte die Fingerspitzen auf die Stelle. Es fühlte sich eigentlich kaum wärmer an als der Rest, aber das Urteil der Kamera war eindeutig. »Hier war zumindest etwas.«

Etliche Stockwerke unterhalb ertönte ein leises, metallisches Klirren und wehte zu ihnen herauf. Die beiden Männer wechselten einen Blick. »Der Wind«, meinte Pavic. Er wollte sich lieber mit dem Wärmebild auf der Kamera befassen.

Mit einem Mal kam Marc ein unangenehmer Gedanke, und er aktivierte eine andere App auf seinem Smartphone. »Wir wissen ja, was die Kurjaks für Spielchen spielen, stimmt's?« Es war eine rhetorische Frage. »Ich habe kein gutes Gefühl.«

»Was hast du denn vor?«, wollte Pavic wissen.

»Das Besondere an Digitalkameras ist ja, dass sie anders funktionieren als die alten Filmkameras. Lichtpartikel, sogenannte Photonen, treffen auf eine Fotozelle und setzen dort Elektronen frei, an hellen Stellen mehr, an dunklen weniger. Der Computer verarbeitet dann die dabei entstehende Spannung und setzt das jeweilige Bild zusammen. Aber die Digitalkamera kann mehr als nur Licht erfassen.« Er startete ein Programm namens CellRAD. »Gammastrahlen sind schließlich auch nichts anderes als sehr energiereiche Photonen …«

»Du meinst … radioaktive Strahlung?« Pavics Stimmung wurde spürbar gedämpfter. »Hier oben?«

Das Smartphone gab einen Warnton von sich und ließ ein Fenster mit den Worten *RADIOAKTIVE STRAHLUNG ERFASST* in großen, unfreundlichen Buchstaben aufploppen. Das Blut gefror ihm in den Adern, und er wich unwillkürlich und ohne es selbst wahrzunehmen, ein paar Schritte zurück.

»*Scheiße!*« Er erzählte Pavic, was das zu bedeuten hatte – dass nämlich im Verlauf der letzten Stunden eine sehr starke radioaktive Strahlenquelle auf dieser Werkbank gestanden hatte. »Den Rest können wir uns vermutlich denken.«

Der Polizist nickte grimmig. »Heißt das, dass die Kurjaks wieder ihre alte Trickkiste geöffnet haben? Dass sie mordlüsternen Volltrotteln irgendwelche gefälschten Atombomben unterjubeln?«

Marc schüttelte den Kopf und steckte das Handy zurück in seine Tasche. Seine Kehle war mit einem Mal staubtrocken geworden. Pavic hatte es immer noch nicht kapiert. »Luka, mein Freund, es ist mehr als das. Dieser Messwert? Den könnte man mit einer Fälschung niemals erreichen. Sondern nur mit einer richtigen *schmutzigen Bombe*.«

Pavic blickte sich um, während Marcs Worte in sein Bewusstsein einsickerten. »Das musst du melden. Damit kommen wir nicht mehr alleine …«

Dieses Mal klang das Geräusch aus dem Treppenhaus deutlicher, näher. Ihm folgte ein Kratzen, das nur eine Ursache haben konnte: eine Stiefelsohle, die über den nackten Beton des Flurbodens scharrte.

»Bojan hat gesagt, dass Sie uns Anweisungen geben sollen«, flüsterte der Kerl mit der großkalibrigen Schrotflinte. Er schien das für keine besonders gute Idee zu halten.

Horvat hatte schon öfter solche massigen, vollautomatischen Waffen gesehen, die ihn mit ihrer klobigen Silhouette an ein Sturmgewehr erinnerten. Er wusste aus Erfahrung, was für eine tödliche Wirkung sie entfalten konnten. Also zog er sich die Skimaske übers Gesicht und lächelte. »Legt sie alle beide um.«

»Ich dachte, wir sollen sie mitnehmen?«, sagte der andere Kerl, ein schmalgesichtiger Serbe mit einem verbeulten Baseballschläger aus Aluminium in der Hand.

»Bojan hat gesagt, dass ich die Anweisungen gebe«, fauchte Horvat zurück. »Also sag mir nicht, wie ich meinen Job zu erledigen habe. Macht diese Idioten kalt und vernichtet alle Beweise.«

»Okay.« Der Kerl mit dem Gewehr schien eher einfach gestrickt zu sein, jedenfalls wartete er nicht auf weitere Befehle. Er nahm die letzten Stufen, stellte sich vor eine der intakten Wohnungstüren und überließ es seiner Flinte, sie mit drei Kaliber-acht-Patronen in Kleinholz zu zerlegen.

Horvat schlich mit gezogener Pistole hinter dem Ganoven mit dem Baseballschläger her in den offenen Bereich hinter dem langgestreckten Flur. Dort, im Schein der hereindringenden Lichter, waren zwei Gestalten zu erkennen, und Horvats Grinsen wurde breiter. Das Schicksal musste ihm besonders gewogen sein, wenn es ihm die Chance gab, den Engländer mit der Hundemiene und Sergeant Muskelprotz gleichzeitig aus dem Weg zu räumen. Und das Beste daran war, dass die Kurjaks ihn auch noch dafür bezahlen würden.

Wie Donnerschläge hallten die Schüsse von den nackten Betonwänden wider. Marc zuckte vor Entsetzen zurück, als ein Mann in dunkelrotem Trainingsanzug durch die zersplitterte Tür gestürmt kam. Er schwenkte eine USAS-12 in Hüfthöhe durch den Raum und wurde von zwei weiteren Männern gedeckt.

Pavic wirbelte herum. In der einen Hand hielt er seine Dienstpistole, in der anderen die Dienstmarke. »*Policija!*«, bellte er den Männern entgegen. »*Baci oružje!*«

Die Aufforderung verpuffte vollkommen wirkungslos. Der Kerl mit der Schrotflinte drückte ab und jagte ihnen eine Dreiersalve entgegen. Marc warf sich instinktiv hinter eine Kiste mit Baumaterialien. Er hörte die Schrotkugeln laut pfeifend gegen die Betonpfeiler prallen, während er gleichzeitig ziemlich tollpatschig auf dem Fußboden landete.

Pavic war nicht in seiner Nähe. Er hielt den Atem an, drehte sich um, befürchtete das Schlimmste … doch der Polizeibeamte war in die andere Richtung gesprungen und lief nun zwischen ein paar quadratischen Backsteinstapeln hindurch.

Jetzt ertönte wieder ein Schrei, gefolgt von kroatischen Sätzen, die Marc nicht verstand. Trotzdem konnte es keine Zweifel an der generellen Bedeutung der Worte geben – letztendlich lief es darauf hinaus, dass sie sterben würden.

Das musste das Aufräumkommando der Kurjaks sein, und sie schnitten ihnen den Weg zur Treppe ab.

Ich brauche eine Waffe. Urplötzlich durchzuckte dieser Gedanke Marcs Hirn, und er griff nach dem ersten einigermaßen geeigneten Gegenstand in seiner Nähe, einer zwei Meter langen Gerüststrebe. Kaum hatte er sie in der Hand, stürzte sich einer der Kurjak-Schläger auf ihn.

Nur die Tatsache, dass es nicht der mit der Schrotflinte war, rettete ihm das Leben. Vielmehr schwang der Angreifer einen Aluminiumschläger im weiten Bogen herum, den Marc etwas ungeschickt mit seiner Strebe abwehren konnte.

Er versuchte nun seinerseits zuzuschlagen, aber die Strebe war schwerer, als er gedacht hatte, und er konnte damit kaum Schwung holen. Der andere rammte ihm die Spitze seines Baseballschlägers gegen das Brustbein.

Marc bekam keine Luft mehr und stolperte über eine Palette. Der Angreifer ließ den Schläger angeberisch kreisen, holte weit aus, visierte Marcs Schädelmitte an und ließ ihn dann in einem hohen Bogen herabsausen.

Marc hatte die Strebe immer noch in der Hand. Jetzt riss er sie nach oben, um den Baseballschläger aufzuhalten. Der Aufprall ließ seine Handgelenke beben und löste dann, etwas verspätet, eine automatisierte Reaktion aus. Instinktiv erinnerte Marc sich an eine Krav-Maga-Technik, die Pavic ihm beigebracht hatte. Er winkelte die Eisenstrebe an und schlug sie dem Angreifer mit voller Wucht gegen die Schienbeine. Dieser ging zu Boden und ließ dabei den Schläger fallen.

Auch Marc ließ die Strebe los, ignorierte die Schmerzen in seinem Handgelenk und schickte den Kurjak-Vollstrecker mit einer gezielten Rechts-links-Kombination zu Boden. Allerdings nahm ihn jetzt der dritte Mann, der immer noch im Schatten stand, ins Visier und drückte ab. Ein lauter Knall ertönte. Marc hörte, wie das großkalibrige Geschoss knapp an ihm vorbeizischte, und reagierte, ohne nachzudenken, suchte Deckung, wollte mehr Abstand zwischen sich und den Angreifer bringen.

Dann riskierte er einen Blick zurück, sah einen maskierten Mann und das Licht, das von der Waffe reflektiert wurde. Die Umrisse des Mannes und sein wohlbekanntes, diabolisches Grinsen verrieten ihn. *Horvat! Dieses Dreckschwein!*

Der korrupte Polizist ließ ihm wenig Zeit zu reagieren. Schon prallte die nächste Kugel vor Marcs Füßen auf den Boden und zwang ihn, bis zum hinteren Ende weiterzulaufen, dorthin, wo Pavic sich mit dem Schrotflintenkerl einen Schusswechsel lieferte.

Marc sah genau, was der junge Polizist vorhatte, und tatsächlich sprang er schon im nächsten Augenblick hinter seiner armseligen Deckung hervor. Marc stieß noch einen Warnschrei aus, aber da war es bereits zu spät.

Der Kerl mit der Schrotflinte hatte es ebenfalls geahnt und schickte, begleitet von ohrenbetäubendem Krachen, die letzten Schrotkugeln aus dem Magazin seiner USAS-12 auf die Reise. Gleichzeitig drückte Pavic den Abzug seiner HS-2000. Marc sah mit adrenalingesättigtem Blick zu.

Pavics Kugel durchschlug das weiche Gewebe am Hals des Angreifers, und dieser wurde nach hinten geschleudert, um schließlich in eines der Löcher im Fußboden zu treten. Gemeinsam landeten Mann und Gewehr ein paar Stockwerke tiefer.

Doch seine Schüsse erreichten trotzdem ihr Ziel. Pavics rechte Körperhälfte wurde von einer Schrotkugelwolke getroffen, die seine Jacke und das Fleisch darunter zerfetzte und sein Gesicht in eine blutige Masse verwandelte.

Der junge Polizeibeamte fiel zu Boden, und Marc rannte mit wild pochendem Herzen zu ihm.

Blut quoll aus Pavics Wange und seiner Schulter hervor, ebenso aus den kläglichen Überresten seiner rechten Ohrmuschel. Als Marc die Hand an Pavics Hals legte, musste er seine Panik mit Gewalt beiseiteschieben. Zwar hatten die Schrotkugeln glücklicherweise keine Schlagadern verletzt, aber der Polizeibeamte stand unter Schock, und der Blutverlust allein konnte schon lebensgefährlich werden, wenn Marc ihn nicht schnell von hier wegschaffte.

Pavic wollte etwas sagen, doch Marc, der ihn unterdessen hinter eine niedrige Werkbank zerrte, beachtete ihn nicht. Stattdessen hob er Pavics Pistole vom Fußboden auf und jagte blindlings ein paar Kugeln in Richtung der beiden anderen. Die Antwort ließ nicht lange auf sich warten, und Marc duckte sich wieder. Seit dem ersten Schuss war noch nicht einmal eine Minute vergangen, aber es fühlte sich jetzt schon an wie eine Ewigkeit.

Horvat ging wieder in Deckung, ließ die Trommel seines Revolvers herausschnappen und die leeren Patronenhülsen in seine Hand fallen. Als er nachgeladen hatte, kam der schmalgesichtige Serbe mit schmerzverzerrtem Gesicht zu ihm gehumpelt und sagte: »Und so einen wie dich findet Bojan also kompetent, ja?«

Horvat musterte den Schlägertypen von oben bis unten und gab ein verächtliches Schnauben von sich. »Versager, alle beide.«

»Leck mich am Arsch, Alter«, erwiderte der Serbe mürrisch. »Wie oft hast du eigentlich vorbeigeschossen?«

Horvat spannte augenblicklich die Muskeln an und war kurz davor, seinem Gegenüber die Pistole ins Gesicht zu schlagen. Doch dann riss er sich zusammen und begnügte sich mit einem spöttischen Grinsen. »Dein Spielkamerad ist jedenfalls tot, und ich habe langsam genug von diesem Scheiß.« Er zog sich in den Flur zurück und suchte die Deckung der schattigen Ecken.

»Der Polizist hat einen Treffer abbekommen. Wahrscheinlich macht er's nicht mehr lang«, sagte der Serbe und verzog bei jedem Schritt das Gesicht. »Was hast du eigentlich vor?« Er zeigte mit dem Daumen über die Schulter nach hinten. »Die sind doch da. Wir müssen sie erledigen.«

»Genau das habe ich vor.« Zwischen Dutzenden von Kübeln mit wasserfester Farbe entdeckte Horvat, was er gesucht hatte, und schleifte einen großen Kanister genau in die Mitte des Flurs.

Der Kanister stank nach Lösungsmitteln, und nachdem Horvat ihm einen Fußtritt verpasst hatte, verteilte sich die ganze ölige Verdünnung über den Fußboden, sammelte sich um die leeren Fahrstuhlschächte und tropfte ins Treppenhaus hinab.

Horvat suchte sein Feuerzeug und entzündete die Flamme. »Verschwinde, oder willst du auch abgefackelt werden?«

Der Serbe riss die Augen weit auf, und dann war sein verletztes Bein mit einem Mal seine geringste Sorge. Horvat folgte ihm die Treppe hinunter und blieb nur noch einmal kurz stehen, um das Feuerzeug in die Pfütze zu werfen.

Ein greller gelber Blitz zuckte im Flur auf, dann brachen die Flammen fauchend durch die Türöffnungen. Marc hielt sich die Hand vor Mund und Nase, während stechende Chemikaliendämpfe sich überall im Gebäude verteilten. Zahlreiche Lack- und Farbkanister voller Lösungsmittel platzten unter der Hitzeeinwirkung auf, sodass sich schon nach wenigen Sekunden ein heftiges Feuer entwickelte, das gierig nach noch mehr Nahrung suchte und sie auch fand.

»Was … ist denn los?« Pavic hustete rosafarbenen Schaum. »Ich kann … nichts sehen …« Sein Blick wurde leer.

»Nicht so schlimm.« Marc wuchtete ihn mit aller Kraft auf die Füße. »Kannst du gehen?«

»Muss ja.« Pavic hielt den Atem an vor Schmerzen, und seine Worte wurden von einem seltsamen Rasseln begleitet, sodass Marc sich ernsthafte Sorgen um seinen Freund zu machen begann.

Die Flammen hatten sich im gesamten Flur ausgebreitet. Ätzende Rauchgase wehten an ihnen vorbei und trieben ins Freie. »Da können wir nicht runter«, sagte Marc und nickte in Richtung Treppenhaus. Er sah sich um. Die Schachtlöcher im Fußboden boten die Garantie auf ein paar Sekunden freien Fall und ein gebrochenes Genick. Damit blieb ihnen als letzter Ausweg nur das Baugerüst. »Es wird dir nicht gefallen, mein Freund, aber wir müssen da draußen runterklettern. Bist du bereit?«

Mit pfeifendem Atem nickte Pavic. »Das ist ja kein … amerikanischer Film, wo einer immer … immer sagt: *Lasst mich zurück, ich halte euch nur auf.* Ich will hier nicht sterben.«

»Tja, ich auch nicht. Also komm mit.«

Gemeinsam betraten sie den Balkon. Unten waren bereits ein paar Autos stehen geblieben, damit die Gaffer sich das Spektakel betrachten konnten. Niemand machte Anstalten, ihnen zu helfen. Marc glaubte, in der Ferne Sirenengeheul zu vernehmen, aber der Wind kam aus der falschen Richtung und fachte das Feuer zusätzlich an, sodass sie von einer schwarzen Rauchwolke umhüllt wurden. Pavic löste sich von seiner Schulter und machte sich an ein paar Seilen zu schaffen, die an der Fassade des Wohnblocks baumelten. Dann wickelte er sie um seinen unverletzten Arm.

Mit jeder Windbö wurde das Feuer größer und mächtiger. Es pulsierte und fauchte, und Marc konnte nicht verhindern, dass seine Lunge sich mit ekliger, rauchiger Luft füllte. Die Hitze und der Gestank brachten eine übermächtige Erinnerung wieder zum Vorschein, eine Erinnerung, die er unter größter Mühe in die Tiefen seines Unterbewusstseins verdrängt hatte, doch jetzt traf sie ihn mit voller Wucht.

Auf einem Anleger in Frankreich, dort hatte ihn derselbe rauchige Gestank eingehüllt, war in seine Nasenlöcher, in seine Kehle eingedrungen und hatte sich dort festgesetzt. Die Mischung aus brennenden Chemikalien, angesengtem Metall und verbranntem Fleisch war so unwiderstehlich gewesen, dass sie sich sogar in seine Poren eingebrannt hatte. Monatelang hatte dieser Brandgestank ihn verfolgt, und er hatte nicht einmal gewusst, ob er echt war oder ob ihm nur seine Psyche einen Streich spielte. Irgendwo hatte er gelesen, dass Gerüche der mächtigste Auslöser für Erinnerungen überhaupt waren, und Marc Dane wurde durch den Rauchgestank in jene grauenhafte Nacht zurückversetzt, in der sein gesamtes Team ausgelöscht worden war.

Er taumelte und schüttelte die Erinnerung am ganzen Körper zitternd ab. »*Verpiss dich!*«, knurrte er bekräftigend vor sich hin.

»Was …?« Pavic suchte noch nach den richtigen Worten für seine Frage, da hörten sie schon die nächste Explosion.

Marc spürte sie eher, als dass er sie sah. Eine vorwitzige

Flamme hatte sich an ein paar weitere Kanister mit Verdünner angeschlichen, die dann unter markerschütterndem Getöse explodiert waren. Die nächste glühend heiße Schockwelle bahnte sich den Weg des geringsten Widerstandes, und der führte über den Balkon hinweg, auf dem Marc und Pavic standen.

Der Polizeibeamte verlor den ohnehin sehr unsicheren Halt und stürzte über die Brüstung des Gerüsts in die Tiefe, während sein Arm immer noch in den Halteseilen hing. Sie bremsten zwar seinen Sturz ab, trotzdem landete er mit einem lauten Knall auf einem parkenden Auto. Der Aufprall machte ihn auf der Stelle bewusstlos.

Da die Flammen keinerlei Hindernis zu überwinden hatten, wehten sie über Marc hinweg und ergriffen ihn. Seine Jacke fing sofort Feuer, seine Haarspitzen knisterten, und er stieß einen lauten, schmerzerfüllten Schrei aus.

Wie von Sinnen zerrte er an seiner Jacke und befreite sich daraus, bevor die Flammen ihn bei lebendigem Leib verschlingen konnten. Das Feuer war jetzt überall, riss alles mit sich, seine ganze Welt. In diesem Augenblick hätte Marc geschworen, dass es ein lebendiges Wesen war, dass es ihn vernichten, ihn zu Asche und Staub zerfallen lassen wollte.

»*Nein!*« Mit einem letzten erstickten Schrei sprang Marc ab und packte die vor der Fassade baumelnden Seile. Die Schwerkraft ergriff von ihm Besitz, und er stürzte durch die Rauchwolken in die Tiefe, immer weiter und weiter.

5

Der Sauerstoff, der als kalter, regelmäßiger Strom durch die Maske floss, war schmerzhaft und lindernd zugleich. Marc saß vornübergebeugt auf der Kante seines Krankenhausbetts und atmete flach, bemühte sich, den brennenden Schmerz in seiner Lunge zurückzudrängen. Sein Brustkorb fühlte sich so an, als wäre er ausgehöhlt und anschließend mit spitzen Nadeln wieder befüllt worden. Um ihn hing der intensive Geruch der Desinfektionsmittel in der Luft, mit denen die Verbände an seinem Hals und seinen Händen durchtränkt waren.

Dicke Wolken hingen am Himmel vor dem Fenster. Er hatte jedes Zeitgefühl verloren. Eine ganze Weile konnte er sich auf nichts anderes als seine Atmung konzentrieren, doch mit der Zeit gelang es ihm, das Durcheinander in seinem Kopf Stück für Stück zu ordnen und klarere Gedanken zu fassen.

Zahlreiche Nothelfer hatten sich vor Ort eingefunden, Feuerwehr, Notärzte und Sanitäter hatten die Straße bevölkert, während der Wohnblock in Flammen aufgegangen war. Marc hatte Pavic sogar noch eigenhändig vom Dach des Autos heruntergehoben, bis andere gekommen waren und den jungen Polizeibeamten weggetragen hatten. Irgendjemand hatte ihn anschließend zu einem Krankenwagen geführt, doch danach waren seine Erinnerungen ziemlich verschwommen und bruchstückhaft.

Er stöberte in seinem Gedächtnis, suchte nach ganz

bestimmten Bildern – einem maskierten Gesicht, einem hämischen Grinsen. Franko Horvat war in dem Gebäude gewesen, da war Marc sich absolut sicher. Der korrupte Polizist hatte versucht, ihn und Pavic zu töten, ohne Zweifel auf Befehl der Kurjaks. Und jetzt lief er immer noch frei herum.

Andere Erinnerungen, alt und schmerzbehaftet, drängten an die Oberfläche, doch er stieß sie sofort und ohne Zögern wieder in die Tiefe des Vergessens zurück.

Eine Krankenschwester mit einem knappen, aber mütterlichen Lächeln trat an sein Bett, nahm ihm die Sauerstoffflasche ab und reichte ihm eine Flasche Wasser. Er nahm sie gerne entgegen, wollte aber noch mehr.

»Der Mann, der mit mir zusammen eingeliefert wurde …« Der heisere Klang seiner Stimme ließ ihn zusammenzucken. Er machte weiter. »Der Polizist. Luka Pavic. *Policija*. Wo ist er?«

Das Lächeln der Krankenschwester erlosch, und sie zeigte über ihre Schulter, wobei sie gleichzeitig mit zwei Fingern eine Schere imitierte. »Operation«, sagte sie. »Ist leben.«

Er hätte gerne so etwas wie Erleichterung empfunden, aber der Blick der Krankenschwester sagte sehr viel mehr als ihr mangelhaftes Englisch. Pavic war noch lange nicht über den Berg.

Marc ließ sich von der Bettkante gleiten. Die Krankenschwester wollte ihn zwar daran hindern, doch dann kam Besuch, und der offizielle Europol-Dienstausweis in der Hand des Mannes reichte aus, um sie zu vertreiben.

Maarten de Wit machte einen erschöpften und wütenden Eindruck. »Was haben Sie sich dabei eigentlich gedacht?« Seine Stimme war nicht mehr als ein leises, angespanntes Knurren. »Ich habe direkt danebengestanden, als Schrader Ihnen eine Anweisung gegeben hat. Und sie hat nichts davon gesagt, dass Sie sich aufführen sollen wie im Wilden Westen!«

»Ich habe Ihnen doch gesagt, dass heute ein entscheidendes Treffen stattfinden sollte«, stieß Marc heiser hervor. »Aber Sie wollten nichts davon wissen. Ich hatte eine Spur zu den Kurjaks, die nur für kurze Zeit heiß war, darum habe ich die Dinge eben selbst in die Hand genommen.«

»Und haben Sergeant Pavic überredet, Sie zu begleiten? Oder war es womöglich genau andersrum?« Noch bevor Marc Luft geholt hatte, um zu antworten, sprach de Wit weiter. »Wie dem auch sei, es spielt sowieso keine Rolle mehr. Tatsache ist jedenfalls, dass Sie beide sich außerhalb Ihres Dienstauftrags bewegt haben, und das ist dabei rausgekommen! Schüsse, dazu ein Großbrand mitten in einem Wohngebiet. Und dann soll sich, soviel ich weiß, auch noch ein nicht identifizierter Toter im Gebäude befinden.«

»Einer der Kerle, die die Drecksarbeit für die Kurjaks erledigen. Die sollten dafür sorgen, dass ich nicht lebend da rauskomme«, erläuterte Marc. Dasselbe hatte er bereits einem von Pavics Kollegen gesagt. »Aber das hat ja offensichtlich nicht geklappt.«

»Die flotten Sprüche können Sie sich schenken, Dane.« De Wit schüttelte den Kopf. »Sie haben auf eklatante Weise gegen die Vorschriften verstoßen. Die NSNS ist auf Einladung der kroatischen Regierung hier in Split, und zwar als Partner der lokalen Strafverfolgungsbehörden. Unser Mandat ist klar definiert, und Sie haben die Grenzen dieses Mandats weit überschritten!« Er wandte sich wutentbrannt ab. »Wir sind Ermittler, keine Eingreiftruppe und auch keine Polizei! Sie haben den gesamten Aufenthalt unseres Teams in diesem Land gefährdet, ist Ihnen das eigentlich klar? Das alles wirft ein miserables Licht auf Europol und die Internationale Atomenergiebehörde.«

»Und was ist mit der Tatsache, dass ich recht gehabt habe?«, schoss Marc ebenfalls wütend zurück. Es klang fast wie das Knurren eines Tigers. »Die Kurjaks haben da drin ein Geschäft abgewickelt, mit einem Unbekannten. Ich habe alle Beteiligten fotografiert.«

»Aber Bilder allein reichen eben nicht.« De Wit ließ Marcs Rucksack auf das Bett fallen. Darin lag die Kamera, mit der er auf dem Dach des Einkaufszentrums fotografiert hatte. »Das sind Ihre Sachen, oder? Sie stammen aus dem Auto des Sergeants. Die Bilder auf Ihrer Kamera haben wir bereits an das Direktorat der kroatischen Sonderpolizei weitergeleitet.« Er hielt inne. »Ist das alles, was Sie haben? Zeigen Sie mir irgendetwas Konkretes. Überzeugen Sie mich, dass die ganze Aktion mehr war als nur eine leichtsinnige Dummheit Ihrerseits.«

»Sie hatten radioaktives Material bei sich.« Marcs Stimme wurde härter. »Das habe ich selbst gemessen.« Er berichtete de Wit von den CellRAD-Werten, und für einen Augenblick glaubte er fast, dass das reichen würde, um ernst genommen zu werden. Doch als sein Gegenüber dann sein Smartphone sehen wollte, ließ Marc erneut die Schultern sinken. »Es ist verbrannt, zusammen mit meiner Jacke.«

»Dann haben Sie also wieder nichts als Indizien in der Hand. Was Sie da gemessen haben, könnte auch einfach nur einer der üblichen Tricks der Kurjaks gewesen sein. Damit brauche ich Schrader gar nicht erst zu kommen.« Er beugte sich nach vorne. »Die Serben verscherbeln Waffen, und damit sind sie ganz gewöhnliche Kriminelle. Für solche Leute ist die Polizei zuständig. Aber wir … wir jagen keine *gewöhnlichen Kriminellen.*«

»Da liegen Sie falsch«, beharrte Marc. Seine Stimme brach, sodass er erst einmal einen Schluck Wasser trinken musste. »Die sind viel gefährlicher, als Sie glauben, jedenfalls alles andere als Stümper. Und jetzt haben sie eine absolut tödliche Waffe in den Händen und keine Fälschung wie sonst. Außerdem glaube ich, dass Franko Horvat mit ihnen zusammenarbeitet. Er war jedenfalls heute Abend auch da.«

»Wieder so eine völlig haltlose Aussage, solange Sie mir keine Beweise liefern. Und nach allem, was ich über diesen Kerl weiß, hat er garantiert ein Alibi für den vergangenen Abend«, erwiderte de Wit, ohne mit der Wimper zu zucken.

»Er hat immer ein Alibi.« Da fiel Marc etwas ein, was Pavic vor ein paar Wochen einmal erwähnt hatte. »Weil er gegen alle und jeden etwas in der Hand hat. Aber ich weiß, dass Horvat direkt an diesem Geschäft beteiligt ist. Wenn wir ihn unter Druck setzen könnten …«

»Stopp.« De Wit hob abwehrend die Hand. »Hören Sie sofort auf, Dane. Überlegen Sie doch einmal, in welcher Situation Sie sich befinden. Sobald wir unsere eigene Operation abgeschlossen haben, wird Schrader sich mit Ihrem Verhalten befassen. Und bis dahin sind Sie vom Dienst suspendiert.«

Marc wollte etwas erwidern, aber mehr als ein heiseres Röcheln brachte er nicht zustande.

»Die Behörden werden eine offizielle Untersuchung einleiten. Es gibt einen Toten. Sergeant Pavic ist schwer verletzt. Gut möglich, dass Sie strafrechtliche Konsequenzen zu befürchten haben«, fuhr de Wit fort. Dann hielt er kurz inne und runzelte die Stirn. »Die Fotos … ich sorge dafür, dass einer unserer Analytiker sie sich vornimmt. Aber im Moment konzentriert unsere Einheit sich mit aller Kraft auf die Zerschlagung dieses Atommüllschmuggernetzwerks.«

»Wie ist die Aktion bei den Docks eigentlich gelaufen?«, erkundigte sich Marc.

»Nur ein kleiner Fisch.« Es fiel de Wit sichtlich schwer zuzugeben, dass sie schon wieder keinen nennenswerten Erfolg gehabt hatten. Danach ging er zur Tür und drehte sich noch einmal um. »Darf ich Ihnen einen guten Rat geben, Dane? Sie haben hier nicht viele Freunde. Also überlegen Sie sich gut, was Sie als Nächstes unternehmen.«

»Du hast unser Haus abgefackelt«, knurrte Bojan in sein Handy. »Und jetzt hast du tatsächlich die Eier und fragst mich, wann wir dich dafür bezahlen?« Er ging auf dem großen türkischen Teppich in der Mitte des großen Büroraums hin und her, während sein Bruder ihn von der Seite aus beobachtete. Der Raum war mit viel zu vielen schweren, dunklen Holzmöbeln vollgestopft, und auch die Bleiglasfenster trugen dazu bei, dass das Ganze einen sehr überladenen Eindruck machte. Rhythmische Bässe und die Geräusche der Spielautomaten aus dem unteren Stockwerk untermalten das angespannte Telefonat.

»Ihr habt gesagt, ich soll die Beweise vernichten. Das habe ich getan. Und tu doch nicht so, als ob ihr nicht versichert wärt.« Horvat schnaubte in den Hörer. Laut dröhnte seine Stimme aus dem Lautsprecher. *»Wahrscheinlich habe ich euch sogar noch zu einem satten Profit verholfen.«*

»Bloß, dass du keineswegs alles vernichtet hast. Die Bullen, die dort herumgeschnüffelt haben, sind jedenfalls lebendig wieder rausgekommen.« Bojan versuchte, seinen Zorn zu bändigen, und stellte sich vor eine Reihe mit Monitoren, die unterschiedliche Bilder aus dem unterhalb befindlichen Spielcasino zeigten. An der neonbeleuchteten Bar, beim Automatenpoker und an den anderen Spielautomaten, überall waren Touristen im Rentenalter zu sehen, die Stück für Stück das Erbe ihrer Kinder verspielten. An den Tischen in der Mitte des großen Saals wurde Baccara, amerikanisches Roulette oder Texas Hold'em gespielt. Dort trafen sich alle, für die das Ganze mehr war als ein Spiel. Freudlos wurden Spielkarten oder Euroscheine über das grüne Tuch geschoben.

»Die Polizei hat überhaupt nichts gegen euch in der Hand. Das wüsste ich.«

Bojan ignorierte ihn. »Und der Mann, den wir verloren haben? Wer sorgt jetzt für seine Witwe?«

»Dann engagiert das nächste Mal eben bessere Leute.«

Neven verzog das Gesicht und fuhr sich mit dem Zeigefinger quer über die Kehle, dann wandte er sich ab, um sich eine Flasche Jack Daniel's und ein sauberes Glas zu besorgen.

Bojan krampfte die Finger so fest um sein Handy, dass das Plastikgehäuse zu knacken anfing. »Du strapazierst meine Geduld bis zum Äußersten.«

Horvat lachte. *»Du musst mich nicht mögen, Kurjak. Du musst nur akzeptieren, dass ich dir nützlich bin. Und mein Ratschlag lautet immer noch: Verhaltet euch unauffällig.«*

»Wir sind im Queen's High«, erwiderte Bojan. »Hier kommt keiner rein, ohne dass wir es mitkriegen.«

»Gut so. Und jetzt sage ich euch mal, wo ich *bin.«* Er hörte, wie Horvat ein paar Schritte machte. *»Ich stehe hier in dem bekackten kleinen Zimmer, das ein gewisser neugieriger Europol-Analyst zurzeit bewohnt. Ich habe es durchsucht, nur für den Fall, dass er irgendwas gesammelt hat, was sich zu euren … Unternehmungen zurückverfolgen lässt.«*

»Und?« Bojans Stimme wurde ein wenig sanfter. Er

warf Neven einen Blick zu, und dann warteten sie auf die Antwort.

»Nichts. Nachher gehe ich noch mal auf die Wache. Schnüffle ein bisschen herum. Um sicherzugehen, dass wirklich keine Gefahr droht.« Er machte eine Pause. *»Oder seid ihr der Meinung, dass ich meine bescheidene Unterstützung für eure Organisation lieber einstellen sollte?«*

Neven formte lautlos eine ganz besonders unerfreuliche Verwünschung, die von Horvat und einem bestimmten Haustier handelte. Dann ging er ans andere Ende des Raums, wo ein großer Metallkoffer auf einem Tisch lag. Er umkreiste ihn misstrauisch und nippte dabei an seinem Drink.

»Mach weiter«, sagte Bojan schließlich. »Aber sieh zu, dass du nicht schon wieder irgendwas abfackelst, was uns gehört.«

»Ich werd's versuchen. Ins Krankenhaus kann ich im Moment nicht, da ist zu viel los. Aber keine Sorge, ich halte euch auf jeden Fall den Rücken frei.« Horvat legte auf, und Bojans Wut kochte über. Er schleuderte das Handy gegen die Wand, wo es in tausend Stücke zerbarst.

»Dieser Hurensohn!«, spie Bojan hervor. »Wir sollten irgendeinen Typen beauftragen, der ihm eine Kugel zwischen die Augen jagt. Die ganze Stadt würde eine riesige Party feiern, wenn dieser Scheißkerl endlich tot wäre.«

»Leisten könnten wir's uns«, sagte Neven leise, ohne den Blick eine Sekunde lang von dem Metallkoffer zu nehmen. »Wir könnten uns eine Menge leisten, wenn wir das hier richtig anpacken.«

Der ältere Kurjak nahm die Flasche und gönnte sich einen kräftigen Schluck Whiskey, um sich das nervöse Zucken seiner Finger nicht anmerken zu lassen. »Wir haben einen Pakt mit dem Teufel geschlossen, kleiner Bruder«, sagte er. »Und, wie wollen wir das jetzt anstellen? Ich kann mir beim besten Willen nicht vorstellen, dass wir dieses Ding da verkaufen können, ohne ein ganz gewaltiges Risiko einzugehen … das größte Risiko überhaupt.«

Neven stieß ein schnaubendes Lachen aus. »Und das von dem Mann, mit dem ich die Typen von der Aum-Sekte davon überzeugen konnte, uns angebliche Uranbrennstäbe abzukaufen? Alles, was wir tun, ist riskant. Deshalb machen wir ja auch so stolze Gewinne!« Er breitete die Arme aus und blickte sich um. »Sieh dir doch nur mal das Büro an. Trotz all unserer Erfolge ist es immer noch ein stinkendes Loch in einer Stadt, die uns verachtet. Findest du nicht, dass wir etwas Besseres verdient haben?« Er stieß seinen Bruder vor die Brust und schenkte sich nach. »Willst du denn nicht reicher sein, als du es jemals für möglich gehalten hättest? Willst du dich nicht zur Ruhe setzen?«

»Ja, schon«, stimmte Bojan ihm zu, »aber *lebend*.« Er deutete auf den Metallkoffer. »Waffen zu verkaufen, gefälschte oder echte, das ist eine Sache. Den wirklich großen Fischen ist es doch scheißegal, ob wir ein paar Maschinenpistolen an irgendwelche Leute verscherbeln, die sich sowieso gegenseitig umbringen. Aber das Ding da? Wenn wir das auf den Markt werfen, dann kriegen wir jede Menge Stress, das kann ich dir garantieren.«

»Also sehen wir zu, dass wir es schnell wieder loswerden«, gab Neven zurück. »Ich will es ganz bestimmt nicht länger hierbehalten als du, das kannst du mir glauben.« Er legte die Hände in seinen Schoß und grinste schwach. »Eines Tages will ich schließlich Kinder haben.«

Bojan schnitt eine Grimasse. »Und? An wen sollen wir es verkaufen, du Genie? An den Clan in Kanada?« Er schüttelte den Kopf und beantwortete die Frage gleich selbst. »Nein. Die mischen sich dann bloß ein, und wir kriegen nicht einen Penny zu Gesicht.«

»Dann reden wir eben mit den Ukrainern oder den Georgiern«, beharrte Neven. »Wir bieten ihnen einen fairen Anteil und lassen sie die Vermittlung übernehmen. Sollen sie es doch an die Nordkoreaner, die Chinesen oder meinetwegen auch zurück an die Russen verscherbeln. Kann uns doch scheißegal sein.«

»Die würden uns nur auslachen«, erwiderte Bojan mit harter Miene. »Und dann würden sie uns mitten in der Nacht überfallen und sich das Ding gratis schnappen.« Er schüttelte den Kopf. »Denk doch mal nach, du Dumpfbacke. Wie werden wir diesen Koffer los, ohne dass er uns irgendwann wieder auf die Füße fällt?«

Da klopfte es zweimal an die Tür. Neven verzog unwillig das Gesicht, Bojan sagte »Herein«, und der dicke Mislav betrat das Zimmer. Der breit gebaute Mann war bewaffnet und gehörte zur Besatzung der Bargeldkasse. Er sah seine beiden Chefs mit fragender Miene an. »Boss«, sagte er. »Wir haben gerade eine Nachricht bekommen, im Chat. Von einem Kunden.«

Mit dem »Chat« waren ein paar kaum geschützte, digitale Nachbarschaftsportale gemeint, die die Kurjaks und ihre kriminellen Kumpane zur Kommunikation nutzten. Hier konnten sie, direkt unter den Augen der Öffentlichkeit, scheinbar harmlose Mitteilungen absetzen, die in Wirklichkeit jedoch Terminabsprachen oder andere geschäftliche Dinge betrafen. Die Kurjaks nutzten diese Möglichkeit hauptsächlich für ihre Geldwäscheaktivitäten. Das Queen's High Casino, das sich ein Stockwerk tiefer befand, diente ja – genau wie ihre anderen legalen Unternehmen – in erster Linie dazu, schmutzige Dollars und Euros reinzuwaschen.

Ein kalter Schauer lief Bojan über den Rücken, wie der Vorbote eines schrecklichen Ereignisses. »Welcher Kunde?«, hörte er Neven fragen, während ihm bereits die furchtbarste aller möglichen Antworten durch den Kopf schoss.

Das Schicksal bescherte ihm genau das, wovor er sich am meisten fürchtete. »Der Pirat.«

Sämtliche Farbe wich aus Bojans Gesicht, und er ließ sich kraftlos auf die Kante seines Schreibtischs sinken. *Wie war das möglich? Woher konnte er das wissen?*

Neven fuhr sich mit der Zungenspitze über die Lippen und redete weiter. »Was will er?«

»Er kommt hierher. Er besteht auf einem Treffen. Hat nicht gesagt, warum.«

»Verpiss dich, verdammte Scheiße noch mal.« Bojan hatte seine Stimme wiedergefunden und herrschte Mislav an, der nicht so recht wusste, was er davon halten sollte. Was hatte er denn falsch gemacht? »Ich habe gesagt: *Verpiss dich!*« Bojan hob drohend die Faust, bis Mislav es endlich kapiert hatte und nach draußen huschte.

»Der Somalier …« Neven sprach es laut aus, als wollte er sich versichern, dass es wirklich stimmte. »Er kommt *hierher*?«

»Kann … kann dieser narbengesichtige Schweinehund etwa Gedanken lesen?« Bojan schüttelte den Kopf. »Er kann doch nicht wissen, dass wir mit seinem Geld die Bombe gekauft haben, oder? Das kann er doch niemals wissen!« In seinen Eingeweiden rumorte es, und der Whiskey brannte in seiner Kehle. Die Panik drohte ihn zu überwältigen, sodass er alle Kraft aufbieten musste, um sie zurückzudrängen.

»*Niemals.*« Neven war seiner Meinung. »Das ist einfach … das muss eben … ganz schlechtes Timing sein.« Bebend atmete er aus. »Aber kein Grund zur Panik. Er hat uns ja auch früher gelegentlich besucht, wenn er persönlich eine Einzahlung machen wollte. Das weißt du. Er will uns eben ab und zu in die Augen schauen, damit wir nicht vergessen, wer eigentlich für wen arbeitet.« Neven nickte, als wollte er seine eigenen Worte bestätigen, und wischte sich eine Schweißperle von der Stirn. »So wird es sein.«

Bojan ahmte seine Geste unwillkürlich nach. »Richtig. Stimmt. Wir werden bestimmt mit ihm fertig.« Er schenkte sich noch einen Whiskey ein und überließ es dem heißen Brennen in seiner Kehle, die heimliche Angst, die in ihm hochkochte, auszulöschen, spurlos, als hätte sie niemals existiert. »Wir treffen uns mit ihm. Und dann machen wir das, was wir immer machen.«

Nevens Grinsen war zurück. »Wir reden uns irgendwie raus … oder wir schießen uns raus.«

Ein überarbeiteter Assistenzarzt drückte Marc eine Packung Schmerztabletten in die Hand und teilte ihm mit, dass er entlassen sei, aber Marc konnte sich noch nicht aufraffen, das Krankenhaus zu verlassen. Er schnappte sich den Rucksack, den de Wit ihm mitgebracht hatte, und ging ein paar Stockwerke höher, in den Aufwachbereich, wohin Luka Pavic nach seiner Operation gebracht worden war.

Er saß etliche Stunden auf einem Stuhl im Flur der Station, ein ganzes Stück von der Zimmertür des schwer verletzten Polizeibeamten entfernt, döste unruhig vor sich hin und sah sich immer und immer wieder die Fotos im Speicher seiner Kamera an.

»Dane?« Er hob den Blick und sah Jürgen Goss vor sich stehen. Der Analyst war rot im Gesicht und machte einen nervösen Eindruck. »Du siehst ja furchtbar aus.«

»Vielen Dank«, entgegnete Marc sarkastisch. »Dann hast

du meine Nachricht also bekommen?« Er hatte Goss bei der erstbesten Gelegenheit angerufen und ihm auf die Mailbox gesprochen, dass er seine Hilfe brauchte, ohne zu wissen, ob der Österreicher auf die Bitte überhaupt reagieren würde. Umso größer war seine Erleichterung darüber, dass er tatsächlich gekommen war.

Goss reichte ihm eine Schultertasche aus Plastik mit ein paar sauberen Kleidern und anderen Dingen für den Notfall. Doch kaum hatte Marc die Tasche geöffnet, wusste er, dass etwas nicht stimmte. »Hast du in den Sachen rumgekramt?«

»Nein«, erwiderte Goss niedergeschlagen. »Aber jemand anders. Als ich zu deinem Zimmer gekommen bin, war die Tür eingetreten. Da war ein Riesendurcheinander. Ich glaube, dass du ausgeraubt worden bist.«

Ganz bestimmt nicht, dachte Marc. »So ein Zufall aber auch. Alles an einem Abend? Wenn wir die Fußabdrücke ein bisschen genauer unter die Lupe nehmen würden, dann würden sie garantiert zu Horvats Schuhen passen, jede Wette …« Er atmete scharf aus und ging rasch den Inhalt der Tasche durch. »Danke für deine Hilfe, Jürgen. Mir ist schon klar, dass das eine Zumutung war.«

Goss blickte sich um und faltete die Hände. »Okay, na dann, ich muss los. Schrader hat Frühschicht für alle angeordnet, um die Aktion gegen die Schmuggler nachzubereiten. Sie ist stinksauer, weil die Razzia im Hafen so gut wie gar nichts gebracht hat.«

Marc unterdrückte eine spitze Bemerkung. Der Österreicher machte Anstalten zu gehen, doch da packte Marc ihn am Arm. Er kritzelte eine Webadresse und ein aus neun Zeichen bestehendes Passwort auf einen Zettel und drückte ihn Goss in die Hand. »Das ist ein Cloudserver, auf dem ein paar Bilder gespeichert sind, die ich gestern

Abend von den Kurjaks und ihrem neuesten Spielgefährten gemacht habe.«

»Dane …« Goss wollte widersprechen.

Marc fuhr fort: »Ich möchte diesen Typen mit der Gesichtserkennungsdatenbank abgleichen, aber de Wit hat mich suspendiert. Darum nimmst du dir jetzt die beste Aufnahme von dem Kerl vor und lässt sie durchs System laufen. Mal sehen, was dabei rauskommt.« Er hielt Goss das Kameradisplay entgegen und zoomte auf den Slawen, mit dem die Kurjaks sich getroffen hatten. »Ich will wissen, wie er heißt. Und sprich mit niemandem darüber.«

»Ich weiß wirklich nicht, ob …«

Marc warf seinem Gegenüber einen bedeutsamen Blick zu und brachte ihn damit zum Schweigen. »Ich mache keine Witze, Jürgen. Das, was hier abläuft, ist ein Riesending, und dieser Mann steht im Mittelpunkt des Ganzen. Ich werde nicht einfach stillsitzen und abwarten, bis vielleicht irgendwann mal ein Sachbearbeiter in Den Haag dazu kommt, einen Blick auf diese Bilder zu werfen. Weil es dann nämlich garantiert zu spät sein wird!«

»Schrader weiß, dass ich dir geholfen habe, den Standort dieses Handys rauszukriegen!«, platzte Goss heraus und fing an zu blinzeln. »Sie hat nichts gesagt, aber … sie weiß es. Und sie hat mich gewarnt, dass ich mich nicht verleiten lassen soll, das Gleiche zu machen wie du.«

»Oh.« Sofort meldete sich Marcs schlechtes Gewissen. Dass er seine eigene Zukunft aufs Spiel setzte, war eine Sache, aber konnte er das wirklich auch von dem Österreicher verlangen? Luka Pavic hatte sich auf eine Zusammenarbeit eingelassen, obwohl er das Risiko gekannt hatte, aber Goss …? Die nackte Wahrheit lautete doch, dass Marc dessen Freundschaft ausgenutzt hatte, um das zu bekommen, was er haben wollte. »Stimmt. Tut mir leid.

Aber ich würde dich nicht darum bitten, wenn es nicht so wichtig wäre, Jürgen.« Noch während er diese Worte aussprach, verabscheute er sich ein kleines bisschen.

Goss schluckte und starrte auf seine Schuhspitzen. »Okay. Einverstanden. Ich versuche, was rauszukriegen.« Dann ging er hastig davon, als befürchtete er, dass Marc ihm noch mehr abverlangen könnte.

Missmutig machte Marc seinen zerschlissenen Rucksack auf und stopfte die Kamera mitsamt den Sachen aus der Umhängetasche hinein. Wenn tatsächlich Horvat oder einer der Ganoven, die für die Kurjaks arbeiteten, sein Zimmer durchsucht hatte, dann hatte er nichts Wertvolles gefunden. Alles, was Marc im Notfall brauchte, steckte in einem speziell angefertigten Geheimfach seines Swissgear-Rucksacks unter mehreren abschirmenden Materialschichten, die Metalldetektoren und T-Wellen-Scanner verwirren sollten. Es enthielt ein bisschen Geld und zwei gefälschte Reisepässe – ein Abschiedsgeschenk seines alten Freundes John Farrier beim MI6. Damit konnte er jedenfalls die Stadt verlassen, falls nötig. Aber im Moment hatte er nicht vor, sich einfach aus dem Staub zu machen.

Marc betrat eine Besuchertoilette am Ende des Flurs und brachte sein Äußeres in Ordnung, so gut es ging. Er schlüpfte, während andere Besucher kamen und gingen, in seine frischen Kleider. Bei dem schweren Hemd ließ er wegen der Verbände besondere Vorsicht walten.

Als er gerade dabei war, seinen Rucksack wieder zu verschließen, stellte sich ein Mann an das benachbarte Waschbecken und wusch sich die Hände. Bei einem Blick in den Spiegel sah Marc sich einem bekannten Gesicht gegenüber.

Der Mann war ein paar Jahre jünger als er selbst. Ein geistesabwesender Ausdruck lag auf seinem hageren Gesicht. Seine Kleidung bestand aus einer schwarzen Jeans, einem weiten Kapuzenpulli und einer dunkelbraunen Lederjacke. Die Jacke war ziemlich weit geschnitten. Diesen Kleidungsstil hatte Marc schon öfter gesehen, und zwar bei diesen *Bratva*-Typen, weil man dann das Halfter mit der Schusswaffe besser verstecken konnte.

Als der Mann die Toilette verließ, sah Marc ihn nicht an, aber einen Augenblick später wusste er, woher er ihn kannte. *Ich habe ihn fotografiert. Er hat vor dem Wohnblock gestanden.*

Bei seiner Suche nach Details, die ihn womöglich einen Schritt weiterbringen konnten, hatte er sich die Bilder immer und immer wieder angeschaut und sich dabei die einzelnen Gesichter eingeprägt. Und jetzt war einer von diesen Typen hier.

Aber er hatte Dane nicht erkannt. Was nur eines bedeuten konnte.

Luka Pavic war nur noch ein Schatten seiner selbst, wie er da blass und leblos in einer Ecke des Aufwachraumes in seinem Krankenhausbett lag. In seinem unverletzten Arm steckte eine Infusionsnadel. Ein Teil seines Gesichts war von Verbänden und Pflastern bedeckt, genau wie seine rechte Schulter und der Arm. Die Ärzte hatten ihr Möglichstes getan, um sämtliche Schrotkugeln zu entfernen, die sich in sein Fleisch gebohrt hatten, und die unzähligen kleinen Wunden zu vernähen. Die Schüsse hatten nicht nur seine Muskeln und Knochen in Mitleidenschaft gezogen, sondern auch die äußeren Ränder seiner Lunge, aber Pavic war stark und gesund. Die ersten Tage waren kritisch, ja, aber wenn er die überstanden hatte, würde er das Ganze überleben. Das leise Piepsen des Herzmonitors bestätigte seinen gleichmäßigen Pulsschlag.

Der Mann in der Lederjacke stand am Fußende von Pavics Bett und betrachtete ihn schweigend. Draußen auf dem Flur waren kaum Menschen unterwegs, und es war ihm leichtgefallen, unbemerkt ins Zimmer zu gelangen. Jetzt war die Frage, ob er auch sein Vorhaben unbemerkt in die Tat umsetzen konnte. Beim Betreten des Krankenhauses hatte er mehrere Polizisten bemerkt und jeden Blickkontakt vermieden. Wenn sie ihn entdeckten, wenn sie ihn festnahmen … dann war alles vorbei.

Er ging weiter, bis das Bett sich zwischen ihm und der Tür befand, und sah sich um. In einem Schrank entdeckte er Pavics Kleider und seine Wertsachen, alles mit Klarsichtfolie zu einem Bündel verpackt.

Er streckte die Hand danach aus, da hörte er, wie die Tür hinter ihm ins Schloss gezogen wurde.

»Weg da.« Marc stellte den Rucksack auf dem Boden ab und sprach mit leiser, klarer Stimme. Er ließ die Hände an den Seiten herabhängen und spreizte die Beine ein wenig, um auf alles vorbereitet zu sein. Aber abgesehen von der Tür, die Marc nun blockierte, gab es nur einen einzigen anderen Weg aus dem Zimmer, und zwar einen Sprung aus dem Fenster. Das Zimmer befand sich im zweiten Stock.

Der Kerl in der Lederjacke musterte Pavic, der bewusstlos im Bett lag und nichts von dem, was um ihn herum vor sich ging, mitbekam. Unter der Sauerstoffmaske ging sein Atem flach. Das Bündel mit den angekohlten Kleidern lag reglos in der Hand des Mannes. Marc sah, dass er seine Optionen abwägte, und wusste, dass er ihn verstehen konnte.

»Ich sag es nicht noch mal.«

Dafür erntete er ein argwöhnisches Nicken, dann kam der Mann um das Bett herum und hob besänftigend eine Hand.

Hier muss es doch irgendwo eine Alarmtaste geben, dachte Marc und ließ den Mann in der Lederjacke für einen Moment aus den Augen, um sich umzusehen.

Der andere zögerte nicht und schleuderte Marc das Kleiderbündel entgegen.

Instinktiv riss dieser die Hände nach oben. Gleichzeitig zog der andere eine Pistole.

War er bei der ersten Attacke noch unvorbereitet gewesen, reagierte Marc jetzt sofort. Kaum schwang die Pistole in seine Richtung, sprang er nach vorn und riss dabei beide Arme nach oben, sodass er den Unterarm des anderen gleichzeitig von beiden Seiten traf. Wenn man diese Technik richtig und mit genügend Wucht anwandte, konnte man dem Gegner ohne Weiteres den Unterarm brechen, aber Marc war damit noch nicht genügend vertraut, und so erreichte er lediglich, dass sein Gegenüber die Waffe fallen ließ.

Der Eindringling stöhnte, und Marc trat die Pistole unter das Bett, wo sie vorerst für ihn sowie für den anderen unerreichbar war. Dann brachte er die Schulter nach vorne und rammte seinen Gegner beiseite, um mehr Abstand zwischen ihn und den schlafenden Pavic zu bringen.

Sie drehten sich im Kreis, bearbeiteten einander mit kurzen Aufwärtshaken und versuchten immer wieder, an ihrem Gegner zu zerren und ihn aus dem Gleichgewicht zu bringen. Marc rückte so dicht wie möglich an den anderen heran, während der Eindringling verzweifelt versuchte, etwas Abstand zu gewinnen. Als das jedoch nicht funktionierte, änderte er seine Taktik und versetzte Marc ein paar harte Tritte gegen die Schienbeine.

Beim ersten richtigen Treffer stieß Marc einen unterdrückten Schmerzensschrei aus. Unmittelbar danach landeten ein zweiter und ein dritter Tritt auf derselben Stelle, und Marc spürte, wie sein Knie plötzlich einknickte. Der andere versuchte, ihn zu Fall zu bringen.

Marc gab nach und taumelte rückwärts, bevor er komplett das Gleichgewicht verlor. Der Eindringling ließ ihn für einen kurzen Moment aus den Augen und warf einen Blick auf das Kleiderbündel auf dem Boden. Dieses Mal war es Marc, der die Unaufmerksamkeit seines Gegners nutzte. Er holte mit dem ausgestreckten Arm aus und schwang ihn gegen eine Keramikvase mit Origamiblumen, die auf einer Kommode stand. Halb stieß, halb warf er die Vase durch die Luft, und der Mann in der Lederjacke wehrte sie mit der ausgestreckten Hand ab – eine instinktive Bewegung, bei der die billige Vase zerbrach, während Marc sich wieder auf ihn stürzte.

Er bekam den Zipfel einer lose über das Fußende des Bettes gelegten Decke zu fassen und riss sie mit sich. Dann schlug er damit nach dem Eindringling, nicht besonders geschickt zwar, aber doch ausreichend, um ihn weiter zurückzudrängen.

Der Kerl fluchte und schlug wild mit den Fäusten um sich. Marc stieß laut zischend den Atem aus, als die Faust seines Gegners seinen Unterarm mit der alten Schussverletzung streifte. Der Schmerz schoss kreischend die Nervenbahnen entlang und ließ das Fleisch dort, wo der Schlag ihn getroffen hatte, taub werden.

Marc prügelte auf die verhüllte, um sich schlagende Gestalt ein, und dann verloren sie, ineinander verkrallt, das Gleichgewicht und landeten auf einem abgewetzten

Sessel neben dem Bett. Sein Gegner befreite sich mit weit aufgerissenen Augen und vor Wut dunkelrot angelaufenen Wangen aus der Decke. Schon landete der nächste kraftvolle Faustschlag in Marcs Magengrube. Pfeifend wurde sämtliche Luft aus seiner Lunge gepresst, doch dann hatte Marc sich wieder gefangen und presste die Hand um die Kehle seines Angreifers.

»Was macht ihr denn da?« Die heisere Stimme aus dem Bett ließ die beiden Kämpfer mitten in der Bewegung erstarren. Pavic versuchte, den Kopf zu heben, und zog sich die Sauerstoffmaske vom Gesicht. »Hört … sofort auf damit.« Das Reden strengte ihn sehr an. »Vanja«, sagte er zu dem Eindringling. »Du darfst … nicht hier sein.«

»Du bist … Vanja?« Marc ließ ihn los. »Der Informant?«

Der andere brachte ein knappes Nicken zustande.

»Marc«, sagte Pavic mit erstickter Stimme und flatternden Augenlidern, kurz bevor er erneut in die Bewusstlosigkeit sank. »Hör auf, meinen Cousin zu vermöbeln.«

Sie saßen einander gegenüber, Vanja in dem alten Sessel und Marc auf einem Hocker, den er in der anderen Zimmerecke gefunden hatte. Auf dem kleinen Tischchen zwischen ihnen standen zwei Plastikbecher mit schlechtem Automatenkaffee – so etwas wie ein gegenseitiges Friedensangebot. Beide Männer nippten einmal daran und rührten die Becher danach nicht mehr an.

Gemeinsam hatten sie die Scherben der zerbrochenen Blumenvase aufgesammelt, und Marc hatte die tschechische CZ-75-Halbautomatik unter dem Bett hervorgefischt. Jetzt lag sie entladen außer Reichweite zusammen mit dem Kleiderbündel auf der Kommode.

»Cousin«, sagte Marc und ließ diese neue Information auf sich wirken. »Hmm. Das erklärt so einiges.« Er musste an einen Satz denken, den Pavic einmal gesagt hatte. *Vanja und ich, wir kennen uns seit unserer Kindheit. Er ist auf die schiefe Bahn geraten, aber ich bin mir sicher, dass er mich niemals belügen würde.*

»Ich habe gedacht, du willst Luka umbringen«, erklärte Vanja.

»Dito«, erwiderte Marc. Vanja verstand nicht, was er damit sagen wollte, darum sprach Marc weiter. »Du arbeitest für die Kurjaks. Ich habe dich gestern Abend vor den Delfin-Apartments gesehen.«

Vanja nickte. »Normalerweise nehmen sie mich gar nicht mit. Aber Neven wollte mehr Männer als sonst dabeihaben …« Er verstummte.

Da fiel ihm noch etwas ein. Als sie auf dem Dach gegenüber des Wohnblocks gewesen waren, war Pavic kurz zusammengezuckt. Er hatte seinen Cousin unter den Handlangern der Gebrüder Kurjak erkannt, aber nichts gesagt.

»Du weißt aber schon, dass das widerliche Schweine sind, oder?«, fragte Marc.

»Dir steht kein Urteil zu«, fauchte der andere mit leiser Stimme zurück. »Du stammst nicht von hier. Du hast keine Ahnung, wie wir hier leben müssen. Wenn man irgendeine Gelegenheit bekommt, Geld zu verdienen, dann muss man sie nutzen.«

»Stimmt auch wieder«, erwiderte Marc. Er hatte in einer Sozialbausiedlung im Londoner Süden seine Kindheit und Jugend verbracht, und wusste, dass etliche seiner einstigen Spielkameraden in Diebesbanden oder im organisierten Verbrechen gelandet waren. Marc hatte sich aus dem Milieu befreit, indem er sich der Royal Navy angeschlossen hatte. Wer weiß, vielleicht hatte das Leben ja auch für Pavic und seinen Cousin unterschiedliche Wege bereitgehalten – den Pfad des Guten oder den des Bösen.

»Lukas Familie hat mich immer gut behandelt«, sagte Vanja unvermittelt. »Ich bin ihm etwas schuldig.« Dabei beließ er es.

»Und warum bist du dann hier?«

Vanja wandte den Blick ab. »Ich habe gehört, dass er schwer verletzt ist. Ich wollte sichergehen, dass er … dass es ihm gut geht.« Er schüttelte den Kopf. »Wenn die Kurjaks herausfinden, dass Luka und ich … dass wir miteinander geredet haben, sind wir beide tot.«

»Hast du denn Angst, dass jemand von der Polizei dahinterkommen könnte, dass du Pavic mit Informationen versorgt hast?«

»Im Bullenstall gibt es auch Ratten«, erwiderte Vanja.

»Ja«, meinte Marc. »Ich kenne Franko Horvat auch.«

Vanja machte ein Gesicht, als wollte er ausspucken. »Er erledigt für sie die Drecksarbeit, und niemand hindert ihn daran.« Er beugte sich nach vorne. »Ich muss dafür sorgen, dass Horvat nichts gegen mich in die Finger bekommt, verstehst du?«

Mit einem Mal war Marc klar, weshalb Vanja in Pavics Aufwachraum herumschnüffelte, weshalb er sich so für die persönlichen Sachen des Schwerverletzten interessierte. Er griff nach dem Kleiderbündel, stand auf und trat ein Stück zur Seite. Dann tastete er das Bündel ab. *Schuhe, Geldbeutel, Schlüssel, Handy* … zwei *Handys.*

Er holte das billige Wegwerfhandy heraus, das Pavic ihm im Umkleideraum des Fitnessstudios gezeigt hatte. »Suchst du das da?«

»Gib her!« Vanja wollte aufstehen, aber Marc winkte ab.

»Hier sind alle Nachrichten abgespeichert, die du ihm geschickt hast, ja? Wenn die Kurjaks das hätten, dann könnten sie ohne Probleme rausfinden, wer da aus dem Nähkästchen geplaudert hat, stimmt's?«

Vanja machte ein bekümmertes Gesicht. »Bitte, gib mir das Handy. Es tut mir sehr leid, was euch zugestoßen ist, aber ich muss jetzt an mich selbst denken. Gib mir das Handy!«

In Marc machte sich Ärger breit. »Wieso? Damit du dich einfach verkrümeln kannst? Damit du so tun kannst, als wäre nichts passiert?« Aber schon während er diese Sätze aussprach, sah er die ganze Situation aus Vanjas Perspektive. In den Europol-Akten über die Gebrüder Kurjak waren zahlreiche Grausamkeiten dokumentiert. Nicht umsonst standen sie in dem Ruf, sich immer wieder ausgesprochen kreative Strafen für Verräter auszudenken.

Sein Gefühl sagte Marc, dass Vanja ihm gegenüber aufrichtig war, und da auch Pavic Vertrauen zu seinem Cousin hatte, konnte er eigentlich davon ausgehen, dass Vanja die Wahrheit sagte. Pavic war zwar ehrgeizig, aber kein Dummkopf, und wenn der Polizist Vanja vertraute, dann konnte er, Marc, das auch. Aber das galt nicht automatisch andersherum. Marc hatte keine über zwanzigjährige Familiengeschichte zu bieten, um sich Vanjas Vertrauen zu sichern.

Was er jedoch hatte, und zwar buchstäblich hier in seiner rechten Hand, war ein Druckmittel. »Du willst das Handy haben?«, hörte er sich sagen. »Es gehört dir …«

»Wenn ich dir helfe?« Ein bitterer Unterton hatte sich in Vanjas Stimme geschlichen.

Marc zögerte. Während seiner Grundausbildung beim britischen Geheimdienst waren er und seine Kameraden eingehend im Umgang mit vertraulichen Quellen geschult worden. Das Ganze war eine sehr komplexe Aufgabe, in der man unterschiedliche Rollen auszufüllen hatte. So war es in manchen Situationen unerlässlich, die Quelle – den »informellen Mitarbeiter« – zu manipulieren oder zu erpressen, auch, wenn ihm selbst das nach wie vor widerstrebte. Die psychischen Schwächen eines Menschen aufzuspüren, die Druckpunkte auszuloten und dann tatsächlich auch zuzudrücken, das fiel ihm alles andere als leicht. *Bis heute zumindest.* Marc erinnerte sich an sein Gespräch mit Goss und runzelte die Stirn.

Dann entschied er sich für den direkten Ansatz. »Du warst bei dem Treffen gestern dabei. Weißt du, mit wem die Kurjaks sich getroffen haben?«

Erneut schüttelte Vanja den Kopf. »Es war ein Russe. Aber sie haben uns nicht nahe genug rangelassen. Ich habe kein Wort mitbekommen. Die Kurjaks lassen nur ungern andere zuhören, wenn sie über Geschäfte reden.«

»Der Koffer«, bohrte Marc weiter. »Der enthält radioaktives Material, und zwar mehr als nur ein bisschen fluoreszierende Farbe. *Waffenfähig.* Dir ist doch klar, was das bedeutet, oder?«

Der andere wurde blass, und Marc erkannte, dass ihm das neu war. »*O moj Bože …*«

»Wenn du mir sagst, wo die Kurjaks diesen Koffer hingebracht haben, dann gehört das Handy dir. Einverstanden?«

Vanja beugte sich schwer atmend nach vorne. »Ich … ich kann nicht. Ich weiß es nicht. Sicherheit geht den Brüdern über alles. Da sind sie total … wie sagt man? … paranoid. Pausenlos unterwegs.«

Marc steckte das Wegwerfhandy ein. »Und wie bekommst du deine Befehle?«

»Über andere Männer. Denen schicken sie eine SMS. Neven gibt ihnen spezielle Telefone, mit einer Software, die alle Wörter …«, er fuchtelte durch die Luft, »… *slučajan* macht. Durcheinander.«

»Verschlüsselt.«

»Ich kann nichts gegen sie unternehmen …« Vanja nickte, stand auf und stellte sich ans Bett seines Cousins. »Ich wollte nicht, dass Luka etwas passiert. Aber er ist unbeherrscht. Schon immer gewesen.«

»Falls du Schutz brauchst, Immunität, dann könnte ich mit Europol sprechen. Wenn du uns hilfst, die Kurjaks hinter Gitter zu bringen, wäre das eine Möglichkeit.« Marc wusste genau, dass er dafür keine Garantie geben konnte. Trotzdem tat er so. Vanja war die einzige Spur, die er im Moment hatte, und er musste ihn unbedingt bei der Stange halten. »Sag mir alles, was du weißt.«

»Jedenfalls geht irgendetwas vor sich«, gestand Vanja nach langem Schweigen ein. »Ich habe gehört, wie die anderen über ein Treffen geredet haben. Nicht mit dem Russen, aber mit einem anderen Ausländer. Heute. Aber mehr weiß ich nicht.«

»Noch ein dickes Geschäft? Wo?«, drängte Marc. »Denk nach, Mann. Die Kurjaks haben in Split und Umgebung Dutzende von Schlupflöchern, wo sie sich versteckt halten könnten. Ich muss nur noch wissen, wo *genau*!«

»Ich hab doch gesagt, dass ich das nicht weiß!« Vanja wurde lauter, und seine Stimme brach. Pavic bewegte sich und stöhnte dabei leise. »Die lassen mich doch nicht ihre Textnachrichten lesen«, fügte Vanja hinzu. »Ich bin doch bloß ein Wachmann. Unwichtig.«

»Das kann schon sein«, erwiderte Marc, während sich in seinem Kopf eine Idee herauszukristallisieren begann. »Aber ich glaube, ich kenne jemanden, der sich zumindest für ganz schön wichtig *hält*.«

6

Die Pendlermaschine aus Zagreb war die erste, die an diesem Morgen in Split landete. Kurz nach dem Morgengrauen setzte sie auf der Landebahn auf. Ramaas hatte scheinbar während des ganzen Fluges geschlafen, aber das war eine Tarnung gewesen, damit er nicht mit der Flugzeugbesatzung oder einem der Passagiere sprechen musste. Er hatte sich eine große Oakley-Sonnenbrille aufgesetzt und die Augen geschlossen, um seine Gedanken während des Fluges ein wenig treiben lassen zu können, aber an wirkliche Entspannung war nicht zu denken gewesen.

Er flog überhaupt nicht gerne. In einer Druckkabine Tausende von Metern über dem Boden eingesperrt zu sein, gefilterte Luft zu atmen, und das alles, während jemand anderes darüber bestimmte, wohin ihr Weg sie führte … das alles ließ ihn nervös und reizbar werden. Anderen Menschen die Kontrolle über sein eigenes Leben zu überlassen, das widerstrebte Ramaas zutiefst. *Waaq* würde er es jederzeit anvertrauen, und für eine überschaubare Zeit auch dem Ozean, doch das waren beides Naturgewalten, die jedermann zu respektieren hatte. Sein Leben jedoch in die Hand eines nichtswürdigen Piloten zu legen, das war ihm ein Gräuel. Wenigstens konnte er sich mit der Vorstellung trösten, dass, sollte er aufgrund eines Fehlers des Flugkapitäns tatsächlich ums Leben kommen, seine Sippe dessen gesamte Familie in einem Akt der Rache auslöschen würde. *Vielleicht ist es das Beste für die Konzentration des Kapitäns, wenn er das nicht weiß,* dachte er.

Dieser Flug war die letzte Etappe einer endlosen Folge identischer Druckkabinen und Abflughallen, die ihn von Mogadischu über Istanbul bis nach Kroatien geführt hatte. Die Männer in Somalia, die ihn fürchteten, wussten vermutlich mittlerweile, dass er das Land verlassen hatte. Sie hatten ihre Spione überall – an den Flughäfen, den Häfen, an jedem Grenzübergang. Aber sie wussten nicht, weshalb er abgereist war, und das würde ihnen Kopfzerbrechen bereiten.

Er lächelte sanft, als der Jet zum Stehen gekommen war und die Passagiere aussteigen konnten. Nach der Tötung von Welldone Amadayo verharrten seine Feinde ebenso wie seine Verbündeten in der Unentschlossenheit. Sie fürchteten sich davor, eigene Schritte zu unternehmen, ganz egal in welche Richtung, aus Angst, es könnte die falsche sein. Aber Ramaas würde den nächsten Schritt machen, er würde seinen Weg fortsetzen, während die anderen zurückblieben.

Die Männer bei der Einreisekontrolle winkten ihn wortlos durch. Er hatte kaum Gepäck und nichts Illegales dabei. Sein Reisepass der Republik Kenia stammte aus einer sehr teuren Fälscherwerkstatt in Hongkong, und die Echtheit des Dokuments war noch nie angezweifelt worden. Ramaas schritt über die schwarz-weiß gemusterten Bodenfliesen der Ankunftshalle und gelangte dann über eine Wendeltreppe ein Stockwerk höher.

Es war ein relativ kleiner Flughafen, und die Tatsache, dass es hier keinen für alle Religionen offenen Gebetsraum gab, ärgerte ihn. Sein letztes Gespräch mit Gott war schon viel zu lange her, und er sehnte sich nach der Klarheit, die daraus erwuchs. Aber in der Öffentlichkeit, umgeben von Fremdlingen, war das nicht möglich. Es war etwas sehr Privates, was nur Ramaas und seine Gottheit etwas anging.

In einer stillen Ecke schaltete er sein Smartphone ein. Zwei neue Nachrichten warteten bereits auf ihn. Es war ein ganz normales iPhone, erbeutet bei einem Raubüberfall und anschließend in ein eigens konstruiertes Gehäuse eingebaut. Jetzt war es doppelt so dick wie zuvor, aber dafür ein vollwertiges Satellitentelefon. Ramaas gab sein Benutzerkennwort ein und aktivierte damit die Verschlüsselungssoftware des Handys. Schon im nächsten Augenblick hörte er Zayds Stimme am anderen Ende der Leitung.

»*Boss, ich bin hier.*« Bei diesen knappen Worten musste Ramaas lächeln, und dann hörte er, wie Zayd einen Namen und eine Uhrzeit nannte. »*Treffen ist arrangiert. Was soll ich jetzt tun?*«

Hier bedeutete im Westen Italiens. Das *Treffen* war eine persönliche Begegnung mit dem *Gaal*, Brett. Was dort geschehen würde und welche Anweisungen der Kriegsfürst Zayd geben würde, das hing sehr stark vom Verlauf der Gespräche zwischen Ramaas und den Serben ab. »Sei bereit, Bruder«, sagte er schließlich. »In den kommenden Tagen werden wir alle Fesseln abschütteln.«

Ramaas beendete das Telefonat und betrachtete stirnrunzelnd die zweite Nachricht. Sie stammte von Guhaad, der ihm einen besorgniserregenden Bericht zugeschickt hatte.

Zu Ramaas' Gefolgsleuten gehörte ein gebildeter junger Mann namens Jonas, der jahrelang in Amerika gelebt hatte. Nachdem er jedoch wegen diverser Computervergehen die Aufmerksamkeit der US-Behörden auf sich gelenkt hatte, war er nach Somalia zurückgekehrt, um sich der Strafverfolgung zu entziehen. Er stammte aus einem verbrüderten Clan, und Ramaas konnte ihn und seine Fähigkeiten gut gebrauchen.

Für Ramaas glich Jonas einer Spinne, die geduldig mitten in ihrem Netz saß und wartete, bis sich irgendwo auf der Welt etwas ereignete, dessen Vibrationen er spüren konnte. Er hatte ein digitales Kommunikationsnetzwerk aufgebaut, das bis in die entlegensten Orte reichte. Dadurch hatten sie beispielsweise Einsicht in die Frachtpapiere vorbeifahrender Schiffe erlangt, die dann von den Plünderern des Clans ins Visier genommen werden konnten, ebenso wie in die schlecht geschützten Bankkonten der serbischen Geldwäscher.

Mit versteinerter Miene las der Kriegsfürst Guhaads ungeschickt formulierte Sätze. Die Serben hatten im Verlauf der vergangenen vierundzwanzig Stunden sehr viel Geld ausgegeben, allerdings ohne einen Hinweis auf den Empfänger. Ramaas las die Nachricht noch einmal, um sicherzugehen, dass ihm nichts entgangen war, dann löschte er den Speicher des Handys und ging nach draußen. Er brauchte frische Luft.

Vor dem Terminal herrschte viel Betrieb durch ankommende Taxis und Reisebusse. Sie alle drängten unter die weiße Pergola, die mit ihren gebogenen Stahlsäulen an einen großen Palmenwald erinnerte. Der Wind, der vom Meer her wehte, ließ die Bespannung knistern. Ramaas ging weiter und überlegte, wie er vorgehen sollte.

Ihm war immer klar gewesen, dass es kein einfacher Weg würde. Mit jedem Schritt tauchten neue Hindernisse auf. Das letzte war Amadayo mit seinen angeblichen Beziehungen gewesen, und das nächste waren die Serben.

Aber das *Geld* … Wenn es damit Schwierigkeiten gab, dann war das große Ganze ernsthaft in Gefahr. Er war hierhergekommen, um sich zu holen, was die Serben ihm schuldeten, aber wenn sie sich plötzlich nicht mehr an ihr Wort halten wollten, dann hätte das Konsequenzen, die absolut inakzeptabel waren.

Wagemutiges Handeln wurde in Kugeln, Blut und Dollar gemessen. Von den ersten beiden hatte Ramaas mehr als genug zur Verfügung, aber was das dritte anging, war noch Etliches zu tun.

Unter einer kleinen Baumgruppe blieb er stehen, alleine, und neigte ehrfürchtig das Haupt. *Ein Zeichen*, sagte er sich. *Es steht geschrieben, dass die Welt auf ewig auf den Hörnern des Stiers im Gleichgewicht liegt. Also bitte ich um ein Zeichen, ob dieses Gleichgewicht mir gewogen ist. Dann weiß ich, dass mein Weg ein gerechter Weg sein wird.*

Ganz in der Nähe knirschten Reifen über den Asphalt, dann wurde eine Autotür zugeschlagen. Ramaas hob verärgert den Kopf. Wer wagte es, seine innere Ruhe zu stören?

Drei Männer, alle in Trainingsjacken über deutlich sichtbaren Schusswaffen, standen vor einem Mercedes mit laufendem Motor. »Ich heiße Mislav«, erklärte einer der drei auf Englisch mit starkem Akzent. »Sie Mr. Ramaas?«

»Nur Ramaas«, verbesserte er den Sprecher.

»Auto für Sie«, erwiderte Mislav und machte eine einladende Handbewegung. »Bitte, kommen.«

»Sie ganz alleine?«, fragte einer der anderen und blickte sich um. Offensichtlich suchte er nach Ramaas' Gefolge. Seine Worte klangen ein wenig abfällig, und das empfand Ramaas als widerwärtig.

Er ging zu dem Mercedes und baute sich drohend vor dem Mann auf, der die Frage gestellt hatte. »Ich habe meine Angelegenheiten bis jetzt immer ohne fremde Hilfe geregelt.« Dann nahm er die Sonnenbrille ab und starrte sein Gegenüber mit seinem dunklen Haifischauge an. »Bringt mich zu den Kurjaks.«

»Bojan hat sehr schön Hotelzimmer für Sie gebucht«, schaltete Mislav sich ein. »Da wir fahren erst mal hin.«

»Das hier ist keine Diskussion«, verbesserte Ramaas ihn erneut und setzte sich auf die Rückbank der Limousine.

Marc unterdrückte ein Gähnen, zog seine Tasche heran und holte den Laptop heraus. Dann rutschte er so tief in seinen Sitz, dass er durch das Fenster nicht mehr zu sehen war. Sie saßen in Vanjas verbeultem Fiat Punto und beobachteten die Polizeiwache auf der gegenüberliegenden Straßenseite, doch Marc war klar, dass ihre Zeit begrenzt war. Irgendwann würde der Beamte am Eingang sie bemerken und ihnen einen Streifenpolizisten auf den Hals hetzen.

Jetzt beugte Vanja, der auf dem Fahrersitz saß, sich über das Lenkrad und zündete sich eine Zigarette an. »Wie lange wird das dauern?«

»Hast du's eilig?« Der Laptop arbeitete die Startsequenzen ab, und Marc aktivierte das WLAN. Schnell hatte er das gesicherte Netzwerk der Polizeiwache identifiziert.

»Die Leute werden misstrauisch, wenn ich einfach wegbleibe«, fuhr Vanja fort. »Warum brauchst du mich eigentlich? Dabei kann ich dir sowieso nicht helfen …« Er nickte in Richtung des Computers.

»Du bist unter anderem hier, weil ich einen Fahrer brauche«, sagte Marc geistesabwesend, während seine Finger über die Tastatur huschten. Das Selbstbewusstsein, das er in dem brennenden Wohnblock verloren hatte, die Entschlossenheit, die ihn überhaupt erst zu alledem veranlasst hatte, sie waren wieder da. Der Laptop war ein Werkzeug, mit dem er umgehen konnte, ein System, das ihm bis in die kleinsten Einzelheiten vertraut war. Damit konnte er seine Fähigkeiten am besten einsetzen. Zum ersten Mal seit Stunden fühlte er sich nicht zerschlagen, ausgebrannt oder mutlos.

Er ließ das Steuerfenster des Root-Control-Programms, das er auf Franko Horvats Handy installiert hatte, aufploppen und aktualisierte es. Ein paar Sekunden später wusste er alles, was er wissen wollte. Die GPS-Daten verrieten ihm, dass sich das Handy zweihundert Meter von ihm entfernt befand, dass es eingeschaltet war, aber gerade nicht benutzt wurde. Er überlegte, ob er das Mikrofon aktivieren sollte – das wäre mithilfe des Programms kein Problem gewesen –, aber dann ließ er den Gedanken wieder fallen. Es wäre zu riskant gewesen, denn wenn Horvat auch nur ansatzweise Verdacht schöpfte, dass sein Handy gehackt worden war, würde er es sofort loswerden.

»Wir müssen sehr unauffällig vorgehen«, sagte Marc.

»Wie willst du Horvat eigentlich dazu kriegen, dass er dir verrät, wo die Kurjaks sind?« Vanja zog einmal lang an der Zigarette und entließ den Rauch anschließend in das muffige Innere des Wagens. »Das würde er dir doch niemals sagen, höchstens, wenn sein Leben in Gefahr ist.«

»Er sagt es uns auch gar nicht«, erwiderte Marc. »Er zeigt es uns.«

Horvats Wegwerfhandy hatte nur eine einzige Telefonnummer gespeichert und war so eingestellt, dass jede Textnachricht nach einmaligem Lesen automatisch gelöscht wurde. Allerdings gab es einen großen Unterschied zwischen dem, was für den Nutzer sichtbar war, und dem, was das Telefon trotzdem speicherte. In der Zeit, in der Vanja seine Zigarette rauchte, drang Marc in den Zwischenspeicher des Handys ein und stellte die letzte empfangene Textnachricht wieder her.

Er drehte den Laptop so, dass Vanja den Bildschirm sehen konnte. »Ich kann kein Kroatisch lesen. Was steht da?«

Vanja beugte sich ein wenig dichter heran. »Das ist aus der letzten Woche. Von Bojan. Er sagt, dass er in die Stadt kommt. Es klingt wie eine Warnung, als wollte Bojan sagen, dass er auf keinen Fall gestört werden will.«

Marc hielt ihm den Laptop hin. »Schreib ihm eine Nachricht. Tu so, als wärst du Bojan, und sag Horvat, dass er zu dir kommen soll. Möglichst wenig Einzelheiten. *Komm sofort her*, so was in der Richtung.«

»Wozu das denn?« Vanja machte keine Anstalten, den Laptop in die Hand zu nehmen.

»Wir spekulieren ein bisschen«, erläuterte Marc. »Wenn Horvat weiß, wo die Kurjaks sich gerade aufhalten …«

»Dann kannst du ihn verfolgen.« Der andere nickte. »Okay, verstanden.« Er fing an zu tippen, langsam und lange kreisend, wie ein Adler auf Beutesuche. »Ich sollte ihn beleidigen«, fügte er hinzu. »Das macht Bojan ständig.«

»Hauptsache, es klingt authentisch«, meinte Marc. »Und es sollte nicht allzu lange dauern.« Während Vanja also eifrig drauflostippte, nahm Marc seine Digitalkamera zur Hand und richtete sie auf den Eingang der Polizeiwache.

»Fertig«, sagte Vanja schließlich mit verschlagenem Lächeln. »Ich habe geschrieben: *Hey, Arschloch, wir brauchen dich hier, sofort. Lass uns nicht warten.*« Er reichte Marc den Laptop, und dieser schickte die Nachricht ab. Auf Horvats Telefon sähe es so aus, als käme sie direkt von Bojans Nummer. »Sind wir jetzt fertig?«, fragte Vanja hoffnungsvoll. »Kriege ich mein Handy wieder?«

»Wenn du das Handy hast, hast du nichts mehr zu befürchten«, erwiderte Marc. »Aber was ist mit Luka? Was passiert, wenn die Kurjaks ihn ins Visier nehmen? Was wird aus seiner Familie, wenn Luka tot ist?« Er benutzte Vanjas Loyalität gegenüber seinem Cousin als Druckmittel und ignorierte die Abscheu, die er dabei sich selbst gegenüber empfand. Das fiel ihm leichter, als er gedacht hatte, und das wiederum bereitete ihm nur noch größeren Kummer. »Willst du das?«

Dann sah er durch den Sucher seiner Kamera, wie Horvat die Polizeiwache verließ. Missmutig starrte der korrupte Polizist an den düsteren Morgenhimmel mit den aufziehenden Regenwolken. Dann ging er zu seinem Auto und stieg ein. Gestern hatte Horvat Pavics VW verfolgt, darum war es nur gerecht, wenn es heute andersherum lief.

»Der grüne Lada da drüben.« Noch bevor Vanja auf die eben gestellte Frage antworten konnte, zeigte Marc auf Horvats Wagen. »Verfolgen, aber unauffällig. Wenn wir jetzt Mist bauen, ist alles aus.«

Vanja knurrte etwas Unverständliches vor sich hin – ganz eindeutig ein Schimpfwort – und ließ den Motor an.

»Das Reden übernehme ich«, sagte Bojan und baute sich neben dem großen Eichenschreibtisch im hinteren Teil des Büros auf. »Afrikaner haben Respekt vor Stärke.«

Neven verzog beleidigt das Gesicht und breitete ein Tuch über den Metallkoffer am anderen Ende des Raumes. »Ich kann auch Stärke zeigen, wenn es nötig ist«, maulte er. Dann tippte er sich an die Stirn. »Meine sitzt nämlich hier drin und nicht im Schwanz, so wie bei dir, Bruderherz.«

Bojan erwiderte seinen säuerlichen Blick. »Halt einfach die Klappe und lass mich machen. Schließlich wollen wir ihn so schnell wie möglich wieder loswerden.« Er schüttelte den Kopf. »Das wird mir alles viel zu viel. Dieser Kerl ist wirklich das Letzte, was wir jetzt noch gebrauchen können. Wir müssen ihn loswerden, und dann brauchen wir einen sicheren Ort für *das da.*« Er zeigte mit dem Daumen auf den verhüllten Koffer.

»Die Lagerhalle ein Stückchen außerhalb, neben den Gleisen …«, fing Neven an, doch da klopfte es an die Bürotür, und er hielt inne. Der dicke Mislav trat ein, zusammen mit Erno, der ebenfalls als Fahrer für die Kurjaks arbeitete, sowie dem Piraten und Kriegsfürsten höchstpersönlich.

Ramaas blickte sich gebieterisch um, nahm die Sonnenbrille ab und klappte sie zusammen, um sie in einer seiner mächtigen Hände verschwinden zu lassen. Er ließ seinen eigenartigen, halb abwesend wirkenden Blick über Neven hinwegstreichen, und dieser bemühte sich nach Kräften, einigermaßen lässig zurückzunicken. Doch der Afrikaner machte ihn nervös, und er wünschte sich mit einem Mal weit, weit weg von hier. Neven musste bei Ramaas' Anblick unwillkürlich an die Bombe denken, die sie hier im selben Raum versteckt hatten. Beide trugen eine zerstörerische Kraft in sich, die er auf keinen Fall am eigenen Leib erfahren wollte.

Bojan gab ein paar Höflichkeitsfloskeln von sich und streckte dem Kriegsfürsten die Hand entgegen. Ramaas schüttelte sie flüchtig. »Wir haben geschäftliche Dinge zu besprechen«, sagte er dann.

»Um es gleich vorwegzusagen, es ist kein guter Zeitpunkt.« Bojan ließ es so klingen, als wollte er sein Gegenüber ins Vertrauen ziehen. »Wir haben Schwierigkeiten mit den örtlichen Polizeibehörden. *Spionage.*« Das letzte Wort betonte er besonders deutlich. »Ob Sie vielleicht am Abend wiederkommen könnten?« Bojan warf Mislav und

Erno einen Blick zu. »Wir könnten Ihnen etwas Leckeres zu essen anbieten, nach dem Fraß, den Sie im Flugzeug bekommen haben. Vielleicht etwas zu trinken? Ein Bett? Eine Frau, wenn Sie wollen.«

»Ich bin nicht zu meinem Vergnügen hergekommen. Es geht um Leben und Tod.« Gemächlich schlenderte Ramaas in die Mitte des Raumes, und Neven sah, dass Mislav ihm folgte. Der Dicke rechnete offensichtlich mit Schwierigkeiten.

Neven ließ sich auf einen Stuhl fallen und spielte, so gut es eben ging, den Distanzierten, den Gleichgültigen. Er gestand sich nur äußerst ungern ein, dass der Afrikaner ihn nervös machte. Um dieser Nervosität zu begegnen, sagte er sich, dass Ramaas zwar sehr gefährlich und alarmierend wirken mochte, dass er aber trotzdem nichts weiter war als ein Pirat, ein fantasieloser Bandit mit wenig Raffinesse. Er strebte nach Höherem, das war schon klar, aber Neven hatte große Zweifel, ob er jemals die Intelligenz besitzen würde, diese hochfliegenden Pläne auch in die Tat umzusetzen.

Schon beim allerersten Treffen hatte er Ramaas als gerissen und schlau wahrgenommen, als einen Mann mit animalischen Instinkten, aber ohne nennenswerte Bildung. Woher auch, wenn man, wie er, aus einem Land hinter dem Mond stammte, in dem das völlige Chaos regierte? So weltgewandt wie die Kurjaks würde er niemals werden. Bei diesem Gedanken musste Neven leise lächeln. Sie waren ihm eben doch überlegen.

»Natürlich«, erwiderte Bojan und kehrte an seinen Schreibtisch zurück, um sich zu setzen. Er bot auch Ramaas einen Stuhl an, aber der Afrikaner blieb stehen. »Das Geschäftliche zuerst. Schließlich hat sich unsere Zusammenarbeit für beide Seiten als äußerst profitabel erwiesen.«

Im Lauf der Jahre war eine Menge Geld aus der somalischen Wildnis in die Kassen der Serben geflossen. Sie hatten die Lösegelder, die die Reedereien bezahlt hatten, weil ihnen das immer noch lieber war, als Schiffe, Fracht und Mannschaft an die Piratenclans unter Ramaas' Kommando zu verlieren, sorgfältig gewaschen. Seit einiger Zeit war der Zufluss allerdings recht spärlich geworden, da die Marinestreitkräfte der internationalen Koalition die Arbeit der Piraten im Golf von Aden deutlich erschwert hatten. Doch die Clans hatten sich schnell an die neuen Bedingungen angepasst. Jetzt handelten sie mit Drogen, Waffen und Menschen und verdienten damit noch mehr Geld als zuvor. Zwar gab es Meldungen, dass die Piraterie wieder auf dem Vormarsch sei, aber die letzte Einzahlung war schon etliche Monate her.

Da Ramaas sich nun zu einer überraschenden Stippvisite entschlossen hatte, lag die Vermutung nahe, dass ein Ende der Dürre in Sicht war.

»Glauben Sie an das Schicksal?«, fragte Ramaas in die Stille hinein. »Als göttliche Macht oder Kraft, ganz egal in welcher Form. Glauben Sie daran?«

Neven konnte nicht anders, als ein leises, verächtliches Schnauben auszustoßen. »Nach meiner Erfahrung ist jeder für sein Glück selbst verantwortlich.«

Der Afrikaner schenkte ihm nicht die geringste Beachtung. »Ich habe erst kürzlich etwas erkannt. Ich will Ihnen davon berichten. Eines Morgens, auf hoher See, hatte ich eine Eingebung.«

Neven warf seinem Bruder einen fragenden Blick zu. *Was, zum Teufel, redet der da?* Bojan erwiderte seinen Blick mit einem winzigen Achselzucken.

»Ich habe viele Dinge unternommen«, fuhr Ramaas fort, als würde er ihnen eine Vorlesung halten. »Aber für mich, für meinen Clan, hat sich nichts geändert. Armut. Unterdrückung. Verderben. Alles wie immer. Also habe ich beschlossen, etwas zu verändern. Und ich habe bereits damit angefangen.«

Bojan beugte sich nach vorne. »Das sind aber viele Eingebungen für einen einzelnen Menschen. Und das haben Sie alles auf dem Meer erkannt, sagen Sie?« Er nickte, und in seinem Tonfall lag genau die richtige Prise Überheblichkeit. »Ich persönlich habe Schiffe noch nie gemocht.«

Ramaas spürte, dass er gerade beleidigt worden war, und bleckte die Zähne. »Das hier ist für Sie.« Er griff in seine Jackentasche und ließ sich überhaupt nicht davon stören, dass Mislav die Hand an den Kolben seiner Waffe legte. Ramaas zog ein Blatt Papier hervor und legte es auf Bojans Schreibtisch. »Hier finden Sie alle notwendigen Angaben. Kontonummern. Bankleitzahlen.«

»Was soll ich damit anfangen?«, erwiderte Bojan mit fester Stimme und ohne seine überlegene Attitüde abzulegen.

»Ich bin hergekommen, um mein Geld abzuheben«, erwiderte Ramaas. »Jeden einzelnen Dollar. Ich löse meine Konten auf.«

Nevens Fassade der Gelassenheit zerfiel zu Staub. Bojan ließ den Blick zu Mislav und Erno gleiten, während die Anspannung, die im Raum lag, sich schlagartig verzehnfachte. »Wir hatten eine Vereinbarung, Ramaas …«

»Die hiermit endet«, fiel der Pirat ihm ins Wort. »Unsere Geschäftsbeziehung existiert nicht mehr. Ich habe Ihnen durch mein persönliches Erscheinen den gebührenden Respekt erwiesen.«

»Durch Ihr *alleiniges* Erscheinen«, fügte Neven spöttisch grinsend hinzu, um wenigstens eine kleine Drohung anzudeuten.

»Oder können Sie mich etwa nicht auszahlen?« Erneut ignorierte Ramaas jedes von Nevens Worten, als wäre er der Beachtung nicht wert. »Weil Sie mein Geld gar nicht haben?«

»Aber natürlich haben wir das Geld«, log Bojan, ohne mit der Wimper zu zucken. »Es gibt in diesem Teil der Welt jedoch gewisse Regeln. Wir sind hier nicht in Afrika. Wir setzen nicht aus heiterem Himmel ultimative Forderungen in die Welt und erwarten, dass sie sofort erfüllt werden. So macht man hier keine Geschäfte.«

»Sie haben mein Geld nicht«, wiederholte Ramaas mit eiskalter Gewissheit. »Bis zu diesem Augenblick war ich mir nicht sicher. Aber jetzt bin ich es.«

Bojan erhob sich. Seine Körpersprache war eindeutig verächtlich. »Hören Sie, wir sind alle müde. Sie haben eine lange Reise hinter sich und wir eine ziemlich hektische Nacht …«

Neven sah, wie Mislav aufs Stichwort reagierte und Ramaas am Arm packen wollte.

»Am besten kommen Sie morgen wieder«, fuhr Bojan fort. »Dann haben wir uns alle erholt und können vernünftig über die ganze Angelegenheit red…«

Mislav berührte den Arm des Piraten und beging damit den größten Fehler seines Lebens. Ramaas machte irgendetwas mit der Sonnenbrille in seiner Hand, jedenfalls schnappte einer der Kohlefaserbügel nach oben. Mit derselben Bewegung stach Ramaas den Bügel in Mislavs rechtes Auge, sodass er laut aufheulend rückwärtstaumelte.

Erschrocken sprang Neven auf, doch da hatte Ramaas die Taurus-Halbautomatik bereits aus Mislavs Hosenbund gerissen und ihn damit zu Boden geschlagen. Während Erno noch damit beschäftigt war, seine eigene Waffe zu ziehen, war der Pirat mit zwei geschmeidigen Schritten bei ihm und ließ ihm genau dieselbe Behandlung zuteilwerden wie Mislav, rammte ihm die Pistole ein-, zwei-, dreimal mit Wucht gegen die Stirn.

Bojan hatte einen klobigen Python-Revolver in der Schreibtischschublade liegen, und den wollte er jetzt herausholen. Aber wieder war er zu langsam. Als er die Waffe schließlich in der Hand hielt, drückte Ramaas seinem Bruder bereits die Taurus gegen das Steißbein.

Neven wurde herumgewirbelt, als ob er gar nichts wöge, und dann befand er sich in der Schusslinie zwischen den beiden. »Ich lasse mich nicht auf später vertrösten«, sagte Ramaas. »Wo ist mein Geld?«

Neven wimmerte und zappelte im erbarmungslosen Griff des Somaliers.

»Wir können es Ihnen nicht sofort geben!«, platzte Bojan heraus. »Seien Sie doch vernünftig!«

»Vernunft interessiert mich nicht«, gab Ramaas zurück, dann änderte er seine Taktik. »Wissen Sie eigentlich, weshalb ich Ihre Dienste so lange in Anspruch genommen habe, Kurjak?« Er fuhr fort, ohne auf eine Antwort zu warten. »Weil Ihnen die Familie etwas bedeutet. Das verstehe ich gut. Mein Clan ist auch für mich sehr wichtig. Diese Bande geben einem Mann Kraft.« Er sah Neven an. »Und sie können ein Hebel sein, wenn es notwendig wird. Ich werde ihm die Kehle durchschießen. Er wird an seinem eigenen Blut ersticken, und Sie werden dabei zusehen.«

Die Worte des Piraten waren unmissverständlich, und Neven musste blinzeln. Plötzlich konnte er nur noch verschwommen sehen. »Bruder, bitte …«

»Geben Sie uns ein bisschen Zeit«, flehte Bojan. Die Hilflosigkeit in seiner Miene war ein sehr seltener Anblick. »Ich mache ja alles, was Sie verlangen. Aber bitte, tun Sie nichts, was Sie später vielleicht bereuen … das ist wirklich nicht nötig.«

»Glaubst du ernsthaft, ich würde es bereuen, einen Mann zu töten?« Ramaas schüttelte den Kopf.

»Wir können doch ins Geschäft kommen!«, sprudelte es aus Neven hervor. »W… w… wir vereinbaren eine … eine Sondergebühr, wegen der Verzögerung!« *Die Somalier sind doch immer so gierig,* sagte er sich. *Das nimmt er mir bestimmt ab.*

Ramaas drückte ihm den Lauf der Pistole in das weiche Fleisch. »Keine Verzögerung.«

Wilde Panik packe Neven, als ihm schlagartig klar wurde, wie falsch er mit seiner Einschätzung gelegen hatte. Die Worte purzelten nur so aus seinem Mund. »Wir haben es nicht, *wir haben das Geld nicht mehr!* Wir haben es ausgegeben, aber wir haben was viel Besseres dafür bekommen!«

»Etwas Besseres?« Er spürte Ramaas' heißen Atem an seinem Hals. »Zeig her.«

»Na gut …« Bojan legte den Revolver beiseite und näherte sich mit unsicheren Schritten dem zugedeckten Metallkoffer. Er zog das Tuch beiseite, klappte den Deckel auf und ließ Ramaas einen Blick in das Innere werfen, wo unter anderem auch das internationale dreieckige Warnzeichen für radioaktive Strahlung zu erkennen war.

»Das ist eine Fälschung«, knurrte Ramaas und spannte den Hahn seiner Pistole. »Ich glaube, ich erschieße euch jetzt alle beide.«

Neven hörte das laute Klicken des Hahns und entleerte spontan seine Harnblase. Sein Wille war endgültig gebrochen. »Ist es nicht!«, brüllte er. »Bitte, nicht schießen, nicht schießen, sie ist echt, *SIE IST ECHT!*« Tränen strömten ihm über die Wangen.

»Das Ding da kann uns alle sehr reich machen«, fügte Bojan verzweifelt hinzu.

Irgendwann wurde Neven klar, dass Ramaas ihn losgelassen hatte und dass das Geräusch, das sich wie ein tuckerndes Knurren anhörte, das Lachen des Piraten war.

»Ich habe mein Zeichen bekommen«, sagte er.

Horvat stieß die Glastür auf, betrat das Queen's High Casino und sah sich mit gleichgültiger Miene um. Offiziell war der Laden zwar noch etliche Stunden geschlossen, doch wie üblich bei den Gebrüdern Kurjak war auch hier garantiert gerade etwas Zwielichtiges im Gang.

Als er den Verwaltungstrakt des Casinos ansteuerte, hob eine Blondine mit strähnigem Haar die Nase von ihrer Zeitschrift und rief ihm zu: »Wir haben geschlossen!«

»Ich bin nicht gekommen, um Geld zu verlieren«, knurrte Horvat zwischen zusammengebissenen Zähnen hindurch.

Der große Saal war leer, abgesehen von ein paar alten Omis, die ihre röhrenden Staubsauger über den fadenscheinigen Teppich schoben, und einem kräftigen jungen Mann mit Muskelshirt und Jeans, der in der Nähe des Roulettetischs herumlungerte. Er sah Horvat und setzte sich in Bewegung, um ihm den Weg zu versperren, während die Blondine zeternd ebenfalls in den Saal gelaufen kam.

Der junge Mann scheuchte sie mit einer Handbewegung weg und stellte sich Horvat in den Weg. »Was willst du denn hier? Für den Seniorenabend ist es noch ein bisschen früh, Alterchen.«

»Du kleiner Dummkopf.« Horvat öffnete seinen Mantel, sodass der Idiot einen Blick auf sein Pistolenhalfter und die schwarze Brieftasche mit seiner Dienstmarke werfen konnte. »Ich habe einen Termin.«

»Hast du nicht«, beharrte der Ganove. »Bullen haben hier nämlich gar nichts zu sagen.«

So langsam war Horvat mit seiner Geduld am Ende. Er hatte in der letzten Nacht kaum geschlafen, weil viel zu viel los gewesen war, und hielt sich jetzt hauptsächlich mit Nikotin und einer kräftigen Portion Gereiztheit über Wasser. »Pass auf, du Volltrottel, Bojan hat mich hergerufen. Also gehst du jetzt da rein und erzählst ihm, dass Franko hier ist, wie gewünscht, oder aber deine beiden Freundinnen da drüben können zuschauen, wie ich deine blöde Visage in einen von diesen Spielautomaten ramme.«

»Bojan ist gar nicht da …«

Horvat knurrte unwillig und legte die Hand an die Pistole. »Sehe ich vielleicht aus wie ein Idiot? *Geh jetzt und hol ihn!*«

Der junge Mann hielt inne und wog das Risiko ab. Horvat war alt genug, um sein Vater zu sein, aber er hatte genügend Macht und Einfluss, um jede Drohung wahr zu machen. »Bojan hat eine Sitzung«, erklärte er schließlich. »Er hat gesagt, dass ich niemanden reinlassen soll.«

»Was, verdammt …?« Horvat spuckte auf den Teppich und kramte das kitschige iPhone aus seiner Tasche. »Ich kann bloß hoffen, dass er meine kostbare Zeit nicht mit irgendwelchen Spielchen verplempern will.« Er versuchte, die einzige Nummer im Speicher des Handys zu wählen, aber das Ding funktionierte nicht richtig und reagierte nur verzögert auf jeden einzelnen Tastendruck. Er schüttelte es wutentbrannt. »*Scheiße, verdammt!* Hat sich eigentlich alles gegen mich verschworen?«

»Okay«, sagte Marc mehr zu sich selbst, hob den Kopf, um einen Blick auf das Casino zu werfen, und wandte sich dann wieder seinem Laptop zu. »Kannst du auf der Rückseite parken?«

»Ja«, erwiderte Vanja übellaunig. »Wieso?«

»Weil wir wissen wollen, ob die Kurjaks wirklich mit dem Feuer spielen.« Marc war gerade dabei, tief in die Eingeweide von Horvats Handy vorzudringen und es nach seinen persönlichen Bedürfnissen umzubauen. Als Erstes lud er die CellRAD-App auf das Telefon und aktivierte sie. Jetzt bekam er sofort Bescheid, sobald der korrupte Polizist in der Nähe einer radioaktiven Strahlenquelle war. Als Nächstes schaltete er das Mikrofon des Handys und den Lautsprecher seines Laptops ein, damit Vanja mithören konnte. »Pass gut auf«, sagte er. »Ich muss wissen, was da drin los ist.«

Vanja stellte den Wagen ab. Als Horvats Stimme blechern aus dem kleinen eingebauten Lautsprecher drang, legte er die Stirn in tiefe Falten. »Er ist wegen irgendwas sauer.«

»Ist er doch immer, oder?« Marc betrachtete die Rückseite des Casinos. Eine Tür stand offen, weil irgendjemand eine Bierkiste davorgestellt hatte, doch dahinter gab es nur dunkle Schatten zu sehen.

Jetzt spürte er ein Ziehen in der Magengrube, das ihm verdächtig bekannt vorkam. Bald war der Punkt erreicht, an dem es kein Zurück mehr gab. Wie eine Dampflok kam die Entscheidung unaufhaltsam näher. Wenn er jetzt aus dem Auto ausstieg, wo würde es enden? Die Männer dort in dem Gebäude hatten schon einmal versucht, ihn umzubringen. Und wenn er ihnen erneut die Gelegenheit dazu gab … Marc schüttelte diesen Gedanken ab und wandte sich wieder seinem Laptop zu.

Im Fenster der CellRAD-App sprang ein grünes Feld plötzlich auf Gelb.

Ramaas lächelte, während der eine Handlanger der Kurjaks – der mit dem blutverschmierten Gesicht – ihm einen hasserfüllten Blick zuwarf und dann dem Mann, dem er das Auge ausgestochen hatte, auf die Beine half. Jener zweite hätte ihm am liebsten das Herz aus dem Leib gerissen, und Ramaas hätte ihm vielleicht sogar einen Versuch gestattet, wenn der ältere der Kurjak-Brüder die beiden nicht nach draußen geschickt hätte.

In diesem Augenblick fühlte Ramaas sich *unverwundbar.* Vor Kurzem noch hatte Guhaads Nachricht, hatte die Möglichkeit, dass die Serben ihn zum denkbar schlechtesten Zeitpunkt bestohlen hatten, ihn in tiefe Sorge gestürzt. Aber jetzt hatte er verstanden, was geschehen war und warum.

Eine letzte Prüfung meiner Entschlossenheit, dachte er. *Eine Anfechtung. Damit* Waaq *erkennt, ob ich mich von der Verzweiflung mitreißen lasse oder aber sie überwinde und standhaft bleibe.* Hier und jetzt, in diesem muffigen, freudlosen Raum, entfaltete sich ein Augenblick transzendenter Wahrheit zur vollkommenen Blüte, und während Ramaas das Geschehene verarbeitete, wurde ihm deutlich, dass alles von Anfang an genauso vorherbestimmt gewesen war.

Er hatte geglaubt, dass er für die vor ihm liegende Aufgabe Geld brauchte, doch er hatte viel zu kurz gedacht, war viel zu beschränkt gewesen. Und das wollte Gott ihm mit diesem Geschenk, diesem *Segen,* zeigen.

Ramaas strich mit der Hand über die Oberfläche des Sprengkörpers. Die zylindrischen Kammern im Inneren fühlten sich warm an. »Was ist das für ein Gefühl?« Seine Frage galt dem jüngeren der Kurjak-Brüder. »Was ist das für ein Gefühl, endlich der Wahrheit ins Auge zu schauen, wo vorher nur Lüge war?«

»Sie ist mehr wert, als wir dafür bezahlt haben«, sagte Bojan am anderen Ende des Raumes. »Viel mehr sogar. Als Partner können wir alle zusammen reich werden.«

Ramaas drehte sich zu ihm um und klappte den Metallkoffer mit einer Hand zu. Die Kurjaks mit ihrer Fixierung auf irdischen Besitz erschienen ihm mit einem Mal winzig klein. »Ihr glaubt, dass ich deswegen hierhergekommen bin, nicht wahr? Aus Gier?« Er schüttelte den Kopf. »Nein. Ich will keinen Reichtum. Ich will *Macht*!«

Er zog sein Telefon hervor und wählte Zayds Nummer. Wie immer meldete sich sein Gesprächspartner nach dem ersten Klingeln. *»Ich bin bereit. Wie lauten Eure Anweisungen?«*

»Wir brauchen sie nicht mehr«, sagte er auf Somali. »Du musst alle Verbindungen zu dem *Gaal* kappen.«

»Ich werde berichten, sobald es vollbracht ist.« Zayd legte auf, und Ramaas holte tief Luft. Er war durchdrungen von der Gewissheit, dass all das hier vollkommen *richtig* war.

Jetzt stand noch ein Helfershelfer der Kurjaks in der Türöffnung, wagte jedoch nicht ohne Aufforderung einzutreten. Er bekam Bojans gesamte Wut zu spüren. »Was willst du denn, verdammte Scheiße?«

»Franko Horvat ist da«, sagte der Kerl. »Er will euch sprechen.«

Bojan stieß ein paar obszöne Flüche aus und starrte auf die Bildschirme hinter seinem Schreibtisch. Auf einem davon sah Ramaas eine einsame Gestalt neben einem Pokertisch stehen. »Sieh zu, dass du das Schwein loswirst«, sagte der ältere Kurjak. »Ich erlebe gerade den beschissensten Tag meines ganzen Lebens, da will ich den da nicht auch noch dabeihaben!«

»Aber er geht einfach nicht weg«, jammerte der Kerl.

Noch bevor Bojan etwas erwidern konnte, machte

Ramaas eine weit ausholende Handbewegung. »Kümmere dich um deinen Freund«, sagte er und machte damit unmissverständlich klar, wer hier das Sagen hatte. »Ich kann mich solange mit deinem Bruder unterhalten.«

Er ließ sich auf die Schreibtischkante sinken, genau gegenüber von Neven, der sich sichtlich unwohl fühlte. Während die Bürotür ins Schloss fiel, musterte er den Serben scharf. Er wollte sichergehen, dass er keine Lügen mehr zu erwarten hatte.

»Erzähl mir etwas darüber«, forderte Ramaas ihn auf und deutete mit der Taurus in der Hand auf den Metallkoffer. »Ich will alles wissen.«

Die Anzeige wechselte von Gelb auf Orange, dann erschien das Banner mit der Aufschrift *RADIOAKTIVE STRAHLUNG ERFASST* auf dem Laptopmonitor.

»Ach, du Scheiße. Sie ist da drin.« Marcs Mund fühlte sich mit einem Mal staubtrocken an. Ein Kälteschauer durchrieselte ihn.

»Das ist schlecht, oder?«, vermutete Vanja.

Marc brachte ein steifes Nicken zustande, schnappte sich sein Handy und wählte. »*Jürgen Goss*«, meldete sich der Angerufene.

»Weißt du noch, was ich im Krankenhaus zu dir gesagt habe?« Marc hielt sich nicht mit irgendwelchem Vorgeplänkel auf. »Hör zu, Mann, es tut mir wirklich leid, aber ich habe dir nicht alles erzählt.«

»*Marc? Scheiße, wo steckst du denn? De Wit hat das Kriegsbeil ausgegraben und ...*«

»Hör mir zu.« Marc fiel dem anderen einfach ins Wort. »Ich war mir nicht hundertprozentig sicher, aber jetzt bin ich es. Die Kurjaks haben radioaktives Material in die Stadt geschleust. Ich stehe hier vor dem Queen's High

Casino, das sie als legale Fassade benutzen, und mein CellRAD blinkt wie ein gottverdammter Weihnachtsbaum. Du musst Schrader Bescheid sagen. Sie soll sofort bei der Polizei ein Sondereinsatzkommando anfordern, die Feuerwehr, das ganze Programm …« Er musste Luft holen, dann setzte er noch einmal an. »Kannst du mich hören?«

»*Marc* …« Goss sprach nicht weiter, und einen kurzen, unangenehmen Moment lang befürchtete Marc, dass die Verbindung unterbrochen worden wäre.

»Jürgen, das ist mein voller Ernst. Ich schicke dir die Messwerte. Die Signaturen stimmen mit denen vom ersten Mal überein …«

»*Ich glaub's dir ja*«, fiel Goss ihm ins Wort. »*Leider!*« Marc hörte, wie sein Gesprächspartner aufstand und sich eine Stelle suchte, wo ihn niemand belauschen konnte. »*Ich habe alles gemacht, was du wolltest, und das Foto mit den europäischen Datenbanken abgeglichen. Als ich da nichts gefunden habe, habe ich die Suche ausgeweitet. Auf einem NATO-Server mit militärischen Geheimdienstinformationen habe ich ihn dann gefunden.*«

»Militär?«, wiederholte Marc.

»*Der Mann heißt Oleg Fedorin. Bis vor Kurzem war er General der Russischen Föderation, zuständig für das strategische Raketenprogramm.*« Marc hörte aufmerksam zu, während Goss ihm berichtete, was er in der Onlineausgabe von *Russia Today* gelesen hatte. Moskau hatte am heutigen Morgen eine Erklärung veröffentlicht, in der Fedorins unehrenhafte Entlassung aus der Armee wegen »groben Fehlverhaltens und unziemlicher sexueller Neigungen« bekannt gegeben worden war.

»Und wieso hat die NATO was gegen ihn vorliegen?«, erkundigte sich Marc mit matter Stimme.

»*Das klingt ziemlich vage und ziemlich furchterregend zu-*

gleich«, erwiderte Goss. »*Fedorin steht … äh, stand, meine ich, irgendwie im Zusammenhang mit einem Programm, das den Codenamen Exile trägt. Mehr habe ich nicht rausgefunden, weil das ganze Material so geheim ist, dass ich keine Zugangsberechtigung bekommen habe.*« Er schwieg für einen Augenblick. »*Marc, dieser Kerl ist ein richtiger Kalter Krieger aus der schlechten alten Zeit. Wenn der mit den Kurjaks Geschäfte macht, dann ist alles denkbar. Dann hat er denen womöglich eine Interkontinentalrakete verkauft.*«

»Schrader muss auf der Stelle herkommen«, wiederholte Marc, während Goss' Worte durch seinen Schädel hallten. »Scheißegal, unter welchem Vorwand, aber schick sie her! Sofort!« Er unterbrach die Verbindung und blickte Vanja an.

»Das ist *sehr* schlecht, stimmt's?«, sagte der andere.

»Deine Arbeitgeber sind gerade eben in die Champions League der globalen Waffenschmugglerarschlöcher aufgestiegen«, erwiderte Marc. »An deiner Stelle würde ich mich so schnell wie möglich aus dem Staub machen.« Er hielt kurz inne, dann holte er Pavics Prepaidhandy aus seinem Rucksack und warf es ihm zu. »Hier. Jetzt hast du nichts mehr zu befürchten.«

Vanja schüttelte den Kopf. »Wenn ich dich so anschaue, dann kommt es mir aber nicht so vor.«

»Tja …« Marc hatte immer noch Vanjas CZ-75 im Rucksack. Jetzt holte er sie heraus, überprüfte das Magazin und sah nach, ob schon eine Patrone in der Kammer lag.

Was machst du da, Marc? Die Geisterstimme, Sams Stimme, drang erneut in seine Gedanken ein. *Wenn du da reingehst, bist du ganz alleine.*

»Tja«, wiederholte er dann. »Vanja, hör zu. Du musst mir noch einen allerletzten Gefallen tun. Ruf die Polizei an.« Marc steckte den Laptop in seinen Rucksack. »Sag, dass du gesehen hast, wie ein Mann mit einer Pistole das Queen's High betreten hat. Sag, dass du Schüsse gehört hast und dass jemand laut geschrien hat, irgendwas mit einer schmutzigen Bombe. Das ist das Wichtigste. *Schmutzige Bombe,* okay?«

»Was?« Vanja warf einen Blick auf das Casino. »Wieso denn das?«

Marc öffnete die Tür des Fiats und stieg aus. Die Pistole hatte er an seinen Oberschenkel gedrückt, sodass sie nicht zu sehen war. »Weil genau das in ungefähr zwei Minuten passieren wird.«

7

»Jedes Mal, wenn ich deinen Namen höre, wird mein Leben noch ein bisschen beschissener.« Das waren die Worte, die Bojan Horvat entgegenschleuderte, als er den Casinoflur betrat. »Du bringst mir nichts als *Scheiße* ein!«

Horvat sah vom Pokertisch auf, an dem er gerade lehnte, und warf das goldene iPhone auf das grüne Tuch. »Das Problem ist«, fing er an, »dass du immer noch glaubst, ich wäre auch einer von den Vollpfosten, mit denen du dich umgibst.« Er wies mit einer Kopfbewegung auf den jungen Burschen im Muskelshirt. »Aber ich bin nicht dein gottverdammter Angestellter, Kurjak! Wir haben eine *Übereinkunft*. Das bedeutet aber nicht, dass du mich einfach so herumkommandieren kannst, wie es dir gerade passt!«

Bojan baute sich vor ihm auf und betrachtete ihn mit einer Mischung aus Verbitterung und Wut. »Wovon, in drei Teufels Namen, redest du da?« Er betonte jedes Wort einzeln, als hätte er es mit einem minderbemittelten Kind zu tun. »Wieso bist du überhaupt hier? Was ist denn jetzt schon wieder los?«

Zum ersten Mal begann Horvat zu ahnen, dass hier möglicherweise etwas nicht stimmte. »Genau das wollte ich dich gerade fragen! Ich bin gerade dabei, diese ganze Schweinerei zu beseitigen, da schickst du mir eine Nachricht, dass ich alles stehen und liegen lassen und in dieses Rattenloch hier kommen soll!« Er nahm sein iPhone und fuchtelte Bojan damit vor der Nase herum. »›*Lass uns nicht warten*‹? Ich bin doch nicht dein Laufbursche!«

Er sah, wie sein Gegenüber diese Worte verarbeitete. Bojans Blick blieb an dem goldenen Smartphone hängen. »Ich habe dir keine Nachricht geschrieben. Neven auch nicht.« Mit einer schnellen Bewegung nahm er Horvat das Handy aus der Hand. »Was hast du gemacht?«

»Ich habe eine SMS bekommen.« Plötzlich musste Horvat daran denken, dass das Handy so langsam geworden war. »Von deiner Nummer.«

Bojan hielt ihm das Handy vor die Nase und brüllte ihn an. »Du gottverdammter Dinosaurier. Wir haben dir überhaupt nichts geschickt! Das Ding hier wird angezapft. Da hat jemand …« Als ihm bewusst wurde, was er gerade gesagt hatte, wurde er kreidebleich. »Ist dir jemand gefolgt? Horvat, hast du sie etwa direkt vor unsere Haustür gelockt?«

Horvat blinzelte mehrfach. Seine sonstige Überheblichkeit war mit einem Mal wie weggeblasen.

Bojan brüllte den Kerl im Muskelshirt an. »Dieser Idiot hat uns verraten. Alle Mann raus hier, los, sofort!«

»Ich hab überhaupt nichts verraten …« Horvat versuchte, wenigstens einen Teil seiner Selbstsicherheit wiederzugewinnen. Das fehlte noch, dass die Kurjaks ihm die ganze Schuld in die Schuhe schoben.

»Halt's Maul!« Bojan schleuderte das iPhone zu Boden und trat mit dem Absatz darauf. »Du rührst dich nicht von der Stelle. Um dich kümmere ich mich gleich!«

Marc drückte sich an die Außenwand des Casinos und spähte durch den offenen Notausgang ins Innere. Vor ihm lag ein dunkler Flur voller übereinandergestapelter Kisten, und er schlüpfte hinein, in der einen Hand die tschechische Halbautomatik, in der anderen seinen Europol-Ausweis.

Auf halber Strecke öffnete sich die Tür am hinteren Ende des Flurs, und zwei ältere Damen im Putzfrauenkittel kamen ihm entgegen. Sie waren nervös und verängstigt. Als sie die Waffe sahen, erstarrten sie.

»Polizei«, flüsterte er ihnen zu und streckte ihnen den Ausweis entgegen, als ob der ihm tatsächlich Autorität verlieh und nicht nur dafür sorgte, dass er ungehindert an seinen Schreibtisch gelangen konnte. »Ich meine … äh … *Policija.*« Er seufzte und gab auf, deutete mit dem Kopf in Richtung Ausgang. »Ach, egal. Da ist die Tür.«

Sie verstanden ihn auch ohne Englischkenntnisse und drängten sich hastig an ihm vorbei. Marc sah ihnen nach und schlich dann vorsichtig zur Tür. Er hielt den Atem an, lauschte … waren da Stimmen zu hören? Geräusche?

Lautes Geschrei ertönte und dann eine wütende Antwort. Die zweite Stimme hatte er gerade eben schon einmal gehört, auf dem Rücksitz von Vanjas Wagen. Horvat war immer noch hier.

Marc atmete ein paarmal tief durch, um seinen Puls ein wenig zu beruhigen, dann setzte er sich wieder in Bewegung.

Ramaas hörte Neven Kurjaks stockenden Halbsätzen aufmerksam zu. Englisch war nicht ihre Muttersprache, aber sie beherrschten es beide gut genug, um sich verständlich machen zu können. Neven war klar, dass Ramaas sein Leben in der Hand hatte, und Ramaas war klar, dass Neven tödliche Angst vor ihm hatte.

Er verzog das Gesicht zu einem wölfischen Grinsen und analysierte die Situation. Der jüngere Kurjak redete über den Sprengkörper und seine unvorstellbaren zerstörerischen Kräfte, doch dann kam er wieder auf seinen materiellen Wert zu sprechen. Er zeigte Ramaas einen Aktenordner voller Baupläne und technischer Zeichnungen, und während der Kriegsfürst sich die vollkommen unverständlichen, hochkomplexen Skizzen betrachtete, begann in seinem Hinterkopf eine Idee Gestalt anzunehmen. Er schob sie vorerst beiseite, wollte sie noch ein wenig reifen lassen. Zunächst musste er sich um dringlichere Aufgaben kümmern.

Neven sagte, dass die Waffe mithilfe eines Niederfrequenzsenders aktiviert, entschärft oder auch gezündet werden konnte. Die jeweiligen Befehle bestanden aus einer siebenstelligen Buchstabenkombination. »Ich habe mir den Code, den der Russe uns gegeben hat, eingeprägt«, sagte Neven. »Zur Sicherheit.«

»Gut.« Ramaas gönnte ihm ein großmütiges Nicken. »Gott hat dir eine Aufgabe gegeben.«

Neven trat nervös von einem Fuß auf den anderen. Er wusste nicht so recht, was er mit dieser Aussage anfangen sollte. »Okay«, brachte er schließlich nach einer längeren Pause hervor.

»Ich glaube, ich werde jemanden wie dich brauchen«, fuhr Ramaas fort und ging zu Bojans Schreibtisch. Dort lag immer noch dessen klobiger Python-Revolver. Ramaas betrachtete ihn zunächst ausführlich, dann nahm er ihn in die Hand und ließ stattdessen die kleinere Taurus auf dem Tisch zurück. Die schwere Waffe lag angenehm in seiner Hand, und er beschloss, sie für seine private Sammlung mitzunehmen.

Auf einem der Überwachungsmonitore sah er Bojan mit dem Störenfried streiten. Sie hatten ihre Stimmen so sehr erhoben, dass er sie durch die Wände des leeren Casinos hindurch hören konnte. Jetzt verschwand Bojan mit raumgreifenden Schritten aus dem Blickfeld der Kamera. »Dein Bruder ist zornig.« Ramaas drehte sich zu Neven um, und dieser erschrak, als er die Python sah.

»Horvat …«, sagte Neven und schnappte mühsam nach Luft. »Er ist Polizist. Wir bezahlen ihn, aber …«

»Er will immer mehr?« Ramaas neigte den Kopf zur Seite. »Ich kenne diese Typen. Männer, die glauben, dass ihnen alles gehört.«

»Ich bin nicht so«, platzte Neven hervor.

Ramaas warf ihm einen enttäuschten Blick zu. »Das ist eine Lüge.«

Da flog die Bürotür krachend auf, und Bojan stürmte mit hochrotem Gesicht und schweißüberströmt herein. »Wir müssen verschwinden, und zwar auf der Stelle«, sagte er mit großem Nachdruck. »Hier sind wir nicht mehr sicher. Horvat hat Scheiße gebaut!« Er sah zuerst seinen Bruder an, dann Ramaas. »Du musst jetzt wirklich verschwinden.«

»Einverstanden«, sagte Ramaas und drückte ab. Während das tiefe Dröhnen des schweren Revolvers noch durch den Raum hallte, explodierte der Hinterkopf des älteren Kurjak-Bruders in einem rosa-grauen Sprühnebel. Er sackte gegen einen Stuhl und landete auf dem Fußboden.

Neven schrie auf wie ein verwundeter Hund und schlug die bebenden Hände vors Gesicht. Dann begann er, in seiner Muttersprache vor sich hin zu stammeln. Ramaas ging zu ihm und drückte ihm den heißen Lauf des Revolvers an die Schläfe. Neven schrie erneut auf und zuckte zurück, doch Ramaas hielt ihn unerbittlich fest. »Die Art, wie dein Bruder mit mir geredet hat, hat mir missfallen. Ich brauche ihn nicht.« Er zeigte mit dem Revolver auf den Metallkoffer. »Nimm ihn mit.«

Neven rappelte sich auf und hob den Koffer vom Boden

auf. »Bojan … ist er tot?«, presste er mühsam hervor, als ob das, was er da sah, nicht schon selbsterklärend genug wäre.

Ramaas sah keinen Grund, diese sinnlose Frage zu beantworten. »Wo ist das Auto, mit dem wir hergekommen sind?«

»Drau… draußen.«

Ramaas nickte einmal. »Bring mich zu ihm, oder du folgst deinem Bruder.«

Horvat kauerte neben dem Häufchen aus Glasscherben und zerbrochener Elektronik, das von seinem iPhone übrig geblieben war, und stupste es mit einem seiner dicken Finger an.

War das denn möglich? Hatte irgendjemand einen Virus in das Gerät eingeschleust, ohne dass er es bemerkt hatte? Er verzog das Gesicht. Horvat hegte ein tiefes Misstrauen gegenüber technischen Geräten, das sich jedoch im Wesentlichen auf den Kabeldecoder, mit dem er sich Pornofilme anschaute, und den Jahrzehnte alten Computer bezog, auf dem er seine Polizeiberichte schreiben musste. Sofort kam ihm der teigige Österreicher von Europol in den Sinn. *Hatte der etwa die Eier, so etwas durchzuziehen?*

Er beschloss, nicht zu warten, bis sich herausstellte, ob Bojans Verfolgungswahn gerechtfertigt war oder nicht. Stattdessen machte er sich mit schnellen Schritten auf den Weg zur Rückseite des Gebäudes. Als der Engländer mit dem mürrischen Gesicht ihm den Weg versperrte, wusste er, dass seine Ahnung ihn nicht getrogen hatte.

»Ach, du Scheiße.« Horvat ließ die Arme seitlich herabhängen. Der andere zielte mit einer Pistole auf ihn. »Was hast du denn hier zu suchen?«

»Hallo, Arschloch«, erwiderte Dane gallig. »Keine

schlechte Idee, das mit dem Feuer. Hat nur leider nichts genützt. Willst du vielleicht noch einen Versuch?«

»Ich will dir mal was sagen, Engländer«, erwiderte Horvat gelangweilt. »Du steckst bis zum Hals in Schwierigkeiten. Das hier ist für dich eine Nummer zu groß.«

»Ja, ja«, erwiderte Dane. »Das kriege ich pausenlos zu hören.« Er kam näher und hob die Pistole ein Stückchen höher. »Zurück! Es ist mir scheißegal, wen du kennst oder was du weißt, dieses Mal sorge ich dafür, dass du dich nicht wieder rauswinden kannst.«

»Ich bin hier der Polizist, nicht du«, beharrte Horvat. Er blickte sich um und entdeckte einen der Männer der Kurjaks, den Idioten mit dem Muskelshirt von vorhin. Wenigstens war er schlau genug, sich hinter dem Baccaratisch zu verstecken, und zwar so, dass der Ausländer ihn nicht sehen konnte. »Du kannst niemanden festnehmen, und du wirst auch auf niemanden schießen.«

»Ach ja?« Der Pistolenlauf kippte nach vorne und zeigte jetzt auf Horvats rechtes Knie. »Das werden wir ja se…«

Da ertönte irgendwo im Gebäude ein lauter Schuss aus einer großkalibrigen Waffe. Horvat und Dane zuckten zusammen. Der Idiot im Muskelshirt nahm das als Startschuss, verließ seine Deckung und stürzte sich auf den Engländer. Horvat drehte sich um, griff nach einem Kasten Pokerchips und schleuderte ihn auf die beiden. Ein weiterer Schuss ertönte, diesmal in ihrer Nähe, und eine Kugel streifte kreischend eine Marmorsäule.

Horvat legte die Hand um seine eigene Waffe und duckte sich hinter eine Reihe Spielautomaten, da krachte ein dritter Schuss.

Lukas Prepaidhandy war ein älteres Aufklappmodell. Die schwarze Plastikhülle brach sofort entzwei, als Vanja es in die falsche Richtung knickte. Er riss das Handy auseinander und warf die Teile anschließend in den Gulli, trat sie mit dem Fuß durch das Gitter.

Er hatte sich aller Verpflichtungen entledigt, hatte auch den Notruf an die Polizei abgesetzt, und rannte jetzt zu seinem Auto, riss die Fahrertür auf. In seinem Kopf herrschte immer noch das reinste Chaos, nach allem, was dieser Dane ihm erzählt hatte. Radioaktivität ... eine *Bombe* ...? Er zitterte angesichts dieser Vorstellung.

Wenn er ehrlich war, dann war er nicht viel mehr als ein kleiner Gauner, der sich gelegentlich als Fahrer oder Schläger für die Kurjaks verdingte. Vanja machte sich keinerlei Illusionen über die Männer, für die er da arbeitete – aber was Dane gesagt hatte, das ging weit über ihre üblichen kriminellen Aktivitäten hinaus. Er musste an seinen Cousin Luka denken, der schwer verletzt und bleich im Krankenhaus lag. Was waren das für Menschen, die so etwas taten? Und wozu wären diese Menschen wohl sonst noch so bereit?

In einer Stunde konnte er Split weit hinter sich gelassen haben. Und schon morgen konnte er jenseits der Grenze sein, untertauchen, vielleicht bei diesem hübschen slowenischen Mädchen in Triest, das er kannte.

Ein Schuss ertönte, und dann folgten noch mehr. Vanja hielt den Atem an. Jeden Moment mussten doch Polizeisirenen ertönen. Aber nichts rührte sich.

Der Mann prallte mit Marc zusammen, und sie fingen an, um die Pistole zu rangeln. Etliche Schüsse lösten sich, während Marc versuchte, den Schläger wegzudrängen, doch sein Gegner war sehr geschmeidig, und so drehten sie sich in einer Art gewaltsamer Pirouette umeinander, schlugen zu, wann immer sich Gelegenheit dazu bot, ohne dass einer sich einen entscheidenden Vorteil erarbeiten konnte.

Das Gleichgewicht der Kräfte hielt allerdings nicht lange an. Irgendwann bekam Marc einen heftigen Schlag in die Rippen, sodass sämtliche Luft aus seiner Lunge gepresst wurde. Er keuchte, senkte den Kopf und versuchte, dem Ganoven einen Kopfstoß zu verpassen, doch sein Timing war so schlecht, dass er ihn lediglich streifte und sich selbst dabei mindestens so wehtat wie seinem Gegner.

Langsam, aber sicher gewann der Kroate die Oberhand. Er schob sich hinter Marc und erwischte dessen Hand mit der Pistole, hielt sie ein wenig ungeschickt fest und versuchte zugleich, mit der anderen einen Würgegriff anzusetzen. Marc wehrte sich, schaffte es jedoch nicht, die Waffe irgendwie umzudrehen. Das Brennen in seiner Kehle wurde immer stärker.

Jetzt beugte er sich so weit wie nur irgend möglich nach vorn und richtete dabei die Mündung der CZ-75 rückwärts über seine Schulter, ungefähr dorthin, wo sich der Kopf seines Gegners befinden musste. Er drückte ab, so schnell es der Abzug der Waffe zuließ. Schüsse krachten, Kugeln schlugen in die Spiegeldecke über ihren Köpfen ein. Heiße Schmauchgase versengten ihm den Nacken, und er zuckte zusammen, während die Gase und die ausgeworfenen Neun-Millimeter-Hülsen den Ganoven im Gesicht trafen. Dieser brüllte laut auf vor Schmerz, ließ los und schlug die Hände vor die Augen.

Marc wirbelte herum und versetzte ihm mit dem Pistolengriff einen Schlag auf den Kehlkopf, sodass er leblos auf dem Teppich zusammensackte.

Wieder dröhnte ein Schuss durch das Casino. Im nächsten Augenblick explodierte ein Neonröhrendisplay, das die Form eines Kartenfächers aus zahlreichen Assen hatte. Die Kugel hatte Marc nur knapp verfehlt. Er duckte sich und sah gerade noch, wie Horvat in einem Flur auf der anderen Seite des Saales verschwinden wollte. Er blieb noch einmal stehen, schoss noch einmal, um seinen Verfolger einzuschüchtern, dann war er verschwunden.

Marc warf einen schnellen, prüfenden Blick in das Magazin der CZ-75, dann jagte er Horvat nach. Unterwegs packte er einen Hocker, der vor einem Geldspielautomaten stand, und schleuderte ihn gegen die Tür. Sie flog auf. Eigentlich war er davon ausgegangen, dass Horvat sich direkt dahinter auf die Lauer gelegt hatte, aber als keine Schüsse ertönten, stürmte Marc durch die Türöffnung und die dahinterliegende Treppe hinauf.

Jetzt hatte er diverse Lager- und Büroräume vor sich. Eine der Türen stand offen.

Tief geduckt, die Pistole auf Augenhöhe, so schob Marc sich vorsichtig um die Ecke und suchte einmal den ganzen Raum ab, ohne dass er sich aus der Deckung wagte. Das musste das Chefzimmer sein – der riesige Schreibtisch war ein eindeutiges Zeichen. Einen Augenblick später war er sich absolut sicher, als er nämlich Bojan Kurjak tot und mit explodiertem Schädel auf dem Fußboden entdeckte.

Horvat stand laut fluchend vor einer Wand mit einem Dutzend Videomonitoren und zerrte an der Speichereinheit für die Überwachungskameras, die unter den Bildschirmen eingeklemmt war. Es sah aus wie ein stinksaurer Bär, der vergeblich versucht, eine Kiste mit Leckereien aufzubrechen. *Der Kerl ist ja gar nicht so blöd, wie er aussieht,* dachte Marc. *Ohne die Aufnahmen gibt es keinen Beweis dafür, dass er hier war.*

Er betrat den Raum und richtete die Pistole auf Horvats

Rücken. »Du könntest auch einfach nur die Festplatte rausziehen. Dazu muss man nicht das ganze Ding kaputt machen. Und jetzt langsam umdrehen und Hände hoch!«

»*Leck mich am Arsch!*« Horvat wirbelte herum – viel schneller, als Marc es ihm zugetraut hätte – und jagte Marc seine letzten beiden Kugeln entgegen. Marc erwiderte die Schüsse und warf sich hinter eine schwere, lederne Chaiselongue. Dann blieb der Verschluss seiner Waffe offen stehen.

Horvat verlor keine Zeit mit Nachladen. Er stieß einen heiseren Schrei aus und stürzte sich auf Marc, drehte dabei seinen Revolver um, um ihn als Schlagring zu benutzen.

Marc wartete ebenfalls nicht ab, sondern stürmte hinter der Chaiselongue hervor und schnappte sich den erstbesten Gegenstand, der ihm in die Finger kam – ein Aschenbecher auf einem dünnen Metallstab. Er schwang den Stab von unten nach oben, sodass der Aschenbecher genau an Horvats Kinn landete. Asche und zahlreiche Zigarettenstummel flogen durch die Luft, während der korrupte Polizist rückwärtstaumelte. Marc ließ seine improvisierte Waffe fallen und stürzte sich auf ihn, impulsiv, ohne nachzudenken.

Horvat landete auf einem niedrigen Couchtisch und schrie dabei vor Schmerz laut auf. Marc traf ihn mit der geballten Faust mitten ins Gesicht, und dann noch einmal und noch einmal. Immer und immer wieder schlug er zu, ließ seiner Wut freien Lauf, einer Wut, die sich in seinem Inneren schon lange aufgestaut und dort gegärt hatte und die jetzt unaufhaltsam an die Oberfläche drang. Marcs Knöchel brüllten vor Schmerzen, dann holte er tief Luft und ließ Horvat ruckartig los.

Er wich ein ganzes Stück zurück, brachte Abstand zwischen sich und Horvat, konnte sich nicht erklären, wo dieser Gewaltausbruch so plötzlich hergekommen war.

Da sah er eine Bewegung auf einem der Monitore. Zwei Männer waren darauf zu erkennen, der eine groß und muskulös, mit dunkler Hautfarbe und einer ziemlich großen Pistole in der Hand, der andere war Neven Kurjak. Blass und verängstigt hielt er sich dicht hinter dem großen Schwarzen. Außerdem hatte er den schweren Stahlkoffer in der Hand, den Marc in den Delfin-Apartments schon einmal gesehen hatte. *Fedorins Tauschobjekt. Da ist es.*

Er warf noch einen letzten Blick auf Bojans Leichnam und musste an den Schuss denken, den er gehört hatte. Es war nicht weiter schwierig, sich vorzustellen, was hier vorgefallen war.

Jetzt passierten der muskulöse Dunkelhäutige und der noch lebende Kurjak-Bruder den Hintereingang des Casinos und verschwanden aus dem Blickfeld der Kamera, nur um gleich darauf, beim Durchqueren der Küche, auf einem anderen Monitor wieder aufzutauchen. Von dort würden sie dann gleich nach draußen treten, auf den Parkplatz.

Marc schob ein frisches Magazin in die CZ-75 und warf Horvat, der immer noch stöhnend auf dem Boden lag, einen wütenden Blick zu. Dieser durch und durch korrupte Polizeiinspektor hatte so viel Unheil angerichtet, dass Marc nur einen einzigen Wunsch verspürte: Er sollte dafür bezahlen, sollte unter Schimpf und Schande all seine Befugnisse verlieren und viele Jahre im Gefängnis schmoren. Doch der Inhalt dieses Stahlkoffers barg sehr viel größere Gefahren als ein einzelner bestechlicher Polizist, darum durfte Marc ihn auf keinen Fall aus den Augen lassen.

Mit gerecktem Kinn rannte er zur Tür hinaus und wieder nach unten, Richtung Küche.

In Nevens Schädel war nichts als unablässiges Donnergrollen zu vernehmen, als hätte jemand den Schuss, der seinen Bruder das Leben gekostet hatte, in einem endlosen Kreisverkehr darin eingesperrt. Das Dröhnen in seinen Ohren und seine Kurzatmigkeit machten es ihm schwer, mit dem Piraten Schritt zu halten, aber er wagte nicht, sich zurückfallen zu lassen, sonst beschloss Ramaas womöglich, dass er ihm doch nicht mehr nützlich war.

Alle Arroganz, alle Überlegenheit, die er gegenüber dem Somalier empfunden hatte, hatten sich in Luft aufgelöst. Ramaas hatte Neven in einem einzigen Moment, mit einer einzigen Tat demonstriert, wer hier über wahre Macht verfügte. Er hatte Bojan getötet, so beiläufig, wie man eine Kerze auspustete. Und jetzt hatte dieser Psychopath auch Nevens Schicksal fest in der Hand. Neven blickte sich um. Vielleicht begegneten sie ja gleich irgendwo ein paar von den Männern, die eigentlich die Aufgabe hatten, die Kurjaks zu beschützen. Doch das Casino war menschenleer. Nachdem sie Fedorins Koffer bekommen hatten, hatte Bojan darauf bestanden, möglichst wenig Leute zusammenzuziehen, möglichst unauffällig zu bleiben. Und jetzt brach ihnen genau diese Entscheidung das Genick. Der dicke Mislav, Erno und alle, die vielleicht sonst noch übrig waren, hatten höchstwahrscheinlich schon längst das Weite gesucht.

Er schluckte einmal angsterfüllt und schleppte den Stahlkoffer weiter. Das Ding war schwer und das Gewicht ungleich verteilt, sodass es ständig hin und her pendelte. Ramaas war mittlerweile bei einem der Notausgänge angelangt und trat die Tür mit dem Fuß ein. Irgendwo hinter ihnen fing eine Alarmglocke an zu schrillen.

Ramaas sah ihn an, und sein schwarzes, versehrtes Auge funkelte. »Dies ist nicht die Zeit, den Helden oder den

Narren zu spielen«, sagte er. »Solange du genau das tust, was ich dir sage, lasse ich dich am Leben.«

»Ja …« Neven nickte, doch Ramaas hatte sich bereits in Bewegung gesetzt und schlängelte sich im Laufschritt zwischen den anderen Autos hindurch zu einem wartenden Mercedes. Er verschwand aus Nevens Blickfeld, und dieser stieß einen keuchenden Seufzer aus und packte den Koffer mit beiden Händen. Mit jedem Schritt schien das Ding ein bisschen schwerer zu werden. Neven hätte es am liebsten einfach fallen lassen und wäre weggelaufen. *Bojan ist tot.* Alles andere war unwichtig. Ohne seinen Bruder, ohne dessen ausgleichendes Gegengewicht kam er sich verloren vor.

Da ertönte ein Schuss vom anderen Ende des Parkplatzes her, und Neven nahm an, dass jemand anders – sein Fahrer – nicht weggelaufen, sondern loyal geblieben war. Und jetzt war dieser Mann ebenfalls tot.

»Neven Kurjak!« Die Stimme erklang hinter ihm, und Neven erschrak darüber so sehr, dass er sich halb umdrehte und über den Koffer stolperte, sodass der auf dem Asphalt landete. Ein weißer Mann mit einem zerzausten Bart und ebenso zerzausten blonden Haaren kam auf ihn zu. In der einen Hand hielt er eine Pistole und in der anderen einen Ausweis oder etwas Ähnliches. »Hände hoch, und zwar so, dass ich sie sehen kann. Und weg von dem Koffer!«, brüllte er ihn auf Englisch an. »Sie sind festgenommen!«

»Wer …?« Neven rutschte auf dem Hintern rückwärts. »Du bist kein Bulle …«

»Europol, Abteilung für Nukleare Sicherheit«, erwiderte der Mann knapp und fuchtelte mit seinem Ausweis herum. »Wissen Sie, was das hier bedeutet?«

Das wusste er genau. Langsam stand er auf und konnte

nicht verhehlen, wie *dankbar* er mit einem Mal war. Europol, die Polizei … die würden ihn nur festnehmen, ihn ins Gefängnis sperren. Und mit all dem, was er wusste, mit all den Informationen, die er ihnen geben konnte, brauchte er vor einem Prozess keine allzu große Angst zu haben. Es war jedenfalls, verglichen mit der Option, dem Piraten als Geisel und Packesel zu dienen, eindeutig die bessere Variante.

»Wo ist der Große plötzlich hin?«

»Ist er weg?« Neven sah sich blitzschnell nach allen Seiten um. Er wünschte sich nichts sehnlicher als das, doch dann fiel ihm der Koffer wieder ein, und er wusste, dass Ramaas ihn niemals zurücklassen würde. Er streckte die Hand aus. »Bitte, du musst mir helfen …«

»Lass die Hände oben!«, wiederholte der Fremde und kam behutsam näher. Als Neven den Koffer hatte fallen lassen, hatten sich die nur notdürftig gesicherten Deckelschnallen gelöst und hingen jetzt schief und krumm in den Halterungen. Ein seltsamer Ausdruck huschte über das Gesicht des Fremden. »Aufmachen! *Vorsichtig.*«

Seine Finger zitterten so sehr, dass es Neven unglaublich schwerfiel, der Anweisung Folge zu leisten, doch dann riss er sich zusammen. Der Mann mit der Pistole warf einen Blick auf den Inhalt des Koffers, und Neven fragte sich, ob er überhaupt begriff, was er da vor sich hatte. Dann wurde der Mann kreidebleich, und Neven hatte seine Antwort.

»Zumachen!«, schrie der Kerl ihn an. »Sofort zumachen. *Scheiße!*«

Eine Atombombe lässt sich im Grunde genommen auf zwei verschiedene Arten herstellen. Das eine Konstruktionsprinzip ist das der Implosionsbombe. Dabei befindet sich das spaltbare Material, zum Beispiel Plutonium, als nicht kritische Masse im Zentrum eines rundlichen, fußballförmigen Bombengehäuses. Rund um den Kern herum wird hochexplosiver Sprengstoff geschichtet. Bei der Zündung richtet sich die Sprengenergie durch die Form der Bombe nach innen und verdichtet das spaltbare Material so sehr, dass es die kritische Masse erreicht und die Kernspaltung mit der anschließenden gewaltigen Explosion in Gang gesetzt wird. Die andere Konstruktionsweise ist das sogenannte Kanonenrohrprinzip, das so heißt, weil die Bomben in der Regel zylinderförmig sind. Dabei werden zwei nicht kritische Uran-235-Stifte durch eine Explosion mit großer Wucht ineinandergetrieben, sodass auch hier eine kritische Masse entsteht.

Aufgrund der zusätzlichen Verdichtung des Spaltmaterials wurde den Implosionsbomben nach dem heutigen Stand der Wissenschaft eine größere Effektivität bescheinigt als dem anderen Typ. Das wusste Marc noch aus diversen Schulungen und Dokumentarfilmen, die er gesehen hatte.

Neven Kurjak schlug den Deckel zu, als hätte er es mit der Büchse der Pandora zu tun. Falls der Sprengsatz im Inneren doch nur eine ihrer typischen Fälschungen war, dann hätte er einen Oscar für seine schauspielerische Leistung verdient gehabt.

Marc hatte von Anfang an mit etwas wirklich Grauenhaftem gerechnet – ausgediente Brennstäbe aus einem Atomreaktor vielleicht oder radioaktives Material aus ausgedienten Röntgengeräten, Polonium oder Cäsium zum Beispiel. Aber *eine richtige Bombe*? Das hatte er sich beim besten Willen nicht vorstellen können. Und jetzt war er entsetzt darüber, dass er so klein gedacht hatte.

Das Röhren eines großen V-8-Zylinders holte ihn mit

einem Schlag wieder in die Realität zurück. Der glänzende Umriss einer Mercedes-Limousine schlingerte um das hintere Ende des Parkplatzes und kam auf ihn zugerast.

Hinter der Windschutzscheibe sah Marc das konzentrierte, ausdruckslose Gesicht des Fahrers, der den Wagen in die Waffe verwandelte, mit der er Marc gleich überrollen würde. Hätte Marc nachgedacht und nicht nur reagiert, dann hätte er vermutlich die Pistole in beide Hände genommen und sorgfältig gezielt. Aber jetzt tobte ein Cocktail aus Adrenalin und Todesangst durch seine Blutbahn, und er gehorchte nur noch seinen Instinkten.

Die CZ-75 spuckte Feuer. Etliche Kugeln prallten vom Kühlergrill und der Motorhaube des Mercedes ab, bis die ersten die Windschutzscheibe trafen. Weiße Krater taten sich in dem Glas auf, doch für die kugelsichere Scheibe waren die Kugeln nichts anderes als lästige Hagelkörner.

Das Fahrzeug raste immer näher, bis er schließlich zur Seite springen musste, um nicht über den Haufen gefahren zu werden. Allerdings war er nicht schnell genug. Er sah nicht, wie der Kotflügel des großen Wagens sein Bein streifte, aber er spürte den plötzlichen Schmerz, als die Aufprallenergie durch seine Knochen vibrierte, ihn durch die Luft wirbelte und zu Boden schleuderte. Benommen und am ganzen Körper zitternd spürte er, wie seine Brandverletzungen wieder aufplatzten.

Er wollte aufstehen, doch sein Körper verweigerte den Dienst, und er blieb regungslos liegen. Verschwommen nahm er wahr, wie der Mercedes ruckartig zum Stehen kam und der riesenhafte, dunkelhäutige Kerl ausstieg. Er sagte etwas zu Neven, gab ihm irgendwelche Anweisungen.

Das blecherne Klingeln in Marcs Ohren machte es schwer, die einzelnen Worte zu verstehen. Er stöhnte vor

Anstrengung und rollte sich auf die Seite, stemmte sich mit einer Hand auf den Untergrund, spürte, wie sich Schotter und lose Asphaltstückchen in die eitrigen Schnitte auf seiner Handfläche bohrten. Als er zu dem Auto hinüberblickte, sah er Neven auf der Rückbank sitzen. Regungslos starrte er den Metallkoffer an. Anscheinend nahm er gar nichts anderes mehr wahr.

Dann verdeckte ein Schatten die Morgensonne, und zum ersten Mal konnte Marc den großen, kräftigen Mann wirklich sehen. Er zielte mit seinem riesigen Revolver genau auf Marcs Kopf. In der anderen Hand hielt er Marcs Europol-Ausweis, betrachtete ihn kurz und warf ihn dann beiseite.

Der Mann drückte ab, und der Hammer prallte mit leisem Klicken auf die Rückseite einer leeren Patronenhülse. Ohne es zu wollen, zuckte Marc zusammen, erstarrt, bewegungsunfähig und in Erwartung des donnernden Knalls. Doch der blieb aus. Der Mann grinste und sagte etwas, was Marc nicht verstand. Jetzt waren Sirenen zu hören, wurden lauter, kamen näher.

Im nächsten Augenblick war der Schatten verschwunden, und der große Wagen glitt aus Marcs Sichtfeld. Ihm war schlecht vor Schmerzen und Enttäuschung, aber jetzt musste er all seine Kraft darauf konzentrieren aufzustehen, langsam, schmerzerfüllt, Zentimeter für Zentimeter.

Helfende Hände packten ihn von hinten und hoben ihn vollends auf die Füße. Dann gaben seine Knie nach, und er hörte Vanjas Stimme. »Alles in Ordnung. Ich hab dich.«

»Sie dürfen nicht entkommen«, japste Marc mit pfeifendem Atem. »Du musst sie aufhalten …«

Er riss sich mit aller Kraft, die er aufbieten konnte, von Vanja los und machte ein paar taumelnde Schritte, schüttelte den Schmerz ab, doch um ihn herum waren nur blau-weiße Streifenwagen zu sehen. Der schwarze Mercedes war zusammen mit seiner Fracht verschwunden.

Als die Sanitäter ihn zum zweiten Mal innerhalb von vierundzwanzig Stunden zusammenflickten, nur um ihn dann zwei ernsthaft dreinblickenden Polizisten zu übergeben, wusste Marc, dass es nicht optimal für ihn lief. Falls die Polizisten Englisch sprachen, ließen sie es sich nicht anmerken, und auch auf Marcs gestammelte Versuche mit seinem Anfängerkroatisch zeigten sie keine Reaktion.

Sie setzten ihn in genau das Verhörzimmer, in dem er sich versteckt hatte, um Franko Horvats Smartphone auszuspionieren. Er wartete und wurde von Minute zu Minute nervöser, weil ihm klar war, dass Neven Kurjak sowie sein Herr und Gebieter dadurch einen immer größeren Vorsprung herausfahren konnten.

Marc sortierte seine Gedanken und überlegte sich, wo er im Lauf des vergangenen Tages überall verletzt worden war, tastete seine verbundenen Narben und Schwellungen ab. Er war hundemüde, wurde nur noch von der langsam abebbenden Adrenalinwelle und dem unbedingten Drang, seine Warnung loszuwerden, wachgehalten. Auf dem Tisch in der Mitte des Zimmers lagen ein Schreibblock und ein Bleistift, also machte er sich daran, so viel wie möglich aufzuschreiben, bevor seine Erinnerung womöglich ganz im Nebel versank. Eine Minute später hatte er mit seiner krakeligen Handschrift eine ganze Seite unzusammenhängender Notizen produziert.

Nun war die Bedrohung durch den Kurjak-Clan also konkret geworden. All seine Befürchtungen hatten sich als berechtigt herausgestellt, aber das war nur ein schwacher

Trost. Das einzig Wichtige war jetzt, dass die Waffe, die Oleg Fedorin nach Europa geschafft hatte, gefunden und entschärft wurde.

Krachend flog die Tür auf, und Gesa Schrader stand im Zimmer. Tadellos gekleidet und selbstsicher wie immer taxierte sie ihn mit hartem Blick und schüttelte dabei kaum merklich den Kopf. Sie trat ein, und Marc sah, dass auch Maarten de Wit mit frostiger Miene und vor der Brust verschränkten Armen vor der Tür stand.

Schrader zog den Stuhl auf der anderen Tischseite heraus und setzte sich. Dann holte sie eine Zigarette hervor und steckte sie an. Es war das erste Mal, dass Marc sie rauchen sah.

»Reden Sie«, befahl sie ihm. »Ich will, dass Sie mir genau erklären, was Sie getan haben.«

Er schob ihr den Schreibblock zu. »Wir müssen die örtlichen Polizeidienststellen dazu bringen, rund um die Stadt Straßensperren mit Strahlendetektoren zu errichten. Die Reisenden an Bahnhöfen und am Hafen müssen kontrolliert werden. Ich habe Ihnen eine Beschreibung des Mannes aufgeschrieben, der mit Neven Kurjak zusammen geflüchtet ist. Er ist der Drahtzieher des Ganzen.« Marc blätterte um. Auf der nächsten Seite hatte er eine grobe Skizze des Kofferinhalts angefertigt.

»Die beiden führen eine Massenvernichtungswaffe mit sich. Ob sie funktionsfähig ist oder nicht, weiß ich nicht ...« Er rang um Atem.

Schrader blies ihm Rauch ins Gesicht. »Das ist also Ihre Entscheidung?«

Marc blinzelte. Im ersten Moment hatte er wirklich keine Ahnung, was sie damit sagen wollte. »Begreifen Sie das denn nicht? Die haben eine Atombombe in ihren Besitz gebracht!«

Sie musterte die Skizze. »Eine atomare Kofferbombe? So was gibt es nur in schlechten Actionfilmen oder im Fernsehen, Dane! Die Internationale Atomenergiebehörde hat sich an die Fakten zu halten.« Ihr Tonfall war beinahe belehrend. »Was Sie da von sich geben, sind Ammenmärchen aus dem Fundus von Verschwörungstheoretikern.«

»Nein.« Marc hieb nachdrücklich mit der Faust auf den Tisch. »Die Technologie existiert tatsächlich. Die Amis haben es damals angeblich nicht hinbekommen, aber wenn die Russen es geschafft haben …« Er unterbrach sich und schüttelte den Kopf. »Verdammt noch mal, warum diskutieren wir das überhaupt? Selbst wenn es ein Blindgänger sein sollte, ist und bleibt es eine gottverdammte Atombombe! Goss soll sich meinen Laptop vornehmen und Ihnen die CellRAD-Werte zeigen, die ich im Casino der Kurjaks gemessen habe!«

»Jürgen Goss wurde von all seinen Aufgaben entbunden«, erwiderte Schrader kühl. »Ihm wird vorgeworfen, sich ohne Autorisierung Zugang zu einer gesicherten NATO-Datenbank verschafft zu haben. Die diesbezüglichen Untersuchungen sind noch nicht abgeschlossen.«

Marc spürte, wie sein Magen sich zusammenballte. »Ich habe ihn darum gebeten«, erwiderte er. »Es ist nicht seine Schuld …«

»*Genau.* Sie haben einen gutmütigen Menschen ausgenutzt und seine Karriere ruiniert, nur um Ihrer persönlichen, nicht autorisierten Ermittlungen willen. Nur damit ihm jetzt genauso der Boden unter den Füßen weggezogen wird wie Ihnen.« Sie ließ ihm keine Chance, sondern redete einfach weiter. »Und was das Queen's High angeht – unsere Leute sind gerade dabei, es von oben bis unten zu durchsuchen. In dem Büro mit Bojan Kurjaks Leichnam …«, sie musterte ihn kurz, als wollte sie auch diese Tat zur Liste seiner Verfehlungen hinzufügen, verwarf die Idee jedoch schnell wieder, »... haben wir eine radioaktive Stelle gefunden. Aber angesichts dessen, was wir im Keller entdeckt haben, ist das nicht weiter verwunderlich.«

»Was?« An das Kellergeschoss hatte Marc bis jetzt keinen Gedanken verschwendet.

Schrader zog ihr Handy hervor und zeigte ihm Aufnahmen eines schäbigen, düsteren Raums voller übereinandergestapelter Kartons. Manche waren geöffnet, sodass Marc durchsichtige Plastikverpackungen mit schüsselförmigem Inhalt sehen konnte. »Das da sind industriell hergestellte Haushaltsrauchmelder«, sagte sie. »Jedes Exemplar enthält eine winzige Menge eines Strontium-90-Isotops. Die Kurjaks haben die Dinger in rauen Mengen im Fernen Osten und Indien aufgekauft. Die meisten, die Sie auf diesem Bild hier sehen, wurden bereits geöffnet, um die Rauchfühler, die das radioaktive Material enthalten, auszubauen.« Sie steckte das Handy wieder ein und zog noch einmal an ihrer Zigarette. »Selbst wenn sie alles ausgebaut hätten, könnten sie damit unmöglich ernsthaften Schaden anrichten. Trotzdem wäre die Strahlung so hoch, dass man leichtgläubige Geister damit ins Bockshorn jagen kann.«

Marc schüttelte den Kopf. »Nein!«, wiederholte er, weil er genau sah, welchen Weg Schrader eingeschlagen hatte. »Das ist keiner der üblichen Tricks der Kurjaks!« Er stach mit dem Finger auf den Block ein. »Gestern Abend war General Oleg Fedorin, der für das strategische Raketenprogramm der Russischen Föderation zuständig ist, hier in der Stadt, und zwar nur aus dem Grund, diese Waffe an die Kurjaks zu verkaufen!«

»Woher wollen Sie das wissen?«

Marc sank in sich zusammen, weil ihm mit einem Mal klar wurde, wie dünn das Eis war, auf dem er sich bewegte. Das Letzte, was er wollte, war, dass Luka Pavic in das alles mit hineingezogen wurde. »Von einem vertraulichen Informanten«, erwiderte er darum. »Aus meiner Zeit beim MI6. Die betreffende Person hat von sich aus Kontakt zu mir aufgenommen.«

Schraders kühle Miene wurde zu einem verächtlichen Grinsen. »Etwa der Mann, der Ihnen vor dem Casino behilflich war, einen Krankenwagen zu besteigen? Die Polizisten vor Ort haben ausgesagt, dass er sich, während Sie medizinisch versorgt wurden, einfach aus dem Staub gemacht hat.«

Marc blieb stumm. Vanja sollte genauso wenig in seine Probleme verstrickt werden. Marc hatte ihn ohnehin schon über Gebühr strapaziert, und dann war er – obwohl er ihm in keiner Weise mehr verpflichtet gewesen war – noch einmal zurückgekehrt, um ihm zu helfen. Auch wenn Pavics Cousin ein kleiner Ganove war, das gute Herz konnte man ihm auf keinen Fall absprechen.

»Ist ja auch egal«, fuhr Schrader fort. »Ich werde dafür sorgen, dass das alles restlos aufgeklärt wird. Aber Sie wissen so gut wie ich, dass die Kurjak-Brüder auch in der Vergangenheit schon Geschäfte mit den Russen gemacht haben, hauptsächlich, um ihren Lügengeschichten mehr Glaubwürdigkeit zu verleihen. Fedorins Anwesenheit – falls er es tatsächlich war – beweist also gar nichts.«

Marc traute seinen Ohren nicht. »Aber selbst wenn die Chance, dass ich recht habe, sehr, sehr gering ist – können wir das Risiko denn wirklich eingehen? Wenn demnächst in irgendeiner Stadt auf der Welt ein riesiges radioaktives Loch klafft, wollen Sie dann dem Direktor der Internationalen Atomenergiebehörde erklären, dass Sie die Möglichkeit hatten einzugreifen, es aber nicht getan haben?«

»Nun werden Sie mal nicht unverschämt, verdammt noch mal«, fauchte Schrader ihn an.

Noch eine Premiere, dachte Marc. Bis jetzt hatte er sie noch nie fluchen hören.

»Haben Sie denn schon vergessen, von wem hier die Rede ist?«, fuhr sie fort. »Die Kurjaks haben ihre gesamte kriminelle Organisation auf dem Handel mit gefälschtem nuklearem Material aufgebaut! Sie haben Terroristen und viel klügere Menschen als Sie, Dane, hinters Licht geführt, in allen Teilen der Welt. Wie kommen Sie eigentlich darauf, dass diese Typen urplötzlich und wie aus heiterem Himmel im Besitz einer echten Bombe sein sollten?«

Wenn er jetzt die Wahrheit sagte, wenn er von *Gefühl, Instinkt* oder *begründeten Vermutungen* sprach, dann würde sie ihn auslachen. Als Leitende Ermittlerin der Operativen Einheit Nr. 7 hatte sie sich einen Namen als fanatische Verfechterin einer durch Fakten gedeckten Gewissheit gemacht. Doch Marc hatte lediglich Phantome zu bieten, Vermutungen, die nicht zu beweisen waren.

Sie wandte sich ab. »Ich halte mich an die Vorschriften und ein professionelles Vorgehen, Dane … Die Indizien, die Sie geliefert haben, werden wir gründlich untersuchen, weil wir die Pflicht haben, jedem Hinweis nachzugehen, ganz egal, wie gering mein persönliches Vertrauen zu Ihnen auch sein mag. Aber Sie gehören nicht länger zu meinem Team. Sie haben sämtliches Vertrauen verspielt. Sie sind hier fertig.«

Marc hatte noch einen allerletzten Versuch, noch einen Ansatz, den er noch nicht ausprobiert hatte. »Franko Horvat«, setzte er an. »Er ist korrupt. Die Kurjaks haben ihn bestochen, wie lange schon, weiß ich nicht. Er hat versucht, mich umzubringen, *zwei Mal* sogar … er hat mit Sicherheit zumindest eine ungefähre Vorstellung davon, was die Serben vorhaben … Laden Sie ihn vor, setzen Sie ihn unter Druck, bieten Sie ihm Immunität an, ganz egal …«

»Horvat ist seit heute früh verschollen«, fiel Schrader ihm ins Wort. »Er geht nicht ans Telefon, und kein Mensch weiß, wo er steckt.«

»Er war im Queen's High!«, beharrte Marc, und seine Finger verspannten sich bei der Erinnerung daran. »Nehmen Sie sich die Aufnahmen aus den Überwachungskameras vor und sehen Sie selbst …« Er verstummte, als ihm klar wurde, was Schrader als Nächstes sagen würde, und er spürte, wie sein Magen sich zusammenkrampfte. *Wenn Horvat schon weg war, als die Polizei beim Casino eingetroffen war, dann …*

»Die Beamten haben berichtet, dass sämtliche Festplatten mit den Aufzeichnungen entwendet worden sind«, sagte sie.

Bravo, sagte eine innere Stimme in Marcs Kopf. *Und du hast dem Scheißkerl auch noch gesagt, wie er es anstellen soll.*

Schrader drückte ihre Zigarette auf dem Metalltisch aus und schob ihren Stuhl zurück, brachte Abstand zwischen sich und Dane. »De Wit hat Sie noch gewarnt, aber Sie haben einfach weitergemacht. Wie geht noch mal dieses Sprichwort? Man hat Ihnen ein Rettungsseil zugeworfen, und Sie haben sich damit erhängt? Und zu allem Überfluss haben Sie Pavic und Goss genau derselben Gefahr ausgesetzt.« Sie schüttelte den Kopf. »Zum Teil ist das auch meine Schuld. Ich hätte Ihnen das Kurjak-Dossier gar nicht erst anvertrauen dürfen. Sie waren dafür nicht der geeignete Mann. Sie haben es gestattet, dass die Fiktion über die möglicherweise enthaltenen Fakten gesiegt hat.«

»Das ist doch gar nicht wahr!«, protestierte Marc, aber Schrader redete einfach weiter.

»Ich habe Sie auf diesen Fall angesetzt, weil ich Sie nicht in meiner Einheit haben wollte.« Ihre Stimme wurde immer lauter, während sie nach und nach die Beherrschung verlor. »Ihre Freunde in den oberen Etagen des britischen Geheimdienstes haben dafür gesorgt, dass Sie mir aufs Auge gedrückt worden sind. Dafür haben sie einen anderen Agenten, den ich tatsächlich haben wollte, irgendwo anders hin versetzt. Ich hatte ganz bestimmte Pläne, aber die haben Sie durchkreuzt. Sie haben einfach nicht den Charakter, den diese Einheit erfordert!« Jetzt richtete sie ihren Zeigefinger direkt auf sein Gesicht. »*Sie sind kein Operativagent, Dane!* Sie sind kein Mannschaftsspieler! Und dieses Chaos, das Sie hier angerichtet haben, ist der lebendige Beweis dafür!«

»Also darum geht es hier?«, gab er zurück. »Ich weiß, dass ich nicht Ihr Wunschkandidat war, aber was haben Sie und de Wit gemacht? Sie haben mir die Kurjak-Akte nur deshalb in die Hand gedrückt, damit ich irgendwas zu tun habe, als Beschäftigungstherapie. Und jetzt weigern Sie sich zu sehen, dass ich vielleicht tatsächlich auf etwas Bedeutendes gestoßen bin.«

Sie schüttelte den Kopf. »Ich habe Ihnen diesen Fall gegeben, um sie möglichst weit von der eigentlichen Arbeit meiner Einheit fernzuhalten. Schließlich sind Sie nicht der Einzige hier, der über Kontakte zum MI6 und zu vertraulichen Informanten verfügt. Haben Sie wirklich geglaubt, ich würde einen neuen Mitarbeiter ohne gründliche Überprüfung seiner Vergangenheit einstellen? Ich weiß, was letztes Jahr passiert ist.« Schrader hielt seinem

Blick stand. In ihren Augen war keine Spur von Mitgefühl zu erkennen. »Sie haben bei einer verdeckten Operation als Einziger die Tötung Ihres gesamten Teams überlebt. Die Sicherheitsdienste Ihres eigenen Landes haben mit einem weltweiten Haftbefehl nach Ihnen gesucht.«

Ein Schatten huschte über Marcs Gesicht. »Sie haben doch keine Ahnung«, knurrte er sie an. »Sämtliche Vorwürfe haben sich als haltlos erwiesen und wurden zurückgenommen. Ich habe … ich habe meine Pflicht getan.«

»Aber jetzt glauben Sie, dass die Vorschriften für Sie nicht mehr gelten. Was immer der wahre Grund für Ihren Abschied aus dem MI6 sein mag, Dane, Sie sind nicht dienstfähig. Man hätte Sie niemals in den aktiven Dienst zurückversetzen dürfen.« Sie seufzte. »Wenigstens habe ich jetzt einen triftigen Grund, Sie loszuwerden.«

Ein eiskalter Schauer lief Marc über den Rücken, als ihm klar wurde, dass er nichts mehr ausrichten konnte. Das Gefühl kam ihm auf grausame Weite bekannt vor. Genau diese Ohnmacht hatte ihn schon vor vielen Monaten zu verschlingen gedroht, nachdem er nur knapp einer tödlichen Feuersbrunst entkommen war. »Sie begehen einen schwerwiegenden Fehler«, sagte er. »Ich werde mich an Ihre Vorgesetzten wend…«

»Nein.« Schlagartig war Schrader wieder steif und förmlich geworden. »Marc Dane, hiermit entlasse ich Sie aus dem Dienst als operativer Berater der Abteilung für Nukleare Sicherheit. Mit sofortiger Wirkung ist Ihnen der Zugang zu allen Europol-Behörden verwehrt.« Sie erhob sich und durchquerte das Zimmer. »Sie stehen nicht unter Arrest … noch nicht. Aber ich rate Ihnen, sich einen Rechtsanwalt zu nehmen, da Sie möglicherweise, sobald wir Ordnung in dieses ganze Chaos gebracht haben, mit strafrechtlichen Konsequenzen zu rechnen haben.«

Marc erhob sich, während sie bereits die Tür öffnete, und sagte mit beinahe flehender Stimme: »Schrader, hören Sie mir doch zu! Ich habe die Bombe gesehen!«

Sie sah ihn nicht einmal an. »Ich glaube, Sie haben das gesehen, was Sie sehen wollten.«

8

Zayd war pünktlich, doch dann musste er mindestens noch eine halbe Stunde lang warten. Das war vermutlich die Art und Weise, wie ein reicher Mann seine Macht demonstrierte.

Doch so ein kalkulierter Affront berührte ihn nicht weiter. Vielleicht glaubte der *Gaal*, dass Zayd sich von all den Dingen, die er sah, beeindrucken ließ, dass die prächtige Ausstattung und die majestätische Wirkung der teuren Hotelsuite eine einschüchternde Wirkung auf ihn hatten. Doch falls er das wirklich beabsichtigt hatte, waren seine Bemühungen vergeblich gewesen.

Der Scharfschütze sah kaum einen Unterschied zwischen dieser Suite und der bombastischen Villa, in der Welldone Amadayo den Tod gefunden hatte, der Mann, dessen Kleidung er jetzt trug. Der Taxifahrer, der Zayd durch Neapel chauffiert hatte – ein wohlgenährter Kenianer, der sich Dahable nannte –, hatte ihm ausführlich und sehr detailreich vom Grand Hotel Vesuvio berichtet. Es war nach dem Vulkan benannt, der in der Ferne emporragte, und galt allgemein als das luxuriöseste Haus der ganzen Stadt. Dahable hatte mit seiner Bewunderung für Zayd nicht hinter dem Berg gehalten, denn wer an einem solchen Ort eine Verabredung hatte, der musste einfach ein bedeutender Mann sein. Der Somalier hatte ihn reden lassen. Seine Aufgabe bestand nicht darin, die Irrtümer seines Fahrers aufzuklären, sondern darin, eine Botschaft zu überbringen, mehr nicht. Und trotz all des Prunks, den der *Gaal* zur Schau stellte, war der bleichgesichtige Mann nichts anderes als ein Kurier, genau wie er selbst.

Der Raum wirkte durch die seidigen schwarz-goldenen Streifen an den Wänden noch höher, als er es ohnehin war. Durch die geöffneten Fenster wehte, zusammen mit den Geräuschen des Verkehrs, der sich am Ufer entlangquälte, eine sanfte Meeresbrise herein. Zayd saß auf einem von zwei einander gegenüberstehenden Stühlen. Darüber hinaus standen noch ein paar Kommoden und ein niedriger Tisch in dem sparsam möblierten Zimmer. Neben der einzigen Tür hatten sich zwei Männer aufgebaut, sonnengebräunt, muskulös und mit ausdrucksloser Miene, die Arme seitlich am Körper. Sie trugen makellose schwarze Anzüge, weiße Hemden sowie einen kleinen silbernen, rechteckigen Bluetoothempfänger im Ohr.

Bei einem der Männer hatte Zayd ein Schulterhalfter mit Pistole bemerkt, als dieser ihn durchsucht hatte. Das Ergebnis der Durchsuchung lag auf dem niedrigen Couchtisch, außerhalb seiner Reichweite: zwei japanische Kunai-Wurfmesser und eine kleine Pistole, ein Colt 1908. Danach waren die beiden Leibwächter überzeugt gewesen, dass sie Zayd hinreichend entwaffnet hatten, und hatten ihn in der Folge ignoriert.

Eine Zeit lang hatte Zayd sich damit beschäftigt, einen der beiden ununterbrochen anzustarren, hatte versucht, eine Reaktion zu provozieren, doch der Mann hatte sich nicht auf das Spielchen eingelassen, sodass es Zayd irgendwann langweilig geworden war. Gerade, als er etwas sagen wollte, ging die Zimmertür auf, und eine Frau in Livree trat ein. Sie brachte einen Rollwagen mit, auf dem eine Teekanne, Tassen, Teller und eine Zuckerschale standen. Falls sie die Waffen bemerkte, ließ sie es sich jedenfalls nicht anmerken. Einen Augenblick später hatte sie zwei Tassen eingeschenkt und reichte Zayd eine davon, begleitet von einer leichten Verbeugung.

Der Duft löste Erinnerungen an Zuhause aus, und Zayd nahm die angebotene Tasse entgegen. »Apfeltee«, ließ sich nun eine Stimme vernehmen. »Ich dachte, dass Sie vielleicht etwas Vertrautes mögen.« Die Frau verließ lautlos den Raum, als der Weiße namens Brett sich endlich zeigte. Er blitzte Zayd mit einem falschen Lächeln an und setzte sich auf den zweiten Stuhl. »Schmeckt er Ihnen?«

Zunächst ließ Zayd den Tee unangetastet. »Sie waren schon einmal in Somalia?«

Brett schüttelte den Kopf. »Um Gottes willen, nein. Aber ich beschäftige mich viel mit anderen Kulturen. Und das hier …«, er machte eine Handbewegung in Richtung Rollwagen, »… gehört in Ihrer Heimat zum guten Ton, nicht wahr? Zuerst eine Tasse Tee und höfliche Konversation, dann das Geschäftliche. Oder sehe ich das falsch?« Er nippte an seinem Tee und verzog das Gesicht. »Hmm. Ziemlich … Vielleicht muss man sich an den Geschmack erst gewöhnen.«

Zayd nahm ebenfalls einen Schluck. »Der ist zu schwach. Er muss länger ziehen.« Er stellte die Tasse ab. »Sind Sie geschäftlich in Italien?« Er nickte in Richtung Fenster. »Sie sind nicht von hier.«

»Das ging aber schnell.« Brett lächelte spöttisch. »Nun ja, stimmt. Meine Auftraggeber schicken mich dahin, wo ich benötigt werde.«

»Das Kom-bi-nat.« Ganz bewusst sprach Zayd jede einzelne Silbe aus. »Sie sind ihr Bote.«

Bretts Lässigkeit schien schlagartig zu verschwinden. »Das ist bei Weitem nicht meine einzige Aufgabe.« Er ließ sich gegen die Stuhllehne sinken und warf einen Blick auf die Waffen. »Ihr Anführer, Mr. Ramaas, bereitet vielen Leuten große Sorgen. Er ist unberechenbar, und das ist schlecht fürs Geschäft.«

»Was für Leute?« Zayd musterte Brett scharf. »Die, die mit riesigen Schiffen gekommen sind und uns unseren Fisch gestohlen haben? Diejenigen, die Gift in unser Meer gekippt haben?« Er war alt genug, um sich daran zu erinnern, wie die ersten schwimmenden Fabriken vor der somalischen Küste aufgetaucht waren und die Gewässer leer gefischt hatten. So hatten sie praktisch über Nacht die gesamte lokale Subsistenzwirtschaft zerstört. Und später dann die abgewrackten Riesentanker voller Giftmüll, die einfach im seichten Meer versenkt worden waren.

»Eure Piraten haben sie alle verjagt«, erwiderte Brett, korrigierte sich jedoch sofort. »Entschuldigung, Sie nennen sie ja gar nicht Piraten, nicht wahr? Bei Ihnen sagt man *Küstenwache*.«

»Wir haben getan, was getan werden musste«, entgegnete Zayd. »Genau wie Ramaas tut, was er tun muss.«

Jetzt runzelte der *Gaal* die Stirn und begann, genauso mit Zayd zu sprechen, wie dieser es von Männern aus dem Westen schon oft erlebt hatte – als hielte er ihn für einen Wilden, der viele Dinge gar nicht begreifen kann. »Ihr Land besitzt großes Potenzial, wenn man es nur richtig anstellt. Ich bin mir sicher, dass Ramaas das erkennen kann. Es ist reich an Bodenschätzen, sowohl im Land selbst als auch unter dem Meer. Eisenerz. Gas und Öl. Meine Organisation kann Ihnen die Mittel zur Ausbeutung dieses Potenzials zur Verfügung stellen. Diejenigen, die Somalia öffnen, werden hinterher die Ernte einfahren. Und Sie können dazugehören. Sie könnten in einem Haus wie diesem hier wohnen, könnten so viel Apfeltee trinken, wie Sie nur wollen …« Er warf einen

Blick auf Zayds Jackett. »Könnten sich bessere Kleidung besorgen …«

»Ramaas will keinen Reichtum für sich selbst«, erwiderte Zayd. »Er hat den Sinn des *Shahaad* erfasst. Wissen Sie, was das ist?«

»Sagen Sie's mir.«

Zayd hielt kurz inne, suchte nach dem richtigen Wort. »*Pflicht*. Gegenüber der Familie, dem Clan. Gegenüber der Nation. Es ist eine Tradition, das eigene Glück mit den anderen zu teilen.«

»Tatsächlich? Welldone Amadayo war doch auch einer von Ihren Leuten, oder nicht? Und er war, was das Teilen angeht, nicht besonders freigiebig.« Brett lächelte wieder, als hätte er ein paar Punkte gemacht. Als wäre das Ganze ein Spiel. »Doch das nur am Rande. Ramaas kann mit seinem Anteil machen, was er will. Das Entscheidende ist, dass wir … *Stabilität* erreichen. Verstehen Sie das?«

»Ich verstehe.« Zayd griff nach seiner Teetasse. »Darauf trinken wir, ja?«

»Wie Sie wünschen.« Brett presste die Lippen zu einem schmalen Strich zusammen.

Zayd schenkte ihnen beiden ein, doch als Brett nach seiner Tasse greifen wollte, hob er die Hand. »Nein, er ist noch nicht süß genug. So schmeckt er nicht.« Er rührte mehrere Löffel Zucker in den Tee, bevor er die Tasse ganz voll machte und sie Brett reichte.

Das sirupartige Gebräu schmeckte zwar immer noch fade und war nur eine schlechte Imitation dessen, was er gewohnt war, aber Zayd trank seine Tasse trotzdem leer und sah zu, wie der *Gaal* es ihm gleichtat. Nach zehn Sekunden fing der bleiche Mann an zu husten.

»An den Geschmack muss man sich erst gewöhnen«, sagte Zayd. Dann bekam Brett endlich ein bisschen Farbe ins Gesicht. Er lief dunkelrot an und begann zu prusten. Seine Tasse fiel mitsamt der Untertasse auf den Teppich, und er griff sich an die Brust, bekam nur noch mühsam Luft.

Zayd ließ das Tütchen, aus dem das Oleanderpulver stammte, das er in Bretts Tasse geschüttet hatte, in seiner Hand verschwinden. Das Gift aus der Pflanze war die letzte Waffe, die er mit sich führte, und die einzige, die die Wachen übersehen hatten. Das Herz des weißen Mannes versagte seinen Dienst, und er begann zu sterben.

Die Männer in den Anzügen reagierten. Einer zog seine Pistole, blieb neben der Tür stehen und tippte sich auf den Ohrhörer. Der andere eilte an Bretts Seite, während der *Gaal* bereits vom Stuhl auf den Fußboden rutschte. »Was hast du gemacht?«, herrschte der Leibwächter Zayd an, der so tat, als wolle er Erste Hilfe leisten, und stieß ihn beiseite.

»Ich habe eine Botschaft überbracht«, erwiderte Zayd.

»Saito!«, rief der andere Wachmann jetzt. »Komm rauf, sofort! Alarmstufe Rot!«

Zayd rückte ein Stück zur Seite und leitete den nächsten Schritt ein. Er griff nach der metallenen Teekanne und schlug sie dem Leibwächter neben ihm auf den Kopf. Heiße, zuckersüße Flüssigkeit rann ihm über Kopf und Hals. Anschließend versetzte er dem Kerl einen kräftigen Tritt in den Rücken, sodass er zur Seite fiel, schnappte sich die Kunai-Messer und warf sie nach dem anderen. Eines verfehlte sein Ziel und bohrte sich in die Tür, doch das zweite landete in der Magengrube des Leibwächters. Ein dunkelroter Fleck breitete sich auf seinem weißen Hemd aus, und Zayd stürzte sich auf seinen Gegner. Schnell und wendig, wie er war, erreichte er den Kerl, bevor dieser abdrücken konnte. Zayd steckte den Finger durch den Ring am Heft des Messers und zog es heraus. Er hielt es wie ein Faustmesser fest und stach auf den Mann ein, bestimmt ein Dutzend Mal innerhalb weniger Sekunden.

Sein gestohlenes Jackett war von Blutspritzern übersät, als er den Toten gegen die Tür sinken ließ, sodass er sie mit seinem Gewicht ins Schloss drückte. Dann zog er das zweite Wurfmesser aus der Tür und wandte sich wieder dem Mann zu, den er verbrüht hatte und der jetzt gerade versuchte, seine Waffe zu ziehen. Zayd hielt in jeder Hand ein Messer. Jetzt rammte er die Klingen von links und rechts in die Schläfen des Leibwächters, so kräftig, dass sie den Schädelknochen durchbohrten. Nachdem auch der zweite Wachposten endgültig erledigt war, wandte er sich wieder dem weißen Mann zu, der sich immer noch an das Leben klammerte.

Zayd ließ Amadayos rot befleckte Anzugjacke von seinen Schultern gleiten, ebenso das Hemd, und nahm sich das Jackett des Mannes, den er gerade eben getötet hatte. Durch die schwarze Farbe war das Blut darauf kaum zu erkennen. Er nahm seine Waffen an sich und sah zu, wie das Leben aus Bretts Augen wich.

Einige von den anderen – Guhaad und seine Leute – behaupteten immer, dass Zayd zimperlich sei, wenn es darum ging, mit bloßen Händen zu töten. Aber so war es nicht. Dennoch hatte es einen besonderen Reiz, ein Leben mit einem Scharfschützengewehr zu beenden, und dieser Reiz lag in der Reinheit des Aktes. Der Augenblick des Todes wurde nicht beschmutzt, wurde nicht, so wie hier, von Angst und Panik vernebelt. Wenn Zayd jenen letzten Augenblick des Lebens sah, bevor er den Abzug betätigte, dann blickte er in die Welt jenseits des Todes. Und das fühlte sich irgendwie *heilig* an.

Nur diejenigen, die überhaupt nicht damit rechneten,

konnten solch eine Pforte sein. Männer wie dieser hier, deren Fleisch vom Gift zerfressen war, klammerten sich fest und kämpften mit aller Macht um das Leben, selbst wenn die Realität ihnen sagte, dass es längst vorbei war. Das war mitleiderregend und unrein.

Draußen hörte er Stimmen und hastige Schritte näher kommen. Zayd verließ Brett noch vor seinem letzten Atemzug und betrat den Hotelbalkon, um von dort auf das Dach zu klettern.

Flink und gewandt wie eine Katze huschte er über das begrünte Flachdach und gelangte zur Rückseite des Vesuvio. Vor dort sprang er auf die oberste Plattform der Feuerleiter. Mit großen Sätzen gelangte er nach unten, setzte über das Tor einer Lieferanteneinfahrt hinweg und landete schließlich auf dem Kopfsteinpflaster der Via Chiatamone.

Wenige Hundert Meter entfernt saß Dahable mit heruntergelassenem Fenster in seinem Taxi und hörte blecherne Tanzmusik, während seine Finger auf der Außenseite der Fahrertür den Takt mitklopften. Er sah Zayd kommen, fuhr ihm entgegen und wendete das Taxi. Zayd stieg ein, und noch bevor er die Tür zugeschlagen hatte, raste das Taxi los, schoss durch kleine Nebenstraßen, bog an jeder Kreuzung unvermittelt ab, ohne seine rasende Fahrt zu verlangsamen. Die Hupe schien für Dahables Fahrstil genauso unersetzlich zu sein wie das Lenkrad.

»Alles erledigt?«, erkundigte sich der Kenianer und warf einen schnellen Blick in den Rückspiegel. Er streckte Zayd ein Handy entgegen. »Es ist unbenutzt«, sagte er.

»Bring mich irgendwohin, wo ich mich frisch machen kann«, sagte Zayd und gab eine längere Zahlenfolge in das Handy ein.

Der Mercedes rollte zunächst nur langsam vorwärts, doch das änderte sich, als der Abhang steiler wurde und die Schwerkraft zupackte. Wenige Augenblicke später sauste er dem Wasser entgegen und durchbrach die Absperrung der Uferböschung.

Ramaas sah zu, wie der Wagen ins Schleudern geriet, und ging hinterher, hörte das Knirschen, als er sich mehrfach überschlug, bis die verbeulte Karosse schließlich im seichten Wasser des Kanals landete und still und leise unterging. Als nichts mehr davon zu sehen war, drehte er sich um und entdeckte Neven Kurjak in seiner Nähe. Er starrte wie hypnotisiert den Stahlkoffer zu seinen Füßen an.

»Was nun?«, wollte der Serbe wissen.

Ramaas zeigte in Richtung der Kaianlagen. »Dahin. Los.« Er wollte noch mehr sagen, doch da klingelte sein Telefon und erforderte seine Aufmerksamkeit. Er holte es aus der Tasche und starrte es an. »Sprich«, befahl er.

»*Das Werk ist vollbracht*«, sagte Zayd. Er schien außer Atem zu sein. »*Ich habe die Botschaft übermittelt.*«

Ramaas überlegte, ob er sich nach unvorhergesehenen Schwierigkeiten erkundigen sollte, doch da der Scharfschütze von sich aus nichts dergleichen erwähnte, war das nicht nötig. Er stockte, dachte an all die Dinge, die er seinem Kameraden gerne mitgeteilt hätte, an das unglaubliche Geschenk, das ihnen in den Schoß gefallen war. Er beobachtete den überlebenden Kurjak-Bruder, der vor ihm herging und dabei den Koffer den staubigen Pfad entlangschleppte, und merkte, wie er über das ganze Gesicht grinste. »Gut«, sagte er. »Und jetzt hör genau zu. Du wirst nicht nach Hause zurückkehren. Die Situation hat sich geändert. Ich habe eine andere Aufgabe für dich, eine, die bedeutender ist als jede bisherige Mission.«

Es dauerte eine Weile, bis Zayd antwortete. »*Gut.*«

»Ich werde dir alles erklären«, fuhr Ramaas fort. »Bald schon sprechen wir miteinander. Aber fürs Erste möchte ich, dass du ein paar Kapitäne anrufst, die uns einen Gefallen schuldig sind.«

»*Gut*«, wiederholte Zayd. »*Schickt mir die Namen.*«

Es war eine Dummheit, aber Ramaas war so erfüllt von diesem Augenblick und so voller Kühnheit durch dieses Gottesgeschenk, dass er noch einen Satz hinzufügte. »Wir sind gesegnet worden, Bruder. Ich habe dir versprochen, dass *Waaq* uns alles schenken würde, was wir benötigen. Und das hat er getan, weit mehr, als ich jemals zu hoffen gewagt habe.«

Als Marc wieder ins Krankenhaus kam, saß ein Besucher an Luka Pavics Bett. Vanja spannte sich sofort an, und als sich die Blicke der beiden Männer kreuzten, gab es einen seltsamen Déjà-vu-Moment.

»Alles in Ordnung«, versicherte ihm Marc. »Wir müssen uns nicht schon wieder prügeln, ja?«

»Ich dachte, das hätte ich nur geträumt«, sagte Pavic. »Sie haben mir jede Menge Medikamente gegeben.«

Marc setzte sich auf einen Hocker, und zwar so, dass er die Tür im Blick behalten konnte. »Dein Cousin hat mir geholfen«, sagte er zu Pavic. »Er ist ein guter Junge.« Marc warf Vanja einen Blick zu. »Du musst vorsichtig sein. Die Polizei hat eine Personenbeschreibung von dir. Es war nicht besonders klug hierherzukommen. Wenn dich jemand sieht und die Polizei anruft …« Er brachte seinen Satz nicht zu Ende.

»Er ist hier, weil er sehen wollte, wie es mir geht«, sagte Pavic.

»Wir sind eine Familie«, fügte Vanja hinzu.

Marc runzelte die Stirn. »Ich könnte gut verstehen, wenn du dich aus dem Staub machen würdest.«

»Diese Angelegenheit ist noch nicht vorbei.« Pavics Stimme wurde härter. »Erst, wenn dieser Wurm Horvat in einer Gefängniszelle verrottet. Dafür werde ich sorgen, sobald ich hier wieder rauskomme. Ich finde ihn, ganz egal, wo er sich versteckt.«

»Leichter gesagt als getan«, erwiderte Marc. »Horvat ist untergetaucht. Anscheinend hat er sich in seinen üblichen Schlupfwinkeln nicht mehr blicken lassen und seine Spuren sehr gut verwischt.« Er erzählte ihnen von den fehlenden Festplatten aus der Überwachungsanlage des Casinos. »Ohne diese Aufnahmen bleiben nur unsere Aussagen und ein paar wenige Indizien, die ihn mit den Kurjaks in Verbindung bringen.«

»Ich würde als Zeuge aussagen«, sagte Vanja, doch dann schlug er den Blick nieder. »Aber das würde nicht viel nützen. Nicht, wenn es gegen einen Polizisten geht, selbst wenn er durch und durch korrupt ist.«

Pavic verzog das Gesicht. »Seit Jahren kommt Horvat mit dieser Masche durch. Er hat diese serbischen Arschlöcher gedeckt, während die vor unserer Nase mit Waffen gehandelt haben. Und jetzt das … dieses *Ding*, das sie sich …«

»Ich habe ihm erzählt, was du mir erzählt hast«, erläuterte Vanja. »Das mit der schmutzigen Bombe.«

»Tja.« Marc ließ den Kopf sinken.

»Es ist sogar noch schlimmer, stimmt's?« Pavic beugte sich zu ihm und bemerkte den Schatten auf seinem Gesicht. »Marc. Mach mir nichts vor. Ich seh's dir doch an, wenn dich etwas beschäftigt oder wenn du mir was verschweigst. Wenn man Dutzende Male miteinander im Ring gestanden hat, ist das eben so.«

Marc atmete langsam aus. »Ja, es ist noch schlimmer. Um es kurz zu machen, ich glaube, die Kurjaks wollten eine echte Atombombe aus den Achtzigerjahren an eine dritte Partei weiterverkaufen, und dabei sind einige Dinge schiefgegangen …« Marc beschrieb ihnen den dunkelhäutigen Mann, der versucht hatte, ihn zu einer Kühlerfigur zu machen. »Und der hat jetzt den Sprengsatz. Höchstwahrscheinlich hat er Bojan Kurjak getötet und seinen Bruder als Geisel genommen. Und da die NSNS mich gefeuert hat, kann ich absolut nichts dagegen unternehmen. Niemand weiß, wer dieser Kerl ist und was er mit dem Ding vorhat, und das heißt, wir stehen wieder ganz am Anfang.«

»Ich weiß«, sagte Vanja und fuhr sich mit der Zungenspitze über die Lippen. »Wie er heißt, meine ich.«

»*Was*?« Marc drehte sich zu ihm um. »Das hast du mir ja gar nicht erzählt!«

»Du hast mich ja auch nicht gefragt.« Vanja klang, als wollte er sich rechtfertigen. »Als wir vor dem Casino im Auto gesessen haben, da wolltest du, dass ich genau zuhöre, was Horvat sagt. Habe ich auch gemacht! Er hat diesen anderen Typen da angebrüllt und sich wahnsinnig aufgeregt, weil die Kurjaks keine Zeit für ihn hatten. Die wollten sich ja mit jemand anderem treffen.«

»Das war dieser große Schwarze, stimmt's?«, warf Pavic ein.

»Du hast gesagt, dass ich aufpassen soll, was Horvat sagt. Von dem anderen war nie die Red…«

Marc winkte ab. »Ist ja auch egal. Sag einfach, wie er heißt.«

»*Ram*-irgendwas.« Vanja kniff die Augen zusammen, während er darüber nachdachte. »Es hat sich angehört wie *Ramm-aas*.«

»Vielleicht arabisch? Oder afrikanisch?«, mutmaßte Pavic. »Die Kurjaks waren nie besonders kleinlich bei der Auswahl ihrer Kundschaft.«

»Es wäre ehrlich gesagt nicht schlecht gewesen, wenn ich das gewusst hätte, bevor Schrader mich rausgeschmissen hat …«, knurrte Marc und ließ das ganze Gespräch noch einmal Revue passieren. *Andererseits hätte sie mich so oder so gefeuert, ganz egal, was ich gesagt hätte.* Er griff nach dem Rucksack zu seinen Füßen, der im Moment all seine Habseligkeiten enthielt, und zog seinen Laptop heraus. »Also gut, besser spät als nie.« Er fuhr den Computer hoch und bastelte sich ein grobes, erstes Suchmakro zurecht.

»Ich seh zu, dass sie mich hier so schnell wie möglich entlassen«, sagte Pavic. »Franko Horvat hat viele Feinde in dieser Stadt, und wenn ich wieder auf der Wache bin, gibt es garantiert jede Menge Leute, die nichts lieber wollen, als ihm Handschellen anzulegen, das könnt ihr mir glauben. Wenn wir ihn dann erwischen, kann er uns vielleicht zu diesem Käufer führen. Wenn er glaubt, dass ihm das etwas nützt, wird er singen wie ein Vogel.«

»Zweifellos«, stimmte Marc ihm zu. »Aber bis es so weit ist, haben wir keine Ahnung, wo diese Bombe sich gerade befindet.«

»Aber sie funktioniert doch bestimmt nicht mehr, oder?«, meinte Vanja. »Nach über dreißig Jahren?«

Marc sah ihn an. »Willst du es drauf ankommen lassen? Es mangelt ja nicht an Irren, die das nur allzu gern ausprobieren würden.«

»Stimmt.« Pavic nickte. »Kannst du Schrader nicht doch davon überzeugen, dass die Bedrohung wirklich real ist? Ich meine, genau das ist doch die Aufgabe der NSNS.«

»Hab ich schon probiert. Aber für sie steht fest, dass alles, was ich sage, falsch ist.« Bei diesen Worten flammte

Marcs Wut wieder auf, und seine Stimme wurde lauter. »Sie betrachtet mich nur als ausgebrannten Unsicherheitsfaktor, als Mühlstein, den man ihr um den Hals gebunden hat.« Bei diesen Worten spürte er ein Brennen, als würde eine Messerklinge in seiner Brust hin und her gedreht. Ein leiser Zweifel regte sich in den Tiefen seines Bewusstseins. *Und was, wenn sie recht hat?*

Er schob den Zweifel beiseite, bevor er sich festsetzen konnte. »Es läuft alles darauf hinaus, dass Schrader mir misstraut. Das war schon von Anfang an so. Ich hätte machen können, was ich wollte, das Misstrauen hätte sie sowieso niemals abgelegt. Also muss ich eine andere Möglichkeit finden … weil ich nämlich nicht vorhabe, einfach brav in meiner Ecke sitzen zu bleiben, bis irgendein Irrer versucht, eine nukleare Kofferbombe in die Luft zu jagen.«

»Du hast doch mal erzählt, dass du für den britischen Geheimdienst gearbeitet hast«, sagte Pavic. »Gibt es denn dort niemanden, den du kontaktieren kannst?«

Marc ließ ein bitteres Lachen hören. »Wenn überhaupt, dann ist mein Ruf beim MI6 noch schlechter als bei Europol. Ohne Beweise? Kenne ich niemanden, den ich anrufen könnte. Dem ich vertrauen könnte.« Doch noch während er diese Worte aussprach, wusste er, dass das nicht stimmte. Er schob den Laptop beiseite und holte ein paar andere Dinge aus seinem Rucksack – ein ziemlich zerschlissenes Notizbuch, das mit mehreren Gummibändern umwickelt war, zusammengefaltete Landkarten sowie ein paar Pflaster und Mullbinden.

Dann hatte er gefunden, wonach er gesucht hatte. Die graue Visitenkarte war ziemlich zerknittert, nachdem sie über ein Jahr lang ganz unten in seinem Rucksack gelegen hatte, absichtlich vergessen, aber nie weggeworfen. Darauf standen einige wenige Textzeilen in einer klaren, minimalistischen Schrift, dazu ein Name – RUBICON – und eine internationale Telefonnummer, die in keinem Telefonverzeichnis zu finden war.

»Was ist das?«, wollte Vanja wissen.

»Eine unbeantwortete Frage«, erwiderte Marc.

Das Deck unter Nevens Füßen knarrte in einem stetigen Auf und Ab, das er kaum ignorieren konnte. Zum gefühlt hundertsten Mal innerhalb der letzten Stunde rutschte er auf seinem löchrigen Stuhl hin und her und versuchte, eine zumindest halbwegs bequeme Sitzposition zu finden.

Der Gemeinschaftsraum auf dem Oberdeck des kleinen Frachters war eine Mischung aus Esszimmer und Freizeitkeller. Die Stühle und die Tische waren im Boden verschraubt, und in einem Schrank standen ein alter Fernseher und ein DVD-Player. Überall lagen griechische Bücher und Zeitschriften herum, während der durchdringende Duft nach starkem, teerartigem Kaffee in der Luft hing. Er stammte aus einer uralten, beheizten Kaffeekanne in einer Ecke des Raumes.

Neven hatte eigentlich damit gerechnet, dass sie ihn in eine Kabine sperren würden, oder noch schlimmer, in irgendeinen feuchten, verrosteten Frachtraum unter Deck. Doch Ramaas hatte mit der Besatzung gesprochen, und dann hatte einer von ihnen ihn hierhergebracht. Seit sie abgelegt hatten, waren etliche Stunden vergangen, und durch die Bullaugen waren die Farben des Sonnenuntergangs gut zu erkennen.

Neven fragte sich, wie er wohl verhindern konnte, dass Ramaas ihn umbrachte. Er war jetzt allein, ohne die Unterstützung einer Organisation im Rücken, und sein

Bruder war tot. Ihm war nur noch das geblieben, was er bei sich hatte.

Diese Erkenntnis trieb ihm beinahe die Tränen in die Augen. Er hatte keine Ahnung, was da um ihn herum vor sich ging. Was das Ziel ihrer Schiffsreise anging, konnte er nur raten – sie fuhren nach Süden, hinaus aufs Mittelmeer. Aber was hatte der Piratenkriegsfürst mit ihm und Fedorins Bombe vor? Seit Betreten des Schiffs, Stunden vor dem Ablegen, hatte er den Stahlkoffer nicht mehr zu Gesicht bekommen.

Panik machte sich in ihm breit und wurde von Stunde zu Stunde mächtiger. Dieses Gefühl der Hilflosigkeit war Neven nicht gewohnt, nicht mehr seit seiner Kindheit, an den Abenden, als sein Vater betrunken nach Hause gekommen war und die Wut über sein eigenes Versagen an seinen kleinen Söhnen ausgelassen hatte. Damals hatten er und Bojan das alles gemeinsam durchgestanden, hatten einander geholfen und gestützt. Aber jetzt war er zum ersten Mal wirklich allein, und das jagte ihm Todesangst ein.

Plötzlich klapperte das Vorhängeschloss auf der anderen Seite der Zimmertür. Neven schrak zusammen und krallte sich mit beiden Händen an den Lehnen des Stuhls fest. Ramaas trat ein und schenkte seinem Gefangenen ein durchtriebenes Lächeln. Er hatte sich umgezogen, sodass er jetzt einen relativ glaubhaften Deckarbeiter abgab, und ließ einen ölverschmierten Arbeitsoverall neben Neven auf den Tisch fallen.

»Du stinkst nach abgestandener Pisse«, sagte Ramaas. »Gleich kannst du in den Waschraum gehen. Und wenn du fertig bist, ziehst du das da an.«

»Okay«, erwiderte Neven. »Darf ich fragen, wohin wir fahren? Oder wem dieses Schiff gehört?«

»Unser Ziel ist im Moment noch ungewiss«, erwiderte

Ramaas. »Und für den Augenblick gehört dieses Schiff mir. Der Kapitän wird jeden meiner Befehle befolgen.«

Diese Aussage verwirrte Neven. Sie stand im direkten Widerspruch zu allem, was er wusste. Der Schiffsverkehr in Split und den umliegenden Häfen wurde von Teilen der *Bratva* überwacht, und genau wie die Kurjaks, deren Geschäfte von den größeren Räubern im Ökosystem der osteuropäischen Kriminalität geduldet wurden, mussten auch alle Schmugglerschiffe ihren Obolus an die Großen abtreten.

Der Kriegsfürst sah ihm die Verwunderung an. »Du staunst, dass ich das kann? Für mich ist das ein Leichtes. Das Unternehmen, dem dieses Schiff gehört, besitzt noch viele andere, und andere Unternehmen besitzen andere Schiffe, die das Horn von Afrika umschiffen wollen. Ich kann dafür sorgen, dass diese Schiffe überfallen werden und die Besatzung getötet wird, einfach so.« Er schnipste mit den Fingern, und aus seinem Lächeln wurde ein breites Grinsen. »Also treffen wir eine Absprache. Ich garantiere ihnen eine sichere Überfahrt, und sie garantieren mir bestimmte Dienstleistungen.« Ramaas wies mit einer Kopfbewegung auf das Schiff. »Heute bekomme ich zum Beispiel Transport- und Kommunikationsmöglichkeiten. Ich hatte meinen Männern eine Menge zu berichten. Schließlich war es ein sehr ereignisreicher Tag, nicht wahr?«

»Warum bin ich noch am Leben?« Leise und kleinlaut drangen die Worte aus seinem Mund.

»Es war ein Zeichen Gottes«, erwiderte Ramaas. Sein dunkles Auge funkelte, als er Neven damit ansah. Die Leidenschaft, die darin brannte, war furchterregend. »Zunächst habe ich es für eine Prüfung gehalten, verstehst du? Dass ER mich in dem Moment, wo ich nach Größe strebe, in den Staub werfen, mich für meinen Stolz bestrafen würde. Um mir eine Lektion zu erteilen.« Er schüttelte den Kopf. »Aber ich habe mich geirrt, Kurjak. Das musst du verstehen. Denn du warst schließlich das Werkzeug, mit dem *Waaq* sich mir offenbart hat.«

»Ich will nicht sterben«, brachte Neven mühsam hervor, doch Ramaas schien gar nicht mit ihm zu sprechen, sondern zu einem unsichtbaren Publikum. *Zu seinem Gott vielleicht.*

»In meinem Leben ging es immer darum, Stärke zu finden«, fuhr Ramaas fort. »Und sie den Käuflichen zu nehmen. Ich wollte immer nur das eine: die Möglichkeit, meinen Clan und mein Volk wieder glücklich zu machen. Unsere Nation den Händen der Schwächlinge, die versuchen, uns zu regieren, zu entreißen. Aber jetzt … das ist mehr, als ich mir jemals hätte erträumen können.« Ramaas redete wie einer, der das Paradies gesehen hat. »Wir haben so viele Feinde, die uns schon so lange unterdrücken. Einige unter ihnen haben es besonders schlimm getrieben. Aber jetzt, mein Freund, jetzt kann ich es ihnen heimzahlen. Jetzt werden sie erfahren, wie teuer Vergeltung sein kann.«

Neven wollte etwas sagen, aber er brachte keinen Ton heraus. Er bestand nur noch aus Todesangst, schlimmer noch als vorhin im Casino, schlimmer als in dem Moment, als der Kriegsfürst Bojan hingerichtet hatte, ohne auch nur mit der Wimper zu zucken.

Der Grund lag in der Wahrheit dieses Augenblicks. Neven hatte das Gefühl, als hätte er einen Blick hinter die Maske geworfen, die Ramaas bislang immer getragen hatte. Bis jetzt hatte er gar nicht gewusst, dass es diese Maske überhaupt gab.

Das Wesen dieses Mannes, den er für einen talentierten,

aber ungebildeten Banditen gehalten hatte, einen skrupellosen Killer, der im Grunde genommen damit zufrieden war, als König über seine weit entfernte Ödnis zu herrschen, war ihm schlagartig bewusst geworden. Und jetzt musste Neven Kurjak mit dem Fluch der Erkenntnis leben, die ihm seine eigene Kurzsichtigkeit unmissverständlich vor Augen führte. Ohne jede Chance auf ein Entkommen wusste er mit einem Mal haargenau, was für ein Mann Ramaas war, und dieses Wissen entsetzte ihn bis ins Mark.

Falls es wirklich einen Gott gibt, dachte Neven, *ist das seine Art, mich für all die Sünden, die ich begangen habe, zu bestrafen?*

»Ich habe einen Plan«, schwadronierte Ramaas weiter. »Er wird in die Tat umgesetzt werden. Du wirst mir den Code geben. Du wirst mir helfen, Kurjak. *Darum* bist du noch am Leben.«

»Ich kann nicht …« Wieder wurde er von nackter Angst gepackt. Schon die leise Andeutung des Kriegsfürsten reichte aus, dass Nevens Herz anfing, wie ein Presslufthammer zu pochen. Er wollte nur noch fliehen. »Das mache ich nicht …!«

»Nein?« Ramaas neigte den Kopf zur Seite, als wäre das nicht mehr als eine unbedeutende Unannehmlichkeit. »Das ist deine Entscheidung. Aber wenn du mir nicht mehr von Nutzen bist …«

»Du bringst mich doch sowieso um, ganz egal, was ich mache!«, platzte Neven heraus. Nach diesem Ausbruch kauerte er sich auf seinem Stuhl zusammen, als wollte er sich darin verkriechen.

»Ich werde dich nicht umbringen«, verbesserte ihn Ramaas. »Genauso wenig wie die Männer, an die ich dich verkaufen werde. Jedenfalls nicht gleich. Nicht für lange, lange Zeit.«

»Ver… verkaufen?« Neven hatte damit gerechnet, dasselbe Schicksal wie Bojan zu erleiden und von einer Kugel niedergestreckt zu werden. Aber jetzt wurde ihm klar, dass es noch sehr viel schrecklichere Möglichkeiten gab.

Ramaas nickte. »Wie viele Terroristen hast du mit deinem Bruder zusammen zum Narren gehalten? Sie werden wütend sein, weil ihr ihnen ihr Geld genommen habt, und trotzdem werden sie bereitwillig für die Möglichkeit bezahlen, blutige Rache nehmen zu können. Wer wird wohl das meiste bieten, was meinst du? Ich werde dich *versteigern*.« Er grinste. »Wie Schlachtvieh.«

Neven wurde mit einem Mal sehr schwindelig, und das Deck unter seinen Füßen verwandelte sich kurzfristig in einen gähnenden Abgrund, der ihn verschluckte. Er presste die Augenlider zusammen und kämpfte gegen das Zittern in seinen Fingern an. Alle Schwäche, alle Verwundbarkeit, die Neven hatte verbergen können, solange sein Bruder an seiner Seite gewesen war, kam nun erbarmungslos zum Vorschein. Unaufhaltsam, unerbittlich wurde er in die Arme desjenigen getrieben, der die Macht in Händen hielt, und noch bevor er sich selbst darüber bewusst wurde, hatte er sich mit einem schwachen Nicken Ramaas ausgeliefert. »Was wollen Sie von mir?«

Ramaas setzte sich ihm gegenüber und fing an, Neven seinen Plan zu beschreiben. Zunächst sprach er langsam, doch mit jeder neuen Enthüllung gewann er an Schwung und Leidenschaft. Es war ein verwegener, riskanter Plan, und es gab hundert Möglichkeiten, wie er schiefgehen konnte – aber es war die Strategie eines Kämpfers, eines Raubtiers. Raffiniert, erbarmungslos, *brutal*.

Als Ramaas schließlich verstummte, dachte Neven, dass er letztendlich nichts anderes von dem Kriegsfürsten erwartet hatte. »Es gibt da jemanden«, fing er an, versuchte, ein paar Schritte weiterzudenken, die Situation irgendwie zu seinem Vorteil zu nutzen. »Ich kenne einen Mann, der Ihnen genau das geben kann, was Sie wollen. Ich kenne ihn persönlich. Wir haben in der Vergangenheit schon einmal zusammengearbeitet …«

»Gut.« Ramaas nickte mit dem Kopf. »Ich wusste, dass es richtig war, dich am Leben zu lassen. Und weiter? Erzähl mir mehr über diesen Mann.«

»Wir nennen ihn nur ›den Bäcker‹. Er ist ein Genie, ganz eindeutig. Ich weiß, wo man ihn findet, aber ich muss Sie warnen … er ist aus dem Geschäft ausgestiegen und hat sich als sehr wohlhabender Mann in den Ruhestand verabschiedet. Und er hat wenig Interesse an Geld oder an der guten Sache.«

»Das lass ruhig meine Sorge sein«, erwiderte Ramaas und stellte sich vor ein Bullauge. »Gott wird uns einen Weg eröffnen.« Draußen war es mittlerweile dunkel geworden, und Neven sah das schwache Flackern eines fernen Blitzschlags über das Gesicht des Kriegsfürsten zucken. Das Schiff fuhr direkt in einen Sturm, der über der Adria tobte. »Du wirst uns den Weg weisen, Kurjak.«

»Und dann lassen Sie mich gehen?« Noch nie in seinem ganzen Leben hatte Neven mehr Angst vor einer Antwort gehabt als jetzt.

Ramaas sah ihn nicht an. »Ich werde dich nicht umbringen«, wiederholte er.

9

»*Peur de l'avion?*«, erkundigte sich der Mann auf dem Nachbarsitz.

Marc schüttelte den Kopf und hob die Stimme, um sich über das Dröhnen der Rotoren hinweg verständlich zu machen. »Nein, das ist eher so eine Art professionelles Unbehagen …«

Unter ihnen blitzte himmelblaues Wasser auf, während die rot-weiß lackierte EC-130 dem Verlauf der französischen Küste in Richtung Ligurisches Meer folgte. Sie waren in Nizza gestartet, und es war nur eine kurze Strecke, aber trotzdem … Jedes Mal, wenn Marc über Wasser flog, drängten sich ein paar äußerst unangenehme Erinnerungen in sein Bewusstsein. Er hatte gehofft, dass man es ihm nicht ansah, aber da hatte er sich offensichtlich getäuscht.

»Ich bin früher selbst solche Dinger geflogen«, fügte er hinzu, weil er sich genötigt fühlte, seine Reaktion zu erklären. »Und ich mag es nicht, wenn jemand anders am Steuerknüppel sitzt.« Einen kurzen, schwindelerregenden Moment lang hatte er sogar das Gefühl, als würde das Meer seine Finger nach ihnen ausstrecken, um sie zu sich hinabzuziehen – es konnte sehr leicht passieren, dass man die Höhe falsch einschätzte, wenn man unkonzentriert war –, und er machte die Augen zu, um den Gedanken wieder zu vertreiben.

Es klappte nicht. Er musste an einen anderen Ozean

denken, eine halbe Erdkugel weit entfernt, und an den markerschütternden Knall, als der Westland Lynx in Diensten der Königlichen Marine mit dem Kabinendach voraus auf die Wasseroberfläche geprallt war. Marc holte einmal tief Luft, bevor die Erinnerung sich festsetzen und ihn ganz mit sich reißen konnte.

»Also ein schlechter Beifahrer, was?« Sein Sitznachbar, ein Mann Ende fünfzig, sonnengebräunt, mit Panamahut und einem kostspieligen Safarianzug, musterte ihn aufmerksam.

Marc nickte gequält. »Könnte man so sagen.« Nur mit großer Mühe konnte er verhindern, dass seine Füße sich dorthin stellten, wo eigentlich die Pedale für den Heckrotor sein mussten, dass seine Hände automatisch nach dem Höhenruder und dem Steuerknüppel greifen wollten. Er nahm alle Kraft zusammen, um diesen Drang abzuschütteln, und blickte nach draußen.

Vor ihnen lag das dicht bebaute Monaco. Sandfarbene Häuser mit orangefarbenen Dachziegeln an einem der exklusivsten und teuersten Wohnorte der Welt. Hier und da ragte ein Wohnblock oder ein Bürohochhaus aus der Masse hervor. Verspiegelte Fenster warfen die Sonnenstrahlen zurück an den wolkenlosen Himmel.

Marc sah das Stade Louis II, das auffällige Fußballstadion, während der Pilot mit einer sauberen Wende die Landung einleitete und sie auf einer breiten, über das Wasser ragenden Betonschürze sicher wieder auf den Boden brachte. Während die Rotorblätter austrudelten, spürte Marc, wie die ganze innere Anspannung sich in Luft auflöste. Er stieg aus, schlang sich seinen zerschlissenen Rucksack über die Schulter und blinzelte durch die Gläser seiner Pilotenbrille auf den vor ihm liegenden Stadtstaat.

Die ersten Geräusche, die der Wind herüberwehte,

nachdem der Hubschrauber verstummt war, waren das Schlagen der Leinen an den Masten diverser Jachten und das leise Klirren der Champagnergläser aus einem nahe gelegenen Restaurant. Die Sonne verlieh dem Ganzen einen harten, strahlenden Glanz, und für einen kurzen Moment hatte Marc fast das Gefühl, als könnte er das Geld riechen, das hier in der Luft lag.

Es war keine Überraschung, dass Ekko Solomon sich ausgerechnet hier mit ihm treffen wollte. Der Mann war schließlich Milliardär.

Am Ausgang des Heliports wartete bereits ein schwarzer Bentley Mulsanne. Neben der Fahrertür stand ein blasser Mann mit rotblondem Haar und einer wachsamen, ernsten Miene. Er trug einen legeren Anzug, der seiner kantigen Erscheinung jedoch kaum weichere Züge verleihen konnte. Malte Riis war wahrscheinlich Finne und wahrscheinlich einmal Mitglied einer militärischen Spezialeinheit gewesen, aber das war auch schon alles, was Marc über Solomons wortkargen Fahrer in Erfahrung gebracht hatte. Malte sah ihn näher kommen und wies mit einer Kopfbewegung auf die hintere Beifahrertür.

»Hallo.« Marc fühlte sich irgendwie unwohl. Malte hatte in seiner Gegenwart noch nie mehr als ein halbes Dutzend Worte gesprochen, und er wusste einfach nicht, wie er sich ihm gegenüber verhalten sollte. Aus einer Laune heraus, die er schnell wieder bereute, warf Marc seinen Rucksack auf die Rückbank des Bentley und setzte sich stattdessen auf den Beifahrersitz.

Malte bedachte ihn mit einem lauernden Blick, dann schoss der Wagen los und zischte in hohem Tempo durch die engen Straßen, durch Unterführungen und schmale Gassen voller abgestellter Mopeds.

»Also …«, begann Marc, weil er die Stille einfach nicht ertragen konnte. »Wo fahren wir eigentlich hin?«

»Rubicon«, erwiderte Malte. »Mit einem Zwischenstopp.« Sein Tonfall ließ keinen Zweifel daran, dass das Gespräch damit beendet war.

Marc stemmte sich gegen die Fliehkräfte, als der Bentley durch einen Kreisverkehr, anschließend die Avenue du Port entlang und schließlich parallel zur Küste nach Norden jagte. Als sie aus dem nächsten Tunnel wieder ans Licht kamen, sah er den Port Hercule mit seinen unzähligen Jachten und Booten vor sich liegen.

Malte beschleunigte, und Marc wurde schlagartig klar, dass sie gerade die Anthony-Noghes-Kurve passiert hatten, die den Wendepunkt des mitten durch die Stadt führenden Formel-1-Kurses markierte. Sie rasten durch den Start- und Zielbereich bis zur Kurve bei der Kirche Sainte-Dévote, und Marc spürte, wie sich ein leises Lächeln auf seine Lippen stahl. Unter anderen Umständen hätte er viel dafür gegeben, selbst eine Runde auf der Rennstrecke drehen zu können.

Doch dann war der Augenblick schon wieder vorbei. *Du bist nicht zum Vergnügen hier, Dane,* rief er sich zur Ordnung. *Konzentration.* Sie steuerten den Teil des Fürstentums an, in dem viele Wirtschaftsunternehmen ansässig waren. Ekko Solomons multinationales Unternehmen besaß ein Gebäude in der Avenue de Grande Bretagne. Es war eines von vielen, die der afrikanische Großindustrielle in zahlreichen Städten überall auf der Welt unterhielt.

Die Rubicon-Gruppe war ein Firmenkonglomerat, das im Bergbau, in der Luftfahrt, in der Biotechnologie und einem Dutzend anderer lukrativer Geschäftsfelder aktiv war. Darüber hinaus gab es unter dem Rubicon-Dach noch eine zwar kleine, aber finanziell sehr gut ausgestattete

Agentur für private Militärdienstleistungen. Diese sogenannte »Abteilung für Sonderaufgaben« wurde von Solomon persönlich geleitet und war dem Grundsatz »Gerechtigkeit vor Gewinn« verpflichtet. Im Grunde genommen war sie eine Miniaturausgabe eines staatlichen Geheimdienstes, angesiedelt am dunkelgrauen Rand der Legalität.

Vor einem Jahr in Rom hatten sich die Wege von Marc Dane und Rubicon das erste Mal gekreuzt. Damals war er auf der Flucht vor seinen eigenen Leuten gewesen und hatte sich in höchster Not dem Milliardär und seinem Team angeschlossen. In der Folge war es ihnen gelungen, eine terroristische Verschwörung aufzudecken und zu verhindern, dass der Präsident der Vereinigten Staaten von Amerika sowie Hunderte unschuldiger Zivilisten auf den Straßen von Washington, D.C., Opfer eines Mordanschlags wurden.

Sie hatten gemeinsam viele Menschenleben gerettet und – was aus Danes Sicht noch viel wichtiger gewesen war – die Verräter innerhalb des MI6 identifiziert, die für den Tod seines Teams verantwortlich gewesen waren und versucht hatten, ihm dieses Verbrechen in die Schuhe zu schieben. Doch trotz alledem waren die eigentlichen Drahtzieher, diejenigen, die all die Verräter und Terroristen gelenkt und beauftragt hatten und die Pläne für diesen ungeheuerlichen Anschlag ausgeheckt hatten, immer noch auf freiem Fuß.

Diese Tatsache nagte tagtäglich an Marc, und das war, zumindest teilweise, der Grund dafür, dass er dem MI6 ebenso den Rücken gekehrt hatte wie Solomons privatem Sicherheitsunternehmen. Die Analystenstelle bei der Abteilung für Nukleare Sicherheit der UNO war der Versuch gewesen, Klarheit zu schaffen, *Abstand* zu gewinnen. Aber jetzt war er wieder hier, angetrieben von seinem inneren

Drang, sich nicht mit halben Sachen zufriedenzugeben, von seinem übermächtigen Gespür für das, was *getan werden musste*. Trotz allem, was geschehen war, hatte er sich erneut in die gleiche Situation manövriert, die ihn beinahe das Leben gekostet hatte.

Die graue Visitenkarte, die die vergangenen Monate auf dem Boden seines Rucksacks gelegen hatte, hielt er so in der Hand, dass niemand sie sehen konnte. Er spielte damit, wog die damit verbundenen Konsequenzen ab, und steckte sie schließlich in seine Jackentasche.

In der Portier-Kurve verließ der Bentley die Formel-1-Strecke und fuhr auf dem Boulevard du Larvotto weiter am Meer entlang. Schließlich bog Malte ohne Vorwarnung scharf rechts ab und parkte vor dem Eingang eines unauffälligen privaten Pavillons. Dahinter war ein ganzer Abschnitt des exklusiven Strandes mit geschmackvollen, aber sehr unmissverständlichen Barrieren abgetrennt worden, um ihn vor neugierigen Blicken zu schützen.

Marc kam sich in seinen abgeschabten Klamotten ausgesprochen schmuddelig vor. Sie durchquerten eine weitläufige Strandbar und schlenderten über eine Terrasse mit zahlreichen Stühlen und Tischen. Gut aussehende Menschen in Tausend-Euro-Hemden und ähnlich kostspieligen Badeanzügen genossen das Meer und die Sonne. Als Marc den golden schimmernden Sand betrat, bemerkte er auch die diskreten Umrisse des Rubicon-Logos auf den Tischdecken und dem gläsernen Geschirr.

Zwei Kinder, ein Junge und ein Mädchen, die höchstens zehn Jahre alt waren, rannten lachend und schreiend an ihm vorbei. Sie warfen sich vor dem Tisch ihrer Eltern in den Sand. Die Mutter war eine gertenschlanke Frau mit langen kastanienbraunen Haaren, der Vater ein breitschultriger Mann, der Marc seltsam bekannt vorkam.

Es dauerte einen Moment, bis er wusste, woher … sie hatten sich unter gänzlich anderen Umständen kennengelernt – *Silber, aus dem Flugzeug.* Der Israeli war Solomons Pilot. Er lenkte den privaten Airbus A-340 des Milliardärs. Er sah Marc an und nickte freundlich, bevor er sich wieder seiner Frau und den Kindern widmete.

Marc blickte sich fragend um. Wenn Malte, der Fahrer, und Silber, der Pilot, hier waren, wie viele andere Mitarbeiter der Abteilung für Sonderaufgaben mochten sich wohl noch in Monaco aufhalten?

Da sah er eine Gestalt durch das seichte Wasser waten, und seine Frage war beantwortet. Es war eine Frau mit einer athletischen Figur und brauner Hautfarbe. Sie trug einen rostroten, trägerlosen Bikini und ein dünnes Tuch um die Hüften. Ihr Gesicht wurde zur Hälfte von einer riesigen Dolce-&-Gabbana-Sonnenbrille verdeckt. Dazu hatte sie sich einen großen Sonnenhut keck auf den Kopf gesetzt. Lucy Keyes. Sie schob die Brille auf ihre Nasenspitze, blickte über den Rand hinweg in Marcs Richtung und grinste ein bisschen, während sie auf ihn zukam.

»Mund zu«, sagte Malte in seinem Rücken.

Marc hustete verschämt und brachte ein Lächeln zustande. In Wirklichkeit freute er sich sehr, sie wiederzusehen. »Hallo, Lucy. Du siehst, äh, gut aus.«

»Marc Dane.« Sie musterte ihn lange von oben bis unten. »Da bist du ja. Gute Idee, das mit dem fusseligen Bart. Gibt dir so was wie Charakter.«

Er schnaubte verlegen. »Das ist eigentlich gar kein Bart, sondern nur keine Rasur.«

»Ach so. Aber die Bildschirmbräune, die hast du dir bewahrt …« Lucy pikste ihn mit ihrem langen Zeigefinger in die Brust. »Warst du im Fitnessstudio?«

»Ein bisschen«, erwiderte er. »Keine Lust mehr, mir

ständig von irgendwelchen Fremden den Hintern versohlen zu lassen.«

»*Hmm*. Steht dir gut.« Sie nahm den Hut ab und warf ihn auf einen Tisch, sodass ihre kurz geschorenen Haare zum Vorschein kamen. »Aber dass du dich so gar nicht gemeldet hast … kein Anruf, keine Postkarte. Wir dachten schon, du hättest uns vergessen.«

»Ich wüsste nicht, wie das gehen sollte«, gestand er. »Wie läuft … die Arbeit?«

Sie wechselte einen vielsagenden Blick mit Malte und ließ für einen kurzen Augenblick ihre spielerische Maske fallen. Mit einem Mal war sie nicht mehr das Model, das einer Modezeitschrift entsprungen war, sondern die kaltblütige, todbringende Scharfschützin, die er kannte. Das, was sie wirklich war. Doch dann war der Augenblick auch schon wieder vorbei, und sie setzte erneut ihr träges, jungenhaftes Lächeln auf. »Du weißt ja, wie es ist.« Sie gingen zurück zum Pavillon. »Kannst du mir sagen, wieso ich plötzlich das Gefühl habe, als würde unsere großzügig bezahlte Erholungszeit sich dem Ende entgegenneigen?«

Auf dem Flug von Kroatien nach Nizza hatte Marc immer wieder überlegt, wie er seine Erkenntnisse am besten präsentieren sollte, aber alles war ihm irgendwie gezwungen vorgekommen. Er presste die Lippen aufeinander und sagte das, was unbestreitbar war: »Ich bin da auf eine äußerst bedrohliche Entwicklung gestoßen«, sagte er. »Und ich erkenne, wenn mir etwas eine Nummer zu groß ist. Ich brauche Hilfe von Leuten, denen ich vertrauen kann.«

Sie sah ihm an, wie ernst er es meinte, und der sanfte Spott wich vollständig aus ihrer Stimme. »Also gut. Ich schätze mal, der Urlaub ist zu Ende. Sprechen wir mit Solomon.«

Der Pakistani am Steuer des Lieferwagens war viel zu gesprächig für Guhaads Geschmack, und als sie nach dem Start in Muscat endlich einmal zum Pissen anhielten, befahl er Macanay und Bidar, dass sie ihn sich vorknöpfen sollten. Nicht zu hart, natürlich, weil er ja immer noch fahren musste, aber so, dass er kapierte, dass er das Maul halten und auch nicht ständig seine *Filmi-Pop*-CD laufen lassen sollte.

Der Rest der Fahrt entsprach sehr viel eher Guhaads Vorstellungen, und sie überquerten die Grenze zwischen dem Oman und den Vereinigten Arabischen Emiraten ohne weitere Zwischenfälle. Die Zollbeamten, die sich ihre Papiere ansahen, bemerkten das blaue Auge und den trübsinnigen Gesichtsausdruck des Fahrers gar nicht.

Guhaad saß die meiste Zeit im Laderaum des Lieferwagens, bei den Koffern mit den guten Kleidern, die er für Ramaas mitbringen sollte, und hütete das digitale Satellitentelefon wie eine Henne ihr Ei. Weder die heiße, stickige Luft noch der Gestank der zusammengepferchten Männer konnten ihn daran hindern. Es war wichtig, dass er diese Mission reibungslos über die Bühne brachte. Guhaad wusste, dass Ramaas gewisse Aufträge an entfernten Orten lieber Zayd anvertraute, darum wollte er dem Kriegsfürsten beweisen, dass er dazu mindestens genauso gut in der Lage war. Die anderen beiden Männer waren lediglich eine zusätzliche Absicherung. Sie hatten große Angst vor ihm, und er vertraute darauf, dass das reichte, um sie bei der Stange zu halten.

Guhaad dachte an das Gespräch zurück, das vor ungefähr einem Tag stattgefunden hatte. Er hatte gar nicht so richtig begriffen, was das für eine Maschine war, die Ramaas da in den Schoß gefallen war, aber eine gewaltige Bombe, die auf einen Schlag eine ganze Stadt auslöschen konnte, das konnte er sich vorstellen. Er hatte gesehen, wie die Amerikaner mit ihren Luftangriffen die Verstecke des al-Shabaab in die Luft gejagt hatten. Und bei Ramaas' neuer Waffe handelte es sich vermutlich um etwas Ähnliches, nur eben viel, viel gewaltiger.

Ein Geschenk Gottes, hatte der Kriegsfürst gesagt. Guhaad war sich, was das anging, nicht so sicher, aber es war ihm auch egal. Waffen machten einen jedenfalls stärker, davon war er zutiefst überzeugt, und wenn diese Waffe die Ausländer erzittern ließ, dann war er voll dafür.

Da rief Macanay aus der Fahrerkabine seinen Namen nach hinten und berichtete, dass er die Himmelsnadel in der Ferne sehen konnte, den Turm in der Mitte der arabischen Stadt, der bis an den Himmel reichte. Guhaad trat über den schlafenden Bidar hinweg und starrte durch die Windschutzscheibe nach draußen, doch in diesem Augenblick fing das Telefon an zu zirpen, und er krabbelte hastig zurück, wollte möglichst schnell am Apparat sein.

Er ließ den Fahrer anhalten und stellte sich nach draußen in den Schatten des Fahrzeugs, steckte sich die Ohrstöpsel ein. »Ja, Boss?«, sagte er. »Ich bin hier.«

»Wo ist das?«

»Auf dem Highway. Ein paar Stunden vor der Stadt.«

Ramaas' Stimme wurde von einem seltsamen, mechanischen Echo begleitet, sodass der Kriegsfürst klang wie ein Geist aus dem Jenseits. *»Gut. Gab es irgendwelche Probleme? Sei absolut ehrlich zu mir, Bruder.«*

»Nein«, betonte Guhaad. »Alles läuft nach Plan. Ich werde Euch nicht enttäuschen.«

»Das weiß ich.« Ein Lächeln schwang in seiner Antwort mit. *»Und jetzt hör gut zu. Ich habe dir etwas mitzuteilen.«*

»Ich bin bereit.« Er ging neben dem Radkasten des Lieferwagens in die Hocke, hörte auf das Knarren und

Ticken der Karosserie. Ramaas hatte ihm bis jetzt nur sehr vage Anweisungen gegeben, und viele hätten sich dadurch wahrscheinlich verunsichern lassen. Doch Guhaad hatte vollkommenes Vertrauen zu seinem Anführer. Er wollte zwar unbedingt in alles eingeweiht sein, doch er wusste auch, dass bestimmte Dinge aus Sicherheitsgründen geheim gehalten werden mussten. Das Einzige, was ihn ärgerte, war, dass Zayd oftmals schon vor ihm Bescheid wusste. Doch dann sagte er sich, dass sich das nach dem Abschluss dieser Mission bestimmt ändern würde. Ramaas würde ihn vollends in den inneren Kreis aufnehmen. Das wusste er.

»Erstens: der Diener des Kombinats, der Mann, der Amadayo befehligt hat. Er lebt nicht mehr. Zayd hat ihn für uns getötet.«

Guhaad runzelte die Stirn. »Das hätte ich auch tun können.« Dann änderte er schnell die Tonlage. »Doch das spielt keine Rolle. Der *Gaal* ist tot. Das ist gut.« Er spuckte aus und verfluchte die Seele des blassen Mannes. »Scheiß auf das Kombinat!«

»Ja. Wir haben eine unmissverständliche Botschaft hinterlassen, Bruder. Jetzt gibt es kein Zurück mehr. Sobald es Zeit ist, werden wir uns erneut zu Wort melden.«

Guhaad leckte sich die trockenen Lippen. »Was ist mit dem … Geschenk? Bringt Ihr es mit?«

Ramaas' Tonfall veränderte sich. *»Ich habe alles in der Hand, fürchte dich nicht. In wenigen Tagen schon werde ich bei dir sein. Dann machen wir den nächsten Schritt.«*

Guhaad nickte, obwohl er wusste, dass der Kriegsfürst ihn nicht sehen konnte. »Was sollen wir machen, wenn wir in der Stadt sind?« Er begann zu hoffen, dass Ramaas auch für ihn einen Mann ausgesucht hatte, den er ermorden konnte. Er hätte ihm nur zu gerne demonstriert, dass er für eine solche Aufgabe noch besser geeignet war als Zayd.

»*Jemand erwartet dich*«, fuhr Ramaas fort. »*Dort bekommst du Essen und Unterkunft. Du musst jemanden für mich ausfindig machen. Das ist eine sehr wichtige Aufgabe, Bruder. Ich brauche diesen Mann unbedingt lebend und gesund. Er wird uns helfen.*«

»In Ordnung, Boss.« Guhaad schaffte es nicht, seine Enttäuschung zu verbergen. »Wer ist der Gesuchte?«

»*Ein reiches, verwöhntes Kind*«, antwortete der Kriegsfürst mit unverhohlener Verachtung. »*Es wird nicht schwierig sein, ihn aufzuspüren. Er stellt Bilder von sich und seinen Taten ins Internet – von seinen Autos, den Orten, die er besucht, den Frauen, mit denen er das Bett teilt. Little Jonas schickt dir eine Anleitung, wie du sie betrachten kannst.*«

»Wie lautet sein Name?«

»*Er nennt sich Kawal Daan. Aber das ist eine Lüge. Du wirst die Wahrheit zu unserem Vorteil nutzen. Gott ist auf unserer Seite, Guhaad. Du wirst es sehen.*«

Ramaas redete noch ein Weilchen weiter und erläuterte Guhaad seine Rolle, stellte sie in einen größeren Zusammenhang. Und nachdem er zunächst enttäuscht gewesen war, weil er nicht die Chance bekommen würde, Zayds Hinrichtung des blassen Mannes zu übertrumpfen, wurde ihm mit der Zeit klar, dass die Aufgabe, die der Kriegsfürst ihm übertragen hatte, sehr viel besser war. Jemanden umzubringen war schließlich keine Kunst, aber um einen anderen Mann zu unterwerfen, dazu musste man schlau sein und stark.

Der Bentley glitt in eine Tiefgarage, und Lucy brachte Marc zu einem privaten Fahrstuhl ohne Ruftaste. Stattdessen war daneben ein münzgroßes Kameraobjektiv auf

Augenhöhe angebracht. Die Türen glitten automatisch auf, und er betrat nach ihr die Kabine.

Während der Kasten aus Stahl und Glas zügig nach oben schwebte, blickte Marc sich um. Die Sicherheitssysteme bei Rubicon waren so gut wie unsichtbar, und der Hacker in ihm konnte nicht anders, als sich zu fragen, welche Geräte wohl hinter den Wänden der Fahrstuhlkabine eingebaut waren.

»Biometrische Scanner«, sagte Lucy. Sie hatte vermutlich geahnt, worum sich seine Gedanken drehten. »Mit einer hochmodernen Gesichtserkennungssoftware, Bewegungsanalyse, das ganze Drum und Dran eben.«

»Was passiert, wenn man nicht erkannt wird?« Er deutete auf den Fußboden. »Eine Falltür und ein Haifischbecken?«

»Wenn wir dich nicht kennen würden«, erwiderte sie, »würdest du niemals so weit kommen.«

Jetzt wurde der Fahrstuhl von honiggoldenem Licht durchflutet und kam inmitten eines offenen Atriums langsam zum Stillstand. Zum ersten Mal erhielt Marc die Gelegenheit, einen Blick auf Solomons privates Hauptquartier zu werfen. Allein das Stockwerk war größer als ein Fußballfeld, dazu kamen dann noch mehrere Emporen und Zwischengeschosse in luftiger Höhe. Er folgte Lucy, die die Dielen bereits betreten hatte, und konnte nicht anders, als den Kopf nach allen Seiten zu drehen und das ganze Panorama ausgiebig zu betrachten.

Milchglaswände dienten als Abtrennung für diverse Büroarbeitsplätze und Besprechungszimmer, während auf der Ostseite des großen Raumes, mit Blick aufs Meer, ein großer, diamantförmiger Bereich mit bequemen Möbeln bereitstand. Die Stadt, die sich unter ihnen ausbreitete, wirkte durch die getönten, vom Boden bis zur Decke reichenden Rauchglasscheiben auf seltsame Weise fast wie eine Spielzeugstadt.

Marc umkurvte ein modernes Kunstwerk aus alten Treibholzsparren, und dann entdeckte er auch den Besitzer des Ganzen. Er saß am anderen Ende des Atriums in einem Besprechungsraum mit gläsernen Wänden.

Ekko Solomon war Anfang fünfzig, auch wenn er gut und gerne zehn Jahre jünger aussah. Der groß gewachsene, hagere Mann trug einen schlichten cremefarbenen Leinenanzug und ein weißes Seidenhemd, das die dunkelbraune Teakholzfärbung seines Gesichts und der Hände, die gefaltet auf der Tischplatte ruhten, zusätzlich betonte. Der Besprechungsraum war schalldicht isoliert, darum verstand Marc nichts von dem, was dort gesprochen wurde, aber Solomons Körpersprache war eindeutig. Er besaß die Ausstrahlung eines Mannes, der mit sich und der Welt, die er sich geschaffen hatte, im Reinen war. In ihr bewegte er sich mit einer großstädtischen Selbstsicherheit, die Marc einfach nur bewundern konnte. Wenn er Solomon mit einem einzigen Wort hätte beschreiben sollen, er hätte den Begriff *weltläufig* gewählt.

Aber Solomon besaß noch ganz andere Facetten, auch wenn Marc davon bisher nur Andeutungen zu sehen bekommen hatte. Hier und jetzt war Solomon einer der reichsten Menschen der Welt, der einen Weltkonzern lenkte und einer persönlichen Philosophie folgte, die, falls Marc ihn einigermaßen richtig verstanden hatte, irgendwo zwischen Nächstenliebe und Selbstjustiz angesiedelt war. So war es allerdings nicht immer gewesen. Zahlreiche Geheimnisse rankten sich um seine Vergangenheit, und sie handelten von einem jungen Mann in großer Not, von afrikanischen Stammeskriegen und Kindersoldaten. Jetzt, wo Marc ihn nach langer Zeit zum ersten Mal wiedersah, fragte er sich, ob er jemals die ganze Geschichte dieses geheimnisvollen Milliardärs erfahren würde. *Will ich das überhaupt?*

Solomon hob den Kopf und sah ihm in die Augen. Mit einem kurzen Nicken begrüßte er Marc, dann wandte er sich wieder seiner Arbeit zu.

»Er hat eine Besprechung mit dem Vorstand«, erläuterte Lucy. »Ich schätze, danach sind wir an der Reihe.«

»Sie haben Dane hierher ins Büro gebracht?«, ließ sich jetzt eine Stimme vernehmen. Marc drehte sich um und sah, dass Henri Delancort quer durch den Raum auf sie zukam. Solomons Sekretär, ein waschechter Quebecer, war wie immer makellos und ausgesprochen kostspielig gekleidet, obwohl er für Marcs Geschmack immer ein klein wenig *zu* perfekt wirkte. Als wollte er sich damit vor irgendetwas schützen. Die reservierte Attitüde, die der modebewusste Kanadier Marc gegenüber an den Tag gelegt hatte, hatte sich jedenfalls seit der letzten Begegnung in keiner Weise verändert.

»Ich fand das die praktischste Lösung«, sagte Lucy stirnrunzelnd.

»He, ich stehe direkt vor Ihrer Nase«, meldete sich Marc zu Wort. »Schön, Sie wiederzusehen, Delancort.«

»Ich verzichte auf eine Erwiderung dieses Kompliments, schließlich will ich Ihre Intelligenz nicht beleidigen.« Delancort schob seine randlose Brille von der Nasenspitze weiter nach oben.

»Einfach nicht beachten«, sagte Lucy. »Er ist immer noch sauer auf dich, weil du damals Solomons Jobangebot abgelehnt hast.«

»Hab ich doch gar nicht«, erwiderte Marc ein wenig hastiger, als ihm lieb gewesen wäre. »Ich habe nur nicht …« Er seufzte. »Es ist kompliziert.«

»Das ist nach meiner Erfahrung genau der Satz, den Leute sagen, wenn sie keine überzeugenden Erklärungen mehr zur Hand haben.« Noch bevor Marc etwas erwidern konnte, fuhr Delancort fort: »Die Abteilung für Sonderaufgaben hat perfekt funktioniert, bevor Sie unseren Weg gekreuzt haben, Mr Dane. Und ebenso, nachdem Sie uns wieder verlassen haben.«

Marc blickte Lucy an. »Ach, tatsächlich?«

Sie zuckte betont unbestimmt mit den Achseln. »Wir haben nicht bloß Urlaub gemacht«, räumte sie ein.

Delancort streckte die Hand aus. »Wollen wir anfangen? Lassen Sie mal sehen, was Sie uns alles mitgebracht haben.«

Marc machte keine Anstalten, seinen Laptop aus dem Rucksack zu holen. »Das würde ich lieber selbst erledigen, wenn Sie nichts dagegen haben. Ich brauche nur einen Tisch, wo ich mich ausbreiten …«

»Hier entlang.« Delancort steuerte bereits eine flache Treppe an, die zu einem der anderen Besprechungsräume führte.

Lucy starrte ihm hinterher, und etwas verspätet fiel Marc ein, dass Delancort möglicherweise nicht der Einzige war, den er vor den Kopf gestoßen hatte. Diese Menschen hatten sich für ihn eingesetzt, hatten für ihn ihr Leben riskiert, als er vor dem MI6 auf der Flucht gewesen war, und er? Er hatte zum Dank jeden Kontakt abgebrochen, nachdem wieder Ruhe eingekehrt war. Nur um jetzt plötzlich wieder aufzutauchen, weil er etwas von ihnen wollte. *Natürlich sind sie da misstrauisch. Wäre ich auch.*

Das letzte bekannte Gesicht der Rubicon-Belegschaft saß an dem weißen Glastisch im Besprechungsraum und hatte sich mit voller Konzentration über ein verchromtes Macbook gebeugt. Kara Wei warf ihm einen raschen Blick zu und ließ ein katzenhaftes Grinsen erkennen, bevor sie, ohne an Geschwindigkeit einzubüßen, weitertippte. »Hallo. Schön, dass du wieder da bist. Was hast du für ein Gerät dabei? In den Tisch sind drahtlose Induktions-Schnittstellen eingebaut.«

Kein unnötiges Geplauder, sofort zum Punkt. Marc war es recht so. Die Dinge, die ihm durch den Kopf gingen, belasteten ihn schwer. Je früher er das alles loswurde, desto besser.«Ich komme schon klar.« Sein verbeulter Militärlaptop wirkte in dieser sauberen, auf Hochglanz polierten Umgebung völlig deplatziert, wie ein verschmiertes, klobiges Maschinenteil in einer Galerie für moderne Kunst.

Marc suchte sich eine Verbindung aus, und dann erschien der Bildschirm seines Laptops auch auf einer der Milchglaswände. Kara hatte nicht übertrieben, was die integrierte Technologie anging. Er stellte sicher, dass sein Gerät keine Verbindung mit dem Rubicon-Netzwerk aufnehmen konnte – *nur, um sicherzugehen,* sagte er sich –, und lud dann verschiedene Datensätze auf den Bildschirm. Alles waren gescannte, teilweise geschwärzte Dokumente aus dem Zentralarchiv des russischen Militärs. Marc hatte sie gestern noch heimlich aus einer schlecht gesicherten NATO-Datenbank abgezweigt.

Lucy wusste sofort, worum es sich handelte. »Was du da hast, ist aber ganz schön illegal«, sagte sie, wobei ihr New Yorker Akzent deutlich zu hören war. »Wie bist du denn da rangekommen, Dane?«

»Inoffiziell«, erwiderte er.

Delancort ließ ein theatralisches Seufzen hören. »Tja, da Sie uns nun ohnehin zu Mittätern gemacht haben, können wir auch fortfahren, nicht wahr?«

»Weil Rubicon-Mitarbeiter sich niemals in geschützte, staatliche Server einhacken würden«, sagte Kara mit sachlicher Stimme, als hätte sie den Satz irgendwo abgelesen. Delancort warf ihr einen missbilligenden Blick zu, und sie zuckte mit den Schultern. »Was denn? Damals hat es sich richtig überzeugend angehört.«

Marc fuhr fort: »Vor meiner Abreise aus Kroatien habe ich über die IAEA noch einen bestimmten Hinweis verfolgt.« Er hatte dem Europol-Netzwerk genau die Dateien abgeluchst, an die Jürgen Goss nicht herangekommen war. Es war seine letzte Aktion gewesen, bevor Schrader ihn endgültig aus dem System ausgesperrt hatte. In ein paar Tagen, einer Woche spätestens, würde der illegale Datenklau entdeckt und höchstwahrscheinlich zu ihm zurückverfolgt werden, aber dann spielte das hoffentlich keine große Rolle mehr.

»*Exile.*« Delancort las das Wort am oberen Rand der gescannten Seiten laut vor. »Noch so ein aufgeblasenes Codewort. Wofür steht das?«

Was Marc auf dem NATO-Server entdeckt hatte, hatte seine Befürchtungen weiter bestätigt. »Das ist der Deckname für ein Waffenprojekt der Russen aus dem Kalten Krieg.«

Lucy ließ ein leises Raunen hören. »Oh, davon habe ich gehört. Kleine, thermonukleare Päckchen, gut getarnt, leicht zu transportieren und zu verstecken. Die US Army hatte auch so was, ungefähr so groß wie ein Mülleimer.«

Marc holte tief Luft. »Ich habe mich an Rubicon gewandt, weil ich glaube, dass einer dieser Sprengkörper – im Widerspruch zu den Vereinbarungen über die Begrenzung strategischer Waffen – nicht nur immer noch betriebsbereit ist, sondern russischen Boden verlassen hat und nun im Besitz einer nicht staatlichen Macht ist.«

»Sie haben ja schon gesagt, dass Sie uns etwas von größter Bedeutung mitteilen wollten«, ließ sich da eine

Stimme in seinem Rücken vernehmen. Marc drehte sich um und sah Ekko Solomon mit ernster Miene den Raum betreten. »Aber das … Marc, sind Sie sich wirklich sicher?«

Seine Kehle wurde schlagartig trocken, und all die Zweifel, die ihm durch den Kopf schwirrten, schwollen zu einem lauten Dröhnen an. »Es ist nicht das erste Mal, dass ich zu hören bekomme, dass ich falschliege. Damals habe ich mein ganzes Leben weggeworfen, um das Gegenteil zu beweisen.« Er brachte das Chaos in seinem Kopf zum Schweigen und richtete sich auf. »Und ich hatte recht, so wie ich auch diesmal recht habe.«

Solomon hielt seinem Blick stand, und Marc kam es vor, als würde er direkt in seine Seele blicken. »Also gut.« Er gab Marc einen Klaps auf die Schulter und setzte sich neben Delancort auf einen Stuhl. »Ich höre.«

Lucy wäre dem Engländer am liebsten bei jedem Satz ins Wort gefallen, und es kostete sie gewaltige Überwindung, Marcs Schilderungen still und stumm über sich ergehen zu lassen. Nach anfänglichem Zögern hatte er schnell seinen Rhythmus gefunden und schilderte ihnen eine Geschichte, die ihre Augen immer größer werden ließ. Aus dem Augenwinkel sah sie, wie Kara jeden Namen, den Dane erwähnte, sofort in eine Suchmaske eingab, angefangen bei miesen serbischen Mafiagangstern und einem korrupten Polizeiinspektor bis hin zu seinen Kollegen von der NSNS-Einheit in Split.

Oberflächlich betrachtet klang Danes Geschichte über einen verlotterten, russischen General, der seine letzte Chance nutzte, um einen Batzen Geld zu machen und sich anschließend abzusetzen, durchaus glaubwürdig. Doch als er dann einige der dreistesten Schwindler dieser Welt auftreten ließ, war es mit der Glaubwürdigkeit schon nicht mehr so weit her. Sie sagte jedoch nichts und ließ ihn weiterreden, ganz im Gegensatz zu Delancort, der jede Gelegenheit nutzte, um Marcs Bericht in Zweifel zu ziehen.

Kara aktivierte noch eine Monitorwand. Darauf war eine Grafik mit der ungefähren Sprengwirkung einer Exile-Bombe zu sehen. Um unmissverständlich klarzumachen, worum es hier ging, legte sie die Grafik über eine Landkarte von Monaco. Im Zentrum der Explosion lag das Gebäude, in dem sie sich gerade befanden. Die farbigen, konzentrischen Kreise, die dieses Zentrum umgaben, zeichneten ein schauriges Bild. »Wenn die Bombe hier explodieren würde, dann würden auf einen Schlag mindestens fünfzehntausend Menschen sterben. Das ganze Gebiet nördlich des Port de Fontvieille würde ausradiert werden. Monaco würde vom Erdboden verschwinden.«

Lucy konnte nicht anders, sie musste einen Blick nach draußen werfen, auf die unter ihnen im warmen Sonnenlicht liegende Stadt. Und wenn alles das nur noch Schutt und Asche wäre?

Mit zusammengekniffenen Augen fuhr Kara fort. »Wenn wir uns das Ganze in einer dichter besiedelten Stadt vorstellen … Mumbai, Paris, Tokio … dann können wir leicht das Doppelte oder Dreifache an Opfern veranschlagen. Und damit wären nur diejenigen erfasst, die sofort tot sind.«

»*Maudit*«, sagte Delancort leise, ernüchtert durch die Möglichkeit einer so gewaltigen Zerstörung.

»Der General …« Solomon holte sie alle wieder in die Gegenwart zurück. »Seine Beteiligung verleiht den Informationen, die Mr Dane uns geliefert hat, beträchtliches Gewicht. Was wissen wir über ihn?«

Marc berichtete von Fedorins Verbindungen zum Syndikat der Kurjaks, doch dann war es wieder Kara, die aus dem unablässigen Datenstrom, der von den Rubicon-Analysten und ihrer Software fortwährend durchkämmt wurde, etwas Wertvolles herausfischte. »Wir lassen unsere Freunde vom Kombinat nie aus den Augen«, sagte sie. »Aus gutem Grund. Schließlich haben sie auf die meisten hier Anwesenden schon mindestens einen Mordanschlag verübt.«

Lucy verzog unwillkürlich den Mund zu einem sarkastischen Grinsen. Das Kombinat war ein Kollektiv von mächtigen Personen und Organisationen aus allen Teilen der Welt. Sie agierten im Schatten globaler Konflikte und betätigten sich als Interessenvertreter der Gewalttätigen, der Zornigen und der Rachsüchtigen dieser Welt. Wenn irgendwo ein Buschkrieg stattfand, ein terroristisches Attentat oder ein gewalttätiger Konflikt, dann hatte das Kombinat aller Wahrscheinlichkeit nach seine Finger im Spiel. Wenn sie die Zusammenhänge richtig erfasst hatte, waren diese Leute die Nachfahren eines geheimen Netzwerks, das seit dem Ersten Weltkrieg von den gewalttätigen Auseinandersetzungen auf dieser Welt profitierte. Und indem sie Gräueltaten nicht nur provozierten und unterstützten, sondern in letzter Zeit auch selbst *initiierten*, sorgten sie dafür, dass die internationale Angstmaschine weiterhin auf Hochtouren lief.

Marc wurde bleich, und Lucy empfand Mitleid mit ihm. Immerhin hatte Dane durch die Ränkespiele des Kombinats von ihnen allen am meisten verloren. »Soll das heißen, dass die hier auch mit drinstecken?«, wollte er wissen.

»Eine einzigartige Massenvernichtungswaffe, die auf dem Schwarzmarkt auftaucht?« Solomon verzog grimmig das Gesicht. »Es wäre ein Wunder, wenn sie nicht mit von der Partie wären.«

Kara fuhr fort. »Unsere Quellen in Moskau glauben, dass Mitarbeiter des Kombinats Oleg Fedorin gezielt denunziert und so dafür gesorgt haben, dass er in Ungnade gefallen ist. Was ziemlich gut zu der Tatsache passt, dass sein Nachfolger im Oberkommando der russischen Armee ein Freund von Pytor Glovkonin ist. Und der nimmt ja, wie wir alle wissen, eine führende Position innerhalb des Kombinats ein.«

Marc verzog das Gesicht. Er und der Oligarch Glovkonin waren einander mehr als einmal über den Weg gelaufen, und Lucy konnte sich gut vorstellen, was dem Engländer im Moment durch den Kopf ging. »Wenn sie Fedorin verleumdet haben, um diese Bombe in die Hände zu bekommen, dann haben sie einen Riesenfehler gemacht«, platzte er heraus. »Fedorin ist nämlich weg und die Bombe auch.«

»Stimmt«, sagte Kara. »Er ist vor einer Woche aus Moskau verschwunden. Seither hat ihn niemand mehr gesehen …«

»Nicht ganz.« Marc tippte einen Befehl ein und holte ein paar Aufnahmen eines älteren Mannes mit slawischen Zügen auf die Monitorwand. »Die habe ich selbst mit dem Teleobjektiv geschossen. Hier, das ist er in Split vor zwei Tagen. Und die anderen Männer da haben ihm vermutlich die Bombe abgekauft.«

»Dann lokalisieren wir diese Kurjaks«, schlug Delancort mit einem Seitenblick auf Solomon vor. »Sir, wenn Sie dazu bereit sind, dann könnten wir diese Sprengvorrichtung vielleicht selbst erwerben und sie der NSNS übergeben, bevor die Serben sie …«

»Zu spät«, fiel Marc Delancort ins Wort. »Einer der Kurjak-Brüder ist tot, und der andere befindet sich in der Gewalt des Mannes, der die Bombe jetzt besitzt. Er heißt

Ramaas und wollte mich überfahren, als ich versucht habe, ihn an der Flucht zu hindern. Ich habe ihm in die Augen geschaut und erst später seinen Namen ermittelt …« Er holte das nächste Bild auf den Schirm, ein grobkörniges Foto eines bulligen, dunkelhäutigen Mannes mit zahlreichen Narben und Rastalocken. »So hat er in den späten Neunzigern ausgesehen. Ein neueres Foto habe ich leider nicht gefunden. Die Frisur hat er mittlerweile verändert, aber sein Verhalten nicht. Das Foto stammt aus der Kartei des Anti Piracy Operations Centre auf den Seychellen.«

»Ich überprüfe das …«, sagte Kara und gab die Daten ein. »Die NATO-Mission zum Kampf gegen die Piraterie im Golf von Aden, also die *Operation Ocean Shield*, verfügt über eine eigene Datenbank, und dort gibt es auch eine Akte über ihn. Da ist sie ja. *Abur Ramaas*. Er hat wohl zahlreiche Überfälle im Golf von Aden organisiert und auch aktiv daran teilgenommen. Außerdem soll er Kontakte zu diversen somalischen Räuberclans und zum extremistischen al-Shabaab unterhalten.« Je mehr sie las, desto besorgter klang ihre sonst so muntere Stimme. »Jede Menge Haftbefehle. Der Kerl hat einen Haufen Unheil angerichtet.«

»Und jetzt verdächtigen wir ihn, eine Atombombe in seinen Besitz gebracht zu haben?« Delancort warf Marc einen Blick zu. »Mr. Dane, ich denke, ich spreche für alle hier Anwesenden, wenn ich sage, dass Sie bei der Beschreibung der Situation als *bedrohlich* eine außerordentlich vorsichtige Wortwahl getroffen haben.«

Solomon faltete die Hände. »Wir werden handeln«, entschied er nach einer kurzen Stille. »Henri, weisen Sie unsere Leute an, auf der Grundlage von Mr. Danes Informationen noch mehr Daten zu beschaffen.«

»Sir …« Lucy hörte den Widerspruch, noch bevor

Delancort ihn formuliert hatte. »Falls diese Bombe tatsächlich existiert, falls sie sogar einsatzbereit sein sollte, sollten wir dann nicht überlegen, die Sache in mächtigere Hände zu legen? Wir könnten unsere Kontakte zur UNO oder ins US-Außenministerium nutzen.«

»Die UNO sieht hier keine ernst zu nehmende Bedrohung«, meldete sich Marc zu Wort. »Der Zug ist abgefahren, das können Sie mir glauben. Und die Amerikaner haben noch nie geglaubt, dass die Russen imstande sind, eine kompakte Atombombe zu bauen, weil sie es selbst nicht hinbekommen haben. Ohne zwingende Beweise wird es sehr schwer, irgendjemanden davon zu überzeugen.« Er hielt inne. »So, wie es für mich gerade sehr schwer ist, *Sie* zu überzeugen.«

Stille breitete sich im Raum aus, und es war klar, dass Solomon das letzte Wort haben würde. Lucy betrachtete seine regungslose Miene. Letztendlich musste er alleine bestimmen, wie es jetzt weitergehen sollte. Rubicon war sein Unternehmen, es war sein Vermögen und seine Entscheidung.

»Ich glaube, dass kleine Dinge oft eine große Wirkung entfalten können«, fing Solomon an. »Ich glaube, man kann sich nicht immer darauf verlassen, dass einzelne Staaten das tun, was getan werden muss und wann es getan werden muss. Genau deswegen, um in diese Bresche zu springen, wurde diese Gruppe gegründet. Dazu sind wir da. Wenn die Welt bedroht wird und es in meiner Macht steht, etwas dagegen zu unternehmen, dann *werde ich das tun*!«

Solomons Worte beendeten die Versammlung. Kara verließ als Erste den Raum. Sie konnte es, wie üblich, kaum erwarten, alle möglichen Informationen für die bevorstehende Operation aus dem Netz zu fischen. Lucy erhob sich zusammen mit Delancort, nur Solomon saß noch auf seinem Platz und bedeutete Marc, näher zu kommen.

»Sir?« Ein fragender Ausdruck huschte über Delancorts Gesicht.

»Henri, Lucy, lassen Sie uns bitte allein«, sagte Solomon.

Nachdem die anderen den Raum verlassen hatten, klappte Marc seinen Laptop zu und holte tief Luft. Eine große Last hob sich von seinen Schultern, und er hatte plötzlich nicht mehr das Gefühl, ins Leere zu sprechen, verzweifelt auf der Suche nach irgendjemandem, der ihm Glauben schenkte. »Danke«, sagte er schließlich.

»Ich muss mich bei *Ihnen* bedanken«, entgegnete Solomon. »Nach dem Zwischenfall in Amerika … ohne Ihre Hilfe hätte das Kombinat zusammen mit den Terroristen des Al Saif ein grauenhaftes Blutbad angerichtet. Alleine wäre ich dagegen machtlos gewesen. Sie haben mir zu einem Sieg in einem lang anhaltenden Krieg verholfen, in dem sich nur wenige solcher Möglichkeiten bieten.«

Marc nickte. Es war ein gutes Gefühl, etwas richtig gemacht zu haben. Und etwas verspätet wurde ihm bewusst, wie lange es schon her war, dass er dieses Gefühl verspürt hatte.

»Trotzdem muss ich Ihnen eine Frage stellen«, fuhr Solomon fort. »Was wollen Sie von mir, Mr. Dane? Sind Sie nur gekommen, um mich zu informieren und dann … wieder wegzugehen? Zurück zur NSNS oder irgendwo anders hin?«

Marc runzelte die Stirn. »Also, um ganz offen zu sein, so weit habe ich noch gar nicht gedacht.«

»Dann lassen Sie es mich anders formulieren. Fühlen Sie sich in dieser Sache jetzt nicht mehr länger verantwortlich? Das frage ich Sie völlig wertfrei. Oder möchten

Sie sich uns anschließen, falls wir eine Lösung dieser schwierigen Situation anstreben?«

»Ich …« Marc spürte, wie ihm das Blut ins Gesicht schoss. »Ich habe Ihnen alles gegeben, was ich habe. Darüber hinaus …« Er schüttelte den Kopf, und Gesa Schraders Worte fielen ihm wieder ein. »Ich bin kein Operativagent, Mr. Solomon. Das habe ich vor einem Jahr auf die harte Tour erfahren, als ich nur mit knapper Not dem Tod von der Schippe gesprungen bin.«

»Ich glaube, da muss ich Ihnen widersprechen«, erwiderte sein Gesprächspartner. »Sie sind einfallsreich. Tatkräftig. Zielstrebig.«

»Ich hatte einfach nur *Glück*«, erwiderte Marc bitter, während die mittlerweile verheilte Schusswunde in seinem Unterleib sich spürbar zusammenzog. »Gerade so viel, dass es gereicht hat.«

Solomons Blick wurde härter. »Sie stellen Ihr Licht unter den Scheffel, und ich glaube, das wissen Sie auch. Ich glaube – selbst wenn Sie es nicht zugeben wollen –, dass Sie *mitwirken* möchten.« Er beugte sich vor. »Sie wollen herausgefordert werden.«

Marc fiel nichts ein, was er darauf hätte erwidern können. Solomon schob seinen Stuhl zurück, stand auf und hielt kurz inne, um seine Ärmel geradezuziehen.

»Was Sie als Nächstes machen, ist Ihre freie Entscheidung«, sagte er, »aber ich möchte Sie bitten, wenigstens noch eine kleine Weile hierzubleiben und Kara zu unterstützen. Dieses Büro hier dient unter anderem auch als lokales Krisenzentrum für komplexe Datenbankprozesse, und da können Ihre Kenntnisse mit Sicherheit hilfreich sein.« Im Gehen fügte er hinzu: »Und wer weiß, vielleicht ändern Sie in der Zwischenzeit doch noch Ihre Meinung.«

10

Guhaad war Hitze gewohnt, aber die Luft hier in dieser größten Stadt der Vereinigten Arabischen Emirate fühlte sich irgendwie seltsam an, jedenfalls war ihm nicht besonders wohl. Seine Haut reagierte empfindlich, und er konnte sich nicht entspannen. In seiner ersten Nacht in Dubai hatte er überhaupt nicht geschlafen. Er war in einem kasernenähnlichen Gebäude untergeschlüpft, das früher einmal als Unterkunft für Wanderarbeiter gedient hatte, jetzt aber abgerissen und so dem ewigen Kreislauf aus Abbruch und Wiederaufbau in dieser Stadt einverleibt werden sollte. Irgendwann hatte er aufgegeben, hatte sich ein wenig Khat gegönnt und den Geräuschen der Großstadt in der Nacht gelauscht, dem beständigen Rauschen des Verkehrs, der auf den vielspurigen Schnellstraßen dem ersten Licht der Dämmerung entgegengerast war.

Ramaas hatte gesagt, dass sie von einem Mann erwartet würden, und wie üblich hatte er recht behalten. Der pakistanische Fahrer war froh gewesen, als er Guhaad, Macanay und Bidar losgeworden war, und hatte so schnell wie möglich das Weite gesucht. Der Kontaktmann hatte sie mit Essen und Wasser versorgt, und danach hatten sie sich ausgeruht und per Satellitentelefon mit Little Jonas in Mogadischu Kontakt aufgenommen. Jonas' Gesicht war auf dem Display nur sehr grob und unscharf zu erkennen gewesen, und seine ruckartigen Bewegungen hatten Guhaad irgendwie an eine Zeichentrickfigur erinnert, aber er hatte ihm alles mitgeteilt, was nötig war.

Jetzt war es schon später Nachmittag, und sie rollten in einem silbernen Mercedes-Geländewagen die Al Marsa Street entlang, die in südwestlicher Richtung am Jachthafen entlangführte. Guhaads Blick wanderte jedoch immer wieder zur anderen Straßenseite, wo sich ein ganzer Wald aus Wolkenkratzern bis weit jenseits des Jumeirah-Lakes-Viertels erstreckte. Die Hochhäuser sahen aus wie seltsame außerirdische Maschinen aus Glas und Stein, Dinge aus einer anderen Welt und einer anderen Zeit, die auf ihrem Marsch zum Meer erstarrt waren. Er war erst seit einem Tag in der Stadt, aber bereits jetzt hatte er eine grundsätzliche Abneigung gegen sie entwickelt. Irgendwie kam ihm das alles hier unwirklich vor. Wenn er sich vor einen dieser Türme stellte und mit der Faust dagegenschlug, ob er dann überhaupt auf Widerstand treffen würde? Oder würde sich das Ganze als hohles Gebilde aus Staub und lebloser Luft entpuppen? Guhaad schüttelte sich, um das Bild wieder loszuwerden. Es war der Schlafmangel, der ihm solche Hirngespinste vorgaukelte.

Macanay saß auf der Rückbank und betrachtete die Umgebung durch ein klobiges Pentax-Fernglas. Neben ihm lagen etliche ausgedruckte Fotos, hauptsächlich aus diversen sozialen Medien. Sie alle zeigten einen jungen Mann mit olivbrauner Haut in unterschiedlichen Posen. Einmal saß er zusammen mit zwei spärlich bekleideten Supermodels in einer Badewanne voller Eiswürfel, ein anderes Mal hielt er ein illegal erworbenes Tigerbaby an der Leine. Hier lehnte er selbstgefällig an einem Privatjet, dort zog er gerade an einer vergoldeten Wasserpfeife, die die Form einer Kalaschnikow hatte. Dazu gab es noch ein halbes Dutzend Aufnahmen von einem dunkelroten Maserati Ghibli einschließlich der stark vergrößerten Kennzeichen. Damit die Fotos nicht ständig auf den Boden rutschten, hatte Macanay seine schallgedämpfte Beretta daraufgelegt. Die gleiche Waffe steckte auch im Türfach neben Guhaad, wo er sie bequem erreichen konnte.

Guhaad hatte sich die Bilder vorhin schon angeschaut, besonders die, auf denen sinnliche Frauen in spärlicher Kleidung zu sehen waren. Der Anblick hatte in ihm ein Gefühl der Zerrissenheit ausgelöst, hatte ihn zugleich erregt und abgestoßen. Er konnte nicht verstehen, wieso, und das versetzte ihn in eine gereizte Stimmung.

Was Little Jonas mit seinen digitalen Spitzeldiensten herausgefunden hatte, war, dass der Mann auf den Fotos praktisch den gesamten gestrigen Abend in einem Klub bei der Pferderennbahn draußen in Meydan verbracht hatte, bevor er schließlich noch eine private Party in einer Penthousewohnung des exklusiven Silverene Tower besucht hatte. Alles das hatten er und seine reichen Freunde mit zahlreichen Fotos und Kurznachrichten ausführlich dokumentiert. Guhaad hatte gedacht, dass die Suche nach diesem Mann zumindest eine kleine Herausforderung werden könnte, doch das Zielobjekt hatte keinerlei Interesse an einem unauffälligen Lebensstil, sondern schien seine Prahlereien gar nicht schnell genug in alle Welt hinausposaunen zu können.

Macanay schnellte hoch. »Da ist er«, stieß er eilig hervor und zeigte mit seiner freien Hand nach vorne. »Schnell, Bidar, da rüber!«

Guhaad blickte in die angezeigte Richtung und sah den feuerroten Maserati aus einer Nebenstraße kommen. Ohne ein Wort zu sagen, lenkte Bidar den Geländewagen über mehrere Spuren und setzte sich hinter das Auto der Zielperson. Als unmittelbar vor ihnen eine Straßenbahn quer über die breite Straße rumpelte, mussten sie anhalten.

Um diese Tageszeit herrschte kaum Verkehr. Die Sonne hatte gerade erst den Zenit überschritten, und die meisten Bewohner Dubais hielten sich im Inneren der klimatisierten Gebäude auf – die reicheren schliefen nach den Exzessen der vergangenen Nacht womöglich noch. Durch die gnadenlose Hitze des Tages erwachte die Stadt immer erst zum Leben, wenn die Sonne hinterm Horizont verschwunden war. Guhaad hätte diesen Auftrag lieber bei Dunkelheit durchgeführt, aber das hätte eben auch mehr Augenzeugen bedeutet und das Risiko eines Fehlschlags vergrößert.

»Keine Polizei in Sicht«, sagte Bidar. »Am besten schlagen wir sofort zu.«

»Noch nicht«, erwiderte Guhaad und griff nach seiner Pistole. »Aber macht euch bereit.«

Der Maserati ließ den Motor aufheulen und schoss davon, kaum dass die Ampel auf Grün gesprungen war. Bidar hatte alle Hände voll zu tun, um wenigstens einigermaßen unauffällig mitzuhalten. Nachdem sie die riesigen überwässerten Grasflächen eines Golfklubs zu ihrer Rechten passiert hatten, fuhren sie in einem weiten Bogen unter einer Überführung mit einem Autobahnkreuz hindurch. Bidar trat das Gaspedal bis zum Anschlag durch. Auf dieser Strecke gab es keine Überwachungskameras.

Der Mercedes schob sich neben den Maserati. Gleichzeitig glitten die Seitenfenster nach unten. Es war dunkel im Inneren des Wagens, sodass Guhaad und Macanay so gut wie unsichtbar waren, als sie ihre Pistolenläufe auf den Fensterrahmen legten und jeweils eine Kugel in den Vorder- beziehungsweise den Hinterreifen der schnittigen roten Limousine jagten.

Kaum waren die beiden Reifen geplatzt, geriet der

Maserati ins Schleudern, drehte sich um die eigene Achse, prallte gegen eine Leitplanke, bäumte sich auf und rutschte schließlich über die Fahrbahnbegrenzung hinweg. Anschließend rammte er ein Verkehrszeichen und blieb zitternd auf dem Mittelstreifen liegen.

Bidar stieg in die Eisen, und schon im nächsten Moment war Guhaad nach draußen gesprungen, dicht gefolgt von Macanay. Er rannte zu dem verunglückten Wagen und riss die hintere Tür auf. Eine dunkelhaarige Frau – eigentlich eher ein Mädchen – in einem zerknitterten schwarzen Abendkleid fiel heraus. Sie zitterte und weinte, stand nach dem unerwarteten Unfall noch völlig unter Schock. Eine zweite, die ähnlich aussah und ähnlich gekleidet war, lag lauthals fluchend halb auf ihr.

Als Guhaad das aufgeregte Geschrei der beiden jungen Frauen hörte, brannte eine Sicherung in ihm durch. Er packte die erste an ihren schwarzen Haaren und zerrte sie vollends auf die Straße. Dann fuchtelte er erst ihr und dann der zweiten mit seiner Pistole vor der Nase herum. »Verschwindet, ihr Huren«, schrie er sie an. »Wir wissen, wer ihr seid. Ein Wort darüber, und wir finden euch.«

Beide sahen Guhaads Gesicht, seine Pistole und Macanay, der ebenfalls bewaffnet hinter ihm stand. Sie brauchten keine zweite Aufforderung und rannten die Straße entlang. Bei jedem Schritt klatschten ihre nackten Füße auf den heißen Asphalt.

Guhaad beugte sich in den Maserati und sah, dass der junge Mann, den sie suchten, sich ganz in die Ecke der Rückbank gedrückt hatte. Er machte einen benommenen Eindruck, aber vielleicht war er auch einfach nur verkatert. Erst blinzelte er Guhaad an, dann fiel sein Blick auf die Pistole.

Auf dem Fahrersitz kämpfte ein zweiter Mann, der wohl

so eine Art Dienstbote war, mit dem aufgeplatzten Airbag und versuchte dabei, sich aus dem Sicherheitsgurt zu befreien. *Ein Leibwächter*, dachte Guhaad angesichts des muskulösen Körperbaus und des Alters des Mannes.

Er schoss zweimal aus nächster Nähe durch die Rückseite des Fahrersitzes. Rote Nebelschwaden hüllten den weißen Airbag und das Lenkrad ein. Dann richtete er die Pistole auf die Zielperson. »Kawal Daan«, sagte er. »Aussteigen oder ich töte dich.«

Der junge Mann erstarrte. Das Gesicht, das Guhaad auf all diesen Fotos gesehen hatte, das Gesicht, aus dem so viel Arroganz und unverdiente Privilegien sprachen, dieses Gesicht war jetzt das eines zu Tode erschrockenen kleinen Jungen. Macanay machte die Tür auf und zerrte ihn ins Freie, schleifte ihn zu dem wartenden Mercedes.

Guhaad holte eine zylinderförmige Granate aus seinem Hemd, zog den Sicherungsstift ab und warf sie auf den Rücksitz des Maserati. Dann trat er die Tür ins Schloss, rannte zurück zu dem Geländewagen und stieg ein, während die weiße Phosphorladung explodierte und den Innenraum des Maserati in Brand setzte.

Bidar rammte den Fuß aufs Gaspedal, sie beschleunigten und ließen die zerfetzte Leitplanke hinter sich. Guhaad drehte sich zu dem jungen Mann um, der schlotternd neben Macanay saß, der ihm wiederum die Pistole in die Magengrube drückte.

Die ersten Worte des Gefangenen lauteten: »Ich habe sehr viel Geld«, ganz so, als ob das sein Passierschein in die Freiheit wäre. Er redete hastig und wiederholte sich ununterbrochen. »Ihr solltet mich nicht umbringen. Ich kann euch reich machen.«

»Tatsächlich?« Guhaad neigte den Kopf zur Seite. »Und was, wenn ich dein Geld gar nicht haben will, Kawal?«

Guhaad hatte den Namen des jungen Mannes erneut ganz beiläufig ausgesprochen, und dieser blinzelte. Die Vorstellung, dass jemand kein Interesse an Geld haben konnte, schien ihm nicht in den Kopf zu gehen. »A-a-aber warum habt ihr mich dann entführt?«

Guhaad lächelte und bedeutete Macanay, seine Pistole wegzustecken. Weit hinter ihnen zuckte ein greller Blitz auf, als der Maserati von einem Feuerball verschlungen wurde. »Das war nur eine kleine Demonstration«, erwiderte er, holte eine Khat-Kugel aus seiner Tasche und steckte sie sich in den Mund. »Eine Lektion. Damit du weißt, dass wir es ernst meinen.« Er grinste, und auch der junge Mann ließ ein schwaches Lächeln sehen. »Wir werden nämlich Geschäftspartner.«

»Was?«

Guhaad kaute genüsslich, kostete das Gefühl der Macht in vollen Zügen aus. »Wir wissen, wer du wirklich bist, *Kawal Sood*.« Er zeigte mit dem ausgestreckten Finger auf ihn. »Du wirst mir alles über deinen Großvater erzählen.«

Schlagartig veränderte sich Kawals Miene. Die erschöpfte Angst wich einem mürrisch-pubertären, schiefen Grinsen, und er schien augenblicklich zu vergessen, in welcher Lage er sich befand. »Der? Ich hasse den alten Sack!«

Als es hinter ihm an die Glaswand klopfte, hob Marc den Blick von seinem Laptopmonitor. Eine Tür glitt auf, Lucy trat ein und stellte ihm eine Tasse Kaffee hin. Dann stellte sie sich an das Fenster am anderen Ende des Besprechungsraums, ließ den Blick über Monte Carlo schweifen und nippte an ihrer eigenen Tasse.

»Danke«, sagte Marc. »Du hast dich umgezogen.« Statt des Strandoutfits von vorhin trug sie jetzt eine robuste Jeans und ein Baumwollhemd.

»Arbeitskleidung«, erwiderte sie. »Gewissermaßen.«

»Die Kevlarwesten sind auch nicht mehr das, was sie mal waren«, meinte er.

Lucy sah ihn mit gerunzelter Stirn an. »Ich gehe nicht davon aus, dass ich heute schon unter Beschuss gerate. Frühestens morgen.« Sie wies mit einer Kopfbewegung auf seinen Computer. »Und, hast du noch was entdeckt?«

Er seufzte und schüttelte den Kopf. »Ich weiß nicht. Ich bin nur… Na ja, Kara hat mir Zugang zu ein paar Rubicon-Datenbanken gegeben. Die habe ich nach eventuellen Verbindungen zu den Kurjaks durchsucht, aber nichts gefunden…« Marc hielt inne. »Dann habe ich alle verfügbaren technischen Angaben über die Exile-Bombe gelesen, und jetzt konzentriere ich mich gerade auf Ramaas.«

»Der Pirat.« Sie sah sich das Bild des Mannes auf dem Monitor an. »Johnny Depp ist er ja nicht gerade.«

»Ich mache erst mal das, was jeder Analyst machen würde, ganz standardmäßig, und versetze mich in seine Lage. Wo will er hin? Auf welchem Weg wird er Kroatien wahrscheinlich verlassen?«

»Nicht mit dem Flugzeug«, meinte Lucy. »Er ist bestimmt nicht so blöd, mit radioaktivem Gepäck eine Flughafenkontrolle zu riskieren, auch, wenn es nur ein kleiner Flughafen ist.«

»Stimmt. Und an den Grenzübergängen, sowohl bei der Bahn als auch auf den Straßen, gibt es dank der IAEA auch überall Strahlenmessgeräte. Die würden auf jeden Fall anschlagen, es sei denn, Ramaas legt seinen Koffer in einen Bleisarg. Und da er Neven Kurjak mitgenommen hat, wird er das alles auch wissen.«

»Also bleibt nur das Meer«, sagte sie.

»Und er ist Seemann«, fügte Marc hinzu und nickte.

»Seine somalische Heimat ist weit weg. Was wird er also tun? Er entscheidet sich für etwas Vertrautes. Ein Schiff.« Marc neigte den Bildschirm so, dass sie die Liste mit den Namen erkennen konnte.

»MV *Pride of Trieste.* MV *Madonna and Child.* FV *Demolidor.* MS *Valerio Luna.* MV *Falcon Azure …*« Lucy las die ersten Namen laut vor, aber auf der Liste standen noch etliche Dutzend mehr. »Was ist das?«

»Eine Liste mit allen registrierten Booten und Schiffen, die das betreffende Gebiet im Lauf der letzten zweiundsiebzig Stunden verlassen haben«, erklärte er ihr. »Die Adria ist ein viel befahrenes Gewässer. Linienschiffe und Fähren können wir höchstwahrscheinlich ausschließen, aber die Jachten und Handelsschiffe … das sind Hunderte. Und Ramaas könnte auf jedem davon untergekommen sein.« Sein Hals war völlig verkrampft vor Anspannung, und er drehte vorsichtig den Kopf hin und her. »Viel zu viele Informationen. Dafür, dass Solomon ein privater Unternehmer ist, stehen ihm erstaunlich viele Daten zur Verfügung.«

»Er hat eben jede Menge Kontakte«, erwiderte Lucy und umschiffte damit Marcs leise Andeutung, dass womöglich nicht jede Information auf legalem Weg erworben worden war. »Man könnte vielleicht sagen, dass viele Leute ihm den einen oder andere Gefallen schuldig sind.«

Marc nickte. »Ich auch.«

»Hmm.« Lucy lehnte sich mit dem Rücken an die Fensterscheibe und verschränkte die Arme vor der Brust. »Das Komische ist, dass Solomon das genau andersrum sehen würde. Aber er ist, was das angeht, ein ziemlich ungewöhnlicher Mensch.«

»Das stimmt«, pflichtete Marc ihr bei. »Es gibt nicht viele Männer, die ein Vermögen machen und dann über

Nacht beschließen, eigenhändig für mehr Gerechtigkeit zu sorgen. Abgesehen von Bruce Wayne natürlich.«

Lucy schüttelte den Kopf. »Das ist nicht über Nacht passiert. Solomon hat einen langen Weg hinter sich.« Dann verstummte sie, und Marc hatte das Gefühl, dass sie mehr preisgegeben hatte, als sie wollte. Eigentlich hätte er gerne noch ein bisschen weitergebohrt, doch aufgrund seiner Erfahrungen in der Vergangenheit wusste er, dass sie sich dann ganz verschlossen hätte.

Marc wandte sich wieder seinem Computer zu. Auf dem Monitor türmten sich gewaltige Mengen von digitalen Informationen. »Soll ich dir mal was sagen? Ich … ich hätte nie gedacht, dass ich wieder zurückkommen würde. Dass ich je wieder für Rubicon arbeiten würde.«

»Machst du das denn?« Lucys beiläufiger Tonfall war trügerisch. »Um ehrlich zu sein, ich habe gewusst, dass du wiederkommen würdest. Mich hat nur gewundert, dass es so lange gedauert hat.«

Diese Bemerkung jagte Marc einen Schauer über den Rücken. Die Vorstellung, so berechenbar zu sein, behagte ihm gar nicht. »Irgendwie ist es nicht das, was ich wollte«, setzte er an und rang um die richtigen Worte, bis er schließlich merkte, dass er dafür keine Worte hatte. »Ach, verdammt! Ich dachte, ich weiß, was ich will. Aber jetzt bin ich mir nicht mehr so sicher.«

»Es wird nie wieder so werden, wie es früher war.« Lucys Stimme nahm einen weicheren Klang an. »Vor London? Vor Dünkirchen? Ein Leben im Laderaum eines Lieferwagens, den Blick auf ein paar Bildschirme gerichtet, während die anderen sich von einer Gefahr in die nächste stürzen?« Sie schüttelte den Kopf. »Das ist vorbei. Du hast schon vorher mit einem Bein in der Dunkelheit gestanden, bevor das Schicksal dich vollends hineingestoßen hat. Ich weiß, wie das ist, und das eine kann ich dir garantieren: Du kannst nicht wieder zurück, ohne für immer gezeichnet zu sein.«

Er wollte ihr widersprechen, aber was hätte er schon sagen können? Sie hatte recht, und das wusste er auch.

Lucy wies mit dem Daumen auf das Fenster in ihrem Rücken. »Und von denen da draußen ahnt keiner, was das bedeutet.«

Ganz allmählich nahm das vage, schwer zu beschreibende Unbehagen, das seit Monaten in ihm rumorte, Gestalt an, erhielt mit einem Mal Konturen, gab sich zu erkennen. »Ich habe gedacht, wir hätten wirklich etwas erreicht, weißt du? Einen Terroranschlag verhindert, einen Verräter überführt. Ich habe gedacht, dass das eine Bedeutung hat. Aber die eigentlichen Drahtzieher, die Leute, die dahintergesteckt haben, sind ungestraft davongekommen.« Pytor Glovkonins Gesicht tauchte vor seinem geistigen Auge auf. »Völlig unbehelligt.«

»Wir haben ihnen mehr Schaden zugefügt, als du glaubst«, erwiderte Lucy. »Das Kombinat hat dadurch viel von seiner Macht verloren, dass wir ihm das nette Tänzchen mit Al Saif vermiest haben. Nach allem, was in Washington passiert ist, sind die G-Kor-Aktien heftig abgestürzt.«

G-Kor war Glovkonins Energiekonzern und ein wichtiger Stützpfeiler für das geheime Unterstützernetzwerk des Kombinats, auch wenn das natürlich niemand beweisen konnte. Lucy erläuterte ihm, dass G-Kor in Erwartung eines vernichtenden Terroranschlags in den Vereinigten Staaten seine Lagerbestände bewusst reduziert hatte. Doch da Marc, Lucy und das Rubicon-Team diesen Anschlag verhindert hatten, hatte G-Kor Verluste in Höhe von vielen Millionen Dollar erlitten.

»Und das Portemonnaie ist nun mal ihre empfindlichste Stelle«, schloss sie ihren kleinen Vortrag.

»Aber was ist mit Glovkonin? Er ist einfach von der Bildfläche verschwunden.« John Farrier, Marcs Kollege beim MI6, hatte ihm berichtet, dass das Haus des Russen in London von einem Tag auf den anderen leer gestanden hatte, dass seine teuren Autos und sein Privatjet zusammen mit ihrem Besitzer spurlos verschwunden waren. »Er ist entkommen, genau wie Omar Khadir.«

Khadir war der Scharfrichter des Al Saif, die andere Hälfte der unheiligen Allianz zwischen den Mächtigen dieser Welt und den Terroristen. Während Lucy den Agenten des US Secret Service geholfen hatte, Khadirs Stellvertreter Jadeed Amarah festzunehmen, hatte sich der Anführer der Terrorzelle zusammen mit Glovkonin mit unbekanntem Ziel abgesetzt. Sie nickte grimmig. »Nach Washington habe ich Khadir in einer Wohnung in Belgien aufgespürt, aber bis ich dort angekommen bin, war er schon wieder weg. Allerdings hat er mir ein kleines Andenken hinterlassen.« Sie rollte ihren ausgeleierten Ärmel nach oben und zeigte ihm eine blasse Narbe auf der Innenseite ihres Unterarms. Sie stammte von einem Granatsplitter. »Nach allem, was wir hören, ist Al Saif gerade dabei, sich neu zu organisieren. Früher oder später tauchen die garantiert wieder auf. Später wäre mir lieber.«

»Mir ist schon klar, dass wir vielen Menschen das Leben gerettet haben«, sagte Marc. »Aber es fühlt sich nicht an wie ein Sieg, eher … eher so, als hätten wir die Katastrophe ein wenig hinausgezögert.«

Lucy nickte erneut. »Genau so ist es. So was ist nicht mit einem Mal erledigt. Das ist ein Marathonlauf.« Sie tippte auf den Tisch. »Und die Indizien, mit denen du zu uns gekommen bist, bestätigen das. Es wird immer irgendein Arschloch geben, das eine Bombe und einen Grund hat, sie zu zünden. Aber du darfst nie vergessen, dass es auch eine andere Seite gibt.« Sie lächelte sanft. »Du hast doch eine Schwester, stimmt's?«

Marc nickte betrübt. »Sie redet nicht mehr mit mir. Und ich habe eine Menge gutzumachen, bevor sie dazu wieder bereit ist. Schließlich habe ich ihr Leben in Gefahr gebracht.«

»Aber sie lebt und ihre Familie auch, stimmt's?«, beharrte Lucy. »Und das hat sie *dir* zu verdanken.« Plötzlich fiel ihr etwas ein, und sie holte ihr Smartphone aus der Tasche. »Genau wie das hier. Schau mal.«

Sie zeigte ihm das Foto eines Jungen im Teenageralter mit gelblichbrauner Haut, großen braunen Augen und verwuschelten schwarzen Haaren. Er alberte mit ein paar anderen Jugendlichen, die einander ziemlich ähnlich sahen, vor einem amerikanischen Farmhaus herum.

»Ist das ... Halil?« Das letzte Mal hatte Marc den Jungen in einem Schnellrestaurant am Rand eines US-Highways gesehen, nur wenige Sekunden von einem grausamen Tod als unfreiwilliger Selbstmordattentäter entfernt. Marc und Lucy hatten ihm in höchster Not das Leben gerettet.

»Ganz genau. Ich habe Kara gebeten, ihn im Auge zu behalten. Das Außenministerium hat ihn zusammen mit den anderen Kindern, die Khadir als Soldaten missbraucht hat, in ein Förderprogramm gesteckt. Es geht ihnen gut.« Sie streckte ihm das Handy entgegen. »Siehst du? Daran musst du immer denken. Nicht an die, die ihrer gerechten Strafe entkommen sind. Sondern an die, die überlebt haben, weil du etwas getan hast.«

Er wollte gerade antworten, da piepste der Laptop und ließ ein Fenster aufploppen, das alle anderen überlagerte. Marcs Augen wurden groß und größer.

»Probleme?«, fragte Lucy und spannte, als sie seine heftige Reaktion bemerkte, alle Muskeln an.

Er sprang auf und nahm den Laptop unter den Arm. »Ich muss sofort mit Kara reden!«

Von einer wirklichen Bewachung konnte eigentlich nicht die Rede sein. Sie behielten ihn nur im Blick, so, wie man es vielleicht mit einem schlecht dressierten Haustier machen würde. Neven zog den kratzigen Overall enger um seinen Körper und spazierte über das Deck des Frachters, bis er eine Stelle gefunden hatte, wo er vor dem peitschenden Regen geschützt war. Er war nicht der Einzige, und mit ein paar Handzeichen hatte Neven sich von dem griechischen Besatzungsmitglied eine Zigarette geschnorrt. Sie schwiegen einander beim Rauchen verdrießlich an, und Neven ließ sich besonders lange Zeit dafür. Die Zigarette war für ihn in erster Linie ein Vorwand gewesen, und nachdem der andere seinen Zigarettenstummel über Bord geworfen hatte, war er ungestört.

Sobald er sich absolut sicher war, dass ihn niemand beobachtete, steckte Neven die Hände in die Taschen des ölverschmierten Overalls und holte das kompakte protzig-goldene Satellitentelefon heraus. Ramaas hatte ihn nicht durchsucht und hatte bestimmt keine Ahnung, dass Neven das Ding bei sich hatte, aber bis jetzt hatte er keine Möglichkeit gefunden, es zu benutzen.

Mit wild klopfendem Herzen ließ er es hochfahren, und als er zwei Balken angezeigt bekam, spürte er, wie seine Hoffnung wuchs. Während der vergangenen Stunden hatte er ständig darüber nachgedacht, wen er anrufen sollte. Er hatte sich viele Möglichkeiten durch den Kopf gehen lassen, aber letztendlich war es weniger die Frage gewesen, wem er vertrauen konnte, als vielmehr, wessen

Loyalität er sich *erkaufen* konnte. Und damit hatte sich die Auswahl sehr schnell auf eine einzige Person reduziert.

Im Speicher des Satellitentelefons waren vier verschiedene Zahlenreihen hinterlegt. Bei der ersten Nummer – sie gehörte zu dem Wegwerfhandy, das Neven persönlich besorgt hatte – teilte ihm eine automatische Ansage mit, dass der Anschluss nicht mehr verfügbar sei. Er musste schlucken und nahm die nächste. Dabei blickte er sich hastig um. Irgendwann würde Ramaas sicherlich merken, dass Neven verschwunden war, und nach ihm suchen. Er hatte keine Ahnung, wie lange das alles dauern würde, und konnte nur hoffen, dass wenigstens eine seiner Kontaktnummern noch funktionierte.

Lucy folgte Marc quer durch das Atrium in den tiefergelegten Konferenzbereich, wo Kara Wei vor ihrem Computer saß. Er fing ohne Einleitung an zu reden, und zwar in einem Höllentempo und gespickt mit so vielen Computerfreakfachbegriffen, dass Lucy nur einen Bruchteil überhaupt verstehen konnte. Es ging um ein abgefangenes Telefonat, und er erwähnte den Namen »Horvat«. Von dem hatte er ihr auch erzählt – ein korrupter Polizist, der auf der Gehaltsliste der serbischen Schmuggler stand.

Solomon kam die Hängetreppe herunter und wurde sofort aufmerksam. »Gibt es etwa ein Problem?«

»Ich würde eher sagen, eine Gelegenheit«, erwiderte Marc, während Kara sich an einen Tisch mit integrierter Schaltkonsole setzte und anfing, die benachbarten Bildschirme neu zu konfigurieren. »Ich habe in einem Prepaidhandy, das die Kurjaks Franko Horvat zur Verfügung gestellt haben, eine digitale Wanze installiert. Das Handy ist zwar mittlerweile tot, aber ich habe gerade herausgefunden, wer der einzige Anrufer im Speicher war.«

»Das muss Neven gewesen sein, der Kurjak-Bruder, der noch am Leben ist«, ergänzte Kara, ohne ihre Arbeit zu unterbrechen.

Marc nickte kurz. »Und von eben dieser Nummer aus hat gerade eben jemand Franko Horvats Diensttelefon im Polizeipräsidium von Split angerufen.« Er unterbrach sich kurz. »Ich habe da jemanden, der für mich aufpasst.«

»Falls Neven versucht, mit jemandem in Split Kontakt aufzunehmen, können wir den Anruf wahrscheinlich über den lokalen Vermittlungsknoten abfangen«, fügte Kara hinzu.

»Wenn du dich in das SS7-Protokoll einklinkst, können wir mithören«, erklärte Marc, »und Neven vielleicht sogar lokalisieren.«

Kara hielt inne und blickte Solomon an. »Mit Ihrer Genehmigung natürlich. Weil so etwas nicht direkt … äh … erlaubt ist.«

Solomon zögerte keinen Augenblick. »Machen Sie sich an die Arbeit.«

»Wie kommst du darauf, dass Neven versucht, Horvat zu erreichen?«, wollte Lucy wissen.

Marc warf ihr einen raschen Blick zu. »Weil ich seinen Gesichtsausdruck gesehen habe, als Ramaas ihn weggeschleift hat. Und eins kannst du mir glauben – er will um jeden Preis so viel Abstand wie nur möglich zwischen sich und diesen Kerl bringen.«

Bei der letzten Nummer klingelte es endlos. Das Tuten schien überhaupt kein Ende mehr zu nehmen. Eine kalte Hand legte sich um Nevens Herz, und er stieß einen leisen Seufzer der Verzweiflung aus. Wenn das auch nicht klappte, dann war seine allerletzte Hoffnung auf Rettung dahin. Dann war Neven Kurjak voll und ganz Abur

Ramaas' Gnade ausgeliefert, und ihm blieb keine andere Möglichkeit mehr, als den Forderungen des Kriegsfürsten nachzugeben und zu hoffen, dass er sein Versprechen halten und Neven nicht töten würde, sobald er hatte, was er wollte …

»Wer ist denn da, verdammte Scheiße noch mal?«

Als die Verbindung endlich zustande kam, war Neven für einen Moment wie vor den Kopf gestoßen. Er schnappte nach Luft und drückte sich das Satellitentelefon an die Wange, kauerte sich gleichzeitig tief nach unten in den Windschatten. »Franko! Ich bin's. Leg nicht auf, um Himmels willen, bitte nicht!«

Nach einer langen Pause ließ sich der korrupte Polizist erneut vernehmen. *»Immer noch am Leben, was? Wie eine Kakerlake.«*

Neven bekam die Beleidigung kaum mit. »Ich brauche Hilfe.«

»Du kannst mich mal. Verreck doch! Ich habe genügend eigene Probleme, und die habe ich nur dir und deinem Bruder zu verdanken!«

Er verlor keine Zeit und zog den einzigen Trumpf, der ihm noch geblieben war. »Ich bezahle dich auch dafür. Ich habe Geld versteckt. Niemand weiß davon, auch die Polizei nicht. Eine halbe Million Euro.«

»Schwachsinn. Ich leg jetzt auf. Einen schönen Tod wünsche ich dir, du beschissenes Arschgesicht.«

»Nein! *Nein!*«, kreischte Neven in sein Telefon. »Verfluchte Scheiße, Horvat. Also gut, du Drecksack, du kriegst das Doppelte!« Er atmete mehrere Male tief die feuchte, salzige Luft ein und versuchte mühsam, die Fassung wiederzuerlangen. »Ich weiß, dass du's brauchst!«

Er musste einen Nerv getroffen haben, jedenfalls legte Horvat nicht auf. Im Hintergrund war das vertraute Rattern eines Vorortzuges zu vernehmen. Horvat stand irgendwo in Split auf einem Bahnsteig, und Neven wurde plötzlich von einem tiefen Heimweh ergriffen.

»*Du hast dreißig Sekunden*«, sagte der Polizist. »*Rede.*«

»Dieser irre Afrikaner, dieser Ramaas, hat meinen Bruder umgebracht!«, sprudelte Neven hervor. »Wir wollten gerade das Geschäft mit dem Russen abwickeln, da ist er einfach reingestürmt und hat alles kaputtgemacht. Er glaubt, dass er auf einer göttlichen Mission ist! Er will, dass ich ihn zum Bäcker bringe, und ich hatte gar keine andere Wahl …«

»*Was geht mich das an?*«, unterbrach ihn Horvat. »*Sogar ich weiß, dass der Bäcker schon seit Jahren tot ist. Dein neuer Freund wird nicht erfreut sein, wenn er dahinterkommt, dass du ihn angelogen hast.*« Er schnaubte. »*Du hast dir dein eigenes Grab geschaufelt.*«

»Bitte, nicht«, sagte Neven, und seine Hände fingen an zu zittern. Er merkte, wie das Gespräch ihm aus den Fingern glitt. »Hör mir einfach zu …«

»*Nein, jetzt hörst du mir mal zu*«, knurrte Horvat zurück. »*Ich hatte mir ein hübsches kleines System aufgebaut, und das ist jetzt komplett am Arsch, und zwar nur wegen euch. In der ganzen Stadt wird nach mir gesucht! Du hast keine Million Euro, du hast überhaupt nichts!*«

Die Verbindung war tot. Neven schrie auf und schickte wortlose Schreie ins Telefon, umklammerte es wie einen Talisman.

Eine Sekunde später wurde er von einer kräftigen Hand an der Schulter gepackt und herumgedreht. Ramaas stand vor ihm und dahinter der griechische Seemann, der ihm die Zigarette spendiert hatte.

»Was ist das?« Ramaas nahm ihm das Satellitentelefon aus der Hand und starrte es zornig an. Er hielt es in die

Luft und betrachtete es von allen Seiten. »Mit wem hast du telefoniert?« Er packte Neven an der Kehle und riss ihn von den Beinen. »Mit wem?«

Neven gab alles zu, haspelte ein Geständnis hervor, bettelte um sein Leben. Es dauerte nicht lange, bis Ramaas ihn fallen ließ und sich an die Reling des Frachters stellte.

»Ich bin enttäuscht«, sagte er zu Neven. »Jetzt muss ich gewisse Schritte unternehmen.« Ramaas warf das Satellitentelefon in die schwarzen Wellen, die gegen den Rumpf des Schiffes klatschten.

Neven rappelte sich auf und rechnete bereits damit, dass er ebenfalls in der gurgelnden Tiefe enden würde, doch Ramaas gab ihm ein Handzeichen. »Dieser Mann bringt dich nach unten, dann durchsucht er dich und sperrt dich ein«, sagte er. »Ich muss jetzt zum Funkgerät.«

»Kein Signal mehr«, stellte Kara fest, als die digitale Frequenzanzeige auf ihrem Laptop langsam zu einer flachen Linie wurde. »Sieht so aus, als wäre das alles gewesen.«

Marc hatte auf dem großen Monitor in ihrem Rücken dasselbe Bild vor Augen und studierte es gründlich. Das Gespräch zwischen Neven Kurjak und Franko Horvat wurde von einer intelligenten Spracherkennungssoftware belauscht, in Echtzeit in Worte umgewandelt und sofort maschinell vom Kroatischen ins Englische übersetzt. Kaum hatte die künstliche Intelligenz des Computers ihre Aufgabe erledigt, lief der Text über den Monitor.

»Standort?« Malte hatte von Anfang an konzentriert zugehört.

»Der Angerufene befindet sich im Großraum Split«, sagte Kara. »Ich habe auch den nächstgelegenen Handymast ermitteln können, aber mehr nicht.«

Marc reichte ihr einen Zettel mit Luka Pavics E-Mail-

Adresse. »Kannst du mir einen Gefallen tun und den Standort sofort an diese Adresse schicken? Zusammen mit einer Tonaufnahme des Telefonats?«

»Wer ist das?«

»Ein Polizist vor Ort«, erläuterte Marc. »Einer von den Guten. Vielleicht vergrößert das seine Chancen, diesen Widerling endlich dauerhaft hinter Gitter zu bringen.«

Kara blickte Solomon an, und dieser nickte ihr zu. Dann kam sie Marcs Bitte nach.

»Was ist mit Neven?« Lucy betrachtete den Text. »Können wir feststellen, von wo er angerufen hat?«

Marc deutete auf eine Datensequenz. »Er hat ein Satellitentelefon benutzt.« Das Präfix ließ erkennen, dass der Anruf von einem Satelliten aus einer niedrigen Umlaufbahn an einen lokalen Netzbetreiber und von dort an Horvat weitergeleitet worden war. Jetzt mussten sie noch zurückverfolgen, welcher Satellit das Signal entgegengenommen hatte, und die Positionsdaten abgleichen.

Wenige Minuten später hatten sie einen Bereich über der Adria als Ausgangspunkt des Telefonats lokalisiert. »Du hast recht gehabt«, sagte Lucy. »Er ist auf einem Schiff.«

»Aber auf welchem?« Marc verschränkte die Arme vor der Brust und musste an seine lange Liste denken. »Wie können wir das eingrenzen?«

»Mal vorausgesetzt, wir können das Schiff tatsächlich identifizieren …« Aufmerksam studierte Lucy die Karte. »Was machen wir dann?«

»Wir entern es«, schlug Malte vor. »Neutralisieren die Bombe noch auf hoher See.«

»Es gibt da nur ein Problem …« Marc schob jetzt von seinem Laptop aus verschiedene Datenpakete auf den angezeigten Kartenausschnitt. Auf dem ersten waren die

Fahrtrouten aller südwärts fahrenden Handelsschiffe als gelbe Linien zu erkennen. Als Nächstes kamen die aktuellen Wetterdaten dazu. Hässliche Wirbel standen für ein riesiges Tiefdruckgebiet, und das Radar zeigte schwere Sturmwolken an, die von der Straße von Otranto aus – einer Meerenge zwischen Italien und Albanien – nach Norden zogen. »Egal ob mit dem Boot oder dem Hubschrauber, wir würden nicht einmal in die Nähe des Schiffes kommen. Und wenn euch nichts anderes einfällt, scheidet eine Intervention auf See aus.«

Solomon nickte zögerlich. »Bedauerlicherweise haben die Schweden das A-26-U-Boot, das Rubicon im letzten Jahr bestellt hat, noch nicht fertiggestellt …« Er fuhr sich mit der Hand über das Kinn. »Aber das spielt sowieso keine Rolle. Solange wir nicht ganz genau wissen, um welches Schiff es sich handelt, können wir sowieso nur abwarten.«

Lucy starrte den Text des Telefonats an. »Was soll das da eigentlich heißen? Ist das ein Übersetzungsfehler? Vom Kontext her müsste es ein Name sein, aber irgendwie sieht es merkwürdig aus.«

»Bäcker?« Marc hatte dieselbe Stelle in den Blick genommen. »Moment mal, nicht *ein* Bäcker, sondern *der* Bäcker.«

»Ramaas handelt mit sizilianischen Cannoli?« Kara zog eine Augenbraue hoch.

»Das ist ein Deckname«, erläuterte Marc. »Der ist mir in den Kurjak-Akten begegnet. Dahinter steckt ein Bombenbastler, mit dem die Serben in der schlechten alten Zeit zusammengearbeitet haben.« Er ließ seinen Laptop nach den entsprechenden Daten suchen. »Ah, ja, genau. Soweit die NSNS feststellen konnte, hat dieser Kerl die gefälschten Atombomben gebaut, mit denen die Kurjaks in den

Neunzigerjahren so reich geworden sind. Zünder mit rotem Quecksilber und dieser ganze Mist.«

»Also eher ein Bombenfälscher als ein Bombenbastler?«, wollte Lucy wissen.

»Nein.« Marc schüttelte den Kopf, während er die Datei auf den Rubicon-Zentralrechner kopierte, damit Kara ihn zu ihrer Datensammlung hinzufügen konnte. »Die NSNS hat nie herausgefunden, wie der Bäcker tatsächlich heißt, aber allem Anschein nach hat er auch echte Bomben gebaut. Angeblich war er jahrzehntelang dick im Geschäft, seit den Anfängen des Schwarzen Septembers.«

»Ein Terrorist der alten Schule also«, meinte Kara. »Das hilft mir weiter, Dane. Ich stelle mal eine Akte über den Kerl zusammen. Vielleicht kann ich ja unsere Kontakte beim Mossad aktivieren. Die haben eigentlich immer was.«

Marcs Blick fiel auf Solomon, und ihm wurde bewusst, dass er bis jetzt nicht eine einzige Anweisung gegeben hatte. Die Mitarbeiter des Rubicon-Teams wussten alle ganz genau, welche Aufgaben sie in einer solchen Krisensituation zu übernehmen hatten, und Marc stellte fest, dass das bei ihm ganz genauso war. Das, was er hier tat, fühlte sich seltsam *richtig* an. Erst jetzt merkte er, wie sehr ihm die energiegeladene Atmosphäre gefehlt hatte, die den ganzen Raum erfasst hatte.

Im Büro seiner NSNS-Einheit hatten sich jeder Tag und jede Aufgabe wie ein mühseliger Kampf angefühlt. Aber hier war das anders. Auch wenn sie im Moment noch keinen Plan hatten, was sie gegen Ramaas unternehmen konnten, sie arbeiteten darauf hin.

Mit einem konkreten Ziel vor Augen, dachte Marc.

Das schwere Vorhängeschloss an der Tür zum Werkstattraum klirrte, und die Eisentür schwang auf. Neven saß auf einer Kiste, sah nun auf und blinzelte Ramaas an. Ihm war schlecht, und er fühlte sich ausgelaugt. Die Wellen waren immer höher geworden, während der Frachter mitten in den auffrischenden Sturm hineinfuhr, und Neven hatte es nicht einmal hier unten geschafft, sein Essen bei sich zu behalten. Der Eimer, den sie ihm als Toilette gegeben hatten, stank nach seiner abgestandenen Kotze.

Ramaas blickte Neven aus dem Winkel seines dunklen Raubtierauges an und machte dann eine auffordernde Geste. »Mitkommen«, befahl er. »Zeit für dich zu gehen.«

Jedes Mal, wenn Neven den Kriegsfürsten sah, war er überzeugt, dass es das letzte Mal war, und so war es auch jetzt. Er stemmte sich auf die Füße und fühlte sich seltsam abgespalten, als hätte eine nagende, unendliche Angst sich zwischen ihn und seinen Körper gedrängt.

Als er auf den Korridor trat, bäumte das Schiff sich auf. Auf der Steuerbordseite waren Geräusche zu hören – Metall schlug auf Metall, Kettenrasseln, Männerstimmen.

»Du glaubst, dass du jetzt sterben musst«, sagte Ramaas hinter ihm. »Aber ich habe es dir schon einmal gesagt. Das ist nicht meine Absicht. Obwohl du mir Probleme gemacht hast.«

»Ich habe sowieso nichts erreicht«, stieß Neven freudlos hervor. »Ich war so bescheuert zu glauben, Horvat würde mir helfen.«

»Niemand interessiert sich für dich. Niemand vertraut dir«, erwiderte der Somalier. »Das ist die Frucht eines Lebens voller Lügen und Täuschung. Aber dir bleibt immer noch eine Chance.«

Sie näherten sich dem Deckshaus mit der Brücke und den Mannschaftsquartieren. Neven hörte, wie über ihnen hastige Schritte über das Deck trampelten. Irgendjemand stieß in einer unverständlichen Sprache Warnrufe aus.

Dann riskierte er einen Blick nach hinten und sah, dass Ramaas den Python-Revolver seines toten Bruders in der Hand hielt.

»Läutere dich, Neven Kurjak«, sagte der Kriegsfürst. »Durch eine rechtschaffene Tat für mich und für *Waaq*. Für Gott.«

»Ich habe dir alles gesagt, was ich weiß«, murmelte Neven leise. »Was kann ich denn sonst noch machen?«

»Alles zu seiner Zeit.« Ramaas hatte kaum ausgesprochen, da ratterte eine Maschinenpistole los, und Neven hörte die Schreie eines Sterbenden.

Er zuckte zusammen und geriet ins Straucheln, musste sich vor lauter Angst an der Wand abstützen. Doch Ramaas war schnell bei ihm und zog ihn wieder auf die Füße. Noch mehr Schüsse knallten, erst über ihren Köpfen, dann weiter vorne, hinter der Tür, die zum Außendeck führte. Durch das regennasse Fenster war gelbes Mündungsfeuer zu erkennen. »Was ist denn da los?«

»Alles eine Folge deiner Taten«, erwiderte Ramaas und stieß ihn nach draußen.

Verdutzt erkannte Neven, dass der riesige Schatten über der Backbordseite des Bootes nicht von einer Sturmwolke stammte, sondern in Wirklichkeit eine schwarze, stählerne Wand war. Ein Containerschiff, das den kleinen Frachter um ein Vielfaches überragte, schwamm neben ihnen her. Zahlreiche Taue waren kreuz und quer zwischen dem Containerschiff und dem Deck des Frachters gespannt worden.

Er sah Licht auf dem größeren Schiff. Männer mit Sturmgewehren in der Hand liefen dort oben hin und her. Andere – alle groß, schlank und dunkelhäutig – huschten über das Deck des Frachters. Neven sah, wie einer von ihnen zu zwei regungslos an Deck liegenden Seeleuten trat – unweit der Stelle, wo sich die Raucher immer getroffen hatten – und jedem eine Kugel in den Kopf jagte.

Hinter ihm splitterte Glas. Ein Gewehrschuss ertönte. Dann rief jemand etwas, und Ramaas antwortete in der gleichen Sprache.

»Die Mannschaft …« Neven blickte sich um. Alle Griechen waren tot. »Warum hast du das getan?«

»Du hast das notwendig gemacht«, entgegnete Ramaas und versetzte ihm einen Stoß in den Rücken, schubste ihn dem Spinnennetz aus Tauen entgegen. »Das Telefongespräch, das du geführt hast … es kann möglicherweise bis zu diesem Schiff hier zurückverfolgt werden. Damit hast du dieses Schiff und seine Mannschaft dem Tod geweiht.« Er schüttelte den Kopf. »Ich konnte mir nicht sicher sein, dass sie wirklich schweigen würden, falls andere sie nach uns befragt hätten. Du hast mich gezwungen, meine Pläne weiterzutreiben.«

Jetzt kam einer der dunkelhäutigen Männer zu ihnen herüber und zwang Neven, eine Rettungsweste sowie ein Gurtzeug mit einem Karabinerhaken anzuziehen. Ramaas ließ ihn mit dem anderen alleine, und kurze Zeit später wurde Neven wie ein Weinfass von Bord des Frachters gehoben. Schwarze Wellen tobten unter seinen baumelnden Füßen, während er dem Rumpf des mächtigen Containerschiffs entgegenschwebte. Er kniff die Augen zusammen und hoffte inständig, dass der Albtraum bald ein Ende fand.

11

Im einen Augenblick wehte noch warme Luft über sein Gesicht, und dann, nur einen Moment später, spürte er unversehens eine kühle Abendbrise. Marc konnte keine Verbindung zwischen diesen beiden Empfindungen herstellen. Er hatte sich draußen auf dem hoch gelegenen Balkon des Rubicon-Büros unter ein schmales Vordach gesetzt, um eine kleine Pause zu machen. Dann hatte Kara ihn gegen das Bein getreten, und jetzt war er wieder wach.

»Ich bin eingeschlafen?« Er blinzelte und rieb sich die Augen. »Verdammt.«

»Lucy hat gesagt, wir sollen dich lassen. Und dass du es gut gebrauchen kannst.« Sie hielt ein Tablet in den Händen und setzte sich jetzt ihm gegenüber hin, ließ sich sehr behutsam auf die Kante eines quadratischen Korbsessels sinken, der sich nahtlos in das modernistische Möbelkonzept des Balkons einfügte. Es schien beinahe so, als scheute sie sich, es sich bequemer zu machen. Kara Wei war klein und zierlich, sodass man meinen konnte, sie würde beim nächsten kräftigen Windstoß einfach davongeweht werden.

»Ich habe gesagt, sie sollen dir einfach mehr Kaffee geben«, fuhr sie fort, »aber die anderen fanden das keine gute Idee.«

»Schlafen ist was für Schwächlinge«, erwiderte er und brachte ein gequältes Lächeln zustande. »Möchtest du was

Bestimmtes von mir?« Unsicher legte Marc die Hand auf seinen Rucksack, um sicherzugehen, dass er immer noch da war, immer noch neben ihm stand. Er wusste, dass er diesen Leuten eigentlich vertrauen konnte, aber es fiel ihm nicht leicht, so tief sitzende und schmerzhaft erlernte Instinkte einfach abzulegen.

Kara tat so, als hätte sie es nicht bemerkt, und klappte das Tablet um, als würde sie eine Spielkarte aufdecken. Das Display drehte sich automatisch in die richtige Position. »Ich habe den Kerl gefunden, der die Cannoli backt. Darf ich vorstellen: Jalsa Sood. Indischer Abstammung. Politischer Aktivist. Revolutionär. Freischaffender Bombenbauer.«

»Der Bäcker.« Marc betrachtete das Bild. Es war alt und sehr grobkörnig, die Farben schon ziemlich verblasst. Darauf war ein Mann mit schulterlangen schwarzen Haaren und stechenden braunen Augen zu erkennen. Das zerknitterte Hemd und das Jackett entsprachen ganz dem *Miami-Vice*-Chic der Achtzigerjahre. »Das ist vermutlich keine aktuelle Aufnahme, oder?«

»Er hat sich dem Blick der Öffentlichkeit sehr geschickt entzogen«, erläuterte Kara. »Der Kerl ist schlau.« Ein Hauch von Bewunderung lag in ihrer Stimme. »Ich meine, die meisten Terroristen erleben ihren vierzigsten Geburtstag nicht, und Bombenbauer schon gar nicht. Das ist ja nicht gerade ein sicheres Arbeitsfeld.«

»Ramaas will, dass Neven Kurjak ihm hilft, diesen Kerl zu finden.« Marc kehrte wieder zu der Frage zurück, die ihn beschäftigte, seit sie Nevens Anruf bei Horvat abgefangen hatten. »Aber wozu? Ich kann mir keine einzige Antwort vorstellen, die nicht zutiefst beunruhigend ist.«

»Völlig zu Recht«, meinte Kara. »Sood hat als Jahrgangsbester ein Physik- und Ingenieursstudium abgeschlossen.

Schon als Teenager hat er sich politisch engagiert, hat während der Siebziger immer wieder an gewaltsamen Widerstandsaktionen teilgenommen. Zuerst hat er für die Tamilen gearbeitet, dann hat er sich unabhängig gemacht. Das Paradebeispiel des genialen Einzelgängers mit einem Hang zu ausgefallener Waffentechnologie.«

»Wie hast du ihn gefunden?« Marc beugte sich nach vorne, nahm ihr das Tablet aus der Hand und blätterte die Akten durch, die sie aufgestöbert hatte. »Das hat die NSNS nie geschafft.«

Kara strich sich eine gefärbte Haarsträhne aus dem Gesicht und lächelte knapp. »Na ja, die haben am falschen Ort gesucht, haben seine Arbeit mit der von anderen, weniger begabten ›Bäckern‹ verwechselt und sich so selber durcheinandergebracht. Aber kein Vorwurf meinerseits, schließlich ist Jalsa Sood 2011 ermordet worden.«

Marc hob ruckartig den Kopf. »Da stimmt doch was nicht. Ramaas will sich mit einem Toten treffen?«

Kara legte den Kopf schief und spielte wieder mit ihren Haaren. »Na ja, als ich gesagt habe, dass er ermordet wurde, hätte ich vielleicht ein *angeblich* einfügen müssen.« Sie nahm ihm das Tablet wieder ab und blätterte auf der Suche nach etwas Bestimmtem ein bisschen hin und her. »Ich bin da beim Mossad auf ein paar Informationen gestoßen. Dort heißt es, dass Sood von einem seiner Kunden ermordet worden ist, nachdem er einen Auftrag verpfuscht hat. Angeblich war er nicht mehr gut genug und deshalb zum Unsicherheitsfaktor geworden.«

»Aber du glaubst, das war eine Falschmeldung?«

Sie zeigte ihm ein Bild von einem ausgebrannten Fahrzeug. »Eine Autobombe, in Libyen. Ein Ding, das jemand wie Sood aus ein paar Tüten Brausepulver und Abflussreiniger an einem Nachmittag zusammengebastelt hätte.

Der Leichnam war so verkohlt, dass er nicht mehr identifiziert werden konnte, und außerdem gibt es Hinweise darauf, dass unmittelbar im Anschluss an das Attentat der Großteil von Soods Geld spurlos verschwunden ist.«

Marc holte einmal tief Luft, während sich die verschiedenen Informationen zu einem schlüssigen Bild zusammensetzten. »Er wollte in den Ruhestand treten. Aussteigen und zwar endgültig.« Dann ließ er sich alles, was er sonst noch in der Akte gesehen hatte, durch den Kopf gehen. »Allerdings … Genies fangen schnell an, sich zu langweilen, stimmt's? Er muss den Kontakt zu den Serben aufrechterhalten haben, um sich ab und zu ein bisschen zu beschäftigen, um nicht alles zu verlernen. Ich wette, du musst nur tief genug graben, dann findest du irgendwo eine Verbindung zwischen Sood und den Kurjaks. Geldwäsche, höchstwahrscheinlich – ich schätze, dass sie sich dadurch kennengelernt haben.«

Kara nickte heftig. »Sehe ich genauso. Und wenn wir rauskriegen könnten, wo dieser lebende Tote sich versteckt hält, dann wüssten wir auch, wohin Neven mit Ramaas unterwegs ist.« Karas sachlicher Tonfall bereitete dem kurzen Rausch der Entdeckung ein ernüchterndes Ende.

»Du weißt nicht zufällig, wohin er sich zurückgezogen hat?«

»Oh, es gibt da eine lange Liste von Möglichkeiten. Verschiedentlich soll er gesehen worden sein, und die Israelis haben einige Erkenntnisse in Bezug auf sein verloren gegangenes Vermögen zusammengetragen. Griechenland. Marokko. Die Vereinigten Arabischen Emirate. Kanada. Myanmar. Aber um das alles zu überprüfen, ist noch eine Menge Lauferei nötig.«

»*Scheiße.*« Marc ließ sich gegen seine Lehne sinken und wandte sich ab, ließ den Blick über die dunkler werdende

Bucht und die vielen, auf dem Wasser schaukelnden Jachten schweifen. »Dafür haben wir keine Zeit.«

Karas Miene verdüsterte sich, Sorgenfalten gruben sich in ihre Stirn. »Die Kurjaks wissen, wo Sood sich niedergelassen hat. Und die Wahrscheinlichkeit ist groß, dass mindestens noch eine weitere Person Bescheid weiß.«

»Wer?« Marc warf einen Blick ins Büro.

»Diejenigen, die Jalsa Sood ›ermordet‹ haben.«

Das war ziemlich wahrscheinlich. Wenn Soods vorgetäuschter Tod jemals ans Tageslicht kam, dann würde das den Ruf seiner angeblichen Mörder dauerhaft schädigen. Aber wenn sie wussten, wo der Bombenbastler sich aufhielt, konnten sie sicher sein, dass er sich, aus Furcht vor einer tatsächlichen Ermordung, immer unauffällig verhielt.

»Was sagt Solomon denn zu dem allen?«

»Ich habe bis jetzt mit niemandem darüber gesprochen«, gestand Kara.

Eine bange Vorahnung ergriff von Marc Besitz. Wenn Kara das alles vor dem Rest des Rubicon-Teams geheim gehalten hatte, dann konnte es dafür nur eine, nur die allerschlimmste Erklärung geben. Sie vertraute Marc, weil er, zumindest auf dem Papier, immer noch ein Außenstehender war. »Die nächste Frage möchte ich gar nicht stellen«, sagte er, und dann tat er es trotzdem. »Wer hat die Verantwortung für die Ermordung von Jalsa Sood übernommen?«

»*Al Saif*«, erwiderte Kara leise, und die Luft auf dem Balkon wurde mit einem Mal sehr dünn. »Und wer das ist, brauche ich dir ja nicht extra zu sagen.«

Marcs Hände ballten sich ganz automatisch zu Fäusten, und er drängte die verschiedensten Erinnerungen sofort beiseite, bevor sie übermächtig wurden. Diese extremistische Terrorzelle war das Werkzeug gewesen, mit dem die mächtigen Strippenzieher des Kombinats Angst und Schrecken in ganz Europa und den Vereinigten Staaten verbreitet hatten. Sie hatten in Barcelona und Dünkirchen brutale Attentate verübt und dasselbe auch in der US-amerikanischen Hauptstadt vorgehabt. *Al Saif* bedeutete *Das Schwert*, und Marc hatte durch diese Klinge ein Leben verloren, in das er nie wieder würde zurückkehren können. Eine plötzliche Energie fuhr ihm unvermittelt in die Beine, und er wäre am liebsten aufgesprungen, um die Spannung loszuwerden, um irgendetwas kaputtzumachen …

Er atmete lange und tief ein, spürte, wie sich die Kälte in seinem Körper ausbreitete. »Hat der Mossad dir auch den Namen des Attentäters verraten?«

Kara nickte erneut, doch gerade, als sie antworten wollte, ließ sich eine andere Stimme vernehmen. »Amarah, stimmt's? *Jadeed Amarah*. Deshalb wolltest du uns nichts davon sagen.« Lucy löste sich aus dem Schatten neben der Balkontür, wo sie gestanden und Marc und Kara belauscht hatte.

Sie hatte eine kalte, unbeteiligte Miene aufgesetzt. Lucy selbst hatte Amarah letztendlich zur Strecke gebracht und Omar Khadirs skrupellosen Ersten Offizier aufgehalten, bevor er noch mehr Menschen in den Tod hatte reißen können.

»Wie lange hörst du uns schon zu?«, wollte Kara wissen.

»Lang genug«, erwiderte Lucy. »Als du Al Saif erwähnt hast, war mir schon klar, was als Nächstes kommen würde.« Sie sah Marc an. »Du weißt ja, dass Amarah der Scharfrichter der Terrorzelle war. Dann hat er also das Auto mitsamt dem armen Idioten, der sich dazu hergegeben hat, Jalsa Soods Double zu spielen, in die Luft gejagt, ja?«

»Wir wissen, wo Amarah steckt«, sagte Kara einen Augenblick später. »Er ist letztes Jahr, nach der ganzen Sache in Washington, in ein illegales CIA-Gefängnis in Polen überstellt worden.«

Marc runzelte die Stirn. »Nach allem, was in Washington passiert ist, bezweifle ich stark, dass die Central Intelligence Agency freiwillig mit uns kooperieren würde.« Er sah auf, versuchte, Lucys Gedanken zu ergründen, und scheiterte. »Hey, überleg doch mal …«

»Also gut.« Sie schnitt ihm mit einer knappen Handbewegung das Wort ab. »Reden wir mit diesem Riesenarschloch.«

»Mal ganz abgesehen von der Frage, wie wir überhaupt in seine Nähe kommen sollen …« Kara schüttelte den Kopf. »Er hat dich gesehen, Lucy. Er wird dich wiedererkennen.«

»Aber mich kennt er nicht.« Marc hatte das Gefühl, als würde gar nicht er die Worte aussprechen, die da aus seinem Mund kamen. »Ich übernehme das.«

Am vierten Tag beschloss Oleg Fedorin, dass er es riskieren konnte, ein wenig Zeit auf dem Balkon des Penthouses zu verbringen. Er trug eine dunkle Sonnenbrille und einen Panamahut und blieb immer in der Nähe der weiß getünchten Wände. Die Angst, dass in einem der Nachbargebäude ein Beschatterteam des GRU auf der Lauer lag, ließ sich nicht abschütteln. Vladimir versuchte ihn mit sanftem Drängen davon zu überzeugen, dass sie außer Gefahr waren, aber Oleg wurde seinen Verfolgungswahn nicht so einfach los. Der Geheimdienst des russischen Militärs hatte seine Augen überall, sogar hier in Brasilien, viele Tausend Kilometer von Moskau entfernt.

Irgendwann hatte die ganze Anspannung sich in einem

heftigen Streit entladen, in dem harte Worte gefallen waren. Dabei waren verschiedene Dinge ans Tageslicht gekommen, die seit dem Tag ihrer Flucht – vielleicht sogar noch länger – unter der Oberfläche gegärt hatten.

Vladimir war schließlich sehr viel jünger als er, nicht wahr? Und ausgerechnet jetzt, wo sie an einem Ort waren, an dem aus Geheimnissen Freiheiten werden konnten, hatte Oleg, anstatt die Gelegenheit beim Schopf zu packen, seine übelsten Charaktereigenschaften herausgekehrt. Er könne so kalt sein, sagte Vladimir oft. Herzlos. Und immer misstrauisch.

Das war gestern gewesen. Oleg verzog die Lippen zu einem freudlosen Lächeln, während er zum Fenster hinaus und die kerzengerade Rua Santa Clara entlangblickte, die zur Copacabana führte. Der gelb schimmernde Sand war zwischen weißen Wohnblocks und grünen Palmen gerade so eben noch zu erkennen. Im Vergleich zu dem restriktiven, konservativen Leben in Russland, wo er gezwungen gewesen war, seine Sexualität und sein wahres Ich vor allen anderen Menschen in seiner Umgebung zu verbergen, war Rio de Janeiro eine andere Welt, und zwar in jeder Hinsicht.

Immer nur misstrauisch? *Selbstverständlich war er das!* Dort im Osten hatte es gar keine andere Realität gegeben. Auf den Fluren der Macht wäre jede kleinste Andeutung, dass er ein Geheimnis haben könnte, aus dem sich Kapital schlagen ließ, sofort ausgenutzt worden, um ihn zu zerstören. Jahrzehntelang hatte Oleg Fedorin sich selbst verleugnet, und doch hatten seine Feinde zu guter Letzt die Wahrheit erfahren. Die vielen Jahre des Versteckspielens waren über Nacht bedeutungslos geworden.

Oleg hatte Angst. Jetzt war er reich, und er war entkommen, aber er hatte trotzdem Angst, dass seine Feinde ihm auf die Spur kommen würden und dass kein Geld der Welt ihn davor schützen konnte. Aber noch größer war seine Angst, dass er durch seine Entscheidungen Vladimir womöglich vertrieben hatte.

Kalt und herzlos. *Stimmt,* dachte er, *aber manchmal geht es eben nicht anders.* Das war der Preis für ihre Flucht. Ein Handel des Schreckens, bei dem sie den Serben so eine furchtbare Waffe verkauft hatten, um sich selbst ein neues Leben zu sichern. *Aber was hat Vladimir in mir gesehen, als ich diesen Handel abgeschlossen habe? Einen ängstlichen alten Narren, dem die Zukunft Tausender Mitmenschen gleichgültig ist, nur um seine eigene Haut zu retten?*

Die Tür ging auf. Oleg wirbelte herum und stürzte sich hastig auf die Makarov-Pistole, die er unter einer Zeitschrift auf dem Küchentisch versteckt hatte. Dann hörte er, wie Vladimir seinen Namen rief, und die tödliche Angst fiel von ihm ab.

Vladimir trat ins Zimmer. Er hatte Xingu-Bier und brasilianische Zigaretten dabei. Das war ganz typisch für ihn, nach einem Streit ein paar Versöhnungsgaben zu besorgen. Doch er hatte den Blick zu Boden gerichtet und sah auch jetzt nicht auf, als er zu Oleg trat und sie einander umarmten. Irgendetwas stimmte nicht.

»Sei nicht wütend auf mich, bitte«, fing Vladimir an.

Oleg blinzelte. Was für ein seltsamer Satz. Schließlich war er es doch gewesen, der all diese verletzenden Dinge gesagt hatte. Eigentlich war er derjenige, der sich entschuldigen musste. Doch dann löste seine Dankbarkeit über die Rückkehr seines Geliebten sich schlagartig in Luft auf. »Was hast du getan?«, fragte er, und ein stählerner Ring legte sich um seine Brust.

»Es tut mir leid.« Vladimir trat einen Schritt zurück und verschränkte die Arme vor der Brust. »Ich habe es einfach nicht mehr ausgehalten. Als wir Moskau verlassen haben, da habe ich noch geglaubt … da wollte ich noch glauben, dass du es nicht tun würdest, aber dann hast du es doch getan … du hast es *getan* …«

»Ich musste es tun!« Oleg streckte die Hand nach ihm aus, doch Vladimir entzog sich ihm.

»Das schlechte Gewissen frisst mich auf, Oleg. Du hast Mördern und Verbrechern als Gegenleistung für unser Leben eine *Atombombe* gegeben? Das kann ich nicht akzeptieren!« Er schüttelte den Kopf. »Was passiert, wenn sie gezündet wird? Wenn Menschen deswegen sterben? Wie könnten wir uns jemals vergeben?«

»Aber das habe ich doch für dich getan! Um *uns* zu beschützen, verstehst du das denn nicht?«

»Doch, das verstehe ich.« Endlich nahm Vladimir seine Hand. »Und ich habe genau dasselbe getan. Für uns.«

Oleg schüttelte seine Hand ab. »Nein …«

»Ich habe jemanden angerufen, jemanden, dem wir vertrauen können, eine Freundin im diplomatischen Dienst in Kaliningrad. Ich habe gesagt, dass wir ihr Informationen geben …«

»*Nein!*«, brüllte Oleg ihn an. »Du Narr! Du verdammter Narr! Warum hast du das getan?«

Vladimir lief feuerrot an. »Weil ich mit dieser Schuld nicht leben will! Und was macht es schon? Die Serben haben doch bezahlt! Was kümmert es dich, ob sie verhaftet werden und die Bombe wieder in sichere Hände gelangt?« Er lächelte unsicher. »Wir sind ja trotzdem frei, und außerdem sorgen wir dafür, dass niemand zu Schaden kommt. Willst du das denn nicht auch?«

»Narr«, wiederholte Oleg und marschierte in die Küche. »Ist dir eigentlich klar, was du da getan hast? Du hast mich meinen Feinden ausgeliefert!« Er schnappte sich die

Makarov und richtete sie auf die Tür. »Hol deine Tasche! Wir verschwinden hier, und zwar auf der Stelle …«

Das Fenster auf der anderen Seite des Zimmers knackte, dann ertönte ein tiefes Brummgeräusch, ähnlich dem Summen einer Hornisse. Ein plötzlicher Schmerz durchzuckte Olegs Hand. Blut spritzte aus einer frischen Wunde, und die Pistole fiel zu Boden. Er sah sich suchend um, fand das Loch in der Fensterscheibe und sah dann auf dem gegenüberliegenden Hausdach auch das kurze Aufblitzen eines Sonnenstrahls in einem Zielfernrohr.

Die Wohnungstür sprang auf, und drei Latinos stürmten herein. Sie trugen unauffällige Alltagskleidung wie weit geschnittene Hemden, unter denen sie ihre Schusswaffen verstecken konnten. Dann machten sie schweigend einem vierten Mann Platz, der als Letzter die Wohnung betrat. Wie die anderen drei bewegte er sich eher wie ein Soldat und weniger wie ein Spion. Oleg wusste jedenfalls sofort, dass es sich nicht um GRU-Agenten handeln konnte. Diese Männer waren Söldner.

Der vierte war Asiate, Japaner vermutlich. Er hatte kurze Haare und ein rundliches Gesicht, war unterdurchschnittlich groß, dafür aber schlank und muskulös gebaut. In der einen Hand hielt er eine Glock-Halbautomatik mit Schalldämpfer, mit der er auf Fedorins Hand zeigte. »Sie sollten die Wunde versorgen, General Fedorin«, sagte er in passablem Russisch. »Wir warten solange.«

Mit bebenden Händen war Vladimir ihm behilflich und versuchte, mit einem Handtuch die Blutung zu stoppen. Einer der anderen Männer nahm die Makarov an sich und begann dann, die Wohnung zu durchsuchen. Oleg hörte, dass er den Japaner mit »Saito« ansprach, aber der Name war ihm vollkommen unbekannt.

»Wir haben sie nicht hier.« Er schob Vladimir beiseite

und gab sich einen Ruck, kramte den alten Oleg Fedorin wieder hervor, den er als Soldat und als Befehlshaber immer gespielt hatte. Er setzte sich auf einen Stuhl. »Falls Sie die Bombe suchen, dann vergeuden Sie hier Ihre Zeit.«

»Ich weiß, dass Sie sie nicht haben.« Saito nickte. »Und genau das bereitet meinen Auftraggebern gewisse Schwierigkeiten. Was haben Sie mit der Sprengvorrichtung gemacht?«

»Wenn ich Ihnen das sage, dann bringen Sie uns beide um.«

Saito ignorierte seine Bemerkung und wandte sich an Vladimir. »Schuld drückt sich nur selten auf zweckdienliche Weise aus. Dasselbe gilt übrigens für die Angst. Niemand hat damit gerechnet, dass Sie so schnell verschwinden würden. Oder so vollständig.«

Oleg drückte die Finger fest auf seinen behelfsmäßigen Verband. »Für wen arbeiten Sie? Nicht für die Russen. Und nicht für die Amerikaner. Für jemand anderen.«

»Jemanden, mit dem Sie ins Geschäft kommen können«, lautete Saitos Antwort. »Vorausgesetzt, Sie wollen das.«

In diesem Augenblick wusste er ganz genau, mit wem er es zu tun hatte. »Sie sind vom Kombinat.« Oleg verzog unwillkürlich das Gesicht. Er war mehr als vertraut mit dieser Gruppierung und machte keinen Hehl aus seiner Verachtung. »Das leuchtet mir ein. Dann hat Glovkonin Sie also geschickt, ja?« Als Saito nicht reagierte, fuhr er fort: »Ich hätte es wissen müssen. Eigentlich war ich davon ausgegangen, dass der Absturz von G-Kor ihn seinen Posten kostet, aber er ist ein durchtriebener Halunke, nicht wahr? Er und seine elitären Kumpane, die die Welt als ihr ganz persönliches Schachbrett betrachten.«

»Sie sollten vielleicht wissen, dass Sie uns beinahe entwischt wären«, bemerkte Saito. »Ein unvorhergesehener Vorfall in Italien hat uns kurzfristig abgelenkt, und genau in diesem Augenblick sind Sie uns durchs Netz geschlüpft. Gut möglich, dass wir Sie nie wieder entdeckt hätten, hätte nicht Ihr Begleiter eine solch lobenswerte Fürsorge für Ihr emotionales Wohlergehen an den Tag gelegt.«

Oleg sah Vladimir an, aber er konnte ihm beim besten Willen keinen Vorwurf machen. »Dieser Mann und die Leute, die ihn engagiert haben ... sie wollten die Bombe auch haben. Sie sind nur deshalb hier, weil ich sie an jemand anderen verkauft habe.« Er wandte sich wieder an Saito. »Das stimmt doch, oder etwa nicht? Das Kombinat will diesen Sprengkörper in seinen Besitz bringen. Ich beginne mich zu fragen, ob ich nicht genau aus diesem Grund in Moskau in gewisse Schwierigkeiten geraten bin?«

»Das Interesse des Kombinats besteht in erster Linie darin, globale Stabilität zu gewährleisten.« Saitos Stimme wurde jetzt sehr viel kälter. »Indem Sie die Sprengvorrichtung an ein fehlgeleitetes Individuum weitergegeben haben, haben Sie ein sehr delikates Kräftegleichgewicht aufs Spiel gesetzt.«

»Wenn ich Ihnen die Bombe verkauft hätte, dann wären wir jetzt beide tot!«, gab Oleg zurück. »Ihre Auftraggeber wollen die Welt damit keineswegs sicherer machen! Sie wollen sie vielmehr nach ihrem Gutdünken einsetzen ...« Er hielt inne. »War das etwa Glovkonins Plan? Den Kreml zu erpressen und den Sprengkörper dann zu einem völlig überhöhten Preis an Russland zurückzuverkaufen? Oder etwas noch Schlimmeres?«

»Was kümmert Sie das?« Saito neigte den Kopf zur Seite und wandte Vladimir seine Aufmerksamkeit zu, der neben der Balkontür kauerte. »Sie haben diese Apparatur doch verkauft, ohne sich auch nur ansatzweise darüber Gedanken zu machen.« Er steckte die Pistole weg und zog dafür eine gänzlich andere Waffe aus seiner Jacke.

Die lange, schlanke Klinge aus Edelstahl erinnerte an eine sogenannte Misericordia, einen mittelalterlichen Dolch, der speziell dazu konstruiert war, einen Ritter zwischen den Fugen seiner Rüstung hindurch erstechen zu können.

Saito wandte sich jetzt an Vladimir. »Für dich ist er so etwas wie eine Vaterfigur.« Es war das erste Mal, dass der Söldner des Kombinats Vladimir direkt ansprach. »Hat das etwas damit zu tun, dass du als kleiner Junge von deinem leiblichen Vater verlassen wurdest?« Die Klinge glitzerte im Sonnenlicht. »Er kann dich nicht beschützen. Aber du kannst *ihn* beschützen. Und ich weiß, dass du das willst.«

»Vlad, sag nichts!« Oleg wollte aufstehen, aber einer der anderen Männer drückte ihn wieder auf seinen Stuhl.

Saito warf Oleg einen Blick zu und wies dann mit einer Kopfbewegung auf Vladimir. »Er ist hübsch.« Der Dolch schwebte über ihm. »Das ist das Erste, was ich ihm nehmen werde, falls nicht einer von euch beiden zu reden anfängt.«

Das Restaurant hörte auf den schönen Namen Eternity, »Ewigkeit«, und in diesem einen Wort, affektiert und völlig ironiefrei, vereinigte sich alles, was diesen Teil Dubais, diesen Spielplatz für Menschen mit viel zu viel Freizeit und viel zu viel Geld, ausmachte. Das Restaurant belegte die beiden obersten Etagen eines kunstvoll geformten, hundertfünfzig Meter hohen Hochhauses am Rand des Jachthafens. Es wuchs wie eine Blüte aus grünem Glas und mattem Kupfer aus der Fassade hervor. Blütenblätter aus Stahl und Stein dienten als Sockel für eine spektakuläre Bar, eine Aussichtsplattform sowie den privaten Hubschrauberlandeplatz des Lokals. Vorhänge aus weißer Seide knisterten leise im Wüstenwind, aber abgesehen von den leisen Tönen eines Klaviers gab es hier wenig andere Geräusche, die den Gast vom Essen abgelenkt hätten.

Er würde das Lokal noch etwa eine Stunde lang ganz für sich allein haben. Er war gern hier oben, umgeben von Seide und dem nackten Holzfußboden. Manchmal, wenn er einen besonders schwärmerischen Moment erlebte, stellte er sich das Eternity als verzaubertes Segelschiff vor, das durch die Wolken schwebte, weit weg von allen irdischen Sorgen und Ängsten.

Er besaß einen durchaus nennenswerten Anteil an dem Restaurant und dem Gebäude, auf dem es thronte. Es war eine seiner vielen Investitionen in den Vereinigten Arabischen Emiraten. In diesem speziellen Fall war der Gewinn zwar überschaubar, aber ihm ging es vor allem um die Freiheit, die sein Anteil für ihn bedeutete. Jetzt zum Beispiel kümmerte sich das ganze Personal nur um ihn. Im Lauf der Jahre hatte er sich an eine solche Sonderbehandlung gewöhnt – und war auch der Meinung, dass er sie sich verdient hatte.

Er genoss jeden einzelnen Bissen der Blumenkohlvinaigrette und gönnte seinem Tischnachbarn nur gelegentlich einen kurzen Blick. Der Mann, der ihm gegenübersaß, aß nicht und schien sich ohne Uniform nicht so recht wohl in seiner Haut zu fühlen. Tagsüber war er ein hochrangiger Polizeibeamter, aber hier und jetzt war er nichts weiter als ein Kurier.

»Es ging alles sehr schnell«, sagte der Polizeibeamte. »Wir tun alles, was in unserer Macht steht, um die Ermittlungen voranzutreiben, aber …«

»Verschonen Sie mich mit Ihren Ausreden.« Er nahm einen Schluck von seinem eiskalten Mineralwasser. »Die Frauen, die mit im Wagen waren, und der Fahrer. Was ist mit denen?«

»Der Fahrer wird vermisst. Die Frauen haben, soweit ich weiß, die Stadt verlassen. Eine Fahndung ist bereits in Gang.«

Er runzelte die Stirn. »Der Tote. Ist *er* es?«

»Das hoffe ich nicht.«

Er legte Messer und Gabel beiseite. »Das war keine Antwort auf meine Frage!«

Der Polizeibeamte reagierte mit flatternden Augenlidern auf diese scharfe Replik. »Wir glauben es nicht. Ich warte im Moment noch auf die Bestätigung des Gerichtsmediziners, aber die Brandverletzungen des … des Opfers sind sehr gravierend.«

Eine Mischung aus Besorgnis und Ärger färbte seine Wangen rot. Er dachte an den Jungen und war gleichermaßen wütend und beunruhigt.

Am liebsten hätte er ihn jetzt bei sich gehabt, um ihn einerseits für das Geschehene zu bestrafen und ihn andererseits vor größerem Schaden zu bewahren. Denn schließlich hatte er ein Versprechen einzuhalten, stand in einer Schuld, die er niemals würde zurückzahlen können. Der Vater des Jungen lebte schon lange nicht mehr, und das bedeutete, dass er eine Verantwortung hatte, die er nicht einfach ignorieren konnte.

Er wandte sich wieder seinem Essen zu und schickte den Polizeibeamten mit einer knappen Handbewegung weg. »Lassen Sie mich alleine. Ich will erst wieder etwas von Ihnen hören, wenn Sie mir ein paar Antworten liefern können.«

Der Polizeibeamte war erleichtert und verabschiedete

sich mit einer knappen Verbeugung. Dann zog er sich hastig zurück.

Er starrte etliche Minuten lang wütend auf sein Essen, die Hände krampfhaft um das Besteck geklammert. Der Junge brauchte seinen Vater. *Wir beide brauchen ihn. Wie anders wären die Dinge gelaufen, wenn das Schicksal nicht diesen Weg …*

Laute Stimmen drangen an sein Ohr, und er blickte auf. Männer kamen durch das Restaurant auf ihn zu, ohne sich um die Aufforderungen des Personals zu kümmern. Einen der Männer – blass und abgespannt und voller Nervosität – kannte er. Und der Anblick des zweiten versetzte ihn sofort in höchste Alarmbereitschaft. Der Kerl war riesig und schwarz wie die Nacht, ein Fremder mit dem Gang eines Raubtiers.

Mit großen, ausladenden Schritten durchquerte Ramaas das leere Restaurant, gefolgt von dem Serben, der wie ein untertäniger Diener hinter ihm herschlich. Macanay und Bidar sollten dafür sorgen, dass das Personal sie in Ruhe ließ.

»Was für eine seltsame Stadt«, sagte Ramaas zu dem einzigen Gast des Restaurants, einem Mann im weißen, kragenlosen Jackett. »So etwas habe ich in der wirklichen Welt noch nie gesehen.«

Der Mann war alt genug, um sein Vater sein zu können. Tiefe Furchen hatten sich in die ausgebleichte Lederhaut seines Gesichts gegraben, und die weißen Haare fielen ihm, zu einem Zopf geflochten, bis über den Rücken. Er musterte Ramaas von Kopf bis Fuß und ließ ein spöttisches Schnauben hören. »Das war Ihr erster Fehler, mein Herr. Wir sind hier in Dubai und *nicht* in der wirklichen Welt.«

»Ich bin noch nicht mal einen Tag lang hier, und trotzdem glaube ich dir aufs Wort.« Er trat an den Tisch des Alten, der etwas erhöht auf einem der riesigen, gläsernen Blütenblätter stand, die den Fußboden bildeten. »Viele Dinge hier sind reine Fantasie, ja?«

»Vielleicht haben Sie das Schild vor der Tür nicht gesehen«, fuhr der Alte fort. »Das Restaurant ist wegen einer privaten Veranstaltung geschlossen.«

»Sehr privat«, erwiderte Ramaas und sah sich demonstrativ um. »Ich vermute, es gibt viele reiche Männer in dieser Stadt … aber das hier ganz für sich allein zu haben … dafür braucht es mehr als nur Geld.« Er sah Neven an. »Das ist er, oder nicht? Er sieht anders aus, als du ihn mir beschrieben hast.« Aber dann ließ er den Serben gar nicht erst zu Wort kommen. »Wie ich gehört habe, gibt es Ärzte, die das Gesicht, mit dem man geboren wurde, verändern können.«

»Sie müssen mich verwechseln«, sagte der alte Mann und schob seinen Teller beiseite. »Mein Name ist Vishal Daan, und ich habe noch nie ein anderes Gesicht gehabt als dieses.« Seine Stimme erhielt einen schärferen Klang. »Ich glaube, Sie sollten jetzt gehen, bevor jemand die Polizei ruft.«

»Du fürchtest dich nicht vor mir«, bemerkte Ramaas, und das schien ihn zu belustigen. »Entweder weil du ein Narr bist oder weil du im Leben schon so viel Furcht erfahren hast, dass du sie beherrschen kannst.« Er stupste Neven an. »Na los, raus mit der Sprache, Kurjak.«

Der Anzug des Serben war bereits schweißnass. »Dieser Mann ist Jalsa Sood.«

»Wer soll das sein?« Der Alte schüttelte den Kopf. »Gehen Sie jetzt. Sie strapazieren meine Geduld.« Er starrte Neven dabei einen Augenblick zu lange an, sodass der letzte winzig kleine Zweifel, der Ramaas noch geblieben war, sich in Luft auflöste.

»Du bist der Mann, den man ›den Bäcker‹ nennt.« Ramaas trat auf das Podest und trank einen Schluck Wasser. »Ich habe einen langen Weg hinter mich gebracht, um dich zu finden, Sood. Sorge dich nicht, ich trachte dir nicht nach dem Leben. Ich brauche vielmehr deine Fähigkeiten.« Er zeigte auf den Serben. »Und was Neven angeht, er kann nichts dafür. Ich habe ihm keine Wahl gelassen.«

Der Alte wandte sich ab, als ein Windstoß das ferne Knattern eines vorbeifliegenden Hubschraubers hereintrug. Dann sah er Ramaas an und verzog das Gesicht. »Mein Name lautet Vishal Daan«, wiederholte er. »Ich kenne weder ihn noch Sie. Also verlassen Sie jetzt bitte das Lokal und nehmen Sie Ihre Muskelprotze mit!« Er wies mit dem Kinn auf Macanay und Bidar.

Ramaas lächelte. »Ich finde, das solltest du dir noch einmal gut überlegen.«

Das Rattern der Rotoren wurde lauter, dann schälte sich der schlanke, haifischartige Rumpf eines silbernen Augusta Grand aus dem abendlichen Himmel und flog an dem Restaurant vorbei. Die Seitentür war geöffnet, sodass deutlich zu erkennen war, wie Guhaad einem jungen indischen Mann in einem teuren Jackett eine Pistole an die Schläfe drückte.

Die Miene des alten Mannes erstarrte, und es gelang ihm nicht, seinen Schock zu verbergen. »Kawal …?«

»Dein Enkelsohn ist ein verhätschelter Trottel«, beschied Ramaas ihm sachlich. »Er glaubt, dass Geld Sicherheit bedeutet. Aber du und ich, wir sind nicht damit aufgewachsen. Wir wissen es besser.«

Urplötzlich sprang der Alte auf und trommelte Neven mit den Fäusten auf den Kopf. »Du feiger, nutzloser

Halunke! Was hast du über mich gebracht?« Er schlug noch einmal zu, und der Serbe wich zurück. »Was hast du ihnen erzählt?«

»So viel, dass ich größten Respekt vor dir habe«, sagte Ramaas und schob sich zwischen die beiden. »Es tut mir leid, dass wir uns unter solchen Umständen kennenlernen müssen.« Er nickte dem Hubschrauberpiloten zu, und der drehte ab und machte sich zur Landung auf dem Helipad bereit. »Aber ansonsten hättest du niemals mit mir geredet. Und ich benötige deine Fertigkeiten.«

Alle Versuche es abzustreiten, lösten sich in Nichts auf. »Ich bin im Ruhestand«, sagte Sood, »und das schon seit vielen Jahren.«

»Wenn du dich weigerst, wird dein Enkelsohn sterben«, erwiderte Ramaas. Seine Geduld ging langsam zu Ende. »Neven hat mir berichtet, welche Verpflichtung du gegenüber Kawal hast. Und gegenüber seinem Vater … deinem verstorbenen Sohn.«

Soods Miene verdüsterte sich. »Dazu haben Sie kein Recht.«

»Ich habe das, was ich mir nehme«, verbesserte ihn Ramaas. »Und heute Abend bist du das.«

Neven bestieg den Hubschrauber als Letzter. Mit schweißnassen, glitschigen Händen befestigte er den Sicherheitsgurt über seinem Schoß. Ramaas ließ sich auf den gegenüberliegenden Sitz fallen und betrachtete ihn nachdenklich.

Neven vermochte dem Blick des Afrikaners nicht standzuhalten. Sein Gehirn lief auf Hochtouren und suchte verzweifelt nach Auswegen. Hier in diesem Land besaß er keinerlei Kontakte, wusste nicht, wo er sich hätte verstecken können. Sämtliche Fluchtwege waren ihm versperrt, und zu seinem großen Entsetzen musste er feststellen, dass ihm jetzt nur noch eine einzige Option blieb: Er war auf die Gnade des Gesetzes angewiesen. Aber an wen sollte er sich sonst wenden? An die Russen? Die Amerikaner? Ob die in diesem staubbedeckten Wüstenstaat überhaupt eine Botschaft hatten?

Neben ihm saß Jalsa Sood und legte die Hand auf den Arm seines Enkels. »Mein Junge, wie konntest du das nur zulassen?« Er war wütend und sprach laut, schrie fast, doch schon einen Augenblick später sank er kopfschüttelnd in sich zusammen und war den Tränen nahe. »Es spielt keine Rolle! Es tut mir leid. Ich habe deinem Vater versprochen, dass ich mich um dich kümmern werde. Ich hätte dich etwas Besseres lehren müssen …«

Ein Ruck ging durch den Rumpf des Hubschraubers, als die Rotoren beschleunigten, und Kawal musste schreien, um sich gegen den Lärm, der zu der geöffneten Seitentür hereindrang, einigermaßen verständlich zu machen. »Ich brauche dich nicht!« Er schüttelte Jalsas Hand ab, als würde er sich vor der Berührung durch seinen Großvater ekeln. Dann wurde die Pistole, die auf seine Schläfe gerichtet war, gesenkt. »Du bescheuerter alter Sack!« Seine Worte klangen giftig und trieften vor jugendlicher Verachtung.

Neven sah das Blitzen in Jalsas Augen, den Moment, in dem ihm dämmerte, dass der junge Mann zu keinem Zeitpunkt eine Geisel gewesen war. Die Augen des Alten wurden dunkelrot, und die Wut kochte erneut in ihm auf. »Du bist ein Teil davon? Ist dir eigentlich klar, was du da getan hast?«

»Halt's Maul!«, fauchte Kawal ihn an, während der Hubschrauber sich in die Luft schwang. »Diese Männer machen uns reich!«

»Wir sind schon reich, du gieriges kleines Arschloch!«

Jalsa versetzte seinem Enkel eine Ohrfeige, sodass dessen Lippe aufplatzte, doch dann richtete Ramaas' Kämpfer die Mündung seiner Waffe auf Jalsas Kniescheibe, und der alte Mann hielt inne.

Als Neven sich von der Szene abwandte, sah er, dass Ramaas mit einem Klappmesser herumspielte. Er schob sich dicht vor das Gesicht des Serben, und Neven spürte seinen heißen Atem auf der Wange. »Du hast getan, worum ich dich gebeten habe«, sagte er. »Du hast mir den Jungen gebracht und über ihn auch diesen Bäcker.«

»Du hast versprochen, dass du mich am Leben lässt«, brüllte Neven.

»Das war eine Lüge.« Das Messer blitzte in der Düsternis der Kabine, und Neven spürte, wie die Klinge über seine Taille fuhr. »Ich bin ein Räuber, Kurjak. Warum sollte ich mich an Versprechungen halten?«

Der oberflächliche Schnitt durchtrennte sein Hemd. Neven spürte einen brennenden Schmerz, doch die Verletzung blutete kaum. Für einen kurzen Moment war er verwirrt, weil der Todesstoß, mit dem er seit Tagen gerechnet hatte, immer noch auf sich warten ließ. Erst dann erkannte er, dass Ramaas seinen Sicherheitsgurt durchgeschnitten hatte.

Mit einer Hand packte der Pirat Neven an der Jacke und stieß ihn durch die geöffnete Luke ins Freie, hinaus in die nächtliche Luft.

Der schwarze Peugeot 308 schaukelte sanft hin und her. Die Ketten, die im Boden des Schiffscontainers verankert waren, sorgten dafür, dass er sich nicht von der Stelle bewegen konnte. Marc saß über seinen Laptop gebeugt auf der Rückbank des Wagens und musste feststellen, dass er immer schläfriger wurde. Er schüttelte sich, leerte eine

Flasche Wasser und drückte sich die Handballen auf die Augen.

Das einzige Licht im Inneren des Wagens, im Inneren des ganzen Containers, stammte von ein paar Knicklichtern sowie einer batteriebetriebenen Lampe auf der Motorhaube des Peugeot. Er warf einen Blick auf seine Cabot-Taucheruhr. Es war später Nachmittag, aber wenn die Uhr Mitternacht angezeigt hätte, hätte er es auch geglaubt. Ohne Fenster und damit ohne Orientierung war sein Zeitgefühl ziemlich aus der Bahn geraten.

Vor vielen Stunden waren sie an Bord eines Rubicon-Frachtflugzeugs im benachbarten Litauen gelandet, hatten mit falschen Pässen die Grenze nach Polen überquert und gleich hinter der Grenze den Lastwagen genommen. Jetzt jagte Malte wie ein Besessener auf der Schnellstraße von Grajewo nach Olsztynek dahin, mitten durch eine graue Regenwand, die wild entschlossen schien, sie den ganzen Tag lang zu begleiten.

Abgesehen von dem Fahrer bestand die Bodentruppe aus Marc, Lucy und Kara. Um Unterstützung aus der nächstgelegenen Rubicon-Niederlassung in Prag anzufordern, war keine Zeit gewesen, darum mussten sie vieles vor Ort improvisieren. Marc kannte dieses Gefühl nur allzu gut aus der Zeit, als er vor dem MI6 auf der Flucht gewesen war, und das war keine angenehme Erinnerung. Das ganze Unterfangen stand auf Messers Schneide. Nur ein einziger falscher Schritt konnte völliges Scheitern bedeuten. Dass ein Teil in ihm es durchaus genoss, endlich wieder aktiv zu werden, konnte er nicht leugnen. Doch dieses Gefühl wurde von praktischeren Bedenken bei Weitem überdeckt: Wie sollten sie die nächsten vierundzwanzig Stunden lebend überstehen? Und wie konnten sie darüber hinaus ihren Auftrag erfolgreich abschließen?

Kara döste in einer Hängematte, die in dem Frachtcontainer aufgespannt war. Ihr schlaffes Gesicht wurde vom Display ihres Tabletcomputers angestrahlt. Es war das erste Mal, dass er sie stillsitzen sah. Für gewöhnlich war die zierliche, chinesischstämmige US-Amerikanerin ununterbrochen in Bewegung, tippte auf einer Tastatur herum und trat rastlos von einem Fuß auf den anderen.

Jetzt machte Lucy die Beifahrertür des Peugeot auf und schlüpfte herein. »Hey«, sagte sie und nickte in Richtung Laptop. »Hängst du immer noch über der Landkarte? Wir haben doch schon auf dem Flug von Frankreich alles zigmal durchgesprochen. Mach dir nicht zu viele Gedanken. Der Plan ist gut.«

»Tatsächlich?« Marc richtete den Blick auf die Luftaufnahmen ihres Zielobjektes. Der Komplex mit der Bezeichnung »Strefa G« war ein Lager innerhalb eines Lagers, ein Hochsicherheitstrakt auf dem Gelände eines Militärstützpunktes, der – zumindest auf dem Papier – dem polnischen Geheimdienst gehörte. »Ganz egal, wie man es betrachtet, das, was wir da machen, ist reine Improvisation.«

»Hast du Schiss? Das ist völlig normal.«

»Ach was.« Er schüttelte den Kopf, dann hielt er inne. »Also gut, *ja*. Aber das ist es nicht. Es ist …« Er seufzte. »Es erinnert mich viel zu sehr an alte Zeiten. Und ich mag nicht, was das mit mir macht.« Den größten Teil seiner Karriere beim britischen Geheimdienst hatte er im Laderaum diverser unauffälliger Fahrzeuge verbracht, ganz ähnlich wie das, in dem sie jetzt gerade saßen. Dort hatte er gebannt auf seine Monitore gestarrt und mitverfolgt, wie seine Kameraden irgendwo anders Türen eingetreten oder Lagerhallen gestürmt hatten. Und jetzt wurden all die bösen Erinnerungen, all die Dinge, die er eigentlich für immer hatte hinter sich lassen wollen, wieder nach oben gespült. Er begegnete Lucys Blick. »Tut mir leid. Ich kann's einfach nicht lassen, stimmt's? Ich müsste endlich mal einen Schlussstrich unter das Ganze ziehen.«

»Alte Gewohnheiten lassen sich nur schwer ablegen«, erwiderte sie nicht unfreundlich. »Ich weiß schon, was du meinst. Aber dieses Mal läuft es ja genau andersrum. Ich sitze hier drin, während du da rausgehst.« Sie grinste ihn an. »Weißt du, was dein Problem ist? Du hältst dich immer noch für den Kerl auf der Rückbank.« Sie wurde schlagartig wieder ernst. »Das ist gefährlich. Lebensgefährlich.«

»Danke für die aufmunternden Worte«, erwiderte er und starrte wieder auf die Landkarte. »Jetzt muss ich nur noch rauskriegen, wie ich in ein illegales CIA-Verlies eindringen und einen Terroristen dazu bringen kann, seine Kameraden zu verraten.«

»Und zwar, bevor irgendjemand in Langley davon Wind bekommt«, fügte Lucy hinzu. »Also alles ganz entspannt. *Kein Druck.*«

12

Der Grundriss des Daan-Anwesens war so groß, dass das bescheidene Heim von Welldone Amadayo bestimmt dreimal hineingepasst hätte. Während Ramaas über den rosenfarbenen Marmorfußboden schritt, wurde ihm klar, dass das, was er bis jetzt unter *Überfluss* verstanden hatte, bei Weitem nicht ausreichte für das, was er hier zu sehen bekam. Die schlossähnliche Villa des Bombenbauers ließ sich am ehesten als Palast beschreiben und verfügte über Dutzende reich ausgestatteter Räume und Anbauten, die, so schien es Ramaas, gar keine wirkliche Funktion besaßen. Während seiner Reise von Europa hierher hatte er sich gefragt, wie reich ein Mann, der mit dem Tod handelte, wohl werden konnte. Jetzt kannte er die Antwort. Die meisten seiner Stammesbrüder hätten auch nach so etwas gestrebt, doch ihm erschien das alles kalt und leer.

Das Haus machte einen leblosen Eindruck und erinnerte mehr an ein Museum zu Ehren des Mammons als an ein wirkliches Zuhause. Guhaad und die anderen Männer sahen in alledem einen riesigen Spielplatz. Sie ließen sich Essen und Getränke aus der reich bestückten Küche schmecken oder spielten mit den Dutzenden von Sportwagen herum, die der Alte in seiner riesigen Garage gesammelt hatte. Irgendwann hatte Ramaas sich gezwungen gesehen, seine Soldaten zur Disziplin anzuhalten und ihnen den Ernst ihrer Mission ins Bewusstsein zu rufen.

Die Wachmannschaft, die Vishal Daan – beziehungsweise Jalsa Sood – beschäftigt hatte, war schon gestern, noch vor Ramaas' Ankunft in dem Dachrestaurant, ausgelöscht worden. Jetzt waren nur noch eine Handvoll Angestellte, die alle im Haus wohnten, sowie das Trophäenweibchen des Alten übrig. Der Kriegsfürst war des theatralischen Gehabes der Frau schnell überdrüssig geworden und hatte sie in ihren Zimmern eingesperrt. Die Angestellten jedoch gingen so ungerührt wie nur möglich ihren Aufgaben nach und ignorierten die Afrikaner mit den Gewehren, so gut es eben ging. Dafür hatte auch der Enkel, Kawal, gesorgt, der ihnen erklärt hatte, dass ihnen und ihren Familien nichts geschehen werde, solange niemand Alarm schlug.

Kawal erinnerte Ramaas an die Jugendlichen, die er früher an den Stränden von Puntland aufgegabelt und für seine Piratenboote rekrutiert hatte. Oberflächlich und ohne jeden moralischen Kompass, ohne einen Hauch von Mitgefühl für ihre Mitmenschen, nur an Geld interessiert und unfähig, etwas anderes als ihre eigenen, unmittelbaren Bedürfnisse zu sehen. Soods Enkelsohn betrachtete sich als eine Art Fantasieversion eines amerikanischen Gangster-Rappers – allein das funkelnde Äußere zählte, ohne jede innere Substanz. Er war bereits jetzt davon überzeugt, dass er der Partner der Somalier war und nicht etwa ihr Werkzeug. Ramaas kam das entgegen, und er würde ihn so lange in dem Glauben lassen, bis er keinen Nutzen mehr davon hatte. Kawals Beziehungen in Dubai erleichterten ihnen manches, zumal der junge Mann bereit war, alles zu tun, was seinem Großvater missfiel. Ramaas sah keinen Grund, weshalb er davon nicht profitieren sollte.

Jalsa Soods Werkstatt befand sich im Untergeschoss des Haupthauses und war über zwei große Schiebetüren von der riesigen Garage aus zugänglich. In ihrer Mitte hing das Skelett eines vierzig Jahre alten Maserati Bora an Ketten von der Decke herab, darunter die dazugehörigen Karosserieteile. Dieser Raum war Soods Kirche, sein Rückzugsort, hier beschäftigte sich das Genie, das früher einmal ausgeklügelte Mordwerkzeuge erdacht und angefertigt hatte, mit der Restaurierung eines altehrwürdigen Sportwagens.

Doch jetzt musste diese Arbeit ruhen, weil Ramaas dem alten Mann eine andere Aufgabe übertragen hatte. Kisten voller Bauteile, die über Nacht aus Saudi-Arabien und Katar eingeführt worden waren, bedeckten den Fußboden. Auch ein Stapel aus mehreren identischen, mit Stahl ummantelten Koffern war dort zu sehen, und als Ramaas an Soods Werkbank trat, strich er mit den Fingerspitzen über deren glatte Metalloberfläche.

Macanay richtete sich kerzengerade auf, als Ramaas an ihm vorbeiging, und kaute dabei unentwegt auf dem Kath-Ballen herum, der ihn wachhielt. Er nickte ein wenig beklommen und tätschelte dabei die Uzi-Maschinenpistole, die er sich über die Schulter gehängt hatte, als wollte er sagen, dass *alles in Ordnung* war.

Sood drehte sich um, legte einen Lötkolben beiseite und funkelte Ramaas wütend an. Müde und in sich gekehrt, ohne die Kleidung eines reichen Mannes, sondern in einem gewöhnlichen Arbeitskittel, sah man ihm sein tatsächliches Alter deutlich an. In einer Ecke der Werkstatt stand ein Klappbett, und Macanay überlegte, ob Sood heute Nacht dort geschlafen hatte, nachdem der Kriegsfürst seine Zimmer selbst in Beschlag genommen hatte. Er hatte den König in seinem eigenen Palast vom Thron gestürzt und Sood zu seinem Diener gemacht. Das fand Macanay außerordentlich amüsant.

»Meine Frau …«, fing Sood an.

»Ihr geschieht nichts«, fiel Ramaas ihm ins Wort, bevor er seinen Satz zu Ende bringen konnte. »Solange sie schweigt.«

»Ich sage es ihr.«

Ramaas schüttelte den Kopf. »Sie hat ihre Lektion bereits gelernt.« Er deutete mit dem Kinn auf die Werkbank. »Deine einzige Sorge soll die Arbeit sein, die ich von dir verlange.«

Die Oberfläche der Werkbank lag voller Farbfotos und komplizierter Baupläne, die jede einzelne Komponente des russischen Atomsprengkörpers sehr detailliert abbildeten. Im Zentrum des Ganzen befand sich ein aufgeklappter Stahlkoffer, angestrahlt von einer leistungsstarken Lampe. Darin lag ein komplexes metallisches Gebilde, das genau gleich aussah wie das auf den Fotos.

»Wie viele wollen Sie denn haben?« erkundigte Sood sich müde.

»Das sage ich dir, sobald du genug davon gemacht hast.« Ramaas blickte sich um. »Sie müssen absolut perfekt sein.«

Sood verzog missmutig das Gesicht. »Ohne Radioisotope kann ich keine Strahlung simulieren, und dann ist das ganze Ding hier nichts weiter als ein überdimensionaler Briefbeschwerer.«

»Das habe ich im Griff«, erwiderte Ramaas. Ein Behälter mit für medizinische Zwecke aufbereitetem Jod-125, der ursprünglich für eine radiologische Station in Malaysia bestimmt gewesen war, war bereits geraubt worden und auf dem Weg hierher. Ramaas stieß den alten Mann beiseite und inspizierte seine Arbeit.

»Wo ist eigentlich … das Original?« Sood leckte sich die spröden Lippen.

»In der Nähe«, erwiderte Ramaas vieldeutig. »Und in

Sicherheit.« Er musterte den Alten. »Brauchst du vielleicht Hilfe?«

»Nein!«, fauchte Sood ihn an. »Wenn Sie mich schon dazu zwingen, bitte, von mir aus. Aber dann lassen Sie es mich so machen, wie ich es für richtig halte!«

Ramaas schüttelte den Kopf und winkte Macanay zu sich. Dieser roch die Brutalität, die mit einem Mal in der Luft lag, und kam mit hämischem Grinsen näher, wobei er die Uzi von der Schulter nahm. »Ich will sichergehen, dass du mich nicht absichtlich hinhältst.« Ramaas nickte Macanay zu und setzte sich in Bewegung. »Bring ihn mit.«

Sie verließen die Werkstatt durch eine Doppeltür am hinteren Ende und gelangten auf ein breites Sonnendeck, das den wunderschönen ovalen Swimmingpool umschloss. Hölzerne Sichtschutzwände, durch die grelle Wüstensonne völlig ausgebleicht, warfen ihre Schatten über das Wasser.

Auf dem Grund des Swimmingpools lagen fünf dunkle Gestalten – tote Männer in schwarzen Anzügen. Ketten aus der Werkstatt sorgten dafür, dass sie nicht an die Wasseroberfläche trieben. Die Filteranlage war immer noch damit beschäftigt, die rosafarbenen Formen zu verarbeiten, die aus den Wunden der Toten hervordrangen. Soods Wachmannschaft hatte tapfer gekämpft, aber Guhaad hatte sie alle innerhalb weniger Sekunden getötet, alles nur, um den Kriegsfürsten daran zu erinnern, dass er auf diesem Gebiet ein absoluter Experte war.

Sood verzog bei dem Anblick das Gesicht und wandte sich ab. »Ich weiß genau, was Sie von mir wollen«, murmelte er leise.

»Das glaube ich nicht.« Jetzt kam ihnen eine Philippina mittleren Alters entgegen – ein Hausmädchen. Bidar war dicht hinter ihr. Als sie die Leichen im Wasser sah, erbleichte sie und musste alle Kraft aufbieten, um nicht laut loszuschreien. »Ich glaube vielmehr, dass du versuchen wirst, mich hinzuhalten. So bist du eben, Jalsa Sood. Du wirst früher oder später den Drang verspüren, dich aufzulehnen. Ich möchte dir zeigen, weshalb das eine dumme Idee wäre.« Ramaas nickte Bidar zu, der daraufhin dem Hausmädchen einen Stoß in den Rücken versetzte. Sie kreischte auf und stolperte bis an den Rand des Swimmingpools, blinzelte in die grelle Sonne. Ohne zu zögern, schoss Bidar ihr mit seiner schallgedämpften Pistole in den Hinterkopf. Ein roter Strahl schoss aus ihrem geöffneten Mund hervor, dann drehte sie sich um die eigene Achse und fiel ins Wasser.

Sood stieß einen lauten Fluch aus und machte einen Schritt auf das Hausmädchen zu, aber Macanay hielt ihn zurück. »Wieso haben Sie …?«

»Das wird jeden Tag geschehen«, sagte Ramaas mit eiskalter Stimme. »Irgendjemand wird hierhergebracht und hingerichtet werden. Je schneller du arbeitest, desto weniger Menschen werden sterben.«

»Ich habe doch gesagt, dass ich es mache!«, brüllte Sood. »Ich gebe Ihnen mein Wort! Aber ich brauche auf jeden Fall mehrere Tage dafür, und wenn ich mich noch so sehr beeile!«

Ramaas nickte. »Dann werden eben mehrere Menschen sterben. Einer für jeden Tag, den du arbeitest. Solange du zu meiner Zufriedenheit arbeitest, lasse ich dich aussuchen, wer sterben soll. Wenn nicht …« Er ließ den Blick hinauf zu den Schlafzimmerfenstern des Trophäenweibchens schweifen.

Sood riss sich von Macanay los und schüttelte die Fäuste. »Du Bestie!«, brüllte er.

»Du empörst dich darüber, dass ich unschuldige Menschen töte?« Der Kriegsfürst trat zu ihm, und sein dunkles, verletztes Auge funkelte. »*Du*? Wie viele Menschenleben haben deine Bomben gefordert, alter Mann? Solche, die sterben sollten, und solche, die nicht sterben sollten? Und *du* maßt dir an, über *mich* zu urteilen?«

»Warum soll ich überhaupt noch etwas für dich machen?« Soods Wut erlosch langsam wieder. »Ein Menschenleben bedeutet dir nichts. Sobald du hast, was du verlangt hast, werde ich sterben, genau wie Kawal!«

»Du bist zu wertvoll, um getötet zu werden«, erwiderte Ramaas, als hätte er daran bereits gedacht. »Im Gegensatz zu dem Jungen. Vergiss das nicht.« Er ließ Sood stehen. »Und arbeite schneller«, fügte er über die Schulter hinweg hinzu. »Oder lass es bleiben. Es ist deine Entscheidung.«

Malte verließ die Schnellstraße und lenkte den Peugeot an dem Dorf Stare Kiejkuty vorbei auf eine schmale, zweispurige Straße, die die reifbedeckte polnische Landschaft durchschnitt. Ein viele Kilometer langer, doppelter Maschendrahtzaun mit Stacheldrahtkrone begleitete sie am rechten Straßenrand. Wenige Meter hinter dem Zaun erhob sich eine schmale, aber hohe immergrüne Hecke und verdeckte die Sicht auf das dahinterliegende Gelände.

Marc hob den Blick, als ein verblasstes, gelb-oranges Schild an ihnen vorbeihuschte. Darauf war in vier Sprachen die unmissverständliche Warnung zu lesen, dass sich auf der anderen Seite des Zauns ein Militärstützpunkt befand und unbefugte Eindringlinge erschossen würden. Er rückte das dicke Brillengestell auf seiner Nase zurecht und wandte sich wieder seinem Laptop zu. »Okay, Kara, wir nähern uns jetzt der Einfahrt. Lunte zünden und zurücktreten.«

»*Verstanden … glaube ich zumindest*«, erwiderte die Stimme in seinem Innenohr. Karas Worte wurden über ein kleines Kontaktkissen am hinteren Ende eines Brillenbügels übertragen. Das ganze Brillengestell war von haarfeinen Drähten durchzogen, die einen Funkempfänger bildeten, der sanfte Vibrationen durch seinen Schädelknochen schickte. Marc war mehr oder weniger seine eigene Antenne, und die Knocheninduktionsübertragung sorgte dafür, dass außer ihm niemand das empfangene Signal hören konnte. Er konnte sogar antworten, indem er lautlos Worte formulierte, was allerdings unangenehme Kieferschmerzen zur Folge hatte.

Er klappte den Mund ein paarmal auf und zu, um das seltsame Gefühl wieder loszuwerden. »Los geht's«, sagte er dann laut. »Alles bereit machen zum Hacken, und zwar … *jetzt*.« Marc drückte die *Enter*-Taste seines Laptops, und der Computer schickte ein Signal an einen Satellitensender im Lastwagen, der ungefähr einen halben Kilometer entfernt auf einem Rastplatz stand. Dieses Signal sorgte wiederum dafür, dass ein Datenpaket ins Weltall geschossen wurde, um dort ein paar Millisekunden lang von Satellit zu Satellit zu wandern und schließlich in einer abgelegenen Serverhalle in Jakarta zu landen.

Marc hörte das kehlige Röhren eines Motors, dann presste Malte auf dem Fahrersitz ein angespanntes »Begleitung« hervor.

Er sah hoch. Auf der anderen Seite des Zaunes fuhren zwei olivgrüne, russische ZiD-Enduros neben ihnen her. Auf jeder saß ein bewaffneter Mann in schwarzer Kampfmontur mit grünen Abzeichen. Auf ihren Schulterklappen war ein weißer Geier auf schwarzem Grund zu erkennen, zusammen mit dem Wort ALEPH. Marc tat sein Möglichstes, um unbeteiligt zu wirken, aber er wusste, dass die Motorradpatrouille den Posten am Haupteingang bereits darüber informiert hatte, dass sich ein unbekanntes Fahrzeug näherte.

ALEPH war, wie Rubicons Abteilung für Sonderaufgaben auch, ein privater Militärdienstleister, aber damit war auch schon das Ende der Gemeinsamkeiten erreicht. ALEPH war sehr viel größer als Rubicon, stand im Ruf, nichts dem Zufall zu überlassen, und hatte seine Einheiten in Dutzenden von Ländern stationiert. Dort waren sie in der Regel als Schutztruppen in Bereichen tätig, mit denen das eigentliche Militär nichts zu tun haben wollte. Auch der Stützpunkt in Stare Kiejkuty war ein solcher Bereich.

Ursprünglich im Zweiten Weltkrieg von der SS errichtet, war er anschließend der Roten Armee in die Hände gefallen und in den Siebzigerjahren dem polnischen Geheimdienst übergeben worden, der ihn als Ausbildungszentrum genutzt hatte. Doch nach den Angriffen auf New York vom 11. September und dem sich anschließenden Krieg gegen den Terror hatte sich das geändert. Auch wenn es schwierig war, wirklich gesicherte Informationen zu bekommen, fest stand, dass die CIA den Stützpunkt genutzt hatte, und zwar allem Anschein nach als geheime Haftanstalt für widerrechtlich festgenommene Terrorverdächtige. Als jedoch in den ersten Jahren des neuen Jahrtausends die Öffentlichkeit darauf aufmerksam geworden war, hatte man die Einrichtung geschlossen.

Das jedenfalls glaubte der Rest der Welt. Doch die CIA dachte gar nicht daran, den Stützpunkt aufzugeben. Stattdessen wurde lediglich der Abstand zwischen Langley und der Anlage in Polen vergrößert. Seit seiner Wiederinbetriebnahme irgendwann nach 2012 wurde der Stützpunkt von der privaten Firma ALEPH PMC betreut. Wer ALEPH für seine Dienstleitungen bezahlte und welche

Funktion der Stützpunkt jetzt hatte, das waren Fragen, die nur sehr schwer zu beantworten waren.

Marc beobachtete den Fortschrittsbalken auf seinem Laptop, und als er bei hundert Prozent angelangt war, hielt er den Atem an. Der ALEPH-Zentralserver in Indonesien besaß eine Architektur, mit der er aus seiner Zeit beim MI6 noch vertraut war. Außerdem kannte er eine Schwachstelle in der Software, mit deren Hilfe sie sich Zugang zum Stützpunkt verschaffen würden. Das Datenpaket, das er gerade eben in den Server eingespeist hatte, würde jetzt zwei zusätzliche Identitäten in die Liste der zulässigen Besucher eintragen.

»Die Uhr tickt«, sagte Kara, die das gleiche Bild wie Marc auf dem Monitor hatte. *»Ihr habt schätzungsweise neunzig Minuten. Keine unnötigen Sperenzchen, bitte.«*

»Verstanden.« Marcs Kehle war wie ausgedörrt, und seine Stimme klang heiser.

Der Wagen verlangsamte seine Fahrt. Kurz darauf bog Malte von der Straße ab und rollte auf das unauffällige Haupttor zu. Dort wurden sie von zwei Wachen in ALEPH-Uniformen erwartet. Einer näherte sich jetzt dem Wagen, während sein Kollege ein G-36-Sturmgewehr schussbereit im Anschlag hielt.

Marc klappte seinen Laptop zu, ließ das Fenster herunter und streckte dem Wachmann zwei hervorragend gefälschte Ausweise entgegen. »Agent Cahill und Agent Durant«, sagte er mit einem ganz passablen amerikanischen Akzent. »Wir wollen einen Insassen befragen und sind angemeldet.«

Der Wachmann trug ein digitales Headset mit eingebauter Kamera und scannte die Ausweise, ohne ein Wort zu erwidern. Marc sah im Augenwinkel, wie Malte die Hand an den Schalthebel legte, um im Notfall sofort den

Rückwärtsgang einlegen zu können … doch dann nickte der Wachmann und gab ihnen die Ausweise zurück. Das Tor schwang auf, und der Peugeot rollte auf die andere Seite der Hecke. Flankiert von den beiden Enduros folgte Malte der langen, gewundenen Fahrstraße, die zum Haupthaus des Stützpunktes führte.

»Du klingst wie ein Kanadier«, ließ sich jetzt Lucy zum ersten Mal vernehmen.

»Und du kannst mich mal«, erwiderte Marc und begutachtete den Ausweis mit seinem Foto. Darauf war sein Bart ordentlich gestutzt, und auf seiner Nase thronte eine auffällige Hipsterbrille.

Die Ausweise waren gut und würden einer oberflächlichen Überprüfung ohne Weiteres standhalten, aber er wollte es lieber gar nicht darauf ankommen lassen, ganz egal, wie viele wortreiche Versicherungen Delancort ihm mit auf den Weg gegeben hatte.

Völlig neue Identitäten zu erschaffen hätte viel zu viel Zeit gekostet, und das Risiko des Scheiterns wäre auch größer gewesen. Darum hatten sie sich für die Namen zweier existierender CIA-Agenten entschieden, obwohl das natürlich auch eine Menge Risiken barg. In knapp zwei Stunden würde der ALEPH-Zentralcomputer sich zu einem seiner regelmäßigen Updates mit der zentralen Datenbank der CIA in Verbindung setzen und unter anderem auch melden, dass zwei Agenten den Stützpunkt Strefa G in Stare Kiejkuty betreten hatten. Und dann würden die beiden Systeme feststellen, dass die Agenten »Cahill« und »Durant« unmöglich gleichzeitig an zwei Orten sein konnten.

Ein weiterer Wachmann winkte den Wagen auf einen Parkplatz, wo schon etliche ZiDs und ein klobiger Bearcat-Panzerwagen standen. Ganz in der Nähe waren ALEPH-

Mitarbeiter mit Wachhunden unterwegs. Allerdings ging ihr Blick nach draußen und nicht nach innen. Das war die einzige Schwäche, die Marc am Aufbau der Anlage ausgemacht hatte – Strefa G war ursprünglich so konzipiert worden, dass niemand *eindringen* konnte. An einen Ausbruch hatte damals niemand gedacht, und alle nachträglichen Veränderungen, die aus dem Ganzen ein Gefängnis machen sollten, fußten auf dieser falschen Voraussetzung.

Hinter den Zaun zu kommen war kein großes Problem gewesen. Aber jetzt kam der schwierige Teil.

Lucy musste gespürt haben, was Marc gerade dachte. *»Ganz einfach rein und raus«*, hörte er sie sagen. *»Denk immer daran, dass wir keinerlei Verpflichtung eingehen. Du kannst dem Arschloch also versprechen, was du willst, Hauptsache, er spuckt die Informationen aus, die wir brauchen.«*

Malte sah ihn von der Seite an und zog eine Augenbraue hoch. »Du bist am Zug«, sagte er.

Marc nickte und stieß den Atem aus. »Kein Problem«, log er.

Obwohl Jadeed Amarah keine Uhr und, abgesehen von den festen Schlaf- und Essenszeiten, keine andere Möglichkeit hatte, die Zeit zu messen, hatte er doch ein Gefühl für die Abstände seiner Verhöre. Kurz nachdem man ihn durch die Nacht hierher, an diesen kalten und unbekannten Ort, geflogen hatte, war er tagtäglich befragt worden. Doch irgendwann waren die Abstände länger, waren aus Tagen Monate geworden und schließlich eine ganze Ewigkeit.

Er trug die Narben, die sein Schweigen ihm eingebracht hatte, wie einen Orden. Die Amerikaner und ihre Lakaien hatten vieles unternommen, um ihn zu brechen, aber er hatte standgehalten.

Das zumindest redete er sich selbst immer wieder ein. Denn Tatsache war, dass er *doch* geredet hatte. Allerdings hatte er nichts preisgegeben, was seinen Brüdern und Förderern bei Al Saif geschadet hätte, sondern lediglich ein paar winzig kleine Mosaiksteine, die jedoch allesamt falsch waren. Es war Teil ihrer Ausbildung gewesen, genau diese Lügen auswendig zu lernen, um sie im Verhör wiederzugeben – lauter Irrwege und falsche Fährten, damit der Feind sinnlos Zeit und Energie vergeudete.

Doch zwischen all die Lügen und Täuschungen hatte er immer wieder auch Wahrheiten gestreut, Wahrheiten über die Männer, die ihn und seine Brüder hintergangen hatten, diesen elitären Kreis westlicher Mächtiger, die sich »das Kombinat« nannten. Er hatte keinerlei Skrupel deswegen. Diesen Leuten war er nichts schuldig.

Es war das Kombinat gewesen, das Al Saif seinen allergrößten Sieg versprochen hatte, das sie mit allem versorgt hatte, was notwendig war, um die Straßen Amerikas mit Blut zu überfluten. Und es war das Kombinat gewesen, das sie letztendlich im Stich gelassen, das sie *betrogen* hatte. Sein Hass auf diese Männer kannte keine Grenzen. Sie waren immer noch auf freiem Fuß, während Jadeed hier verrotten musste.

Nachdem die CIA ihn mitgenommen hatte, hatte er sich in die Rolle des Märtyrers gefügt. Zunächst hatte er noch geglaubt, dass er durch seine Gefangenschaft zu einem mächtigen Symbol werden konnte, zu einer Galionsfigur, die den anderen als Beispiel diente. Zu einem Mann, in dessen Namen Krieg geführt wurde. Doch diese Hoffnung auf einen bitteren Triumph war im grellen Licht der harten Wirklichkeit sehr schnell verblasst.

Er erlitt das schlimmste Schicksal, das einem Revolutionär widerfahren konnte. Man hatte ihn einfach ausradiert, hatte seine Taten aus dem Gedächtnis der Welt gestrichen. Amarah war ein vergessener Mann, der hier in seiner Zelle verfaulte, der nicht einmal für seine Feinde mehr einen Wert hatte und … *Sollte er diesen Gedanken überhaupt zu denken wagen?* … von seinen Anführern im Stich gelassen worden war?

Daher war es ein Schock, als die Wachen ihn jetzt aus seiner Zelle holten. Die maskierten Gestalten in ihren schwarzen Uniformen brachten ihn in ein Verhörzimmer, wo er von zwei weißen Männern erwartet wurde. Beide trugen Anzüge. Einer – mit Brille und Vollbart – saß vor einem Laptop und sah aus, als wäre er am liebsten irgendwo anders. Der andere verzog keine Miene und stellte sich hinter Jadeed, kaum, dass er sich gesetzt hatte. Dieser zweite Mann sollte ihn verunsichern, aber Jadeed spielte dieses Spiel nicht zum ersten Mal. Er legte die Hände in den Schoß. Die Fesseln bohrten sich unangenehm in seine Handgelenke.

Nachdem die maskierten Wachen den Raum verlassen hatten, blickte Jadeed sich um. Schließlich blieb er bei dem Bärtigen hängen und legte trotzig den Kopf schief. »Was will deine unwürdige Nation dieses Mal von mir, Amerikaner?«

Der Mann warf einen Blick auf seine Armbanduhr. »Um ehrlich zu sein, bin ich hergekommen, um Sie zu fragen, was *Sie* von *uns* wollen.«

Marc hatte die Hände flach auf den Tisch gelegt, zum einen, um jeden Anflug von Nervosität zu verbergen, zum anderen, um zu verhindern, dass er die Fäuste ballte. Ihm gegenüber saß ein Mann, der eine ganze Gruppe von Jugendlichen zu wandelnden Bomben gemacht und mitten in eine unbeteiligte Menschenmenge geschickt hatte.

Und dieser Mann starrte ihn träge an, während ein spöttisches Lächeln seine Mundwinkel umspielte.

Marc hatte die entsetzlichen Taten, zu denen Amarah und seine Kumpane von Al Saif fähig waren, aus nächster Nähe gesehen. Immer noch gefror ihm das Blut in den Adern, wenn er sich überlegte, wie viel mehr Schaden sie angerichtet hätten, wenn es ihm und Ekko Solomons Team vor rund einem Jahr nicht gelungen wäre, sie aufzuhalten. Es widerte ihn an, dass dieser Terrorist nach allem, was er und seine Zelle angerichtet hatten, immer noch am Leben war, aber die CIA hatte immerhin ihr Versprechen gehalten und Amarah so gründlich weggesperrt, dass die Welt ihn und seine Existenz bereits vergessen hatte.

Al Saif trug für den Tod zahlreicher Menschen, die Marc sehr nahe gestanden hatten, eine ebenso große Verantwortung wie das Kombinat. Für einen kurzen Moment ging die Fantasie mit ihm durch, und er malte sich aus, wie es wäre, sich über den Tisch hinweg auf diesen Kerl zu stürzen und ihn mit bloßen Händen zu erwürgen.

Vielleicht war genau diese Vorstellung in seinen Augen aufgeblitzt, jedenfalls zwinkerte der Gefangene, wich ein wenig zurück und zog seinen orangefarbenen Overall zurecht. »Ihr habt mir sehr vieles genommen«, sagte Amarah nach kurzem Nachdenken. »Es wird eine Ewigkeit dauern, um diese Schuld zurückzuzahlen.«

»Fangen wir doch mal ganz klein an. Wie wär's mit einer besseren Zelle?« Marc richtete jetzt seine ganze Konzentration auf die Wandlung, die er vollziehen musste. Auf der Fahrt hierher hatte er dieses Verhör ein Dutzend Mal durchgespielt, bevor ihm klar geworden war, dass sein ganzer Ansatz falsch war. Vor einer gefühlten Ewigkeit, in einem anderen Leben, hatte Marc Dane selbst auf der falschen Seite eines solchen Tisches gesessen, während seine Kollegen versucht hatten, ihm ein Geständnis für ein Verbrechen zu entlocken, das er nicht begangen hatte. Jetzt rief er sich das, was damals geschehen war, ins Gedächtnis und bediente sich desselben Tonfalls, desselben arroganten Auftretens, mit dem er damals auch behandelt worden war. »Vielleicht können wir Ihnen auch eine hübsche Topfpflanze besorgen.«

Jadeed runzelte die Stirn und spreizte die Finger. »Ich will meine *Misbaha* zurück. Man hat sie mir weggenommen, und ich will sie wiederhaben.«

»Eine Gebetskette.« Leise war Karas Stimme zu vernehmen. *»So was wie ein Rosenkranz …«*

»Das lässt sich einrichten.« Marc erkannte die Gelegenheit und machte weiter. »Und noch mehr, falls Sie bereit sind, uns in einer bestimmten Angelegenheit zu helfen.«

»Ich habe euch schon alles gesagt, was ich über das Kombinat weiß«, herrschte Amarah ihn an.

»Dann erzählen Sie mir etwas anderes.« Marc ließ nicht locker. »Erzählen Sie mir, wie Sie in Libyen einen Mann namens Jalsa Sood ermordet haben.«

Damit erwischte er Amarah für einen Moment auf dem falschen Fuß, was dieser mit einem Achselzucken zu verbergen suchte. »Ich habe für das große Werk viele Hindernisse aus dem Weg geräumt.«

»In diesem Fall aber gerade nicht. Sie haben Sood eben nicht mit einer Autobombe ermordet, obwohl Sie das anschließend behauptet haben.« Marc klappte seinen Laptop auf und zeigte Amarah die Aufnahmen des explodierten Fahrzeugs. »Ein paar Unbeteiligte auf dem Weg zum Markt mussten sterben, weil sie zufällig in der Nähe waren. Und irgendein Unglücklicher auch, der wahrscheinlich Geld dafür bekommen hat, mit Soods Wagen durch die Gegend zu fahren. Aber der, um den es eigentlich ging, der nicht. Der Bäcker hat seinen eigenen Tod vorgetäuscht, und Sie haben das Spielchen mitgespielt.« Als er den Spitznamen des Bombenbauers hörte, sprach Amarahs Reaktion Bände. Marc hatte den Nagel auf den Kopf getroffen.

»Das ist eine Beleidigung«, erwiderte der Terrorist. »Wenn das Schwert zuschlägt, dann nimmt es jedem, den es trifft, das Leben.«

»So etwas würde Sie in den Augen Ihrer extremistischen Brüder im Geiste schwach aussehen lassen, nicht wahr? Wenn bekannt würde, dass Ihre Gruppierung Geld angenommen hat, um einen Mord vorzutäuschen, anstatt ihn zu begehen? Sie hatten den Auftrag, ihn zu töten, aber er hat Sie bestochen.« Marc starrte sein Gegenüber an und merkte, wie die Wut in ihm hochkochte. »Also, wer hat die Absprachen mit Sood getroffen? Sie selbst, um sich ein bisschen was nebenbei zu verdienen? Oder vielleicht Ihr ehrenwerter Kommandeur Omar Khadir? Haben Sie das Geld verwendet, um das Bombenattentat in Barcelona zu finanzieren?«

»Dane.« Lucys Stimme hallte mit eindeutig warnendem Unterton durch seinen Schädel. *»Bleib bei der Sache.«*

Aus Amarahs Verwirrung wurde allmählich Ärger und Misstrauen. »Niemals würde die Central Intelligence Agency auf die Idee kommen, dass Jalsa Sood nicht zu Asche verbrannt ist. Wir sind sehr gründlich vorgegangen.« Dann stahl sich ein leises Lächeln auf das Gesicht des Gefangenen. »Und das bedeutet, dass ihr nicht von der CIA seid. Das hätte mir eigentlich von Anfang an klar sein müssen.« Er beugte sich nach vorn, dichter zu Marc hin, und Malte lockerte die Arme und machte sich bereit einzugreifen, falls es notwendig würde. »Ja. Ich weiß, wer ihr seid.«

»Ach, du Scheiße.« Kara saß vor dem Monitor, auf den die Audiodaten aus Danes Brille übertragen wurden, und wich unwillkürlich ein Stück zurück. »Er ist uns auf die Schliche gekommen? Wie ist denn das …«

Lucy warf ihr einen strengen Blick zu und legte den Finger auf die Lippen. »Warte.« Sie hätte wahnsinnig gerne nicht nur Ohren, sondern auch Augen in diesem Verhörzimmer gehabt, aber indem sie ein unautorisiertes Funksignal aus Strefa G nach draußen sendeten, gingen sie ohnehin schon ein enormes Risiko ein. Ein Videostream hätte noch mehr Bandbreite erfordert und damit auch leichter entdeckt oder blockiert werden können.

Sie konnte Danes gleichmäßigen Atem hören. »Fertig machen zum Abbruch«, sagte Lucy in ihr Mikrofon. Mit einem Mal war die Luft im Laderaum des Lastwagens stickig und drückend geworden.

»Tatsächlich?« Lucy wusste nicht, ob Marc damit sie oder Amarah gemeint hatte.

»Haben eure Herren euch geschickt, um mich zu töten?«, war jetzt der Terrorist zu vernehmen. *»Um mich zum Schweigen zu bringen? Wie wollt ihr das erklären? Ein Selbstmord?«*

Schlagartig war Lucy alles klar. Kara hatte recht. Amarah bluffte nicht und hatte ihr falsches Spiel *tatsächlich* durchschaut. Allerdings – und das war das eigentlich Entscheidende – hatte er dabei einen schwerwiegenden Fehler begangen. »Er glaubt, dass du zum Kombinat gehörst.«

Dann erklang in den Ohrstöpseln ihres Headsets eine Art spöttisches Schnauben. *»Das glauben Sie also?«* Marc verabschiedete sich von seinem falschen Akzent und fuhr fort: *»Tut mir wirklich leid, Ihnen das sagen zu müssen, aber so wichtig sind Sie für uns nicht. Das, was Sie über Jalsa Sood wissen, hingegen schon. Also reden Sie. Wenn Sie weiterleben wollen.«*

»Ach, du Scheiße«, wiederholte Kara. »Tja, das bedeutet dann wohl, dass wir ab sofort improvisieren.«

Amarah drehte sich um und starrte Malte an. »Nichts würde mir mehr Freude bereiten, als mit anzusehen, wie ihr mit leeren Händen wieder von hier abzieht.«

Doch Marc bemerkte, dass seine trotzige Fassade, noch während er sprach, erste kleine Risse bekam. *Ganz normal nach einem Jahr in Einzelhaft,* dachte er.

»Was wollt ihr von Sood?«, erkundigte sich der Terrorist jetzt.

Marc musste wieder daran denken, welches Schicksal er Amarah und seinen Kumpanen wünschte. »Wir werden das tun, was Sie nicht getan haben.« Er war verblüfft, wie leicht es ihm fiel, in die Rolle eines Mittelsmanns des Kombinats zu schlüpfen. Er brauchte dazu nichts weiter zu tun, als jede Menschlichkeit aus seinen Worten zu verbannen. »Wo hält er sich auf?«

»Eure Herren machen doch so gern Geschäfte«, erwiderte Amarah anklagend. »Die ganze Welt ist für sie nichts weiter als ein Spiel.« Er schüttelte den Kopf. »Also machen wir ein Geschäft. Ich werde euch Jalsa Sood ausliefern. Ich weiß, wo er lebt. Aber ich muss persönlich dabei sein. Ich kenne sein neues Gesicht. Ich werde euch zu ihm führen, und als Gegenleistung erhalte ich meine Freiheit.«

»Sie sind Gefangener in einer geheimen, illegalen Haftanstalt, bewacht von bewaffneten Wachmännern und Hunden, gesichert mit Zäunen und Stacheldraht … und Sie wollen, dass wir Sie befreien? *Jetzt?*«

Amarah nickte knapp. »Du hast gefragt, was ich will. Ich habe es dir gesagt.«

Malte starrte Marc über Amarahs Schulter hinweg an und schüttelte den Kopf.

»Das war's«, sagte Lucy. *»Mehr als Rein-Raus haben wir nicht auf dem Zettel. Außerdem haben wir nicht mal mehr eine ganze Stunde übrig. Ein Knastausbruch ist da nicht drin.«*

»Also gut.« Marc ignorierte Lucys Warnung. »Dann müssen wir improvisieren.«

»Hast du jetzt komplett den Verstand ver…?«

Er nahm die Brille ab und legte sie auf den Tisch, rieb sich den Nasenrücken. Wenn sie mit leeren Händen von hier weggingen, war auch die letzte Chance dahin, Ramaas und seine Bombe noch zu finden. Marc schnipste mit den Fingern und zeigte auf Malte. »Gib mir dein Handy.«

Der Fahrer gehorchte, wenn auch zögerlich. »Was hast du denn vor?«, fragte er leise.

»Wie gesagt.« Marc bearbeitete die Tastatur seines Laptops. »Ich improvisiere.«

»Er reagiert nicht mehr«, sagte Kara.

»Offensichtlich«, fauchte Lucy zurück. *»Verdammt!* Er wird die ganze Operation platzen lassen.«

»Ehrlich gesagt, glaube ich eher, dass er gerade versucht, sie zu retten …«

Lucy starrte die andere wutentbrannt an. »Schlag dich ja nicht auf seine Seite.« Sie drückte eine Taste an ihrem Headset und wechselte auf einen anderen, ebenfalls verschlüsselten Funkkanal. »Bodenstation an Himmel. Hörst du mich?«

»Himmel hört.« Ari Silbers Stimme klang, als hätte man sie durch einen Mehrfachverzerrer gejagt. *»Was gibt's, Bodenstation. Probleme, hab ich recht?«*

Lucy hielt sich nicht damit auf, Silbers Vermutung zu bestätigen. »Wir müssen den Ablauf beschleunigen. Wie schnell kannst du hier sein?«

»Zwanzig Minuten plus x, wenn ich den Pferden die Sporen

gebe. Soll ich? Weil, wenn ich einmal da bin, gibt es kein Zurück mehr.«

»Das ist mir durchaus klar.« Lucy presste die Lippen zusammen. »Fang mit der Annäherung an, aber richte dich darauf ein, dass wir abbrechen müssen. Falls uns der ganze Scheiß nämlich um die Ohren fliegt.«

»Verstanden, Bodenstation. Himmel Ende.«

Sie hob den Blick und sah, dass Kara sie anstarrte. »Und was machen wir jetzt? Ich meine, ursprünglich wollten wir doch zuerst den Lastwagen abstoßen und …«

Lucy fiel ihr ins Wort. »Das liegt nicht mehr in unserer Hand.«

Dane drückte Malte das Rubicon-Smartphone in die Hand, und dieser betrachtete das Display. Auf dem kleinen, von einem schwarzen Rahmen aus eloxiertem Metall umgebenen Bildschirm waren nur ein einfacher GPS-Richtungspfeil sowie ein Textfenster mit den Worten FOLGE MIR zu sehen. Dane hatte ein kurzes USB-Kabel an einen Port auf der Unterseite des Smartphones angeschlossen, das jetzt wie ein kurzes Schwänzchen hin und her baumelte.

Malte beäugte das Kabel misstrauisch und bewegte dann das Smartphone durch die Luft. Der GPS-Pfeil bewegte sich ebenfalls und blieb immer auf sein Ziel gerichtet.

Dane warf Amarah einen Blick zu, dann gab er etwas in seinen Laptop ein. Ein leises Klingeln ertönte, dann las Malte TU, WAS ICH DIR SAGE. Er runzelte die Stirn. Die Attitüde des Engländers gefiel ihm ganz und gar nicht, und er konnte sich bestimmt Besseres vorstellen, als sein Leben in Danes Hände zu legen, aber im Moment war das ihre einzige Option – es sei denn, sie wollten unverrichteter Dinge den Rückzug antreten, bevor sie enttarnt wurden.

Dane klopfte an die Tür des Verhörzimmers, und ein ALEPH-Wachmann öffnete sie. »Mein Kollege muss mal telefonieren«, sagte Marc.

Nach kurzem Zögern nickte Malte und ging nach draußen auf den Flur. Der Pfeil drehte sich und wies in die Richtung, in der sich der Hauptausgang des Lagers Strefa G befand. GEH NACH DRAUSSEN, lautete seine Anweisung. Seufzend setzte Malte sich in Bewegung.

Nachdem Marc Amarah noch einmal scharf gemustert hatte, wandte er sich wieder seinem Computer zu. Der Gefangene ließ sich gegen seine Stuhllehne fallen und starrte ihn durchdringend an. »Was machst du da?«, wollte er wissen.

»Sie wollen hier raus. Ich sorge genau dafür. Bleiben Sie sitzen und halten Sie die Klappe. Ich muss mich konzentrieren.« Auf einer versteckten Partition seiner Festplatte hatte Marc ein Dutzend Dateien mit Grundrissen und dem inneren Aufbau des Stützpunkts gespeichert. Sie stammten noch aus den Achtzigerjahren und waren mit vielen anderen Daten von regierungskritischen Hackern aus einem russischen Militärcomputer gestohlen worden. Die Aktivisten hatten sie dann an jeden anonymen Käufer weitergegeben, der bereit gewesen war, dafür eine stattliche Summe Bitcoins zu bezahlen.

Marc legte größten Wert auf eine gründliche Vorbereitung, so sehr, dass es beinahe an Besessenheit grenzte, und das war auch ein Grund dafür gewesen, weshalb das MI6 ihn in sein OpTeam-Programm aufgenommen hatte. Mittlerweile hatten sich die Bedingungen geändert, und er musste deutlich mehr Kompromisse eingehen als zuvor. Manchmal konnte er trotzdem nicht aus seiner Haut – und jetzt war er froh, dass er nicht locker gelassen hatte, bis er wirklich jeden einzelnen Aspekt dieses Stützpunkts ausführlich analysiert hatte.

Strefa G lag nur wenige Hundert Meter vom Verwaltungstrakt entfernt, genau auf der anderen Seite eines Paradeplatzes, der auch als Hubschrauberlandeplatz diente. Nachdem er Maltes Smartphone über eine verschlüsselte Funkverbindung mit seinem Laptop verbunden hatte, konnte er ihm jetzt immer wieder digitale Wegpunkte zuschicken. In einem Videofenster in der Ecke seines Bildschirms waren die unscharfen Bilder aus der Handykamera zu sehen. Sie hüpften ständig auf und ab, da Malte beim Gehen die Hände bewegte.

Marc merkte, dass Amarah ihn unbewegt anstarrte. »Was denn?«

Der Terrorist beugte sich nach vorne. »Das Kombinat hat uns in Amerika im Stich gelassen. Falls das noch einmal geschieht, töte ich dich.«

»Jetzt spiel dich doch nicht so auf, Mann.« Die ganze Anspannung, die sich in Marc aufgestaut hatte, entlud sich auf einen Schlag. »Du weißt doch nicht mal, in welchem Land du bist. Ohne uns hängst du für den Rest deines Lebens hier fest.« Er wandte sich wieder der Tastatur zu und schickte die nächsten Anweisungen ab.

Der Pfeil deutete auf ein flaches, zweistöckiges Gebäude. Über dem Eingang war das Wort *Administracja* zu lesen. Malte steuerte mit schnellen, gleichmäßigen Schritten darauf zu. Er versuchte den Eindruck eines Mannes zu erwecken, der genau wusste, was er tat, auch wenn das nicht einmal annähernd den Tatsachen entsprach. Er kam sich vor wie ein Avatar in irgendeinem Videospiel, gelenkt von einem unsichtbaren Spieler, der irgendwo weit weg von allen Gefahren vor seinem Computer hockte, und er fühlte sich ausgesprochen unwohl dabei.

Hinter der Eingangstür bewachte ein ALEPH-Wachmann eine zweite Doppeltür, die noch tiefer ins Gebäudeinnere führte. Der Pfeil wollte, dass er durch die Tür ging und den dahinterliegenden Korridor betrat. Malte zog seinen falschen Ausweis hervor und reichte ihn dem Wachmann. Im selben Augenblick ließ sein Handy ein leises Klingeln hören.

AUSWEIS FUNKTIONIERT DA NICHT, stand in dem Textfenster.

»*Perkele*«, entfuhr es Malte. Der Wachmann griff bereits nach dem ausklappbaren Schlagstock an seinem Gürtel und sagte etwas Unfreundliches.

Das Handy gab erneut einen Ton von sich. K.O. SCHLAGEN, lautete Marcs Idee. SEINEN NEHMEN.

Malte folgte also seinen Instinkten und rammte dem Wachmann mit einer blitzschnellen Bewegung den Handballen in den Solarplexus, sodass der keine Luft mehr bekam und den Schlagstock fallen ließ. Dann packte er den Kerl mit der anderen Hand an den Haaren, drückte seinen Kopf nach unten und riss gleichzeitig das Knie nach oben. Es knackte laut und feucht, und der Wachmann taumelte mit gebrochener Nase zurück. Anschließend schlang Malte seinem benommenen Gegner einen Arm um den Hals und drückte so lange zu, bis er erschlaffte.

Dann legte er den Bewusstlosen hinter dem Empfangstresen ab, schnappte sich den Ausweis, der an einem Schlüsselband hing, und trat hastig durch die Doppeltür.

Der dahinterliegende Korridor war von Büros und Lagerräumen gesäumt. Schon leuchtete eine neue Textnachricht auf seinem Handy auf.

A334.

Hatte Dane sich womöglich vertippt? Doch dann sah er, dass auf jede Tür ein vierstelliger Code gesprüht worden war. Er ging weiter, drehte den Kopf abwechselnd nach rechts und links.

Da öffnete sich ohne Vorwarnung eine Seitentür in seinem Rücken, und ein weiterer ALEPH-Wachmann in schwarz-grüner Uniform trat heraus. Er sah Malte, rief ihm etwas zu und war mit zwei schnellen Schritten bei ihm.

Der Wachmann legte Malte die Hand auf die Schulter. Dieser ließ sich fallen und drehte sich dabei um die eigene Achse, schwang den Arm herum und traf mit voller Wucht den Unterarm des anderen. Der Knochen brach, und der Mann stieß einen lauten, schmerzerfüllten Schrei aus. Er wollte sich zurückziehen, doch Malte packte seinen Kopf mit beiden Händen und rammte ihn einmal, zweimal gegen die Wand.

Dann ließ er noch eine harte Gerade folgen, und der Wachmann sank zu Boden und kippte gegen die Tür von Zimmer A334. Malte trat sie auf und schleifte den Verletzten hinein, bevor jemand anderes auftauchen konnte.

Im Zimmer war es laut – Klimaanlagen brummten und Elektronik klickte. Er stand vor vier großen Computerservern. Die unablässig blinkenden roten und gelben LEDs bildeten ein komplexes, aber sinnloses Muster.

Das Smartphone meldete sich erneut, und er hielt es sich vor die Nase. HANDY UND KABEL MIT SERVER VERBINDEN, lautete die Anweisung. DANN RÜCKZUG.

Malte hielt das Telefon einen Augenblick lang nur in der Hand und überlegte, was es bedeuten konnte, wenn er tat, was Marc von ihm verlangte. Schließlich schob er alle Zweifel beiseite, legte das Handy auf den neben ihm stehenden Computerturm und steckte das Kabel in den nächstbesten USB-Anschluss. Er hatte keine Ahnung, was gleich passieren würde. Das Display des Smartphones wurde schwarz, dann lief ein endlos langer Programmcode darüber hinweg.

Die LEDs an der Vorderwand des Servers wurden dunkelrot, und Malte hörte, wie in der Ferne Alarmsirenen losheulten.

Kontakt.

Marc gestattete sich ein Grinsen. Das machte ja fast den Eindruck, als könnte es klappen. Innerhalb weniger Sekunden hatte Maltes Smartphone eine Verbindung zwischen Marcs Computer und den Zentralrechnern des Stützpunkts hergestellt. Er bombardierte die Server mit einer ganzen Salve vorprogrammierter Makros, die im Prinzip nichts anderes waren als digitale Lenkkopfraketen. Sie sprengten ein riesiges Loch in die Firewall des Computersystems, das ihm eine Vielzahl an Manipulationsmöglichkeiten bot. Es war ein brutaler, rücksichtsloser Hackerangriff, der eine Menge Unordnung in dem Elektronengehirn anrichten würde, und Marc hatte auf dem Smartphone bereits eine Selbstzerstörungs-App installiert, die dafür sorgen würde, dass der Akku sich selbst kurzschloss und das Gerät Feuer fing. Aber bevor es so weit war, aktivierte er sämtliche Notfallsysteme auf dem gesamten Stützpunkt und ließ die Rauchmelder in Strefa G Alarm schlagen. Von außerhalb wäre diese illegale Haftanstalt nur sehr schwer zu knacken gewesen, aber von innen boten sich genügend Möglichkeiten, um Chaos zu stiften.

Marc knöpfte seine Jacke zu und schlug den Kragen hoch. Amarah sah ihn fragend an. Marc drückte die Entertaste. Im nächsten Augenblick wurde klar, wieso er das gemacht hatte. Der Feueralarm schrillte los, und die Sprinkleranlage erwachte zum Leben.

Amarah zuckte zusammen, als plötzlich Wasser von der Decke regnete. Marc war bereits aufgesprungen und hatte seinen verschrammten Laptop zugeklappt, als der Wachmann hereinstürmte. Draußen lief das Wasser an den Wänden herab. Der Lärm der Sirenen war ohrenbetäubend.

Der Wachmann hatte eine Pistole in der Hand, und sein Gesichtsausdruck machte unmissverständlich klar, dass er zuerst schießen und erst danach Fragen stellen würde.

Marc zeigte mit dem Finger auf Amarah und brüllte den Wachmann an: »Was ist denn hier los, verdammt noch mal? Schaff den Kerl zurück in seine Zelle!« Der Wachmann machte einen Schritt auf Amarah zu, packte ihn an seinem Overall und wollte ihn auf die Beine reißen. Dabei ließ er Marc aus den Augen, sodass dieser ihm von hinten einen brutalen Tritt in die Kniekehlen verpassen konnte.

Der Wachmann brach zusammen und ließ die Waffe fallen. Sie rutschte durch die bereits entstandenen Wasserpfützen unter den Tisch, und Marc bückte sich danach.

Amarah schnellte mit aller Kraft nach oben. Endlich, nach endlosen Monaten der Untätigkeit, hatte er wieder Gelegenheit, Dampf abzulassen. Er schlug dem ALEPH-Mann seine gefesselten Hände ins Gesicht und warf sich auf ihn, drückte ihm die Handschellen auf die Kehle, wollte ihn erwürgen. Der Wachmann wehrte sich, aber gegen Amarahs aufgestauten Hass hatte er keine Chance. Sämtliche Farbe wich aus seinem Gesicht.

Mittlerweile hatte Marc die Pistole des Wachmanns,

eine HK-45, an sich genommen und zielte damit auf Amarah. »Lass ihn los!«, brüllte er, damit der andere ihn bei dem Lärm der Sirenen überhaupt hören konnte. »Wir haben keine Zeit für so was!«

Amarah schlug den Kopf des Wachmanns auf den Boden, sodass das Wasser spritzte, und stand auf. »Wenn du dich nicht traust, ihn zu töten, dann lass es wenigstens mich tun!«

»Raus hier.« Marc packte Amarah am Arm und schob ihn in den Korridor. Dann richtete er die Pistole auf den halb bewusstlosen Wachmann und drückte zweimal ab. »Zufrieden? Und jetzt Bewegung, los!« Er schob Amarah in den Sprühnebel hinaus, bevor der Terrorist sehen konnte, dass beide Kugeln in der Wand steckten.

Mit schnellen Schritten gingen sie durch den Flur, Amarah voraus und Marc dahinter, die Pistole an die Schulter seines Gefangenen gedrückt. Sie kamen an mehreren Zellentüren mit weiteren Insassen vorbei und gelangten bald schon zu einem schweren Stahltor, vor dem drei Flure zusammentrafen. Das Tor war bereits verriegelt und wurde von vier ALEPH-Männern bewacht. Sie waren nass bis auf die Knochen, hatten M4-Karabiner in der Hand und grimmige Mienen aufgesetzt.

»Und? Wie willst du an denen vorbeikommen?«, zischte Amarah ihm aus dem Mundwinkel zu.

»Klappe!«, gab Marc zurück und rief den Wachen zu: »Den hier habe ich sicher, aber da hinten bei den Zellen stimmt irgendwas nicht.« Er versetzte Amarah noch einen Stoß, sodass er auf einen abzweigenden Gang zutaumelte. »Ich kümmere mich um ihn.«

»Dieser Weg führt nicht nach draußen!«, knurrte Amarah ihn an.

»Ich weiß.« Marc schob ihn durch die nächste Doppeltür, dann hatten sie den Sprinklerregen hinter sich gelassen und standen in der bitteren Kälte des Appellhofs. »Los, weiter.«

Amarah überhörte seinen Befehl und blieb stehen, deutete auf einen doppelten Elektrozaun, der den Hof auf drei Seiten umgab. »Was soll ich jetzt tun, Engländer? Graben?« Er spie die Worte förmlich aus und begann zu zittern. »Oder soll ich auf der Flucht erschossen werden?«

Marc betrachtete die Pistole in seiner Hand, und für einen kurzen Augenblick wünschte er sich genau das. Es wäre überhaupt kein Problem gewesen. Zwei Schüsse in den Bauch, zusehen, wie Amarah in den Schlamm fällt und verblutet. Er hatte nichts Besseres verdient.

Aber damit wäre kein einziges Problem gelöst, niemandem wäre geholfen. *Also hilfst du mir, und wenn wir mit allem fertig sind, stecke ich dich wieder hier rein,* schwor er sich.

Dann schüttelte er sich kurz. »Hast du schon vergessen, dass wir noch jemanden auf der anderen Seite des Zauns haben?« Da hörte er auch schon das tiefe, schwere Dröhnen eines Turbodiesels und drehte sich um. Ein schwarzer Stahlkasten kam über die Grasböschung gehüpft.

Von einem Funkenregen begleitet durchstieß der große Bearcat-Panzerwagen die beiden Zäune. Der Maschendraht rollte wie ein Vorhang zur Seite, der Panzerwagen schleuderte mit dem Heck herum und blieb stehen. Die Fahrertür ging auf, und Malte lehnte sich heraus. Er deutete mit dem Kopf zum Heck, und zwar mit demselben Gesichtsausdruck, mit dem er Marc am Heliport von Monaco abgeholt hatte.

»Wir werden abgeholt«, sagte Marc, aber Amarah brauchte keine weitere Aufforderung, um sich auf die Rückbank des hochbeinigen Transportfahrzeugs zu schwingen. Als Marc ihm hinterhersprang, prallten bereits die ersten Kugeln gegen die Panzerung. »Vollgas!«, brüllte er.

Malte legte den ersten Gang ein, und der Panzerwagen schoss vorwärts, schlingerte über den gefrorenen Boden und raste auf die Baumreihe in der Ferne zu.

13

Der Bearcat stellte sich quer und entkam nur dadurch einer über der Fahrbahn liegenden Nagelsperre. Malte gab Gas und preschte mitten durch das Wächterhäuschen hindurch. Der Panzerwagen machte kurzen Prozess mit der leichten Holzhütte und raste dann Funken sprühend und ohne nennenswert an Geschwindigkeit einzubüßen durch das Haupttor.

Marc merkte, wie er vom Boden des Mannschaftsabteils hochgehoben und gegen die Seitenwand geschleudert wurde, während das Fahrzeug sich gefährlich zur Seite neigte. Die grobstolligen Geländereifen quietschten laut und hinterließen breite Schleifspuren auf dem Asphalt, während Malte auf der Schnellstraße nach Westen jagte.

Amarah kauerte zwischen zwei an der Trennwand zur Fahrerkabine befestigten Klappstühlen und fluchte laut, während er kräftig durchgeschüttelt wurde. »Will der Kerl uns umbringen?« Er musste brüllen, um sich bei dem Motorenlärm verständlich zu machen.

»Hinsetzen und Klappe halten.« Marc hielt sich an einem Handgriff fest und spähte durch eine der Panzerglasscheiben im Heck des Bearcat. Immer noch hielt er die HK-45, die er aus Strefa G mitgenommen hatte, fest umklammert. Sie hatten den Stützpunkt zwar bereits verlassen und wurden immer schneller, aber die ALEPH-Mannschaft würde sie nicht so einfach davonkommen lassen. Er nahm eine Bewegung wahr, und dann sah er auch schon, wie sich die ersten drahtigen Gestalten auf Motorrädern an die Verfolgung machten.

Der Bearcat schlingerte erneut besorgniserregend, und dann ertönte lautes Hupen, weil Malte auf die Gegenfahrbahn geraten war und nur knapp einen entgegenkommenden Tanklastzug verfehlt hatte. Eine Wand aus Stahl sauste unter ohrenbetäubendem Dröhnen an ihnen vorbei und war im nächsten Augenblick schon wieder verschwunden.

»*Das* ist euer Plan?«, knurrte Amarah.

Marc beachtete ihn nicht und starrte stattdessen mit mulmigem Gefühl die vier ZiDs an, die dicht hintereinander herrasten und schnell näher kamen. Für einen kurzen Moment überlegte er, ob er schießen sollte. Der Panzerwagen besaß in den Seitentüren und im Heck kleine gepanzerte Schießscharten – fast so wie eine mittelalterliche Burg. Die Mündung seiner HK hätte jedenfalls problemlos hindurchgepasst. Doch er ließ die Idee schnell wieder fallen. Seine Leistungen auf dem Schießstand konnten sich zwar durchaus sehen lassen, aber aus einem schnell fahrenden Fahrzeug auf ein anderes zu schießen? Das wäre reine Munitionsverschwendung gewesen. Er musste sich etwas Schlaueres einfallen lassen.

Während er sich noch auf der Suche nach irgendetwas Nützlichem im Innenraum des Bearcat umsah, zeigte der Fahrer des ersten Motorrades sehr viel weniger Hemmungen, seine Waffe einzusetzen. Marc zuckte zusammen, als die erste Salve Funken sprühend von der Heckklappe des Panzerwagens abprallte. Der Kerl lenkte das Motorrad mit einer Hand, während er die kompakte Maschinenpistole, die mit einem Riemen an seinem Handgelenk befestigt war, in der Hoffnung auf die gepanzerten Radkästen des Fahrzeugs richtete, einen Reifen zum Platzen zu bringen.

Der Angreifer war so nahe herangekommen, dass Marc

sogar die Waffe identifizieren konnte – eine schweizerische Brügger & Thomet MP-9. Marc war ohnehin ein Technikfreak, aber er besaß darüber hinaus noch die besondere Gabe, automatisch die unterschiedlichsten Gerätespezifikationen erkennen und behalten zu können. Für seine Tätigkeit als Analyst war dieses Talent von unschätzbarem Wert, während eines Feuergefechts normalerweise eher weniger. Trotzdem – vielleicht als eine Art instinktive Stressbewältigung – klappte jetzt vor seinem geistigen Auge eine Karteikarte auf – die Waffe besaß ein dreißigschüssiges Magazin mit Neun-Millimeter-Patronen und eine Feuerrate von über neunhundert Schuss pro Minute. Das war zwar bei Weitem nicht genug, um die gepanzerte Karosserie des Bearcat zu durchdringen, aber für die Reifen hätten schon einige wenige Treffer ausgereicht.

Nun führte die Verfolgungsjagd unter lautem Dröhnen mitten durch einen kleinen Ort. Verzweifelte Passanten brachten sich in heller Panik in Sicherheit, doch da waren sie auch schon wieder auf der Schnellstraße. Malte fing an, mit dem Panzerwagen die ganze Breite der Straße auszunutzen, immer hin und her, doch die Motorräder ließen sich nicht abschütteln. Ein einziger gut gezielter Schuss hätte das Ende ihrer Flucht bedeuten können.

»Wir müssen sie dezimieren«, sagte Marc laut und packte einen der Klappstühle, die mit massiven Schnappdrehverschlüssen an der Trennwand des Panzerwagens befestigt waren. Er steckte die Pistole in den Hosenbund, damit er zwei Verschlüsse gleichzeitig öffnen konnte.

»Was hast du vor?«, wollte Amarah wissen. »Ballast abwerfen und wegschweben?«

Marc wies mit einer Kopfbewegung auf die Heckklappe des Panzerwagens. »Aufmachen.«

»Bist du verrückt …?«

»Jetzt hör verdammt noch mal auf, ständig nur rumzumaulen, und *mach es einfach*!« Den ersten Stuhl hatte Marc bereits abgeschraubt, jetzt widmete er sich dem zweiten.

»Du wirst uns alle umbringen, Engländer«, sagte der Terrorist, doch dann tat er, was Marc verlangt hatte, kauerte sich neben die Klappe, um kein Ziel zu bieten, drehte den Griff der linken Klappe um und versetzte ihr einen kräftigen Tritt, während der Bearcat durch eine langgezogene Kurve fuhr.

Die Klappe flog auf und krachte mit voller Wucht an die Seitenwand des Panzerwagens. Der Motorradfahrer war gerade dabei, sich in die Kurve zu legen. Marc warf den Klappstuhl nach draußen, genau in die Bahn der ZiD, und gab ihm dabei noch einen leichten Drall mit.

Der Stuhl wurde vom Sog im Windschatten des Panzerwagens erfasst, schleuderte durch die Luft und traf den Fahrer am Kopf. Er wurde aus dem Sattel gerissen und stürzte auf den eisigen Asphalt, während seine Maschine unkontrolliert in den Straßengraben schleuderte.

Die anderen verlangsamten ihre Fahrt für einen Moment, aber keiner hielt an, um sich um seinen verletzten Kameraden zu kümmern. Kugeln prallten gegen die offene Klappe, und ein Querschläger fand den Weg ins Innere des Bearcat, was Amarah einen wütenden Schrei entlockte.

Marc schnappte sich den anderen Stuhl und probierte das Gleiche noch einmal, aber dieses Mal zielte er daneben, und der Metallstuhl schlitterte über die Straße. Eines der beiden hinteren Motorräder überfuhr ihn und wäre beinahe weggerutscht, doch der Fahrer fing die Maschine gekonnt ab. Ohne tiefe Überzeugung zog Marc die HK und gab ein paar Schüsse auf die Verfolger ab, bevor er sich wieder in die Deckung zurückzog.

Er rief Malte zu: »So wird das nichts! Wir müssen sie

abhängen.« Niedrige, mit einer dünnen Schneeschicht bedeckte Hecken flogen auf beiden Straßenseiten an ihnen vorbei. Dahinter lagen graue, brachliegende Felder und ein paar spärliche Baumbestände. Marc erinnerte sich an die Landkarte, die er vor Beginn ihrer Mission so gründlich studiert hatte. Moment mal!

Er hechtete nach vorn zu dem kleinen Gitterfenster, das den direkten Kontakt mit der Fahrerkabine ermöglichte. »Nimm eine Abkürzung!«, brüllte Marc und zeigte in Richtung der Felder. »Runter von der Straße!«

Das leuchtete Malte unmittelbar ein, und er nickte. »Festhalten«, sagte der Finne und riss das Lenkrad des Panzerwagens so kräftig herum, dass sie um ein Haar unkontrolliert ins Schleudern geraten wären.

Etwas Schweres, Metallisches krachte gegen das Heck des Bearcat – das war eine ZiD. Der Fahrer war gerade dabei gewesen, sie zu überholen, als der Panzerwagen ihm den Weg versperrt hatte.

Malte zielte mit dem Bug des schweren Allradfahrzeugs auf die Hecke, der Wagen durchbrach sie und landete auf der hart gefrorenen Erde des dahinter befindlichen Feldes. Der Untergrund war rau und uneben, sodass der Bearcat sich immer wieder aufbäumte. Als er wieder einmal mit allen vier Rädern in die Luft hüpfte, verlor Amarah das Gleichgewicht und fiel nach hinten, direkt auf die geöffnete Heckklappe zu.

Marc sprang ihm nach und erwischte den Terroristen gerade noch rechtzeitig an seinem orangefarbenen Overall, bevor er ins Freie geschleudert wurde. Mit schmerzenden, völlig überdehnten Muskeln zerrte er Amarah zurück in die Kabine des Panzerwagens, aber kaum war der Kerl einigermaßen in Sicherheit, schlug er Marcs Hand weg. »Lass mich los!«

»Das nächste Mal lasse ich dich eben rausfallen, ja?« Erst jetzt merkte er, dass er in der Hitze des Gefechts die HK verloren hatte. Na ja, viel hatte sie ihm ohnehin nicht genutzt.

Noch immer waren zwei Motorräder hinter ihnen her, wirbelten bei ihrer Verfolgungsjagd lose Erde und Schnee auf. Sie jagten den Panzerwagen wie Hunde, die ein größeres Tier zur Strecke bringen wollen, schoben sich immer wieder neben das Fahrzeug und ließen Gewehrsalven auf die gepanzerte Karosserie regnen. Malte sagte etwas, was sich so wütend und boshaft anhörte, dass es eigentlich nur ein finnisches Schimpfwort gewesen sein konnte. Anschließend lenkte er den Wagen in einen weiten Bogen. Die Motorradfahrer waren auf eine Verfolgungsjagd eingestellt, und Maltes Richtungswechsel verwirrte sie zunächst.

Der Finne nahm das nächste Motorrad ins Visier und zerquetschte das Gaspedal auf dem Bodenblech. Da beging der ALEPH-Söldner einen entscheidenden Fehler. Er kam schlingernd zum Stehen, nahm seine Maschinenpistole in beide Hände und vergeudete den Rest seiner Munition bei dem Versuch, die kugelsichere Windschutzscheibe zu durchlöchern. Maltes Sicht wurde durch das Spinnennetz aus Rissen, die jetzt das gehärtete Verbundglas überzogen, zwar eingeschränkt, aber er sah immer noch genug, um auf den Schützen zuzurasen. Erst im letzten Augenblick riss der Kerl den Gashahn seiner Maschine auf, aber er war nicht schnell genug. Die linke vordere Ecke des Bearcat erwischte sein Hinterrad, das Motorrad brach in zwei Teile, und der Fahrer überschlug sich mehrfach und landete auf der kalten Erde.

Da nahm Marc auf der Straße eine Bewegung wahr. Der Söldner, den er mit dem Stuhl von der Maschine geholt hatte, war wieder im Spiel. Er hatte bei dem Unfall seinen

Helm verloren, sodass Marc sein blutverschmiertes Gesicht deutlich erkennen konnte.

Doch Malte hatte jetzt genug von diesen Stierkampfspielchen. Er fuhr wieder geradeaus, brach durch eine weitere Hecke, raste über ein Stück Brachland und an einem flachen, weiß getünchten Bauernhaus vorbei. Entsetzte Gesichter starrten zu den Fenstern heraus. Am Ende des nächsten Feldes erhob sich ein Wald. Die Bäume kamen immer näher, und die Verfolger dachten immer noch nicht ans Aufgeben.

Marc blickte auf seine Armbanduhr. Wenn sie die Zeit falsch berechnet hatten, dann würde Ihnen die ganze Operation sehr bald um die Ohren fliegen. Ihm war vollkommen klar, dass ALEPH bereits damit begonnen hatte, weitere Einheiten in diesem Gebiet zusammenzuziehen, höchstwahrscheinlich auch Unterstützung aus der Luft angefordert hatte. Falls sie Hilfe vom polnischen Militär bekamen, würden Marc und Malte höchstwahrscheinlich noch vor dem Abend in einer Zelle landen, gleich neben Amarah.

Ziemlich unvermittelt endete der Wald vor einem hohen, rostigen Zaun, aber mittlerweile hatte Malte sich schon daran gewöhnt, den stumpfen, kantigen Bug des Panzerwagens als Rammbock einzusetzen.

Sie durchbrachen also die Sperre, der Panzerwagen schleuderte Matsch und Schlamm nach hinten, während er durch ein Rasenstück pflügte, und gelangte dann auf einen breiten Asphaltstreifen. Der war so breit wie zwei Landstraßen und führte einfach geradeaus in die Ferne. Verschiedene Zahlen und Markierungen in Leuchtschrift waren darauf zu erkennen, und im Westen hob sich der schwarze Schatten eines Flughafengebäudes vor den Bäumen ab.

Wie der Stützpunkt in Stare Kiejkuty war auch das Landefeld, das heute »Regionalflughafen Olsztyn-Mazury« hieß, im Zweiten Weltkrieg erbaut und Jahrzehnte später für illegale Gefangenentransporte missbraucht worden. Heutzutage landeten hier nur noch kleinere Handels- und Passagierflugzeuge, und die dunkle Vergangenheit war längst aus den Geschichtsbüchern getilgt. *Wir werden die Erinnerung gleich ein klein wenig auffrischen,* dachte Marc grimmig.

Ein kleines Propellerflugzeug mit zwei Motoren rollte gerade von der Landebahn Richtung Terminal, als der Bearcat vorbeijagte und das andere Ende der Rollbahn ansteuerte. Eine flache Asphaltfläche ohne Hindernisse war genau das, was die beiden verbliebenen ZiDs brauchten. Sie fraßen den Abstand zu dem Panzerwagen in Sekundenschnelle auf. Malte stand zwar mit allem, was er hatte, auf dem Gas, trotzdem kamen die Motorräder stetig näher.

Marc warf noch einen Blick auf seine Armbanduhr und hätte jetzt nur zu gern Lucys Stimme über den verborgenen Empfänger in seiner Brille gehört. Aber sie und Kara waren schon lange nicht mehr im Laderaum des Lastwagens. Bereits in Monaco hatten sie gemeinsam alle Eventualitäten durchgesprochen. Darum hatten die beiden Frauen, sobald Marc vom Drehbuch abgewichen war, die Operation abgebrochen und den Rückzug angetreten.

Er hob den Blick, sah aber nur graue Wolken am Himmel entlangziehen. *Ari ist immer superpünktlich,* hatte Kara zu ihm gesagt. *Das ist fast genetisch.*

»Hoffentlich …«, fing Marc an.

»Da!« Malte richtete seinen Zeigefinger auf die Bäume, und jetzt sah auch Marc, dass Ari Silber sich für einen tiefen Anflug entschieden hatte. Einen *sehr* tiefen, um genau zu sein.

Der blau-weiße Rumpf eines Privatjets mit T-förmigem Leitwerk glitt so dicht über die Baumwipfel hinweg, dass der Abstand zu dem Fahrwerk keinen Meter mehr betrug. Über der Landebahn ging der Flieger dann wie ein Kampfjet in einen Sturzflug über und raste ihnen entgegen. Malte sah ihn kommen und trat auf die Bremse, bis der Bearcat zitternd zum Stehen kam. Die ZiDs schossen vorbei, wendeten jedoch sofort und jagten zurück Richtung Panzerwagen, während der Jet über die Köpfe der Fahrer hinwegdonnerte. Genau in diesem Augenblick fing der Pilot den Sinkflug ab und ließ die Nase des Jets kurz nach oben wippen, sodass der Strahl der beiden Düsen nach unten auf die Landebahn gerichtet war. Ein glühend heißer Abgasstoß blies die beiden Motorräder weg wie Spielzeuge, und auch der Panzerwagen schlotterte spürbar, als die heiße, stinkende Abgasfahne über ihn hinwegwehte.

Marc musste unwillkürlich grinsen, als er sah, wie das Flugzeug ein Wing-over-Manöver flog, für das diese Modelle eigentlich gar nicht ausgelegt waren. »Ehrlich gesagt, was ich vorhin gesagt habe, war nicht ganz richtig«, sagte er laut. »*Jetzt* werden wir abgeholt.«

Malte gab noch einmal Gas und trieb den Panzerwagen bis zum Ende der Rollbahn, während Marc und ein sprachloser Amarah durch die Heckklappe zusahen, wie der Jet wendete und eine perfekte Landung hinlegte.

Das Flugzeug war ein HondaJet HA-430, der nicht nur mit einer gefälschten Kennnummer, sondern auch ohne das vorgeschriebene IFF-Transpondersignal unterwegs war. Er rollte auf den Panzerwagen zu und wendete unmittelbar davor. Hinter dem Cockpit wurde eine Luke aufgeschoben, und Ari Silber steckte den Kopf heraus. »Wir müssen los«, sagte er und tippte auf den Kopfhörer, der um seinen Hals baumelte. »Ich kriege jedenfalls eine

Menge ziemlich aufgebrachter Kommentare zu hören.« Er grinste, während das Adrenalin, das sein Körper während der riskanten Landung ausgeschüttet hatte, seine Wangen rot färbte.

Amarah machte einen Schritt auf das Flugzeug zu, dann verharrte er wieder, als hätte er es sich anders überlegt. »Wo bringt ihr mich hin?«, wollte er wissen.

»Das fragst du *jetzt*?« Marc musste sich sehr zusammenreißen, um diesem Kerl nicht eine zu scheuern, und machte sich selbst noch einmal klar, welche Rolle er zu spielen hatte. »Wenn du lieber zu Fuß gehen willst, bitte sehr. Vielleicht kann das Kombinat dich dann später mal wieder aus einem Gefängnis befreien.«

»Ich vertraue dir nicht«, erwiderte Amarah kalt. »Wir sind keine Verbündeten.«

»Das beruht voll und ganz auf Gegenseitigkeit, das kannst du mir glauben. Aber wir haben beide etwas, was der andere gerne haben will, und dieses Geschäft können wir nicht hier abschließen.« Marc wandte sich dem Jet zu. »Also überleg es dir. Khadir hat auch mit uns zusammengearbeitet, obwohl wir keine Verbündeten waren. Sondern Menschen mit einem gemeinsamen Ziel.«

Bei der Erwähnung Omar Khadirs setzte Amarah sich in Bewegung und nickte grimmig. »Also gut.« Er schob sich an Marc vorbei und bestieg das Flugzeug.

Für den einen Moment, in dem er allein auf dem Asphalt der Rollbahn stand, ließ Marc seine Maske fallen und atmete erschöpft aus. Er wandte sich ab und sah, dass Malte ihn vom Fahrersitz des Panzerwagens aus mit ausdrucksloser Miene beobachtete. Der Finne winkte ihm zu und folgte dann Amarah ins Innere des Jets.

Zwanzig Minuten später, nach einem Herzrasen verursachenden Tiefflug, waren sie über der Bucht von Danzig und jagten unterhalb des Radarschirms nach Norden, in Richtung Skandinavien.

Bidar brachte den Enkelsohn des Bombenmachers auf die Sonnenterrasse, aber das Bürschchen benahm sich die ganze Zeit so, als wäre Bidar nicht sein Wärter, sondern sein Diener. Ramaas beobachtete, wie Bidar sich mit der Hand über den kahlen Schädel fuhr und Kawal Soods Rücken mit einem Blick bedachte, der keinen Zweifel daran ließ, dass er am liebsten eine Klinge darin versenkt hätte.

Ramaas sah von den Landkarten und Tabellen, die er auf dem niedrigen Tisch ausgebreitet hatte, auf und ließ den Blick kurz zum Swimmingpool hinüberschweifen. »Was willst du?«

Kawal setzte ein verhaltenes Lächeln auf. »Ich wollte mal fragen, ob ich vielleicht mein Handy wiederhaben kann. Sicherheit ist ja wichtig, das ist mir auch klar, aber ich muss doch auch mit meinen Leuten in Kontakt bleiben …«

»Nein.« Ramaas seufzte innerlich. »Niemand darf wissen, dass wir hier sind. Das hat Guhaad dir doch erklärt.«

»Ja, na ja.« Kawal ließ sich ohne Aufforderung auf den Stuhl dem Kriegsfürsten gegenüber fallen. »Aber er kapiert es einfach nicht, stimmt's? Wie man Geschäfte macht?« Der junge Mann beugte sich grinsend nach vorn, so als wollte er Ramaas ins Vertrauen ziehen. »Es geht doch nicht immer nur um Waffen und so.«

Langsam drehte Ramaas den Kopf und sah Kawal an. Dieser Bursche schien den wahren Charakter ihres Verhältnisses nicht zu begreifen. Er sprach mit ihm wie mit einem Kameraden, einem Verbündeten auf Augenhöhe.

Kawals Auftreten, sein ganzes Gebaren entsprach bis ins Kleinste dem prahlerischen Gehabe der amerikanischen Rapper, deren Musik er so sehr verehrte.

»Dein Großvater kommt mit seiner Arbeit gut voran«, sagte Ramaas. Kaum hatte er Jalsa erwähnt, huschte ein Schatten über das Gesicht des jungen Mannes. »Aber er ist auch hoch motiviert.« Ramaas deutete auf den Pool. Der neueste Leichnam im trüben Wasser war ein Gärtner, den Guhaad vor wenigen Stunden ausgewählt und erschossen hatte. Abgesehen von dem einen täglichen Schuss war auf dem ganzen Anwesen so gut wie kein Geräusch zu hören.

Kawal schien sich an den aufgedunsenen, im Wasser schwebenden Leichen nicht zu stören. Er war viel mehr mit seiner überbordenden Wut beschäftigt. »Schmeißt ihr den alten Drecksack auch da rein, wenn ihr fertig seid?«, zischte er mit zusammengebissenen Zähnen. »Ich würde es ja selber machen, wenn …« Kawal verstummte, bevor er noch aus Versehen seine eigene Schwäche eingestand.

»Du trägst solch einen großen Hass auf deinen Großvater in dir«, sagte Ramaas. »Und doch tut er das alles nur für dich.«

»*Scheiß auf ihn!*« Urplötzlich, wie aus dem Nichts, brach es aus Kawal heraus. »Er hat meine Mutter vertrieben, als ich noch ein kleiner Junge war.« Mit einem Mal drängte alles nach draußen. »Und mein Vater? Er ist tot, und das nur wegen ihm!«

»Tatsächlich?« Ramaas kannte die Geschichte bereits. Neven Kurjak hatte sie ihm während der Überfahrt erzählt, als Schlüssel, um an Jalsa Sood heranzukommen. Aber Ramaas wollte sie aus dem Mund des Jungen hören.

»Dieses beschissene Terroristenarschloch«, fuhr Kawal

fort, während es in seinen Augen glitzerte. »Mein Vater hat sich bei der Arbeit an einer Bombe für diesen alten Drecksack in die Luft gesprengt. Und er hat noch nicht mal gesagt, dass es ihm leidtut!« Er wandte sich ab und fuhr sich mit beiden Händen übers Gesicht. Aus seinen folgenden Worten sprach eine tiefe Trauer: »Es ist nichts von ihm übrig geblieben, was man hätte begraben können.«

»Eine Tragödie«, meinte Ramaas. Neven hatte ihm geschildert, dass der Tod seines Sohnes für Jalsa der Anlass gewesen war, aus dem Geschäft auszusteigen. Kurze Zeit später hatte er sich dann tatsächlich zurückgezogen, hatte nur noch wenige Kontakte gepflegt und nur sehr, sehr gelegentlich einen Auftrag für die Kurjaks ausgeführt. Doch für Kawal war dieser Entschluss zu spät gekommen. Er hasste seinen Großvater mit einer unbändigen, glühend heißen Wut.

Plötzlich stand Kawal so abrupt auf, dass Bidar die Hand an seine Waffe legte. Das Bürschchen merkte es gar nicht. »Aber jetzt ist mir das alles egal. Sobald er ins Gras beißt, gehört das alles hier mir.« Er zeigte mit einer ausladenden Armbewegung auf das Anwesen. »Dann habe ich das Geld. Dann treffe *ich* die Entscheidungen!«

Ramaas sah ihn an. »Es gibt wichtigere Dinge als Geld.«

»Ach, ja?« Kawal wandte sich ihm zu und gestikulierte wütend mit den Armen. »Du bist doch Pirat, oder etwa nicht? Worum geht es denn da, wenn nicht ums Geld?«

»Um die Sache.« Seine Worte klangen eiskalt, und mit einem Mal war Ramaas von dem jungen Mann und seinem Dünkel nur noch gelangweilt. »Das, was ich tue, tue ich für meinen Gott und mein Land.«

»Ja, na klar.« Kawal verzog verächtlich das Gesicht. »Aber du wirst schon dafür bezahlt, oder nicht?« Er warf Bidar einen Blick zu. »Ohne Moos nichts los.«

Kaum hatte Kawal diesen gedankenlosen Vorwurf geäußert, zuckte ein Nerv in Ramaas' Kiefer. Er überlegte kurz, ob jetzt der Zeitpunkt gekommen war, diesem Narren die wahre Natur ihrer Beziehung zu offenbaren. Doch dann schob er all seinen Ärger beiseite und erklärte das Gespräch mit einer kurzen Handbewegung für beendet. »Rede mit Guhaad«, befahl er ihm. »Du hast Kontaktleute in der Stadt? Ich will, dass sie die Augen offen halten, falls sich irgendwelche Schnüffler bemerkbar machen. Ausländer von Europol, verstanden?«

»Bullen?« Kawal schnaubte verächtlich. »Die würden sich niemals ...«

Ramaas ließ ihn nicht ausreden, sondern nickte Bidar zu, der Kawal unverzüglich wegzerrte. »Und sprich nicht wieder mit mir, es sei denn, ich befehle es dir.«

Kawal wollte gerade protestieren, als er einen Blick aus dem starren Auge des Kriegsfürsten auffing und all seine Aufgeblasenheit in sich zusammenfiel. Ramaas wandte sich wieder seinen Landkarten zu. Die Stimme des jungen Mannes war ihm auf die Nerven gegangen, und er brauchte jetzt Stille, um nachzudenken und sich vorzubereiten.

Die kalte Brise, die vom Öresund aufs Festland wehte, sorgte dafür, dass Marc nicht allzu lange auf dem Balkon des Wohnblocks in Ribersborg blieb. Im Moment war der Himmel bedeckt, aber sobald es aufklarte, konnte man wahrscheinlich bis hinüber nach Dänemark sehen. In die andere Richtung erstreckte sich Malmö. Er war noch nie zuvor in Schweden gewesen, und bis jetzt hatte er vom Land nicht viel mehr gesehen als den Ausblick vom Balkon und das Wohnviertel unterhalb.

Die Flucht aus Polen hatte sich wie eine Ewigkeit gezogen, jede Minute wie eine Stunde, aber Silber hatte sie ohne größere Probleme außer Landes gebracht und den HondaJet mit gefälschtem Flugplan auf einem schwedischen Provinzflughafen gelandet. Anschließend hatten sie noch einmal zwei Stunden in einem Transporter zugebracht. Während Malte wie üblich am Steuer gesessen hatte, war Marc gezwungen gewesen, sich den fensterlosen Laderaum des Fahrzeugs mit Jadeed Amarah zu teilen. Zum Glück war der Terrorist genauso wortkarg gewesen wie Marc, und so hatten sie die Fahrt zu der sicheren Unterkunft in dumpfem Schweigen hinter sich gebracht.

Um diese Tageszeit war Ribersborg wie ausgestorben, und das kam ihnen gerade recht. Wäre mehr los gewesen, dann wäre ihre Ankunft bemerkt worden, hätten sich Menschen über diese gehetzt wirkenden Fremden mit dem unbeschrifteten schwarzen Lieferwagen gewundert, hätten womöglich Verdacht geschöpft. Das Viertel erinnerte Marc ein wenig an die Wohnblocks im Süden Londons, wo er selbst aufgewachsen war, auch wenn die makellos sauberen Straßen und die graffitifreien Wände dem Ganzen einen sehr künstlichen Anstrich verliehen.

Er ging wieder zurück ins Innere. Malte stand in der offenen Küche und wärmte sich gerade einen zähen Doseneintopf auf. Marc roch den Soßenduft, und das Wasser lief ihm im Mund zusammen. Erst jetzt wurde ihm eine andere verschüttete körperliche Reaktion bewusst: Nach einer Flugreise bekam er jedes Mal rasenden Hunger. Malte schien so etwas zu spüren, jedenfalls wies er mit einer Kopfbewegung auf einen Schrank voller Konservendosen. Marc sah sie sich der Reihe nach an, ließ den eingelegten Hering stehen und entschied sich für Fleischbällchen.

Vielleicht war das alles ja Einbildung, aber er hätte schwören können, dass Malte sich ihm gegenüber nicht mehr ganz so abweisend verhielt wie früher. *Wer weiß, vielleicht habe ich mir mit diesem improvisierten Gefängnisausbruch ein bisschen Respekt erarbeitet,* dachte er. *Oder auch nicht.*

Amarah trat aus dem Badezimmer, nachdem er sich aus dem Schrank der Unterkunft frische Kleidung besorgt hatte. Den zusammengeknüllten orangefarbenen Overall warf er mit verächtlicher Miene auf den Küchentisch. »Verbrennen«, sagte er.

»Willst du den nicht als Souvenir behalten?«, erkundigte sich Marc freundlich.

Doch der andere beachtete ihn nicht, sondern starrte missmutig auf das Nahrungsmittelangebot. »Wenn ihr mich nicht hungern lassen wollt, dann besorgt mir etwas, was halal ist.«

»Wir bestellen etwas«, versprach Marc und warf Malte einen Blick zu. Das war eines der wenigen Dinge gewesen, die aufgrund der drastischen Planänderung nicht hatten vorbereitet werden können. Im Augenblick standen die Ernährungsgewohnheiten eines terroristischen Massenmörders allerdings nicht ganz oben auf seiner To-do-Liste. »Aber vielleicht kannst du ja in der Zwischenzeit dein Versprechen einlösen? Wir haben dich rausgeholt. Also sagst du uns jetzt, wo wir den Bäcker finden können.«

Amarah setzte sich achselzuckend auf einen Stuhl. »So einfach ist das nicht. Ich könnte euch sagen, wo er ist, aber das würde euch nichts nützen. Er hat seinen Namen geändert und sein Aussehen geändert. Ihr wüsstet nicht einmal, wo ihr eure Suche beginnen müsstet.«

Marc setzte sich Amarah gegenüber und griff einmal mehr auf seine eigenen Erfahrungen auf der falschen Seite eines Verhörtisches zurück. »Meine Organisation … das Kombinat hat viele Möglichkeiten.«

»Das habe ich schon einmal gehört«, gab Amarah zurück. »Aber das eine kann ich dir sagen: Ohne dass ihr ganz genau wisst, wo ihr Sood finden könnt, wird er euch kommen hören und verschwinden, bevor ihr auch nur in seine Nähe gelangt.« Er machte eine vage, flatternde Handbewegung. »Und dann taucht er nie wieder auf.«

Marc sah über Amarahs Schulter hinweg, wie Maltes Gesichtsausdruck sich verhärtete. Ihm war klar, dass dem Finnen eine etwas *dynamischere* Methode vorschwebte, um den Terroristen zum Reden zu bringen. Aber Amarah hatte viele Monate in einem illegalen Verlies der CIA verbracht, hatte Verhör um Verhör über sich ergehen lassen und nicht eine wirkliche Information preisgegeben. Mit roher Gewalt würde man bei ihm gar nichts erreichen.

»Also dann, wo geht die Reise von hier aus hin?« Marc beobachtete, wie Amarah sich seine Frage durch den Kopf gehen ließ. Aber noch bevor der Kerl antworten konnte, klopfte es viermal gedehnt an die Wohnungstür.

Malte stellte seinen Eintopf ab und klappte den Brotkorb auf. Darin lagen zwei Glock-17-Halbautomatik mit montiertem Schalldämpfer. Er warf eine davon Marc zu, und der fing sie ohne Probleme auf. Bei dem anschließenden automatischen Kontrollblick stellte er fest, dass die Waffe entsichert war und eine Patrone in der Kammer lag. Amarah zog sich Richtung Balkontür zurück und blickte sich suchend nach irgendetwas um, was er vielleicht als Waffe benutzen konnte.

Ein Schlüssel wurde ins Schloss gesteckt, dann ging die Wohnungstür langsam auf, und eine erschöpft wirkende Kara Wei trat ein. Sie hatte eine große Einkaufstüte auf dem Arm und in der anderen Hand den Wohnungsschlüssel. »Hallo«, sagte sie. »Tut mir leid, dass wir nicht vorher angerufen haben. Mein Akku war leer.«

Malte entspannte sich wieder, und auch Marc ließ erleichtert die Waffe sinken.

Kara hatte noch jemanden mitgebracht, eine Frau in einem dunkelgrauen Sweatshirt und einem schwarzen Hidschab, der ihren ganzen Kopf bedeckte und nur ihr rundliches Gesicht sehen ließ. Sie trug eine dicke Brille, ähnlich wie die, die Marc bei seinem Besuch in Strefa G getragen hatte, und lächelte zur Begrüßung kurz und matt. Ihre ganze Körperhaltung drückte Demut und Bescheidenheit aus.

»Lula kennt ihr ja schon, stimmt's?«, sagte Kara.

Marc blinzelte, als »Lula« ihn direkt anblickte und er in Lucy Keyes' Augen sah. Sie hatte sich in eine vollkommen andere Person verwandelt – ihr Gesicht war runder und blasser, ihre Körpersprache, jede ihrer Bewegungen komplett verändert –, aber die kühle Belustigung in ihrem Blick war unverkennbar.

»Ja, klar«, brachte er mühsam hervor. »Ihr … habt ihr gut hergefunden? Keine Schwierigkeiten?«

»Keine größeren«, sagte Kara mit etwas Nachdruck und reichte Lucy eine Tasche, die diese gehorsam in die Küche trug und dort auspackte. »Ein paar kleinere Planänderungen. Darauf mussten wir uns erst einstellen.«

»Genau«, erwiderte Marc. Er sah Amarah an, der die Packungen mit Halal-Wurst und Brot, die Lucy gerade aus der Tasche holte, bereits erblickt hatte. Marcs Hand schloss sich fester um den Griff der Glock, und er rechnete jeden Augenblick damit, dass das Ganze fürchterlich in die Hose ging.

Doch Amarahs Blick huschte nur flüchtig über »Lula« hinweg. Er machte sich über das Essen her, und nichts deutete darauf hin, dass er die Frau im Hidschab wiedererkannt hatte, dass ihm klar geworden war, dass diese

Frau ihm vor ziemlich genau einem Jahr auf der Independence Avenue in Washington, D. C., ziemlich übel den Hintern versohlt hatte. *Andererseits ist es natürlich eine ziemlich gute Verkleidung*, dachte Marc.

Sie kochten und aßen, und dann wurde es langsam Abend. Während »Lula« sich um die Hausarbeit kümmerte und Malte sich am Fenster einen Beobachtungsposten einrichtete, holte Kara einen Laptop sowie eine Aufnahmeausrüstung aus ihrer Tasche. Marc setzte sich derweil zu Amarah, um das vorhin begonnene Gespräch zu Ende zu bringen.

»Du wolltest mir gerade erzählen, wo wir Jalsa Sood finden können«, sagte er.

»Welche Garantie habe ich, dass du mich nicht tötest, sobald ich dir das verraten habe?«

Marc grinste höhnisch und versuchte, dieselbe Attitüde an den Tag zu legen wie all die hämischen Vollidioten, denen er in seinem Leben schon begegnet war. »Glaubst du wirklich, Jadeed, dass du so bedeutend bist?« Er sprach den Terroristen ganz bewusst mit Vornamen an, damit er sich noch minderwertiger fühlte. »Dein einziger Wert besteht im Moment darin, dass ich etwas von dir will. Wir haben ja gezeigt, dass wir bereit sind, deine Interessen zu berücksichtigen …« Er nickte in Richtung der Wände. »Andernfalls wären wir gar nicht hier. Du bist die Amerikaner losgeworden und kannst tun, was immer du willst. Also halte dich bitte auch an deinen Teil der Abmachung. *Wo ist Sood?*«

»In Dubai«, erwiderte Amarah nach kurzem Zögern. »Da lebt er nach allem, was man mir erzählt hat, in Saus und Braus. Wenn man alt und schwach wird, haben weiche Betten und angenehme Tage einen gewissen Reiz, nehme ich an.«

»Und wie kommen wir an ihn heran?«

Amarah lächelte. »Oh, dafür werdet ihr mich brauchen. Und es kostet extra.«

»Wer hätte das gedacht«, murmelte Kara, ohne den Blick von ihrem Bildschirm zu lösen.

»Es ist notwendig, dass ich euch persönlich vorstelle, von Angesicht zu Angesicht. Denn schließlich wird Jalsa ein Treffen mit dem Mann, der ihn getötet hat, nicht verweigern.«

»Wahrscheinlich nicht«, gestand Marc nachdenklich zu. »Also gut. Wir organisieren die Reise in die Emirate …«

Amarah hob die Hand. »Nein. Diese Unternehmung findet nur unter meiner Führung statt. Nach meinem Willen. Nur so kann ich sicher sein, dass ihr mich am Ende nicht hintergehen wollt.«

Kara sah ihn direkt an. »Und wieso genau sollen *wir Ihnen* trauen?«

Gereizt erwiderte er ihren Blick. »Weil ich ein Angehöriger von Al Saif bin. Wir kennen Dubai, wie ihr es niemals kennen werdet. Eine Gruppe von Westlern, die wie tollpatschige Tiere dort herumstolpern? Man würde euch sofort bemerken. Aber ich kann die Stadt unbemerkt betreten.« Er ließ sich gegen die Stuhllehne sinken, und seine Verärgerung wich Arroganz. »Eure Oligarchen und reichen alten Männer können dafür bezahlen. Endlich einmal hat das Kombinat auch für mich Vorteile.«

Marc schob ihm einen Stift und einen Block entgegen. »Schreib alles auf, was du brauchst.«

Ein unauffälliger Mittelklassewagen nahm Saito in Empfang, nachdem dieser die Rollbahn des Flughafens Charles de Gaulle betreten hatte. Ohne zu zögern, brach er aus der Schlange der Passagiere aus, die dem Terminalgebäude entgegenströmten. Er stieg ein, und der Fahrer reichte ihm zunächst einen verschlossenen Umschlag, bevor er losfuhr, sich am Rand des Flugfeldes entlangschlängelte und das etwas weniger belebte Ende des Flughafens ansteuerte.

In dem Umschlag fand Saito das übliche Sortiment an sauberen Papieren, und er tauschte sie gegen diejenigen aus, die er für seine reibungslose Abreise aus Brasilien benutzt hatte. Ein sicheres Turing-Handy lag ebenfalls darin, und er betrachtete es stirnrunzelnd, fragte sich, ob seine persönlichen Daten womöglich manipuliert worden waren.

Das Telefon aktivierte sich selbstständig und bat ihn um einen Daumenabdruck und eine Aufnahme von seinem Gesicht. Als das Gerät schließlich zufrieden war, stellte es über diverse Darknetserver eine Verbindung zu einer vertrauten, rauen Stimme her. *»Erwarte Bericht. Was ist in Rio vorgefallen?«*

Diese Gesprächseröffnung ohne jede Einleitung war typisch für den Russen. Nach Saitos Einschätzung glaubte er, dass lächerliche Kleinigkeiten wie Höflichkeit für jemanden mit seinem Reichtum keine Bedeutung mehr hatten. Allerdings hätte er eine solche Vermutung niemals laut geäußert. Er wusste um seinen Rang. Saito war der Diener, und das Kombinat war sein Gebieter.

»Ich habe alle Informationen, die wir benötigen«, fing Saito an. »Wir konnten Fedorin problemlos lokalisieren. Sein Reisegefährte hat sich eine Fehleinschätzung erlaubt, die wir zu unserem Vorteil nutzen konnten.«

»Beschreiben Sie Fedorins Status.«

»Er wird uns keine weiteren Schwierigkeiten mehr bereiten.« Saito blickte zum Fenster des Autos hinaus, während es gerade in eine Unterführung fuhr. Sie unterquerten die in Betrieb befindlichen Rollbahnen und sahen das Tageslicht erst wieder, als sie sich den Hangars näherten, die für Flugzeuge privater Unternehmen reserviert waren. »Ich bin in dieser Sache nach eigenem Ermessen vorgegangen.«

»Ach, wirklich?« Der Tonfall signalisierte Saito unzweideutig, dass der Russe mit seiner Aussage nicht zufrieden war, aber das machte nichts. Er war ihm schließlich nicht direkt unterstellt. Saito arbeitete für das *Ideal* des Kombinats, und nicht für einzelne Individuen. *»Was ist mit der Sprengvorrichtung?«*

»Sie war nicht vor Ort«, lautete Saitos Antwort. »Aber damit hatten wir gerechnet. Fedorin hat die Vorrichtung vor seiner Flucht aus Europa verkauft. Ich bin jetzt auf dem Weg nach Kroatien. Der General hat mir gewisse Informationen über die Männer gegeben, mit denen er zu tun hatte.«

»Ich will, dass diese Situation geklärt wird«, sagte der Russe und ließ sich, was nur sehr selten vorkam, seinen Ärger auch anmerken. *»Unverzüglich.«*

»Ich arbeite, so schnell es mir möglich ist«, erwiderte Saito. »Für die nächste Phase wären jedoch einige zusätzliche Informationen außerordentlich hilfreich.«

»Dafür kann ich sorgen«, entgegnete der andere. *»Wer sind diese Männer?«*

Der Wagen kam vor einem der Hangars zum Stehen. Eine Bodencrew war bereits dabei, die Tore zu öffnen, damit die Gulfstream sofort abheben konnte. »Ich brauche alles, was wir über ein paar serbische Waffenschmuggler wissen, die allgemein die Kurjaks genannt werden.«

»Wird erledigt«, sagte der Russe. *»Und, Saito, damit wir uns richtig verstehen. Was immer in Ihrem ›Ermessen‹ liegen mag, sorgen Sie dafür, dass keinerlei Spuren zurückbleiben.«*

»Wie Sie wünschen.« Als das Display seines Turing-Handys schwarz wurde, neigte Saito automatisch den Kopf zu einer kleinen Verbeugung. Dann steckte er die neuen Papiere ein und fuhr mit der Hand über die geheime Tasche in seiner Jacke, in der die Misericordia steckte. Die Worte des Russen hatten ihn daran erinnert, dass auch er nichts anderes war als ein Werkzeug. Genau wie die Waffe besaß er lediglich eine Funktion, aber keinerlei Gewissen.

Nachdem er dem Agenten des Kombinats alles mitgeteilt hatte, was für die Reise in die Emirate benötigt wurde, sagte Amarah zu den anderen, dass er sich jetzt zum Gebet zurückziehen wolle. Doch nachdem er die Zimmertür hinter sich ins Schloss gezogen hatte, bereitete er sich keineswegs auf das Maghrib-Gebet vor, sondern setzte sich einfach nur hin und starrte ins Leere. Amarah hatte schon lange nicht mehr gebetet, und mit jedem Tag wurde die Distanz zwischen ihm und dem Glauben, mit dem er aufgewachsen war, ein kleines Stückchen größer.

Der Anblick der Frau im Hidschab inmitten dieser Leute vom Kombinat hatte ihn verunsichert. Früher einmal hätte ihn ein solcher Anblick, der Gedanke, dass sie sich unrein machte, indem sie mit diesen Ungläubigen zusammenarbeitete, in Rage versetzt. Aber jetzt war es einfach nur eine Erinnerung an die Entscheidungen, die er getroffen hatte. Er hatte den Kontakt mit ihr gemieden, teils aus Gewohnheit, aber vielmehr noch, weil er mit dem, was sie repräsentierte, nichts zu tun haben wollte.

Die Gefangenschaft hatte ihm viel Gelegenheit gegeben, über seine Entscheidungen in der Vergangenheit und die Wahrheiten, denen er sein Leben gewidmet hatte, nachzudenken. Ursprünglich war es sein Glaube gewesen, der ihn in jungen Jahren in den Dunstkreis von Al Saif geführt hatte, angefacht von den aufwieglerischen Reden dschihadistischer Imame und den Erzählungen von Brüdern, die in den Kampf gezogen waren, um Ehre und ewigen Ruhm zu gewinnen. Aber der eigentliche Anstoß für Jadeed Amarahs letzten, entscheidenden Schritt war sein *Hass* gewesen. Wenn er jetzt zurückblickte, dann erkannte er, dass es vor allem sein hartes Leben und seine tiefsitzende Abneigung gegen alles Westliche waren, die den Brennstoff für sein revolutionäres Feuer geliefert hatten. Er erkannte mit neu gewonnener Klarheit, dass der eigentliche Grund für sein Handeln – auch wenn er ihn in der Vergangenheit immer hinter zahlreichen edlen Worten versteckt hatte – darin bestand, dass er all denjenigen, die mehr hatten als er, Schaden zufügen wollte, weil sie in seinen Augen unwürdig waren, weil sie weder Reichtum noch Privilegien noch Macht verdient hatten.

Im Verlauf der Verhöre hatten die Amerikaner jede einzelne Waffe aus ihrem reichhaltigen Arsenal aufgefahren, um Amarah zu brechen. Aber nichts hatte ihn mehr aus dem Gleichgewicht gebracht als der muslimische Geistliche, ein gelehrter und frommer Mann, der Jadeed wieder und wieder erklärt hatte, dass die Taten, die er begangen hatte, im Widerspruch zum Islam, im Widerspruch zu den Worten des Propheten standen.

In jenen Tagen, eingesperrt in einem Geisterverlies und den endlosen Predigten dieses Mannes ausgeliefert, hatte er etwas verloren. Ein wichtiger Teil seiner Persönlichkeit war abgestorben – allerdings nicht der Teil, den sich die Amerikaner erhofft hatten. Sie wollten, dass er sich schuldig fühlte, aber das zeigte nur, wie wenig sie von ihm begriffen hatten.

Amarahs Isolation hatte seinen Hass keineswegs verkümmern lassen. Im Gegenteil.

Als die ersten Zweifel an ihm genagt hatten, als er in seiner Zelle gehockt und sich die stumme Wut auf alles und jeden immer mehr in ihm aufgestaut hatte, hatte er angefangen, sich Fragen zu stellen, die er zuvor niemals zu stellen gewagt hatte.

Hatte Al Saif ihn im Stich gelassen? Hatte Omar Khadir, der Kommandeur, dem er sein Leben gewidmet hatte, ihn der Gnade der Feinde ausgeliefert? War das, woran er glaubte, diesen Aufwand überhaupt wert?

An diesem Tag hatte er nicht gebetet. Und dann war es ihm mit jedem folgenden Tag ein wenig leichter gefallen, nicht zu beten. Amarah zog sich immer mehr in sich selbst zurück, und als die Amerikaner ihn schließlich nicht mehr behelligt hatten, war der Abstand zu allem, was ihn zuvor ausgemacht hatte, noch größer geworden.

Was bin ich jetzt?, fragte er sich. *Was habe ich?* Die Antwort war eindeutig. Er hatte seine Frömmigkeit, seinen Glauben neu definiert. *Ich habe meinen Hass.*

Er nickte bestätigend, während jeder Gedanke an Gott, jedes Streben nach Herrlichkeit langsam verblassten. Er würde diese Narren benutzen, würde sich von ihnen in das Land seiner Jugend zurückbringen lassen. Denn dort gab es Männer, die jemanden mit seinen Gaben – einen Soldaten voll roher, brutaler Abneigung gegen alles – gut gebrauchen konnten. Und sobald er da war, würde er sich einen eigenen Weg suchen – allerdings erst nachdem er diese Trottel des Kombinats ermordet hatte, und zwar bei der ersten sich bietenden Gelegenheit.

Marc starrte zum Fenster hinaus und ließ die Gedanken schweifen. Aus dem Augenwinkel nahm er eine dunkle Gestalt wahr und drehte sich um. Lucy hatte sich zu ihm an den Tisch gesetzt. Sie hielt eine Teetasse mit beiden Händen fest.

Dann sah er, wie ihr offener, neutraler »Lula«-Gesichtsausdruck sich wandelte und er wieder die Lucy vor sich hatte, die er kannte. Sie nahm die dicke Brille ab und holte zahlreiche Wattepolster aus ihrem Mund. Zu guter Letzt legte sie auch den leeren, unterwürfigen Blick ab und sah Marc wütend und herausfordernd an.

Sie sah zu der Tür hinüber, hinter der Amarah verschwunden war, und wandte sich dann wieder an Marc. »Was, zum Teufel, hast du dir eigentlich dabei gedacht?«, fragte sie leise, aber trotzdem sehr nachdrücklich.

»In dem Moment hatte ich einfach keine andere Wahl«, erwiderte er ebenso leise. »Aber es hat doch funktioniert, oder etwa nicht?«

Lucys Miene wurde noch härter. »Mir ist schon klar, dass wir bei Rubicon öfter mal unseren eigenen Weg gehen, dass wir uns nicht immer an die Spielregeln halten, aber vielleicht ist dir die Tatsache entgangen, dass *ich für diese Operation verantwortlich bin!*« Sie beugte sich dichter zu ihm hin. »Du hast dich meinen Anordnungen widersetzt. Ich wollte, dass du abbrichst, und dann hast du einfach den Funkkontakt beendet und irgendeine Scheiße improvisiert.«

»Das stimmt!«, gab er zu. »Das Übliche eben, richtig? Ist ja mittlerweile meine Spezialität.«

»Du hast einfach nur Glück gehabt, das ist alles«, erwiderte sie. »Das Problem ist nur, dass das Glück einen meistens in dem Moment verlässt, in dem man es am dringendsten gebrauchen kann, Dane.« Lucy schüttelte den Kopf. »Du hättest dich zurückziehen müssen. Wir hätten eine andere Möglichkeit gefunden, um an Amarah ranzukommen oder den Bäcker aufzuspüren.«

»Und wie lange hätte das gedauert?« Marc schüttelte den Kopf. »Du weißt genauso gut wie ich, dass uns das Zeit gekostet hätte, die wir nicht haben.«

»Jetzt ist es sowieso müßig, darüber zu diskutieren. Aber ich glaube, ich muss dich an etwas erinnern: diese ganze Scheiße, die wir hier machen?« Lucy wies mit ausgestrecktem Arm auf das Zimmer. »Das ist ein Mannschaftssport. Also lässt du in Zukunft diese Einsamer-Cowboy-Nummer stecken und sprichst dich mit uns ab, *bevor* du irgendwas unternimmst.«

Ihre Worte erinnerten Marc überdeutlich an Schraders Schimpftiraden, und er biss krampfhaft die Zähne aufeinander, weil er nicht zugeben wollte, dass sie recht hatte.

Lucy runzelte die Stirn. »Du hast uns alle da mit reingezogen. Wir arbeiten ohne Netz und doppelten Boden, und zu allem Überfluss haben wir jetzt auch noch ALEPH und die CIA an den Hacken. Vielen Dank auch! Wahrscheinlich hat dir irgendwas gefehlt, seitdem du nicht mehr vor dem Gesetz auf der Flucht warst. In diesem Fall: herzlichen Glückwunsch. Jetzt bist du's wieder. Und wir anderen gleich mit.«

»Es war trotzdem das Richtige«, beharrte er. »Wir haben Amarah in der Tasche. Sobald er uns zu Sood geführt hat, bringen wir diesen widerlichen Drecksack wieder dahin zurück, wo wir ihn aufgegabelt haben.«

Lucy stieß einen lauten Seufzer aus. »Ist dir eigentlich klar, wie gefährlich das ist? Wir dürfen uns keinen einzigen Fehler erlauben. Wer weiß, wie Amarah reagieren würde, falls ihm irgendwelche Zweifel kommen, dass wir nicht fürs Kombinat arbeiten.«

»Trotzdem, wir können es schaffen«, versuchte Marc sie zu beruhigen. »Und außerdem: Bist nicht du diejenige, die das größte Risiko eingeht? Was, wenn er dich erkennt?«

»Also, bitte.« Sie lächelte kalt. »Er hat mir direkt in die Augen geschaut und hat nichts gemerkt.« Lucy zeigte auf den Hidschab und ihre Kleidung. »Rückständige, sexistische Arschlöcher wie Jadeed Amarah beachten Frauen nur dann, wenn sie was von ihnen wollen. In diesem Outfit bin ich für ihn praktisch unsichtbar.«

»Trotzdem«, erwiderte Marc. »Du musst vorsichtig sein.«

»Ach, und das wird dir erst jetzt klar?« Sie zeigte mit dem Finger auf ihn. »Daran hättest du mal in Polen denken sollen, als du alle Absprachen über Bord geworfen hast.«

Ihr Tonfall brachte ihn in Rage. »Als wärst du auch nur einen Deut besser. Hast du letztes Jahr in London nicht ganz genau das Gleiche gemacht?« Lucy hatte während eines Beschattungsauftrags ebenfalls ihre Befehle ignoriert, was zwischen ihr und Solomon bis heute noch nicht vollständig ausgeräumt war.

»Hätte ich das nicht gemacht, wärst du jetzt tot«, erwiderte sie sachlich. »So langsam fange ich an, es zu bereuen.«

»Das kann man ja nicht mit anhören, ihr beiden …«, mischte Kara sich ein, während sie mit dem Laptop in der Hand zu ihnen trat. »Soll ich euch vielleicht alleine lassen?« Sie setzte sich zwischen Marc und Lucy und stellte ihren Computer auf den Tisch. »Ich habe gedacht, ich zeige euch das mal, solange Amarah nicht in der Nähe ist. Neue Informationen von Delancort.« Auf dem Monitor war eine Karte der Adria zu sehen. Die Breiten- und Längenkreise waren dunkelrot markiert. »Ein Patrouillenboot der italienischen Küstenwache hat diesen Bericht über einen griechischen Frachter abgesetzt, die *Salina*. Das ist eines der Schiffe, die im fraglichen Zeitraum den Hafen von Split verlassen haben. Die *Salina* hat mehrfach versäumt, die vereinbarten Funksprüche abzusetzen, und dann hat man sie einen Tag später entdeckt, fernab vom festgelegten Kurs führungslos im Wasser treibend und ohne auf Funksignale zu reagieren.«

Sie zeigte ihnen eine Reihe verschwommener Fotos des Schiffes. Marc sah, dass die Decks unter Wasser standen, und selbst aus der Ferne waren erhebliche Schäden an Bord zu erkennen.

»Kaputte Fensterscheiben«, sagte Lucy. »Und das da? Sind das vielleicht Einschusslöcher?«

»Da hat jemand versucht, das Ding zu versenken, aber er hat gepfuscht.« Marc dachte laut vor sich hin. »Jede Wette, dass die Mannschaft das Schiff entweder verlassen hat …«

»… oder jemand hat sie abgemurkst.« Lucy tippte mit der Fingerspitze auf den Bildschirm. »Einschusslöcher«, wiederholte sie.

»Die Küstenwache geht an Bord, sobald das Wetter es zulässt«, fügte Kara hinzu. »Rubicon hat vermutlich erst eine Chance, wenn es im Dock liegt.«

»Wenn das das Schiff war, das Ramaas benutzt hat, dann ist er schon längst über alle Berge, genau wie die Bombe«, sagte Marc und nickte in Richtung der anderen Tür. »Wir müssen die Spur verfolgen, die wir haben.«

»Und zwar schnell«, pflichtete Kara ihm bei. »Delancort sagt, dass der verschlüsselte Datenaustausch zwischen der ALEPH-Zentrale in Berlin und ihren Einheiten in Europa sprunghaft angestiegen ist. Wir müssen heute noch los, bevor sie das Netz so eng ziehen, dass wir nicht mehr entkommen können.«

Lucy nickte schwach. »Einverstanden. Das heißt also,

dass wir mit Amarah zusammen in die Vereinigten Arabischen Emirate gehen. Dann sehen wir weiter.«

»Er wird versuchen, uns in den Rücken zu fallen«, sagte Marc nach einer kurzen Stille.

»Aber selbstverständlich wird er das«, erwiderte Lucy.

14

Die Klimaanlage verrichtete erbarmungslos ihre Arbeit, sodass im ganzen Flughafengebäude Kühlschranktemperaturen herrschten. Darum hatte Marc, als er ins Freie trat, das Gefühl, schlagartig in einem Glutofen gelandet zu sein.

Er taumelte und blinzelte in die grelle Mittagssonne, tastete nach seiner Sonnenbrille und legte sich schützend das Palästinensertuch um den Nacken. Die Hitze war mörderisch, und er musste sich schwer zusammenreißen, um sich nicht sofort Schutz suchend in den Schatten zu flüchten.

Doch Amarah schob sich schnaubend an ihm vorbei und warf ihm dabei einen vernichtenden Blick zu. »Komm mit«, sagte er und marschierte zu einem Parkplatz auf der anderen Straßenseite, weit weg von den Limousinen und den auf Hochglanz polierten Taxis, die auf wohlhabendere Kunden warteten.

Marc folgte Amarah in gebührendem Abstand und versuchte misstrauisch, die Umgebung im Blick zu behalten. Mit einem kurzen Schulterblick stellte er fest, dass Lucy nur wenige Schritte hinter ihm war. Sie trug jetzt ein weites, dunkles Kleid und ein schwarzes Kopftuch und war wieder ganz die unterwürfige »Lula« – abgesehen von der exklusiven Sonnenbrille, die sie bereits in Monaco getragen hatte.

»Willkommen in Dubai«, sagte sie so leise, dass Amarah es nicht hören konnte. »Heiß genug für deinen Geschmack?«

»Oh ja.« Er holte eine Wasserflasche aus seiner Tasche und trank einen Schluck. »Und zwar in mehrfacher Hinsicht.«

Ob es ihnen nun passte oder nicht, aber hier in den Vereinigten Arabischen Emiraten gab Amarah die Richtung vor. Rubicon besaß zwar eine Niederlassung in der Innenstadt von Dubai, aber dorthin würden sie sich nur im äußersten Notfall wenden. Ab sofort waren Marc und Lucy faktisch auf sich allein gestellt. Kara und Malte hatten sich nach der Abreise aus Schweden bewusst von ihnen getrennt, um die ALEPH-Leute auf eine falsche Fährte zu locken. Darum waren Marc und Lucy jetzt als selbstständige Zelle allein für Amarah verantwortlich. Es fiel ihnen alles andere als leicht, sich einem Terroristen anzuvertrauen, und Marc musste immer wieder an die zusätzlichen drei Millionen Dollar denken, die Amarah für die »persönliche Begegnung« mit Jalsa Sood gefordert hatte. Solomon würde natürlich niemals zulassen, dass er das Geld behalten konnte, aber im Moment bestand ihre Aufgabe vor allem darin, ihren momentanen Führer in Sicherheit zu wiegen. Er durfte auf keinen Fall erfahren, dass sie gar nicht daran dachten, ihr Versprechen zu halten.

»Das muss sein Kumpel sein«, sagte Lucy.

Weiter vorne umarmte Amarah gerade einen dicklichen Araber, und zwar so herzlich, als würde er einen lange verlorenen Bruder wiedersehen. Sie fingen sofort an zu lachen und Witze zu machen, und Marc fand es ausgesprochen seltsam, diesen Mann so fröhlich zu sehen. *Wie ein ganz normaler Mensch,* dachte er. Für einen Moment konnte er beinahe vergessen, dass Amarah vorsätzlich unschuldige Menschen erpresst, genötigt und getötet hatte, nur um die blutigen, barbarischen Ziele seiner Gruppe in die Tat umzusetzen.

Der Araber stand vor einer Reihe ausgeblichener weißer Busse und einer großen Menge erschöpft wirkender, südasiatischer Männer – allesamt Arbeitsmigranten, die nach Dubai gekommen waren, weil man ihnen hier einen lukrativen Arbeitsvertrag versprochen hatte. Gelegentlich scheuchte er ein paar wenig vertrauenswürdig wirkende Schlägertypen an den Reihen der Neuankömmlinge vorbei. Die Handlanger des Arabers stauchten sie mit dem Feingefühl von Ausbildungsoffizieren zusammen, traten die Taschen mit ihren wenigen Habseligkeiten mit Füßen oder schubsten sie beiseite. Im Näherkommen beobachtete Marc, wie einer der Schlägertypen auf den Araber zutrat und ihm einen Stapel mit grünen Reisepässen aus Bangladesch und Pakistan überreichte, die er den Arbeitern abgenommen hatte. Einer der Asiaten streckte die Hand aus, um sich seine Papiere zurückzuholen, doch stattdessen bekam er nur eine saftige Ohrfeige, die ihn zurücktaumeln ließ.

Marc hatte schon manche Geschichte über das unglückliche Schicksal von Arbeitern gehört, denen im niemals endenden Kreislauf von Abriss und Aufbau in Dubai fette Gehaltsschecks versprochen worden waren. Doch die Realität sah anders aus. Die vielen blumigen Versprechen bildeten lediglich die Fassade für ein System, das sich mit Begriffen wie Menschenhandel und Lohnsklaverei ziemlich treffend beschreiben ließ, und das in einem Land, dessen Fortschritt vor allem im stetigen Fluss des weltweit begehrten Erdöls sowie im durch die Behörden geduldeten Missbrauch von Arbeitskräften wurzelte.

Der Araber blätterte die Ausweise durch und reichte sie

dann an einen anderen Mann weiter. Anschließend bedachte er Marc mit einem ernsten Blick, und sein Lächeln verschwand für einen Moment, tauchte jedoch bei Lucys Anblick gleich wieder auf, allerdings in einer lüsternen Variante. Sie wandte sich sofort ab und setzte wieder ihre ausdruckslose Miene auf. »Wen hast du uns denn da mitgebracht, Jadeed?«, wollte er wissen.

»Touristen, Mahmud, nur ein paar Touristen.« Amarah zeigte auf Lucy. »Rühr sie nicht an. Das ist die Frau meines Cousins.«

»Und der da?« Der Araber zeigte auf Marc, legte die Fingerspitzen seiner rechten Hand zusammen und tippte mit dem Zeigefinger der linken Hand darauf. »Der sieht aus, als würde er demnächst an einem Sonnenstich zugrunde gehen.«

Trotz der Schweißbäche, die ihm übers Gesicht liefen, trat Marc auf Mahmud zu, grinste ihn böse an und deutete mit einer Kopfbewegung auf dessen Hände. »Ich weiß, was das heißen soll, Kumpel.« Die Geste des Arabers war eine schwere Beleidigung: Die fünf Finger standen für fünf Väter und bedeuteten so viel wie »zweifelhafte Herkunft«. Der Kerl hatte natürlich angenommen, dass ein Westler das nicht verstehen würde. Marc spielte mit der Wasserflasche in seiner Hand und baute sich vor dem Araber auf. »Da, wo ich herkomme, bekommt man bei so einer Behauptung einen auf die Mütze, ist das klar?« Es wäre das Einfachste gewesen, sich dumm zu stellen, aber das hätte später eventuell wieder für neue Probleme gesorgt. *Am besten bringen wir diesen ganzen Alphatierschwachsinn so schnell wie möglich hinter uns,* dachte er.

Mahmud blinzelte und sah echte Wut in Marcs Augen funkeln. Im nächsten Moment brach er in schallendes Gelächter aus, sodass die ganze Anspannung verflog. »Ah, ein kluger Mann! Verzeihung, es war nicht so gemeint!« Er wies auf den Bus, der ihnen am nächsten stand. »Kommt, kommt. Wir müssen los.«

Der Bus war bereits voller schlecht gelaunter, schweigender Männer. Keiner sah auf, als sie einstiegen. Marc blickte in Gesichter, in denen nichts als Erschöpfung und Furcht zu erkennen war. Lucy setzte sich und hielt den Kopf gesenkt, während Marc sich auf einen Sitz neben dem Fahrer plumpsen ließ. Als der Bus losfuhr, sah er, wie andere Migranten weitere Busse bestiegen, und wandte sich an Mahmud. »Und du bist also für diese Leute verantwortlich?«

Der Araber grinste. »Wir befinden uns hier in der Stadt der Möglichkeiten, das steht doch auf jedem Plakat. Ständig wird irgendwo gebaut. Neue Häuser sprießen wie Unkraut aus dem Boden! Und die muss ja jemand bauen ...« Er warf einen Blick nach hinten. »Bitte sehr!«

Marc nickte verstehend und blickte Amarah an. »Dein Freund muss ja ein wichtiger Mann sein. Und bestimmt auch sehr großzügig.«

Mahmud spürte die versteckte Anklage in Marcs Worten. »Ich bezahle meine Leute gut. Sie haben eine Unterkunft und genügend zu essen, du wirst schon sehen.« Dann beugte er sich nach vorn. »Ihr Engländer und der ganze Rest, ihr solltet froh sein, dass es Dubai gibt! Diese Stadt ist ein Bollwerk der Freiheit und der Demokratie! Wenn es sie nicht gäbe, dann würden wir von Islamisten überschwemmt ...« Er schluckte und grinste Amarah dümmlich an. »Na ja, du weißt schon ... von der üblen Sorte.«

»Was interessiert dich das?« Amarah starrte Marc unwillig an. »An der Hälfte aller Unternehmen, die diese Stadt besitzt, ist das Kombinat beteiligt. Also was kümmert es dich, dass sie auf dem Rücken von Sklaven aufgebaut wird?«

»Das sind keine Sklaven«, schaltete Mahmud sich erregt ein. »Sie bekommen ihren Lohn ... irgendwann, sobald sie ihren Vertrag erfüllt haben, in ein paar Jahren.«

Marc warf noch einmal einen Blick zurück auf die Gesichter der Migranten. Keiner von ihnen schien zu verstehen, dass dieses Gespräch sich um sie drehte, alle starrten nur schwermütig auf die glitzernde Stadt, die draußen vor den Busfenstern vorbeizog. »Bekommen sie dann auch ihre Pässe zurück? Falls sie so lange überleben?«

»Irgendwie müssen wir sie ja im Zaum halten«, wollte Mahmud erklären. »Diese Inder sind schließlich ... sie sind undiszipliniert.«

Auf seinem Weg quer durch die Stadt passierte der Buskonvoi mehrere gigantische Baustellen. Aus riesigen Plastikzelten wuchsen die nackten Betonsäulen unfertiger Luxushotels, Wohntürme und Bürokomplexe hervor, umhüllt von turmhohen Stapeln aus grauen Gipskartonplatten und gespickt mit rostroten Fingern aus nacktem Stahlbeton. Überall schwärmten Gestalten mit Schutzhelmen und staubigen blauen Overalls herum und waren im gleißenden Schein der glühend heißen Sonne emsig damit beschäftigt, diesem Wunder der Wüste das nächste Element hinzuzufügen.

Irgendwann, weit jenseits der unvollendeten Bauprojekte, wurden die Straßen schmaler und waren nur noch von identischen Blockhäusern gesäumt. Das waren die Quartiere, in die die Arbeiter nach Anbruch der Dunkelheit gebracht wurden. Der Bus kam zitternd zum Stehen, und sie stiegen aus.

Der Unterschied zwischen der schmutzigen, baufälligen Arbeitersiedlung und der stromlinienförmigen, fast wie eine Fata Morgana anmutenden Innenstadt war mit Worten gar nicht zu beschreiben. Marc hatte vergleichbare Unterschiede auch schon in Los Angeles oder in seiner Heimatstadt London gesehen, aber hier war die Diskrepanz noch viel gewaltiger. Es war kaum zu glauben, dass solch extremer Reichtum und ebenso extreme Armut so dicht nebeneinander existieren konnten.

Er blickte sich um, ein Auge auf Lucy und das andere auf Amarah gerichtet. Die Gebäude erinnerten ihn an völlig überfüllte Militärkasernen oder Gefängnisblocks. Hier lebten viel zu viele Menschen auf viel zu engem Raum. Ein Duftgemisch aus gebratenem Fleisch, Abwasser und Dieselöl lag in der Luft. Auf den oberen Balkonen des Nachbarblocks machten Arbeiter der Spätschicht sich gerade zur Abfahrt bereit und blieben kurz stehen, um die Neuankömmlinge zu begutachten. Etliche drehten die Köpfe, um Lucy etwas genauer ins Visier zu nehmen. Sie war die einzige Frau in mehreren Kilometern Umkreis, und so erntete sie trotz der dunklen, weiten Kleider eine Menge Blicke.

Mahmud ging zu seinen Männern, um Anweisungen zu verteilen, und Marc hielt sich in Amarahs Nähe, ohne dabei Lucy aus den Augen zu lassen. Er wusste, dass sie im Prinzip sehr wohl auf sich selbst aufpassen konnte, falls es notwendig war, aber nicht in ihrer Rolle als »Lula«, denn damit würde sie ihre Tarnung riskieren.

»Hey.« Er wandte sich an Amarah. »Du hast gesagt, dass Jalsa Sood reich ist. Aber danach sieht es hier nicht gerade aus. Warum sind wir hier?«

»Weil wir auf diesem Weg unbemerkt an Sood herankommen können. Der Bäcker und seine Familie haben viele Beziehungen in der Stadt. Er würde es sofort erfahren, wenn Fremde sich nach ihm erkundigen.« Amarah deutete auf eine Reihe von Arbeitern, die gerade den Bus bestiegen, mit dem sie angekommen waren. »Wenn wir ein Teil von denen sind, dann sind wir wie sie. *Unsichtbar.*« Er verzog verächtlich das Gesicht. »Mahmud und seine Freunde haben diese Idioten zuerst mit Viehlastern durch die Stadt gekarrt, bis die Emiratis sich über den Anblick beschwert haben. Jetzt sind die weißen Busse allgegenwärtig, und niemand schenkt ihnen mehr Beachtung.«

»Ich verstehe. Eine gute Tarnung.« Marc ließ sich das Gehörte durch den Kopf gehen. Solange es keine nennenswerten Sicherheitsvorkehrungen gab, dafür aber Verantwortliche, die bereit waren, für ein paar Scheine beide Augen zuzudrücken, war die Arbeiterschar dieser Stadt für jemanden, der sich in Dubai unauffällig bewegen wollte, ideal. »Aber was, wenn sich einer von ihnen an die Behörden wendet?«

»Das machen die nicht.« Amarah starrte die Arbeiter mit deutlich sichtbarer Verachtung an. »Diese Männer haben kein Rückgrat, sie sind gebrochen. Sie lassen sich schlagen wie Hunde.« Er nickte in Richtung Innenstadt. »Wenn sie ein besseres Leben haben wollten, dann könnten sie es sich mit Gewalt nehmen. Immerhin ist eine ganze Armee von ihnen hier versammelt. Aber sie sind zu schwach, um Blut zu vergießen.« Er schüttelte den Kopf. »Sie bekommen, was sie verdient haben. Sie sind hierhergekommen, um reich zu werden, und jetzt haben die Reichen sie zu Sklaven gemacht.«

Marc verzog das Gesicht. »Du bist ein echter Mann des Volkes, nicht wahr?«

Amarah zuckte mit den Schultern. »Die Schwachen sterben zuerst. Warum also Zeit mit ihnen vergeuden?«

Marc wollte gerade etwas sagen, da merkte er, dass Lucy

näher kam. Sie hielt ihm ein Smartphone wie eine Opfergabe hin. Er nahm es entgegen und entfernte sich. Demütig heftete sie sich an seine Fersen.

»Du solltest ihn nicht verärgern«, riet Lucy ihm leise. »Er muss glauben, dass er alles im Griff hat.«

»Im Moment glaubt er das«, erwiderte Marc und warf einen Blick auf das Telefon, während die eingebaute Verschlüsselungssoftware eine Verbindung herstellte. Nachdem er sich versichert hatte, dass niemand mithören konnte, schaltete er den Lautsprecher ein. »Wir sind da«, sagte er.

»Das sind Sie in der Tat«, ertönte Henri Delancorts Stimme aus dem Gerät. *»Die Satellitenpeilung ist aktiviert. Ich weiß, wir hatten eine Kommunikationssperre vereinbart, aber wir haben bestimmte Informationen erhalten, die nach Mr. Solomons Ansicht sofort weitergegeben werden müssen. Gute und schlechte.«*

»Mir wird jedes Mal schlecht, wenn Sie so was sagen«, murmelte Lucy. »Muntern Sie mich auf. Zuerst die gute Nachricht.«

»ALEPH ist auf einer falschen Fährte. Die Analyse des Funkverkehrs deutet darauf hin, dass die CIA ihnen die Suche nach Amarah weitgehend überlassen hat. Dank Malte und Kara konzentriert sich diese Suche im Moment auf Südspanien.«

»Und die schlechte Nachricht?« Marc wagte kaum zu fragen.

»Gestern Abend wurde der Leichnam eines weißen Mannes mittleren Alters aus dem Jachthafen von Dubai gefischt. Todesursache war stumpfe Gewalteinwirkung, wie durch einen Sturz aus großer Höhe. Allem Anschein nach ist das in dieser Stadt kein außergewöhnlicher Tod. Zu viel Wein und zu viele Penthousewohnungen mit Balkonen. Allerdings hat die Identität

dieses speziellen Herren bei Europol sämtliche Alarmglocken schrillen lassen.«

»Doch nicht etwa ...« Marc hatte plötzlich Magenkrämpfe und sprach den Namen aus, der soeben in Leuchtschrift vor seinem geistigen Auge aufgeflackert war. »Neven Kurjak.«

»So scheint es. Was bedeutet, dass er in dieser Sache nicht mehr von Nutzen war.«

»Scheiße.« Lucy schüttelte den Kopf. »Neven war das schwächste Glied in der Kette, ihn hätten wir am ehesten für unsere Zwecke einspannen können. Ohne ihn haben wir deutlich weniger Möglichkeiten.«

Damit hatte sie recht, aber Marc war in Gedanken bereits einen Schritt weiter. »Wenn Kurjak hier war ... und wenn er wirklich abserviert wurde ... dann besteht doch zumindest die Chance, dass Ramaas oder seine Leute ebenfalls hier in Dubai sind.«

»Wie wollen Sie weiter vorgehen?«, erkundigte sich Delancort nach einer kurzen Pause.

Marc und Lucy wechselten einen Blick. »Am Plan festhalten«, sagte sie. »Wir lassen uns von Amarah zu Sood führen, und zwar noch bevor Ramaas an ihn herangekommen ist.«

»Und wenn das nicht möglich ist?«

Marcs Antwort brachte ihm ein grimmiges Nicken von Lucy ein. »Dann benutzen wir die Waffen.«

Vom schmuddeligen Hausflur des nächstgelegenen Blockhauses führte eine Tür in einen engen Raum, in dem es nach Schweiß und vergammeltem Essen stank. Auf jedem verfügbaren Quadratmeter waren dicht an dicht jahrzehntealte Computer, verstaubte Bildschirme und schmutzige Tastaturen zu sehen. Die Hälfte der Plätze in dem improvisierten Internetcafé war belegt, doch das änderte sich bei Mahmuds Ankunft schlagartig. Er musste nicht einmal etwas sagen – die Arbeiter sahen ihn, standen sofort auf und gingen hinaus auf die Straße, wo sie sich argwöhnisch unterhielten und dabei rauchten.

»Was soll ich denn mit den Ausländern machen?« Mahmud leckte sich die Lippen. »Für die Frau wird sich etwas finden lassen …«

Amarah schüttelte den Kopf. »Gar nichts vorerst. Ich brauche sie lebend, so lange, bis sie mich bezahlt haben.« Er betrachtete die vielen Computer. »Was soll das eigentlich? Willst du mir ernsthaft weismachen, dass diese Dinger auch nur ansatzweise sicher sind?« Er starrte den nächstgelegenen Monitor an, den irgendeine unbekannte Malware mit den verschiedensten Icons und Pop-up-Fenstern pflasterte.

»Etwas Besseres habe ich nicht anzubieten«, erwiderte Mahmud und reichte ihm eine kleine Tasche mit Reißverschluss. Sie enthielt ein Voice-over-IP-Telefon, eine Caracal-Halbautomatik sowie ein Ersatzmagazin. »Verzeih mir, Bruder, aber …«

»Dann muss es eben so gehen.« Amarah winkte ab und versteckte die Pistole unter seinem Gewand. »Warte draußen.«

Mahmud blinzelte. Es gefiel ihm nicht, dass er innerhalb seines eigenen Reiches herumkommandiert wurde, aber er fügte sich und verschloss den Zimmereingang mit einer dünnen Falttür.

Amarah entschied sich für einen Computer im hinteren Teil des Raumes und schloss das Telefon an eine verklebte USB-Steckdose an. Die beiden Geräte verbanden sich miteinander, und dann konnte er über das Internet Kontakt mit einem anderen Gerät aufnehmen, ohne das

Telefonnetz der Vereinigten Arabischen Emirate bemühen zu müssen.

Er gab einen alphanumerischen Code ein, der auf den Kapiteln der Medina-Suren des Korans basierte. Diese Eselsbrücke hatte er sich eingeprägt, nachdem er zu Omar Khadirs Zelle gestoßen war. Für jeden anderen waren diese Zahlen völlig bedeutungslos, aber für ein aktives Al-Saif-Mitglied waren sie ein Leuchtfeuer, eine Möglichkeit, mit den Brüdern Kontakt aufzunehmen.

Als ein Fenster auf dem Bildschirm seines PCs aufklappte, wusste er, dass die Verbindung stand. Als Nächstes ertönte in seinem Hörer ein leises Klicken. Er hielt sich das Mikrofon dicht vor den Mund, doch dann wusste er plötzlich nicht mehr, was er eigentlich sagen sollte. »Ich bin hier«, fing er an. »Jadeed Amarah, durch Allahs Güte und Gnade, Friede sei mit ihm. Ich bin den Amerikanern entkommen und bin bereit, mich erneut dem Kampf anzuschließen. Ich …« Er verstummte, hatte den Schwung verloren. *Hörte ihm überhaupt jemand zu? Oder sprach er das alles nur ins Leere? Wurden seine Worte von einem Gerät aufgezeichnet, das womöglich nie abgehört wurde?* »Ich habe meinen Schwur nicht gebrochen«, sagte er, von einer plötzlichen Wut gepackt. »Habt ihr mich verstoßen?«

Es klickte erneut in der Leitung, dann wechselte ein Punkt in dem Datenfenster die Farbe von grün nach rot. Sie hatten aufgelegt.

Amarah stieß ein wütendes Knurren aus und schleuderte das Telefon quer durch den ganzen Raum. Urplötzlich packte ihn ein gewaltiger Zorn. Er wusste nicht genau, was er eigentlich erwartet hatte – Khadirs sonore Stimme? Ein freundliches Wort seines Kommandeurs, der ihn in den eigenen Reihen willkommen hieß? –, aber *Schweigen* ganz bestimmt nicht. Er kam sich allein gelassen und innerlich hohl vor, während er versuchte, seine aufschäumenden Emotionen einigermaßen unter Kontrolle zu bekommen. Und ganz allmählich verfestigte sich seine ziellose Wut, nahm Gestalt an, wandelte sich, wurde zu etwas Neuem. *Entschlossenheit.*

Wenn er jetzt wirklich auf sich alleine gestellt war… dann war es eben so. Er würde nicht mehr länger auf Befehle warten. Er würde sich nicht mehr sagen lassen, was er tun sollte. Jadeed Amarah würde die Dinge ab sofort selbst in die Hand nehmen.

In diesem Moment wurde, begleitet von lautem Klappern, die Falttür zurückgeschoben, und als Amarah den Blick hob, sah er den Engländer in der Öffnung stehen. Er machte einen angespannten, misstrauischen Eindruck. »Was hast du denn vor? Ich hoffe bloß, du lässt uns nicht einfach so im Stich. Schließlich willst du ja bezahlt werden, nicht wahr?«

Amarah erhob sich und richtete sich zu voller Größe auf. »Nein. Wir haben eine Vereinbarung. Daran halte ich mich, solange deine Auftraggeber sich ebenfalls daran halten.«

Der andere verschränkte die Arme vor der Brust. »Also gut. Dann bist du jetzt am Zug. Wie kommen wir an Sood heran? Und nur damit du Bescheid weißt: Wir haben es eilig.«

Er lächelte schmal. Ihm gingen bereits etliche Möglichkeiten durch den Kopf, wie er die ganze Situation zu seinem Vorteil nutzen konnte. »Es ist ganz einfach. Wir gehen an seine Haustür und klingeln.«

»Ich habe dir doch gesagt, was geschieht, wenn du unnötig Zeit vergeudest.« Ramaas' Worte dröhnten durch die Werkstatt.

Der Bombenbauer zuckte zusammen und ließ den Lötkolben fallen. Dann wandte er sich zu Ramaas um und versuchte, sich wieder halbwegs zu sammeln, während der somalische Pirat, begleitet von Guhaad, näher kam. »Das mache ich doch gar nicht!«, widersprach der Alte mit Sorgenmiene. »Was verlangst du denn noch von mir? Ich bin älter geworden, und deine Ganoven lassen mich kaum schlafen …«

Ramaas beachtete Soods Beschwerden nicht. Stattdessen ließ er den Blick über das bisherige Arbeitsergebnis schweifen. »Wir sind schon viel zu lange hier«, sagte er fast wie zu sich selbst. »Wir müssen endlich den nächsten Schritt tun.« Dann sah er Guhaad an, und seine Miene verdüsterte sich. »Zu Hause ist viel zu weit entfernt. Die Leute werden unruhig werden, weil ich so lange weg bin.«

Für Guhaad klangen diese Worte wie ein Befehl, und er zog seine Pistole und zielte damit auf Sood, ließ die Mündung sinken, bis sie auf die Knie des Alten zielte. »Braucht er für seine Arbeit eigentlich Beine?«

Soods faltiges Gesicht nahm einen trotzigen Ausdruck an. »Ich habe keine Angst vor dir!«

Ramaas stellte sich vor den aufgeklappten Koffer auf der Werkbank und ließ die Finger über dessen metallisches Innenleben gleiten. »Sehr gute Arbeit. Nicht einmal ich kann den Unterschied erkennen.« Er warf einen Blick auf die Reagenzgläser mit radioaktiven Chemikalien, die sie über Bekannte dieses Idioten Kawal bekommen hatten. Wenigstens dafür war Soods Enkelsohn nützlich gewesen. Sobald die Flüssigkeit in die gefälschten Bomben eingefüllt war, würde jeder Geigerzähler, der an dem Koffer entlanggeführt wurde, einen alarmierend glaubhaften Wert anzeigen. *Genug jedenfalls, um alle zu täuschen,* sagte er sich.

Während er noch überlegte, ob er die Beziehung zu dem Bombenbauer beenden sollte, kam der Enkel in die Garage gestürmt. »Yo, wir haben ein Problem.« Kawal keuchte und fuchtelte herum, sodass seine dicken goldenen Armbänder klimperten.

»Was meinst du?«, fragte Ramaas ihn.

»Da ist jemand an der Tür. Er will zu *ihm*.« Kawal zeigte auf seinen Großvater. »Will den alten Arsch sprechen, und vorher geht er hier nicht weg, hat er gesagt.« Dann beschrieb er einen hageren Saudi, der urplötzlich am Tor zur Villa aufgetaucht sei und Einlass begehrt habe. Der Saudi werde von zwei Leuten begleitet, einer Afrikanerin mit Hidschab und einem Weißen, wahrscheinlich Europäer.

»Und du hast nichts davon gewusst?« Ramaas musterte den jungen Mann misstrauisch. »Du behauptest, dass du diese Stadt genau kennst, dass du weißt, was hier vor sich geht. Ich mag keine Überraschungen.«

»Ich kann sie umlegen«, bot Guhaad an. Ihm wurde es zunehmend langweilig hier, weil er immer nur das Personal der Geisel quälen durfte. Darum war er in praktisch jeder Situation sehr schnell mit gewaltsamen Lösungsvorschlägen zur Stelle.

Ramaas war kurz davor, seinen Bluthund tatsächlich von der Kette zu lassen, da holte Kawal tief Luft und begann zu reden. Dabei starrte er seinen Großvater an. »Dieser Typ, weißt du, was der zu mir gesagt hat? Er hat gesagt: *Sag dem Bäcker, dass der Mann, der ihn ermordet hat, vor der Tür steht.* Was soll das denn bedeuten, verdammte Scheiße noch mal?«

Sämtliche Farbe wich aus Jalsa Soods Gesicht. »Nein!«, flüsterte er. »Oh nein.«

Ramaas wusste, was das zu bedeuten hatte. An Bord des Frachters, mit dem sie nach Dubai gekommen waren, hatte er aus Neven Kurjak alles über Jalsa Sood herausgepresst, jedes noch so winzige Detail, auch die Geschichte seines vorgetäuschten Todes. Aber bis jetzt waren ihm die genauen Umstände immer noch ein Rätsel gewesen. »Es ist der Attentäter?« Er beugte sich drohend über den Alten, damit dieser auf keinen Fall wagte, ihn anzulügen. »Wer ist er? Warum ist er hier? Hast du ihn gerufen?«

»Nein, das schwöre ich!« Sood schüttelte aufgeregt den Kopf. »Er … er heißt Jadeed Amarah. Ich weiß nur, dass er von den Amerikanern verhaftet worden ist … Er ist ein Mitglied der Gruppe, die versucht hat, den amerikanischen Präsidenten in Washington zu ermorden!«

Ramaas rieb sich das Kinn. Er hatte die Berichte gesehen. »Die Amerikaner haben behauptet, dass Al Saif dahintersteckt.« Der Kriegsfürst konnte sich noch gut daran erinnern, wie die militanten al-Shabaab-Krieger in Puntland den Namen ihrer fernen Brüder ob des Scheiterns ihrer glorreichen Mission verflucht hatten. Ramaas hatte dazu eine andere Haltung. Nach allem, was er wusste, gebührte Al Saif großer Respekt dafür, dass sie es gewagt hatten, einen Schlag im Herzen eines so mächtigen Gegners zu wagen. »Dieser Amarah ist einer von ihnen?«

Sood nickte. »Wir … wir hatten eine Abmachung.«

»Warum ist er hier?«, wiederholte Ramaas. »Und wage es nicht, mich anzulügen. Ich würde es herausfinden.«

»Ich weiß es nicht, das hab ich doch gesagt«, erwiderte Sood. »Ich habe vor ein paar Jahren mit Amarahs Zelle zusammengearbeitet und ihnen bei ein paar kleineren Dingen geholfen, mehr nicht! Wenn er jetzt hier ist, will er etwas von mir.«

Ramaas warf Guhaad einen Blick zu und wog die verschiedenen Optionen ab. Er wollte sich nicht noch mehr Feinde machen, nicht jetzt, wo er ohnehin so viele verschiedene Dinge zu bedenken hatte. Den unerwarteten Besucher zu töten wäre sicherlich die zweckdienlichste Maßnahme gewesen, aber sie hatte womöglich Konsequenzen, die den gesamten Plan des Kriegsfürsten gefährden konnten. Wenn Al Saif auf ihn aufmerksam wurde, war die Gefahr groß, dass sie sich Gottes Willen entgegenstellten. Darum erwiderte er Guhaads Blick schließlich mit einem Kopfschütteln und wandte sich wieder an Sood. »Du wirst zur Tür gehen und mit diesem Mann reden. Du sagst ihm, dass er weggehen soll.«

»Sofort«, erwiderte Sood und hätte sich beinahe verneigt, während er nach draußen stürzte.

»Mach dich nützlich«, sagte Ramaas zu Kawal. »Lass ihn nicht aus den Augen.«

»Na klar, Mann, kein Problem.« Kawal setzte ein diensteifriges Grinsen auf und schlenderte hinter dem Alten her.

Guhaad ließ ein verächtliches Grunzen hören. »Der alte Narr lügt. Er hat doch garantiert einen Notruf abgesetzt, und dieser Amarah will ihm jetzt helfen.«

»Vielleicht«, räumte Ramaas ein, und im selben Moment traf er eine Entscheidung. Er klappte den Deckel des geöffneten Koffers zu. »Er wird Zeit zu gehen. Sag Bidar und Macanay, dass sie sich geeignete Fahrzeuge suchen sollen. Wir haben alles, was wir brauchen, um unsere Mission fortzuführen.«

Ein animalisches Lächeln trat auf Guhaads Gesicht, wie ein Messer, das aus der Scheide gezogen wird. »Wir dürfen keine Zeugen zurücklassen.«

Ramaas nickte erneut. »Aber leise.«

Das Empfangszimmer der Villa war größer als die ganze Wohnung, in der Lucy Keyes aufgewachsen war, und es sah aus, als hätte der Innenarchitekt im Schlussverkauf sehr günstig große Mengen rosa Marmor und Goldfarbe erwerben können.

Umhüllt von einer weiten, knöchellangen schwarzen Abaya betrat Lucy mit kleinen Schritten und im vorgeschriebenen Abstand zu den Männern ebenfalls das Haus. Amarah setzte sich auf eine Couch, während Marc zögerte und sich zu ihr umwandte. Sie sah ihm nicht in die Augen, hatte die Hände gefaltet und den Kopf gesenkt. Marc begriff. Lucy konnte unmöglich ihre »Lula«-Rolle aufgeben, nicht jetzt, wo sie so kurz vor dem Ziel standen. Darum schlenderte er durch den Raum und betrachtete ausgiebig die hohe Decke.

Lucy sah sich aus dem Augenwinkel so unauffällig wie möglich um. Der sechseckige Raum besaß viele dunkle Ecken mit Torbögen, die in düstere Flure führten. Vor den Fenstern hingen kunstvoll geschnitzte hölzerne Fensterläden. Der überdachte Gang, durch den sie den Raum betreten hatten, führte zurück zum Haupttor. Direkt gegenüber lag die Eingangstür ins Innere der Villa. Über jedem Türsturz war eine Halbkugel aus Plastik mit einer Überwachungskamera befestigt, die den gesamten Raum im Blick hatte. Orangenblütenduft lag in der Luft, die sich, obwohl es spürbar kühler war als in der brütenden Hitze draußen, immer noch irgendwie drückend anfühlte. Der trockene Wüstenwind ließ die hölzernen Fensterläden ächzen und knarren. Lucy konnte ihn förmlich schmecken, fast wie Staub.

Amarah beobachtete sie. Seit ihrer Ankunft in Dubai fiel ihr das immer öfter auf. Jedes Mal, wenn es nichts anderes gab, was seine Aufmerksamkeit erforderte, ließ er den Blick in ihre Richtung schweifen. Sie rückte die dicke Brille zurecht und entspannte bewusst ihre Gesichtszüge, atmete durch den Mund und starrte ausdruckslos geradeaus.

Falls Amarah irgendwann klar wurde, dass »Lula« und die Frau, die dem US Secret Service geholfen hatte, ihn gefangen zu nehmen, ein und dieselbe Person waren, waren sie erledigt. Lucy ließ sich die verschiedenen Möglichkeiten durch den Kopf gehen. Alle endeten damit, dass sie Jadeed Amarah endgültig das Licht ausknipste. Falls es so weit kam, würde sie diesbezüglich jedenfalls keinerlei Hemmungen haben.

Jetzt traten zwei Männer durch die andere Tür. Beide waren indischer Abstammung. Sie hatte Fotos von Jalsa Sood als jungem Mann gesehen und erkannte ihn sofort – trotz seiner silbergrauen Haare, trotz der diversen Operationen und obwohl er deutlich älter geworden war und ziemlich verlebt aussah. Er wirkte ziemlich nervös, aber damit war zu rechnen gewesen. Schließlich stand er aus heiterem Himmel dem Mann gegenüber, der dafür gesorgt hatte, dass der Rest der Welt ihn für tot hielt. In so einem Fall wäre wahrscheinlich jeder nervös gewesen.

Soods Begleiter wies eine gewisse Ähnlichkeit mit den Aufnahmen des Bombenbauers aus den Achtzigerjahren auf. Darum ging sie davon aus, dass es sich um einen Angehörigen handelte. Aber davon abgesehen gab es zwischen dem jungen und dem alten Mann keinerlei Parallelen. Jalsa war mit seinem teuren, aber bescheiden wirkenden Gewand, einer sogenannten Dischdascha, eher konservativ gekleidet, während der andere einen viel zu grellen Designerjogginganzug und dazu so viel Goldschmuck trug, dass man ihn ohne Probleme hätte im Meer versenken können.

Sood begrüßte Amarah in stockendem Arabisch, doch sobald er Marc und Lucy gesehen hatte, sprach er auf Englisch weiter. »Das kommt … sehr überraschend«, begann er und verneigte sich mit einem gezwungenen Lächeln. »Willkommen in meinem Heim. Mein Name ist Vishal Daan, und meinen Enkelsohn Kawal haben Sie ja bereits kennengelernt.«

»Hallo.« Kawal würdigte Marc kaum eines Blickes. Dafür musterte er Lucy umso länger, und zwar so lüstern, dass sie sofort das dringende Bedürfnis nach einer Dusche verspürte. Sie simulierte ein demütiges Lächeln, das ihn nur noch mehr anstachelte.

Amarah betrachtete den Alten ebenfalls mit raubtierhaftem Blick, wenn auch aus völlig anderen Gründen. Nach der Begrüßung ließ er sich auf die Couch fallen und nickte träge. »Lassen wir doch die Lügen. Die beiden wissen genau, wer du in Wirklichkeit bist, Jalsa.«

»Aha.« Soods Miene erschlaffte für einen Moment, dann fing er sich wieder und setzte sich auf eine andere Couch. Er griff nach einer Messingglocke auf einem niedrigen Tischchen und klingelte. »Das Hausmädchen wird uns einen Tee bringen«, fügte er erklärend hinzu.

»Gastfreundlich wie immer«, erwiderte Amarah, dann blickte er Marc an. »Das ist er. *Der Bäcker.* Gesund und munter, wie versprochen.«

Der junge Mann löste den Blick von Lucy und starrte Amarah an. »Ey, Mann, willst du Stress machen, oder was?« Er spannte sichtbar die Muskeln an und richtete sich drohend auf. Sie hatte diese Körpersprache schon tausendmal auf den Straßen von New York gesehen, dort, wo sie ihre Teenagerjahre zugebracht hatte. »Was wollt ihr hier, verfluchte Scheiße noch mal?«

»Kawal!« Sood brachte seinen Enkel mit einem lauten Verweis zum Schweigen. Seine Wangen färbten sich rot. »Verzeiht meinem Enkel, er benimmt sich unhöflich …«

Der Alte holte tief Luft, und die folgenden Worte klangen deutlich härter. »Aber er hat auch recht. Wer sind diese Leute?«

»Du bist berühmt, Jalsa. Sie wollten dich gern kennenlernen.«

Sood verkrampfte sich sichtlich und ließ den Blick durch den Raum schweifen. Er hatte Angst, so viel war klar … doch Lucy hatte das Gefühl, als ob noch mehr dahintersteckte. Sie wechselte einen Blick mit Marc, und die beiden verständigten sich schweigend. *Er hat etwas zu verbergen.*

»Sir, meine Organisation möchte Sie gern als Berater engagieren.« Marc versuchte es zunächst mit dem Ansatz, von dem sich die Verhaltensanalytiker bei Rubicon am meisten Erfolg versprachen. »Und zwar ausschließlich in technischen Fragen. Wir könnten Ihnen eine sehr gute Bezahlung garantieren.«

»Nein. *Nein.*« Sood nickte schwach mit dem Kopf und wandte sich ab. Für einen kurzen Moment blitzte dabei eine Verletzlichkeit auf, die sein wahres Alter offenbarte. »Wo bleibt denn das Hausmädchen? Ich möchte endlich etwas zu trinken haben …«

Er wirkte müde und gebrechlich. Für einen Moment war Lucy beinahe bereit zu glauben, dass sie es *nicht* mit einem Mann zu tun hatte, der Hunderte Bomben angefertigt hatte, die wiederum Tausende Menschen das Leben gekostet hatten. *Beinahe.*

Kawal blitzte Marc wütend an. »Über wie viel Geld reden wir denn? Es müsste ganz schön viel sein, sonst könnt ihr sofort wieder einpacken.«

»Nein!« Sood sprang auf. »Ich habe kein Interesse! Ich will, dass Sie jetzt gehen!«

Amarah erhob sich ebenfalls und zuckte mit den Schultern. »Tja, ich habe versprochen, dass ich euch zu ihm bringe. Aber ich habe nie behauptet, dass ihm das schmecken würde.« Er schnüffelte. »Ihr müsst mich also trotzdem bezahlen.«

»Dich bezahlen, du mieses Stück Dreck?« Wutschnaubend stapfte Kawal auf den Terroristen zu. »Mann, hau bloß ab, bevor dir ernsthaft was zustößt. Ist dir eigentlich klar, mit wem wir jetzt zusammenarbeiten?«

Sood übertönte seinen Enkel. »Du hast so lange geschwiegen, Jadeed, und dann kommst du zu mir, in mein Haus, mitten am Tag? Und bringst Fremdlinge mit?«

Amarah reagierte gereizt auf seinen Tonfall. »Es war notwendig.«

»Für dich vielleicht. Aber nicht für Al Saif.« Sood schüttelte erneut den Kopf. »Du bist nicht mit dem Segen deiner Leute gekommen! Du willst meine Sicherheit gegen das Gold dieser Fremden eintauschen!«

Marc hob die Hand. »Bitte, das ist doch unnötig. Wir können uns bestimmt einig werden …«

Doch Sood hörte ihm nicht zu. Lucy sah, wie in ihm dieselbe Wut hochkochte wie vorhin bei Kawal. Er stach mit dem Zeigefinger auf Amarah ein. »Al Saif existiert nicht mehr. Die Amerikaner rotten ihn aus und töten alle Kämpfer, und zwar wegen deiner Taten in Washington!«

»Das ist eine Lüge!«, schrie Amarah zurück. »Sie … sammeln sich neu.« Doch mit einem Mal war er sich selbst nicht mehr sicher. »Khadir wird zurückkehren …«

»So, wie er zu dir gekommen ist?«, schleuderte Sood ihm entgegen. »Man hat dich in einer Zelle verrotten lassen! Was schließt du daraus?«

»Ich schließe daraus, dass mir etwas zusteht«, knurrte Amarah und blickte Marc an. »Dieser Mann ist ein Söldner in Diensten des Kombinats. Du kennst diese Leute,

Jalsa. Sie sind um vieles reicher als du!« Er verzog hämisch das Gesicht. »Ich habe eine Vereinbarung mit ihnen geschlossen. Und ich habe mich daran gehalten.«

»Man hat dir eine Lüge aufgetischt, mein Freund.« Es war eine neue Stimme, die da in Lucys Rücken erklang, und sie wirbelte herum. Starr vor Schreck sah sie, wie sich aus dem Schatten in einer düsteren Ecke des Raumes eine Gestalt löste und in die Lichtstreifen trat, die durch die Fensterläden hereinfielen.

Der dunkelhäutige, breitschultrige Mann hatte ein mörderisches Lächeln aufgesetzt und spreizte die Finger, während er auf das Grüppchen zuschlenderte. *Abur Ramaas*, dachte Lucy, während der Mann mit seinem schwarzen, verletzten Auge den Raum erfasste. *Das muss er sein.*

Sämtliche Farbe wich aus Marcs Gesicht, und Ramaas kicherte leise. »Ich habe euer Gespräch sehr gerne belauscht«, sagte er. »Und ich habe sehr wenig Wahres gehört. Aber das ist die größte Lüge von allen.« Er richtete seinen Zeigefinger wie eine Pistole auf Marc. »Dieser Mann gehört nicht dem Kombinat an. Er ist *Polizist*.« Lang und genüsslich ließ Ramaas sich das Wort auf der Zunge zergehen, bevor er dem Engländer in die Augen sah. »Du bist mir von Kroatien bis hierher gefolgt. Wie hast du das gemacht, Polizist?«

»Sie sind ja kaum zu übersehen«, erwiderte Marc nach kurzem Zögern.

»Was?« Mit wutverzerrtem Gesicht spie Amarah eine ganze Reihe von Flüchen aus. »Was hast du da gesagt?« Und dann interessierte er sich plötzlich nicht mehr für Marc oder Ramaas, sondern starrte nur noch Lucy an. Endlich dämmerte es ihm, und die langsam sich verfestigende Erkenntnis wurde zu Wut und glühendem Hass. Er eilte zu ihr, und noch bevor sie reagieren konnte, riss er ihr den Hidschab und die falsche Brille vom Kopf. *»Du?«*, brüllte er sie an, zog eine Pistole aus seinem Gewand und richtete sie auf sie. »Du nichtswürdige amerikanische Hure!«

»Da staunst du, was, du Arschgesicht?« Von einem Moment auf den anderen war sie nicht mehr »Lula«, hatte alles Demütige abgestreift und trat ihm stattdessen mit offenem Widerstand entgegen. »Und ich hatte schon gedacht, du wärst zu dämlich, um es zu merken.« Sie spuckte die Wattebäusche aus, mit denen sie sich die Wangen ausgestopft hatte, und grinste spöttisch.

»Was, zum …?« Kaum hatte Amarah seine Pistole gezogen, wurde er von Kawal mit einem Schwall von Schimpfworten überschüttet. Gleichzeitig zog der junge Mann ebenfalls eine Pistole, eine vergoldete, funkelnde SIG Sauer, die mehr nach Spielzeug als nach richtiger Waffe aussah. Er fuchtelte wie wild damit in der Gegend herum, weil er nicht wusste, auf wen er zuerst zielen sollte. »Zurück!« Kawals Augen waren groß vor Angst.

Amarah trat einen Schritt zur Seite. Ihm war klar, dass er jetzt nicht abdrücken konnte. Kawal hätte ihn sofort erschossen.

»Sehr interessant«, bemerkte Ramaas, der die unerwartete Entwicklung amüsiert beobachtete.

»Sag dem Jungen, er soll seine Waffe fallen lassen«, forderte Amarah ihn auf.

»Dieses Arschloch hat uns die Bullen ins Haus geholt!«, brüllte Kawal. »Wir müssen die umlegen!« Dann stieß er zwischen zusammengebissenen Zähnen hervor: »Ich bring euch alle um, verfluchte Scheiße noch mal!«

Ramaas' Stimmung änderte sich schlagartig, wie der Wind auf dem Meer, und er dröhnte unvermittelt los: »Dann tu es!« Er zeigte auf Sood. »Du willst ein Räuber sein? Dann zeig mir, dass du auch den Willen besitzt. Der alte Mann hat keinen Nutzen mehr für uns. Wenn du auch nur ein Gramm Stärke in dir hast, dann beende sein Leben.«

»Was?« Kawal packte seine Pistole fester, und Lucy rührte keinen einzigen Muskel. Der junge Mann war vollkommen überfordert. Mit seiner Großmäuligkeit hatte er sich in eine Sackgasse manövriert, aus der es keinen Ausweg gab.

»Erschieß ihn!«, blaffte Ramaas ihn an. »Aber das wirst du nicht tun! Weil du genauso nutzlos bist wie er!«

Erneut stieß Kawal einen Schwall von Flüchen aus und richtete die SIG dann auf Ramaas. »Du beschissenes Arschloch! Von dir lasse ich mir doch nicht vorschreiben, was ich machen soll, du dreckiger Hurensohn! Du hast mir gar nichts zu sagen. Ich kann machen, was ich will, verdammt noch mal! Du bist hier in meinem Haus. Dies ist das Haus von Kawal Sood, und ich werde niemals …«

Amarah drückte einmal ab. Die Kugel schlug in Kawals Brustkorb ein. Blut und Lungengewebe spritzten auf die Marmorwände und die goldenen Säulen. Der junge Mann taumelte rückwärts, und Amarah schoss ein zweites Mal, dieses Mal mitten in sein Gesicht.

Kawal stürzte über eine Couch und brach zuckend zusammen. Der Bombenbauer schrie auf und eilte zu ihm, warf sich in fassungslosem Entsetzen auf seinen toten Enkelsohn.

»Er wollte einfach nicht still sein«, stieß Amarah zwischen zusammengebissenen Zähnen hervor.

»Er war sehr anstrengend«, pflichtete Ramaas ihm bei, und seine Stimmung veränderte sich erneut. »Aber du und ich, wir haben keinen Streit.«

»Ich will die Hure und den Engländer töten«, sagte

Amarah, und seine Gier nach Rache fraß sich wie Säure durch seine Eingeweide. »Ich habe kein Interesse an deinen Geschäften.«

»In der Tat.« Ramaas schenkte Lucy ein betrübtes Lächeln. »Damit würde ich in deiner Schuld stehen. Ein Problem weniger.« Er trat einen Schritt zurück und musterte Amarah nachdenklich. »Und für dich würde es die Freiheit bedeuten, nehme ich an.«

Lucy kräuselte die Lippen. »Oooch, was für ein herzerweichender Anblick. Zwei miese Schweine, im Geiste vereint.« Ihre Gedanken überschlugen sich. Wenn sie es schaffen konnte, dass Amarah nicht mehr nachdachte, sondern nur noch impulsiv reagierte, dann verschaffte ihr das vielleicht einen Vorteil. »Hey, wenn ihr euch vielleicht gegenseitig einen blasen wollt, nur zu, tut euch keinen Zwang an. Wir sehen das nicht so eng.«

Ramaas zog ein Messer und warf es auf den blutbespritzten Tisch. »Hier, nimm das. Mit einer Kugel ginge es für sie viel zu schnell.« Dann wandte er sich zur Tür. »So unterhaltsam mein Bleiben vermutlich wäre, ich habe wichtigere Dinge zu erledigen …«

»Ihr seid alle beide tot, bevor ihr das Grundstück verlassen habt.« Marcs Worte klangen kühl und sachlich. »Draußen liegt eine Spezialeinheit auf der Lauer. Sie haben die Schüsse gehört. Jeder, der vor mir und Lucy da rausgeht, bekommt eine Kugel zwischen die Augen.« Lucy musste zugeben, dass es einigermaßen überzeugend geklungen hatte.

»Das Risiko gehe ich ein.« Ramaas' Lächeln wurde breiter. »Ich habe alle Bewohner dieses Hauses getötet. Drei Tote mehr sind mir vollkommen gleichgültig …«

»*Kutha sala!*« Sood stieß diese Worte mit einer Wucht und einem Hass hervor, die Lucy dem alten Mann gar nicht zugetraut hätte. Voll blinder Wut sprang er auf. Sein weißes Baumwollgewand war rot vom Blut seines Enkels, und in seiner zitternden Hand hielt er Kawals goldene Pistole. Sood drückte ab, immer und immer wieder, und jagte unkontrollierte Schüsse kreuz und quer durch den Raum.

Lucy sah aus dem Augenwinkel, wie Marc in Deckung ging, und tat es ihm gleich. Instinktiv warf sie sich auf eines der niedrigen Sofas. Doch die Landung misslang ihr, und sie bekam kurz keine Luft mehr.

Sie nahm das Geschehen nur noch in blitzartigen Momentaufnahmen wahr. Alles geschah so schnell, dass ihr der Kopf schwirrte. Ramaas reagierte, als hätte er einen Tritt in die Brust bekommen und stolperte rückwärts, nachdem eine verirrte Kugel seinen rechten Bizeps getroffen und ein dickes Stück blutiges Muskelfleisch herausgerissen hatte.

Amarah schoss, als der alte Mann auf ihn losstürmte, und traf ihn in die Magengrube. Jalsa brach auf den Fliesen zusammen, als hätte ihm jemand den Stecker gezogen. Dunkles Blut floss über die Hände, mit denen er die klaffende Wunde zu schließen versuchte.

Im selben Augenblick sah Lucy, wie Marc eine Öllampe vom Tisch nahm, ausholte und damit Ramaas' Schädel anvisierte. Doch selbst in seinem verletzten Zustand konnte der Pirat noch die Hand heben und den Angriff abwehren. Er wischte die Lampe beiseite und brüllte dann vor Schmerz, weil er ohne nachzudenken mit seinem verletzten Arm nach Marc geschlagen hatte. Der Treffer zeigte dennoch Wirkung. Marc taumelte zurück und ging zu Boden.

»Genug!«, knurrte Ramaas und starrte Amarah zornig an. »Tu, was immer du tun willst. Aber sorg dafür, dass niemand überlebt!« Er humpelte davon, die freie Hand auf die frische Wunde gedrückt, um die Blutung zu stillen, und verschwand in einem der Flure. Diese beiden Störenfriede waren es nicht wert, dass er ihretwegen seine eigene Mission vernachlässigte.

Lucy stemmte sich gerade wieder auf die Beine, als Amarah sich ihr zuwandte. In der Hand hielt er das Messer des Kriegsfürsten. »Jetzt bist du dran«, sagte er.

15

»Ich wette, davon hast du geträumt, stimmt's?«, sagte Lucy mit einem neckischen Unterton. »Nacht für Nacht, in dieser zwei mal drei Meter großen Zelle, die die CIA dir spendiert hat.« Sie fuhr sich mit der Zungenspitze provokativ über die Lippen. »Und, läuft es genau so, wie du's dir vorgestellt hast?«

Amarah runzelte die Stirn. Ihr Tonfall brachte ihn zur Weißglut. »Ich werde dich zum Schweigen bringen.«

Sie kannte diesen Typ Mann bis in jede Einzelheit, diese Kerle, die glaubten, dass Frauen nur dazu da waren, geschlagen oder benutzt zu werden, die ihre Ignoranz und ihre Grausamkeit hinter Worten wie »Werte« und »Ehre« versteckten, damit niemand merkte, dass sie in Wirklichkeit einfach nur Arschlöcher waren. Hautfarbe, Überzeugungen oder Religion spielten dabei nicht die geringste Rolle. Manche Männer waren einfach nur voller *Hass*.

Und das bedeutete, dass sie ihn provozieren konnte. Lucy betrachtete die gezackte Klinge, mit der er unablässig spielte. »Na, du möchtest gerne zustechen, stimmt's, Alter? Hast du keine Angst, dass ich eine Nummer zu groß für dich sein könnte?«

Er konnte sich nicht länger beherrschen und stürzte sich auf sie, ließ das Messer durch die Luft sausen, sodass die stählerne Klinge blitzte. Lucy wich zurück, duckte sich hierhin und dorthin, hielt sich immer knapp außerhalb seiner Reichweite. Sie beobachtete seine Bewegungen genau, versuchte, bestimmte Muster und Schwachstellen zu identifizieren.

Wenn Amarah schlau gewesen wäre, dann hätte er sich auf die schnelle Tour gerächt und sie einfach erschossen. Aber er sah sich als *rechtschaffenen Mann*, dem Unrecht angetan worden war. Vermutlich hatte er sich an jedem einzelnen Tag seiner Gefangenschaft ausgemalt, wie er sich an der dürren schwarzen Frau aus Queens rächen würde, die dafür gesorgt hatte, dass er in dieser Zelle gelandet war. Er wollte sie filetieren, und zwar langsam und genüsslich.

Amarah knurrte leise und änderte seine Taktik, drehte das Messer um, sodass die Klinge jetzt nach unten zeigte. Er wollte ausholen, um mit Schwung auf sie einzustechen, aber Lucy wusste das zu verhindern, indem sie ihm entgegenging und ihm einen kräftigen Schubs gegen die Brust versetzte. Anschließend riss sie die gekreuzten Hände nach oben, wollte ihn mit dieser Bewegung entwaffnen, doch Amarah war schnell genug, um ihr Manöver abzuwehren und wich zurück.

Lucy fluchte innerlich. Bei der Abreise aus Schweden hatten sie auf Waffen verzichten müssen, aber ohne Pistole kam sie sich nackt vor. Wären die Rollen vertauscht gewesen, dann hätten bereits zwei Kugeln in Amarahs Körper gesteckt, aber so, wie die Situation sich jetzt darstellte, musste sie eben einen Umweg einschlagen.

Der Terrorist griff erneut an, wieder mit hoch erhobenem Messer, und Lucy riss die Hände nach oben, um den Stoß abzuwehren. Doch der Angriff war eine Finte. Geschmeidig drehte Amarah das Messer um und rammte ihr das schwere Heft gegen den Wangenknochen. Feurige Blitze zuckten durch ihren Schädel, und sie geriet aus dem Takt.

Sie stand dicht an der Wand, und wenn sie nicht aufpasste, würde er sie in die Enge treiben. Doch als ihr das klar wurde, war es bereits zu spät. Amarah packte sie am dicken Stoff ihrer Abaya und stieß sie rückwärts durch ein weit geöffnetes Fenster, sodass sie gegen den zum Schutz vor der Sonne geschlossenen Fensterladen prallte. Sie spürte, wie die Holzlamellen unter dem Aufprall zersplitterten.

Dann stieß sie mit der Rückseite der Oberschenkel gegen den Fenstersims und verlor das Gleichgewicht.

Lucy stürzte rückwärts zum Fenster hinaus. Im letzten Moment bekam sie Amarah zu fassen und zog ihn mit sich nach draußen in die grelle Sonne.

Geblendet durch die plötzliche Helligkeit fielen sie ein Stockwerk hinab und landeten auf dem großen, quadratischen Vordach, das die eine Hälfte von Jalsa Soods Swimmingpool vor der Mittagshitze schützen sollte. Der Holzrahmen knackte bedenklich unter ihrem Gewicht.

Amarah lag jetzt auf Lucy, hielt sie fest und wollte ihr die Kehle aufschlitzen. Lucy wehrte sich mit beiden Händen. Bis auf den schwarzen Schatten seines Kopfes, der sich vor der grellen Sonne abhob, und das blitzende Messer konnte sie nichts erkennen. Die rasiermesserscharfe Klinge drückte sich bereits in die Haut an ihrem Hals.

Seine Umgebung war nichts als ein verschwommener Schatten, seine ganze Welt bestand aus Schmerz. So zumindest kam es Marc vor, während er blinzelnd aus seiner Bewusstlosigkeit erwachte und die kühlen Marmorfliesen unter sich spürte. Es dauerte unerträglich lange, bis er endlich wieder einigermaßen klar denken konnte. Sein Mund schmeckte nach Kupfer, und dann konnte er bereits die Schwellungen auf der einen Hälfte seines Gesichts fühlen, dort, wo sich die ersten blauen Flecken bildeten.

Jetzt nahm er auch ein rasselndes Pfeifen wahr, das regelmäßig lauter und leiser wurde, und Marc fasste sich an die Brust. Hatte Ramaas mit seinem brutalen Faustschlag womöglich seine Lunge verletzt? Erst dann wurde ihm klar, dass das Geräusch gar nicht von ihm kam, und er wandte sich vorsichtig um.

Es dauerte eine ganze Weile, bis Marc seine Schwindelgefühle überwunden hatte und wieder klar sehen konnte. Durch ein Fenster in seinem Rücken fielen gleißende Sonnenstrahlen in das Empfangszimmer, und rund um die Fensteröffnung lagen kleine Holzstücke verstreut. Er blickte sich um. Lucy war verschwunden, und der Salon – durch die Sonneneinstrahlung jetzt ohne jede schattige Ecke – bot mit den zerbrochenen Möbelstücken und den vielen Blutflecken einen Anblick der Verwüstung.

Das rasselnde Pfeifen stammte von einem Sterbenden. Kawal Sood war tot, war nur noch ein undefinierbarer Klumpen, sein Kopf und sein Oberkörper eine rot gefärbte Masse. Sein Großvater versuchte verzweifelt, ihn im Arm zu halten, als fürchtete er, sie könnten jeden Moment auseinandergerissen werden.

Die tödliche Wunde in Jalsa Soods Magengrube hatte sein weißes Gewand dunkelrot gefärbt. Der alte Mann weinte. Jeder einzelne Atemzug kostete ihn unendliche Mühe.

Marc kroch zu ihm. Kawals blutverschmierte SIG Sauer lag vergessen auf dem Fußboden zwischen ihnen.

»Mein Junge«, weinte Jalsa und drückte Kawals zerborstenen Kopf an sich. »Mein Junge ist tot. Ich habe ihn umgebracht. Ich habe alle beide umgebracht.«

So, wie er da am Boden kauerte, wie er mit jedem

Atemzug seinem Ende ein kleines Stückchen näher kam, machte der Bombenbauer sich nichts mehr vor. Alle Lebenslügen fielen von ihm ab. Marc hatte einen Großvater und Vater vor sich, der von der Last seiner Schuld erdrückt wurde, den das Leben, das er sich aufgebaut hatte, jetzt selbst zerstörte. Er empfand einen winzigen Hauch des Bedauerns für den alten Mann, bis eine Stimme in seinem Kopf ihn in die Realität zurückholte. *An seinen Fingern klebt viel mehr Blut als das hier. Sood erntet nur, was er in einem ganzen Leben voll brutaler Gewalt gesät hat.*

Marc nahm die Pistole in die Hand. »Was hast du für ihn gebaut, Jalsa? Was hast du für Ramaas gebaut?«

Sood hob den Blick, doch seine Augen waren vom Schmerz vernebelt. Er ließ Kawals blutverschmierte Wange los und die Hand in seinen Schoß sinken. »Ich wusste, dass ich bald sterben muss. *Die Zeit.* Aber Kawal? Nicht Kawal.«

Marc beugte sich nach vorne und schob, auch wenn es ihm schwerfiel, jede menschliche Regung beiseite. »Wo ist die Bombe?«

Mit einer blitzartigen Bewegung packte der Alte Marc am Kragen, besudelte sein Hemd mit seinem Blut und zog ihn zu sich herab. Rosafarbener Schaum sammelte sich in seinen Mundwinkeln, und er konnte nur noch lallen. »Rechter …«, jedes Wort wurde von atemlosem Keuchen begleitet, »… Zylinder. Neun – neun Stäbe.«

»Was soll das heißen?«, wollte Marc wissen.

Doch Sood war bereits tot.

Ein blutroter Tropfen bildete sich an der Stelle, wo die Messerspitze auf Lucys Kehle traf. Amarah knurrte missmutig, während er immer noch versuchte, die Klinge in ihr Fleisch zu stoßen. Beide hatten die Hände um den

Griff der Waffe geklammert und die Muskeln bis zum Äußersten angespannt, entweder um zu töten oder um sich dagegen zu wehren. So lagen sie eng umschlungen da. Sekunden schienen zu Stunden zu werden. Rachedurst und Überlebenswille neutralisierten sich gegenseitig, doch das konnte nicht ewig so bleiben.

Amarah stöhnte verbissen und verstärkte seinen unerbittlichen Druck noch einmal, sodass die Muskeln in Lucys Unterarm zu zittern anfingen. Und dann, ohne jede Vorwarnung, brachen die hölzernen Streben, die das Vordach stützten, entzwei. Das dicke Segeltuch gab nach, und die beiden fielen in das tiefe Ende des Swimmingpools.

Als sie im Wasser landeten und untergingen, konnte Lucy sich aus Amarahs Griff winden. Wild um sich schlagend versuchte sie alles, um ein wenig Abstand zu gewinnen. Sie drehte sich um die eigene Achse, sank tiefer, streifte die Schuhe ab und stieß sich dann mit nackten Füßen vom Poolboden ab. Das Wasser war trübe und viel zu stark gechlort. Das Schwimmen fiel ihr schwer, weil der schwere Stoff der schwarzen Abaya an ihr klebte und sie nach unten zog. Außerdem stieß sie, während sie versuchte, die Wasseroberfläche zu erreichen, immer wieder mit Trümmern des eingestürzten Vordachs zusammen.

Da versperrte ihr ein dunkler Schatten den Weg. Sie schubste ihn instinktiv beiseite und stieß dann den Rest der in ihrer Lunge verbliebenen Luft auf einmal aus. Luftblasen blubberten, während ihr klar wurde, dass der Schatten ein toter Araber im Smoking war. Leblose Augen starrten sie aus einem bleichen, aufgedunsenen Gesicht an, das schon tagelang im Wasser gelegen hatte.

Und er war nicht der Einzige. In dem schön gestalteten Pool trieben etliche Leichen. Lucy kämpfte gegen die aufsteigende Übelkeit an, strampelte an dem Toten vorbei und durchbrach die Oberfläche, spuckte das eklige Wasser aus. Sie blickte sich um, versuchte sich zu orientieren, sah jedoch nichts als im Wasser treibende Leichen.

Ich habe alle Bewohner dieses Hauses getötet. Ramaas' Worte fielen ihr wieder ein. *Drei Tote mehr sind mir vollkommen gleichgültig.* Er hatte nicht übertrieben. Der Pool und die sonnenbeschienene Terrasse waren zum Massengrab geworden.

Jetzt stieß Amarah hinter ihr ebenfalls nach oben. Er hielt immer noch das blitzende Messer in der Hand, und Lucy sah die stählerne Klinge in der Sonne funkeln. Sie schwamm los, wühlte sich auf das flache Ende zu, gelangte zu einer mit Mosaiksteinen besetzten Treppe und hatte bereits eine Hand an das verchromte Geländer gelegt, als sie von einem wütenden Ruck gebremst wurde.

Der Terrorist stand hinter ihr im hüfthohen Wasser. Mit der einen Hand hielt er ihr Gewand gepackt, wickelte es sich jetzt einmal ums Handgelenk und riss mit aller Kraft, die er aufbringen konnte, daran. Lucy klammerte sich an das Geländer und schrie laut auf vor Wut. Er wollte zustechen, doch die Klinge sauste lediglich durch die Luft, wenige Zentimeter an ihrem ungeschützten Rücken vorbei.

Sie fand mit ihren nackten Füßen keinen Halt auf dem glitschigen Pool-Boden. Falls sie jetzt wegrutschte, konnte Amarah sie zu sich heranziehen und ihr die Klinge ins Herz treiben. Lucy zappelte und versuchte alles, um dem nassen, klebrigen Gewand zu entkommen. Ein schrecklicher Gedanke zuckte ihr durch den Kopf: *Kostet Lula mich womöglich das Leben?*

Aber dann hörte sie, wie jemand ihren Namen rief. Sie drehte sich um und sah eine Gestalt auf den Überresten des eingestürzten Vordachs stehen.

Marc hatte Kawals goldene Pistole in der Hand und gab zwei Schüsse ab. Der erste landete wirkungslos im Wasser, doch der zweite traf Amarah in die rechte Schulter. Er schrie auf und fiel rückwärts ins Wasser. Dabei ließ er das Messer ebenso los wie Lucys Gewand.

Sie nutzte die Gelegenheit und schleppte sich aus dem Pool auf die Terrasse. Der eklige Geschmack des völlig verseuchten Wassers hing ihr in Nase und Kehle, und sie hatte das dringende Bedürfnis zu würgen.

Marc stolperte über die Trümmer des Vordachs und kam zu ihr gerannt, eine Hand zum Schutz vor der Sonne über die Augen gelegt. »Alles okay? Ich meine, als ich ihn da mit dem Messer gesehen habe, da hab ich gedacht …«

»Gib her«, fuhr Lucy ihm über den Mund, riss ihm die vergoldete Pistole aus der Hand und drehte sich um.

Amarah watete gerade zum Beckenrand. Sein rechter Arm hing nutzlos an der Seite herab, und jetzt streckte er den anderen aus, um nach Halt zu suchen. Lucy zögerte nicht. Sie jagte ihm eine Kugel mitten ins Herz. Amarah war auf der Stelle tot, kippte nach hinten und versank in einer immer größer werdenden dunkelroten Wolke.

»Verdammt«, sagte Marc. »Also … okay.«

»Ich wollte nicht, dass er anfängt, große Reden zu schwingen.« Lucy zerrte und riss an der unförmigen schwarzen Abaya, bis sie das triefend nasse Kleidungsstück endlich abgestreift hatte und in Jeans und T-Shirt vor ihm stand. »Du hast doch nicht ernsthaft geglaubt, dass wir ihn wieder an die CIA ausliefern, wenn wir hier fertig sind, oder?«

»Na ja, doch«, meinte er. »Irgendwie schon.«

»So ist es billiger.« Sie wandte sich ab und blickte in die Ferne. »Aber du kannst mir nicht erzählen, dass du ihm das nicht von Herzen gönnst.«

Marc schüttelte grimmig den Kopf. »Bestimmt nicht.« Er hatte schließlich genau wie Lucy das mörderische Vorhaben Jadeed Amarahs und seiner Kumpane aus erster Hand miterlebt.

Lucy seufzte. »Danke für deine Hilfe.« Sie sagte nicht, dass Dane beim nächsten Mal doch gleich selbst einen tödlichen Treffer abfeuern solle, weil ihr klar war, dass ihm das sehr viel schwerer fiel als ihr. Sie schob diesen Gedanken beiseite und ließ das Magazin der SIG herausschnappen. »Nur noch vier Schuss. *Scheiße*. Wo steckt Ramaas?«

Da zerriss das Rattern einer Maschinenpistole die Stille, gefolgt vom Aufheulen eines kräftigen Motors. »Da.« Marc deutete in Richtung der Garage. »Komm mit!«

Das kehlige Röhren eines frisierten V8-Motors hallte durch Soods Werkstatt. Sie suchten Deckung hinter Stützpfeilern und Regalen voller Ersatzteilen. Marc sah eine hastig leer geräumte Werkbank – Werkzeuge lagen im Umkreis verstreut auf dem Boden, und der Hocker war umgekippt. Was immer der Bäcker in Ramaas' Auftrag da gebacken hatte, es wurde gerade weggeschafft, aber wenn er ihnen jetzt entkommen konnte, war ihre einzige Möglichkeit, den Piraten und Kriegsfürsten noch aufzuhalten, dahin.

Marc sah sich um, suchte nach etwas, was sich als Waffe eignete, und fand es in Gestalt eines leuchtend roten Stemmeisens auf einer Werkzeugkiste. Er nahm es in die Hand und hielt es wie ein Kurzschwert. Am hinteren Ende der Werkstatt führten zwei halb offene Türen in die eigentliche Garage. Marc konnte nicht viel erkennen, nur ein paar elegante Fahrzeugumrisse und schwarze, antistatische Staubhüllen. Als er einen glatzköpfigen Mann mit einer Uzi und einem Autoschlüssel in der Hand am Türspalt vorbeigehen sah, zog er sich schnell wieder zurück.

»Ist er da drin?«, flüsterte Lucy ihm zu und hob die goldene SIG. Den Finger hatte sie schussbereit im Abzug stecken.

Marc hörte, wie ein Kofferraum zugeklappt wurde. Dann heulte der Motor wieder auf. Stimmen in einer unbekannten Sprache hallten durch die Garage, und er nickte.

»Sie hauen ab«, sagte Lucy. »Wir müssen was unternehmen.« Dann holte sie tief Luft und trat die Tür auf. Marc rammte die Schulter gegen die Tür auf seiner Seite und folgte ihr.

»Keine Bewegung!«, schrie Lucy mit vorgehaltener Pistole.

Vor der Garagenöffnung stand mit laufendem Motor eine silberfarbene Edelkarosse. Auf den ersten Blick erinnerte sie an ein Projektil im Art-déco-Stil, ein flaches, langgestrecktes, zweitüriges Sportcoupé mit Schmetterlingstüren und einem deutlich sichtbaren Mercedesstern auf der Haube. Ein SLR McLaren. Ramaas saß bereits auf dem Fahrersitz, und ein Teil von Marc empfand ehrliche Bewunderung für diese Wahl aus Jalsa Soods reichhaltiger Sammlung. Einer seiner Männer war gerade im Begriff einzusteigen. Er hielt eine kurzläufige Schrotflinte in der Hand und erstarrte mitten in der Bewegung. Ein Grinsen legte sich über sein Gesicht.

Zwei weitere Begleiter des Kriegsfürsten hatten sich einen anderen Wagen genommen – einen zuckerapfelroten BMW Z4-Roadster –, und Marc sah, wie der Glatzkopf mit der Uzi herumwirbelte, ohne Lucys Warnung zu beachten. Erneut ratterte die Maschinenpistole los. Die Kugeln durchlöcherten die Werkstatttüren, und Marc und Lucy hatten keine andere Wahl, als sich in Deckung zu werfen.

Der Motor des SLR heulte auf, und der Wagen schoss hinaus auf den Asphalt, obwohl die Schmetterlingstür sich noch nicht ganz geschlossen hatte. Die Kerle in dem Z4 gaben noch ein paar Schüsse ab, bevor sie hinter Ramaas her nach draußen jagten und verschwanden.

Lucy rannte zum Garagentor, stellte sich breitbeinig auf die Straße und riss die SIG im beidhändigen Anschlag nach oben. Doch dann sah sie das Heck des Z4 hinter der kitschigen Springbrunnenskulptur im Innenhof der Villa verschwinden und verzichtete auf einen Schuss. »Wir müssen sie verfolgen!«

»Schon dabei«, erwiderte Marc und zerrte den Staubschutz des nächststehenden Autos beiseite. In den Ecken der Garage oder aufgebockt standen zwar noch ein halbes Dutzend anderer Fahrzeuge, aber sie hatten keine Zeit, um wählerisch zu sein. Er ließ sich auf den Fahrersitz des metallicblauen Audi S5 gleiten und fischte seine verschmierte Sonnenbrille aus einer seiner Taschen. Lucy schnappte sich die Schlüssel von dem Bord an der Wand und warf sie ihm zu, während sie sich auf den Beifahrersitz schwang.

»Los!«, herrschte sie ihn an. Er legte den ersten Gang ein und raste, begleitet vom lauten Quietschen der durchdrehenden Reifen, nach draußen. Der Audi gehorchte problemlos, und Marc trieb ihn um den Springbrunnen herum und dem Haupteingang entgegen. Das Tor hing schief in den Angeln, als sie auf die Straße hinausbretterten, und Lucy zeigte mit dem Finger auf einen schnell kleiner werdenden Farbtupfer. »Da ist der BMW …«

»Ich seh ihn«, erwiderte Marc und richtete seine ganze Konzentration auf die Straße, während er das Gaspedal bis zum Anschlag durchdrückte.

»Schneller.« Lucy ließ das Fenster herunter, sodass der

heiße Wüstenwind durch das Fahrzeuginnere fauchte. »Ich muss näher ran. Sonst wird das nichts.«

Marc bewegte den Audi immer am Drehzahllimit, schaltete erst im letzten Moment einen Gang höher und fegte in mörderischem Tempo über die dreispurige Schnellstraße. Niedrige Betonmauern sausten an ihnen vorbei, als sie auf die First Al Khail Street abbogen und an den Schildern eines exklusiven Wohnviertels mit der Bezeichnung »The Lakes« vorbeirasten. Ein seltsamer Name, dachte Marc, der damit viel eher idyllische englische Landschaften als ein künstlich angelegtes Rasenstück am Rand der Wüste verband. Die Häuser waren zwar nicht so abgeschieden gelegen wie Soods einsames Anwesen, zählten aber auch zu den hochwertigsten Privatimmobilien, die die Stadt zu bieten hatte. Die hohen Grundstücksmauern, zwischen denen die Autos hindurchrasten, warfen das Brüllen der Motoren als lautes Echo zurück.

Weiter vorne schlängelte der BMW sich gerade zwischen zwei weißen Bussen hindurch. Marc suchte nach dem silbernen Supersportwagen.

»Die Pfeifen in dem anderen Wagen sind nicht wichtig«, sagte Lucy, die denselben Gedanken hatte. »Wir müssen uns an den Mercedes hängen.«

»Leichter gesagt, als getan«, erwiderte Marc. »Der SLR hat über sechshundert Pferde unter der Haube. Wenn wir auf eine gerade Strecke kommen, ist er weg.«

»Dann gib Gas«, erwiderte sie.

»Verstanden.« Er überholte einen der Busse auf der Innenseite, dann zuckte für einen Moment ein dunkelroter Farbklecks neben ihnen auf und verlor sich im Heckfenster des Audi. Der Fahrer hatte sie nicht einmal kommen sehen und daher auch keine Gelegenheit gehabt, sich schützend vor Ramaas zu schieben.

Die Straße beschrieb eine Rechtskurve, aber Marc blieb auf dem Gaspedal stehen. Der BMW würde versuchen, sie einzuholen, sodass Marc und Lucy nur ein schmales Zeitfenster blieb, um an den SLR heranzurücken, bevor sie von vorne und von hinten Ärger zu erwarten hatten.

Die Straße führte an den sorgfältig gepflegten Rasenflächen eines Golfplatzes vorbei, während sich auf der anderen Seite Dutzende von Marmortürmen vorm Horizont erhoben und die Strahlen der Vormittagssonne einfingen. Aber die Sonne wurde auch noch von etwas anderem reflektiert – von einer flachen Pfeilspitze ein ganzes Stück vor ihnen, zwei Fahrspuren versetzt, die gerade eine Autobahnauffahrt ansteuerte.

Marc riss das Steuer herum, und der Audi raste mit quietschenden Reifen quer über die Fahrbahn. Zahlreiche Hupen dröhnten und brachten im Chor ihr Missfallen zum Ausdruck. Er beachtete sie nicht und schob sich einige Fahrzeuglängen hinter dem SLR auf dieselbe Spur. Jetzt kam ein kompliziertes Autobahnkleeblatt mit vielen Fahrbahnen in Sicht, und sein Vordermann drosselte die Geschwindigkeit. Marc hingegen vertraute auf die Traktionskontrolle des Audi und behielt sein Tempo bei.

Sie fuhren über eine Brücke – unter ihnen die sechzehn Spuren des Sheikh-Zayed-Highways, der die Innenstadt von Dubai durchschnitt –, und dann, kurz vor der nächsten Abzweigung, wurde Ramaas klar, dass er verfolgt wurde. Der SLR raste die steile Ausfahrt hinunter und beschleunigte.

»Noch dichter!«, brüllte Lucy und legte die goldene Pistole auf dem Fensterrahmen ab. Aber Marc hatte sich bereits eine andere Strategie zurechtgelegt. »Festhalten!«, brüllte er zurück und zielte mit dem Bug des Audi auf das Heck des Mercedes.

Ein dumpfer Schlag ertönte, als die beiden Fahrzeuge zusammenstießen. Plastik splitterte, und der Kotflügel des SLR hatte eine große Delle. Heckleuchten zerbarsten, und Scherben zischten wie Granatsplitter durch die Gegend. Der silberne Wagen schlingerte kurz und fing sich dann wieder, bevor er den Kurs des Audi kreuzte und eine Auffahrt ansteuerte. Sie führte auf den breiten Highway, den sie gerade eben überquert hatten.

Marc gab Vollgas und rammte den SLR erneut von hinten, diesmal aber so kräftig, dass der Wagen erheblich mehr ins Schleudern geriet als zuvor und Ramaas ihn nicht so leicht wieder unter Kontrolle brachte. Er rutschte auf eine benachbarte Fahrspur und touchierte dabei einen grünen SUV, sodass dieser ebenfalls unkontrolliert zu schlingern anfing. Als der SLR sich wieder gefangen hatte, drückte Lucy ab. Das Beifahrerfenster des Mercedes ging in einem Scherbenhagel zu Bruch.

Marc beugte sich nach vorn, als könnte er den Wagen dadurch noch ein wenig schneller machen. Ein Teil seiner vorderen Stoßstange und dazu ein Stück des Kühlergrills schleiften bereits auf dem Asphalt, als er den Sportwagen ein drittes Mal rammte. Gleichzeitig löste sich der Kühlergrill endgültig vom Audi und wirbelte davon, aber durch den Stoß wurde auch ein Stück von der hinteren Stoßstange des SLR abgerissen. Außerdem sprang der Kofferraumdeckel auf.

Während der silberne Sportwagen vor ihnen über die Fahrbahn schlingerte, konnten sie einen Blick in den offenen Kofferraum werfen. »*Ach, du Scheiße*«, kreischte Lucy auf. »Sind das …?«

»Genau.«

Darin lagen, fein säuberlich aufgereiht, fünf absolut identische Stahlkoffer. Jeder war eine perfekte Nachbildung der Exile-Einheit, die Marc zum letzten Mal bei Neven Kurjak gesehen hatte.

»Welcher ist es?« Das war die Frage, die Lucy auf der Zunge lag, aber sie kam nicht mehr dazu, sie zu stellen. Der schlingernde SLR geriet mit einem Reifen auf den Rüttelstreifen am Straßenrand. Durch die Erschütterungen und die schlängelnden Bewegungen des Wagens fiel einer der Koffer auf die Straße und landete mitten im heranrauschenden Verkehr.

Marc fluchte laut und stieg auf die Bremse, versuchte verzweifelt, dem Koffer auszuweichen, der wie ein Stein auf einem stillen See über die Asphaltfläche wirbelte.

Lucy riss den Kopf herum und blickte dem Koffer hinterher, konnte sich nicht davon losreißen. Die Panik setzte sich wie ein Knoten in ihrer Magengegend fest, als der Stahlbehälter von einer Leitplanke abprallte und direkt vor die Räder eines Lastwagens geschleudert wurde, der auf der äußeren Fahrbahn angerauscht kam. Sie wollte bereits die Augen zusammenkneifen, befürchtete ernsthaft, dass das nächste, was sie zu sehen bekommen würde, ein greller, alles Leben vernichtender Blitz wäre, doch dann walzte der Laster den Koffer einfach platt, sodass seine Trümmer über die Fahrbahn verteilt wurden.

»Der schon mal nicht«, stieß Marc zwischen zusammengebissenen Zähnen hervor und beantwortete damit ihre unausgesprochene Frage. »Verflucht noch mal …«

»Vielleicht kannst du mich nachher daran erinnern, dass ich eine frische Unterhose brauche«, erwiderte sie. Ein Stück weiter vorn wechselte der silberne Mercedes gerade wieder die Spur und hielt auf die erhöhten, parallel zur Straße verlaufenden S-Bahn-Gleise zu. Der Highway führte durch eine künstliche Schlucht aus glänzenden

Hochhäusern – blaues Glas und sandfarbene Steine, so weit das Auge reichte – und erstreckte sich dann als schwarzes Band bis zum Horizont. Wenn Marc recht hatte – und mit Zahlen kannte er sich für gewöhnlich ja gut aus –, dann würden sie von dem schicken Mercedes bald nur noch ein paar Staubwolken sehen.

Sie wiegte die Pistole in der Hand. *Drei Patronen noch.* Sie musste jede einzelne ins Ziel bringen. »Sieh zu, dass du irgendwie neben den Kerl kommst!«

Marc nickte und schaltete, visierte den Windschatten des silbernen Flitzers an. Lucy rechnete eigentlich damit, das Ramaas jeden Moment den Nachbrenner zündete und sie einfach stehen ließ, aber nichts dergleichen geschah. Und dann sah sie auch, warum.

Denn jetzt tauchte der Kerl mit der Schrotflinte – der, den sie schon in Soods Garage gesehen hatten – unvermittelt in dem zersplitterten Heckfenster auf. Er klammerte sich an das Dach des Wagens und lehnte sich nach draußen, um den Kofferraumdeckel wieder zuzuklappen. Sie holten auf, aber dann schnappte der Verschluss tatsächlich zu, und der Kofferraum war wieder geschlossen. Der Ganove mit dem Babyface warf Lucy einen Blick zu. Dann legte er die Hand an seinen Gürtel. Sie wusste, was das zu bedeuten hatte.

Zum zweiten Mal am heutigen Tag handelte sie, ohne nachzudenken, ohne zu zögern, nur angetrieben von der kalten Logik des Kampfes, die in hartem Training und noch härteren Erfahrungen wurzelte. Lucy beugte sich aus dem Fenster und in den Fahrtwind, der ihr mit Sturmgeschwindigkeit entgegenschlug. *Zwei fahrende Autos, Nahdistanz, trockene Luft, ein Neun-Millimeter-Geschoss.* Alle Variablen jagten ihr in Sekundenbruchteilen so selbstverständlich wie das regelmäßige Atmen durch den Kopf.

Die SIG zuckte, während der Knall vom Wind verschluckt wurde. Auf der Brust des Banditen bildete sich eine rote Rosette, dann sank er an der Seite des Wagens herab. Sein Arm fiel nach unten und schleifte auf dem Asphalt entlang.

Lucy wandte sich ab, um kräftig Luft zu holen. Als sie sich wieder nach vorne drehte, sah sie, dass der Schatten auf dem Fahrersitz des Silberpfeils sich bewegte. Ramaas schubste den Kerl mit der Waffe, der verletzt war und versuchte, sich ins Wageninnere zurückzuhieven, schubste ihn so lange, bis er ihn endgültig nach draußen und mitten in den Fahrtwind bugsiert hatte.

»Mist!« Marc trat erneut auf die Bremse und hätte den Gangster um ein Haar überfahren. Das erledigte dann eines der nachfolgenden Fahrzeuge.

Ramaas nutzte die Gelegenheit und gab Gas. Der Mercedes zog ihnen unwiderstehlich davon, während sie am Jachthafen vorbeijagten, wo die Hochhäuser bereits nicht mehr so dicht standen wie zuvor. Lucy warf einen Blick auf den Tacho des Audi. Die Nadel war bereits bei über hundertvierzig km/h angelangt und kletterte weiter, doch der Silberpfeil war noch schneller.

»Mit dieser Schüssel kriegen wir ihn niemals«, stieß Marc leise hervor.

»Was schlägst du vor? Ich bin für alles offen«, erwiderte sie.

Da riss Marc ruckartig den Kopf herum. Er hatte im Außenspiegel etwas gesehen. Lucy warf ebenfalls einen Blick hinein und sah das BMW-Cabrio in rasantem Tempo mit eingeschalteten Scheinwerfern und Lichthupe näher kommen. Auf dem Beifahrersitz kniete der Glatzkopf mit der Uzi. Er ließ sich Zeit und zielte in aller Seelenruhe, während der Z4 zu ihnen aufschloss.

»Marc…« sagte Lucy warnend. Er schien sie nicht zu hören. »Marc?« Dann schrie sie laut: *»Dane!«*

In dem Moment, als der Gangster den Abzug seiner Uzi drückte, trat Marc auf die Bremse. Die Kugeln schlugen nicht in der Fahrerkabine ein, sondern hinterließen stattdessen auf der blauen Motorhaube diverse Dellen und Einschusslöcher. Jetzt waren sie hinter dem Z4.

Marc lenkte versuchsweise ein Stückchen nach rechts und dann wieder nach links. »Ich fürchte, er hat was Wichtiges getroffen«, rief er Lucy über das Dröhnen des Fahrtwindes hinweg zu. »Fühlt sich irgendwie schwammig an …«

Vor ihnen tauchten jetzt ein paar langsame Lastwagen auf, verteilt über mehrere Fahrspuren. Es gelang Marc, sich zwischen zwei Laster zu schieben, während der BMW sich ein Stückchen zurückfallen ließ, um wieder neben sie zu gelangen. Der Glatzkopf feuerte noch eine Salve ab, aber sie befanden sich bereits in der Deckung des Lastwagens, sodass die Kugeln lediglich in dessen Ladekoffer einschlugen.

»Ich kann diesem Arschloch keine Kugel verpassen, solange er auf der falschen Seite ist«, beschwerte sich Lucy.

Marcs Blick dagegen war starr auf den Horizont gerichtet. »Ramaas hängt uns ab«, stieß er hervor. »Wir haben keine Zeit für diesen Quatsch.«

»Schneller, schneller!«, schrie Bidar aufgeregt, während er das leere Magazin aus der Maschinenpistole nahm und ein frisches in den Schacht rammte. »Fahr doch schneller!«

Guhaad verzog mürrisch das Gesicht. Wenn das hier vorbei war, dann würde Bidar seine gerechte Strafe empfangen. Dann würde er ihm unmissverständlich klarmachen, wer hier das Sagen hatte. Er hielt den Blick auf die Straße gerichtet und wartete darauf, dass das blaue Auto, das hinter einem der langsamen Lastwagen verschwunden war, wieder auftauchte. Sie ließen die Stadt mit ihren Hochhäusern bereits hinter sich, die mehr Baustellen und Kränen wichen. Die auf Englisch und Arabisch beschrifteten Verkehrsschilder über der Fahrbahn verrieten ihm, dass sie in die richtige Richtung fuhren. Die Jebel Ali Free Zone, eine große Freihandelszone im Westen Dubais, lag nur wenige Kilometer entfernt. Dort gab es unzählige kleine Seitenstraßen und nicht registrierte Gebäude. Wenn sie erst einmal dort waren, waren sie praktisch unsichtbar.

Er riskierte einen Blick nach hinten – war die Polizei womöglich schon auf sie aufmerksam geworden? –, konnte aber nichts erkennen. Falls die Behörden Wind von dieser Verfolgungsjagd bekommen hatten, waren sie jedenfalls noch weit entfernt.

»Komm schon, komm schon!«, schrie Bidar und schwenkte die Uzi hin und her. »Wo steckt denn die weiße Ratte?«

Plötzlich stieß das digitale Satellitentelefon in Guhaads Tasche ein wütendes Summen aus. Guhaad drückte es sich ans Ohr. »Ja, Boss?«

»Wo steckst du denn?«, wollte Ramaas wissen.

»Wir jagen den Polizisten. Den, der hinter dir her ist.«

»Lasst euch nicht zu viel Zeit«, lautete die Antwort. *»Erledigt ihn möglichst schnell. Sie wissen, dass wir hier sind. Wir können nicht auf euch warten. Sie dürfen uns auf keinen Fall folgen!«* Die Verbindung wurde unterbrochen, und Guhaads Stirnfalten wurden tiefer.

»Da! Ich seh ihn!« Aufgeregt zeigte Bidar auf den blauen Audi. Guhaad musste daran denken, dass er schon einmal Zeuge genau derselben Geste, genau derselben Worte gewesen war. Damals hatte Bidar im Bug eines Ruderbootes gelegen und einen überladenen Frachter im Golf von Aden gesichtet.

Das hier ist auch nichts anderes, sagte sich Guhaad. *Wir haben damals die Ausländer getötet, und das Gleiche tun wir jetzt wieder …*

Als sie sich zwischen den dicht nebeneinander fahrenden Lastwagen hindurchzwängten, sah Guhaad ein Stück weiter vorne ein noch größeres Gefährt über den Highway zuckeln. Er packte Bidar am Gürtel und schüttelte ihn. »Nicht schießen. Ich hab eine Idee.«

Der Wüstenwind fegte durch den Audi, wehte Unmengen Sand herein und ließ jeden Tropfen Feuchtigkeit in Marcs Mund sofort verdunsten. Er blinzelte hinter seiner Pilotenbrille und spreizte die Schultern. Nichts wünschte er sich sehnlicher als eine Turbotaste, um dem Audi den so dringend benötigten Schub zu verpassen.

»Da ist er!«, rief Lucy. Sie zeigte mit der Pistole auf den roten BMW, der plötzlich an ihnen vorbeischoss und quer über die Fahrbahn nach links zog. Marc beschleunigte wieder, doch das Cabrio war bereits hinter einem schmutzstarrenden, mit riesigen Wasserrohren beladenen Sattelzug verschwunden. Während der BMW den Sattelzug überholte, blitzte die rote Karosserie immer wieder für einen kurzen Moment durch.

»Was hat er denn vor?«, wunderte sich Lucy.

Marc schüttelte den Kopf und ließ sich ein wenig zurückfallen. »Keine Ahnung. Ich setze mich mal hinter ihn …«

Auf der rechten Seite tauchte jetzt ein Gebäudekomplex inmitten der Wüste auf – ein riesiges Einkaufszentrum am Fuß eines Hotels, das die Form eines gewaltigen Tores hatte – und Marc glaubte für einen Moment, dass der BMW hier abfahren wollte. Doch dann sah er, wie der Glatzkopf sich aufrichtete, als das Cabrio etwa auf Höhe des Fahrerhauses des Sattelzugs war.

Ein Feuerstoß jagte aus der Mündung der Uzi. Die Salve ließ die Windschutzscheibe des Sattelzugs platzen und kostete den armen Kerl am Steuer das Leben. Bei dieser Geschwindigkeit geriet das Gespann sofort außer Kontrolle. Es begann zu schlingern, und der Auflieger wurde so wild hin und her geschleudert, dass die Hinterreifen in die Luft gerissen wurden.

Marc begriff, was gleich passieren würde, und stemmte sich mit allem, was er hatte, auf die Bremse.

Das Führerhaus des Lastwagens konnte der Wucht des außer Kontrolle geratenen Aufliegers nicht länger standhalten. Der Sattelzug klappte wie ein Taschenmesser mit einer solchen Wucht zusammen, dass das Fahrzeug umkippte und quer über die Fahrbahn schlitterte. Jetzt rissen auch die Befestigungsgurte für die Wasserrohre entzwei, und der Sattelzug kippte seine Fracht direkt vor die Räder des Audi und der nachfolgenden Fahrzeuge.

Lucy hielt sich instinktiv an dem Griff über der Tür fest, während Marc wie wild am Lenkrad kurbelte und verzweifelt versuchte, den Rohren auszuweichen, die ihnen entgegengerollt kamen. Die Stoßdämpfer des Audi waren bis zum Äußersten gefordert, aber es nützte nichts. Ein Rohr traf das Heck des Wagens mit solcher Wucht, dass vermutlich die Achse dabei zu Bruch ging, jedenfalls geriet der Audi ins Schleudern und landete an der Leitplanke am rechten Straßenrand, begleitet von lautem, metallischem Kreischen. Dann platzten die Airbags auf.

Marc wurde gegen die Rückenlehne gedrückt. Alles war voller Staub, und er musste husten. Dann drückte er den

Airbag beiseite. Auf der ganzen Breite des Highways schleuderten Fahrzeuge ineinander oder kamen bebend vor den Rohren, die die ganze Fahrbahn versperrten, zum Stehen.

Seine Schultern und sein Nacken fühlten sich an, als hätte ihn ein Pferd getreten. Lucy zwängte sich durch den völlig verbeulten Innenraum auf ihn zu und hustete. »Raus hier.«

»Ja.« Marc trat die Fahrertür auf, und sie verließen den zerstörten Audi. Darunter bildete sich bereits eine Öllache. Weißer Dampf quoll unter der Motorhaube hervor. »Jetzt haben wir kein Auto mehr«, stellte er benommen fest.

»Mal sehen …«, meinte Lucy.

Nur wenige Meter entfernt führte eine gläserne Fußgängerbrücke über die Schnellstraße. Sie diente als Verbindung zwischen dem Einkaufszentrum und einer S-Bahn-Station, die aussah wie eine riesige Schmetterlingspuppe aus Bronze. Das ganze Ensemble wirkte in dieser einsamen Gegend völlig fehl am Platz, doch es wartete nur darauf, dass neue Wohnhäuser, neue Bürotürme, neues Geld aus der umgebenden Wüste hervorsprießten.

Ein sportlich wirkender, junger Mann in der braunen Uniform der Polizei von Dubai kam mit tief besorgter Miene im Laufschritt auf sie zu. »Ist alles in Ordnung?« Marc nickte erschöpft. Dann warf der junge Beamte einen Blick auf die chaotischen Szenen, die sich auf dem Highway abspielten. »Oh nein. Ich muss sofort Meldung machen.« Er setzte sich in Richtung Fußgängerbrücke in Bewegung.

Im Schatten der Brücke waren mehrere Fahrzeuge zu sehen – eine Handvoll der allgegenwärtigen, porzellanfarbenen Geländewagen, die Dubais Seitenstraßen füllten, und daneben eine elegante, windschnittige Silhouette, die in der Hitze schimmerte. Um diese Silhouette hatte sich ein kleines Grüppchen Bewunderer versammelt, die jetzt alle mit offenen Mündern auf die Massenkarambolage starrten.

Aber dieses Auto … flach und sehr schnell sah es aus, sogar im Stehen. Marc blinzelte es voller Staunen an. »Ich werd verrückt. Ist das etwa ein …?«

»Du meine Güte.« Lucy starrte ihn wütend an und wischte sich den Staub von Gesicht und Oberkörper. »Du kannst den Mund wieder zuklappen. Es ist bloß eine gottverdammte Maschine!«

Die *gottverdammte Maschine* war ein grün-weiß lackierter Bugatti Veyron und sah aus, als wäre sie für einen Ausflug ins Weltall konzipiert worden, nicht für die Straße. Marc hatte schon davon gehört, dass die Fahrzeugflotte der Polizei von Dubai auch mehrere exklusive Sportwagen umfasste, aber bis jetzt hatte er das eigentlich eher als Märchen abgetan.

»Hey!« Seine Gedanken nahmen Fahrt auf, und er legte dem Polizisten die Hand auf die Schulter. Der junge Mann war, genau wie sein Auto, gut gebaut und sehr gepflegt. »Da war ein silberner SLR McLaren, den müssten Sie eigentlich noch gesehen haben. Er war sehr schnell unterwegs … und dann noch ein rotes BMW-Cabrio …«

Der Polizeibeamte nickte. »Ich habe gerade Bericht erstattet. Wir haben Meldungen über eine Schießerei beim Jachthafen erhalten …« Er warf noch einmal einen Blick auf das Chaos, das auf dem Highway ausgebrochen war. »Aber das hier … Wir müssen so schnell wie möglich Hilfe holen!«

»Auf jeden Fall«, erwiderte Lucy. »Nur dass in diesem silbernen Flitzer ein mutmaßlicher Terrorist sitzt. Sie müssen ihn unbedingt verfolgen.«

»Ein Terrorist?«

Marc nickte. »Wir führen im Auftrag von Europol verdeckte Ermittlungen durch.« Es war das Erste, was ihm einfiel. »Wir haben diesen Mann von Osteuropa bis hierher verfolgt.«

»Und mit jeder Sekunde, die wir hier stehen, kann er den Abstand vergrößern.« Lucy wies mit dem Kinn auf den Veyron. »Mein Kollege macht diesem Ding da schöne Augen, als würde er es am liebsten heiraten. Das bedeutet vermutlich, dass es ziemlich schnell ist. Verstehen Sie, worauf ich hinauswill?«

Der Polizist hob die Hand und wurde plötzlich förmlich. »Diese Fahrzeuge sind nicht für Verfolgungsjagden gedacht«, sagte er, und es klang so routiniert, dass klar war, dass er diesen Satz nicht zum ersten Mal aussprach. »Sie dienen nur repräsentativen Zwecken.« Er holte tief Luft. »Wenn Sie wirklich die sind, die Sie zu sein behaupten, dann zeigen Sie mir bitte Ihre Ausweise, damit ich …«

»Die Zentrale verständigen kann?«, fauchte Lucy ihn an, und Marc sah, dass sie mit ihrer Geduld am Ende war. »*Pfff*. Her mit dem Schlüssel.«

Der Polizist schnaubte. »Das werde ich ganz bestimmt nicht …« Er verstummte, als wie aus dem Nichts die goldene SIG Sauer an seine Brust gedrückt wurde. Die Umstehenden sahen die Pistole auch und liefen in heller Panik davon.

Marc zuckte mit den Schultern. »Es wäre wirklich besser, wenn du tust, was sie sagt, Kollege.«

»Es gibt keinen Schlüssel«, beharrte der Polizeibeamte. »Die Autos lassen sich nur mit einem Funksignal über einen speziellen Chip starten. Nur wir können sie fahren.«

Der junge Mann wechselte das Standbein, versuchte etwas zu verbergen, und Marc packte ihn am Arm. Um das Handgelenk trug er ein schwarzes Band, das aussah wie ein Fitnessarmband. »Könnte sich darin vielleicht der Chip verbergen?«

»Nein.« Der junge Mann versuchte vergeblich, sich loszureißen.

Lucys Stimme war eiskalt. »Ist dieser Wagen dir mehr wert als dein Leben?«

»Er … er kostet acht Millionen Dirham«, platzte der Polizist heraus.

Sie spannte den Hahn. »Und? Ist das der Preis für dein Leben?«

Der junge Polizeibeamte wurde kreidebleich. Zögernd nahm er das Armband ab und klatschte es Marc in die Hand. »Ist Ihnen eigentlich klar, was Sie da tun? Wir haben hier sehr strenge Gesetze. Wissen Sie, welche Strafe Sie zu erwarten haben?«

»Das Risiko gehen wir ein.« Lucy stieß ihn mit der Pistole ein Stück zurück. »Schnapp dir auch seine Waffe.«

Marc zog die Caracal aus dem Pistolenhalfter des Polizisten. »Falls es Ihnen hilft, das mit dem Terroristen stimmt wirklich.«

»Die einzigen Verbrecher, die ich erkennen kann, sind Sie«, gab der Polizist zurück.

»Ich werde versuchen, ihn nicht zu Schrott zu fahren«, erwiderte Marc und rannte zu dem Wagen. Lucy war dicht hinter ihm. Als er die Fahrertür des Supersportwagens öffnete, konnte er ein leises Lächeln nicht unterdrücken.

Lucy warf ihm über das Dach des Veyron hinweg einen giftigen Blick zu. »Hör auf, das zu genießen«, sagte sie mit ernster Miene.

»Anschnallen«, erwiderte er beim Einsteigen und drückte auf den Starterknopf. »Und *festhalten.*«

16

»Das ist ein Streifenwagen?« Lucy ließ sich in die Polster des Veyron sinken und betrachtete verwundert die dunkle Lederausstattung. »Dagegen sehen meine besten Schuhe ja richtig schäbig aus.« Sie konnte über solche Ausschweifungen nur den Kopf schütteln. »Diese Stadt ist doch nichts anderes als ein Disneyland für Milliardäre …«

»Und noch mehr. Los geht's.« Marc hielt das Armband vor das Sperrmodul hinter dem Lenkrad, und der Wagen rollte los, als wäre er aus flüssigem Quecksilber. Er gab stetig Gas, was der Veyron mit sonorem Brummen und stetig steigenden Drehzahlen quittierte.

Sie musste zugeben, dass sich das verdammt geschmeidig anfühlte. Obwohl am Seitenfenster zahlreiche andere Autos an ihnen vorbeizischten, hatte sie nicht das Gefühl, als würden sie besonders schnell fahren. Unter anderen Umständen hätte sie es vielleicht sogar genossen, aber im Moment zählte nur, dass dieses Ding *schnell* war, dass es Ramaas einholen konnte, bevor er die Autobahn verließ und spurlos verschwunden war.

»Da muss doch irgendwo eine Diebstahlsicherung sein …« Sie beugte sich nach vorn und tastete mit der Hand unter dem Armaturenbrett und dann im Fußraum herum. Unter ihrem Sitz stieß sie auf ein schwarzes Kästchen. »Warte, ich hab's.« Sie packte Kawals Pistole am Lauf und knackte das Kästchen mit einem kräftigen Schlag. Dann riss sie den GPS-Sender heraus.

Marc hatte mittlerweile den Schalter für die Signalleuchten und die Sirene gefunden. »Was meinst du? Das volle Programm?«

»Dann sehen sie uns aber kommen«, gab sie zu bedenken.

»Mit dem Wagen sind wir sowieso nicht zu übersehen«, entgegnete er und legte den Schalter um. Dann nahm er das Lenkrad fest in beide Hände und gab noch mehr Gas.

Eine wütende Stimme ertönte aus dem Funkgerät im Armaturenbrett. Lucy brachte sie mit einer Drehung an einem der Regler zum Schweigen. »Wenn die uns bis jetzt noch nicht auf dem Schirm gehabt haben, dann garantiert jetzt. Ich hoffe bloß, du kannst mit diesem Ding umgehen, Dane.«

»Ich habe schon mal so einen gefahren.«

»Echt?«

»Na ja, vielleicht nicht direkt gefahren. Aber ich habe direkt daneben gestanden. Trotzdem, ich weiß, wie man den bedient. Alles gut.« Sie rasten zwischen zwei Wassertankwagen hindurch, die praktisch stillzustehen schienen, und Lucy beobachtete, wie die Tachonadel mühelos die hundertsiebzig Stundenkilometer erreichte und unaufhaltsam weiterkletterte.

Sie drehte sich um und warf einen Blick durch das schlitzförmige Heckfenster, sah die Straße in der Ferne verschwinden. Und war das da am Himmel etwa ein Hubschrauber? Lucy war sich nicht sicher. »Gib mir die Pistole«, sagte sie.

»Jackentasche«, erwiderte Marc, der bei diesem Tempo auf keinen Fall die Hände vom Steuer nehmen wollte, nicht einmal für eine Sekunde.

Lucy nahm die Caracal-Halbautomatik in die Hand und überprüfte sie. Wie das Auto war auch die Waffe des jungen Polizeibeamten vorbildlich in Schuss. *Aber genau wie der Wagen noch nie im Ernstfall eingesetzt*, dachte sie.

»Ziel voraus«, sagte Marc. »Roter Z4, Mittelspur, schnell.« Sie grinste. In der einen Hand hatte sie die Caracal, in der anderen die vergoldete SIG Sauer. »Sollen wir ihm einen Strafzettel verpassen?«

Marc musste vom Gas gehen, damit sie nicht vorbeirasten. »Aber schnell. Wir müssen vor allem den SLR abfangen, bevor er irgendwo abfahren kann.«

»Alles gut«, wiederholte sie seine Worte von vorhin. Allerdings wurden sie vom plötzlichen Rauschen des Fahrtwindes verschluckt, da sie das Seitenfenster heruntergelassen hatte.

»Polizei …?« Guhaad sah die blinkenden Lichter des Supersportwagens im Rückspiegel, als dieser sich aus dem langsameren Verkehr herausschälte.

»Das ist nicht die Polizei!«, rief Bidar. Seine Worte klangen undeutlich, und er fletschte die braunen Zähne, während er sich umdrehte. »Das sind *die*!« Er hatte sich bei der Abfahrt aus der Villa des Bombenbauers den letzten Rest seines Khat-Vorrates in den Mund gesteckt, und jetzt fühlte er sich stark und mutig. Er schüttelte die Uzi. »Ich muss sie noch ein zweites Mal töten, Bruder!«

Guhaad blickte sich hastig um. Nur ein kerzengerades, achtspuriges Stück Asphalt lag zwischen ihnen und dem anderen Wagen. Er verkrampfte sich. Dieses Mal durften sie auf gar keinen Fall versagen. Er umklammerte das Lenkrad. »Schieß ja nicht vorbei«, brüllte er Bidar über das Röhren des Motors hinweg zu.

Bidar stieß ein wildes Lachen aus und kauerte sich auf den Beifahrersitz, die Maschinenpistole fest an die Brust gepresst. »Kommt her!«, brüllte er in den Wind.

Das grün-weiße Rennauto glitt wie ein Fisch im Wasser auf sie zu. Guhaad konnte eine dunkelhäutige Frau darin erkennen, die ihn mit kaltem Blick anstarrte. Sie hatte eine goldene Pistole in der Hand. »Jetzt, Bidar! Jetzt!«

Mit einem lauten Schrei schnellte Bidar hinter der Sitzlehne hervor und beugte sich über die Rückbank. Mit einer Hand hielt er sich an der Lehne des Fahrersitzes fest, in der anderen lag die Uzi, die er jetzt auf das Polizeifahrzeug richtete. Dabei lachte er laut.

Guhaad wandte den Blick wieder der Fahrbahn zu. Als er mit seinem Blick den Rückspiegel streifte, sah er das zweifache Mündungsfeuer der goldenen Pistole, unmittelbar, bevor Bidar abdrücken wollte. Im nächsten Augenblick spritzte Blut aus zwei Löchern in Bidars Brust auf Guhaads Gesicht.

Bidars Lachen wurde zu einem lauten Schrei, und er sackte kraftlos gegen seinen Fahrer. Die Hand mit der Uzi verkrampfte sich unwillkürlich, während sein Arm nach unten sackte. Die Waffe ratterte los, spuckte so lange leere Patronenhülsen in den Fahrtwind und schlug Löcher in die Karosserie und die Reifen, bis das Magazin leer war.

Guhaad spürte, wie der Wagen sich aufbäumte, bebte und dann ein anklagendes Jaulen von sich gab, bevor er sich unkontrollierbar um die eigene Achse drehte und dem Standstreifen entgegenschleuderte. Er konnte nicht mehr vernünftig sehen, weil alles voller Blut war und der sterbende Bidar quer über ihn gefallen war. Er wollte bremsen, doch das Pedal ließ sich ohne jede Wirkung bis zum Bodenblech durchtreten. Und noch während er versuchte, den Wagen irgendwie wieder in den Griff zu bekommen, schleuderte der BMW von der Fahrbahn und landete in einem mit Schotter gefüllten Graben.

»Hast du ihn erwischt?« Marc gab wieder Gas und riskierte einen schnellen Seitenblick.

Lucy setzte sich hin und ließ die protzige vergoldete Pistole in den Fußraum fallen. Das Magazin war leer und der Verschluss blockiert. »Kann sein«, erwiderte sie etwas zögerlich. »Jedenfalls ist er von der Straße runtergeschleudert.«

»Nachsehen können wir nicht.« Er zeigte mit dem Finger auf das eingebaute Navigationsgerät des Veyron. »Da vorne kommt schon die nächste Ausfahrt.« Sie sahen das Autobahnkreuz schnell näher kommen. Von dort aus führten mehrere Straßen in die sogenannte Extension, ein weitläufiges Industriegebiet innerhalb der Freihandelszone rund um den Hafen Jebel Ali.

Sie hob ruckartig den Kopf, und Marc wusste, dass ihr geübter Scharfschützenblick die Beute entdeckt hatte. »Ist er das? Das Silbrige da, auf ein Uhr?«

Noch während Lucy das sagte, spiegelte sich die Sonne in einem metallischen Gegenstand in der Ferne. Marc jagte den Veyron über mehrere Fahrspuren, um näher heranzukommen. Der Wagen schien die Ausfahrt nehmen zu wollen. Er zögerte. »Überall sonst auf der Welt würde ich sagen: *Klar, das ist er …* Aber wir sind hier in Dubai. Hier hat wahrscheinlich jeder verwöhnte Jugendliche mit einer Kreditkarte einen SLR in der Garage stehen.«

»Dann fahr eben näher ran!«

Bis jetzt hatte Marc noch nicht gewagt, den Veyron an seine Grenzen zu bringen, aber so langsam wurde es eng. Er betätigte die Schaltwippe hinter dem Lenkrad und trat das Gaspedal bis zum Anschlag durch. Der Motor reagierte sofort und wandelte den Druck seiner vier Turbolader in atemberaubende Geschwindigkeit um. Der Heckspoiler wurde automatisch ausgefahren. Marc und Lucy wurden durch die Beschleunigung in ihre Sitze gedrückt, und der Veyron vernichtete den Vorsprung des SLR in aberwitzigem Tempo. Schon nach kurzer Zeit musste Marc wieder bremsen, um nicht an dem anderen Wagen vorbeizurasen, der sich mit hundertfünfzig Sachen der Ausfahrt näherte.

Lucy kauerte am offenen Fenster, die Caracal im beidhändigen Anschlag. Der brüllend laute Wüstenwind riss Marc praktisch jeden Atemzug aus dem Mund. »Er ist es!«, schrie Lucy und drückte ab. Der Schuss traf das andere Auto zwar, aber es wurde dadurch kein bisschen langsamer.

Ohne es zu wollen, warf Marc einen schnellen Blick zur Seite … und bereute es sofort. Nur verschwommen nahm er einen Schatten im Inneren des SLR wahr, lang und kantig und genau auf sie gerichtet. Es dauerte einen Moment, bis er begriffen hatte, was das war.

»Deckung!«, kreischte Lucy laut. Im selben Moment röhrte die Pumpgun in Ramaas' Hand los.

Schon während Lucys Aufschrei hatte Marc das Steuer des Veyron herumgerissen. Er spürte den Einschlag mehr, als dass er ihn sah. Großkalibrige Schrotkugeln rasierten das Dach und die Tür des Wagens, andere knatterten durch den Innenraum.

Lucy wurde gegen seine Schulter geschleudert und stieß einen lauten Schrei aus.

»Hat er dich getroffen?«, brüllte Marc.

»Hinterher«, erwiderte Lucy aufgebracht und hielt sich mit einer Hand das Gesicht. »Los, mach schon!« Blut lief ihr über die Finger, aber ihre Stimme klang vor allem wütend. »Dieser gottverdammte Hurensohn!«

Die unbeschädigte Heckleuchte des SLR leuchtete rot auf, und der Wagen beschleunigte Richtung Ausfahrt. Marc riss das Steuer des Veyron herum und lenkte dessen stromlinienförmigen Bug unter lautem Reifenquietschen ebenfalls auf die Rampe.

Beide waren viel zu schnell unterwegs, und der Asphalt bekam etliche frische Gummispuren, während die Traktionskontrollsysteme der beiden Wagen den Kampf mit Masse und Schwerkraft aufnahmen, um sie in der Spur zu halten.

Acht Spuren schrumpften urplötzlich auf zwei zusammen, was sich in etwa so anfühlte, als würde die Straße einfach zusammengefaltet. Mit einem Mal gab es kaum mehr Platz, um auszuweichen, und sie wurden zusätzlich von den anderen Verkehrsteilnehmern behindert. Ramaas ließ sich davon jedoch in keiner Weise beeindrucken. Er gab auch auf der schmalen Landstraße sofort wieder Vollgas. Marc jagte den Veyron hinterher und verpasste der hinteren Stoßstange des SLR einen Stoß. Ein Blick auf die Tachonadel verriet ihm, dass sie schon wieder bei hundertsechzig Stundenkilometern angelangt waren. Die harte Federung des Supersportwagens übertrug jede einzelne Unebenheit der relativ schlechten Landstraße direkt auf die Bandscheiben seiner zähneklappernden Insassen.

Ramaas scherte auf die Gegenfahrbahn aus und umkurvte eine staubige Limousine. Marc machte es ihm nach, nur um sich gleich darauf einem riesigen Lastwagen gegenüberzusehen. Sein Verstand befahl ihm eine Vollbremsung, doch er folgte seinem Instinkt und beschleunigte. Der Lastwagen schoss mit dröhnenden Hupen an ihm vorbei, während er um Haaresbreite einen Zusammenstoß verhindern konnte.

Lucy ächzte leise und fuhr sich mit der Hand übers Gesicht. Ein paar rote Streifen liefen über ihre Augenbrauen und verloren sich in ihren dunklen, kurz geschnittenen Haaren. »Das tut weh«, zischte sie und streckte die Hand zum Fenster hinaus, um zwei Kugeln ins Heck des SLR zu jagen.

»Nicht auf den Kofferraum schießen«, herrschte Marc sie an. »Bombenalarm!«

»Ich wollte eigentlich die Reifen treffen, aber Pech gehabt. Wahrscheinlich sind die kugelsicher.«

Der Verkehr wurde jetzt spärlicher, aber auch die Straße wurde zusehends schlechter, und es war immer mühsamer, den Veyron bei diesem Tempo in der Spur zu halten. Die Verfolgungsjagd wirbelte viel Staub auf, und Marc musste immer wieder vom Gas gehen. Jedes Mal sackte die Tachonadel mit einem Ruck in den Keller.

»Dranbleiben!«, spornte Lucy ihn an. »Da vorne kommt eine Kurve …«

»Da können wir ihn vielleicht abdrängen, verstanden«, brachte Marc ihren Gedankengang zu Ende. Als sie sich der Biegung näherten, sah er in nicht allzu weiter Entfernung ein langes, flaches Gebäude mitten im Wüstensand stehen. Diese unauffällige Lagerhalle musste Ramaas' Ziel sein.

Der SLR drehte noch einmal auf. Ramaas wollte so viel Abstand wie möglich zwischen sich und seine Verfolger bringen, aber das wollte Marc nicht zulassen. Er schaltete einen Gang herunter, und der Allradantrieb schleuderte den Wagen vorwärts. Dichte Sandfontänen umwirbelten das Auto.

Dann bewegte sich etwas im Scheitelpunkt der Kurve. Auf den ersten Blick hatte Marc die Erhebung für einen Felsvorsprung gehalten, doch in Wirklichkeit handelte es sich um einen Mann in einer braunen Dischdascha. Er hatte sich unter einer Plane versteckt und sich auf diese Weise perfekt an die Umgebung angepasst.

Aber jetzt war er genauso deutlich zu erkennen wie das

charakteristische, langgezogene Ding auf seiner Schulter. Es sah aus wie eine Regenrinne, war jedoch eine russische Panzerfaust – ein vertrauter Anblick für jeden, der schon einmal einen Fernsehbericht über einen der zahlreichen Kriegsschauplätze dieser Erde gesehen hatte. Die Öffnung des Rohrs war genau auf den bogenförmigen Kühlergrill des Veyron gerichtet.

Marc sah den Feuerstoß und riss das Steuer mit aller Macht herum. Doch es reichte nicht ganz. Die schlecht gezielte Granate traf direkt vor dem Wagen auf die Straße. Die Sprengladung riss einen etwa einen Meter breiten Krater in den mürben Asphalt und schleuderte den Veyron in die Luft.

Sie drehten sich einmal um die Längsachse. Die Sechspunktgurte des Wagens sorgten dafür, dass Marc und Lucy nicht aus ihren Sitzen fielen, während die Schwerkraft sie hierhin und dorthin ziehen wollte. Nach einer Rolle in der Luft prallte der Veyron wieder auf der Straße auf, dann folgten noch etliche weitere Überschläge auf Asphalt und Sand. Stück für Stück zerstörte der Supersportwagen sich dabei selbst. Radkästen, Teile der Motorhaube, die Signalleuchten und der Heckspoiler, alles wurde abgerissen, bis das Auto schließlich bebend auf allen vieren zum Stehen kam.

Marc schwirrte der Kopf, und ihm war speiübel. Mühsam schob er die Airbags beiseite, die ihn vor schwereren Verletzungen geschützt hatten. Der Unfall mit dem Audi war schon schlimm genug gewesen, aber das hier hatte ihn noch sehr viel heftiger durchgeschüttelt. Sein Kopf dröhnte wie verrückt, seine Schultern fühlten sich an wie ein einziges großes Schleudertrauma, und seine Gelenke ächzten wie unter einer tonnenschweren Last. Für einen kurzen Moment konnte er keinen Finger rühren – bis der

Gestank nach brennendem Plastik und ausgelaufenem Benzin in seine Nase drang. Schlagartig war er wie elektrisiert.

»Lucy?« Er streckte die Hand nach ihr aus. »Wir müssen … wir müssen raus.« Die Türen hatten sich verklemmt und ließen sich nicht öffnen. Dafür hatte sich die zersplitterte Windschutzscheibe aus dem Rahmen gelöst und hing jetzt auf der Vorderfront des Veyron. Er öffnete seinen Sicherheitsgurt und stemmte sich hoch. »*Lucy!*«

Der Mann im braunen Gewand schlängelte sich in aller Seelenruhe zwischen abgerissenen Bugatti-Teilen und glühend heißen Trümmern hindurch, warf dabei die Panzerfaust beiseite und zog einen Revolver. Marc sah, dass er Richtung Himmel blickte und anschließend im Laufschritt auf sie zukam.

Lucys Kopf sackte kraftlos nach vorne, doch dann erwachte sie aus ihrer Trance und blickte ruckartig auf. Noch halb benommen sah sie den Mann aus dem Augenwinkel heranstürmen, hob die Caracal und erschoss ihn durch das Loch, das die Windschutzscheibe hinterlassen hatte. »Arschloch«, knurrte sie dabei leise.

Sie halfen einander aus dem völlig zerstörten Veyron und ließen sich in den Sand gleiten. Marc warf noch einmal einen Blick auf den Schrotthaufen, der bis gerade eben noch ein kostbarer Sportwagen gewesen war, und empfand einen Hauch von schlechtem Gewissen. Nicht weil er den Wagen gestohlen hatte, sondern weil er an der Zerstörung von wahrer Schönheit beteiligt gewesen war.

»Wie viel sind eigentlich acht Millionen Dirham?«, wollte Lucy wissen, während sie ebenfalls das Wrack betrachtete.

»Zwei Millionen«, erwiderte er. »Wir haben gerade ein Auto im Wert von zwei Millionen Dollar geschrottet.«

Lucy tätschelte ihm die Wange. »Nicht weinen. Sie können uns ja jederzeit verklagen.« Sie trat zu dem Mann im braunen Gewand und bückte sich, um sich seinen Revolver zu holen. Da sah sie, dass er noch lebte. »Du.« Sie tippte ihm auf die Brust. »Wo ist Ramaas?«

Er zeigte mühsam um Atem ringend auf die Lagerhalle.

»Wie viele Männer sind bei ihm?«, wollte Marc wissen, aber der Schwerverletzte starrte ihn nur verständnislos an.

»Mehr erfahren wir von dem nicht«, meinte Lucy, und für einen kurzen Moment dachte Marc, dass sie ihn kaltblütig erschießen würde. Lucy fing seinen Blick auf und wackelte mit der Waffe. »Wir müssen Munition sparen«, sagte sie dann und warf ihm den Revolver zu. Er fing ihn auf und warf einen prüfenden Blick in die Trommel.

Sie folgten den Reifenspuren des SLR zu der Lagerhalle, bis sie vor einem von insgesamt drei breiten, geschlossenen Rolltoren standen. Ansonsten gab es auf dieser sonnenbeschienenen Gebäudeseite keine anderen Eingänge.

»Was sollen wir jetzt machen?«, wollte Marc wissen. »Er kann da drin alles Mögliche anstellen …«

Noch während er sprach, ertönte ein lautes Rasseln, und die Rolltore setzten sich in Bewegung. Am unteren Rand bildeten sich schmale Schattenbänder, die sekündlich breiter wurden. »In Deckung!«, schrie Lucy, und sie rannten in den Schutz eines leer stehenden Wächterhäuschens.

In der Lagerhalle war es dunkel, aber Marc sah hinter einem Tor etwas Silbriges glänzen. Das war der SLR. Ramaas hatte ihn schräg in der Halle geparkt. Die Schmetterlingstüren waren wie ausgebreitete Flügel nach oben geklappt, und der Kofferraumdeckel stand weit offen. Der Kofferraum selbst war leer.

Marc hielt den Atem an, rechnete fest damit, dass gleich die ersten Schüsse aus der düsteren Lagerhalle nach draußen prasseln würden. Stattdessen ertönte das heisere Knattern mehrerer Motorräder. »Was ist denn jetzt los, verdammt noch mal?«

Die schnarrenden Leerlaufgeräusche wurden zu einem kreischenden, dauerhaften Lärm, und dann kamen vier identische KTM-Enduros aus dem Schatten hinter dem parkenden Mercedes hervorgeschossen. Auf jeder saß eine Gestalt mit einem weißen Sturzhelm und getöntem Visier, sodass die Gesichter nicht zu erkennen waren. Außerdem trugen alle die gleiche braune Dischdascha, die auch der Mann mit der Panzerfaust getragen hatte. Doch der tödliche Schrecken, der Marc in die Glieder fuhr, wurde durch die silbernen Stahlkoffer verursacht, die auf den Lenkern der Motorräder festgeschnallt waren.

Lucy sah sie natürlich auch und zögerte zunächst für einen Moment, bevor sie das Feuer eröffnete, um wenigstens einen Fahrer im Vorbeirasen zu erwischen. Doch auch falls sie getroffen hatte, ließen sie sich nicht aufhalten. Mit Vollgas röhrten die Maschinen im Pulk über die asphaltierte Fläche, bis sie sich aufteilten und jeder in einer anderen Richtung in die Wüste raste.

Marc stürzte aus der Deckung hervor und sah gerade noch, wie einer der Fahrer bei dem Verletzten, der neben dem Wrack des Veyron lag, anhielt, eine Pistole zog und dem am Boden Liegenden eine Kugel in den Kopf jagte, bevor er weiterpreschte.

»Cleverer Drecksack«, knurrte Lucy. »So können wir unmöglich alle verfolgen.«

Marc blickte sich fluchend um, während die Motorräder von der flirrenden Hitze der Wüste verschluckt wurden. Die Exile-Bombe war ihnen, zusammen mit den Doppelgängern, die Jalsa Sood gebaut hatte, durch die Finger geglitten. »Ramaas muss das alles von Anfang an geplant haben. Er führt uns wie ein gottverdammter Hütchenspieler an der Nase herum …«

Da riss ein brutaler Knall die Luft in Stücke. Marc und Lucy hatten das Gefühl, als würden sie von einer Betonwand gerammt. Jedenfalls landeten sie benommen im Staub, während die Lagerhalle in ihrem Rücken in einem Feuerball aus orangeroten Flammen und schwarzem Rauch aufging.

Eine heiße, nach verbranntem Benzin stinkende Wolke wehte über sie hinweg, und sie mussten husten. Wellblechstücke regneten vom Himmel. Marc konnte nichts mehr hören und zog Lucy am Arm, wollte sie wegzerren. »Wir müssen verschwinden«, stieß er mühsam hervor.

In diesem Augenblick frischte der Wind auf. Lucy drehte sich zu ihm um und zeigte auf die Straße. Mehrere grün-weiß lackierte Polizeigeländewagen kamen auf sie zugerast, während über ihnen bereits ein Hubschrauber in Lauerstellung schwebte.

Lucy hob die Hände über den Kopf und ließ die Pistole in den Sand vor ihren Füßen fallen. Marc sah, dass ein Mann mit brauner Uniform in der Seitentür des Hubschraubers saß und sie mit einem Gewehr ins Visier genommen hatte. Darum tat er es Lucy gleich. Schlagartig überfiel ihn die ganze Müdigkeit, die das Adrenalin bis zu diesem Zeitpunkt erfolgreich im Zaum gehalten hatte.

Nachdem die Ärztin die Schnittwunden an ihrem Kopf versorgt hatte, nahm eine Frau, die einen tadellos gebügelten Hidschab und eine Polizeiuniform trug, Lucys Aussage zu Protokoll. Da sie jedoch kaum mehr verriet als ihren Namen und immer wieder verlangte, endlich telefonieren zu dürfen, nahm das Gespräch einen ziemlich einseitigen Verlauf. Die Papiere, die sie als »Lula« bei sich hatte, waren zwar gut genug für eine oberflächliche Inspektion, einer gründlichen Überprüfung würden sie jedoch nicht lange standhalten. Da sie aber nicht mehr preisgeben wollte, beschloss sie, auf Zeit zu spielen. Vielleicht ergab sich ja eine Lösung, *bevor* die Polizei von Dubai die Geduld verlor.

Sie steckten Lucy in eine saubere, moderne Zelle, wo sie die Stunden mit Schlafen und Warten auf das nächste Verhör verbrachte. Ein ganzer Tag verging, ohne dass irgendjemand irgendetwas von ihr wollte. So langsam machte sie sich Sorgen. Irgendjemand würde für die zahlreichen Verwüstungen in der Stadt und der Umgebung büßen müssen, und wenn nicht sie …

Sie verzog das Gesicht. Marc Dane hatte zwar im britischen Militär gedient und auch eine Geheimdienstausbildung genossen, aber im Gegensatz zu ihr war er nie mit der erforderlichen Gründlichkeit auf illegale, streng geheime Einsätze vorbereitet worden. Er hatte nie das knallharte Überlebenstraining in Fort Bragg mitgemacht, an dem sie noch in der grünen Uniform der Delta Force teilgenommen hatte. Im Verlauf dieses SERE-Programms – »Survival, Evasion, Resistance, Escape«, also »Überleben, Ausweichen, Widerstand, Flucht« – hatte sie gelernt, sich auf alle Eventualitäten einzustellen, auch auf sogenannte »weiterentwickelte Befragungstechniken«. Soweit sie wusste, war Marc noch nie in so eine Situation geraten. Und jetzt waren sie in einer Stadt, die sich ihre Gesetze mehr oder weniger so zurechtlegte, wie sie es gerade brauchte.

Sie versuchte, diesen besorgniserregenden Gedanken wieder zu verdrängen. *Der Engländer hält mehr aus, als du glaubst. Er wird es schon schaffen.*

Aber als sie Marc dann zum ersten Mal nach ihrer Verhaftung wieder zu Gesicht bekam, wusste sie, dass ihre Befürchtungen voll und ganz gerechtfertigt gewesen waren. Zwei untersetzte Polizeibeamte holten sie aus ihrer Zelle und brachten sie durch mehrere hell erleuchtete Korridore in eine Tiefgarage, wo bereits ein gepanzerter Gefangenentransporter auf sie wartete.

Sie stießen sie in den Laderaum, und da saß er, mit Handschellen an eine Stange in der Mitte des Transportabteils gefesselt. Sein Gesicht war voller blauer Flecken, und auch die aufgeplatzte Lippe war mitnichten eine Folge des Autounfalls. »Hallo«, begrüßte er sie mit heiserer Stimme.

Ein dicklicher Polizist hockte bereits neben ihm, und dann stieg noch ein zweiter ein und fesselte auch Lucy mit Handschellen an die Stange. Anschließend setzte er sich mit dem Rücken zur Hecktür und fing an, auf seinem iPhone herumzudaddeln. Gleichzeitig fuhr der Wagen los.

»Hast du neue Freundschaften geschlossen?«, fragte Lucy und starrte den Polizisten provozierend an. Er beachtete sie nicht.

Marc zuckte mit den Schultern. »Du weißt ja, wie das ist. *Ich bin die Treppe runtergefallen.*«

»Ich hasse diese Arschlöcher«, sagte sie voll ehrlicher Wut. Jetzt blickte der Wärter doch von seinem Handy auf und sah sie streng an. »Ja, genau«, machte sie weiter. »Von dir spreche ich, du Minipimmel.«

»Das wird dir alles nichts nützen«, meinte Marc. Die Sonne schien zu den Fensterschlitzen im Dach des Transporters herein, während er wendete und beschleunigte. Marc und Lucy steckten die Köpfe zusammen, so gut es eben ging, und unterhielten sich leise. »Ich habe es wieder mit der Europol-Nummer versucht und ihnen erzählt, dass Ramaas ein Terrorist ist und wir ihn festnehmen wollten.« Er grinste schwach. »Aber das haben sie mir nicht abgekauft. Ich schätze mal, dass irgendjemand aus der Führungsetage der Polizei von Dubai weiß, wer Jalsa Sood in Wirklichkeit war, und dass sie uns die vielen Toten in seinem Haus anhängen wollen. So können sie Jalsas terroristische Vergangenheit schön übertünchen und das Ganze als einen entgleisten Diebstahlversuch von Luxusautos hinstellen ...«

»Tja ...« Lucy ließ sich seine Worte durch den Kopf gehen. Natürlich wollte die Stadt verhindern, dass bekannt wurde, dass sie zehn Jahre lang einem berüchtigten Bombenbauer Unterschlupf gewährt hatte. »Und in der Zwischenzeit ist Ramaas untergetaucht.«

Marc blickte sich um. »Weißt du, was ich glaube? Die haben schon eine Ahnung, wer wir sein könnten ... die haben doch mit Sicherheit in den internationalen Datenbanken nachgesehen. Ich meine, Europol und ich sind ja in Split nicht gerade freundschaftlich auseinandergegangen, und du hast in den USA auch nicht den allerbesten Ruf ...«

Sie starrte ihn durchdringend an, und Marc sah mit einem Mal keine Notwendigkeit mehr, seinen Satz fortzusetzen. »Also liefern sie uns aus.«

»Wobei, das kann dauern«, erwiderte er. »Ich wette, dass die uns noch eine Weile behalten wollen. Mit bösen Ausländern kann man bei den Einheimischen prima punkten, stimmt's? Jetzt schaffen sie uns erst mal ins Zentralgefängnis nach Al Awir ... und danach sehen wir uns nie wieder.«

»Wenn wir Glück haben.« Angesichts der strengen Geschlechtertrennung in den Vereinigten Arabischen Emiraten wunderte sie sich allerdings schon, dass sie mit zwei männlichen Polizisten in ein Fahrzeug gesteckt worden waren. Darum hielt sie auch eine andere Möglichkeit für denkbar … dass sie nämlich an irgendeine entlegene Stelle in der Wüste kutschiert und stillschweigend entsorgt werden sollten. Der Blick, mit dem Dane sie bedachte, sagte ihr, dass er einen ganz ähnlichen Gedanken hatte.

Lucy sah ihn durchdringend an. »Was denn?«, fragte er.

»Ich weiß genau, dass du eine Idee hast, Dane. Das ist doch was, was du richtig gut kannst, oder nicht? Improvisieren?«

Er verzog das Gesicht. »Aber nicht, während ich in irgendeinem Transportwagen hocke und an eine Stange angekettet bin.«

»Hey, du bist schließlich in dieser Woche schon mal aus einem Knast ausgebrochen. So schwierig kann das doch nicht sein.«

»Wir haben keine Waffen, keine Computer, keine Unterstützung«, erwiderte Marc. »Nicht dass ich dein plötzliches Vertrauen in meine Fähigkeiten nicht zu würdigen wüsste, aber ich kann auch nicht Stroh zu Gold spinnen.«

»Wenn wir in Al Awir oder wo immer sie uns hinbringen wollen, ankommen, war's das«, sagte sie und merkte, wie ihre Wut langsam wuchs. »Ich hab schon mal im Knast gesessen, und das reicht mir voll und ganz. Das mach ich nicht noch mal mit und schon gar nicht hier!« Sie musterte den Polizisten mit dem iPhone. »Ich hab jetzt schon die Schnauze voll von diesem Land und seinen Bewohnern.« Sie musste an die glitzernden Hochhäuser in den Reichenvierteln denken und an die niederschmetternde Ungleichheit, die sie in den Betonhütten der Arbeitersiedlung gesehen hatten. Und das Gefängnis würde kaum besser werden.

Der Polizist erwiderte ihren Blick. »Ihr alle beide, leise sein«, sagte er mit fester Stimme.

»Sonst was?«, fauchte Marc ihn an. »Verprügelst du mich vielleicht noch ein bisschen? Aber jetzt seid ihr ja nur zu zweit. Ist vielleicht ein bisschen zu wenig, was?«

Erst jetzt bemerkte Lucy, dass der andere Bulle ein dickes blaues Auge hinter seiner Sonnenbrille versteckte. Und bei Marcs Worten war er ziemlich unruhig auf seinem Platz hin und her gerutscht. *Er hält mehr aus, als du glaubst,* dachte sie noch einmal.

Jetzt sah Marc Lucy sehr betont in die Augen und dann zu dem Polizisten hinüber, der sie zurechtgewiesen hatte, nahm zuerst den Mann in den Blick und dann gezielt dessen iPhone. Er neigte den Kopf: *Verstehst du, was ich meine?*

Sie verstand, schaute zuerst Marc an, dann den Polizisten mit dem blauen Auge, und dann nickte sie kaum wahrnehmbar.

So würden sie es also angehen, mit roher Gewalt. Nicht gerade die feine englische Art, aber im Moment konnten sie es sich nicht erlauben, wählerisch zu sein. Sie lächelte schmal. Für sie war das kein Problem. Ein klein wenig Brutalität würde ihre Stimmung jedenfalls spürbar heben.

Noch während sie möglichst unauffällig die letzten Vorbereitungen traf, blieb der Transporter unvermittelt stehen. Die Gefangenen wurden kräftig durchgeschüttelt, so heftig trat der Fahrer auf die Bremse. Ein leises Klingeln ertönte. Der Polizist warf einen Blick auf das Display seines iPhones und verzog angewidert das Gesicht.

Ein wenig verwirrt überlegte Lucy, wie sie ihn wohl am besten überwältigen konnten. Mit den Handschellen hatten sie schließlich nur begrenzte Bewegungsfreiheit.

Doch dann geschah etwas, womit sie wirklich zuallerletzt gerechnet hatte: Die Heckklappe des Transporters ging auf. Erst drang der Geruch nach Meerwasser und Rost herein, dann Möwengeschrei. Wortlos erhoben sich die beiden Polizeibeamten von ihren Plätzen und stiegen aus, aber erst, nachdem einer der beiden die Schlüssel für die Handschellen genau vor Marcs und Lucys Füße geworfen hatte. Verwirrt sahen sie den beiden Männern nach, während sie aus ihrem Blickfeld verschwanden.

Lucy sah Marc unsicher an. »Wie hast du das gemacht?«

»Was denn?«

»Na, das mit dem Telefon. Hast du ihm eine Nachricht geschickt oder so was?«

»Wie denn?« Marc angelte sich den Schlüssel und schloss seine Handschellen auf. »Per Gedankenübertragung?« Er befreite auch Lucy von ihren stählernen Armbändern, dann massierte sie sich erst einmal die Handgelenke.

Anschließend stand sie auf und wollte zur offenen Heckklappe gehen, aber Marc packte sie am Arm. »Warte mal. Und wenn das eine Falle ist? Vielleicht wollen sie uns ja nur gehen lassen, damit sie uns auf der Flucht erschießen können.«

Lucy ließ sich das durch den Kopf gehen. »Könnte schon sein«, gab sie zu, »aber ich gehe unter keinen Umständen noch mal in den Knast. Ich riskier's.«

Einigermaßen misstrauisch kletterten sie nach draußen und standen dann auf einer Betonrampe. Marc blickte sich um. »Wir sind an der Küste.«

Zur einen Seite erhob sich die gewaltige Palm Jebel Ali, eine künstliche Insel, die aussah, als würde sie aus der Küste ins Meer wachsen, und auf der anderen Seite lagen die Anleger eines riesigen Jachtklubs.

Jetzt kehrten die beiden Polizisten wieder zurück, stiegen in den Laderaum des Transporters und machten die

Klappe hinter sich zu. Der Motor, der die ganze Zeit im Leerlauf weitergetuckert war, heulte auf, dann standen Lucy und Marc alleine – und frei – unter der grellen Sonne von Dubai.

»Ich habe ganz ehrlich keine Ahnung, was hier gerade passiert ist. Oder wieso«, sagte Marc nach einer kurzen Stille.

»Es hatte jedenfalls seinen Preis«, ließ sich eine Stimme in ihrem Rücken vernehmen. Unter dem Sonnenschutz einer Barkasse am Anleger streckte Henri Delancort seinen Kopf hervor. Sie gingen ihm entgegen, und dann kletterte Malte Riis mit einem Strohhut auf dem Kopf und regungsloser Miene an Land. Er nickte Lucy zu und ging einfach an ihr vorbei in Richtung Stadt.

»Wo will er denn hin?«, erkundigte sich Marc.

»Malte hat die wundervolle Aufgabe übernommen, sich um die negativen Auswirkungen Ihrer kleinen Wüsteneskapade zu kümmern«, antwortete Delancort und winkte ihnen dabei ungeduldig zu. »Kommen Sie, kommen Sie. *Vite, vite*. Bevor die zuständigen Behörden es sich anders überlegen.«

Lucy stieg in die Barkasse, und Marc folgte ihr. »Rubicon hat uns ein Boot geschickt?«, stellte er verwundert fest.

»Das ist nicht Mr. Solomons Boot.« Delancort schüttelte den Kopf und zeigte auf eine elegante, silbern und himmelblau lackierte Superjacht, die jenseits der künstlichen Insel vor Anker lag. »*Das* ist Mr. Solomons Boot.«

Der Regen prasselte mit solcher Wucht auf die Plastiküberdachung des Münztelefons, dass Horvat sich den klobigen pinkfarbenen Hörer praktisch ins Ohr stopfen musste, um überhaupt etwas zu verstehen. »*Hör zu, Franko.*

Als dein Anwalt muss ich dir sagen, dass das die einzige Karte ist, die dir noch geblieben ist. Du musst dich stellen. Die Polizei hat die ganze Stadt abgeriegelt!«

»Leck mich«, stieß er hervor. »Mich stellen? Diese Arschlöcher hassen mich alle.«

»Da kann ich dir nicht widersprechen«, lautete die matte Antwort. *»Aber wenn du dich stellst, haben wir zumindest noch ein paar Möglichkeiten. Vielleicht lässt sich die Staatsanwaltschaft auf einen Deal ein.«* Kurze Pause. *»Ich habe das eine oder andere gehört. Du wirst nicht nur von der Polizei gesucht. Du hast dir im Lauf der Jahre viele Feinde geschaffen, das ist dir klar. Man hört, dass gewisse Leute sich nach dir erkundigt haben. Keine Einheimischen.«*

Horvat stierte mit zusammengekniffenen Augen durch den Regen auf die Fassade der Bank auf der anderen Straßenseite, bis er die hübsch verzierte Uhr über der Eingangstür erspäht hatte. Er beobachtete den Sekundenzeiger und wusste ganz genau, wie lange er sprechen konnte, bevor sie das Telefon, das er benutzte, identifiziert hatten.

»Ich kann wahrscheinlich einen Strafnachlass rausschinden«, fuhr der Anwalt fort. *»Aber dafür musst du zuerst mal alles gestehen.«*

»Ich gehe nicht ins Gefängnis«, gab Horvat entrüstet zurück. »Da würde ich nicht mal einen Tag überleben! Die ganzen Leute, die ich in den Knast gebracht habe … die brennen doch auf Rache.«

»Sprich doch wenigstens mit …«

Da packte ihn die Paranoia. »Du willst mich hinhalten, stimmt's? Stehen sie gerade neben dir?«

»Nein, Franko, nein …«

Er schüttelte den Kopf. »Ich kümmere mich in Zukunft selber um meine Angelegenheiten. Du bist gefeuert!«

Horvat knallte den Hörer auf die Gabel und schlug seinen Mantelkragen hoch. Dann lief er durch den Regen über die Straße und betrat die Bank.

Er nannte der Frau am Schalter einen falschen Namen und schickte sie weg, sobald sie den Kellerraum mit den Schließfächern entriegelt hatte. So früh am Morgen war kaum jemand hier unten. Horvat trug den Stahlbehälter in eine Kabine neben den Schließfächern, stellte ihn auf den Tisch und atmete erst einmal kräftig durch.

Sein angenehmes Leben als korrupter Polizeiinspektor war völlig aus den Fugen geraten. Das bedeutete, dass er niemandem trauen und sich auf nichts mehr verlassen konnte. Also nahm er Zuflucht zu der einen Sache, bei der er sich absolut sicher war, dass sie funktionierte: Erpressung.

In der Kassette lagen ein Bündel Geldscheine, eine nicht registrierte Pistole sowie etliche gefälschte Ausweise und Kreditkarten – sein »Fallschirm«, den er im Lauf der Jahre für genau so einen Notfall wie diesen zusammengestellt hatte. Der eigentliche Schatz jedoch bestand in einer Plastiktüte voller gestohlener Akten, kompromittierender Fotos und alter Tonbandkassetten, die so viel Schmutz enthielten, dass damit das Leben zahlreicher bedeutender Persönlichkeiten und Prominenter mit einem Schlag ruiniert wäre. Horvat kippte den Inhalt des Stahlbehälters auf den Tisch und fing an, alles in eine Umhängetasche zu stopfen, die er eigens zu diesem Zweck mitgebracht hatte.

Da wurde der Vorhang der Kabine beiseite geschoben. Horvat wirbelte wütend herum. *Was für eine Unverschämtheit!* Er griff nach seiner Pistole.

Ein Asiate mit rundlichem Gesicht, schwarzer Jacke und schwarzer Hose stand vor ihm. Er hielt eine Pistole mit aufgeschraubtem Schalldämpfer in der Hand. »Guten Morgen, Herr Polizeiinspektor Horvat.« Seine Worte klangen bestimmt und bedacht zugleich. »Treten Sie beiseite.«

Horvat nahm die Hand von der Pistole und gehorchte. »Wer hat dich denn geschickt, verdammte Scheiße?«

»Mein Name ist Saito«, erwiderte der Mann. »Ich bin gar nicht primär auf der Suche nach Ihnen. Allerdings haben unsere Wege sich schon einmal gekreuzt, da Sie mir im Rahmen meiner Ermittlungen als Verbindungsglied aufgefallen sind.«

»Als was?« Der schulmeisternde Tonfall des Mannes ging Horvat mächtig auf die Eier. »Ich bin Polizeibeamter! Du kannst mir keine Angst einjagen!«

»Also, genau genommen sind Sie das nicht mehr«, erwiderte Saito. »In der Zwischenzeit wurde nämlich ein Haftbefehl gegen Sie erlassen.« Er warf einen Blick auf die Unterlagen. »Sie haben die Festplatte der Überwachungsanlage aus dem Queen's High Casino gestohlen. Wo ist sie?«

»Woher weißt du …?«

»Wo ist sie?«, wiederholte Saito und trat einen Schritt näher. Die Pistole lag vollkommen ruhig in seiner Hand.

Behutsam fasste Horvat in seine Tasche, holte die taschenbuchgroße Festplatte heraus und legte sie auf den Stapel. »Hör zu. Hier drin liegt jede Menge Zeug. Das ist Hunderttausende Euro wert, vielleicht sogar Millionen. Wie wär's, wenn ich jetzt einfach gehe und du das alles behalten darfst, hmm?«

Saito deutete ein Kopfschütteln an. »Ich mache Ihnen einen Gegenvorschlag. Wie gesagt, mein Interesse an Ihnen ist eher sekundärer Natur. Aber ich konnte bisher niemanden ausfindig machen, der mir etwas über den Mann erzählen kann, mit dem Neven und Bojan Kurjak

Geschäfte gemacht haben, bevor Ersterer verschwunden und Zweiterer ermordet worden ist.«

»Den Afrikaner?« Horvat runzelte die Stirn. Damit hatte er nicht gerechnet. »Meinst du diesen Piraten mit dem kaputten Auge …?«

»Sagen Sie mir alles, was Sie über ihn wissen, dann können Sie die Bank als freier Mann verlassen.« Als Geste seines guten Willens ließ Saito die Waffe sinken.

Horvat überlegte kurz. Er hatte nichts zu verlieren. Auch wenn Bojan tot war, aber die Serben und ihr neuer Freund waren letztendlich für all seine Probleme verantwortlich. Wenn er also etwas dazu beitragen konnte, ihr Leben zu ruinieren, war es geradezu ein Gebot seiner korrupten und bösartigen Natur, das auch zu tun.

Er versuchte also krampfhaft, sich an jede noch so unbedeutende Kleinigkeit über den Piraten und die Kurjaks zu erinnern, alles, was er im Verlauf der vergangenen Tage oder davor gehört oder gesehen hatte. Saito speicherte seine Worte auf einem winzigen, digitalen Aufnahmegerät, das nicht größer als ein Kugelschreiber war. Abgesehen von einigen wenigen präzisierenden Nachfragen blieb er stumm.

»Ramaas«, sagte er dann, nachdem Horvat fertig war. »Der Name des Mannes lautet also Ramaas?«

Horvat nickte. »Kann ich jetzt gehen?«

Saito stellte sich an den Tisch und teilte den darauf befindlichen Stapel in zwei Hälften. Die eine Hälfte – das Geld, die Pistole und die Ausweise – schob er Horvat zu und legte seine Hand auf die andere mit den Erpresserakten und der Festplatte. »Das hier behalte ich. Gut möglich, dass mein Auftraggeber damit etwas anfangen kann.«

Horvat stopfte seine Beute so schnell wie nur möglich in die Umhängetasche und machte sich aus dem Staub.

Prustend und schnaufend rannte er die Treppe hinauf und hastete durch die weitläufige Schalterhalle bis zum Ausgang. Er wollte nur noch weg.

Erst, als er bei der Tür angekommen war, registrierte er, dass die Bank menschenleer war. Er blickte sich in heller Panik um und stellte entsetzt fest, dass draußen auf der Straße zahlreiche blau-weiße Streifenwagen zu sehen waren. Angehörige der Sonderpolizei in schwarzer Kampfmontur standen im strömenden Regen und zielten mit ihren Sturmgewehren auf ihn.

Auf der Türschwelle zögerte er. Hatte der Mann, der sich Saito nannte, ihm eine Falle gestellt, oder hatte er zu lange telefoniert?

Dann sah er diesen Saito die Treppe heraufkommen. Er hatte seine dunkle Jacke umgedreht, sodass Horvat klar und deutlich den Schriftzug POLICIJA auf seinem Rücken erkennen konnte. Ohne seine Schritte zu verlangsamen, schraubte Saito den Schalldämpfer von seiner Pistole, zielte auf die Glasfront und drückte ab. Der schwarz gekleidete Sturmtrupp reagierte umgehend.

»Nein!«, brüllte Horvat, stieß die Tür auf und riss die Hände über den Kopf. »Nicht. Ich hab gar ni…«

Aber sie erwiderten bereits das Feuer, und Franko Horvat wurde von einem Kugelhagel niedergestreckt.

17

Der Name der Jacht lautete *Themis*, benannt nach der dem Geschlecht der Titanen entstammenden griechischen Göttin der Gerechtigkeit, der Ordnung und der Philosophie. Diese begrüßte sie in Gestalt einer etwa einen Meter hohen, abstrakten Kupferstatue in dem Atrium unter dem Sonnendeck, über das sie an Bord der Jacht gelangt waren. Die Statue hielt ein Schwert mit nach unten gerichteter Spitze in der einen und eine im Gleichgewicht befindliche Waage in der anderen Hand. Auf ihrem androgynen Antlitz spiegelte sich die Sonne, während sie ins Leere starrte.

»Justitia«, sagte Lucy und deutete auf das Kunstwerk. »Hat sie nicht immer eine Augenbinde oder so was Ähnliches um?«

Delancort schüttelte den Kopf. »Das ist ein Detail, das die Künstler im 15. Jahrhundert hinzugefügt haben. Gerechtigkeit sollte niemals blind sein – sagt zumindest Mr. Solomon.«

»Ist er hier?« Marc blickte den Frankokanadier an.

»Immer noch in Monaco.« Delancort ging an ihm vorbei. »Er hat in letzter Zeit sehr viel um die Ohren. Das Durcheinander, das Sie in Dubai angerichtet haben, nicht mit eingerechnet.« Er seufzte. Solomons Privatsekretär hatte auf der Überfahrt vom Anleger aufmerksam zugehört, als Marc und Lucy von ihren Erlebnissen in den Vereinigten Arabischen Emiraten berichtet hatten, und alles mit einem stoischen Kopfnicken quittiert. »Auch wenn Sie einen anderen Eindruck gewonnen haben sollten, aber ich habe auch noch andere Aufgaben, als ständig hinter Ihnen herzuwischen.«

»Wir hatten keine andere Wahl«, erwiderte Marc. »Weil wir zu spät angekommen sind. Ramaas war schon da.«

»Und jetzt ist er, wie die Amerikaner sagen, *vom Winde verweht*. Und Sie sind im Gefängnis gelandet. Dass Sie in Polen vom festgelegten Plan abgewichen sind, war schon schlimm genug, aber das hier geht noch weit darüber hinaus.«

Irgendwo im Bug der Jacht schrillte jetzt zweimal eine Klingel, dann hörte und spürte Marc das tiefe Rumpeln eines Dieselmotors. Die *Themis* machte sich bereit, den Anker zu lichten.

»Wir hätten auch wieder fliehen können«, sagte Lucy, und Marc beschloss, ihr nicht zu widersprechen. »Wir hatten uns schon was überlegt.«

Marc blickte sich um und betrachtete die modernistische Inneneinrichtung der Jacht – viel gebürsteter Stahl und azurblaues Glas. Die gleiche Ästhetik hatte er auch schon in Solomons Privatflugzeug gesehen. Überall klare, elegante Linien, jede Oberfläche und jedes Accessoire wirkten wie ein perfekt eingepasstes Teil einer riesigen, eleganten Maschine. Das Boot musste mindestens hundertsechzig Meter lang sein, und Marc fragte sich wieder einmal, wie weit der Einfluss des geheimnisvollen Milliardärs wohl reichen mochte. »Wie haben Sie es eigentlich geschafft, dass die uns freigelassen haben?« Er blickte zu einem Panoramafenster hinaus und sah, dass die Hochhäuser von Dubai langsam, aber sicher aus ihrem Blickfeld verschwanden.

»Nachdem Sie sich nicht wie verabredet gemeldet hatten, haben wir auf digitalem Weg nach Ihrem Verbleib geforscht.« Delancort zog eine Augenbraue hoch. »Ich war nicht überrascht, als Kara im Zentralrechner der Polizeidirektion von Dubai Haftbefehle mit Ihren Fingerabdrücken ausfindig machen konnte. Und dann war es nur noch eine Frage der angemessenen Mittel.«

Lucys Züge verhärteten sich. »Soll das etwa heißen, dass Solomon diesen Arschlöchern auch noch Geld gegeben hat, damit wir freikommen?« Sie wurde lauter. »Waren Sie eigentlich mal da, Delancort? Haben Sie gesehen, wie es da außerhalb der Einkaufszentren und der Nachtklubs zugeht? Das Letzte, was die Leute in dieser Stadt brauchen, ist noch mehr Geld …«

»Beruhigen Sie sich.« Delancort schüttelte den Kopf. »Bedenken Sie doch, von wem wir hier sprechen. Glauben Sie wirklich, dass Ekko Solomon sich hinsichtlich der Menschenrechtsverletzungen, die dort im Dunkeln stattfinden, irgendwelchen Illusionen hingibt? Sie kennen ihn doch, Lucy. Er würde niemals zulassen, dass die Verantwortlichen sich in irgendeiner Form bereichern können.«

»Dann erklären Sie mir mal, was Sie mit Ihren ›angemessenen Mitteln‹ meinen.«

Delancort erwiderte mit seinem wohlbekannten gallischen Achselzucken: »Wir mussten uns bereit erklären, den Bugatti, den Sie zerstört haben, durch ein Fahrzeug aus Mr. Solomons persönlicher Sammlung zu ersetzen. Was jedoch die Frage Ihrer Gefangennahme betrifft, nun ja …« Er hielt kurz inne und suchte nach einer passenden Formulierung. »Rubicon hält die Aktienmehrheit an einer großen Investmentbank, die wiederum eine Partnerschaft mit mehreren Investoren in Dubai eingegangen ist.«

»Sie meinen, dass die Bank diesen Leuten Geld geliehen hat«, verbesserte ihn Marc. »Davon habe ich auch schon gehört – Investoren, die sich übernommen haben, nur damit die Stadt nicht wieder von der Wüste gefressen wird.«

»Das stimmt«, erwiderte Delancort. »Für kurze Zeit hing nun der Vorschlag im Raum, gewisse Hypotheken mit sofortiger Wirkung zu kündigen, falls keine Übereinkunft erzielt werden kann. Mehr war nicht nötig.«

Die Erklärung reichte Lucy jedoch nicht, und sie verzog grimmig das Gesicht. »Würde denen recht geschehen, wenn sie alle im Sand ersticken würden«, knurrte sie. »Ich muss mich jetzt frisch machen.«

»Das gilt für Sie beide«, meinte Delancort kurz und bündig. »Ich mache mich derweil mit den Informationen, die Sie mir gegeben haben, an die Arbeit. Wir haben für Sie Kabinen auf dem Gästedeck vorbereitet.«

Nachdem er geduscht und saubere Kleider angezogen hatte, fühlte Marc sich fast wieder wie ein Mensch.

Er griff nach dem Erste-Hilfe-Kasten, den die Besatzung der *Themis* ihm fürsorglicherweise bereitgestellt hatte, und kümmerte sich um die zahlreichen Schürf- und Schnittwunden, die ihm die beiden Tage im weniger schillernden Teil von Dubai beschert hatten.

Als er die Kabine wieder verließ, senkte sich die Sonne bereits Richtung Horizont. Die Jacht glitt an der Küstenlinie der Emirate entlang nach Nordosten in die Straße von Hormuz. Angetrieben von kraftvollen Motoren schnitt die schwertartige Silhouette der *Themis* in schneller Fahrt durch das Wasser.

Während er zurück zum Hauptdeck ging, rief Marc sich eine Karte der Region vor sein geistiges Auge. Das war auch eine seiner nützlicheren Fähigkeiten, eine, die ihn früher, in seiner Zeit als Aufklärer bei der britischen Marineluftfahrt, so außergewöhnlich wertvoll gemacht hatte: Wenn er sich eine Landkarte eingeprägt hatte, war das genauso gut, als hätte er sie vor sich auf dem Tisch liegen. Gepaart mit einem hervorragenden Orientierungssinn bedeutete das, dass er eigentlich immer genau wusste, wo er war.

Wenn er richtig schätzte, würde die *Themis* bei Einbruch der Dunkelheit den Golf von Oman erreichen, und dann standen ihnen alle Wege offen. Die Frage war: wohin? Nach Monte Carlo, um Solomon abzuholen? Wohl kaum. Das Horn von Afrika und die Heimat des Piraten Ramaas lagen sehr viel näher.

Marc blieb stehen und beobachtete das Meer, ließ seine Gedanken einen Augenblick lang mit den Wellen treiben, lauschte dem gleichmäßigen Rauschen des Wassers, das am Rumpf des Schiffes vorbeischäumte. Seit dem Tag im Boxstudio, als Luka Pavic ihm berichtet hatte, was er von seinem Cousin erfahren hatte, hatte er keine Verschnaufpause mehr gehabt, keine Gelegenheit, das Geschehene zu erfassen oder zu verarbeiten. Es kam ihm vor, als wären seither Monate vergangen. Erst die Schießerei in dem brennenden Gebäude, dann die Verfolgung von Ramaas bis ins Casino, seine Entlassung durch Schrader … Alles das waren Vorboten dafür gewesen, dass er wieder bei Rubicons Abteilung für Sonderaufgaben gelandet war und mühsam versuchte, einen skrupellosen Killer von einer fürchterlichen Tat abzuhalten.

Kommt mir alles ziemlich bekannt vor, sagte er sich. *Das letzte Mal haben wir mehr Glück als Verstand gehabt. Und diesmal …?* Er seufzte, und dann wurde er plötzlich und unerwartet von einem Gefühl der Einsamkeit gepackt. Etwa eine Sekunde lang erkannte er in schonungsloser Klarheit, wie weit er tatsächlich von seinem alten Leben entfernt war. Ohne es zu wollen, empfand er dabei eine große Bitterkeit, und dann schob sich eine Frage in sein

Bewusstsein, die er inzwischen über ein Jahr lang erfolgreich verdrängt hatte: »Was, zum Teufel, machst du eigentlich aus deinem Leben, Mann?«

»Wie bitte?« Er drehte sich um, als er Lucy kommen hörte. »Mit wem redest du denn da?«

»Mit mir selbst. Ich weiß, ich weiß ... so fängt der Wahnsinn an, hat meine Mutter immer gesagt.«

Lucy blickte ihn mit seltsamer Miene an. »Lebt sie noch?«

»Nein.«

»Aber deine Schwester, stimmt's?«

»Ja, schon«, sagte er nach einer kurzen Pause. »Aber wir haben kaum Kontakt.«

»Du solltest dich unbedingt bei ihr melden.« Sie warf ihm einen Blick zu, den er so von ihr noch nie gesehen hatte und den er nicht einordnen konnte. Er dauerte nur einen kurzen Moment, dann war sie wieder durch und durch sachlich. »Aber nicht jetzt. Komm mit. Solomon erwartet uns unten.«

»Ich dachte, er wäre gar nicht auf dem Schiff.«

»Wenn er will, dann kann er an zwei Orten gleichzeitig sein, das kannst du mir glauben.«

Lucy führte Marc nach unten durch eine Art Empfangsraum und eine Bibliothek, und dann gelangten sie in einen großen Raum, der fast die gesamte Breite des Schiffes einnahm.

Marc fühlte sich sofort an den sogenannten »Hub White« in der MI6-Zentrale am Vauxhall Cross erinnert, ein voll ausgestattetes Krisenzentrum mit zahlreichen Monitoren und Computerarbeitsplätzen. Es war relativ dunkel, da die einzigen Lichtquellen die Bildschirme und einige bläulich schimmernde Glasscheiben waren, die in etwa die Größe einer Tür hatten und vom Boden bis zur Decke reichten. Wie bei den Datenfenstern im Rubicon-Büro in Monaco lief auch hier permanent eine Fülle fortwährend aktualisierter Informationen über die Scheiben.

Kara Wei erhob sich von ihrem Platz und winkte ihnen fröhlich zu. »Hallo. Ich bin froh, dass ihr noch lebt.«

»Wir auch«, erwiderte Lucy.

»Das hier könnte euch vielleicht interessieren.« Sie reichte Marc eine klobige, sehr technisch wirkende Brille mit einem eingebauten Laserprojektor. Er betrachtete sie misstrauisch. »Du musst sie aufsetzen«, meinte Kara und machte eine entsprechende Handbewegung. »Sonst kannst du es nicht sehen.«

Er setzte sich die Brille auf die Nase und wich erschrocken zurück. Direkt vor ihm schwebte ein verschwommenes und stark verpixeltes Bild einer verbeulten Metallkiste. Er blinzelte. »Was ist denn das? Es ist jedenfalls ziemlich unscharf.«

»Jetzt benutz mal deine Hand.« Kara nahm seine Finger und führte sie bis vor sein Gesicht. Das Bild reagierte sofort, als hätte er es berührt. »Ein virtuelles haptisches Display, siehst du?«

»Ach so.« Marc legte seine Finger an das Hologramm der Kiste, als wäre sie wirklich vorhanden, und stellte fest, dass er sie bewegen konnte. Der Laserprojektor reagierte, ohne zu zögern, auf jede seiner Gesten. »Wie funktioniert das? Sitzt da ein Sensor in der Brille, der meine Bewegungen verfolgt?«

»Genau. Wir haben das Bild aus den Objektdaten erstellt, die wir beim Upload auf den Zentralrechner der Polizei der Vereinigten Arabischen Emirate abgefangen haben. Kommt dir das bekannt vor?«

»Das sieht aus, als würdest du nach ein paar Mücken schlagen«, meinte Lucy. »Oder was unterschreiben.«

»Das ist der Koffer.« Marc hielt den Kopf möglichst ruhig und drehte den verbeulten Metallklumpen behutsam um die eigene Achse. »Der, der bei der Verfolgungsjagd aus dem Kofferraum des Mercedes gefallen ist.«

»Die falsche Bombe?«

»Genau, zu unserem großen Glück.« Er betrachtete das Innere der Attrappe. »Da ist ja nicht mehr viel zu erkennen. Den hat die Polizei wahrscheinlich von der Straße geklaubt.«

»Haben die eine Ahnung, was das sein soll?«, wollte Lucy wissen.

»Allem Anschein nach nicht«, erwiderte Kara. »Und das ist wahrscheinlich nicht das Schlechteste.«

Marc versuchte sich vorzustellen, wie die Attrappe in intaktem Zustand ausgesehen hatte. Als er an den Inhalt von Neven Kurjaks Koffer in Kroatien dachte, lief ihm ein kalter Schauer über den Rücken. Selbst in diesem demolierten Zustand wirkte der Nachbau der Exile-Bombe sehr überzeugend. Er holte das Bild etwas näher heran, versuchte die Zylinder, die das Herz der Einheit bildeten, etwas genauer in den Blick zu nehmen, doch je weiter er sich heranzoomte, desto unschärfer wurde es. *Rechter Zylinder. Neun Stäbe.* Das waren Jalsa Soods letzte Worte gewesen, aber ohne ein intaktes Exemplar konnte Marc nur raten, was der alte Bombenbastler ihm damit hatte sagen wollen. Als das Bild keine weiteren Erkenntnisse mehr brachte, gab er Kara die VR-Brille zurück.

Delancort trat ein und starrte dabei auf ein kleines Tablet. »Mr. Solomon wird sich in wenigen Minuten mit uns in Verbindung setzen. Wir warten nur noch, bis der übertragende Satellit die optimale Position erreicht hat.«

Dann wurde ein Riss in seiner ansonsten durch nichts zu erschütternden Fassade sichtbar. »Irgendetwas ist da im Gang«, sagte er. »Jedenfalls wurde die Zahl der Verschlüsselungsebenen im Vergleich zu sonst verdoppelt.«

Marc und Lucy wechselten einen Blick. »Wenn wir sowieso noch ein bisschen Zeit haben … ich hätte da ein paar Fragen«, sagte sie. »Wissen wir schon, was die Polizei wegen der Toten in Soods Villa unternehmen wird? Ich meine, das sind rund ein Dutzend Leichen, darunter ein geflüchteter Al-Saif-Terrorist. Das wird eine große Nummer, sobald sie es gemerkt haben.«

»Diskretion ist eine ihrer größten Stärken«, erwiderte Delancort. »Malte hat die Behörden sehr genau beobachtet. Offiziell wurde das Anwesen im Besitz eines gewissen Mr. Vishal Daan abgeriegelt, und zwar wegen …«, er suchte auf seinem Tablet nach dem betreffenden Eintrag, »… wegen einer *undichten Gasleitung*.«

»Die örtlichen Behörden werden alles tun, um das zu vertuschen«, sagte Kara. »Aber sollte die CIA dahinterkommen, dass sie Jadeed Amarahs Leichnam bei sich verstecken, möchte ich nicht in deren Haut stecken.«

»Wie groß ist die Wahrscheinlichkeit, dass es dazu kommt?«

Kara zuckte lässig mit den Schultern. »Vielleicht hat jemand eine E-Mail mit genau dieser Information auf einem sicheren Server in Langley abgelegt. Könnte ja sein.«

Marc nickte in Richtung der Monitore. »Und was ist mit den beiden Witzbolden in dem roten BMW, die wir von der Straße gedrängt haben? Und mit dem Kerl, den Ramaas zum Fenster rausgeschmissen hat? Wissen wir was über die?«

Delancort lud eine andere Datei auf sein Tablet und schob sie mit einer Handbewegung auf eines der Displayfenster. Es waren mehrere Bilder des dunkelroten Z4, der verlassen in einem Straßengraben lag. »Die konnte Malte dankenswerterweise ergattern. Im Fahrzeug hat man den Leichnam eines männlichen Afrikaners unbekannter Identität mit zahlreichen Schusswunden gefunden.« Er warf Lucy einen Blick zu, wandte sich jedoch schnell wieder ab. »Im Polizeibericht ist zu lesen, dass etliche Indizien auf eine zweite Person im Wagen hindeuten, dass aber in der Umgebung niemand gesichtet wurde.«

»Dann ist der Fahrer also abgehauen«, folgerte Lucy. »Entweder hat er sich irgendwo verkrochen und hält sich versteckt, oder aber – was wahrscheinlicher ist – er hat sich wieder mit Ramaas in Verbindung gesetzt, nachdem der mit dem Motorrad abgehauen ist.« Sie sah Kara an. »Hast du da vielleicht was rausgekriegt?«

»Es gibt allein in Dubai Tausende Motorräder, die ganzen nicht registrierten nicht mal mitgerechnet.« Kara schüttelte nachdenklich den Kopf. »Wenn ich Zugriff auf sämtliche Verkehrsüberwachungskameras und eine Woche Zeit hätte, könnte ich die Maschinen vielleicht ausfindig machen. Betonung auf *vielleicht.*«

»Dafür haben wir keine Zeit. Wir müssen uns wieder auf unsere Grundlagen besinnen«, sagte Marc bestimmt. Informationsanalyse und das Aufspüren übereinstimmender Verhaltens- und Bewegungsmuster, das war auch eine seiner großen Stärken. Jetzt schnappte er sich ein weiteres Tablet, um genau diese Stärken auszuspielen. Er ging sämtliche Informationen durch, die sie über den Kriegsfürsten zusammengetragen hatten. »Vergessen wir alles andere. Ramaas steht im Mittelpunkt dieser ganzen Angelegenheit, und zwar von Anfang an. Wir müssen all unsere Energie darauf konzentrieren, ihn zu finden.«

»Wir müssen rauskriegen, wo sein Bett steht«, pflichtete

Lucy ihm bei. »Sobald wir ihn haben, haben wir auch die Bombe.«

»Was macht Sie da so sicher?«, wollte Delancort wissen.

»Mein Gefühl. Ein Typ wie er hat nur sehr wenig Vertrauen zu seinen Mitmenschen.«

»Es wird Zeit«, sagte Delancort und stellte sich vor eines der Fensterdisplays.

Die Datenströme verschwammen zusehends zu einem undurchsichtigen Photonenschleier, aus dem sich nach etlichen Zuckungen und Verzerrungen das Bild von Ekko Solomon herausschälte. Er saß an seinem Schreibtisch in Monaco. Dort war es erst später Nachmittag, und die Sonne in seinem Rücken stand immer noch hoch am Himmel. Das Fensterdisplay kam Marc plötzlich vor wie eine Tür, und die Vorstellung, dass Solomon einfach hindurchtreten und sich zu ihnen gesellen würde, bereitete ihm keine allzu große Mühe.

»Mr. Dane, Lucy. Sie sind beide unverletzt?«

»Mehr oder weniger«, lautete Marcs Antwort. »Vielen Dank für die ›Du-kommst-aus-dem-Gefängnis-frei‹-Karte.«

»Es ist ja nur Geld«, meinte Solomon. Marc sah aus dem Augenwinkel, wie Delancort bei diesen Worten zusammenzuckte. *»Und nach allem, was in der letzten Stunde geschehen ist, habe ich den Eindruck, dass eine Investition in Erkenntnisse über den Verbleib von Abur Ramaas sich schon bald als ausgesprochen kluges Anlagemodell erweisen wird.«*

Lucy verzog das Gesicht. »Ich kann Ihnen nicht folgen.«

»Während man Sie aus Dubai weggebracht hat, haben sich die Ereignisse ein wenig überschlagen«, sagte Solomon mit grimmiger Miene.

Marcs Kehle war schlagartig völlig ausgedörrt, während ihm die allerschlimmsten Bilder durch den Kopf jagten. »Er hat doch nicht etwa … die Bombe gezündet?«

»Noch nicht.« Solomon tippte auf eine Taste an seinem Schreibtisch. *»Sehen Sie selbst. Ich spiele Ihnen ein Video vor, das Rubicon über eine Verbindungsperson im chinesischen Ministerium für Staatssicherheit zugespielt wurde …«*

Einer der Monitore an der Wand erwachte zum Leben, und Marc sah sich plötzlich Ramaas gegenüber, der träge in einem großen Korbsessel vor einer Steinmauer saß. Wächsernes Abendlicht fiel in den Raum, doch abgesehen davon gab es kaum Anhaltspunkte, wo oder wann das Video aufgenommen worden war. Aber Marc wusste es, und als er zu Lucy hinüberblickte, nickte sie ihm zu. »Das ist in Jalsa Soods Villa«, sagte er. »Und das bedeutet, dass es irgendwann in den letzten Tagen aufgenommen worden sein muss.«

Ramaas ließ sich gegen die Sessellehne sinken und winkte denjenigen, der die Kamera hielt, näher zu sich heran. *»Seht mich genau an«*, sagte der Pirat und Kriegsfürst in gut verständlichem, sauber betontem Englisch. *»Ihr Mächtigen dieser Welt. Seht in dieses Gesicht, damit ihr wisst, wer und was da kommen wird, um euch zur Rechenschaft zu ziehen.«* Er zeigte mit dem Finger auf sein lebloses schwarzes Auge. *»Ich werde euch etwas zeigen. Ihr werdet sehen.«*

Es folgte ein harter Schnitt, dann war ein Fußboden aus Metall zu erkennen. Marc wusste nicht, wo das war. Die Kamera fuhr über fächerförmig ausgebreitete militärische Baupläne in kyrillischer Schrift und anschließend über einen daneben liegenden Stahlkoffer. Jetzt schoben sich ein paar spindeldürre Finger ins Bild, klappten den Koffer auf und brachten die Bombe zum Vorschein.

Marc spannte unwillkürlich alle Muskeln an. Ein eigenartiger Druck machte sich hinter seinen Augen bemerkbar, wie eine Vorahnung der unfassbaren Zerstörungskraft, die in dieser Atombombe steckte.

»Dieses Ding hat einen Namen«, fuhr Ramaas fort. *»Er lautet Exile.«* Er ließ das Wort ein wenig nachklingen. *»Aber ich sage euch, was es ist. Es ist ein Stück der Sonne.«* Die Kamera zoomte jetzt auf eine Metallplakette an der Innenseite des Stahlkoffers. Das Bild wurde kurz unscharf und dann wieder klar.

»Was macht er da?«, wollte Kara wissen.

»Er zeigt uns die Registrierungsnummer der Bombe«, erläuterte Marc. »Damit die Leute, die Bescheid wissen, seine Angaben überprüfen können.«

»Als Beweis seiner Glaubwürdigkeit«, fügte Lucy hinzu.

Jetzt war wieder Ramaas zu sehen. Er saß immer noch in seinem Sessel wie ein König auf dem Thron. *»Meine Nation hat viel Leid erdulden müssen, dank euch allen. Ihr habt unsere Meere vergiftet und unsere Fische gestohlen. Eure Soldaten haben unsere Städte zerstört. Und davor haben eure Kolonialisten unser Land mit Waffengewalt an sich gerissen. Aber als wir uns gewehrt haben, weil uns nichts anderes mehr übrig blieb, um zu überleben, habt ihr uns Räuber genannt. Piraten und Verbrecher.«* Er ließ ein freudloses Lächeln sehen. *»Wir haben jedoch während dieser Zeit von euch gelernt. Oh ja, das haben wir. Ihr habt es uns gelehrt.«*

»Ich ahne, worauf das hinausläuft, und es gefällt mir überhaupt nicht«, sagte Lucy leise.

Ramaas stand langsam auf und kam auf die Kamera zu. *»Was ich gelernt habe, ist Folgendes: Eine verbrecherische Nation, ein verbrecherischer Mensch, kann etwas Größeres werden, wenn seine Verbrechen nur groß genug sind. Und welches Verbrechen könnte größer sein als ein Krieg?«*

Er zeigte auf seine Zuschauer. *»Ihr habt die ersten Schüsse abgefeuert. Aber jetzt besitze ich die Macht, euch den Krieg zu erklären. Somalia ist nicht länger der Stiefelknecht der westlichen Welt. Ihr werdet mein Land nicht länger ignorieren.*

Denn wir haben jetzt eure Waffen. Ihr werdet uns zuhören.« Sein Gesicht füllte den Bildschirm vollkommen aus. *»Ihr werdet uns respektieren.«*

»Damit hat er den Supermächten dieser Welt einen Vorwand geliefert, um sein ganzes Land in Schutt und Asche zu bomben«, stellte Delancort fest. »Dieser Mann ist wahnsinnig!«

»Vielleicht auch nicht«, bemerkte Solomon. *»Sehen Sie weiter.«*

Noch ein ungeschickter Schnitt, dann änderte sich die Körnung des Filmmaterials. *Eine andere Kamera,* dachte Marc. Ohne Ton. Die Kamera schwenkte durch den leeren Laderaum eines fahrenden Lieferwagens und wurde dann nach unten gerichtet. Dort war wieder der Stahlkoffer zu sehen. Er stand aufgeklappt vor den Füßen des Kameramanns, sodass der Sprengkörper gut zu erkennen war. Behandschuhte Finger klappten den Deckel zu, dann hielt der Lieferwagen an. Das Bild wackelte heftig auf und ab, während die Person mit der Kamera ausstieg und sich in Bewegung setzte. Die Kamera war auf den Boden gerichtet, aber trotzdem waren gelegentlich ein vorbeihuschender Schuh oder ein Stück des Metallkoffers in der Hand des Kameramannes zu erkennen. Es war ein schöner Tag in dieser unbekannten Stadt, in die die Bombe gebracht worden war. Vom Bürgersteig ging es über einen Zebrastreifen, und dann wurde aus dem Asphalt ein Plattenweg durch einen Park. Schließlich blieb die Kamera stehen und schwenkte hoch. Der Stahlkoffer lehnte an einem Metallzaun, hinter dem eine Hafenanlage und, etwas weiter entfernt, wieder Land zu sehen waren. Jetzt suchte die Kamera ein bisschen herum, bis sie einen verschwommenen Punkt am Horizont erfasst hatte. Der Punkt löste sich langsam auf, bekam Konturen, war zu erkennen. Die Freiheitsstatue.

Marc hörte, wie Lucy einen unterdrückten Fluch ausstieß. »Das ist der Battery Park«, sagte sie gequält. »Da war Mom mit mir und meinem Bruder im Sommer immer zum Picknick.«

Doch damit war die Vorführung noch nicht zu Ende. Nach einem harten Schnitt begann ein neues Video, das dem ersten zunächst sehr ähnlich war: das Innere eines Lieferwagens, der Schwenk auf den Bombenkoffer und dann die ruckartigen Bewegungen, während er in die Hand genommen und ins Freie getragen wurde. Dieses Mal war der Bürgersteig mit diamantförmigen Gehwegplatten belegt, und der bedeckte Himmel sorgte für eine eher düstere Atmosphäre. Trotz der wenigen Eindrücke hatte Marc das unbestimmte Gefühl, dass ihm die Umgebung vertraut war. Ältere Architektur? Irgendwo in Europa vielleicht?

Als der Koffer auf den Boden gestellt wurde, zeigte die Kamera einen großen Platz mit Kopfsteinpflaster. In der Ferne waren mehrere Türme mit ihren weltweit bekannten Zwiebelkuppeln zu erkennen. »Die Basilius-Kathedrale in Moskau«, sagte Marc. »Das da ist der Rote Platz.«

Nun flackerte das Bild zum dritten und letzten Mal. Das neue Video setzte ein, als der Kameramann das Objektiv auf einen schwarzen Rucksack richtete, wie ihn Tausende Weltreisende benutzten. Wieder waren behandschuhte Finger zu sehen, die sich am Verschluss zu schaffen machten und den bereits vertrauen Stahlkoffer hervorholten, ihn kurz aufklappten, um das Innere zu zeigen, und ihn dann wieder in den Rucksack steckten. Graue Bordsteine und Dutzende Füße huschten vorbei, während die Kamera sich durch eine dichte Menschenmenge arbeitete. Schließlich verharrte sie, und das Bild zeigte den

Rucksack, aus dem eine Ecke des silbernen Koffers hervorlugte. Dann wurde die Kamera auf den Boden gestellt und langsam nach oben geschwenkt, bis die Säulen eines gewaltigen Gebäudes mit geschwungenem Dach im Stil eines feudalen chinesischen Palastes ins Bild kamen. Touristen drängten sich in dichten Scharen vor dem Gebäude und posierten für Schnappschüsse.

»Ich weiß, wo das ist«, sagte Kara. »Ich war schon mal da. Das ist das Tor der Göttlichen Macht. Einer der Eingänge in die Verbotene Stadt.«

»New York, Moskau und Peking«, sagte Delancort. »Eines muss man ihm lassen: Er hält sich jedenfalls nicht mit Kleinigkeiten auf.«

»Wie hat er die Koffer da hingekriegt?«, fragte sich Lucy.

»Wir waren ja über einen Tag lang von der Bildfläche verschwunden«, erwiderte Marc. »Genügend Zeit jedenfalls, um die Dinger in ein Frachtflugzeug oder etwas Ähnliches zu verladen ... Und wir wissen ja, dass unser Freund über die nötigen Kontakte verfügt.«

Schließlich kehrte Ramaas auf den Bildschirm zurück und nickte selbstzufrieden. *»In welchem Koffer befindet sich die echte Bombe? Wenn ihr uns auf die Probe stellen wollt, dann werdet ihr es erfahren.«* Er wartete einen kurzen Augenblick, damit seine Worte die nötige Wirkung entfalten konnten. *»Solltet ihr auch nur das Geringste gegen uns unternehmen, sollte euer Militär unser Land angreifen, dann werdet ihr es erfahren.«* Er winkte die Kamera beiseite, als wäre sie ihm lästig geworden. *»Und nun geht und denkt über eure Verbrechen nach. Überlegt euch, welche Wiedergutmachung ihr für angemessen haltet.«*

Damit war die Aufnahme beendet. Marc stieß seinen lange angehaltenen Atem aus. »Mannomann, der Kerl hat Eier. Ramaas benutzt die Bombe, um seine Macht zu demonstrieren. Er hat Somalia zum Rebellenstaat und gleichzeitig zur Atommacht erklärt.«

»Er hat doch gar nicht die Autorität, um für das ganze Land zu sprechen«, meinte Delancort.

»Aber wer hätte jetzt schon noch den Mut, sich gegen ihn zu stellen?«, meldete sich Solomon zu Wort. *»Er verfügt bereits über eine durchaus nennenswerte Machtbasis … und indem er die Supermächte mit ihren eigenen Mitteln herausfordert, gilt er vielen seiner Landsleute mit Sicherheit als großer Held …«*

»Delancort hat recht. Ramaas muss doch wissen, dass er sich mit diesem Schritt zum meistgesuchten Mann des gesamten Planeten gemacht hat«, stieß Lucy aufgeregt hervor. »Er hat sich eine Zielscheibe auf die Brust gemalt und Amerika, Russland und China eingeladen, ihr Glück zu versuchen! Was sollte die drei davon abhalten, eine Spezialeinheit loszuschicken und sein kleines Piratenreich in Fetzen zu schießen?«

»Das ist mit Sicherheit nicht die erste Option«, stellte Marc fest. »Im Augenblick sind CIA, FSB und die chinesische Staatssicherheit dabei, dieses Video in sämtliche Einzelteile zu zerlegen, um die Filmkünstler, die die Aufnahmen gemacht haben, zu erwischen und sicherzustellen, dass da nicht irgendwo auf ihrem Territorium eine wild gewordene Atombombe deponiert worden ist.«

»Aber es gibt doch nur eine Bombe«, wandte Kara ein. »Marc, du hast gesagt, dass du das Ding in Kroatien gesehen hast, als Ramaas entkommen ist.«

»Aber im Kofferraum des Mercedes, den wir verfolgt haben, waren fünf Exemplare«, entgegnete er. »Eines davon ist überfahren worden. Drei haben wir in diesem Video gesehen. Das bedeutet doch, dass ein Koffer bis jetzt noch nirgendwo aufgetaucht ist und wirklich überall sein könnte.« Er runzelte die Stirn. »Wie gesagt … Ramaas ist ein Hütchenspieler. Wir haben keine Ahnung, welches die Dummies sind und wo das echte Teil sich befindet.«

»*Aber wir wissen jetzt, was er von Jalsa Sood wollte*«, sagte Solomon. »*Ein paar Nebelkerzen.*«

»Sood hat kurz vor seinem Tod etwas zu mir gesagt.« Dann berichtete Marc den anderen von den letzten, rätselhaften Worten des Bombenbauers. »Vielleicht kommen wir ja ein Stück weiter, wenn wir uns die Bombenkoffer auf dem Video noch einmal genauer anschauen?«

Kara nickte. »Mal sehen, ob mir die Pixelspezialisten in unserer Niederlassung in Palo Alto da weiterhelfen können.« Sie ließ sich auf einen Stuhl vor einem Computer fallen. »Dazu muss ich sie zwar aus dem Bett holen, allerdings stehen die total auf Herausforderungen …«

»Das ist doch schon mal ein Anfang.« Marc sah Lucy an. »Trotzdem, Lucy hat völlig recht. Wir müssen diesen Kerl unbedingt finden und rauskriegen, was er *in Wirklichkeit* vorhat.«

Lucy nickte zustimmend. »Dann überlegen wir mal. Was könnte Ramaas wollen?«

»Geld«, schlug Kara vor, ohne den Blick von ihrem Bildschirm zu wenden. »Was hat er am Ende des Videos noch mal gesagt?«

»*Überlegt euch, welche Wiedergutmachung ihr für angemessen haltet*«, wiederholte Delancort seine Worte. »Das klingt doch nach jemandem, der ein Lösegeld erpressen will. Man könnte den Satz als implizites Angebot verstehen – ihr macht mir ein angemessenes Angebot und erhaltet im Gegenzug dafür die nukleare Sprengvorrichtung.«

»Das würde durchaus zum *Modus Operandi* eines Piraten passen«, meinte Marc zustimmend, aber Lucy spürte, dass er nicht wirklich davon überzeugt war. Sie hatten beide mit Abur Ramaas im selben Raum gestanden und hatten einen ähnlichen Eindruck von dem Mann gewonnen. »Eine Geisel nehmen und ein Lösegeld fordern. Nur dass die Geisel dieses Mal eben eine Stadt ist und keine unglückliche Frachterbesatzung.«

»Aber du glaubst nicht so richtig daran, oder?«, gab Lucy ihm ein Stichwort.

»Nein.« Marc schüttelte bestimmt den Kopf. »Seine Signale sind nicht eindeutig, stimmt's? Geld zu fordern, das ist etwas, was Räuber machen, klar. Aber vorher lässt er sich über die Ungerechtigkeiten aus, die ihm und seinem Land angetan worden sind. Ramaas verlangt *Respekt.*«

Lucy schauderte, als ihr noch eine andere Möglichkeit einfiel. »Ich wüsste da noch eine dritte Option. Er macht das alles aus ideologischen Beweggründen. Weil er an etwas glaubt. Und Eiferer sind immer die unberechenbarsten Kandidaten.«

»Kara wird sich auf die Videoanalyse konzentrieren«, sagte Solomon und lehnte sich in seinem fernen, sonnendurchfluteten Büro von einer Seite auf die andere. *»Aber ich glaube, dass Rubicon, wenn überhaupt, sofort intervenieren muss, noch bevor Ramaas seine Position festigen kann.«* Er blickte direkt in die Kamera zu Marc und Lucy. *»Einverstanden?«*

Die beiden nickten ernsthaft. »Und damit wären wir wieder bei unserer Ausgangsfrage«, sagte Marc. »Wo, zum Teufel noch mal, steckt der Kerl?«

»Henri, zeigen Sie ihnen die Abhörprotokolle«, befahl Solomon.

Delancort legte zwar die Stirn in Falten, tat jedoch, was von ihm verlangt worden war. Er ließ sein Handgelenk mehrere Male zucken und warf damit digitale Informationen auf die verschiedenen Fensterdisplays. Lucy erkannte beispielsweise eine »Wärmekarte« von Somalia, auf der verschiedene Küstengebiete mit leuchtenden Farben markiert waren. Die Farben standen in einem zumindest ungefähren Zusammenhang zur Bevölkerungsdichte der jeweiligen Region – das Rot und Orange der städtischen Ballungsgebiete wurde in den weniger besiedelten Arealen zu Grün und Blau.

»Sie wissen möglicherweise nicht, dass es nur wenige Orte auf der Welt gibt, wo im Verhältnis zur Einwohnerzahl mehr Mobiltelefone registriert sind als am Horn von Afrika. Allein in Somalia zählen wir ein Dutzend verschiedene Telekommunikationsanbieter.«

»Das liegt daran, dass die Festnetztelefonie so unzuverlässig ist«, sagte Lucy. »Durch die darniederliegende Infrastruktur und die Korruption in den Behörden werden kaputte Telefonleitungen nicht repariert. Die Menschen sind allerdings flexibel und benutzen eben das, was sie gerade zur Hand haben.«

»In der Tat«, sagte Solomon. *»Rubicon hat in der Region ebenfalls stark investiert… unter anderem in einen der führenden Mobilfunkanbieter. Diese Karte zeigt alle Gebiete, in denen Rubicon-SIM-Karten im Einsatz sind.«*

»Das ist wirklich ein großes Verbreitungsgebiet«, stellte Marc fest.

»Mit voller Absicht«, sagte Delancort nach einem auffordernden Kopfnicken von Solomon. »Seit einiger Zeit haben wir die Preise für unsere SIM-Karten systematisch gesenkt, um die Wettbewerber zu unterbieten oder gleich ganz zu übernehmen und so Rubicons Marktanteile auszuweiten.«

»Sie hören sie ab.« Lucy spürte, wie der kalte Schauer von vorhin wiederkam. »Sie lassen jedes Telefonat in Ihrem Netzwerk durch einen Echelonserver laufen und filtern Schlüsselbegriffe heraus.«

»In letzter Zeit haben wir verstärkt nach Abur Ramaas gesucht«, bestätigte Delancort. »Von ihm selbst oder seinen engen Vertrauten haben wir keinerlei Gespräche abgefangen, aber wir konnten im Verlauf der vergangenen fünfzehn Stunden durchaus die eine oder andere zuverlässige Standortangabe ermitteln.«

»Alles im Dienst des Allgemeinwohls«, beeilte sich Solomon hinzuzufügen, nachdem er Lucys Gesichtsausdruck gesehen hatte. *»Amerika und die NATO-Staaten haben jahrzehntelang dasselbe gemacht, und zwar aus sehr viel egoistischeren Motiven.«*

Lucy kniff die Augen zusammen und stand kurz davor, ihrem Unbehagen Luft zu machen… da meldete sich eine innere Stimme zu Wort und erinnerte sie daran, dass sie von Anfang an gewusst hatte, worauf sie sich bei ihrem Engagement für Rubicon einließ. Ihr war klar gewesen, welche Möglichkeiten Ekko Solomon zur Verfügung standen und wie er sie einsetzen wollte. Lucy blickte zu Marc hinüber, und erneut war ihr klar, dass sie beide dasselbe dachten.

Sie hatten sich erst vor wenigen Tagen in ein Handynetz eingehackt, um einen Anruf von Neven Kurjaks Smartphone abzufangen. Aber er war nur eine Einzelperson gewesen, und ein Krimineller noch dazu. Das hier war etwas weitaus Gigantischeres, eine Abhöraktion, von der Hunderttausende unschuldiger Nutzer betroffen waren. War so etwas wirklich zu rechtfertigen?

Für den heutigen Tag… angesichts dessen, was auf dem Spiel steht… Ich würde sagen, ja. Sie holte tief Luft und schob ihre Vorbehalte beiseite. *Aber morgen … morgen kann es schon wieder ganz anders aussehen.*

»Also gut«, meldete sich Marc schließlich zu Wort. »Wenn wir alle so tun wollen, als würde uns diese ungeheuerliche Verletzung der Bürgerrechte nicht im Geringsten stören, dann sollten wir die Gelegenheit nicht ungenutzt verstreichen lassen. Was haben Sie also rausgekriegt?«

Delancort berichtete, dass die Zahl der Telefonate, in denen Ramaas oder ein gewisser Welldone Amadayo – ein einflussreicher Einheimischer, der im Verdacht stand, zahlreiche Amtsträger systematisch bestochen zu haben – erwähnt wurden, spürbar angestiegen sei. Allem Anschein nach war Amadayo von den Männern des Kriegsfürsten getötet worden, und das anschließende Machtvakuum hatte die reichen Eliten in Mogadischu und den umliegenden Gebieten in Angst und Schrecken versetzt. Aus Tausenden abgehörten Gesprächen der letzten Tage ging hervor, dass Amadayos Anwesen mittlerweile eine Gruppe Bewaffneter beherbergte, denen sich niemand in den Weg stellen wollte.

»Sie glauben, dass Ramaas sich das Haus dieses Welldone unter den Nagel gerissen hat?« Lucy ließ sich diesen Gedanken durch den Kopf gehen. »Das ist aber ziemlich dünn.«

»Wir wissen, dass Ramaas am Tag, bevor er nach Kroatien geflogen ist, um sich dort mit diesen Serben zu treffen, dort war«, erwiderte Solomon. *»Wir glauben, dass er Amadayo ermordet hat.«*

»Die persönliche Note, das ist sein Ding«, murmelte Marc vor sich hin, dann hob er den Kopf. »Überlegt doch mal. Er hätte nicht persönlich nach Split reisen müssen und auch nicht zu Sood nach Dubai. Das hat er nur gemacht, weil er den Leuten in die Augen schauen will.«

»Das hört sich doch alles so an, als hätte der Kerl eine Botschaft, die er unbedingt loswerden möchte«, ergänzte Kara.

Lucy verschränkte die Arme vor der Brust. Sie war zwar nicht restlos überzeugt, doch andererseits … sie hatte in der Vergangenheit schon Operationen durchgeführt, die auf deutlich spärlicheren Erkenntnissen gefußt hatten. »Also gut. Dann dringen wir in die Villa dieses Toten ein und verfolgen Ramaas von dort aus? Ist das der Plan?«

»Wir haben überhaupt keine Zeit zur Vorbereitung oder für eine ausführliche Observation«, fügte Marc hinzu. »Es läuft also auf einen Überfall hinaus.«

»Hast du dich etwa gerade freiwillig gemeldet?« Lucy zog eine Augenbraue hoch.

Das warf ihn aus der Bahn. »Ich, äh … na ja …« Er schluckte, als ihm klar wurde, worauf er sich da gerade einlassen wollte. »Also, ich bin ja der Einzige hier, der die Bombe schon mal gesehen hat. Falls sie wirklich dort ist …«

Sie schüttelte den Kopf, fiel ihm ins Wort und wandte sich gleichzeitig an Solomon. »Ramaas weiß, wie wir aussehen, und seine Männer wissen das auch. Wenn er so gut vernetzt ist, wie wir glauben, dann weiß er sofort Bescheid, sobald wir aus dem Flugzeug steigen oder von Bord gehen. Und eine Überlandfahrt von Kenia oder Äthiopien aus kann Tage in Anspruch nehmen.« Lucy ließ sich das Szenario durch den Kopf gehen. Ramaas hatte mit einer Atombombenexplosion gedroht, falls Somalia militärisch angegriffen würde. Ein Hubschrauber kam also auch nicht infrage. Falls die amerikanischen Drohnen, die außerhalb der Grenzen patrouillierten, sie nicht abfingen, bestand das große Risiko, dass sie von Einheimischen abgeschossen wurden, noch bevor sie Amadayos Anwesen am Stadtrand von Mogadischu erreicht hatten. »Wir müssen schnell und direkt vorgehen«, fuhr Lucy fort und nickte Marc zu. »Wie der Blitz, aus heiterem Himmel, genau wie du gesagt hast.« So langsam kristallisierte sich ein Plan heraus.

»Wieso habe ich plötzlich das Gefühl, als würde ich meine Zusage bald bereuen?«, fragte der Engländer.

Ein Lächeln umspielte ihre Lippen. »Du weißt, wie man mit einem Fallschirm umgeht, oder?«

18

Marc beugte sich auf seinem mit Stoff bespannten Sitz nach vorn und versuchte, die gleichmäßigen Vibrationen, die über seine Füße bis in jeden einzelnen Knochen übertragen wurden, zu ignorieren. Die Stellen, wo die Sauerstoffmaske auf seine Gesichtshaut drückte, fühlten sich unangenehm wund an. Er hatte sich, damit die Maske einigermaßen vernünftig passte, von seiner struppigen Gesichtsbehaarung trennen müssen und hätte sich jetzt am liebsten pausenlos gekratzt. Während der vergangenen Stunden war reiner Sauerstoff in seine Lunge geströmt, und es hatte lange gedauert, bis er sich daran gewöhnt und seine Schwindelgefühle überwunden hatte.

In seinen behandschuhten Händen lag ein Smartphone, eines dieser Hightechgeräte von Rubicon, die trotz einer unvorstellbar umfassenden technischen Ausstattung immer noch in seine Hosentasche passten. Das Handy bestand aus kratzfestem Glas, war von einer Hülle aus nicht reflektierenden Karbonfasern umgeben und ersetzte das Gerät, das ihm in Dubai abhandengekommen war. Das »SpyPhone«, wie Kara Wei es nannte, wurde mit jeder neuen Version leistungsstärker – und er bekam ziemlich oft eine neue Version, was Kara ihm bei jeder sich bietenden Gelegenheit unter die Nase rieb. Er hatte keine Ahnung, was mit den Handys passierte, die er im Einsatz irgendwo zurücklassen musste, aber da er wusste, wie viel Wert die Abteilung für Sonderaufgaben auf Details legte, ging er fest davon aus, dass sie sich im jeweiligen Fall durch irgendein eingebautes Selbstzerstörungsprogramm automatisch zu Elektronikschrott verwandelten.

Im Moment konzentrierte er sich auf die Konfiguration des neuen Smartphones – eine relativ stumpfsinnige Tätigkeit, mit der er ein wenig zur Ruhe kommen wollte. Doch es klappte nicht.

Er fühlte sich unwohl in seinem mattschwarzen Overall und der Kampfmontur und rutschte ständig hin und her. Die nagelneuen Sachen juckten auf der Haut, und die Maske, der Helm, die Handschuhe und die diversen Gürtel gaben ihm viel eher das Gefühl, ein Kostüm zu tragen als Arbeitskleidung. Das alles kam ihm irgendwie künstlich vor, als würde nicht er selbst das erleben, sondern irgendjemand anderes. Er runzelte die Stirn und holte sich wieder zurück in die Gegenwart.

Die blinkende grüne LED in der Ecke des Displays signalisierte, dass das Smartphone eine Satellitenverbindung aufgebaut hatte. Bereits einen Moment später hatte es diverse Daten, die Marc auf verschiedenen virtuellen Servern gespeichert hatte, heruntergeladen, darunter auch eine Kopie seines offiziellen E-Mail-Kontos bei der NSNS. Im Posteingang lagen zahlreiche Drohbriefe von Schrader und de Wit. Gerade, als er sie ungelesen löschen wollte, bemerkte er, dass er auch eine Nachricht von Luka Pavic bekommen hatte.

Er las sie. Pavic konnte Englisch besser sprechen als schreiben, doch die entscheidenden Punkte waren ziemlich eindeutig. Gestern war ein anonymer Anruf im Polizeipräsidium eingegangen. Der Anrufer hatte behauptet, dass ein gewisser Franko Horvat eine Bank in der Innenstadt von Split ausrauben wolle. Marc glaubte keine Sekunde daran, dass der korrupte Inspektor auf so eine unfassbar dämliche Idee gekommen sein konnte, aber die Polizei hatte gar keine andere Wahl gehabt, als auf den Anruf zu reagieren.

Horvat war aus der Bank gekommen und hatte sofort um sich geschossen, das jedenfalls hatten die Beamten vor Ort berichtet. Selbst im Text der E-Mail waren Pavics Zweifel deutlich spürbar. Aber es gab niemanden, der den brutalen Tod eines bei Ganoven und Ordnungshütern gleichermaßen verabscheuten Mannes eingehender untersuchen wollte.

Trotzdem schrieb Pavic, dass die Schießerei in der Bank bestimmte Fragen aufgeworfen hatte. Ein großes Schließfach, das anscheinend Horvat gehört hatte, war leer vorgefunden worden, und die Überwachungsanlage der Bank hatte ausgerechnet in den Stunden des Überfalls einen bedauerlichen Totalausfall erlitten. Darüber hinaus, schrieb Pavic, habe er Gerüchte gehört, dass mit der Pistole, die in Horvats Halfter gesteckt hatte, gar nicht geschossen worden sei.

Marc versuchte, diese neuen Informationen zu analysieren und ihre tiefere Bedeutung zu erfassen. Die Liste der Menschen, die Horvat tot sehen wollten, war lang und vielfältig, aber der Zeitpunkt seines Ablebens war doch auffallend praktisch gewesen. Der Verdacht, dass hier eine offene Frage endgültig geklärt worden war, lag auf der Hand. Marcs Stirnfalten wurden tiefer, und er speicherte die Information ab, um sich später noch einmal in Ruhe darüber Gedanken zu machen. Doch zunächst musste er sich auf wichtigere Dinge konzentrieren. Er steckte das Handy in eine Tasche mit Klettverschluss.

»Hey.« Lucys Stimme drang aus dem in seinen Helm integrierten Funkgerät, und er hob den Blick. Sie stand in identischer Ausrüstung vor ihm und schwankte leicht, um

die Bewegungen des Flugzeugrumpfes auszugleichen. Nur ihre Augen waren zu erkennen, und sie sahen genauso irreführend schläfrig aus wie meistens. *»Ist dir immer noch schwindelig?«*

»Alles gut«, erwiderte er über das Mikrofon in seiner Sauerstoffmaske. »Das alles ist eben noch ziemlich neu für mich.« Er blickte sich um. Der Frachtraum der großen Hercules C-130 besaß keinen Druckausgleich und erinnerte ihn an das Innere eines mit Isolationspolstern und leuchtend roten Netzen ausgestatteten Güterwaggons. Die beiden Besatzungsmitglieder der Omani Royal Air Force, die ebenfalls mit an Bord waren, hatten Anweisung erhalten, für sich zu bleiben. Seitdem Marc und Lucy irgendwo über dem Golf von Aden ihre Kampfmontur angelegt hatten, hatten sie mit den anderen kein einziges Wort mehr gewechselt.

»Ist überhaupt kein Problem«, sagte sie jetzt. *»Du machst mir einfach alles nach.«* Dann tippte sie mit dem Finger auf den digitalen Höhenmesser an seinem Handgelenk. *»Das da erledigt dann den Rest.«*

Marc warf unwillkürlich einen Blick auf das hintere Ende des Frachtraums mit der fest verschlossenen Laderampe. »In der Ausbildung beim SIS, da bin ich ein paarmal aus einem Flugzeug abgesprungen. Aber immer bei Tag. Und nie so hoch, dass ich Frostbeulen bekommen hätte.«

Lucy zeigte auf die Eiskristalle, die sich am Rand des kreisrunden Fensters neben seinem Kopf gebildet hatten. *»Wir steigen immer weiter, bis wir auf dreißigtausend Fuß sind. Wir müssen hier mindestens sechsundzwanzigtausend Fuß haben, sonst kriegen wir es womöglich mit einer Boden-Luft-Rakete oder etwas Ähnlichem zu tun …«*

»Okay.« Marc reckte den Hals, um einen Blick auf den

pechschwarzen Himmel und vielleicht sogar das weit unter ihnen liegende Meer werfen zu können, aber mehr als die Positionslichter der Maschine und die wirbelnden Propeller war nicht zu erkennen. Er sah sie an. »Ist das etwa deine Rache für die Sache mit dem Veyron? Weil … das war nämlich nicht meine Schuld.«

»Hey, es war doch deine Idee.«

»War es nicht!«, widersprach er vehement. »Aber dir macht so was doch Riesenspaß, oder etwa nicht? Du schmeißt dich doch rasend gern aus großen Höhen irgendwo runter.«

Das Lächeln stahl sich bis in ihre Augen. *»Das hier macht garantiert mehr Spaß als diese Drahtseilgeschichte damals in New Jersey, glaub mir.«* Dann richtete sie sich ein wenig auf und wurde wieder ernst. *»Also gut, sollen wir das Ganze noch ein letztes Mal durchsprechen, oder ist alles klar?«* Sie klopfte auf ein durchsichtiges Fach an ihrem Unterarm, in dem eine Landkarte zu sehen war.

Marc schüttelte den Kopf und machte dieselbe Geste. »Nein, alles klar.« Dann saugte er noch einmal die kühle, metallisch schmeckende Luft in seine Lunge. »Je eher daran, je eher davon, stimmt's?«

»Schön, dass du das so siehst«, meinte sie, als eines der Besatzungsmitglieder auf sie zutrat. *»Letzter Check.«*

Marc stand auf und drehte sich langsam um die eigene Achse, damit sie noch einmal alle Schnallen und Gurte festzurren konnte. Der Fallschirm auf seinem Rücken fühlte sich merkwürdig an und bildete ein viel zu starkes Gegengewicht zu dem kleineren Rucksack auf seiner Brust, in dem die Sauerstoffflasche, der Reserveschirm und die restliche Ausrüstung steckten. Dann tauschten sie die Rollen, und er sah bei ihr nach, ob alles ordentlich festgezurrt war.

Sie legte die Hände auf seine Schultergurte. »*Sitzen die auch wirklich fest?*« Die Gurte lagen hauteng an, führten quer über seine Brust und unter seinem Schoß hindurch.

»Sehr fest.«

»*Dann sind sie immer noch zu locker.*« Lucy riss an den Gurtschlaufen, und Marc bekam fast keine Luft mehr.

»Danke«, ächzte er.

Der Omani rief Lucy etwas zu, und sie nickte. »*Los geht's!*«

Marc spürte, wie der andere Mann ihn von Kopf bis Fuß musterte. Was mochte der Kerl wohl denken? Laut Flugplan war die Hercules auf einem Transportflug vom omanischen Luftwaffenstützpunkt in Thumwait zu einem Militärflughafen in Kenia, vor den Toren von Mombasa. Der Kurs war genau vorgeschrieben, und Abweichungen waren nicht gestattet. Allerdings hatte ein Befehl aus den oberen Rängen der omanischen Luftwaffe dafür gesorgt, dass die eigentlich vorgesehene Ladung am Boden geblieben war. Stattdessen waren ein Mann und eine Frau in Hightechkampfmontur eingestiegen, und das ohne weitere Erklärung. Soweit Marc verstanden hatte, spielte Ekko Solomon regelmäßig Golf mit dem Personalchef der omanischen Luftwaffe, und dieser hatte mit der Nutzung der C-130 eine alte Spielschuld beglichen.

»*Dieser Sprung ist etwas vollkommen anderes als das, was du bisher gemacht hast*«, sagte Lucy jetzt. »*Wir springen aus großer Höhe, und der Schirm wird sich kurz nach dem Absprung automatisch öffnen, also stell dich darauf ein.*«

An der Kabinenwand leuchtete jetzt eine gelbe Lampe auf, dann öffnete sich die Frachtrampe. Marc spürte, wie eiskalte Luft über ihn hinwegfegte. Während sie auf die immer größer werdende Öffnung zuschritten, war hinter dem Heck der Hercules nichts als unendliches Mitternachtsblau zu sehen. »Also, bei der Delta Force hast du so was doch öfter gemacht, oder?«

»Ehrlich gesagt, das ist das erste Mal.«

»Was? Echt jetzt?« Die Lampe sprang auf Grün, und der Omani reckte die Daumen in die Höhe.

»Ach was«, sagte sie und grinste wieder. *»Bis später.«* Ohne zu zögern, trat Lucy an den Rand und stürzte sich ins Nichts.

Dann trat Marc an den Platz, wo sie gerade eben noch gestanden hatte, und blickte in die Tiefe. Das Mondlicht spiegelte sich im Wasser des Indischen Ozeans. »Grün heißt los«, sagte er sich.

Dann ließ er sich nach vorn fallen und von der Schwerkraft packen.

Dröhnend zerrte der Wind an den Ärmeln seines Overalls. Das Ziehen in seiner Magengrube verriet ihm, dass er fiel, auch wenn alles andere um ihn herum seltsam statisch wirkte. Aus dem Augenwinkel nahm er einen schwarzen Schatten am Himmel wahr, ein kurzes Blinken, dann war die Hercules verschwunden. Er drehte sich um und orientierte sich in Richtung Erdboden.

Kaum hatte er sich einigermaßen stabilisiert, erhielt er einen brutalen Schlag gegen den Brustkorb, verbunden mit einem ebenso brutalen Zug an den Schultern. Sein Kopf wurde nach hinten gerissen, dann zuckte ein flammender Schmerz durch seinen Körper, als der Fallschirm nach draußen brach und sich als symmetrisches Gleitsegel über ihm ausbreitete. Lucy hatte ihn vorgewarnt, dass manche Springer durch den gewaltigen Wind in großer Höhe sogar bewusstlos wurden. Daher auch der an den Höhenmesser gekoppelte Selbstauslöser.

Suchend griff Marc nach den Steuerleinen. Kaum hatte

er sie erwischt, lief ein Schauer der Erleichterung durch seinen Körper. Er zog probeweise daran und lenkte den Schirm kurz nach rechts, dann wieder nach links.

»*Gut gemacht*«, hörte er Lucy sagen. »*Ich bin unter dir, auf sieben Uhr, von dir aus gesehen.*«

»Verstanden.« Er suchte und erspähte einen undeutlichen Schatten in der angegebenen Richtung. Dunkelgrüne Leuchtstreifen auf ihrer Kampfweste und ihren Stiefeln halfen ihm bei der Orientierung. »Ich sehe dich.« Lucy war die erfahrenere Springerin, darum hatte sie die Führung übernommen und war auch schwerer beladen als Marc. So waren sie in etwa gleich schwer und hatten ungefähr die gleiche Sinkgeschwindigkeit.

»Bleib möglichst dicht hinter mir. Wir müssen noch ordentlich Strecke machen, also immer konzentriert bleiben. Funkstille bis nach der Landung.«

»Verstanden.« Er nickte, auch wenn sie das natürlich nicht sehen konnte.

Sie schwebten in einem engen Halbkreis vom Meer weg, und dann sahen sie weit unter sich die somalische Küste. Nach einem schnellen Blick auf die Landkarte erkannte Marc das hell erleuchtete Mogadischu, das sich in Richtung Südwesten erstreckte. Von hier oben sah die Stadt aus wie ein erstarrter rotorange glühender Funkenregen. Weiter nördlich dünnte die Farbenpracht schnell aus, wich die städtische Besiedelung dürrem Buschland. Er identifizierte auch die anderen Siedlungen an der Küste, die bereits zu den Gebieten gehörten, aus denen sich das Gesetz zurückgezogen hatte. Dort hatten Ramaas und sein Piratenclan das Sagen.

Ihr Landepunkt lag östlich der somalischen Hauptstadt, in einem Gebiet, das im Lauf der letzten Jahre von Welldone Amadayo und seinen reichen Freunden aufgekauft worden war. Auf den Satellitenfotos waren zahlreiche kahle Grundstücke zu erkennen, die nur darauf warteten, von irgendwelchen Neureichen bebaut zu werden. Amadayos Anwesen war ganz eindeutig als eines der größeren zu identifizieren. Marc erinnerte sich, dass er auf der Außenseite einer der Grundstücksmauern etliche dicht beieinanderstehende Backstein- und Gipskartonhütten gesehen hatte. Irgendwie hatte ihn das an Pilzwucherungen auf einem Felsen erinnert. Der Tote hatte in unmittelbarer Nachbarschaft zu den Armen und Gewöhnlichen gelebt. Wie die sich wohl gefühlt hatten, so nahe bei der Festung eines reichen Mannes?

Lucy setzte ihren Bogen fort, während Marc sich hinter ihr hielt und versuchte, sich nicht zu verkrampft an den Steuerleinen festzuklammern. Langsam kam die Stadt näher, und er konnte die Einzelheiten erkennen. Die friedliche Ruhe, die den ersten Abschnitt seines Fluges begleitet hatte, verflüchtigte sich. Da er jetzt einzelne Gebäude und Straßen erkennen konnte, war das, was ihn da unten erwartete, nichts Abstraktes mehr, sondern etwas sehr Reales. Mit einem Mal wurde ihm bewusst, wie schnell sie sich dem Erdboden näherten. Er ging noch einmal alles durch, was er von seiner Fallschirmausbildung beim SIS behalten hatte, und bereitete sich innerlich auf die Landung vor.

Dann warf er einen letzten Blick auf die Landkarte. Sie waren immer noch etliche Kilometer vom vorgesehenen Landeplatz entfernt, aber jetzt drehte Lucy in den Wind, während sie stumm über Mogadischus breite, staubige Hauptverkehrsstraßen und das scheinbar endlose Gittermuster der Nebenstraßen schwebten. Überall drängten sich identisch aussehende Häuser, nur gelegentlich unterbrochen von einem Stück brauner Erde oder grünem Gestrüpp.

Was hatte er eigentlich erwartet? Er konnte es gar nicht genau sagen. Die meisten Westler kannten das Land und seine gespaltene Hauptstadt nur aus Kinofilmen und Katastrophenberichten, dabei machte das alles im Moment einen sehr ruhigen Eindruck – keine Schießereien in den Straßen, keine außer Kontrolle geratenen Brände. Ob die friedliche Stimmung echt war oder nur eine trügerische Fata Morgana, konnte er nicht beurteilen. Das würde sich nach der Landung herausstellen.

Sein Funkgerät knisterte. »*Also dann*«, meldete sich Lucy. »*Landeplatz in Sicht.*«

»Alles klar«, erwiderte Marc und nahm den niedrigen Hügel mit dem Amadayo-Anwesen in den Blick. Hinter den Fenstern des Haupthauses brannte Licht, genau wie in der improvisierten Zeltstadt vor dem Haus.

Sie kreisten über den Mauern des Anwesens und steuerten dann die dahinterliegende Brachfläche an. Marc rechnete jeden Augenblick mit dem Rattern eines Maschinengewehrs, aber niemand blickte nach oben, als sie im Schutz der Nacht vorbeirauschten.

Der Boden kam näher, und Marc bereitete sich auf die Landung vor. Der Aufprall war hart, und er stolperte über die unebene Erde, bis er schwer atmend und leicht schwankend zum Stillstand kam. Die Hitze der Nacht hüllte ihn ein, und es dauerte nur wenige Augenblicke, bis ihm in seinem gut isolierten Overall der Schweiß aus allen Poren brach. Er raffte seinen aufgebauschten Fallschirm zusammen und hatte bereits den Helm und die Sauerstoffmaske abgenommen, als Lucy im Laufschritt näher kam. Sie stopften ihre Fallschirmausrüstungen in einen hohlen Baum und entledigten sich anschließend der diversen Kleiderschichten, die sie während ihres Sprungs vor Erfrierungen bewahrt hatten.

Lucy reichte ihm ein Päckchen mit einer Heckler & Koch MP-7, Ersatzmunition und einem kurzen Schalldämpfer. Marc hatte sich außerdem ein Oberschenkelhalfter mit einer Glock umgeschnallt, aber seine wichtigsten Waffen waren ohnehin das Amrel-Tablet in der militärischen Ausführung sowie ein paar Spielereien, die er aus einem Schrank an Bord der *Themis* hatte mitgehen lassen.

»Hast du die Zelte gesehen?« Lucy überprüfte gerade ihre Maschinenpistole und sah nicht auf. »Sieht ganz so aus, als wollte Ramaas sich dort häuslich niederlassen. Mit dem Umbau hat er jedenfalls schon mal begonnen.«

»Da drin ist er ganz bestimmt nicht«, erwiderte Marc. »Dazu ist er viel zu schlau.«

»Stimmt«, erwiderte sie. »Aber ich wette, dass es da drin jemanden gibt, der weiß, wo er steckt. Wenn wir den finden können ...« Um die Bedeutung ihres Satzes zu unterstreichen, lud sie ihre MP-7 durch. »Ich frage ihn auch wirklich ganz höflich.«

Marc hängte sich seine Maschinenpistole über die Schulter und machte eine Handbewegung: »Ladies first.«

»Wie galant.« Sie zog die Schulterstütze aus, ließ den Griff herausschnappen und setzte sich in Bewegung, huschte mit schnellen, geduckten Schritten auf die Grundstücksmauer zu.

Als sie näher kamen, stieg Marc der Duft von gebratenem Fleisch in die Nase. Er kam aus einer improvisierten Grillstelle in den Überresten des Ziergartens. Sie blieben im Schatten der Mauer stehen, und er holte sein ausziehbares Fernrohr aus der Tasche und richtete es auf den Haupteingang weiter unten an der Straße. »Die haben die Tore aus den Angeln gehebelt und einfach liegen lassen«, sagte er. »Quer über die Zufahrtsstraße haben sie einen Kampfwagen geparkt. Er wird von ein paar Typen mit

Kalaschnikows bewacht.« Der Kampfwagen war ein verbeulter Toyota-Pick-up mit einem schweren Maschinengewehr, Kaliber 50, auf der Ladefläche. Der stumpfe Lauf zeigte nach oben in den Himmel, ins Nichts. Was wäre wohl passiert, wenn die Waffe vorhin, als sie über das Anwesen geschwebt waren, mit einem aufmerksamen Schützen besetzt gewesen wäre? Marcs Magen zog sich bei dem Gedanken spürbar zusammen.

»Also dann nicht von vorne«, sagte Lucy. Sie suchten sich einen Mauerabschnitt, der von den Wachen nicht eingesehen werden konnte.

Marc holte ein schlangenartiges, mit Draht verstärktes Kabel aus seinem Rucksack. Am einen Ende des Kabels saß eine Mikrokamera, am anderen Ende ein USB-Stecker, den er jetzt mit seinem Tablet verband. Dann schob er das Kameraende nach oben über die Mauer. Auf dem Laptop waren jetzt weitwinklige Aufnahmen von einem verbrannten Rasen und vereinzelten Büschen zu sehen.

Marc zog die Kamera wieder zurück, während Lucy bereits über die Mauer kletterte. Marc folgte ihr und rollte sich längs über die Mauer, um möglichst wenig Schatten zu werfen.

Kaum hatten sie Deckung gefunden, kamen zwei Männer den Gartenpfad entlang, der zum Haupthaus führte. Sie mussten irgendetwas Witziges gesehen oder gehört haben, jedenfalls lachten sie laut, während sie an den beiden Eindringlingen vorbeischlenderten. Die Männer trugen schmutzige grüne Kampfmonturen und hielten ihre Sturmgewehre am Lauf gepackt, schwangen sie sorglos durch die Gegend, während sie ihre Witze machten. Jeder hatte sich ein schwarzes Palästinensertuch um den Hals gebunden.

Sobald sie außer Hörweite waren, beugte Marc sich zu Lucy. »Die Typen sehen aber nicht aus wie Piraten.«

»Eher wie Paramilitärs«, pflichtete sie ihm bei. »Wir sollten uns das Ganze etwas genauer ansehen.«

Sie krochen durch zerwühlte Blumenbeete und schlichen um ausgetrocknete Springbrunnen herum. Das üppige Grün in Amadayos Garten war bereits dabei abzusterben. Je näher sie der Villa kamen, desto mehr Gesprächsfetzen drangen bis zu ihnen herüber. Außerdem hallte laute Musik durch die kahlen Räume der geplünderten Villa.

Lucy stellte sich vor ein zerbrochenes Fenster und passte auf, während Marc noch einmal in seine »Wundertüte« griff. Dieses Mal holte er eine Art Spielzeug heraus, das aussah wie eine große Garnrolle aus schwarzem Plastik. Das Ding bestand aus einem Titanrohr, das links und rechts von je einer Urethanhalbkugel abgeschlossen wurde. Das grobe Profil der Halbkugeln erinnerte ein wenig an die Reifen eines Strandbuggys. Aus der Titanröhre ragten ein paar Antennen hervor, und am hinteren Ende hing ein kleiner Stabilisator herab. Marc aktivierte das Fernsteuerungsprogramm auf dem Tablet, dann erwachten die Räder zum Leben und begannen sich zu drehen.

Er streckte Lucy das Ding entgegen, und gleichzeitig tauchte ihr Gesicht auf dem Display des Tablets auf. Die Aufnahme stammte aus einer Funkkamera im Rahmen des kleinen Geräts. »Weißt du, wieso das Ding hier *Throwbot* heißt?«

Sie tat ihm den Gefallen. »Warum denn?«

Er grinste und warf das Gerät durch das kaputte Fenster ins Haus. Die kleine Drohne auf Rädern landete auf dem Teppich und brachte sich automatisch in die richtige Position.

Marc sah jetzt mit den Augen des Throwbots und führte seine Finger behutsam über den Touchscreen seines

Tablets, um ihn stumm von Zimmer zu Zimmer zu lenken, ihn tiefer in die Villa vordringen zu lassen.

»Was siehst du?«, wollte Lucy leise flüsternd wissen.

»Wir sind jedenfalls garantiert nicht eingeladen«, erwiderte er. Die zweirädrige Drohne hielt sich immer im Schatten. Trotzdem war deutlich zu erkennen, dass Dutzende Männer im größten Raum des Hauses herumhingen. Alle saßen, hockten, kauerten vor einem Bettlaken, das an einer Wand aufgehängt worden war und als Leinwand diente. Davor waren ein Beamer und ein DVD-Player aufgebaut worden, und die laute Musik, die Marc vorhin gehört hatte, stammte aus einem ruckeligen Propagandavideo mit zahlreichen Schießereien und Bombenexplosionen. Die Männer, die sich das alles ansahen, trugen die gleiche Uniform wie die Wachen vor dem Haus – die gleiche Tarnkleidung, die gleichen Kampfwesten, dem Anschein nach aus chinesischer Produktion – sowie die allgegenwärtigen schwarz- oder rot-weiß karierten Palästinensertücher. Marc holte die Drohne wieder zurück, doch noch bevor sie den Flur erreicht hatte, erhaschte die Kamera ein Stück einer vertrauten schwarzen Flagge mit weißer, arabischer Schrift, die über dem Eingang ins Foyer hing. Das war das berühmt-berüchtigte »Schwarze Banner« der islamistischen Terroristen.

»Bestätige«, sagte er leise. »Das sind nicht Ramaas' Piraten. Die Typen sind von al-Shabaab.«

»Was wollen die denn hier, verdammte Scheiße?«, zischte Lucy. »Das ist doch gar nicht deren Territorium …« Sie brachte den Satz nicht zu Ende, sondern warf einen Blick in den nächtlichen Himmel.

»Jetzt schon«, entgegnete Marc. »Wir wissen, dass Ramaas schon früher mit denen zusammengearbeitet hat… Vielleicht hat er ihnen die Hütte überlassen, damit sie sich mit ihm verbünden? Zusammen mit den Banditenclans sind sie nach der Armee die größte bewaffnete Streitmacht des Landes …« Da merkte er, dass Lucy ihm gar nicht mehr zuhörte. »He!«

»Hörst du das?«, fragte sie ihn.

»Was denn?« Doch im selben Moment nahm er über dem Wind und trotz der stampfenden Musik im Inneren der Villa ein anderes Geräusch wahr. Ein tiefes, knatterndes Dröhnen, das mit jeder Sekunde lauter wurde.

Er drehte sich in die Richtung, aus der das Geräusch kam, und sah, wie sich ein kantiger Schatten aus der Dunkelheit schälte und im Tiefflug über die Mauer des Anwesens schwebte. Der Motorenlärm wurde plötzlich schriller, und dann schien er sich zu verlangsamen. Marc sah zwei große schwarze Rotoren durch die Luft peitschen. Sie waren an zwei Tragflächen befestigt, in deren Mitte ein robuster Rumpf saß.

Das war ganz unverwechselbar eine V-22 Osprey, ein Kipprotorwandelflugzeug der neuesten Generation. Diese Kreuzung aus Hubschrauber und Propellermaschine wurde allerdings nur vom Militär der Vereinigten Staaten eingesetzt. Aber warum war diese V-22 hier dann schwarz lackiert und nicht, wie bei den Amerikanern üblich, schlachtschiffgrau? *Da stimmt doch was nicht,* dachte Marc, und stand instinktiv auf.

Die Triebwerksgondeln der Osprey drehten sich, während das Luftfahrzeug über ihren Köpfen schwebte, in die Vertikale. Marc und Lucy wurden von einem heftigen Abwind gegen die Hauswand gedrückt. Die Wachen am Tor hatten bereits angefangen zu schießen, doch die Osprey drehte sich langsam um die eigene Achse, während sich am Heck eine Klappe öffnete, um Truppen auf dem Dach abzusetzen.

Lucy sah Marc an und bewegte den Mund, aber ihre Worte wurden vom Rotorenlärm verschluckt. Da nahm er eine plötzliche Bewegung auf dem Display seines Tablets wahr. Als er genauer hinsah, füllte das Gesicht eines al-Shabaab-Kämpfers den Monitor komplett aus. Der Mann wirkte wütend, brüllte irgendetwas und fuchtelte mit den Händen.

»Scheiße!« Marc gab einen dreistelligen Code ein und zündete damit eine kleine Sprengladung im Inneren des Throwbots, die ausreichte, um die Drohne zu zerstören. Außerdem würde sie den Kämpfer, der sie in die Hand genommen hatte, vermutlich ein paar Finger kosten. Auf dem Display blinkten jetzt die Worte KEIN SIGNAL, und Marc stopfte das Tablet in seinen Rucksack. Da packte Lucy ihn an der Schulter und beugte sich dicht an sein Ohr.

»Wir müssen …«, brüllte sie, um sich über das Dröhnen der Rotoren hinweg verständlich zu machen, aber sie konnte den Satz nicht zu Ende bringen. Hinter ihr zuckten Mündungsfeuer, und dann wurde sie ruckartig nach vorn gerissen und stürzte auf Marc.

Mit einem Blick über die Schulter stellte sie fest, dass Männer in grüner Kampfmontur die Einfahrt entlanggerannt kamen und dabei aus allen Rohren schossen.

Saitos sechster Sinn, die Art von Instinkt, die in der Erfahrung einer jahrelangen Soldatenkarriere wurzelt, signalisierte schon in dem Moment, als seine Stiefelsohlen den Boden der Sonnenterrasse der Villa berührten, dass hier etwas nicht stimmte. Seine Nackenhärchen stellten sich auf, dann machte sich eine ungute Anspannung in seiner Brust bemerkbar. Irgendwie fühlte sich alles *falsch* an.

Der Ausstieg aus der V-22 verlief glatt und reibungslos,

aber das hatte er von diesem Team auch nicht anders erwartet. Als sie dann die ersten Türen eintraten und das Haus stürmten, warf er der Osprey noch einmal einen schnellen Blick nach und sah, wie der Senkrechtstarter sich um die eigene Achse drehte und dann seitlich vom Gebäude wegglitt. Der Abwind prügelte auf die Erde und den ruinierten Rasen ein und wirbelte eine Staubwolke auf, die sich in alle Richtungen ausbreitete. Die improvisierte Zeltstadt auf der Rückseite der Villa wurde völlig niedergerissen, als die Osprey etliche Hundert Meter entfernt zur Landung auf Welldone Amadayos selten genutztem Tennisplatz ansetzte. Die Motoren brummten im Leerlauf weiter. Die Maschine war jederzeit startklar.

Jetzt, wo der Rückzug gesichert war, nahm Saito die Vector CRB, die er sich vor die Brust geschnallt hatte, in die Hand und schob den Schussmodusregler auf Salve. Seine drei Kameraden liefen bereits gestaffelt über die Veranda und zwischen den Liegestühlen hindurch. Ihre Bewegungen waren schnell und ökonomisch. Sein ungutes Gefühl ließ nach, verschwand jedoch nicht völlig.

Als sie bei der Treppe angelangt waren, die in das Gebäude hineinführte, kamen ihnen zwei Männer in ausgebleichten Kampfanzügen entgegen. Sie hielten Kalaschnikows in ihren verschwitzten Händen.

Saitos Späher und der zweite Mann erledigten die beiden mit kurzen Salven ins Gesicht und die Kehle. Sie mussten die Toten über das Geländer stoßen, um überhaupt an ihnen vorbeizukommen, und die beiden Leichen landeten im Erdgeschoss.

Der dritte Mann hieß Byrd und hatte einen kompakten Granatwerfer in der Hand, der mit Vierzig-Millimeter-Geschossen bestückt war. Saito beorderte ihn an den oberen Treppenabsatz, und Byrd übernahm die Führung. Er schickte drei Blendgranaten durch das Treppenhaus nach unten. Ein dröhnend lauter Knall hallte durch das ganze Gebäude, aber als sie weiter vorrückten, tobten ihnen aus dem ersten Stock wilde Schüsse entgegen.

Anhaltende Kalaschnikowsalven zerfetzten Wände und Decken, zerstörten auch noch die letzten Überreste der Inneneinrichtung. Die Feinde ballerten zwar nur wild und unkontrolliert durch die Gegend, allerdings schafften sie es allein durch ihre Überzahl, Saitos Sturmtrupp aufzuhalten. Byrd wagte sich noch einmal nach vorne, um noch mehr Granaten abzufeuern, doch im selben Augenblick lösten sich die Bodenbretter, auf denen er stand, in einem Splitterregen auf. Da hatte sie irgendjemand von unterhalb unter Beschuss genommen. Byrd brach regungslos zusammen, und Saito wich zurück. Er musste an ein Gespräch denken, das er vor einigen Stunden geführt hatte.

Als das Team im Auftrag des Kombinats sich jenseits der kenianischen Grenze auf seinen Einsatz vorbereitet hatte, hatte Saito deutlich gemacht, wie wenig er von einem Vorrücken nach Mogadischu ohne vernünftige, vorherige Aufklärung hielt. Aber er war überstimmt worden. Während des stundenlangen Tiefflugs durch die Dunkelheit entlang der Küste, immer knapp über den Schaumkronen, hatte er mehr als genug Zeit gehabt, um sich sicher zu sein, dass er recht hatte und seine Auftraggeber falschlagen.

Doch Saito war ein Diener und traf letztendlich nicht die Entscheidungen. Jetzt waren sie hier, und ihr Auftrag war immer noch derselbe. *Den Piraten und Kriegsfürsten lokalisieren und eliminieren, und die Waffe, die er von den Serben erhalten hatte, sicherstellen.* Alles andere war irrelevant.

Er schob alle Zweifel beiseite und zog die Stifte der Granaten, die immer noch in Byrds Kampfweste steckten. Dann warf er den nicht besonders schweren Toten nach unten, mitten ins Getümmel. Noch mehr Explosionen erschütterten die Villa in ihren Grundfesten, und Saito wich zurück.

»Das ist ein richtiges Wespennest«, zischte der erste Mann, ein grimmiger Spanier namens Ruiz. »Sie haben doch gesagt, dass wir nur mit minimalem Widerstand zu rechnen haben!« Er warf Mayer, dem Vierten im Bund, einen Blick zu. »Zum Sterben bezahlen sie mir jedenfalls zu wenig.«

Saito beachtete die beiden nicht, sondern lauschte nach unten. Die Bewaffneten im Erdgeschoss sammelten sich wieder. Er hörte, wie sie einander alles Mögliche zuriefen und dann Schlachtgesänge im Namen ihres Heiligen Krieges anstimmten. Dann waren das also gar nicht Ramaas' Piraten. Er nickte. *Cleverer Schachzug.* Der Pirat hatte seinen dschihadistischen Verbündeten gestattet, das Anwesen hier in Besitz zu nehmen, sodass es für jeden, der ihn bis hierher zurückverfolgen konnte, zur tödlichen Falle wurde.

»Sie kommen hoch«, stieß Mayer hervor. »Ich kann sie hören. Es muss noch ein Treppenhaus geben.«

»Wir schießen uns den Weg frei«, befahl Saito, als eine Tür am anderen Ende des Korridors aufsprang und noch mehr Bewaffnete auf sie zugestürmt kamen. »Vorrücken und feuern!« Er hatte noch nicht zu Ende gesprochen, da befolgte er bereits seinen eigenen Befehl, stürmte los und empfing die Angreifer mit Feuerstößen aus seinem Sturmgewehr.

Lucy schrie laut auf vor Schmerz, und Marc reagierte, ohne nachzudenken. Er zog sie mit einer Hand beiseite und riss mit der anderen seine MP-7 nach oben, um die Angreifer gebührend zu empfangen. Um genau zu zielen, blieb ihm jetzt keine Zeit. Marc drückte einfach ab und jagte eine vollautomatische Salve durch den Lauf seiner Maschinenpistole. Der erste Mann erhielt mehrere Treffer in den Oberkörper und fiel zu Boden. Der zweite brachte sich hinter einem großen, steinernen Pflanzentopf in Sicherheit, aber die Schüsse aus seiner Kalaschnikow landeten hoch oben in der Hauswand.

Lucy stieß ein tiefes Stöhnen aus, dann gaben ihre Beine nach. Marc fing sie auf, und sie gingen gemeinsam zu Boden. Er legte seine freie Hand auf ihren Rücken und fürchtete sich vor dem Moment, wo er frisches Blut auf ihrer Kampfweste spürte – doch dann trafen seine Finger nur auf die heißen, angekokelten Fasern rund um die rissigen Krater in der Panzerung.

Sie fluchte lauthals und stieß ihn von sich. »Alles okay«, presste sie zwischen zusammengebissenen Zähnen hervor. »Die Schutzweste hat gehalten. Verdammt noch mal, das brennt wie Hölle …«

»Achtung!« Marc sah, dass inzwischen zahlreiche Kämpfer zum Haupteingang der Villa herausstürmten. Lucy und er machten sich gleichzeitig schussbereit und hielten die Angreifer zunächst einmal mit ihren Maschinenpistolen in Schach. »Hier können wir nicht bleiben«, entschied er. »Wir haben viel zu wenig Deckung.«

»Stimmt.« Lucy nickte und stemmte sich mit zusammengebissenen Zähnen gegen den Schmerz. »Verdammt noch mal, wo sind wir denn hier reingeraten? Wir müssen sofort abbrechen und verschwinden!« Sie gab noch eine Salve ab. »Na los, du Schlaumeier. Ich bin offen für Vorschläge aller Art.«

»Wie wär's mit dem Senkrechtstarter da hinten?« Er

deutete mit dem Daumen auf das Dach. »Ob es uns nun passt oder nicht, aber irgendjemand hat gerade unsere schöne kleine Party gesprengt.«

»Ich wünsche denen alles Glück dieser Welt«, gab Lucy zurück. »Aber wenn du deinen Mörder nicht unbedingt persönlich kennenlernen willst, müssen wir uns jetzt zurückziehen und uns was anderes überlegen.«

Ursprünglich hatten sie sich vorgenommen, in Amadayos Villa Ramaas' Aufenthaltsort in Erfahrung zu bringen und sich dann irgendwie dorthin durchzuschlagen. Jetzt lautete das Motto jedoch eher *Abhauen oder Abkratzen*.

»Garage!« Marc zeigte auf ein Nebengebäude auf der anderen Seite der Zufahrt. »Wir brauchen ein Fahrzeug, vorausgesetzt, du lässt mich überhaupt noch mal ans Steuer.«

»Von mir aus kannst du mich auch auf ein gottverdammtes Skateboard stellen«, fauchte sie ihn an. »Mach jetzt!« Sie ließ die MP rattern und gab ihm Feuerschutz. Marc sprintete zwischen der Hauswand und einem weiteren mit Blumen bepflanzten Hochbeet hindurch.

Kaum war er in Deckung geschlittert, tauschten sie die Rollen, und er nahm ein paar Bewaffnete hinter den mit Einschusslöchern übersäten, falschen Marmorsäulen des Vorbaus über dem Haupteingang unter Beschuss. Er hörte einen lauten Schrei und sah, wie eine Gestalt blutüberströmt zusammenbrach.

Marc wollte nicht einmal anfangen, darüber nachzudenken, was er hier gerade machte. Er vertraute auf seine Ausbildung, richtete die ganze Konzentration auf die unmittelbare Gegenwart jedes einzelnen Augenblicks dieses chaotischen Feuergefechts.

Feinde. Angriffsziele. Zielvorgaben. Überleben. Er reduzierte seine Handlungen auf diese Begriffe und schob alles andere beiseite.

Der Schlitten seiner MP-7 verharrte in geöffneter Stellung, und er zog sich in die Deckung zurück, um das leere Magazin auszuwerfen und ein volles in den Schacht zu rammen. Lucy klopfte ihm auf die Schulter, als sie hinter ihm war, und nickte zu dem Nebengebäude hinüber. Marc hätte auch so gewusst, dass zwischen dem Blumenbeet und der Garage mindestens fünfzig Meter ungeschützte Fläche lagen. »Ich zünde eine Nebelkerze«, sagte sie. »Sobald ich es sage, laufen wir beide los.«

»Verstanden.« Adrenalin pumpte durch seine Adern, und er wippte auf seinen Fußballen auf und ab, konnte es kaum erwarten, endlich wegzukommen.

Lucy zog den Stift einer Nebelkerze und warf sie in hohem Bogen Richtung Villa. Zum Dank erntete sie erneut einen wütenden Kugelhagel. Als weißer Rauch aus dem Metallzylinder hervorquoll, ertönten im Inneren der Villa mehrere Explosionen. Fensterscheiben zersplitterten.

»Sieht ganz so aus, als hätten die Idioten aus der Osprey auch ihren Spaß«, bemerkte sie.

»Warum sollten die USA so etwas riskieren, nach diesem Video aus New York?«, fragte Marc und holte tief Luft. Der Rauch breitete sich immer weiter aus und bildete mittlerweile eine weiße Nebelbank.

»Ich glaube nicht, dass sie das sind«, erwiderte Lucy und gab ihm einen Klaps auf den Oberarm. »Jetzt!«

Gleichzeitig stürmten sie hinter dem Blumenbeet hervor. Marc hielt sich dicht hinter Lucy und gab zur Unterstützung mehrere Schüsse in Richtung Hauseingang ab. Schwere 7,62-Millimeter-Geschosse schwirrten ihnen um die Köpfe und bohrten sich vor ihren Füßen in die Gehwegplatten, doch die Schützen konnten sie nicht sehen.

Es schien eine ganze Ewigkeit zu dauern, bis endlich, endlich die schweren Holztore der Garage aus dem Nebel vor ihnen auftauchten. Marc stieß eines der Tore mit der Schulter auf, schob Lucy hinein und machte das Tor wieder zu.

Im Inneren war es pechschwarz. Die heiße, abgestandene Luft roch nach Maschinenöl. Lucy knipste ihre Stablampe an und ließ den breiten Strahl durch das Innere des Nebengebäudes gleiten, kreuz und quer über den Boden und die Werkzeugregale an den Wänden. »Ach du Scheiße«, murmelte sie.

Die Garage war leer.

Der Ansturm der Dschihadisten nahm kein Ende. Saitos Team musste den Korridor und das Treppenhaus gleichzeitig abdecken, musste sich auf verschiedene Punkte konzentrieren, weil immer neue Kämpfer die Stelle ihrer gefallenen Brüder einnahmen und versuchten, die Söldner des Kombinats zu umzingeln.

Wenn wir hier1bleiben, dann werden wir alle sterben. Ein anderes Ende war nicht vorstellbar, so viel war Saito nach kurzem Nachdenken klar. Byrd war schon tot, und Mayer hatte einen Streifschuss am Bein abbekommen und blutete stark. Die Übermacht der al-Shabaab-Krieger war erdrückend, auch wenn Saitos Team aus sehr viel fähigeren und erfahreneren Kämpfern bestand. *Also dann eben Rückzug,* beschloss er und gab den entsprechenden Befehl. Mayer und Ruiz zündeten die letzten Handgranaten und zogen sich aufs Dach zurück, während Saito die Nachhut bildete und alle niedermähte, die ihnen folgen wollten.

Auf der Sonnenterrasse angekommen, trat er ein Stück zur Seite, während seine Männer aus Liegestühlen und einem massiven Kühlschrank mit Glastür ein Hindernis gegen ihre Verfolger bauten. Saito legte die Hand an sein Kehlkopfmikro. »Adler? Mission wird abgebrochen. Ich wiederhole: Mission wird abgebrochen. Wir warten auf dem Dach …«

Er blickte in Richtung der Osprey, und seine Stimmung erreichte einen neuen Tiefpunkt. Eine ganze Einheit in Tarnkleidung rückte gerade auf das Flugzeug vor. Sie wirkten dabei zwar ausgesprochen undiszipliniert, aber wie im Fall der Villa waren sie auch dort stark in der Überzahl und daher in jedem Fall eine ernst zu nehmende Gefahr. Auf der Frachtrampe am Heck des Flugzeugs sah er eine regungslose schwarze Gestalt liegen, allem Anschein nach war sie tot. Dann wandte er sich dem Cockpit zu und nahm darin eine Bewegung wahr.

»*Verstanden!*« Die Stimme des Piloten klang heiser und angespannt. »*Sie kommen immer näher. Ich versuche …*«

Eine gelbe Flamme zuckte unter der Tragfläche auf, dann ertönte ein lauter Schrei in Saitos Ohrhörer. Er verzog das Gesicht. Als er den Piloten erneut anfunkte, erhielt er keine Antwort mehr, aber die Osprey blieb mit laufenden Rotoren auf dem Tennisplatz stehen, ohne sich von der Stelle zu rühren.

»Wir haben die Flugzeugbesatzung verloren«, teilte er dem Rest seines Teams emotionslos mit. »Wir müssen unbedingt raus aus diesem Haus … Mir nach!«

Saito schlang sich das Gewehr über die Schulter, stieg auf einen Liegestuhl und von dort auf das schräge Dach.

Er hielt sich an den roten Dachziegeln fest, schwang sich nach oben und beugte sich dann nach unten, um Mayer zu helfen, der die Schmerzen in seinem verletzten Bein mit leisen, keuchenden Atemstößen ertrug. Seine Hose war schon dunkelrot und völlig durchnässt. Zuletzt schwang sich Ruiz mit einem einzigen Satz nach oben.

Ihre Stiefelsohlen ließen die Dachziegel dröhnen, während sie über die ganze Länge der Villa liefen, vorsichtig, um ja nicht eine Stelle zu sehr zu belasten. Das Dröhnen der Osprey-Motoren klang wie ein endlos anhaltender Donner, doch dahinter konnte Saito die aufgeregten Schreie der Dschihadisten und das Rattern ihrer Kalaschnikows hören. Weißer Rauch quoll an der Hauswand empor, und er beugte sich nach vorn, um möglichst wenig sichtbare Umrisse zu erzeugen. Hier oben war es dunkel, und vermutlich waren sie von unten nicht auf den ersten Blick zu erkennen … aber mehr als ein einziger aufmerksamer Mann mit Gewehr war nicht nötig, um sie in aller Seelenruhe einfach abzuknallen oder in den sicheren Tod stürzen zu lassen.

Jetzt hatten sie das Ende des Ostflügels der Amadayo-Villa erreicht. Ein kleines Stückchen unterhalb verlief eine hohe Mauer, die bis hinüber zu den Nebengebäuden und dem dahinter befindlichen Grundstücksrand reichte. Saito deutete mit dem Zeigefinger nach unten, sprang und landete auf allen vieren auf der Mauerkrone.

Weiter unten bemerkte er eine Bewegung – ein Bewaffneter, der gerade in diesem Moment um die Hausecke bog. Doch dann stieß Ruiz' Vector ein kurzes, schallgedämpftes Bellen aus, und der Kerl sackte zu Boden. Mayer und der Spanier sprangen ebenfalls auf die Mauer.

Als sie das Dach des niedrigen Nebengebäudes schon fast erreicht hatten, prasselten erneut Schüsse auf sie ein. Mayer verlagerte in einem Reflex sein Gewicht auf das verletzte Bein, konnte sich jedoch nicht halten.

Saito hatte schon einen Fuß auf das Dach gestellt, als Mayer direkt auf die Terracottaziegel plumpste und ungebremst in der darunterliegenden Dunkelheit verschwand. Jetzt gab es kein Halten mehr. Noch mehr Dachziegel brachen, und dann geriet das ganze Dach ins Rutschen und stürzte ein.

Saito verfluchte stumm das Schicksal, das ihnen dieses Pech beschert hatte, und fiel ebenfalls in die Tiefe, dicht gefolgt von Ruiz. Wenigstens waren sie jetzt erst einmal aus der Schusslinie, dafür jedoch in einer undurchdringlichen, nach Öl stinkenden Dunkelheit gelandet. Er schlug auf einem harten Betonfußboden auf und rollte sich ab, ignorierte den Schmerz und suchte sofort nach seinem Gewehr.

Die Zieloptiken ihrer Waffen erzeugten einen hauchdünnen, deutlich erkennbaren roten Laserstrahl und trafen nun auf zwei grüne Laserstrahlen, die auf die Männer des Kombinats gerichtet wurden. Einer der Strahlen verharrte auf Saitos Brustbein, dann trat ein weißer Mann mit rotblondem Haar und rußverschmiertem Gesicht aus dem Schatten hervor. Er hatte eine MP-7 im Anschlag, genau wie die schwarze Frau neben ihm.

»Und wer seid ihr?«, wollte der Kerl mit der MP-7 wissen. Die Anspannung in seinen Worten war ebenso eindeutig zu erkennen wie sein britischer Akzent.

19

»Hallo, ihr Partycrasher«, sagte Lucy und schaffte es, ihre Stimme gleichzeitig spöttisch und bedrohlich klingen zu lassen.

Vor einer Sekunde noch hatte draußen vor der Garage ein Kugelhagel die Luft durchsiebt, dann war der Himmel über ihren Köpfen eingestürzt, und jetzt standen sie plötzlich diesen Männern mit ihren Gewehren und Verletzungen und bösen Blicken gegenüber. Man musste kein Genie sein, um zu erraten, dass sie das Team aus der Osprey waren, aber Marc konnte sie beim besten Willen keiner US-amerikanischen Einheit zuordnen.

»Private Söldner?«, fragte er in die Runde. Ihre Ausrüstung war noch hochwertiger als das, was die ALEPH-Söldner in Polen verwendet hatten. »Wer hat euch denn geschickt?«

Der drahtige Asiate mit der Vector über der Schulter warf seinen beiden Begleitern einen Blick zu, und Marc wusste sofort, dass er der Anführer war. »Ich könnte euch genau dieselbe Frage stellen.«

Das Rattern eines Sturmgewehrs übertönte das gleichmäßige Dröhnen der Flugzeugmotoren. Lucy richtete ihre Maschinenpistole auf das Loch im Dach und machte sich auf einen Angriff gefasst. »Für Small Talk ist jetzt nicht der richtige Zeitpunkt«, fauchte sie.

Einer der anderen Söldner trat vor die doppelflüglige Tür und spähte durch einen Spalt ins Freie. »Sie hat recht.

Da draußen bewegt sich was. Sie fahren den Kampfwagen vor die Garage. Schätze mal, sie wollen uns mit dem Geschütz eine überbraten. Wir müssen verschwinden.« Er blickte sich um und entdeckte die Hintertür zum Garten. »Da entlang.«

»Nach dir«, meinte Lucy. »Sind ja auch höchstens zwei Dutzend Arschlöcher, die da draußen auf uns warten.«

Der Asiate ließ Marc keinen Sekundenbruchteil aus dem Blick. »Ich nehme an, wir suchen nach ein und demselben Mann. Zu dumm, dass wir jetzt gemeinsam in seine Falle getappt sind.« Er hob die Hände. »Aber wir könnten zusammenarbeiten.«

Der Söldner an der Tür kniete sich neben seinen verletzten Kameraden und half ihm auf. Dann schüttelte er wütend den Kopf. »Was soll das bringen? Die beiden können ja auch keinen Panzer herzaubern, oder?« Er wies mit einer Kopfbewegung Richtung Tür. »Und wenn wir zum Senkrechtstarter wollen, dann werden wir genauso umgelegt wie die Besatzung.«

Marc erfasste die Bedeutung dieser Sätze sofort. »Ihr habt die Flugzeugbesatzung verloren?« Der Asiate nickte verärgert, und Marc ließ seine MP-7 sinken. »Ich kann das Ding fliegen.«

»Kannst du?« Lucy zog eine Augenbraue in die Höhe.

»Ich hab das Handbuch gelesen«, murmelte er leise.

»Verdammt noch mal, Saito«, stieß der andere hervor. »Sag ja, dann haben wir vielleicht eine Chance, aus diesem Drecksloch zu entkommen.«

Es dauerte einen kurzen Moment, dann nickte der Asiate. »Allerdings gibt es da noch ein kleines Problem: Wir müssen erst mal zum Flugzeug kommen.«

Marc streckte Lucy die Hand entgegen. »Wie viele Handgranaten hast du noch übrig?«

»Ein paar …«

»Sehr gut.« Er blickte sich um. »Ich brauche einen Draht, ein Stück Schnur, irgend so was …«

Der Verletzte griff an seinen Gürtel. »Wie wär's damit?« In seinen blutigen Fingern baumelten mehrere Handfesseln aus Plastik.

»Das geht.« Marc stellte seinen Rucksack auf den Betonfußboden und kramte einen zweiten Throwbot hervor.

Die Kämpfer, die sich im Garten auf der Rückseite der Villa versammelt hatten, sahen sich nach allen Seiten um. Sie waren fest davon überzeugt, dass die Ankunft des schwarzen Hubschrauberflugzeugs der Beginn der großen Schlacht war, die ihre demagogischen Führer seit Ewigkeiten angekündigt hatten. Sie wagten sich nicht auf die offene Fläche zwischen den Pflanzentöpfen und dem Tennisplatz, weil sie befürchteten, dass noch mehr Soldaten aus dem Flugzeug stürmen könnten. Etliche hatten ihre Waffen voller Misstrauen auf die Maschine gerichtet, andere in den Himmel, um die nächsten Eindringlinge sofort unter Beschuss nehmen zu können. Die Osprey rührte sich nicht von der Stelle, sondern kauerte mit unablässig kreisenden Propellern am Boden wie ein riesiges, wütendes Insekt.

In der Vorstellung der Kämpfer schwebten bereits Horden von schwer bewaffneten Hubschraubern durch die dunkle Nacht, fielen wie Heuschreckenschwärme über das Land her und entließen zahllose westliche Soldaten mit furchtbaren Waffen aus ihren Bäuchen. Gelegentlich fielen Schüsse, weil einer der Kämpfer irgendwo einen Schatten gesehen und für einen Feind gehalten hatte.

Andere – die Älteren, die bereits echte Schlachten geschlagen hatten, anstatt immer nur verängstigte, ungläubige Zivilisten zu bedrohen – zeigten mehr Disziplin und beobachteten die Nebengebäude, in die die Gottlosen geflüchtet sein mussten.

Da öffnete sich die Tür auf der Rückseite der Garage, nur für einen kurzen Augenblick, sodass ein Streifen der Dunkelheit im Inneren sichtbar wurde, doch sofort wurde sie wieder ins Schloss geknallt. Fast gleichzeitig nahmen die Kämpfer eine Bewegung wahr und schwenkten ihre Waffen in die entsprechende Richtung. In diesem Moment verschwendete keiner mehr einen Gedanken an die Osprey.

Etwas Kleines hüpfte rasch über den Plattenweg, der sich durch den Garten von Amadayos Villa schlängelte. Es war nicht größer als eine umgekippte Bierdose und kam direkt auf die bewaffneten Männer zu. Dabei zog es einen Schwanz aus Plastikbändern und grünen, faustgroßen Kugeln hinter sich her. Das Glasauge in der Mitte des kleinen Apparats erfasste einen Kerl mit Gewehr und schwarzem Kapuzenpulli und kam dann in voller Fahrt auf ihn zu.

Als ihm klar wurde, was er da vor sich hatte, schrie er erschrocken auf, riss die Kalaschnikow nach oben und eröffnete das Feuer, wollte die Drohne abschießen, bevor sie ihnen zu nahe kam, aber es war bereits zu spät. Der Throwbot rollte mit einem Bündel Splittergranaten vom Typ M-67 im Gepäck mitten in die Gruppe der Kämpfer und zerstörte sich dann selbst. Im Verlauf der dadurch ausgelösten Kettenreaktion detonierten die Sprenggranaten, und noch während das ohrenbetäubende Dröhnen langsam ausklang, brachen fünf Gestalten aus der Garage ins Freie. Sie warfen mit Nebelkerzen um sich und stürmten mitten durch das Chaos auf die Osprey zu.

Der Wind, der Marc auf dem Weg zu dem Senkrechtstarter entgegenschlug, fühlte sich an wie eine Wand, und der Motorenlärm verschluckte alle anderen Geräusche. Er warf einen Blick über die Schulter und sah, dass Lucy dicht hinter ihm war und dabei aus der Hüfte um sich schoss.

In dem Raum zwischen Haupthaus und Nebengebäuden versuchte irgendjemand, den Toyota-Kampfwagen in Bewegung zu setzen, um sie mit dem schweren Maschinengewehr unter Beschuss nehmen zu können. Beim nächsten Hinsehen jagte ein flackernder Feuerstoß aus der Mündung des großen Maschinengewehrs hervor. Die Einschläge der Leuchtspurmunition hinterließen deutlich sichtbare Rückstände auf dem Rasen und kamen näher und näher.

Er folgte Lucy und dem Mann namens Saito zum Heck der Osprey, duckte sich unter dem H-förmigen Heckruder hindurch und kletterte über die Frachtrampe an Bord. Saito flitzte noch einmal nach draußen, um einen Toten ins Flugzeug zu ziehen, dann stiegen auch die beiden anderen Söldner ein, während Lucy ihnen Feuerschutz gab.

Im Inneren der Osprey war das Dröhnen der Propellermotoren allgegenwärtig. Außerdem wirkte es genauso nackt und kahl wie der Innenraum der Hercules, die sie vom Oman hierhergebracht hatte. Jede verfügbare Oberfläche war mit Röhren und Kabelschächten zugepflastert. Ohne zu zögern, steuerte Marc das Cockpit an. Die Einschläge der Fünfzig-Millimeter-Projektile, die auf den Aluminiumrumpf einprasselten, hörte er kaum. Dafür waren sie umso deutlicher zu spüren.

Im Cockpit erwartete ihn der reinste Horror. Auf der Instrumentenkonsole lag ein Mann aus Saitos Team – der Pilot, dem das Gesicht durch ein Hochgeschwindigkeitsgeschoss einfach weggerissen worden war. Überall klebten

Blut, Gehirnmasse und Knochenstückchen. Er unterdrückte den instinktiven Würgereiz, zog den Toten von den Instrumenten weg und ließ ihn zu Boden sinken.

Anschließend setzte er sich auf den Pilotensessel und überließ sich ganz seiner Erfahrung und seinem motorischen Gedächtnis. Automatisch schnallte er sich an, stellte die Füße auf die Pedale und legte die Hände um den Steuerknüppel und den Gashebel. Sein Blick wanderte zu den digitalen Anzeigen auf dem Armaturenbrett, und er wischte ohne nachzudenken Blutspritzer von einem der Monitore.

»Los, bring uns in die Luft!« Unvermittelt stand Lucy hinter ihm und brüllte ihm ins Ohr. »Du bist doch Pilot, oder? Dann mach endlich!«

Vermutlich war jetzt nicht der geeignete Zeitpunkt, um ihr zu sagen, dass er mit diesem Typ genau *null* Stunden Erfahrung hatte. Sicher, dank seiner Ausbildung bei den Seestreitkräften und seiner Tätigkeit in diversen OpTeams des SIS hatte er ein halbes Dutzend verschiedener Helikopter geflogen, und er besaß auch genügend Starrflüglererfahrung, um die meisten Kisten einigermaßen unversehrt starten und landen zu können. Die Osprey war halb Hubschrauber, halb Flugzeug, also *wie schwierig konnte das schon sein?*

Allerdings hatte er mit einem Cockpit gerechnet, das zumindest ungefähr dem entsprach, was er von anderen Hubschraubern her kannte, und nicht mit dieser merkwürdigen Mischung, die er jetzt vor sich hatte. Marc packte den Steuerknüppel und spürte die Vibrationen der Rotoren in den Fingern. Sein Magen zog sich zusammen. Die Zeit verging langsamer. Jetzt lag es nur an ihm. Zehn Sekunden noch, dann würden die al-Shabaab-Krieger über sie herfallen.

Er schüttelte die plötzlich aufflackernde Panik wieder ab. Die Triebwerksgondeln der Osprey waren in die Senkrechte geklappt, und das bedeutete, dass sie sich im Moment wie ein Hubschrauber verhielt. *Einen Hubschrauber kann ich fliegen.*

»Festhalten.« Marc schob den Gashebel nach vorn. Die Rotoren drehten sich schneller, und die Osprey hob sehr viel zügiger ab, als er erwartet hatte. Marc korrigierte sofort, allerdings viel zu stark, sodass das Heck herumschwang und einen kleinen Akazienhain verwüstete. Der Senkrechtstarter drohte instabil zu werden und abzustürzen.

Marc hielt den Blick starr auf die Instrumente gerichtet. Trotzdem nahm er, während die Osprey sich über den Kämpfern drehte, aus dem Augenwinkel zahlreiche Mündungsfeuer wahr. Er suchte und fand mit dem Daumen den Kippschalter, mit dem die Rotoren gedreht werden konnten, und drückte ihn nach vorn. Sobald die Triebwerksgondeln die Sechzig-Grad-Marke überschritten hatten, benahm sich die Osprey wie ein Starrflügler. Es war ein echter Schock! Die Beschleunigung drückte Marc in seinen Sitz, und das Flugzeug donnerte über die Köpfe der Dschihadisten, über das Dach der Villa hinweg genau auf die hohe Grundstücksmauer zu.

Auf der Unterlippe kauend versuchte Marc hektisch, die Flugbahn des Senkrechtstarters zu korrigieren, und griff dabei wieder zu heftig ein, sodass die Osprey erneut zu schaukeln anfing. Er versuchte, die Maschine weg von dem dicht mit zweigeschossigen Häusern bebauten Wohnviertel und zur Straße hin zu lenken. Sein erster Impuls war, die elektronische Steuerung manuell zu überlisten, aber er gab diesem Bedürfnis nicht nach, sondern ließ zu, dass das Flugzeug sich selbst stabilisierte. *Wenn ich ein Gefühl für den Vogel kriege, kann ich es schaffen …*

Aber sie standen jetzt unter schwerem Beschuss, und es war keineswegs sicher, dass sie sich überhaupt aus der Gefahrenzone würden retten können. Als leuchtend orangefarbene Leuchtspurmunition vor seinem Cockpit entlangzischte, zuckte Marc zusammen und warf einen Blick aus der Pilotenkanzel auf die staubige Straße unter ihm. Drei Kampfwagen – vermutlich Verstärkung, die die Extremisten angefordert hatten – jagten hinter ihnen her. Alle drei hatten ein schweres Maschinengewehr auf der Ladefläche montiert und deckten die Osprey mit reichlich Feuer ein.

Erneut spürte Marc die Einschläge der Kugeln in den Flugzeugrumpf. Rote Warnleuchten flammten auf seiner Instrumentenkonsole auf und signalisierten einen Schaden am Hydrauliksystem. Er versuchte noch einmal, die Triebwerksgondeln zu bewegen, um die Propeller ganz auf Horizontalflug zu stellen, aber die Osprey weigerte sich. Dann versuchte er sein Glück mit den Landeklappen und wurde ebenfalls enttäuscht. Der Senkrechtstarter flog unbeirrt weiter, ohne auf seine Kommandos zu reagieren. »Wir haben ein Problem!«, rief er nach hinten. »Ich kriege das Ding nicht zum Steigen!«

Lucy hielt sich gut fest und taumelte nach hinten in den Frachtraum der Osprey.

Saitos verletzter Mann lag bereits auf dem Boden, den Kopf an die Rumpfwand gelehnt. Er war blass, voller Schweißperlen und schien kurz davor, das Bewusstsein zu verlieren. Sie beachtete ihn nicht weiter und trat über den toten Söldner hinweg, den Saito kurz vor dem Abheben noch hereingezogen hatte. Die beiden überlebenden, noch kampffähigen Männer kauerten neben der offenen Frachtluke und versuchten mit ihren Sturmgewehren, die

Fahrer der Pick-ups zu treffen. Aber sie hatten kein Glück. Lucy war eine außergewöhnlich gute Schützin, doch selbst für sie wäre so etwas – aus einem fliegenden Luftfahrzeug bei dieser Geschwindigkeit auf ein bewegliches Ziel am Boden zu schießen – nichts als Munitionsverschwendung gewesen. Für einen kurzen Moment sehnte sie sich nach ihrem Präzisionsgewehr.

»Was macht der denn da?« Saitos Kamerad war Spanier, aber das war auch schon alles, was sie von ihm wusste. Bis auf die Tatsache, dass er stinkwütend war. »Er hat doch behauptet, dass er das Ding fliegen kann!«

»Defekt!«, brüllte sie zurück und duckte sich, als eine Kugel gegen die abgesenkte Laderampe krachte. »Was habt ihr sonst noch alles mitgebracht?«

Saito warf einen Blick zu den Packsäcken, die an den Wänden festgeschnallt waren. »Ich glaube kaum, dass …«

Lucy wartete nicht, bis er ausgeredet hatte. Sie ging zum ersten Sack, riss ihn auf und sah, dass er eine Notfallausrüstung für Landungen im Wasser oder in der Wüste enthielt. Sie versetzte dem Sack einen Tritt und ging zum nächsten. Der Reißverschluss war mit einem Vorhängeschloss gesichert, darum schnitt sie das dichte Netzgewebe einfach mit ihrem Kampfmesser auf. Saito wollte sie aufhalten, doch da war es schon zu spät.

Das Messer fuhr durch Stoff und Plastik und auch durch gebündeltes Papier. Die Tasche war randvoll mit US-amerikanischem Geld – lauter Hundertdollarscheine in dicken Bündeln. »Hallo, Benjamin«, sagte sie zu Präsident Franklin, der ihr von jedem Schein aus entgegenblickte. Lucy drehte sich zu Saito um. »Bestechungsgeld?«

»Für den Notfall«, rief er zurück.

Lucy nickte. »Ich würde sagen, das hier ist ein Notfall.« Sie löste die Geldtasche mit einem Ruck von der Wand, schleifte sie zur Frachtluke, und bevor Saito oder der andere Söldner sie daran hintern konnten, hatte sie den Boden der Tasche aufgeschlitzt und den Inhalt in den Luftstrom der Propeller geworfen.

Tausende Geldscheine schwebten durch die Luft und flatterten gemächlich vor den Kampfwagen zu Boden. Hunderttausende US-Dollar regneten vom Himmel. Und tatsächlich verstummten die Schüsse zunächst einmal. Trotzdem war Lucy sich nicht sicher, ob der Plan aufgehen würde. Die Kämpfer waren Opportunisten, keine Frage, aber waren sie womöglich doch fromm genug, um ihren heiligen Zorn wichtiger zu nehmen als einen schnöden Geldregen?

Wohl nicht, dachte sie, als die drei Pick-ups ruckartig anhielten und die Männer auf die Straße stürmten. Die Osprey, die bereits eine deutlich sichtbare Rauchwolke hinter sich herzog, baute ihren Vorsprung aus und begann, am nördlichen Stadtrand von Mogadischu entlang eine Kurve zu beschreiben.

Saito stieß ein freudloses Lachen aus und trat einen einzelnen Hunderter hinaus in den Wind. »Das war eine sehr kostspielige Flucht. In mehrfacher Hinsicht.« Er ließ den Blick über den Verwundeten und die beiden Toten schweifen. »Ruiz, sichern.« Der andere Söldner nahm den Befehl mit einem Kopfnicken entgegen und gehorchte sofort.

Jetzt, wo sie wieder ein wenig zu Atem gekommen war, musterte Lucy Saito aufmerksam. Sie wollte zu gern wissen, wer er war und wer ihn nach Somalia geschickt hatte. »Ich schätze mal, du arbeitest für jemanden, der keine großen Geldsorgen hat.« Sie wies mit einer Geste auf den Frachtraum. »So was ist ja nicht gerade billig.«

»Eine Amerikanerin, ein Engländer«, erwiderte Saito

mit lauter Stimme, um gegen den Motorenlärm anzukommen. »Aber keine Militärs … zumindest in letzter Zeit nicht.«

»Gleich und gleich gesellt sich gern, stimmt's? Dann sind wir ja so was wie Cousin und Cousine.«

Saito lächelte schmallippig. »Ich werde nicht dafür bezahlt, auf dich zu schießen.«

»Noch nicht«, erwiderte Lucy, bevor die Osprey sich alarmierend zur Seite neigte.

Sie hielten sich an den Griffen an der Kabinenwand fest, und Lucy schnellte zu einem Fenster, weil sie befürchtete, dass sie bald noch mehr unter Beschuss geraten würden. Das Flugzeug kreiste jetzt über einem zerfallenen Gebäudekomplex, der aussah wie eine Schule oder ein Krankenhaus.

»Wir sinken«, stieß Saito hervor. »Was hat er denn vor?«

Lucy sah, wie die Triebwerksgondeln an den beiden Tragflächen sich wieder in die Senkrechte drehten. »Landen.« Die Osprey hüpfte über einen Zaun und eine halb verfallene Zuschauertribüne und wirbelte dabei jede Menge gelben Sand auf. Dane wollte sie, so wie es aussah, auf einem ausgedienten Fußballplatz absetzen. Der Aufprall war so heftig, dass der ganze Rumpf zitterte und bebte.

Während die Rotoren langsam austrudelten, arbeitete Lucy sich nach vorn. Dabei hatte sie den durchdringenden Gestank nach verbranntem Isolationsmaterial und heißem Maschinenöl in der Nase.

Als sie im Cockpit angelangt war, nahm Marc gerade die Hände von der Steuerung. Er atmete schwer. »Ich hatte keine andere Wahl«, keuchte er und kam damit ihrer Frage zuvor. »Wir haben ein Leck in der Hydraulik, irgendwo da hinten. Ich konnte überhaupt keine Höhe gewinnen, und wenn wir länger oben geblieben wären, hätte früher oder später was geklemmt. Und dann wären wir völlig unkontrolliert irgendwo runtergekommen …«

Saito stand hinter ihr. »Wir sind immer noch im Stadtgebiet. Hier können wir nicht bleiben.«

Lucy warf einen Blick nach draußen, zog den Leuchtschutz von ihrer MTM-Armbanduhr und sah nach. »Uns bleiben noch fünf Stunden bis Sonnenaufgang. Spätestens dann weiß jeder, wo wir sind. Die Leute, die in der Nähe wohnen, haben natürlich auch die Motoren gehört, aber hier sind wir zumindest einigermaßen geschützt …« Sie überlegte. »Welche Möglichkeiten haben wir?«

»Wenn wir die Osprey nicht reparieren können, müssen wir eben zu Fuß gehen«, erwiderte Marc unmissverständlich. »Aber vielleicht lässt sich der Schaden ja beheben …«

»Ruiz hat Erfahrung mit mechanischen Systemen«, sagte Saito und winkte den anderen zu sich. »Wie lange wird das dauern?«

Marc kletterte aus dem Pilotensitz. »Ich hab keine Ahnung.« Er stieß scharf den Atem aus. »Wir sollten uns wahrscheinlich eine Alternative überlegen, nur für den Fall.«

Er warf Lucy einen vielsagenden Blick zu und rieb sich das Ohrläppchen. Sie wusste, was damit gemeint war. Die Operation in Somalia hatte eigentlich so unauffällig wie irgend möglich ablaufen sollen, da die Geheimdienste aller Weltmächte das Land zurzeit mit Argusaugen überwachten. Die Kommunikation mit Rubicon war auf den äußersten Notfall beschränkt, daher waren Marc und Lucy nach ihrem Absprung aus der C-130 im Prinzip auf sich allein gestellt gewesen.

Doch mit der Schießerei in Amadayos Villa und ihrer

anschließenden chaotischen Flucht hatten sich sämtliche Geheimhaltungspläne in Luft aufgelöst. *Dann improvisieren wir eben,* dachte Lucy missmutig. *Wieder mal.*

Sie wusste, dass Rubicon zuhörte. Sie hätte nichts weiter tun müssen, als eine bestimmte Folge genau festgelegter Codewörter in irgendein Handy im Großraum von Mogadischu zu sprechen. Das Signalanalyseprogramm, das Kara Wei ins regionale Handynetzwerk eingespeist hatte, würde die Worte sofort erkennen, auch wenn sie nicht mehr waren als ein Flüstern in einer riesigen Menschenmenge. Aber das wäre gleichbedeutend mit Aufgabe gewesen. Ramaas wäre immer noch auf freiem Fuß, und sie wären weder ihm noch der Exile-Bombe auch nur einen Schritt näher gekommen. Es war einfach unerträglich, dass sie, was die Pläne des Piraten und Kriegsfürsten anging, immer noch völlig im Dunkeln tappten.

»Also gut.« Sie verschränkte die Arme vor der Brust und schob dieses Problem zunächst einmal beiseite. Eine unangenehme Erkenntnis drang immer mehr in ihr Bewusstsein, während sie ihre Augen wieder auf Saito und Ruiz richtete. »Wenn wir schon zusammenarbeiten, dann sollten wir auch alle Karten auf den Tisch legen. Einverstanden?«

Saito nickte missmutig. »Einverstanden.«

Diese Typen gehörten ganz eindeutig zu einer Söldneragentur, da hatte Marc vollkommen recht gehabt. Aber wer mochten ihre Auftraggeber sein? Lucy hatte ein ziemlich ungutes Gefühl, das auf eine sehr unerfreuliche Schlussfolgerung hinauslief. Sie beschloss, es zu riskieren. »Warum fangt ihr nicht an und erzählt uns, wieso das Kombinat euch hier runtergeschickt hat?«

Saitos Pokermiene war fast gut genug, um seine Verblüffung zu verbergen. Aber nur fast. »Du hast eine sehr gute Beobachtungsgabe«, entgegnete er nach langem Schweigen.

Marcs Reaktion fiel genauso aus, wie sie es erwartet hatte. »Moment mal, *Moment*!« Er legte die Hand an die Glock in seinem Oberschenkelhalfter. »Das gottverdammte Kombinat? Lucy, seit wann ist dir das klar?«

»Seit ungefähr einer Sekunde«, erwiderte sie. »Das ist die einzig vernünftige Erklärung.«

»Das klingt ja fast so, als gäbe es da gewisse Differenzen zwischen euch und meinen Auftraggebern«, sagte Saito ungerührt. »Ich bin schockiert.«

Ruiz schnaubte. »Hast du das immer noch nicht kapiert, Mann? Die beiden? Die arbeiten für den Afrikaner. Ekko Solomon.«

»Ach so.« Saito nickte weise. »Natürlich. Jetzt dämmert es mir. Ja, das erklärt so einiges.« Er knurrte belustigt. »Das Schicksal scheint jedenfalls einen Sinn für Ironie zu haben.«

Marc trat mit vorgehaltener Pistole in der Hand auf ihn zu, doch Lucy legte ihm die Hand auf den Arm. »Immer mit der Ruhe, Cowboy. Wir sollten nichts tun, was wir hinterher vielleicht bereuen.«

»Wie zum Beispiel uns mit diesen Arschlöchern zusammenzutun?« Marc schäumte vor Wut. »Meine Freunde sind tot, nur wegen diesen Typen und ihren widerlichen Machtspielchen!«

Saito blieb vollkommen ungerührt. »Davon weiß ich nichts. Du und ich, wir sind uns noch nie begegnet …« Er ließ den Satz in der Luft hängen und sah den Engländer an, als wäre es das erste Mal. »Aber du kommst mir trotzdem irgendwie bekannt vor. Ja. Ich hab dich schon mal irgendwo gesehen.« Er lehnte sich zurück und nickte versonnen. »Du warst in Split. Im Queen's High Casino. Du wolltest verhindern, dass Ramaas mit der Bombe entkommt, aber du hast versagt …«

»Woher weißt du das?«, wollte Marc wissen.

»Ich habe die Aufnahmen aus den Überwachungskameras gesehen.«

»Aber die Festplatten mit den Videos sind doch gestohlen worden«, erwiderte Marc. »Und zwar von Franko Horvat.« Er hielt inne, als müsste er die letzten Steinchen des Mosaiks erst noch zusammensetzen. »Du warst dort. In der Bank. Ich wette, dass du hinter Horvats Tod steckst.«

Saito neigte den Kopf zur Seite. »Und jetzt bin ich hier.«

Marc sah Lucy an. »So ist das Kombinat der Bombe auf die Spur gekommen. Von den Kurjaks zu Horvat, von Horvat zu Ramaas, von Ramaas zu Amadayo.«

»Bloß dass das eine Falle war, stimmt's?«, schaltete Ruiz sich ein. »Wenn ihr also wieder eine Schießerei anfangen wollt, bitte sehr. Das ist eure Entscheidung. Ich habe eine ungefähre Ahnung, wie man dieses Flugzeug steuert, aber es wäre mir lieber, wenn du es fliegen würdest. Also zwing mich nicht, dich zu töten.«

Jetzt legte auch Lucy die Hand an ihre Waffe, und sie sah, dass Ruiz es ihr gleichtat.

»Wollt ihr etwa Ramaas die Arbeit abnehmen?«, fragte Ruiz ohne jede Spur von Anspannung in der Stimme. »Es fällt euch vielleicht schwer, das zu glauben, aber das Kombinat will genau dasselbe wie ihr. Wir sind hierhergekommen, um Abur Ramaas und die Exile-Bombe, die er in seinen Besitz gebracht hat, zu neutralisieren.«

»Wozu? Damit ihr sie euren Bossen übergeben könnt?« Lucy funkelte ihn wütend an.

»Du kannst denken, was du willst«, antwortete Saito. »Aber es ist und bleibt eine Tatsache, dass das Kombinat am Erhalt der globalen Stabilität interessiert ist. Und ein

Pirat und Kriegsfürst, der im Besitz einer Massenvernichtungswaffe ist, würde diese Stabilität massiv gefährden. Das dürfen wir auf keinen Fall zulassen.«

»Ich habe schon einmal Menschen gekannt, die eine Gefahr für die *Stabilität* des Kombinats waren«, begann Marc mit leiser, kalter Stimme. »Und dann musste ich mit ansehen, wie sie in einem Feuersturm ums Leben gekommen sind. Ich glaube, ich gehe lieber das Risiko ein und jage euch eine Kugel in den Kopf.«

Saito ließ sich durch diese Drohung nicht einschüchtern, sondern wandte sich an Lucy. »Siehst du das genauso? Ich glaube, eher nicht. Du bist ein wenig pragmatischer veranlagt als dein englischer Freund. Du begreifst, dass es hier um eine taktische Entscheidung geht, nicht wahr?«

Ein klein wenig hasste sie sich für das Kopfnicken, mit dem sie seine Frage beantwortete. »Der Feind meiner Feinde und dieser ganze Scheiß, ja, ja, hab ich alles schon mal gehört. Aber dass wir im selben Schützengraben liegen, macht uns noch lange nicht zu Verbündeten.«

Saito warf Ruiz einen Blick zu und bedeutete ihm, seine Waffe wegzustecken. »Vielleicht hilft es ja, wenn wir unseren guten Willen unter Beweis stellen.« Er erläuterte, dass Amadayo zwar der wichtigste Mitarbeiter des Kombinats in Somalia gewesen war, aber nicht der einzige. Ein Regierungsbeamter namens Kaahi, der für den staatlichen Fernsehsender zuständig war, stand ebenfalls auf ihrer Gehaltsliste. »Und von Kaahi stammen die Informationen, die uns zu der Villa geführt haben. Er hat uns direkt in einen Hinterhalt gelockt«, stellte Saito fest.

»Er arbeitet auch für Ramaas«, fuhr Ruiz fort. »Hat von beiden Seiten abkassiert. Und jetzt hat er offensichtlich beschlossen, dass es an der Zeit ist, die Verbindungen zum Kombinat zu kappen.«

»Dann weiß dieser Kaahi also wahrscheinlich, wo unsere Zielperson zu finden ist.« Zögerlich steckte Marc seine Pistole wieder ins Halfter. »Ramaas muss Verbindungen zur Regierung haben. Sonst hätten sie ihn doch sofort, nachdem er seine Bombendrohungen veröffentlicht hat, an die Vereinten Nationen ausgeliefert.«

»Wir suchen Kaahi und befragen ihn«, sagte Saito zu Lucy. Dann sah er Marc an. »Und in der Zwischenzeit hilfst du Ruiz, die Osprey wieder flott zu bekommen.«

»Und alles vor Sonnenaufgang?« Marc schnaubte.

»Ganz genau.« Saito ging auf die andere Seite des Frachtraums und nahm ein Stück der Wandverkleidung ab. Dahinter kam ein Stauraum zum Vorschein, der von zwei dicken Stollenreifen und einem Motorradrahmen mit Elektromotor ausgefüllt wurde. »Darum sollten wir keine kostbare Zeit mehr vergeuden, ja?«

Marc beugte sich dicht vor Lucys Ohr und sagte leise: »Wieso kooperieren wir jetzt eigentlich schon wieder mit unseren Feinden?«

»Schlechtes Karma?«, erwiderte sie und raffte ihre Sachen zusammen.

Solomon stand auf dem Balkon und ließ den Blick über die Lichter der Stadt schweifen. Unter ihm war die Nacht noch jung, und Monte Carlo brummte geschäftig. Die Klubs und Casinos waren voller Menschen auf der Suche nach einem Hauch von Eleganz und Abenteuer. Er runzelte die Stirn und spielte mit seiner schmalen Halskette. Die Menschen da unten schwebten über die Oberfläche der Welt und wurden durch ihr Geld, ihre Stellung oder einfach durch ihre Gleichgültigkeit von der harten Wirklichkeit isoliert. Vermutlich war den wenigsten klar, dass ihre Realität nur eine Version der Wirklichkeit war, die auf tausend anderen unangenehmeren und sehr viel unverdaulicheren Wahrheiten fußte.

Aber die härteste aller Wahrheiten war eine, die Ekko Solomon mit viel Blut bezahlt hatte. *Geheimnisse halten die Welt in Schwung, und für die meisten von uns ist es besser, wenn sie nichts davon wissen.*

Er strich mit dem Finger über den seltsam geformten metallenen Anhänger an seiner Kette. Die meisten sahen darin nichts weiter als eine abstrakte, farblose Stahlklaue. Nur die Soldaten erkannten, was es in Wirklichkeit war, nämlich der Abzug einer Kalaschnikow.

Die Waffe, von der er stammte, war schon längst zerstört, aber dieses eine Teil hatte Solomon aufbewahrt, als fortwährende Erinnerung daran, woher er kam und was er alles getan hatte, um sich davon zu lösen.

Da hörte er Henri Delancorts behutsame Schritte auf den Brettern des Balkons. »Henri«, sagte er, ohne sich umzudrehen. »Haben wir Kontakt?«

»Nein, Sir«, erwiderte der Frankokanadier. »Aber damit mussten wir rechnen. Unsere Leute in Mombasa melden, dass die C-130 planmäßig gelandet ist – ohne Lucy und den Engländer.«

»Sie halten nicht viel von Marc Danes Mitwirkung.« Es war keine Frage.

Delancort seufzte. »Ich gebe zu, dass er über nützliche Fähigkeiten verfügt und sich als erfinderischer Geist erwiesen hat … Aber ich habe immer noch Zweifel an der Verbindlichkeit seines Engagements.«

»Er ist gerade mit einem Fallschirm über einer der gesetzlosesten Gegenden von ganz Afrika abgesprungen«, entgegnete Solomon. »Um uns zu helfen. Ist das nicht verbindlich genug?«

»Bei allem gebotenen Respekt, aber ist es nicht vielmehr wieder so, dass Rubicon *ihm* hilft?« Delancort trat an den Rand des Balkons. »Er hat uns doch erst auf diese Situation aufmerksam gemacht. Wir hatten die Kurjaks und Abur Ramaas eher als Randfiguren auf dem Radar, aber diese Sache mit der Exile-Bombe…« Er hielt inne. »Dane ist doch nur zu uns gekommen, weil ihn bei Europol niemand ernst genommen hat.«

»Sie glauben, dass ich zu leichtgläubig bin?« Solomon verengte die Augen zu schmalen Schlitzen. »Sie haben die Drohbotschaften dieses Piraten doch gesehen, Henri. Dane jagt nicht irgendwelchen Hirngespinsten hinterher. Diese Drohung ist sehr glaubhaft.« Er nickte versonnen. »Und wenn wir etwas dagegen unternehmen können, dann werden wir es tun. Das ist das Fundament, auf dem Rubicon gegründet wurde.«

»Keine Nation, nur Gerechtigkeit«, übersetzte Delancort die lateinische Losung, die unter dem Rubicon-Wappen an der Wand des Büros zu lesen war. »Sie haben die Latte sehr hoch gelegt, Sir.«

Solomon nickte erneut und richtete den Blick für einen kurzen Moment auf das mondbeschienene Wasser der Bucht. »Es ist ein langer Weg bis zur Versöhnung.« Seine Finger schlossen sich fest um das Balkongeländer. »Ich wünschte, ich könnte noch mehr tun. Ich habe immer das Gefühl, als wäre es zu wenig.«

»Ramaas versucht, die drei größten Nationen der Erde zu erpressen. Aber damit wird er keinen Erfolg haben«, sagte Delancort und schniefte. »Und wenn er das glaubt, dann ist er nicht ganz bei Trost. Die einzige offene Frage lautet: Stirbt er bevor oder nachdem diese Bombe explodiert ist?«

Solomon sah ihn an. »Sie sollten ihn nicht unterschätzen. Dort, wo ich aufgewachsen bin, gab es etliche Männer wie Abur Ramaas. Er ist ein Schakal, und Schakale sind ebenso intelligent wie grausam.« Für einen Augenblick schweifte sein Blick in die Ferne, und er stellte sich diesen Kriegsfürsten als düsteres Spiegelbild seiner selbst vor. Dann schüttelte er sich, und das Bild war wieder verschwunden. »Das eine können Sie mir glauben: Wir haben immer noch kein vollständiges Bild von dem Spiel, das er spielt.«

Delancort lag eine Erwiderung bereits auf der Zunge, doch dann wurde die Balkontür aufgeschoben, und Kara Wei stand vor ihnen, kreidebleich und mit weit aufgerissenen Augen. »Da sind Sie ja! Das müssen Sie sich ansehen, Sir. Wir haben eine neue Nachricht von unserer Quelle in Peking erhalten.«

Solomon und Delancort wechselten einen Blick. Die Quelle, von der Kara gesprochen hatte, war eine Mitarbeiterin des chinesischen Sicherheitsapparates. Rubicon hatte sie schon vor einiger Zeit als Unterstützerin im Kampf gegen den Terror angeworben, und sie hatte sich mehrfach bewährt.

»Ramaas hat ein neues Video online gestellt«, erläuterte Kara. »Wenn das die Runde macht, drehen garantiert alle durch. Und ich meine wirklich *alle*!«

»Spricht er neue Drohungen aus?«, wollte Delancort wissen.

Sie schüttelte den Kopf. »Man könnte es eher als Einladung zu einer Party verstehen.«

Die Zero MMX besaß im Gegensatz zu normalen Geländemotorrädern keinen Verbrennungs-, sondern einen lautlosen Elektromotor. Fast geisterhaft jagten sie damit durch die Straßen von Mogadischu.

Lucy war nicht besonders angetan davon, dass sie nur

Saitos Sozia sein durfte, aber der japanische Söldner wusste, wo die Zielperson zu finden war. Nachdem sie sich durch zahlreiche dunkle Gässchen und spärlich beleuchtete Straßen geschlängelt hatten, landeten sie vor einem sechsstöckigen Gebäude im Viertel Warta Nabada. Saito versteckte das Motorrad auf der gegenüberliegenden Straßenseite zwischen einer niedrigen Mauer und einem parkenden Lieferwagen. Dann huschten sie geduckt in den Innenhof eines verwüsteten Wohnblocks, nichts als zwei dunkle Schatten, die Gesicht, Hals und Schultern unter einem dunklen Palästinensertuch versteckt hatten.

Lucy beobachtete das Gebäude mit einem Fernrohr. Über dem Eingang hing ein Schild in englischer und arabischer Schrift. Darauf stand, dass sich hier ein staatlicher Fernsehsender befand. Allerdings waren nirgendwo offizielle Vertreter des Staates zu sehen – keine Soldaten in somalischen Uniformen, keine Polizeibeamten, dafür aber eine Handvoll nervöser, hoch aufgeschossener junger Männer mit Gewehren, die sich um einen Möbellaster und einen verbeulten Geländewagen scharten. Gehetzt wirkende Zivilisten hasteten, immer zu zweit oder zu dritt, zwischen dem Gebäude und dem Lastwagen hin und her und luden Kisten oder Ausrüstungsgegenstände ein.

Sie schwenkte das Fernrohr ein Stückchen weiter und entdeckte auf dem Dach einen ganzen Wald aus Antennen und Satellitenschüsseln. In manchen Büros brannte Licht, sodass der gelbliche Schimmer durch die vergitterten Fenster bis auf die Straße fiel. Lucy drückte Saito das Fernrohr in die Hand, damit er sich selbst ein Bild machen konnte. »Sieht ganz so aus, als würden sie sich verkrümeln«, sagte sie. »Woher willst du wissen, ob dieser Kaahi überhaupt da drin ist?«

»Weil ich ihn gerade vor der Linse habe.« Er zeigte nach oben. »Zweiter Stock, zweites Fenster.«

Lucy sah einen dünnen Mann in weißem Hemd und roter Krawatte, der wild gestikulierend auf eine Frau im Hidschab einredete. Er verlangte offensichtlich etwas von ihr, wogegen sie sich jedoch sträubte. Schließlich wandte er sich ab und verschwand aus Lucys Blickfeld.

Saito gab ihr das Fernrohr zurück. »Er taucht unter und nimmt alles mit, was er gebrauchen kann«, sagte der Söldner. »Das leuchtet ein. Kaahi weiß genau, dass das Kombinat seinem Doppelspiel auf die Schliche kommen wird. Und wenn es so weit ist, will er garantiert schon über alle Berge sein.«

Sie wies mit dem Kinn auf die Männer am Eingang. »Die Typen da sehen aus wie Banditen, finde ich. Wahrscheinlich Ramaas' Leute.«

Er nickte. »Kaahi ist für Ramaas immer noch wichtig. Er ist schließlich Regierungsbeamter. Ramaas wird nicht wollen, dass ihm etwas zustößt.« Saito hielt kurz inne, warf einen prüfenden Blick auf seine Waffe und zog sein Tuch zurecht. »Da drüben gibt es einen Seiteneingang. Da gehen wir rein, möglichst unauffällig. Wir isolieren Kaahi und verhören ihn.« Er sah sie an. »Du wirst tun, was ich dir sage, ja?«

»Vorerst, ja«, gab sie zurück und entsicherte ihre Maschinenpistole. »Also los.«

Saito folgte dem Verlauf des Mäuerchens, schlich durch einen dunklen Fleck unter einer kaputten Straßenlaterne und überquerte die Straße, als die bewaffneten Kerle gerade irgendwo anders hinsahen. Lucy folgte dem Agenten des Kombinats wie ein Schatten und ließ ihn als Ersten das Gebäude betreten. Dabei hielt sie sich immer schussbereit. Falls Saito versuchen sollte, sie in einen Hinterhalt zu locken, würde sie ihm ein paar Kugeln aus ihrer MP-7 verpassen.

Sie stießen die Tür des Seiteneingangs auf und benutzten die Treppe. Saito war topfit, das war schon bei den ersten Stufen deutlich zu erkennen. Früher, als sie noch bei der Delta Force gewesen war, hatte Lucy an internationalen Übungen mit Mitgliedern der Tokushu Sakusen Gun teilgenommen, der Antiterroreinheit der japanischen Streitkräfte. Die Japaner hatten jedoch ständig Sturmhauben getragen und außerhalb der Übungen keinerlei Kontakt mit den US-Amerikanern gepflegt. Saito jedenfalls offenbarte dieselben hart erarbeiteten und sparsamen Bewegungsmuster wie diese TSG-Typen, und Lucy fragte sich unwillkürlich, über welche Umwege jemand wie er wohl zum Kombinat gekommen war.

Hatte er womöglich in einer ähnlichen Situation gesteckt wie sie? War es auch für ihn die letzte Chance gewesen, nachdem jede andere Perspektive sich zerschlagen hatte? Lucy jedenfalls war Ekko Solomon und der Rubicon Corporation zutiefst dankbar dafür, dass sie ihr das Leben gerettet hatten, nachdem ihre eigenen Kommandeure sie den Wölfen zum Fraß vorgeworfen hatten. Ob Saito einen vergleichbaren Weg eingeschlagen hatte? Hatte auch er jeden Kredit verspielt und war gezwungen gewesen, sich vom Dienst an seiner Nation zu verabschieden? Oder hatte er sich weniger aus prinzipiellen Erwägungen, sondern aus sehr viel banaleren Gründen dem Kombinat angeschlossen?

Marc hatte jedenfalls keineswegs übertrieben. Saitos Auftraggeber waren für die Ermordung seiner Freunde und Kollegen verantwortlich, und darüber hinaus hatten sie weder Kosten noch Mühen gescheut, um auch jedes andere Mitglied der Rubicon-Abteilung für Sonderaufgaben ins

Jenseits zu befördern, wenn auch zu unterschiedlichen Zeitpunkten. Es war gar nicht so leicht, das nicht persönlich zu nehmen.

Die Abteilung für Sonderaufgaben hatte mehr als nur einmal mit dieser düsteren Bande von Strippenziehern und Waffenhändlern die Klingen gekreuzt, und nie war es gut ausgegangen. Das Kombinat repräsentierte altes Geld, die Spitze einer reichen Elite, die ihren Status erhalten wollte, indem sie überall auf der Welt Kriege und terroristische Grausamkeiten unterstützte. Rubicon war das genaue Gegenteil davon, nämlich eine Macht, die für Gerechtigkeit eintrat, und das völlig ungebunden.

Beziehungsweise nur an Ekko Solomons Gewissen gebunden, verbesserte sie sich. Lucy versuchte, sich nicht allzu intensiv damit zu beschäftigen. Sie hatte sich geschworen, sich Solomons Kreuzzug so lange zu verschreiben, wie sie morgens noch in den Spiegel schauen konnte. *Wenn ich das irgendwann mal nicht mehr kann …* Sie schob den Gedanken beiseite.

Im zweiten Stock angekommen verharrte Saito und öffnete die Treppenhaustür einen Spalt breit. Auf dem Flur waren Stimmen zu hören – ein Mann und eine Frau, die sich in einem lokalen Dialekt stritten. »Das ist er«, flüsterte Saito Lucy zu.

»Aber wer sind diese Männer?« Kaum hatte Esme diese Frage gestellt, wurde Kaahi noch wütender. Was für eine Unverschämtheit! »Und wieso sind sie mitten in der Nacht hierhergekommen?«

»Das geht dich nichts an!«, fauchte er. Diese Frau war seine Sekretärin, aber sie redete mit ihm, als wäre sie seine Mutter! »Tu einfach, was ich dir sage!«

Esme verzog mürrisch das Gesicht. »Man wird ja wohl

noch fragen dürfen. Sie haben doch bestimmt auch die Berichte aus dem Ostteil der Stadt gehört – die Leute sagen, dass es eine Schießerei gegeben hat. Dass die al-Shabaab-Milizen, die dort ihr Lager aufgeschlagen haben, wieder vom amerikanischen Militär angegriffen worden sind und …«

»Halt's Maul!«, brüllte er sie an, und sie verstummte. »Du hast doch keine Ahnung!« Kaahi stieß sie beiseite und marschierte auf sein Büro zu. »Geh wieder an die Arbeit!« Nach dieser letzten Bemerkung über die Schulter hinweg riss er seine Tür auf.

Esme wusste gar nicht, wie recht sie hatte, aber das würde Kaahi ihr natürlich nicht auf die Nase binden. Er hatte vor, die Stadt und sein Land hinter sich zu lassen. In wenigen Stunden würde er das Geld, das Ramaas ihm versprochen hatte, in Händen halten, und dann würde er sich in den ersten Flieger nach Frankreich oder Spanien oder sonst wohin setzen.

Diese Überzeugung löste sich jedoch schlagartig in Luft auf, nachdem er sein Büro betreten und gesehen hatte, dass ein Mann und eine Frau in militärischer Kleidung bereits auf ihn warteten. Sie waren bis vor wenigen Augenblicken, bevor er das Zimmer verlassen hatte, um Esme zurechtzuweisen, noch nicht hier gewesen.

Er holte tief Luft und wollte um Hilfe rufen, aber dann zog der Mann sich das Tuch vom Gesicht. Kaahi fühlte sich mit einem Mal vollkommen kraftlos. Vor ihm stand der Japaner, den er heute im Lauf des Tages in einem Straßencafé kennengelernt hatte. Allerdings sah er jetzt nicht mehr aus wie irgendein dahergelaufener Tourist. Kaahi klappte den Mund auf und zu, ohne dass ein Laut nach draußen drang.

»Ich habe Sie für eine Dienstleistung bezahlt«, sagte

Saito mit gekränktem Tonfall. »Können Sie sich vorstellen, wie enttäuscht ich war, als mir klar wurde, dass Sie sich nicht an unsere Vereinbarung gehalten haben?«

Ein Dutzend verschiedener Möglichkeiten sausten Kaahi jetzt durch den Kopf. Sein Blick huschte durch das Zimmer, bis ihm klar wurde, dass die Tür der einzig mögliche Fluchtweg war. Er überlegte, mit welcher Lüge er die Schuld auf andere abwälzen konnte, ja, er dachte sogar kurz daran, sich mit Gewalt zu wehren, doch die Waffen, die Saito und seine Kumpanin dabeihatten, bereiteten all diesen Gedanken schon im Entstehungsstadium ein Ende.

Letztendlich beschloss er, auf Zeit zu spielen. »Ich … ich kann alles erklären«, begann er voller Hoffnung.

»Machen wir's kurz, du Schwachkopf«, zischte ihn die Frau mit einem harten amerikanischen Akzent an. »Wo ist Abur Ramaas?«

Saito warf ihr einen matten Blick zu und nickte. »In der Tat, das ist die dringlichste aller Fragen.«

Kaahi faltete krampfhaft die Hände und starrte auf die Wanduhr. *Wenn ich diese Fremdlinge nur eine Weile hinhalten kann …* Rettung war bereits unterwegs. Er brauchte nichts weiter zu tun, als dieses Gespräch möglichst in die Länge zu ziehen. »Sie können ihn unmöglich verfolgen. Nicht jetzt. Das Schicksal ist auf seiner Seite. Er hat alles verändert.«

»Das sehe ich anders«, sagte Saito und zog ein langes Messer, das aussah wie eine Nadel, aus einer senkrechten Scheide in seiner Kampfweste. »Sie zwingen mich dazu, Gewalt anzuwenden.« Der Japaner warf der Amerikanerin einen Blick zu, als wüsste er nicht genau, wie sie darauf reagieren würde. Sie zuckte jedoch nicht einmal mit der Wimper.

Da kam Kaahi ein Gedanke. »Sie haben es noch nicht gesehen, nicht wahr?«

»Was denn gesehen?«, wollte die Amerikanerin wissen.

Kaahi machte einen Schritt auf den DVD-Player zu, der auf seinem Schreibtisch stand. Sofort hob sie die Waffe, die über ihrer Schulter hing, und richtete sie auf seine Magengegend. Kaahi blieb stehen und hob die Hände. »Drücken Sie auf Play«, sagte er. »Ramaas hat eine neue Botschaft an Ihren Präsidenten und alle anderen geschickt. Schauen Sie es sich an, dann werden Sie verstehen.«

Lucy verzog das Gesicht, dann drückte sie die Starttaste. Die Scheibe im Inneren des kleinen Geräts fing an zu surren, der Bildschirm flackerte, und dann war ein Bild von Ramaas zu erkennen. Die Aufnahmen waren, genau wie die erste »Verlautbarung«, die sie an Bord der *Themis* gesehen hatten, mit einer Handkamera gemacht worden, allerdings vor einem anderen Hintergrund. Jetzt stand Ramaas vor einer Wand aus altem, farbig lackiertem Metall mit zahlreichen Rostflecken. Es sah irgendwie nach Industrieanlage aus, vielleicht eine Fabrik oder etwas Ähnliches.

»Ihr Mächtigen dieser Welt«, fing er an und fletschte die Zähne. *»Ihr hattet genügend Zeit, über die Lektion, die ich euch erteilt habe, nachzudenken.«* Dann beugte er sich nach vorne, bis sein Gesicht den Bildschirm komplett ausfüllte. »Und nun müsst ihr für eure Sünden an meinem Volk und meiner Nation bezahlen. Entweder mit Schätzen oder mit eurem Leben. Es ist eure Entscheidung.« Er kicherte und rieb sich die Wange unterhalb seines verletzten Auges.

Die Kamera folgte ihm zu einem Tisch, auf dem eine Seekarte ausgebreitet lag. Die somalische Küste war darauf deutlich zu erkennen. Auf der Karte lagen Fotos und Baupläne der Exile-Bombe. Der eigentliche Stahlkoffer jedoch war weit und breit nicht zu sehen.

»*Ihr werdet mir Hochachtung zollen*«, fuhr Ramaas fort, »*weil ich euch allen demonstrieren werde, dass ihr nicht besser seid als ich, ein Räuber.*« Er tätschelte einen Bombenbauplan. »*Wir veranstalten eine Auktion*«, fuhr er dann fort. »*In vierundzwanzig Stunden. Hier. Ihr werdet für das Recht bezahlen zu erfahren, wo die Bombe versteckt ist.*«

»Du dreckiges Arschgesicht«, stieß Lucy leise hervor. »Dann geht es ihm also doch bloß um Geld.«

Kaahi stieß ein nervöses Kichern aus. »Er hat Sie ausgetrickst!«

Ramaas redete immer noch. »*Wer mitbieten will, muss sich an einem Ort meiner Wahl einfinden. Nicht mehr als zwei Repräsentanten jedes Interessenten. Und eins könnt ihr mir glauben … Es wird* viele *Interessenten geben.*« Er streckte die Hand aus, nahm die Kamera selbst in die Hand und richtete sie auf die Seekarte. Das Bild wurde unscharf, während der Autofokus sich neu zentrierte, dann war die Karte klar und deutlich zu erkennen. Ein dicker Finger zeigte auf eine Stelle mitten im Meer, die mit einem roten Kreuz markiert war. »*Hier*«, dröhnte Ramaas. »*Und weder Kriegsschiffe noch Luftfahrzeuge in einem Umkreis von hundertfünfzig Kilometern.*« Der DVD-Player klickte, und der Film war zu Ende.

»Was ist denn da?«, wollte Lucy wissen.

»Eine Gasbohrinsel«, antwortete Saito und überlegte. »Verlassen und insofern ein Symbol für den Niedergang des ganzen Landes. Ein guter Ort für eine solche Zusammenkunft. Er hat das sehr sorgfältig geplant.«

Lucy kaute auf ihrer Unterlippe. »Was mir gar nicht passt, ist die Sache mit den *Interessenten.*« Sie warf Kaahi einen Blick zu. »Lass mich raten: Du bist dabei, weil er deine Beziehungen genutzt hat, um dieses Video hochzuladen, stimmt's?« Er nickte, und sie trat um den Schreibtisch herum, bis Kaahi sich genau zwischen ihr und Saito befand. »An wen hast du das geschickt? Washington, Peking, Moskau … an wen noch?«

Saito gab an seiner Stelle die Antwort. »An alle, die gerne eine Atombombe besitzen möchten. Ich könnte mir vorstellen, dass da eine ziemlich lange Liste zusammengekommen ist.«

Kaahi riss sich zusammen, so gut es ging, und brachte so etwas wie eine vor Angst bebende Trotzhaltung zustande. »Wie fühlt man sich, wenn man zur Abwechslung mal das Opfer ist?«

»Noch hat er nicht gewonnen.« Saitos Hand zuckte wie ein Schatten nach vorne. Die lange, schmale Klinge drang oberhalb des Schlüsselbeins in Kaahis Hals ein.

Lucy reagierte zwar sofort, aber da war es bereits zu spät. Saito hielt die Waffe fest, während Kaahi seinen letzten Atemzug tat. Dann zog er die Klinge unter leisem Sirren zurück, und der andere sackte leblos zu Boden. Dunkelrote Flüssigkeit quoll aus der Wunde hervor.

»Scheiße!« Lucy machte einen Schritt auf den Sterbenden zu. »Das wäre doch nicht …«

»Er hat mir alles gesagt, was ich wissen muss«, sagte Saito und setzte sich schon wieder in Bewegung.

Aus dem Augenwinkel sah sie ihn auf sich zukommen und drehte sich um, verfluchte innerlich ihre spontane Reaktion. Es geschah sehr schnell, noch während Lucy nach ihrer Pistole griff.

Ein brennender, kreischender Schmerz fuhr ihr durch Rücken und Bauch, als Saito die Klinge durch einen winzigen Schlitz zwischen den Kevlarplatten ihrer Schutzweste trieb. Sie schrie laut auf und versuchte sich abzuwenden, doch die Schmerzen waren absolut unbeschreiblich. Es war, als stünden sämtliche Nerven in Flammen.

Ihre Knie wurden butterweich, und sie fiel in sich zusammen, landete neben Kaahi auf dem Fußboden, als das letzte bisschen Leben bereits aus dessen Blick wich. Grauer Nebel schob sich von den Rändern her in ihr Blickfeld, und sie bekam nur undeutlich mit, wie Saito ihr die Pistole aus den gefühllosen Fingern wand.

»Du wirst nicht daran sterben.« Seine Stimme schien aus weiter Ferne zu kommen, hallte wider wie in einer Tunnelröhre. »Es sei denn, du ziehst die Klinge heraus. Dann verblutest du innerhalb einer Stunde.« Er zerrte an ihr herum und bemächtigte sich ihrer Ausrüstung. Sie schlug nach ihm, merkte auch, dass sie ihn getroffen hatte, aber das alles war bereits sehr, sehr weit weg.

Der Schmerz schwoll zu einer Flutwelle an, und dann hüllte die Schwärze sie ein.

20

Sie stanken beide nach Hydrauliköl, und das Ergebnis ihrer provisorischen Reparaturarbeiten am Rumpf der Osprey machte einen ausgesprochen unübersichtlichen Eindruck, aber irgendwann hatten Marc und Ruiz es schließlich geschafft, den Senkrechtstarter in einen zumindest halbwegs betriebsbereiten Zustand zu versetzen.

Marc betrat das Cockpit, ließ sich auf den rechten Pilotensitz fallen und drückte eine Taste auf der Tastatur neben einem Multifunktionsdisplay. Er blätterte sich durch diverse Untermenüs bis zu dem Diagnosebildschirm, den er gesucht hatte. Dort flackerten jetzt mehrere grüne Statusanzeigen auf, und er stieß vernehmlich den Atem aus. »Alles okay«, sagte er laut. »Glaube ich.«

Er spürte Ruiz hinter sich stehen und sah dessen Spiegelbild in den Cockpitfenstern. »Ein Klacks«, sagte der Söldner und wischte sich die ölverschmierten Hände ab. Doch sein Tonfall verriet, dass er das nicht einmal selbst glaubte. »Sorg einfach dafür, dass wir jederzeit abheben können. Sobald Saito wieder da ist, verschwinden wir.«

»Wir könnten in wenigen Stunden bei der kenianischen Grenze sein …«, fing Marc an, aber Ruiz fiel ihm ins Wort.

»Der Auftrag ist noch nicht erledigt«, sagte er. »Du bist jetzt erst mal einer von uns, ob es dir passt oder nicht.«

Während der Arbeiten an der beschädigten Osprey hatte Marc es geschafft, seinen Widerwillen gegen die Zusammenarbeit mit den Söldnern des Kombinats zumindest einigermaßen beiseitezuschieben, aber jetzt, wo der Druck ein bisschen nachgelassen hatte, kam der ganze Abscheu wieder in ihm hoch. »Das sehe ich nicht so.«

Ruiz ließ sich auf den Co-Pilotensitz fallen und starrte ihn wütend an. Er zeigte auf die beiden Leichensäcke im Frachtraum. »Byrd hat es in der Villa erwischt, und die beiden da haben wir während der Flucht aus der Villa verloren. Ganz hinten liegt Mayer, schwer verwundet …«

»Noch ein Grund mehr, die Biege zu machen«, unterbrach ihn Marc.

Aber Ruiz redete einfach weiter: »Und dieses Arschloch Ramaas lacht uns einfach aus. Diese Angelegenheit ist noch nicht zu Ende, hast du das kapiert?«

Marc überlegte kurz. »Du kannst mir doch nicht erzählen, dass du dich einfach nur an Ramaas rächen willst. Du willst ihn zur Strecke bringen, weil das Kombinat es will.«

Der Söldner schnaubte. »Ja, genau. Glaubst du vielleicht, dass irgendjemand sonst die Eier für so was hat?« Er warf Marc einen lauernden Blick zu. »Du und die Frau, habt ihr ernsthaft geglaubt, dass *ihr* diesen Typen aufhalten könnt? Dass ich nicht lache!« Ruiz schüttelte den Kopf. »Dieser Solomon, dieser reiche Sack, mit seinen Amateuren … ihr seid doch nichts anderes als Sonntagsfahrer, die einem ständig in die Quere kommen. Ihr solltet euch lieber zurückhalten, damit die, die wirklich was davon verstehen, erledigen können, was erledigt werden muss, kapiert?«

»Die, die wirklich was davon verstehen?« Marc spürte seinen Zorn immer größer werden. »Das Kombinat ist nichts als ein Haufen von Arschlöchern mit mehr Geld als Moral! Entweder bist du zu dämlich, um das zu kapieren, oder es ist dir einfach scheißegal!«

Ruiz verzog den Mund zu einem spöttischen Grinsen

und stand auf. »Na ja, wenn du unbedingt arm, aber rechtschaffen sterben willst, bitte sehr. Aber ich will Rache, und ich will dafür bezahlt werden, also scheiß auf alle anderen.« Er ging nach hinten und knurrte dabei etwas Unverständliches vor sich hin.

Marc wollte gerade etwas erwidern, als er draußen eine Bewegung wahrnahm. Ein schneller Schatten löste sich aus der Dunkelheit und hoppelte über das Fußballfeld. Instinktiv griff er nach der Pistole an seinem Oberschenkel. Die MP-7 hatte er während der Reparaturarbeiten in den Frachtraum gelegt, und dort lag sie immer noch. Mist.

Dann hörte er das leise Jaulen eines Elektromotors und wusste, dass es Saitos Motorrad war. Allerdings stimmte etwas nicht – auf der Sitzbank saß nur der Fahrer. Keine Sozia. Er kletterte aus der Schützenluke hinter dem Cockpit und lief zum Heck des Flugzeugs, wo Ruiz bereits auf Saito wartete.

Marc duckte sich unter eine Tragfläche der Osprey, während Saito vom Motorrad abstieg und ein paar leise Worte mit Ruiz wechselte. Der Gesichtsausdruck des spanischen Söldners wurde hart, und er drehte sich zu Marc um. Dann nahm er die Vector von seiner Schulter und richtete sie auf den Engländer.

Marc hatte seine Glock ebenfalls in der Hand und zielte damit auf Saito, ohne sich von der Maschinenpistole einschüchtern zu lassen. »Wo ist sie?«, stieß er hervor.

Saito machte keine Anstalten, nach seiner eigenen Waffe zu greifen. »Es haben sich ein paar Komplikationen ergeben.«

Das Blut in Marcs Adern gefror zu Eis. »Hast du sie umgebracht?«

»Nein. Als ich sie allein gelassen habe, war sie noch am Leben«, erwiderte Saito. »Deine Freundin ist stark. Sie ist verletzt, aber ich glaube, dass eine Frau mit ihrer Widerstandskraft absolut in der Lage ist, das zu überleben. Und wenn nicht …« Er hielt inne. »Tja, das wäre dann eben Pech.«

»Wenn sie tot ist, dann bist du der Nächste«, spie Marc hervor und meinte es ganz genau so.

Saito schüttelte den Kopf. »Was hätte ich davon, sie umzubringen? Lebendig ist sie doch viel mehr wert. Da dient sie als Ablenkung, weil Ramaas' Banditen sich mit ihr beschäftigen müssen. Und das gibt mir die Gelegenheit, die Situation für meine Zwecke zu nutzen.« Er warf einen Blick in den nächtlichen Himmel, als wollte er dort irgendetwas überprüfen, was für die anderen unsichtbar war. »Ich konnte sie in meiner Nähe nicht gebrauchen, das siehst du sicherlich ein. Sie war zu gefährlich. Unberechenbar. Aber bei dir ist das was anderes. Einen Piloten brauche ich auf jeden Fall.«

»*Du Arschloch!* Dir helfe ich ganz bestimmt nicht mehr.« Die unterschiedlichsten Gefühle wallten in Marc auf. Wenn Lucy irgendwo da draußen lag, verletzt und auf sich allein gestellt, dann musste er ihr helfen. Das war er ihr schuldig. »Wo ist sie? Sag es mir!«

»Die Einheimischen haben sie mittlerweile mit Sicherheit gefunden. Aber du solltest dir weniger über sie Gedanken machen als vielmehr über dein eigenes Schicksal.« Saito war mit ein paar Schritten vor das Motorrad getreten und kam jetzt auf Marc zu. »Und über die Exile-Bombe.«

Marc hielt die Glock immer noch genau auf Saitos Gesicht gerichtet. Wenn er jetzt abdrückte, dann war der Japaner auf der Stelle tot. Allerdings würde ihn einen Sekundenbruchteil später das gleiche Schicksal ereilen, weil Ruiz dann ebenfalls abdrücken würde. Einerseits gab es nichts, was er lieber getan hätte, ohne Rücksicht auf die Konsequenzen, aber andererseits ... Er musste sich richtiggehend zusammenreißen, um nicht den Finger zu krümmen.

»Ramaas hat eine zweite Forderung an die Welt gerichtet«, fuhr Saito fort. »Er hat eine Versammlung auf einer verlassenen Bohrinsel vor der Küste einberufen. Er will die Bombe an den Meistbietenden versteigern. Da muss ich dabei sein.«

Marcs Hand zitterte nicht, aber seine Gedanken rasten, während er versuchte, diese neue Information zu verarbeiten. Saito musste die Wahrheit sagen, zumindest in gewisser Hinsicht. Er brauchte Marc, um sie von hier wegzubringen, und Ruiz hatte ja unmissverständlich deutlich gemacht, dass die Mission des Kombinats noch lange nicht zu Ende war.

»Sind wir startklar?«, wandte Saito sich an Ruiz. Der nickte, und Saito blickte Marc an. »Dann gehen wir jetzt folgendermaßen vor. Du nimmst die Pistole weg und bringst uns zu der Bohrinsel. Dann hilfst du uns, die Exile-Bombe sicherzustellen. Sobald das erledigt ist, bist du ein freier Mann.«

»Oder aber ich lege dich hier auf der Stelle um, und wir nehmen einen Umweg«, ergänzte Ruiz. »Deine Entscheidung, *pendejo*«.

»Nennt mir einen Grund, wieso ich damit einverstanden sein sollte«, presste Marc mühsam hervor. »Glaubt ihr ernsthaft, dass ich euch traue?«

»Weil dir klar ist, dass du keine bessere Option hast.« Saito neigte den Kopf zur Seite. »Wir wissen, wo Ramaas ist. Und du hast denselben Auftrag wie wir. *Ramaas ausfindig zu machen.* Willst du das etwa aufgeben, nur wegen dieser Frau?« Er hielt erneut inne und schien kurz nachzudenken. »Wenn die Rollen vertauscht wären, würde sie dann dasselbe für dich tun? Was glaubst du? Du weißt doch genau, was wichtiger ist.«

Ein grässliches, eiskaltes Einverständnis schälte sich aus all den widerstreitenden Gedanken in Marcs Kopf heraus, die Erkenntnis, dass Saito tatsächlich recht hatte. Im Vergleich zu der Bedrohung, die Ramaas und seine gestohlene Bombe darstellten, war Lucy Keyes einfach nur ein Menschenleben. Aber wenn es ihnen nicht gelang, die finsteren Pläne des Kriegsfürsten zu durchkreuzen, dann würde eine ganze Stadt einen grässlichen Tod in einer atomaren Feuersbrunst sterben.

»Aber falls du dein Gewissen damit ein bisschen beruhigen kannst, dann gib einfach mir die Schuld«, fügte Saito hinzu. »Mach dir klar, dass ich dir keine andere Wahl gelassen habe.«

»Das ist genau eure Methode, stimmt's?« Marcs Erwiderung quoll über vor Bitterkeit und Feindseligkeit. »Das ist der Stil des Kombinats. Den wunden Punkt der Leute suchen und dann *voll drauf*.«

»Stimmt«, pflichtete der Söldner ihm bei. »Aber letzten Endes ist es ganz allein deine Entscheidung.«

»Du Arschloch«, sagte Marc noch einmal, während sich sein Zorn allmählich in Verzweiflung verwandelte. Seine Pistole fing an zu zittern, dann senkte er den Lauf.

Ruiz sah seine Chance gekommen, wirbelte seine Vector herum und rammte Marc den Schaft der Waffe gegen die Schläfe, sodass er in die Knie ging. Der Söldner wand ihm die Glock aus der Hand und zog anschließend auch das Satellitentelefon und das Kampfmesser aus Marcs Weste.

Benommen spuckte Marc Blut aus, das aus einer Wunde an der Innenseite seiner Wange stammte, und sprang auf. Die Erniedrigung entfachte ein loderndes Feuer in seinem Inneren. Er ballte die Fäuste und hatte keinen anderen Wunsch, als seiner Wut freien Lauf zu lassen.

Saito sah ihm das an, und ganz kurz huschte so etwas wie Besorgnis über das Gesicht des Söldners, doch schon im nächsten Augenblick war sie wieder verflogen. »Ich kann mir gut vorstellen, dass du dir gerade überlegst, etwas Drastisches und sehr Dummes zu tun. Ich würde ernsthaft davon abraten.«

Marc hätte nur zu gern eine Drohung ausgestoßen, etwas, das ihn glauben machte, dass er sich nicht kampflos in sein Schicksal ergeben würde … aber er sah weit und breit keine Möglichkeit. Saito hielt alle Trümpfe in der Hand, so schwer es ihm auch fiel, das zuzugeben.

Darüber hinaus war ihm klar, dass die Söldner des Kombinats ihn, sobald sie keinen Nutzen mehr in ihm sahen, mit derselben Kaltblütigkeit beseitigen würden, wie sie es mit Lucy getan hatten. Aber solange er noch am Leben war, hatte er wenigstens eine Chance, etwas zu unternehmen. *Auch, wenn ich keinen blassen Schimmer habe, was das sein könnte.*

Schließlich holte er einmal tief Luft. »Also dann, brechen wir auf. Je schneller wir fertig sind, desto schneller bin ich euch ein für alle Mal los.« Marc machte einen Schritt auf die Osprey zu, dann hielt er inne, weil ihm etwas eingefallen war. »Du hast gesagt, dass sie noch lebt.«

»Das stimmt«, erwiderte Saito.

Marc lächelte kalt, weil er in diesem Augenblick zumindest ein winzig kleines Triumphgefühl verspürte. »Eins kannst du mir glauben, Kumpel … Das wirst du noch bereuen.«

Mit quietschenden Reifen kam der Pick-up vor dem Fernsehsender zum Stehen. Guhaad sprang von der Ladefläche und stieß den jungen Kerl mit der Kalaschnikow, der ihm im Weg stand, rüde zur Seite. Das Bürschchen war kaum ein Teenager und blinzelte den großen Mann verwirrt an, während er ununterbrochen auf der Khat-Kugel in seinem Mund herumkaute.

»Wo ist Kaahi?«, herrschte Guhaad ihn an. »Er geht nicht ans Telefon. Und ich hasse es, wenn man mich warten lässt!«

Das Bürschchen mit der Maschinenpistole blinzelte noch einmal, dann zeigte es durch die Tür des Senders auf eine verärgert dreinblickende Frau, die von einigen seiner Kameraden umlagert wurde.

Guhaad marschierte ins Innere des Gebäudes, gefolgt von seinen Männern. Sie spürten seinen Zorn und spiegelten ihn unbewusst auch in ihren Bewegungen. Die Jugendlichen, die die Frau belästigten, sahen ihn kommen und stellten ihre Spielchen sofort ein. Sie alle wussten, wer er war und welchen Rang er in Ramaas' Organisation einnahm.

Seit seiner Rückkehr nach Mogadischu war seine Stimmung mehr als gereizt. Er war immer noch außer sich vor Wut darüber, dass er im Verlauf der rasanten Verfolgungsjagd – nachdem sie die Villa des Bombenbauers verlassen hatten – so ausgebremst worden war. Der Kriegsfürst hatte zwar bei ihrer gemeinsamen Flucht aus Dubai kein Wort darüber verloren, aber Guhaad war trotzdem fest davon überzeugt, dass die anderen ihm Unvermögen unterstellten.

Und die Tatsache, dass Ramaas ihn mit keinem Wort kritisiert hatte, machte alles nur noch schlimmer. Guhaad wusste, dass Zayd von seiner Mission in Europa noch nicht zurückgekehrt war. Er wusste, dass der Kriegsfürst ihn mit einer neuen und noch wichtigeren Aufgabe betraut hatte. Die Eifersucht nagte an ihm. Ramaas führte etwas Großes im Schilde, etwas sehr Gefährliches. Trotzdem blockte er jede von Guhaads Fragen ab. Er wollte ihm nicht erklären, was mit der russischen Bombe geschehen sollte. Guhaad konnte daraus nur einen einzigen Schluss ziehen, nämlich dass Ramaas ihm nicht vertraute.

Er schäumte. Wann würde Ramaas endlich begreifen, dass er ebenso fähig war wie der Scharfschütze mit den eiskalten Augen? Es war, als hätte das Schicksal sich gegen ihn verschworen. Der Groll brodelte in ihm, und die Wut suchte sich, wie das Wasser, den Weg des geringsten Widerstandes. Guhaad baute sich vor der Frau auf. »Wer bist du?«

»Mein Name ist Esme …« Sie blickte zu Boden, während ihre Finger nervös mit dem Saum ihres Hidschab spielten. »Ich arbeite hier …«

»Wo ist Kaahi?«

»In seinem Büro.« Sie zeigte nach oben. »Das ist im zweiten Stock, aber diese Leute wollen mich nicht hinaufgehen lassen.«

»Geh mir aus dem Weg.« Guhaad schubste sie beiseite, hin zu den Jugendlichen, und hatte sie augenblicklich vergessen. Er hastete die Treppe hinauf in den zweiten Stock. Überall herrschten Chaos und Durcheinander, aber er kümmerte sich nicht darum. Ramaas hatte ihm den Auftrag gegeben, sich um Kaahi zu kümmern, und alles andere interessierte ihn nicht.

Erneut flammte die Wut in ihm auf. Das hier ist eine Aufgabe für jemanden, der viel unbedeutender ist als ich, sagte er sich. Ramaas wollte ihn mit diesem lächerlichen Auftrag verhöhnen.

»Boss?« Einer seiner Männer stand mit verblüffter Miene in einer geöffneten Tür. »Ich habe ihn gefunden …«

Guhaad musste den Raum nicht erst betreten, um zu wissen, dass Kaahi tot war. Er konnte das frische Blut in dem kleinen, schlecht gelüfteten Büro riechen. Er konnte die dunkelrote Pfütze sehen, die den fadenscheinigen Teppich rund um den zu Boden gestürzten Mann durchtränkte.

»Sie haben ihn erstochen«, sagte der Mann in der Tür.

Guhaad kniff die Augen zusammen, und er versuchte sich vorzustellen, was in diesem Büro vorgefallen war. Irgendjemand war mit einem Messer hierhergekommen und hatte Kaahis Leben lautlos beendet. *Warum?* Um zu versuchen, Ramaas zu treffen, indem man einen seiner Günstlinge in der Regierung ermordete? Falls das so war, war es ein ziemlich untauglicher Versuch, denn Kaahi war bei Weitem nicht der Einzige.

Er blickte nach unten und sah, dass er mit seinem Stiefel in einer zweiten Blutlache stand. Er sah etwas genauer hin und entdeckte noch mehr Blutstropfen. *Eine Spur.* Er trat einen Schritt zurück. Jetzt, wo er wusste, wonach er suchen musste, war die feucht-rote Fährte, die aus dem Büro hinaus- und den Flur entlangführte, nicht mehr zu übersehen. Am hinteren Ende stand die Tür zur Feuertreppe halb offen. Auf der Klinke war eine dunkelrote Schmierspur zu erkennen.

Er fand die Frau auf dem Absatz zwischen dem ersten Stock und dem Erdgeschoss. Sie trug einen schwarzen Overall, so wie Guhaad ihn von den Soldaten der US-Spezialkräfte kannte. Um ihren Bauch lag ein rot verfärbter Schal, wohl eine Art notdürftiger Verband. In dem nassen Halstuch war auch das Heft eines schmalen Dolches verborgen.

Ihr Gesicht hatte die Farbe von nassem Lehm. Es war von einem Schweißfilm überzogen, und man sah ihr den

Blutverlust deutlich an. Guhaad stieß einen verblüfften Laut aus, als ihm klar wurde, dass *er sie kannte.*

Sie versuchte zurückzuweichen, aber sie saß ja bereits in einer Ecke. Er musterte sie eingehend und wartete auf den Moment, wo sie auch ihn wiedererkannte. Dann blitzte ein Funke in ihren Augen auf. »Ich hätte nicht gedacht, dass ich dich noch einmal wiedersehen würde.« Er grinste. »Aber vielleicht hat Ramaas ja doch recht. Vielleicht hat Gott tatsächlich einen Plan für all das.«

Die Frau war hart im Nehmen, das sah er sofort. Sie schluckte ihren Schmerz hinunter und sah ihn trotzig an. »Tut mir leid, dass ich … dein Auto kaputt gemacht habe.«

Er nickte. Die Amerikanerin und der Weiße, dieser Engländer, den sie in Dubai mit dabeigehabt hatte, sie hatten ihn von der Straße gedrängt. Und diese Frau hier hatte Bidar getötet und Guhaad zum Sterben im Straßengraben zurückgelassen. Wie konnte er sich für diese Schmach nur am besten rächen?

»Du bist weit weg von New York«, sagte er. »Du hast einen langen Weg zurückgelegt, um zu sterben.«

Sie sah ihn an. »Du kennst mich nicht.«

Guhaad lachte laut. »Mein Onkel Jarisow, er ist Taxifahrer in Manhattan. Jedes Mal wenn ich mit ihm telefoniere, höre ich genau den gleichen Akzent.«

Die Frau stieß ein schmerzerfülltes Kichern aus. »Ach, ja? Bist du auch wie er? Vielleicht kann man … kann man dich auch mieten?«

»Was sagt sie da?« Der Bewaffnete hinter Guhaad verzog verwundert das Gesicht.

»Geh runter ins Erdgeschoss und warte da«, zischte er den Mann an, ohne vorher darüber nachzudenken.

Seine Kiefermuskulatur verkrampfte sich. Er wusste

ganz genau, was die Amerikanerin mit ihren Worten angedeutet hatte. Sein erster Impuls bestand darin, sein Messer zu ziehen und ihr an Ort und Stelle die Kehle durchzuschneiden … oder noch besser, einfach wegzugehen und sie verbluten zu lassen.

Aber er tat weder das eine noch das andere. In ihrer Stimme hatte genau die richtige Mischung aus Arroganz und Verzweiflung gelegen, ein Tonfall, den er schon viele Male gehört hatte. Wie oft schon hatte er an Bord eines entführten Frachters oder einer Jacht eines reichen Mannes gestanden und gehört, wie ein überfütterter Westler genau diese Worte ausgesprochen hatte? *Wie viel Geld willst du, damit ich weiterleben kann?*

Er genoss dieses Gefühl der Kontrolle und der Stärke. Die Erregung der Macht ließ seinen Ärger und seine Demütigung verblassen. Die Amerikanerin arbeitete für bedeutende Männer, *reiche Männer,* so viel stand fest. Was konnte es also schaden, sich auch eine Prise davon zu gönnen? Die Vorstellung gefiel Guhaad. Ramaas konnte sich weiter mit der russischen Bombe beschäftigen, während Guhaad … Er würde das Beste daraus machen. Er war absolut fähig dazu.

Und falls es schwierig wurde, konnte er die Frau jederzeit töten und im Meer versenken.

Er verschränkte die Arme vor der Brust. »Hast du mir etwas anzubieten?«

»Bring mich zu … einem Arzt. Und dann zum Flughafen.« Sie richtete sich auf. Bei jeder Bewegung verzog sie das Gesicht, weil das Messer, das in ihr steckte, sich ebenfalls bewegte. »Eine halbe … halbe Million Dollar … für eine Taxifahrt.«

Er grinste und wusste, dass ihr Leben in seiner Hand lag. »Nein. Das Doppelte.«

»Arschloch!« Ihr Kopf sackte nach vorn, und sie rang keuchend um Atem. »*Scheiße!* Scheiße, okay. Eine Million. Meine Leute sind bereit, das zu bezahlen.«

»Wenn du mich anlügst …«

»Dann bin ich tot«, fauchte sie ihn an. »Ja, ja, ich weiß Bescheid. Machst du es jetzt, oder nicht?«

Er nickte und rief die anderen Männer herbei, damit sie ihm helfen konnten.

Gemeinsam trugen sie Lucy in den bereitstehenden Pick-up. Guhaad eröffnete dem Fahrer, dass der Plan sich geändert hatte. Kaahi war tot, genau wie von Ramaas vorgesehen, aber jetzt hatte sich etwas Neues ergeben. Sie würden zunächst den alten Mann aufsuchen, den *Dhakhtarka,* der unten am Ufer wohnte.

Während der Fahrer den Motor startete, kletterte Guhaad auf die Ladefläche und starrte die Amerikanerin an, die da in der Düsternis vor ihm lag. »Stirb nicht während der Fahrt«, sagte er zu ihr. »Ich möchte das Geld nur ungern verlieren.«

Aber sie hörte ihm gar nicht zu. Stattdessen starrte sie in den Himmel, als würde sie nach etwas ganz Bestimmtem suchen.

Da hörte Guhaad ein Geräusch. Es klang wie ein Hubschrauber, nur tiefer und schwerer, ein kraftvolles Dröhnen, das sich entfernte und bald wieder von der nächtlichen Brise verschluckt wurde.

Trotz der Schmerzen ließ die Amerikanerin ein schwaches Lächeln erkennen. »Immer noch am Leben«, sagte sie zu sich selbst.

»Wir werden sehen«, gab Guhaad zurück und klopfte auf das Dach der Fahrerkabine. Der Wagen ruckte und raste davon.

Die Gasbohrinsel mit dem Namen Calypso XV war von den Männern, die sie erbaut hatten, als Monument für die neuen Werte und den zukünftigen Wohlstand der somalischen Nation angepriesen worden. Doch all diese salbungsvollen Worte waren von Anfang an nichts als Lügen gewesen.

Genau wie die Flotten aus schwimmenden Fischfabriken, mit denen die multinationalen Konzerne die Küste leer gefischt hatten, oder die mit Giftmüll beladenen Schleppkähne, die kriminelle Banden in den seichten Gewässern versenkt hatten, war auch die Calypso nur zu dem Zweck erdacht worden, die weitgehend gesetzlosen, unregierten Gewässer vor dem Horn von Afrika auszuplündern. Ohne funktionierende Verwaltung, die ihnen Steine in den Weg legen konnte oder die bestehenden Gesetze anwenden wollte, hatten die Männer aus dem Westen einen mächtigen Betonpfeiler in den Grund des Ozeans gerammt und angefangen, nach Erdgas zu bohren.

Nicht einmal zehn Jahre später war außer der Calypso XV nichts mehr von ihren hochtrabenden Plänen übrig. Die Fördermengen waren weit unter den Erwartungen geblieben, und dann hatte eine finanzielle Krise in einer völlig anderen Gegend der Welt die Erbauer der Bohrinsel in den Ruin getrieben. Jetzt ragte sie einsam und verlassen wie ein grauer, versteinerter Baumstamm aus den dunklen Wellen empor. Über dem gewaltigen Pfeiler wölbte sich ein Dach aus klobigem Maschinenmüll, verziert mit rostzerfressenen, löchrigen Rohren. Die zahlreichen Decks waren schon vor langer Zeit dem Verfall preisgegeben worden und teilweise in Stücke gebrochen und ins Meer gefallen.

Für Abur Ramaas war all dies ein weiteres Zeichen dafür, dass er auf dem rechten Weg war. Gott hatte bestechlichen Männern gestattet, dieses Monstrum zu bauen, und sie anschließend mit dem Versagen bestraft. Darin lag durchaus so etwas wie Gerechtigkeit, dachte der Kriegsfürst. Und um die Wiederherstellung des Gleichgewichts sowie sein Vorhaben, die Piratenclans der umliegenden Regionen zu vereinen, noch weiter voranzutreiben, hatte er sich der Calypso XV bemächtigt.

Als kleiner Junge hatte Ramaas den Erzählungen der christlichen Missionare von der Geschichte Europas und diesen gewaltigen steinernen Festungen inmitten der Landschaften gelauscht. Und jetzt mussten die Westler zu *ihm* kommen, in *sein* Schloss. Wie passend, dass es über den Wellen thronte, inmitten des Ozeans, den er schon seit frühester Jugend kannte. Von hier aus würde er Somalia die Stärke verleihen, die ihm immer verwehrt worden war. Er würde seine Nation für alle Zeit aus den Fesseln des Westens befreien und würde sich dabei zum König krönen.

Wir waren noch nie Piraten, sagte er zu sich selbst. *Wir sind keine Verbrecher. Und wir verweigern uns den Gesetzen derer, die das behaupten.*

Ramaas stellte sich an das obere Ende der Gangway und blickte lächelnd über das Wasser. Sehr bald schon würde er alles haben, was er begehrte.

»Boss?« Er hörte ein unregelmäßiges Scharren und drehte sich um. Little Jonas kam über das quietschende Deck auf ihn zugeschlurft. Er war nur wenige Jahre jünger als Ramaas, wirkte aber durch seine kleine Statur und seinen ungelenken Gang seltsam kindlich und wurde darum eben immer der »kleine« Jonas genannt. »Noch mehr Schiffe in Sicht.« Er zeigte mit seiner verkrüppelten rechten Hand aufs Meer und den schwarzen Horizont. Die Hand war krumm wie eine Klaue, ohne sich jedoch irgendwie nachteilig auf seine Fähigkeiten am Computer auszuwirken.

Jonas besaß einen messerscharfen Verstand sowie einen Hang zur Heimtücke, und diese beiden Eigenschaften hatten letztendlich dafür gesorgt, dass er in Ramaas' Umfeld heimisch geworden war. Jonas' Eltern waren in den 1990er-Jahren nach Amerika geflohen, wo er auch aufgewachsen war. Allerdings war er bei den Behörden dort bald schon für seine technische Begabung und seine Neigung zum Kriminellen gleichermaßen bekannt, sodass Jonas über kurz oder lang seine Adoptionsheimat verlassen hatte und in das Land seiner Geburt zurückgekehrt war. Dorthin, wo er seine Fähigkeiten voll und ganz in den Dienst seines Herkunftsclans stellen konnte. Er hatte zum Beispiel das Voice-over-IP-Netzwerk aufgebaut, das Ramaas zur Kommunikation mit seinen Männern nutzte, und er hatte es auch geschafft, die Ladelisten der großen Frachter zu hacken, die den Golf von Aden durchquerten. So hatten sie ihre Angriffe auf die wertvolleren Schiffe konzentrieren können und die weniger lohnende Beute unbehelligt ziehen lassen.

Mit seiner Hilfe drehte Ramaas jetzt das Rad der Geschichte zurück, machte Somalia wieder zu dem, was es einst gewesen war – ein Ort, der gefürchtet wurde. Wo diejenigen, die seine Gewässer befuhren, entweder einen Tribut zu entrichten hatten oder untergingen.

Ramaas verzog die Lippen zu einem bösartigen Grinsen. Jetzt erschien ihm dieses Idealbild geradezu bescheiden. Jetzt war sein Name in den Schlössern der Kriegsherren dieser Welt bekannt, und das fühlte sich ganz ausgezeichnet an. »Was für Schiffe?«, wollte er wissen. »Amerikaner? Chinesen?«

»Ja. Und die Russen auch. Sie gehorchen Euch, Boss. Sie

halten sich genau an die Anweisungen und bleiben außerhalb der Grenzen. Kein einziges Flugzeug ist über uns hinweggeflogen.« Little Jonas' Stimme klang ein kleines bisschen erstaunt, als könnte er noch gar nicht richtig glauben, dass das passierte.

»Was für Narren«, sagte Ramaas. »Glauben sie etwa, *wir* würden *ihnen* gehorchen, wenn die Rollen vertauscht wären?« Angesichts dieser Vorstellung lachte er laut.

Unter ihnen schaukelte ein schwimmender Anleger auf den sanften Wogen des Meeres. Eine ganze Anzahl Boote hatte daran festgemacht – ein paar stabile Schlauchboote, wie sie vom Militär genutzt wurden, eine Handvoll Piratenruderboote sowie zwei Motorjachten, die eigentlich ziemlich fehl am Platz wirkten. Das war die Flotte der Bittsteller, die zur Calypso XV gekommen waren. Vervollständigt wurde sie durch zwei Hubschrauber, die auf der breiten Landefläche der Bohrinsel standen. Ramaas hatte seine »Gäste« in den diversen Unterkünften einquartiert. Die Vorstellung, dass diese Männer, diese Abgesandten der größten Nationen dieser Welt, gezwungen sein würden, eine Nacht in dem stinkenden, rostigen Rumpf der alten Bohrinsel zuzubringen, amüsierte ihn über die Maßen. Nach all den Demütigungen, die seine Nation hatte erleiden müssen, war dies ein weiterer kleiner Sieg.

»Ob sie bis Sonnenaufgang durchhalten, ohne sich gegenseitig umzubringen?«, fragte er sich laut. Zu den Bietern gehörten nicht nur Vertreter der Regierungen, die seine Drohbotschaft erhalten hatten, sondern auch Waffenhändler, Abgesandte verschiedener Terrorgruppen sowie etliche sogenannte »unabhängige Akteure«. »Ratten«, sagte er zu niemand Bestimmtem. »Ein Käfig voller Ratten, die nur darauf warten, einander an die Gurgel zu gehen … und die allesamt Angst davor haben, als Erste zuzubeißen.«

»Da hat sich noch jemand gemeldet, per Funk«, sagte Jonas. »Die wollen auch mitspielen.«

»Haben sie auch die Gebühr hinterlegt?« Ramaas sog die salzige Luft tief in seine Lunge ein. Alle Interessenten mussten eine Viertelmillion Dollar bezahlen, nur um sich der Bohrinsel überhaupt nähern zu dürfen.

Little Jonas nickte. »Das Kombinat ist unterwegs. Die bleiben ja immer nur sehr ungern außen vor.«

Ramaas packte das verrostete Geländer mit beiden Händen, und einen Augenblick lang wusste er nicht, ob er spucken oder in schallendes Gelächter ausbrechen sollte. Schließlich nickte er und grinste über das ganze Gesicht. »Das ist gut«, knurrte er. »Lass sie nur kommen! Das ist genau richtig so. Ich will, dass sie es sehen.«

In Ramaas' Worten schwang etwas Endgültiges mit, eine Anordnung, sich zu verziehen, aber Jonas blieb stehen und rieb sich geistesabwesend das verkrüppelte Handgelenk. Dann warf er seinem Gegenüber einen fragenden Blick zu, bis er schließlich wagte, das auszusprechen, was ihn beschäftigte. »Boss, wir haben es hier nicht mit einer einfachen Schiffsbesatzung oder irgendwelchen fetten, reichen Männern in irgendeinem Tausende Kilometer entfernten Büro zu tun. Diese Leute sind Soldaten.«

Ramaas winkte ab. »Sie sind nicht die Ersten, die die Weißen hierherschicken, um uns auszulöschen. Aber bisher hat es niemand geschafft. Schon als ich ein Kind war, haben sie Truppen ausgesandt. Aber wir sind immer noch hier, und sie? Vom Erdboden verschluckt!« Seine Stimme wurde lauter, sodass auch ein paar andere Männer auf dem Deck aufmerksam wurden. »Und ich werde dafür sorgen, dass auch diese jetzt vom Erdboden verschluckt werden.« Den nächsten Satz stieß er ruckartig hervor, jedes Wort einzeln betont wie eine Pistolenkugel. »Aber wir werden immer noch hier sein!«

Als der Pick-up vor einem heruntergekommenen, kleinen Einkaufszentrum, eingequetscht zwischen zwei dreigeschossigen Wohnhäusern, anhielt, war Lucy sich sicher, dass sie sie jetzt doch noch umbringen würden.

Die Schmerzen erschwerten ihr die Konzentration. Trotzdem lehnte sie die angebotene Hand eines bewaffneten Gangsters ab und humpelte ohne fremde Hilfe auf das Gebäude zu. Sie durfte keine Schwäche zeigen.

Durch die Hintertür gelangte sie in eine ehemalige, winzig kleine Fischhandlung. Allerdings lag über dem Meersalzaroma, das sich in den Wänden und im Fußboden festgesetzt hatte, der Geruch nach getrocknetem Blut. Sie blickte sich um und entdeckte einen Edelstahltisch mit einer Mittelrinne sowie eine Werkbank voller chirurgischer Instrumente. Sie fühlte sich an das Behandlungszimmer eines Mafiaarztes in New Jersey erinnert, in dem sie vor langer Zeit einmal gewesen war. Allerdings war damals jemand anders der Verletzte gewesen, und sie selbst diejenige, die geschossen hatte.

Eine Neonröhre an der Decke verbreitete grelles Licht, dann trat ein älterer Mann aus einer der düsteren Ecken, groß und schlaksig, so wie viele der Einheimischen hier. Sein Gesicht war voller Risse und Spalten, fast wie ein uraltes, versteinertes Stück Holz, umrahmt von einer dicken Brille und einer zerknautschten, zylindrischen Stoffmütze, einer sogenannten Kofia.

Er sah sie mit gerunzelter Stirn an, als wäre er ein entfernter Verwandter und sie ein widerspenstiges Kind. »Ach, Tochter, was ist dir denn zugestoßen?« Er sprach mit einem trällernden Akzent, den Lucy nicht sofort zuordnen konnte. Nachdem er seine Mütze abgenommen und in die Tasche gesteckt hatte, winkte er sie zu sich an den Edelstahltisch und wusch sich an einem kleinen Waschbecken die Hände. »Guhaad, hast du das getan?« Er starrte den Mann, der sie im Haus des Fernsehsenders aufgegabelt hatte, wütend an.

Dieser schüttelte den Kopf. »Wenn ich sie hätte umbringen wollen, würde ich sie dann zu dir bringen, du alter Narr?« Er fuchtelte mit der Hand durch die Luft, als wollte er ein lästiges Insekt vertreiben. »Sorg dafür, dass sie nicht stirbt.«

Die Hälfte des Geldes, das sie Guhaad versprochen hatte, war bereits unterwegs und hatte mehrere unter falschem Namen geführte Konten bei Wells Fargo und der Bank of America entlang der Ostküste der Vereinigten Staaten durchlaufen. Lucy hatte während der Fahrt mit dem Taxifahreronkel in New York telefoniert, nicht direkt mit einer Pistolenmündung vor der Nase, aber doch so gut wie. Es stellte sich heraus, dass der gute alte Onkel Jarisow sich nebenberuflich als Hawala-Vermittler betätigte. Dieses im Frühmittelalter entstandene Überweisungssystem ist in allen Ländern des Orients bis heute weit verbreitet, in den USA jedoch illegal. Trotzdem nutzen somalische Einwanderer das System regelmäßig, um Geld nach Hause zu schicken, anstatt es irgendwelchen Banken anzuvertrauen. Das System basiert in erster Linie auf gegenseitigem Vertrauen und Loyalität. Vermittler wie Jarisow sind Teil eines informellen Netzwerkes, innerhalb dessen die Transaktionen zwischen den verschiedenen Clans abgewickelt werden. Guhaad hatte ihm einen saftigen Anteil des vereinbarten Betrages zugesagt, den Lucy sich von einem für Notfälle bereitstehenden Rubicon-Schmiergeldkonto besorgt hatte. Diese Geldbewegung würde zwar in Monaco die Alarmglocken schrillen lassen, doch die Überweisung würde nicht gestoppt werden. *Hoffe ich zumindest,* fügte sie in Gedanken hinzu.

Sie legte sich auf den Tisch und stöhnte dabei unwillkürlich vor Schmerz auf. Der alte Mann trat zu ihr und löste die Verbände. Lucy konnte das durchdringende Kupferaroma ihres eigenen Blutes riechen, genauso wie seinen Pfefferminzatem. Er lächelte sie an und richtete die Brille gerade. »Wir haben ein bisschen Arbeit vor uns. Sagst du mir, wie du heißt?«

»Lucy.« Es kostete sie große Anstrengung. »Und du, Paps?«

»Paps.« Er wiederholte das Wort grinsend. »Das gefällt mir. Ja, *Paps*.« Als der alte Mann das Heft des Messers berührte, das immer noch in ihr steckte, rollte eine neue Schmerzenswelle durch sie hindurch, und seine Miene wurde ernst. »Tochter, das wird sehr hart werden. Sammle deine Kräfte. Bist du so weit?«

Lucy spürte, wie die Klinge anfing sich zu bewegen. Gleichzeitig erfasste ein rasender Feuersturm ihre Nervenenden. Sie konnte nicht anders und stieß einen grässlichen Schrei aus, bevor sie im Nebelschleier der Zeit versank.

Sie verlagerte ihr Gewicht, sammelte einzelne Bruchstücke ihres Bewusstseins ein und sah einen Lichtschimmer durch den Infusionsbeutel dringen, der an der Neonröhre über ihr befestigt war.

Sie ließ ihre Hand zu der Stelle gleiten, wo die Klinge eingedrungen war. Ihre Finger fanden taubes Fleisch unter einer dicken Verbandsschicht. Sie blinzelte, um klar sehen zu können, und schickte Blicke durch das Zimmer, bis sie bei einem silbernen Stachel aus Stahl auf einer nierenförmigen Schale hängen blieben. Saitos Misericordia, aus ihrem Körper entfernt und gesäubert.

»Du kannst sie ihrem Besitzer zurückgeben«, sagte der alte Mann und schob sich in ihr Blickfeld. Dann hob er abwehrend die Hand, damit sie nicht versuchte aufzustehen. »Nicht so hastig, Lucy Amerika. Ganz vorsichtig, sonst reißt die Naht.«

»Was ist denn passiert …?«

»Du bist vor Schmerz ohnmächtig geworden. Das war gut so. Ich habe dafür gesorgt, dass du so lange bewusstlos bliebst, bis ich mit der Arbeit fertig war. Das schien mir das Beste zu sein.« Er kam näher, und sie roch erneut seinen Pfefferminzatem. »Es sind etliche Stunden vergangen.«

»Dein Englisch ist gut«, sagte Lucy.

»E parlo italiano.« Mühelos und von einem leisen Lächeln begleitet wechselte er von einer Sprache in die andere. *»Russki slishkom malo.«*

»Du bist also ein gebildeter Mann, hmm?« Leise zitternd holte sie Luft und spürte vorsichtig in jede Region ihres Körpers, versuchte ihren Zustand zu erforschen.

»Und deine nächste Frage lautet: *Was macht ein kluger alter Mann in einem Gemäuer, das nach faulem Fisch stinkt?«* Er kicherte. »Ich habe hier schon gelebt, bevor du geboren wurdest, mein Kind.«

»Aha. Und wo steckt …« Sie suchte nach dem Namen des Bewaffneten. »Guhaad?«

»Ganz in der Nähe.« Das war Drohung und Warnung zugleich. Der Alte reichte ihr die Hand, und sie setzte sich mit seiner Hilfe auf. »Nur langsame Bewegungen. Ich habe dich mit Wundklammern wieder zusammengeflickt, aber wenn du jetzt anfängst zu tanzen, gehen sie wieder auf.«

»Ich werd's mir merken.« Lucy sah sich um, betrachtete das Zimmer mit den Augen einer Soldatin, suchte nach Dingen, die sie im Notfall als Waffe verwenden konnte.

Guhaads Männer hatten ihr die Pistolen und das Messer abgenommen. Zögerlich blieb ihr Blick an Saitos Dolch hängen.

»Aber jetzt erst einmal Tee«, entschied der Alte. Er verschwand durch einen schmutzigen Plastikvorhang, und sie hörte ihn mit jemand anderem reden, allerdings so leise, dass sie nichts verstehen konnte.

Sie ließ sich von dem Stahltisch herabgleiten, ohne auf das leise, aber deutlich spürbare, dumpfe Ziehen in ihren Eingeweiden zu achten. So leise wie nur möglich schlich sie durchs Zimmer und versuchte ein Gefühl dafür zu bekommen, was für ein Mensch ihr neuer Betreuer war. Er hatte jedenfalls eindeutig eine medizinische Ausbildung, das war klar, sonst hätte er sie nicht so professionell verarzten können. Außerdem musste er mindestens siebzig Jahre alt sein. Auf einem Tisch türmten sich alle möglichen Bücher und Vinylschallplatten. Lucy runzelte die Stirn. Was sie jetzt brauchte, war etwas Moderneres – ein Handy zum Beispiel, um Rubicon zu alarmieren. Ihr Satellitentelefon war jedenfalls verschwunden. Das hatten sie ihr vermutlich abgenommen, während sie bewusstlos gewesen war. Sie konnte nicht wissen, wann Guhaad zurückkehren würde, und in ihrem momentanen Zustand hätte sie vermutlich keine allzu großen Chancen gegen ihn und seine bewaffneten Handlanger gehabt. Also musste sie sich etwas anderes überlegen.

Der alte Mann betrat das Zimmer. »Der Tee ist in wenigen …« Er blieb ruckartig stehen und sah sie tadelnd an. »Was habe ich gesagt?«

»Ich tanze doch gar nicht.« Sie rang sich ein Lächeln ab und tippte mit dem Finger auf die Bücher. »Das ist ja eine beeindruckende Sammlung.«

Er lächelte, sodass seine Zahnlücken sichtbar wurden,

kam zu ihr und nahm ein staubiges Buch mit einem verblichenen roten Einband in die Hand. »Überbleibsel aus einer vergangenen Zeit«, sagte er und schlug das Buch auf. Die vergilbten Seiten waren von winzigen kyrillischen Schriftzeichen übersät. »Vor dem Bürgerkrieg, als ich in deinem Alter war ... da war ich Arzt beim Militär. Wir waren damals Sozialisten, verstehst du? Die Sowjets waren unsere Verbündeten ...« Ein Schatten huschte über sein Gesicht. »Na ja ... zumindest haben wir das geglaubt.« Er warf das Buch zurück auf den Stapel, plötzlich verärgert über das, was es symbolisierte. Stattdessen griff er nach einer alten Schallplatte, einer Aufnahme von *La Bohème*. »Wenigstens haben die Italiener uns ein bisschen Kultur hinterlassen, stimmt's? Sie haben uns während meiner Kindheit regiert.« Wieder dieser Schatten in seinem Blick. »Sie haben unser Land aufgeteilt wie ein Stück Fleisch. Und daran hat sich seit damals nichts geändert.«

Das war das Stichwort, auf das sie gewartet hatte. »Ich dachte, dass sich in der Zwischenzeit einiges gebessert hat. Die Friedenstruppe der Afrikanischen Union ist doch mittlerweile hier stationiert, oder nicht? Die haben doch dafür gesorgt, dass eure eigenen Leute wieder an die Macht gekommen sind.«

»Tatsächlich?«, erwiderte der alte Mann. »Was haben wir denn jetzt? Eine völlig zersplitterte Regierung, die von Truppen aus Kenia, Uganda und anderen Ländern gestützt wird, denen dieses Land hier vollkommen gleichgültig ist?« Er schüttelte den Kopf. »Sie alle sind sehr zufrieden damit, dass wir uns gegenseitig auffressen, solange wir es leise tun. Es ist ein Gräuel, Tochter, ein Gräuel.« Er legte die Schallplatte weg und entfernte sich.

»Arbeitest du deshalb für Ramaas und seine Männer?«, wollte sie wissen.

Er blieb stehen, ohne sich zu ihr umzudrehen. »Er ist eine Bestie, keine Frage. Aber ist er vielleicht genau das, was wir brauchen? Kein Schaf, sondern ein Wolf?« Er wandte sich wieder zu ihr um. »Alle haben die Nase voll von den Politikern, die immer nur reden und reden. Sogar *dein* Volk empfindet so.« Es entstand eine Pause. »Man hofft, dass man sich, je älter man wird, mit der Welt, wie sie ist, arrangieren kann …« Er schüttelte den Kopf. »Aber das ist nicht so. Ich bin heute zorniger als je zuvor auf die Männer, die die Macht haben.« Er zeigte nach oben. »Soll er sie doch alle verbrennen, Tochter. Soll er doch! Wie sonst sollen sie es begreifen?«

Der Plastikvorhang bewegte sich, und ein magerer Junge in einem blassblauen Fußballtrikot betrat rückwärts das Zimmer. Er trug ein mit Tassen und einer Teekanne beladenes Tablett in der Hand. Jeder seiner Schritte wurde von einem rasselnden Atemgeräusch begleitet. Er schien nur sehr schwer Luft zu bekommen. Lucy roch heißen Apfelduft, sodass ihr augenblicklich das Wasser im Mund zusammenlief.

Als der Junge sich umdrehte, bemerkte sie, dass er keinen rechten Unterschenkel hatte. Stattdessen trug er eine Prothese aus Leder und schmutzigem pinkfarbenem Plastik. Mit sehr, sehr langsamen Bewegungen servierte er ihnen den Apfeltee. Lucy nahm die Tasse dankbar entgegen und zwinkerte ihm zu.

»Sieh ihn an und sieh mich an«, sagte der Alte und wies mit einer Kopfbewegung auf den Jungen. »Zwischen uns liegt ein ganzes Leben, aber das, was uns verbindet, ist das, was der Westen uns genommen hat. Meine Vergangenheit … und seine Zukunft.«

»Ist das eine … Verletzung?« Lucy setzte sich auf einen Stuhl, die Teetasse fest in beiden Händen. Der Blutverlust und die Erschöpfung machten ihr immer noch zu schaffen.

»Er wurde so geboren«, fuhr der Alte fort. »Eine Missbildung, wegen des vergifteten Grundwassers. Auch ein Geschenk der Italiener.«

»Das verstehe ich nicht.« Lucy nippte an ihrem Tee und sah, wie der Junge zu dem Tisch ging, auf dem sie operiert worden war. Er fing an, aufzuräumen und die Schweinerei zu beseitigen, die bei ihrer Lebensrettung entstanden war.

»Uran. Blei und Cadmium. Quecksilber.« Der alte Mann zählte sie alle an den knochigen Fingern seiner Hand ab. »Giftige Rückstände aus Chemiefabriken und Krankenhäusern. Ganze Schiffe voll mit diesem Zeug sind vor unseren Küsten absichtlich versenkt worden. Und jedes Mal, wenn irgendwo am anderen Ende der Welt ein Tsunami losbricht, wird es an unsere Strände gespült. Langsam wirkende Gifte, zusätzlich zu allem anderen.«

Sie nahm seine Worte schweigend zur Kenntnis. Lucy hatte schon öfter gehört, dass organisierte Kriminelle gegen Bezahlung Giftmüll von Unternehmen oder ganzen Staaten »entsorgten«, die sich nicht weiter darum scherten, wo das ganze Zeug schließlich landete.

»Man hat uns so vielfältig bedacht«, sagte er bitter. »Bis unsere Söhne angefangen haben, die Schiffe im Golf anzugreifen, hat niemand gewusst, dass wir existieren. Bis Amerika einen Film daraus gemacht hat.«

Lucy stellte ihre Tasse ab und hörte den wutentbrannten Worten des Arztes aufmerksam zu. »Aber wenn du das so siehst, warum hast du mir dann das Leben gerettet?«

»Weil ich dich nicht dafür verantwortlich mache.« Jetzt lächelte er wieder. »Du bist nicht reich. Du spielst nicht mit dem Leben anderer, nur um Gewinn zu machen. Das sehe ich dir an. Du bist Soldat, ja? Das war ich früher auch. Wie diese armen Narren auf den Schiffen … ganz gewöhnliche Menschen, die gezwungen sind, denen zu dienen, die kein Herz haben.« Er hielt inne. »Außerdem habe ich einen Befehl erhalten. Von Guhaad. Und Guhaad ist Ramaas' rechte Hand.«

Sie fuhr sich mit der Zungenspitze über die Lippen und beugte sich nach vorn. Dabei ließ sie den alten Mann keine Sekunde aus den Augen, wollte so etwas wie Vertraulichkeit zwischen ihnen herstellen. »Ramaas hat gedroht, viele unschuldige Menschen zu ermorden. Menschen wie mich, alte Männer wie dich und Kinder wie ihn.« Sie wies mit einer Kopfbewegung auf den Jungen. »Ihnen allen hat er die Pistole an die Schläfe gesetzt.«

»Menschen im Westen?«, wollte er wissen. Als sie keine Antwort gab, fuhr er fort: »Es fällt mir schwer, Mitleid zu empfinden. Mein ganzes Leben lang sind sie hierhergekommen, um mein Land für ihre Zwecke zu benutzen.« Er erhob sich, ohne seinen Tee angerührt zu haben. »Und jetzt, wo wir die Chance haben, uns zu wehren, sollen wir einfach gar nichts tun?« Er verließ das Zimmer, bevor sie antworten konnte.

21

Behutsam lenkte Marc die Osprey in einen weiten Rechtsbogen und umkreiste die Calypso-Bohrinsel. Bei einem Blick aus der Pilotenkanzel nahm er die breite, mit tragbaren Scheinwerfern beleuchtete Landefläche und ein paar menschlich anmutende Gestalten wahr, die auf den unteren Decks hin und her huschten.

Der Flug durch die dunkle, mondlose Nacht über das Meer hatte ihm wirklich alles abverlangt, aber er hatte es geschafft und sie sicher hierher an den Rückzugsort des Piraten gebracht. Die V-22 hatte sich als gutes, zuverlässiges Flugzeug erwiesen und ihm weniger Probleme bereitet, als er aufgrund ihres durchaus zwiespältigen Rufs erwartet hatte, aber trotzdem … sie war für zwei Piloten ausgelegt, und allein die Handhabung der drehbaren Rotoren war harte Arbeit gewesen. Er hatte sich durchgekämpft, hoch konzentriert, und nie weiter als ein paar Minuten vorausgedacht, während das schwarze Meer unter ihnen ununterbrochen versuchte, das Grauen, das in seiner Erinnerung schlummerte, zum Leben zu erwecken.

Was in gewisser und ziemlich perverser Hinsicht auch eine Wohltat war. Denn dass Marc sich mit allem, was er hatte, darauf konzentrieren musste, die Osprey am Absturz zu hindern, hielt ihn davon ab, sich Gedanken über seine momentane Situation oder Sorgen um Lucy zu machen.

»Willst du eigentlich irgendwann mal landen, oder sollen wir lieber so lange kreisen, bis wir keinen Sprit mehr haben?«, rief Ruiz ihm aus der Kabine hinter dem Cockpit zu.

»Halt's Maul«, fauchte Marc zurück und war mit seinen Gedanken augenblicklich wieder in der Gegenwart. Unterwegs hatte er kurz überlegt, ob er versuchen sollte, die Osprey senkrecht nach oben steigen zu lassen und die Heckklappe zu öffnen, sodass alles, was nicht festgebunden war, im Meer landete. Doch bedauerlicherweise war die V-22 für solche Manöver nicht gemacht und wäre bei dem Versuch unweigerlich abgestürzt. Ihm blieb vorerst keine andere Wahl als mitzuspielen und auf eine Fluchtgelegenheit zu hoffen.

Er zog den Bogen enger und holte tief Luft, nahm die Landefläche ins Visier und schwenkte die Triebwerksgondeln der Osprey in den Hubschraubermodus. Dröhnend peitschten die mächtigen dreiblättrigen Rotoren durch die Luft, während der Senkrechtstarter seinen Vorwärtsdrall verlangsamte und schnell an Höhe verlor. Dass er kaum mit Seitenwinden zu kämpfen hatte, interpretierte Marc als gutes Zeichen. Dann meldete sich die künstliche Computerstimme der Osprey und warnte wiederholt vor einer überhöhten Sinkgeschwindigkeit, doch es war zu spät, um durchzustarten. Marc hatte die Landung bereits eingeleitet.

Eine grässliche Sekunde lang befürchtete er, dass er zu viel korrigiert hatte und die Maschine über den Rand der Landefläche ins Meer stürzen würde, doch dann ächzten die Stoßdämpfer im Unterbauch der Osprey, und sie waren gelandet. Marc stieß vernehmlich den Atem aus, versuchte, das Zittern in seinen Händen – eine Folge des übermäßigen Adrenalinausstoßes – in den Griff zu bekommen, und arbeitete automatisch die Checkliste für das Herunterfahren der Motoren ab. Unter anderen Umständen hätte er es sehr genossen, so eine Maschine fliegen zu dürfen, aber im Moment überlagerte die drohende Gefahr alles andere.

Als die Osprey schließlich verstummt und gesichert war, hatten Saito und Ruiz die Maschine bereits verlassen. Marc stieg ebenfalls nach draußen auf das Deck der verfallenen Bohrinsel. Dabei kam er an Mayer vorbei, der bewusstlos, bleich und flach atmend im Frachtraum der Osprey lag.

»Dein Mann braucht unbedingt einen Arzt«, sagte er zu Saito.

»Er war sich über das Risiko im Klaren«, lautete die Antwort.

Jetzt tauchte hinter einem grauen EC-135, der am hinteren Ende der Landefläche stand, eine Gruppe Bewaffneter auf. Sie hielten Kalaschnikows in den Händen und musterten die Osprey mit misstrauischen Blicken. Marc fühlte sich an ein Rudel hungriger Hyänen erinnert. Einige trugen ausgemusterte Militäruniformen, doch die meisten hatten sich für bunt leuchtende Trikots diverser Teams aus der englischen Premier League entschieden.

Der Anführer – ein schlaksiger Kerl in einem zwei Jahre alten Manchester-United-Trikot – musterte Marc mit spöttisch verzogenem Mund und sagte dann etwas zu seinen Kameraden. Dann teilte sich die Gruppe, und Abur Ramaas stand vor ihnen, in voller Größe und mit finsterer Miene. Ein schmuddeliger, blutverschmierter Verband lag um seinen rechten Bizeps – ein Andenken an die chaotische Flucht aus Jalsa Soods Villa in Dubai.

»Habe ich mich etwa unklar ausgedrückt?«, herrschte der Kriegsfürst sie an. »Das Kombinat ist in Somalia nicht willkommen.«

Saito blieb vollkommen ungerührt. »Meine Auftraggeber waren enttäuscht, als Sie Amadayo und Brett aus dem Verkehr gezogen haben. Aber was geschehen ist, ist geschehen. Das hier ist etwas anderes.«

»Geschäftsleute«, knurrte Ramaas vor sich hin und betrachtete die Neuankömmlinge. »Aber ihr Blut ist genauso rot und ihre Geldscheine sind genauso grün wie die der anderen.« Sein Blick blieb an Marc hängen, und er riss die Augen weit auf. »Du bist auch hier, Polizist?« Er lachte bellend. »Hast du deine Lektion denn immer noch nicht gelernt?«

»Na ja, was soll ich sagen?« Marc zuckte mit den Schultern, um seine wahren Gefühle zu verstecken. »Manchmal bin ich ein bisschen schwer von Begriff.«

Ramaas nickte. »Du bist stur.« Er ließ seine große, dickfingrige Pranke auf Marcs Schulter sausen. »Das wird dich eines Tages das Leben kosten.« Er musterte Saito. »Und jetzt hast du dich diesen Narren angeschlossen?«

»Nicht freiwillig.«

»Aha.« Ramaas wandte sich seinen Männern zu und schnitt eine Grimasse. Sie lachten. »Wenn du hier bist, dann nur, weil *Waaq* es so wünscht. Ich stelle mich dem nicht in den Weg.« Dann nahm er Marc noch einmal in den Blick. »Ihr werdet also mit ansehen, wie das Spiel endet.« Der Kriegsfürst winkte ab und wollte sich entfernen.

»Wie lange wirst du das durchhalten?«, fragte Marc, obwohl er nur noch die Rückseite des Mannes sah. »Du bist nicht Somalia. Wie viele Menschen stehen tatsächlich hinter dir? Im besten Fall dein Clan, oder? Du bist nichts weiter als ein größenwahnsinniger Pirat.« Er machte einen Schritt nach vorn, sog die nach Salz und Rost schmeckende Luft ein und kümmerte sich nicht um die Gewehre, die jetzt auf ihn gerichtet wurden. »Du willst unbedingt bei den ganz dicken Fischen mitschwimmen, aber eines muss dir klar sein … Sie werden niemals zulassen, dass du diese Bombe behältst.«

»*Behalten*?« Ramaas warf ihm über die Schulter hinweg einen Blick zu. »Du glaubst, dass ich sie behalten will, Polizist? Dass ich sie wie die Amerikaner oder die Russen in eine Ecke stellen und bis in alle Ewigkeit damit drohen will?« Wütend starrte er zu Saito hinüber, und seine Stimme bekam einen giftigen Klang. »So handeln nur Kaufleute und ihre Knechte.« Der Kriegsfürst lachte noch einmal. »Was nützt einem Soldaten eine Waffe, solange er sie nicht einsetzt?«

Als Lucy sicher war, dass der alte Doktor sie nicht hören konnte, erregte sie die Aufmerksamkeit des Jungen und schenkte ihm ein warmes Lächeln. »Hallo«, sagte sie. »Sprichst du vielleicht Englisch?«

»Ein bisschen.« Er nickte.

»Wie heißt du?«

Er grinste sie an. »Rio.« Kurze Pause. »Bist du aus Amerika?«

»Genau.«

Rio überlegte. »Ich habe schon Filme darüber gesehen. Es ist sehr groß.«

Sie nickte. »Das stimmt.«

»Die Leute da sind anscheinend sehr zornig.«

Lucy lächelte unverdrossen weiter. »Viele ja. Aber nicht alle. Ich nicht.«

Er zeigte mit dem Daumen in Richtung Tür. »Ich darf eigentlich gar nicht mit dir reden. Er wird wütend werden.«

»Wir müssen es Paps ja nicht verraten«, sagte sie verschwörerisch und zwinkerte ihm erneut zu. Er lachte, und sie machte weiter. »Sag mal, Rio, kannst du mir vielleicht behilflich sein? Ich brauche dringend ein Telefon.« Sie spreizte den Daumen und den kleinen Finger der einen Hand ab und legte sie an ihr Ohr – eine Geste, die auf der ganzen Welt verstanden wurde. »Ich wette, dass du ein Handy hast, stimmt's? Kann ich es dir abkaufen?« In einer gut versteckten Innentasche ihres Kampfanzuges steckten ein paar nagelneue Hundertdollarscheine, und sie holte einen davon heraus.

Rio wollte schon die Hand nach dem Geld ausstrecken, doch dann runzelte er plötzlich die Stirn. Lucys Blut hatte den Schein an vielen Stellen dunkel gefärbt. »Ich darf das nicht nehmen.« Für einen kurzen Moment war ihm der innere Kampf zwischen Gier und Misstrauen deutlich anzusehen, dann hellte sich seine Miene schlagartig auf. »Aber wir können darum spielen!«

Er steckte die Hand in die Tasche seiner viel zu weiten Cargoshorts und holte eine Handvoll Spielkarten heraus. Mit klickendem Plastikfuß ging er zum Operationstisch, legte drei Karten darauf und fing an, sie hin und her zu schieben.

Lucy wusste Bescheid. Während ihrer Jugend in Queens hatte sich an jeder Straßenecke genau das Gleiche abgespielt. Sie wusste genau, dass das die Kulisse für einen klassischen Trickbetrug war. Das Spiel mit dem harmlos klingenden Namen »Die Rote gewinnt« war nur dazu da, ahnungslose Deppen auszunehmen. Man brauchte dazu eine gewisse Fingerfertigkeit, damit der Spieler den Weg einer Herz-Dame verfolgte, die jedoch von Anfang an keine Dame war. Hier gab es immer nur einen Gewinner.

Rio zeigte ihr die Karten und mischte sie, wartete ab, bis sie ihr Einverständnis signalisierte. Sie beschloss mitzuspielen und gab ihm mit dem Hunderter ein Zeichen.

Die Karten huschten über den Tisch, die Hände des Jungen bewegten sich blitzschnell hin und her, und Lucy zeigte auf eine Karte. *Falsch.*

»Sorry!« Zufrieden streckte er ihr die Hand entgegen.

Sie gab ihm das Geld jedoch nicht. »Doch nicht so, du Heißsporn. Zuerst musst du mich gewinnen lassen, dann erhöhst du den Einsatz. Du willst mir doch noch viel mehr abknöpfen.« Sie nahm die Karten selbst in die Hand. »Komm, ich zeig's dir.«

Rio hatte zwar Einwände, doch sie hatte schon angefangen, hatte das Pik-As in der einen und die Herz-Dame sowie das Kreuz-As in der anderen Hand. Wenn man wusste, wie es ging, war der Trick nicht weiter schwierig. Sie legte die Karten ab und ließ es so aussehen, als würde sie die Herz-Dame zuerst ablegen. Dabei hatte sie die Karten mit einer blitzschnellen Handbewegung vertauscht und in Wirklichkeit das Kreuz-As auf den Tisch fallen lassen. Aber jetzt würde jeder von Anfang an die falsche im Blick behalten.

Der Junge hatte jedoch gut aufgepasst. Er kannte den Trick und fiel nicht darauf herein, sondern deckte die Dame auf. Ein überlegenes Siegerlächeln schlich sich auf seine missmutige Miene.

Lucy gestand die Niederlage sofort ein und gab ihm das Geld. »Du bist echt gut, Kleiner. Wer hat dir das beigebracht? Paps?«

Die Plastikvorhänge in der Türöffnung knisterten, und Lucy fluchte stumm, als Guhaad das Zimmer betrat, dicht gefolgt von dem Doktor.

»Sein Vater hat es ihm beigebracht«, sagte der Alte.

Guhaad griff mit verächtlicher Miene nach den Karten. »Das ist ein blödes Spiel.«

Er warf sie beiseite, und Rio stieß einen Laut der Bestürzung aus. »Bloß, weil du immer verlierst«, sagte er, und legte so viel Trotz wie nur irgend möglich in seine Worte.

Guhaad blähte die Nüstern und hob die Hand, als wollte er Rio schlagen. Der Junge wich zurück, doch der Schlag blieb aus. Der alte Mann wies mit einer Kopfbewegung zur Tür, und Rio verschwand … mit dem Hunderter und ohne dass Lucy eine Chance gehabt hätte, ihm sein Telefon abzuluchsen.

»Du solltest dem Jungen nicht drohen«, sagte er Alte zu Guhaad. »Ramaas wäre darüber nicht erfreut.«

»Er wird es nicht erfahren«, herrschte Guhaad ihn an. »Nicht wenn der Junge weiß, was gut für ihn ist.«

Und mit einem Mal fiel Lucy auf, was sie bis jetzt nicht gesehen hatte. Derselbe geschwungene Unterkiefer, dieselbe Knollennase. *Rio ist Ramaas' Sohn.*

Der alte Doktor sah sie an und erriet ihre Gedanken. »Jetzt kannst du den Hass, den Ramaas in sich trägt, vielleicht besser verstehen. Rios Mutter ist bei der Geburt gestorben. Wegen der Sanktionen gab es keine Medikamente.« Er seufzte. »Und dann der Junge selbst … sein Bein … seine Lunge …«

»Blödes Spiel«, wiederholte Guhaad, nahm die Herz-Dame in die Hand und starrte sie wütend an. »Nie ist sie da, wo sie sein soll.«

Ein Hütchenspiel. Grimmige Gewissheit ergriff mit einer plötzlichen, kristallklaren Eindeutigkeit von Lucy Besitz.

Die Ereignisse der vergangenen Tage gingen ihr durch den Kopf, verbanden sich miteinander, folgten plötzlich einer inneren Logik. Sie dachte daran, was Marc von der Auseinandersetzung im Casino der Kurjaks berichtet hatte, erinnerte sich an die wilde Verfolgungsjagd auf den Schnellstraßen von Dubai und den Hinterhalt, der sie in Welldone Amadayos prächtiger Stadtvilla erwartet hatte.

Jetzt wusste sie genau, was sie zu tun hatte.

»Ist die Frau reisefähig?«, wandte Guhaad sich an den alten Mann. »Ich will sie mitnehmen.«

Noch bevor der Alte etwas erwidern konnte, stand Lucy auf. »Die Pläne haben sich geändert, schöner Mann«, sagte sie. »Wir fahren nicht zum Flughafen. Bring mich zu Ramaas.«

Guhaad stieß ein ungläubiges Lachen aus. »Warum sollte ich das tun?«

»Klar, du willst nicht, dass er was von deinem kleinen Nebenerwerb mitkriegt, das kann ich gut verstehen.« Sie kam mit unsicheren Schritten auf ihn zu und ignorierte die stechenden Schmerzen in ihrem Unterleib. »Aber was meinst du, wie beeindruckt Ramaas sein wird, wenn du ihm noch jemanden bringst, der um diese Bombe mitbieten will.« Lucy klopfte sich an die Brust. »Ich arbeite für einen reichen Mann. Aber das weißt du ja schon.«

Guhaad legte die Hand an die Waffe in seinem Gürtel. »Vielleicht sollte ich dich einfach erschießen. Du machst mir viel zu viel Ärger.«

Lucy zuckte mit den Schultern. »Deine Entscheidung. Aber dann kannst du den Rest der Bezahlung, die wir vereinbart haben, vergessen. Und der liebe Onkel Jarisow wird ganz schön enttäuscht sein.«

»Was redet sie denn da?«, schaltete sich der alte Mann ein, doch Guhaad brachte ihn mit einer Handbewegung zum Schweigen.

Irgendwann war die Verärgerung auf der Miene des Piraten einem noch düstereren Ausdruck gewichen. »Also gut. Komm mit.«

»Du hättest gehen sollen, solange du noch die Gelegenheit gehabt hast, Tochter«, rief der alte Mann ihr nach, während Lucy Guhaad ins Freie folgte.

»Ausgeschlossen«, erwiderte sie. »Wir alle müssen mit dem Blatt spielen, das uns ausgeteilt wurde.«

Der Kontaktmann stand genau an der verabredeten Stelle. Er lungerte neben einem verbeulten blauen Lieferwagen an der Mündung einer schmalen Gasse herum und wartete. Die Hauptstraße, auf der deutlich hörbar der spärliche Verkehr entlangbrauste, war etliche Hundert Meter weit entfernt. Ein Streifenwagen raste mit heulender Sirene vorbei und warf blaue Lichtblitze auf die Hauswände der kleinen Nebenstraße. Zu dieser späten Stunde waren nur wenige Fußgänger unterwegs, und das war ein zusätzlicher Vorteil.

Zayd blickte sich um. Sein geschulter Blick erfasste und analysierte instinktiv die Umgebung. Wo sollte er sich mit seinem Gewehr am ehesten postieren, um die beste Sicht, die beste Schussgelegenheit zu haben? Für ihn waren alle Städte im Grunde genommen gleich, nichts als eine vielfältige Ansammlung von Verstecken, Zielen und Hinterhalten. Letztendlich reduzierte er das alles auf ein abstraktes Koordinatensystem, durch das er eine Kugel schicken konnte, um wieder eine Seele ins Jenseits zu befördern.

Ohne ein Wort zu seinem Taxifahrer stieg er aus und nahm seine Ausrüstung mit. Sie bestand aus einem langen, schmalen Koffer aus schwarzem Hartplastik, der an einen Angelköcher erinnerte, und aus einer schweren Sporttasche, die er sich mit einem langen Riemen über die Schulter gehängt hatte.

Der Kontaktmann kannte ihn und nickte zur Begrüßung. Er streckte die Hand aus, um Zayd zu helfen, doch dieser stieß ihn beiseite.

»Außer mir rührt niemand die Sachen an.« Seine Worte

klangen hart und kühl. Er war seit vielen Stunden unterwegs, und die Müdigkeit zerrte an seinen Nerven.

»Wie du meinst.« Der Kontaktmann blinzelte und fuhr sich mit der Hand über das dunkle Gesicht. Die beiden Männer waren ungefähr gleich groß und hatten auch in etwa die gleiche Statur, sodass ein geschulter Beobachter vielleicht darauf hätte kommen können, dass sie aus ein und demselben Clan stammten. Zayd jedenfalls registrierte die Ähnlichkeit, ohne sich weitere Gedanken darüber zu machen. Er war nicht hierhergekommen, um irgendwelche komplizierten Verwandtschaftsverhältnisse oder Beziehungsgeflechte zu entwirren. Der Kontaktmann sollte schließlich kein Freund werden, sondern lediglich als Mittel zum Zweck dienen.

»Wie ist dein Name?«

»Der Name, den der *Gaal* mir gegeben hat, lautet Eddie, aber eigentlich heiße ich …«

Zayd schnitt ihm das Wort ab. »Eddie reicht. Zeig's mir.«

Eddie nickte mit abgehackten, kleinen Bewegungen. Er führte Zayd zu einer Metalltür in der Mauer, die die Gasse säumte, und öffnete ein massives Vorhängeschloss. Die Tür glitt auf, und ein Schwall muffiger, maschinenwarmer Luft drang ins Freie.

Zayd warf einen Blick ins Innere und sah, dass die Tür in eine Art Vorraum führte. Mehrere Spinde und Sicherungskästen waren an der Wand zu erkennen. Am hinteren Ende befand sich ein Gittertor. Dahinter lag ein Tunnel, der sich in der Dunkelheit verlor.

Zayd betrat nach Eddie den Raum und stellte sein Gepäck ab. Der Kontaktmann reichte ihm eine Plastiktüte. Darin lagen eine anklemmbare Taschenlampe, eine laminierte Karte, auf der sämtliche Wartungstunnels verzeichnet waren, eine Thermoskanne mit Tee und ein wenig in Zeitungspapier eingewickeltes Khat.

Zayd gab ihm das Khat zurück und zog die Jacke aus. »Das brauche ich nicht.«

»Es kann sein, dass du eine ganze Weile da unten bist.«

»Ich komm schon zurecht.« Unter seiner Jacke trug Zayd ein Hemd, das die gleiche Farbe und denselben Schnitt hatte wie Eddies, der allerdings einen dunkelblauen Fleecepullover darübergezogen hatte. Jetzt streckte Zayd seinem Kontaktmann die Hand entgegen.

Eddie runzelte die Stirn, dann tauschte er seinen Pullover gegen Zayds Jacke ein. Anschließend reichte er Zayd auch noch den Dienstausweis, der an einem Band um seinen Hals baumelte, und eine Mütze mit dem Logo der örtlichen Metrogesellschaft. »Wenn du die trägst, beachtet dich kein Mensch«, erläuterte er. »Der Treffpunkt ist auf der Karte eingezeichnet. Die anderen erwarten dich dort.«

Zayd setzte die Mütze auf und schlüpfte in den Pullover. »Wie kommunizieren wir?« Sobald sie in das Tunnelsystem eintauchten, war das digitale Satellitentelefon zu nichts mehr nütze.

Eddie nickte erneut. »Mit Funkgeräten. Ich habe die Frequenz auf die Karte geschrieben.«

Zayd warf einen Blick darauf und sah die Zahlenfolge. »Gut. Du gibst die Nachricht weiter, falls …« Er unterbrach sich und formulierte neu: »… *sobald* Ramaas anruft?«

»Ja.« Er warf einen Blick nach draußen zu dem wartenden Taxi. »Der Fahrer. Ist er einer von uns?«

Zayd schüttelte den Kopf. »Ein Kenianer. Er braucht nichts zu wissen. Aber für *unsere* Leute war Ramaas eindeutig. Sag dem ganzen Clan und unseren Verbündeten Bescheid. Sie sollen die Stadt verlassen.« Während er das sagte, zog er den Reißverschluss seiner Sporttasche auf und holte das Etui mit seinen Kunai-Messern heraus. »Aber sei vorsichtig, wie du es formulierst. Es darf auf keinen Fall eine Panik entstehen.«

»Was ist denn das?« Eddie deutete auf einen verbeulten silbernen Koffer mit geriffeltem Deckel, der ebenfalls in der Tasche lag.

»Das geht dich nichts an.« Zayd zog ein Bündel Geldscheine hervor und reichte es Eddie. »Du solltest nur zusehen, dass dir ein Fluchtweg offen steht, sobald die Zeit reif ist.« Er steckte die Messer ein und knipste die Lampe an, dann griff er wieder nach seinen Taschen.

Eddie fuhr sich mit der Zungenspitze über die Lippen. »Was, genau, hast du denn vor?«

»Wir werden uns an denjenigen rächen, die uns hintergangen haben«, sagte Zayd und verschwand in dem gewundenen Tunnel.

Als sie die Küste hinter sich ließen und in die tieferen Gewässer des Golfs von Aden vordrangen, machten sich am Himmel die ersten Anzeichen der Morgendämmerung bemerkbar.

Lucy hatte ein Auge auf den Bewaffneten gerichtet, der als Bewacher im Maschinenraum bei ihr geblieben war, und das andere auf das verschmierte Bullauge. Hin und wieder sah sie einen verschwommenen Umriss am Horizont auftauchen – das war die aufgegebene Gasbohrinsel. Sie hielt immer genügend Abstand zu ihrem Bewacher, der mit leeren, traurigen Augen ins Nichts starrte und leise irgendetwas vor sich hin nuschelte.

Guhaads Boot war eine mittelgroße Piraten-Dau, vermutlich ein ehemaliger Fischkutter. Heute diente sie als Mutterschiff für eine ganze Ruderbootflotte, die auf den

Meeresrouten entlang der somalischen Küste regelmäßig Frachtschiffe überfiel. Der hölzerne Rumpf ächzte und stöhnte in gleichmäßigem Rhythmus, und die Wellen klatschten gegen den Bug, während der Dieselmotor das Boot immer weiter durch das Wasser schob.

Außer Guhaad hatte Lucy nur noch vier andere Männer an Bord gezählt. Vermutlich wollte er seine kleine Sondervereinbarung mit ihr so geheim wie nur möglich halten, damit er nicht ein Teil seines Gewinns dafür opfern musste, sich das Schweigen anderer zu erkaufen. Sie waren alle mit Kalaschnikows, Pistolen oder Macheten ausgestattet, und Lucy kam sich – unbewaffnet, wie sie war – eindeutig benachteiligt vor.

Sie trank abgestandenes Wasser aus einer Plastikflasche und nutzte die Gelegenheit, um sich im Maschinenraum ein wenig umzusehen. Auf einer Werkbank in ihrer Nähe lagen Werkzeug und Ersatzteile herum, und sie überlegte, welches der Stücke sich wohl am besten als Waffe benutzen ließ.

Da glitt die Luke auf, und Guhaad trat ein, begleitet von einem weiteren Bewaffneten mit einem Satellitentelefon in der Hand. Lucy hörte über das Motorengeräusch hinweg die leise Stimme am anderen Ende der Leitung. »Es ist Zeit«, herrschte Guhaad sie an. »Gib ihm das Passwort für das Geld.«

Kopfschüttelnd zeigte sie mit dem Daumen auf die Bohrinsel in der Ferne. »Wir sind noch nicht da!«

»Jarisow muss es aber jetzt erledigen«, beharrte Guhaad. »Du gibst mir jetzt den Rest des Geldes, oder ich verfüttere dich an die Haie!«

»Mein Gefühl sagt mir, dass ich dir nicht trauen kann«, gab sie zurück.

»Und doch …« Guhaad ließ ein hämisches Grinsen

sehen und legte seine freie Hand auf den Kolben der Fünfundvierziger-Halbautomatik in seinem Hosenbund.

»Also gut.« Sie riss ihm das Satellitentelefon aus der Hand. »Ich weiß, wie so etwas läuft. Hab es schließlich selber schon mehr als einmal gemacht.« Sie hielt sich das Telefon ans Ohr. »Hörst du mich, Alter? Schreib auf.« Aus dem Kopf leierte sie eine sechsstellige Zahlenfolge herunter, mit deren Hilfe Guhaads Onkel in New York die fehlende Summe auslösen konnte. Damit war der Handel besiegelt. Als er ihr die Nummer zur Sicherheit noch einmal vorlas, hörte sie im Hintergrund eine Feuerwehrsirene und wurde von einem plötzlichen, unerklärlichen Heimweh gepackt. Sie verzog das Gesicht und warf Guhaad das Telefon zu.

Dann wandte sie sich ab und legte die Hände flach auf die Werkbank. Schweigend starrte sie vor sich hin und begann in Gedanken zu zählen: *zehn … neun … acht …*

Guhaad sagte etwas, was sie nicht verstand, und beendete das Telefonat. Dann bellte er dem anderen Kerl einen Befehl zu, und dieser ließ sie mit Guhaad und dem nuschelnden Wächter allein. Rufe erschallten an Deck, dann änderte das Boot ruckartig den Kurs. Die Gasbohrplattform zog draußen vor dem Bullauge vorbei und verschwand aus ihrem Blickfeld, während die Dau den Bug aufs offene Meer hinaus richtete.

In diesem Augenblick war Lucy bei *drei* angelangt. *Nicht weiter überraschend.* Mit wütendem Gesichtsausdruck drehte sie sich zu Guhaad um. »Was soll denn das, verdammt noch mal?«

Guhaad warf dem anderen Kerl einen Blick zu und fing an zu grinsen. Ohne Lucy anzuschauen, versetzte er ihr einen brutalen Rückhandschlag ins Gesicht, sodass sie gegen die Werkbank geschleudert wurde. Obwohl die ganze Aktion mehr als offensichtlich gewesen war, ließ sie es geschehen.

Guhaad zog die Fünfundvierziger aus seinem Hosenbund – ein alter Colt, noch aus der Zeit des Zweiten Weltkriegs – und richtete den schwarzen Tunnel des Laufs direkt auf ihre Stirn. »Du hättest dich auf dein Gefühl verlassen sollen«, sagte er und genoss sein Täuschungsmanöver ganz offensichtlich in vollen Zügen.

Sie wusste genau, was er vorhatte. Er würde sie zunächst zusammenschlagen, sie misshandeln und schließlich mit aufgeschlitzter Kehle an die Fische verfüttern. Die einzige Unklarheit war die Frage, ob er auch noch seinen Männern ihren Spaß gönnen würde, bevor er Lucy den Garaus machte.

Er winkte ihr mit der Fünfundvierziger zu. »Ausziehen.«

Lucy senkte den Blick und produzierte ein paar Tränen. »Wa… wa… was hast du denn vor?« Ihre Stimme bebte und bekam einen wehleidigen Klang.

Das gefiel Guhaad. Es gab ihm ein verwegenes Gefühl. »Ausziehen!«, brüllte er sie an, streckte die Hand aus und riss an ihrem Kragen. Der Stoff zerriss, sodass ihre nackte Schulter zum Vorschein kam. Sie taumelte rückwärts gegen die Wand.

Der Nuschler sah zu, wie das Drama sich entfaltete, und befingerte dabei den Griff seiner Waffe. Er trat von einem Fuß auf den anderen, und Lucy wusste genau, dass er es kaum erwarten konnte, selbst an die Reihe zu kommen.

Für einen kurzen Augenblick wurde sie wieder zu »Lula« und setzte eine unterwürfige, verzagte Miene auf. »Bitte, tu mir nichts …«

Das waren die entscheidenden Worte. Guhaad legte seine Pistole auf die Werkbank und machte sich an seinem Gürtel zu schaffen. Dann, als wäre es ihm erst jetzt bewusst geworden, blickte er ihren Wärter wütend an und brüllte: »Du wartest draußen! Ich will nicht, dass du mich die ganze Zeit anstarrst, du Idiot!«

Verärgert nuschelnd nickte der Mann, schlüpfte nach draußen und verriegelte die Tür.

Guhaad kicherte und wandte sich wieder Lucy zu. Er war immer noch mit seinem Gürtel beschäftigt und dadurch ihrer Attacke schutzlos ausgeliefert.

Sie rammte ihm den kurzen Zimmermannshammer, den sie unbemerkt in die rechte Hand genommen hatte, seitlich ins Gesicht, und zwar mit solcher Wucht, dass sein Jochbein zerschmettert wurde. Er stürzte zu Boden, aber der Hammer hatte sich in der Wunde verkantet, und sie musste ihn umdrehen, um ihn wieder herausziehen zu können. Danach waren noch einmal zwei kräftige Schläge auf die Schläfe nötig, um den Piraten endgültig zu besiegen. Jetzt war er nichts weiter als ein Hindernis, etwas, das beseitigt werden musste.

Guhaad zuckte im Todeskampf und stieß ein heiseres Keuchen und Stöhnen aus, das kaum noch etwas Menschliches hatte. Lucy drückte ihm einen öligen Lappen aufs Gesicht und fing ihrerseits an, alle paar Sekunden einen leisen Schmerzensschrei vorzutäuschen, gelegentlich unterbrochen von Schluchzern.

»Dass du wirklich darauf reingefallen bist«, flüsterte sie dem Sterbenden zu. »Ich meine, du hast doch gewusst, wozu ich imstande bin, oder? Und trotzdem hast du gedacht, dass du mich einfach so verprügeln kannst.« Guhaad versuchte, nach ihr zu greifen, doch seine Hand fasste ins Leere. »Du stirbst genauso arm, wie du gelebt hast… Das Geld, das ich dir versprochen habe? Das löst sich heute Abend schon wieder in Luft auf.«

Er stieß ein leises Zischen aus, aber sie erhielt den Druck aufrecht. Die Ziffernfolge, die Lucy an Jarisow durchgegeben hatte, war nichts anderes gewesen als digitaler Feenstaub. Die Transaktionsserver von Rubicon würden die Überweisung innerhalb von zwölf Stunden rückwirkend annullieren. Gleichzeitig würde eine integrierte Spionagesoftware die verschiedenen auf fiktive Personen eingetragenen Konten registrieren, die der Hawala-Makler verwendete, um die Einkünfte der Piraten zu waschen. Diese Daten würden anschließend anonym per E-Mail an eine Kontaktperson beim FBI geschickt werden. Der gute alte Onkel Jarisow wusste zwar noch nichts davon, aber ihm blieben nicht einmal mehr vierundzwanzig Stunden, bis Männer in blauen Anoraks an seine Haustür klopften.

Als ihr Möchtegernmörder sich nicht mehr rührte, ließ sie ihn liegen, schnappte sich seine Pistole, überprüfte das Magazin und sah nach, ob schon eine Patrone in der Kammer lag. Sie tastete Guhaad ab und brachte Ersatzmunition, ein Satellitentelefon sowie einen vertrauten nadelförmigen Dolch zum Vorschein. Mit grimmiger Miene steckte sie Saitos Waffe ein. Ihre frisch vernähte Wunde fing an zu pochen, und sie verzog das Gesicht. Die Schmerzmittel ließen langsam nach.

Sie war schwach, hatte viel zu wenig getrunken und vier Gegner gegen sich. Guhaad hatte sich von seinem Schwanz leiten lassen und den Preis dafür bezahlt, aber das würde nicht noch einmal funktionieren. *Ich muss kaltblütig und leise sein*, sagte sie sich.

Hastig stopfte sie feine Stahlwolle aus einer Schachtel auf der Werkbank in die leere Wasserflasche. Dabei keuchte sie und rang vernehmlich so lange um Atem, bis die Flasche randvoll war. Ein Schatten am unteren Türrand verriet ihr, dass der Nuschler direkt davor stand und alles mit anhörte.

Dann schob sie den improvisierten Schalldämpfer auf die Mündung der Pistole. Natürlich passte er nicht optimal, doch das gleichmäßige Dröhnen des Schiffsmotors würde vermutlich ausreichen, um das Schussgeräusch zu übertönen.

Lucy stellte sich neben die Tür und stieß ein letztes, langgezogenes, ersticktes Stöhnen aus. Dann fing sie wieder an, von zehn an rückwärts zu zählen.

Bei *vier* glitt die Luke auf, und der Nuschler streckte neugierig den Kopf ins Innere. Dann trat er ein, und sie jagte ihm eine Kugel in den Hals. Von Plastik- und Metalldämpfen umwabert sank er auf die Knie und legte die Hände über die sprudelnde Wunde. Sie verpasste ihm eine zweite Kugel ins rechte Auge.

Anschließend schlang sie sich die Kalaschnikow des Wärters über die Schulter und schlich hinaus an Deck. Die drei anderen Bewaffneten hatten sich beim Ruderhaus am Heck versammelt und rauchten. Lucy kauerte sich an den Fuß der Treppe im Bauch des Schiffes und lauschte etliche Minuten lang, atmete so leise wie nur möglich, führte sich die genauen Standorte der drei Ganoven möglichst exakt vor Augen und wartete auf den geeigneten Moment.

Jetzt näherte sich einer der Männer der Treppe. Seine nackten Füße platschten über die Planken. Lucy zog sich so weit wie nur möglich in den Schatten zurück.

Als er fast über ihr war, stieß sie einen leisen Pfiff aus und hörte, wie er reagierte. Ein Kopf erschien in der offenen Luke und direkt daneben ein Gewehrlauf.

Lucy schnappte sich den Lauf und zog mit einem kräftigen Ruck daran. Ein stechender Schmerz zuckte durch ihre frischen Narben, und sie stieß ein unterdrücktes Stöhnen aus. Der Bewaffnete verlor das Gleichgewicht und fiel die Treppe hinunter, was seine Kumpels auf dem Außendeck mit schallendem Gelächter quittierten. Er landete ungeschickt, und sie schoss zweimal aus nächster Nähe.

Der improvisierte Schalldämpfer fiel auseinander, nachdem die Stahlwolle zischend geschmolzen war. Lucy zog eine Grimasse und warf ihn weg. Sie überlegte, ob sie sich die Kalaschnikow schnappen sollte, doch das Gelächter an Deck war bereits einer deutlich spürbaren Besorgnis gewichen. Jetzt waren Schritte zu hören. Die beiden anderen Männer hatten das Ruderhaus verlassen und kamen näher. Sie riefen nach ihrem Kameraden.

Wieder begann sie innerlich mit einem Countdown. Dieses Mal zählte sie die Schritte bis zur Treppe. Bei *drei* angekommen schnellte sie nach oben, reckte, fast wie ein Gefechtsturm, den Oberkörper zur Luke heraus und schoss erst auf den einen, dann auf den anderen Mann. Den ersten traf sie in den Oberschenkel und die Magengegend, aber der letzte von Guhaads Helfershelfern bekam nur einen Streifschuss am Schienbein ab.

Er rappelte sich gerade wieder auf, als Lucy aus der Luke kletterte. Sie rannte ungebremst auf ihn zu und rammte ihn mit der Schulter gegen die Reling. Er versuchte, ihr das Gesicht zu zerkratzen, und drückte den Abzug seiner Kalaschnikow, doch die Mündung war nach unten gerichtet, und so riss seine Salve nur Splitter aus den hölzernen Planken. Lucy verpasste ihm einen eisenharten Kopfstoß, und er brüllte laut. Dann versetzte sie ihm einen erneuten Schubs, und dieses Mal rutschte er aus, purzelte über die Reling und landete im Wasser. Die Dau tuckerte ungerührt weiter, während er um sich schlug und schrie und dabei immer weiter zurückfiel.

Lucy stellte sich ans Ruder und wendete, sodass der Bug der Dau ungefähr in Richtung der verfallenen Bohrinsel zeigte, die als dunkler Fleck am Horizont erkennbar war. In ihrem Unterleib hatte sich jetzt ein permanentes, unangenehmes Ziehen eingenistet, und als sie ihr T-Shirt anhob, sah sie, dass der Verband voller roter Flecken war.

»Sichern und neu formieren!«, befahl sie sich laut. Sie band das Ruder mit einem Seil fest, sodass es in Position blieb, und durchsuchte die Dau hastig vom Bug bis zum Heck. Es fiel ihr aufgrund ihrer Verletzung schwer, die Toten an Deck zu hieven, auszuziehen und über Bord zu werfen, aber sie schaffte es. Dabei entdeckte sie zu ihrer großen Freude noch mehr Munition, einige Flaschen Wasser sowie eine Packung Schmerztabletten.

Während die Bohrinsel langsam näher kam, nahm sie das Satellitentelefon, das sie Guhaad abgenommen hatte, und setzte eine verschlüsselte Nachricht auf einer Mailbox ab, die von Rubicon abgehört wurde. Ihr Bericht war kurz und knapp: Der Auftrag war unvollendet, die Lage schwierig, das Ziel unverändert. *Ramaas finden und aufhalten.*

Dann setzte sie sich mit einem abgelaufenen Erste-Hilfe-Kasten in den Schatten und versorgte ihre Wunden. Anschließend legte sie sich einen Plan zurecht.

Sie warf ihren Overall über Bord und suchte sich ein paar zumindest einigermaßen saubere Klamotten zusammen – eine Cargohose, durchgelatschte Nike-Turnschuhe, ein viel zu weites Fußballtrikot und ihre blutverschmierte Kampfweste. Anschließend wickelte sie sich den Rest der Mullbinden aus dem Erste-Hilfe-Kasten um die Brust. Zusammen mit dem Trikot konnte sie dadurch jedes Anzeichen von Weiblichkeit verbergen. Sie schmierte sich Schmutz ins Gesicht und fand sogar ein Tuch, das sie sich um den Kopf wickeln konnte. Die Kalaschnikow vervollkommnete die Verkleidung, und sie betrachtete sich eingehend.

Ich hab schon mal besser ausgesehen, dachte sie. *Aber so wird es gehen.*

Dann lenkte sie die Dau zum hinteren Ende des Anlegers neben der Bohrinsel und schaltete den Motor aus. Niemand hielt sie auf. Sie wussten alle, dass das Guhaads Boot war, und als Ramaas' rechte Hand konnte er tun und lassen, was er wollte. Ein Khat kauender Wachmann winkte ihr desinteressiert zu, als sie den Tampen um eine Klampe schlang, und Lucy winkte zurück. Er wandte sich ab und hatte den Neuankömmling bereits wieder vergessen.

Sie kletterte eine Leiter hinauf, legte behutsam eine Hand vor die andere und näherte sich den oberen Decks der windumtosten Plattform.

Mayer war im Verlauf der Nacht still und leise seinen Verletzungen erlegen. Marc sah zu, wie Saito den Toten in einen Leichensack packte und neben die anderen toten Söldner des Kombinats legte. Nicht der Hauch einer emotionalen Regung war auf dem Gesicht des Asiaten zu erkennen. Wenn überhaupt, dann empfand er Mayers Sterben als kleine Unannehmlichkeit, vergleichbar mit dem Zu-Bruch-Gehen eines Werkzeugs vielleicht. Ruiz schenkte dem ganzen Schauspiel keine Beachtung. Er saß mit der Waffe auf dem Schoß auf der Frachtrampe der Osprey und blickte verdrossen in die Gegend. Die beiden Männer hatten die Nacht an Bord des Senkrechtstarters verbracht und ständig auf die Uhr gestarrt, während die Auktion Stunde um Stunde näher gerückt war. Dadurch hatte sich Marc keine Gelegenheit geboten, das Funkgerät zu benutzen.

Seine Gedanken drehten sich ununterbrochen im Kreis, und er hatte nicht mehr als ein, zwei Stunden geschlafen. Die Unruhe machte ihn ganz kribbelig, darum versuchte er, sie abzuschütteln, indem er die riesige Landefläche der Gasbohrinsel umrundete.

Auf den unterhalb gelegenen Decks machte sich eine gewisse Unruhe in Ramaas' Piratenheer bemerkbar. Eine nur mühsam im Zaum gehaltene Gewalttätigkeit lag deutlich spürbar in der Luft. Marc hatte schon etliche der anderen Bewerber gesehen, die auf Ramaas' Liste der Reichen und Gefährlichen standen. Zwei Amerikaner zum Beispiel, die ihre leise Konversation sofort eingestellt hatten, sobald er in ihre Nähe gekommen war. Schmallippig und wachsam, wie sie waren, hielt Marc sie für Geheimagenten und überlegte sogar kurz, ob er sich ihnen anvertrauen und versuchen sollte, sie als Verbündete zu gewinnen. Aber wie hätte er sie dazu bewegen sollen, ihm zu glauben?

Er fand eine geschützte Ecke und setzte sich auf eine Strebe des Gerüsts, das die Landefläche umgab. Ein orangefarbener Streifen zeigte sich am Horizont und brachte das Meer zum Glänzen wie eine riesige Fläche aus hauchdünnem Kupfer. Er lehnte sich gegen die kräftige Brise, die ihn umwehte, als könnte sie ihm die Antwort geben, auf die er so sehnlich hoffte.

Die rostigen Streben des Gerüsts knarrten, und Marc wandte den Blick in Richtung des Geräusches. Da trat eine schmale Gestalt aus dem Schatten und bedrohte ihn mit einem Sturmgewehr. Marc hob die Hände und wich ein Stückchen zurück.

Der Bewaffnete hatte sich einen roten Schal vors Gesicht geschlungen und bedeutete ihm mit einer überall auf der Welt verbreiteten Geste, dass er eine Zigarette haben wolle. »Tut mir leid, Kumpel«, erwiderte Marc kopfschüttelnd. »Nichtraucher.«

»Gut so«, erwiderte der Bewaffnete. »Ist schließlich eine ziemlich eklige Angewohnheit, Dane.« Die Gestalt nahm den Schal ab. Dahinter kam ein vertrautes dunkelhäutiges Gesicht zum Vorschein.

Für einen kurzen Moment war Marc vollkommen verwirrt. »Lucy?« Er machte einen Schritt auf sie zu und blieb wieder stehen. Sah sich in alle Richtungen um, wollte wissen, ob sie beobachtet wurden. »Heilige Scheiße, wie hast du das denn geschafft? Bist du okay? Wie …« Er zwang sich, kurz innezuhalten und Luft zu holen. »Bin ich froh, dass du noch lebst.« Mit einem Mal spürte er die Last seines schlechten Gewissens. »Ich wollte dich eigentlich rausholen, aber Saito …«

»Alles okay«, fiel ihm Lucy ins Wort. Sie hielt sich nach wie vor im Schatten und beobachtete aufmerksam die ganze Umgebung. »Das war deine Pflicht. Wenn du versucht hättest, mich rauszuholen, hätte ich dir eine ordentliche Backpfeife verpasst.«

»Tja, na ja …« Er runzelte die Stirn. »Trotzdem fühle ich mich beschissen deswegen.«

»Gut.« Sie schulterte ihre Kalaschnikow und zog eine Pistole aus ihrer Tasche. »Da, nimm die. Ich schätze mal, du wirst sie noch brauchen können.«

Marc betrachtete die Pistole kurz, dann lehnte er ab. »Du hast zwar ganz bestimmt recht, aber lass mal lieber. Wenn Saito das Ding sieht, wie soll ich es ihm erklären?«

»Wie du willst.« Sie zuckte mit den Schultern.

Er sah ihr in die Augen. »Ich hatte schon Angst, dass er … dass er dich umgebracht hat.« Kaum hatte er das ausgesprochen, wehte ein Hauch von Trostlosigkeit über ihn hinweg.

»Ich bin zäh«, erwiderte sie leichthin, aber mit einem Unterton, der verriet, dass sie Schmerzen hatte. Und ihre Bewegungen sahen auch nicht gerade geschmeidig aus. »Im Moment bin ich eben noch ein bisschen langsam, das ist alles.«

Er hörte aufmerksam zu, während sie ihm berichtete, wie sie Saitos Dolchstich überlebt hatte und bis auf diese Bohrinsel gelangt war. Und Marc schilderte ihr im Gegenzug seine Erlebnisse.

»Wir müssen uns überlegen, wie wir vorgehen«, meinte Lucy abschließend. »Wie schnell könntest du die Osprey von hier wegbringen, wenn es sein müsste?«

»Mit einem Kaltstart bräuchte ich vielleicht zwei Minuten. Aber was soll uns das bringen? Wir wissen immer noch nicht, wo die Exile-Bombe ist, und das wird Ramaas uns garantiert nicht freiwillig verraten. Er hält alle Trümpfe in der Hand, Lucy.«

Sie lächelte freudlos. »Das stimmt, sogar mehr, als du ahnst. Ich glaube, er führt uns ganz gepflegt an der Nase herum, Marc. Das Ganze ist wie ein Hütchenspiel an irgendeiner Straßenecke. Nur mit viel höheren Einsätzen.«

»Ja, genau.« Das alles war Marc während der vergangenen Stunden auch schon durch den Kopf gegangen. »Der Mercedes in Dubai … als wir den gerammt haben, hat er fünf Koffer im Kofferraum gehabt. Wir wissen, dass einer davon überfahren worden ist. Und die anderen drei haben wir in den Erpressungsvideos gesehen.«

»Und damit stellt sich die Frage, wo der letzte sein könnte.«

Marc sprach aus, was beide dachten. »Hier? Alles, was ich bisher von Ramaas gesehen habe, deutet darauf hin, dass er ihn dicht in seiner Nähe hat.«

»Im Prinzip sehe ich das genauso, nur … hat er nicht

von Anfang an, in jeder einzelnen Phase dieser ganzen Aktion geblufft, uns belogen und auf falsche Fährten gelockt? Andererseits ... um wirklich Gewissheit zu haben, müssten wir die ganze Bohrinsel von oben bis unten mit einem Geigerzähler absuchen.«

Er blickte hinaus zum Horizont. »Ich wette, dass die Amerikaner, die Russen und die Chinesen sich schon jede Menge stichhaltiger Begründungen zurechtgelegt haben, wieso sie diese Bohrinsel unbedingt mit ihren Marschflugkörpern eindecken müssen. Wenn die glauben, dass die Bombe sich hier befindet, werden sie das ganze Ding einfach versenken.«

»Aber niemand will riskieren, dass die Bombe in Wirklichkeit irgendwo auf seinem Territorium versteckt ist.« Sie sog zwischen zusammengebissenen Zähnen den Atem ein. »Mannomann, dieser Kerl ist ein abgezockter Hurensohn. Er kann sich ganz entspannt zurücklehnen und zusehen, wie die anderen sich ununterbrochen im Kreis drehen, und lacht sich dabei noch einen Ast.«

Marc nickte. »Die ganze Welt hat ihn mittlerweile ins Visier genommen, und ihm ist das einfach scheißegal.«

Lucy verzog die Lippen. »Die ganz normalen Leute in Somalia, die nichts anderes wollen, als dass dieses Chaos endlich ein Ende hat, all diejenigen, für deren Wohlergehen Ramaas angeblich kämpft, die sehnen sich doch einfach nur nach einem geregelten Leben. Aber das hier ... ganz egal, wie das irgendwann endet, diese Leute haben garantiert nichts davon.«

Marc legte die Hand um das verrostete Geländer. »Dann müssen wir eben die Spielregeln ändern.« Er spannte seine Kiefermuskulatur an, während die ganze Frustration, die ganze Wut, die in ihm steckten, ins Freie drängten. »Die ganze Zeit hängen wir schon hinterher, jedes Mal wieder.« Er schüttelte den Kopf. »Aber damit ist jetzt Schluss, Lucy. Wir müssen das beenden, bevor es zu spät ist. Wenn Ramaas die Lunte einmal angezündet hat … können wir nichts mehr tun.«

Sie nickte grimmig. »Am besten gehst du jetzt wieder zu Saito. Nicht dass er noch misstrauisch wird.« Sie legte den Schal um und glitt zurück in den Schatten.

»Und was ist mit dir?«, wollte Marc wissen.

»Ich bleibe in der Nähe«, sagte sie. »Ich will etwas probieren. Es gibt da jemanden, der mir einen Gefallen schuldet.«

»Sei vorsichtig.«

Lucy warf ihm ein letztes, herausforderndes Lächeln zu. »Uns ist doch wohl beiden klar, dass wir schon vor Tagen alle Vorsicht über Bord geworfen haben.«

22

Eine Sirene schickte ihren schwermütigen Klang durch die stählernen Abteile der heruntergekommenen Bohrinsel. Es war das Zeichen, dass die Zusammenkunft beginnen sollte. Bewacht von Dutzenden bewaffneter Piraten folgte Marc Saito und Ruiz über verschiedene Decks, bis sie eine große, überdachte Fläche betraten. Hier hatte sich in besseren Tagen einer der zentralen Maschinensäle der Bohrinsel befunden.

Das stählerne Deck war verbogen und voller Rost. Überall lagen Metallstücke herum – Rahmenteile und abgesägte Schrauben, die aussahen wie faulige Zahnwurzeln und eigentlich auf den Schrottplatz gehörten. In der Mitte dieses völlig vergammelten Atriums gähnte ein Schacht, der direkt in den mächtigen Betonpfeiler hinabführte, den Stamm, auf dem die gesamte Bohrinsel ruhte. Marc beobachtete, wie sich ein sonnengebräunter Mann in dunkler Jacke an die Kante des Schachtes stellte und hinuntersah. Er kickte ein paar lose Steinchen über den Rand, und Marc hörte, wie sie in die Dunkelheit kullerten. Dann lauschten sie beide angestrengt auf das Platschen, das irgendwann kommen musste, und doch niemals kam.

Der Mann mit der Jacke bemerkte Marc und warf ihm einen warnenden Blick zu. Auf seinen Wangen waren mehrere schwarze Tätowierungen zu erkennen, Zahlenfolgen und verzierte Kreuze, die ihn als Führungskader der Los Noches, eines der größten und skrupellosesten

Drogenkartelle Südamerikas, kennzeichneten. Der Mann spuckte sehr betont in den Schacht und ging weiter.

Marc sah sich um. Die ganze Anlage hatte Ähnlichkeit mit einem Stadion. Die tiefere Ebene war über mehrere Eingänge zu erreichen und war von verschiedenen erhöht verlaufenden Gitterstegen umgeben. Dort hatten sich noch mehr Bewaffnete postiert. Ein junger Mann hielt eine Videokamera in der Hand und filmte. Ein zerklüfteter Riss in der Decke ließ einige wenige Lichtstrahlen hereindringen, sodass die bevorstehende Morgendämmerung sich in der abgestandenen, regungslosen Luft bemerkbar machte.

»Sieh zu, dass ich dich immer im Auge behalten kann«, warnte ihn Saito. »Wenn du zum Sicherheitsrisiko wirst, habe ich keine Verwendung mehr für dich.«

»Dann schwimm doch nach Hause!«, entgegnete Marc. Saito und Ruiz hatten sich dicht zusammengestellt, genau wie alle anderen Versammelten auch. Jeder Teilnehmer beobachtete die anderen mit angriffslustiger Miene. Neben den Vertretern des Drogenkartells und der CIA, die Marc bereits identifiziert hatte, registrierte er jetzt auch das chinesische Kontingent – zwei ernst dreinblickende Asiaten in dunklen Anzügen – sowie zwei Saudis mit grimmiger Miene, vermutlich Vertreter von al-Qaida. Insgesamt zählte er mindestens acht Interessenten. Sie alle trugen neutrale, etwas zu weite Kleidung, unter der sich problemlos eine Schusswaffe verstecken ließ. Nur eine Gruppe unterschied sich schon rein äußerlich von den anderen. Sie trugen beide nordkoreanische Militäruniformen und scherten sich ganz offensichtlich nicht darum, dass die anderen wussten, woher sie kamen.

Jetzt schwang eine Luke auf, und einer der Piraten kam herein. Er schob einen Rollwagen mit einer großen Kiste vor sich her und machte eine Handbewegung. »Waffen. Funkgeräte. Telefone. Hier rein!« Er schob den Wagen auf die Nordkoreaner zu und fuchtelte wütend mit den Händen, als sie keine Anstalten machten zu gehorchen. »Los jetzt!«

Hinter ihm standen vier Männer mit Kalaschnikows. Sie machten sich schussbereit. Nach einem langen Augenblick des Zögerns schnallten die beiden Obersten schlecht gelaunt ihre Ledergürtel ab, nahmen die Waffen aus den Halftern und legten alles in die Kiste. Dann fuhr der Pirat mit einem Metalldetektor, wie sie auch auf Flughäfen eingesetzt werden, an ihnen entlang. Der Detektor schlug mehrfach Alarm, und jedes Mal mussten die Nordkoreaner einen Wutanfall über sich ergehen lassen. Als sie schließlich sämtliche Waffen abgeliefert hatten, wurde die Prozedur fortgesetzt, bis die Piraten jeden ihrer Besucher systematisch entwaffnet hatten.

Auf den Emporen spazierten bewaffnete Männer hin und her, unterhielten sich leise und starrten auf die Versammlung herab. Marc suchte überall nach einem roten Schal. Einen Augenblick lang befürchtete er schon das Schlimmste, bis er eine drahtige Gestalt am anderen Ende des Raumes stehen sah, ganz in der Nähe einer groß gewachsenen Frau mit kurzen Haaren und einem Mann mit rundlichem Gesicht, die vermutlich die Abordnung aus Moskau bildeten.

Lucy hielt sich bewusst von den anderen Bewaffneten fern und achtete sorgfältig darauf, nicht aufzufallen. *So weit, so gut.* Wenn die Kerle nicht halb betäubt waren von dem Khat, das sie ständig kauten, dann hatten die Düfte aus der Gerüchteküche sie in helle Aufregung versetzt. *Ramaas würde sie alle reich machen. Ramaas würde alle Ausländer umbringen. Ramaas würde dem Rest der Welt den Krieg erklären.*

Vermutlich enthielten alle diese Spekulationen auch ein Körnchen Wahrheit. Aber fürs Erste fiel sie niemandem auf, und durch ihre jungenhafte Figur schöpfte auch niemand Verdacht. Wie lange ihre Tarnung Bestand haben würde, ließ sich nicht sagen. Aber irgendwann würde sie auffliegen, und dann musste sie bereit sein. Lucy brauchte einen Plan B.

Und sie hatte auch schon eine Möglichkeit ins Auge gefasst. Den Typen mit dem Stiernacken hatte sie zwar noch nie gesehen, aber er machte auf Lucy den Eindruck, als gehörte er zum Spetsnaz. Diese Elitetruppe des GRU, also des russischen Militärgeheimdienstes, war weltweit berüchtigt für ihre Härte und ihre Unerbittlichkeit.

Die Frau hingegen … sie hatte Schultern wie eine Kugelstoßerin, slawische Gesichtszüge und einen blonden Bürstenhaarschnitt. Lucy kannte sie nur allzu gut. Das letzte Mal hatte sie dieses Gesicht durch ein Zielfernrohr gesehen.

»Rada Simonova«, sagte Lucy leise, während die allgemeine Aufmerksamkeit den Männern galt, die die Waffen einsammelten.

Die GRU-Agentin spannte sofort alle Muskeln an, als sie in dem Getöse ihren Namen vernahm, und drehte sich langsam zu Lucy um. Ihre langen Finger ballten sich zu Fäusten. »Wer sind Sie?«

Lucy trat einen Schritt näher. »Grosny, vor drei Jahren. Können Sie sich noch an die tschetschenischen Separatisten mit dem Anthrax erinnern?«

»Die Amerikaner wissen nichts davon«, erwiderte die Frau. »Und das bedeutet, dass Sie nur eine sein können.« Sie legte den Kopf schief. »*Keyes.* Also doch nicht tot?«

»Obwohl es immer wieder Leute gibt, die es versuchen.«

»Ha.« Simonova lächelte halbherzig. »Was würde dieses Gesindel wohl dazu sagen, wenn sie wüssten, dass jemand wie Sie mit von der Partie ist? Wer weiß, vielleicht verschafft mir das ja einen Vorteil bei dem Piratenkönig, wo immer er auch sein mag.«

»Im Ernst?« Lucy blickte sich um, um sich zu versichern, dass sie nicht belauscht wurden. »Das wäre Ihr erster Schritt, Rada? Mich zu verraten? Finde ich, ehrlich gesagt, nicht besonders schwesterlich.«

»Es gibt in diesem Spiel nicht besonders viele von unserer Sorte«, erwiderte die Russin. »Vielleicht hätte ich ja gerne ein bisschen weniger Konkurrenz.«

Simonova hatte recht. Das Feld der verdeckten Geheimdienstoperationen wurde seit jeher von Männern dominiert. Das war einer der Gründe, weshalb Lucy die Russin sofort erkannt hatte. Wenn es nur wenige aus dem gleichen Stall gibt, merkt man sich die Namen und Gesichter vermutlich eher.

»Wir wollten schon in Grosny dasselbe«, sagte Lucy, »und hier stehen wir auch auf derselben Seite. Deshalb habe ich Sie damals nicht erschossen.« Sie legte die Hand an den Kolben ihrer MP. »Sie wollen doch nicht etwa, dass ich das bereue, oder?«

Simonova wandte den Blick ab. »Sie müssen wirklich sehr verzweifelt sein, wenn Sie mich um Hilfe bitten, Keyes«, sagte sie und fuhr fort, bevor Lucy etwas erwidern konnte: »Lassen Sie mich raten: Ihr afrikanischer Gönner hat Sie hierhergeschickt, aber jetzt wissen Sie keinen Ausweg mehr. Darum klammern Sie sich an den verheißungsvollsten Strohhalm, und das bin eben ich.«

»Ich bin die Einzige von uns, die momentan eine Waffe trägt«, erinnerte Lucy sie. »Was glauben Sie wohl, wie lange Sie und Ihr Kumpel überleben würden, wenn diese Hyänen anfangen zu schießen?«

»Das leuchtet mir ein«, gestand Simonova. »Also, was wollen Sie?«

»Unterstützung, sobald uns das Ganze hier um die Ohren fliegt. Was früher oder später garantiert der Fall sein wird.«

»Sie scheinen sich da sehr sicher zu sein.«

Lucy nickte. »Wir sind schon seit Tagen hinter diesem Witzbold her. Und er hält sich garantiert nicht an das Drehbuch, so viel steht fest.«

»*Wir*?« Simonova blickte sich um. »Dann sind Sie gar nicht allein?«

Lucy ging nicht darauf ein. »Bitte bedenken Sie, dass für Ihre Leute am meisten auf dem Spiel steht.«

»Wie kommen Sie denn darauf? Meine Kameraden vom FSB haben bei ihrer Suche nach der Bombe ganz Moskau auf den Kopf gestellt. Aber sie haben nichts gefunden. Womöglich hat diese Waffe gar nie existiert.«

»Aha? Und warum hat Moskau zwei Spitzenagenten des GRU entsandt, wenn man dort nicht an die Echtheit der Bedrohung glaubt?« Lucy stellte sich jetzt direkt hinter die Russin. »Wir wissen über das Exile-Programm Bescheid. Und falls diese Bombe tatsächlich explodiert, kann jeder Nuklearforscher auf diesem Planeten sich schon eine Stunde später ein Bild von der Signatur der bei der Explosion freigesetzten Isotope machen. Und die führt dann direkt zu Ihrer Regierung. Ich weiß, dass Ihr Präsident eine ganze Menge aushalten kann, aber ob er das wirklich will?«

Simonova blieb stumm. Die Isotopensignatur einer Atombombe war im Prinzip nichts anderes als ein radiologischer Fingerabdruck. Mit der richtigen spektroskopischen Ausrüstung konnte jeder einigermaßen solide ausgebildete Physiker den exakten Ursprung des nuklearen Materials in der Kofferbombe bestimmen, bis hin zu der Anlage, in der es angereichert worden war. »Wenn Sie wissen, wo die Bombe ist, verraten Sie es mir«, sagte die Russin. Der spielerische Tonfall, der in ihren vorangegangenen Bemerkungen noch zu hören gewesen war, war verschwunden.

»Ich habe eine Idee«, erwiderte Lucy. »Aber sicher bin ich mir nicht. Sind Sie dabei? Ja oder nein?«

»Ja«, entgegnete Simonova. »Fürs Erste.«

Lucy hätte zu gerne gewusst, wie sie diesen Satz gemeint hatte, doch dann fingen etliche Bewaffnete am anderen Ende der Arena an, laut durcheinanderzureden. An einer Luke wurden mehrere Riegel zurückgeschoben. Die Männer reckten ihre Gewehre in die Luft und schrien. Lucy machte alle Bewegungen nach, blieb dabei aber stumm.

Unter lautem Kreischen wurde die Luke geöffnet. Der Auftritt des Superstars der Veranstaltung stand unmittelbar bevor.

Eine ziemlich passende Beschreibung, dachte Marc, denn Abur Ramaas betrat wie ein Boxer auf dem Weg zum Ring die Arena. Mit gebieterischem Lächeln musterte er die Gesichter der Umstehenden. Die Soldaten des Kriegsfürsten brachen in heiseren Jubel aus, den Ramaas mit einem laut bellenden Lachen quittierte. In seinem Gefolge befanden sich noch mehr Bewaffnete sowie ein kleineres, schlaksiges Bürschchen, das einen Laptop an seine Brust gedrückt hielt. Marc fiel der Computer sofort auf – ein besonders stabiles, speziell für militärische Zwecke konstruiertes Modell, ähnlich wie sein eigener, den er in der Osprey zurückgelassen hatte.

Gleich und Gleich … Marc jedenfalls brauchte keinen zweiten Blick, um zu wissen, dass der andere auch ein Hacker war. Der schlaksige Bursche hüpfte auf ein Podest im hinteren Teil der Arena. Dort stand bereits ein tragbarer Generator, den er jetzt an seinen Laptop anschloss.

Marc trat ein Stückchen zur Seite, um besser sehen zu können, doch dann versperrte Ramaas ihm die Sicht. »Polizist«, sagte er und zog das Wort genüsslich in die Länge. »Uns steht ein großer Tag bevor. Du wirst es sehen.«

»Tatsächlich?«

»Oh ja«, fügte Ramaas milde hinzu. Er ging auf die Kiste mit den konfiszierten Waffen und Kommunikationsgeräten zu und verscheuchte den Kerl, der alles eingesammelt hatte, mit einer Handbewegung. »Damit wir endlich vorankommen«, fuhr er an den ganzen Saal gewandt fort.

Mit energischen Schritten marschierte er zu der Kiste und versetzte dem Rollwagen einen kräftigen Fußtritt. Er schlitterte über das Deck, bis die hinteren Räder über die Kante des Bohrschachtes rutschten. Dann ergriff die Schwerkraft von dem Gefährt Besitz und riss das ganze Ding ins schwarze Nichts hinab. Klirrend und klappernd verschwanden der Rollwagen und die Kiste mitsamt Inhalt im Schacht.

Lautes Gelächter hallte durch den Raum, während Ramaas zu seinem Podest zurückstolzierte. Dort hatte der Piratenhacker mittlerweile eine Satellitenschüssel ausgeklappt. Der Kriegsfürst klopfte ihm wohlwollend auf die Schulter und ließ sich dann auf einer Werkzeugkiste nieder, die wie ein Königsthron auf einem Podium aus Metallschrott aufgestellt worden war.

»Da wären wir also«, stimmte Ramaas in feierlichem Ton an. »Wie schmeckt euch das?« Er ließ den Blick durch den Raum schweifen und suchte den direkten Blickkontakt mit jedem, der dazu bereit war. »Ihr alle, die ihr so sehr daran gewöhnt seid, Waffen in Händen zu halten. Die Kontrolle in Händen zu halten. Aber nicht heute. Nicht an einem so glorreichen, großartigen Tag.« Er lehnte sich zurück. »Jetzt bin ich der Kapitän.«

Bei diesen Worten brandete erneut spöttisches Gelächter auf. Marc blickte sich um. Überall standen ungeduldige Männer, die es kaum erwarten konnten, unter diesen eingepferchten Ausländern endlich ein Blutbad anrichten zu dürfen.

»Bringen wir's endlich hinter uns«, sagte einer der Amerikaner. »Wir sind hier. Also sag uns, wie viel du willst.«

Ramaas warf dem Hacker einen Blick zu, und dieser nickte. Dann drehte er den Laptop herum, sodass Marc einen kurzen Blick auf den Monitor werfen konnte. Waren das Routingprotokolle für Finanztransaktionen? *Sie haben sich in ein Bankkonto in irgendeiner Steueroase eingeloggt,* vermutete er. »Er will eine Auktion veranstalten«, sagte er leise.

»Ein ganz einfaches Spiel.« Ramaas erhob sich und holte drei weiße Briefumschläge aus der Innentasche seiner Lederweste, spielte damit, mischte sie immer wieder neu. »Das erste Objekt des heutigen Tages.« Er fächerte die drei Umschläge auf. »Drei Koffer. Drei Örtlichkeiten. Aber nur einer davon enthält den authentischen Sprengkörper. Jeder dieser Umschläge enthält ein Blatt Papier. Ein Blatt Papier mit dem Namen einer Stadt.« Er grinste, und sein dunkles, verletztes Auge glitzerte feucht. »Die drei höchsten Gebote bekommen den Zuschlag.« Er deutete auf den Computer. »Kommt her und bietet mit, wenn ihr wollt. Oder wartet ihr lieber auf die nächste Gelegenheit? Es ist ganz allein eure Entscheidung.«

Die Reaktion fiel zunächst sehr zögerlich und zurückhaltend aus. Die ersten Vertreter unterschiedlicher Gruppen traten vor, setzten sich von den anderen ab und gaben ihr Gebot in den Laptop ein. Und alle wurden sie von lauten Buhrufen und Pfiffen der Piratenmeute begleitet, sodass jeder Gang zum »Thron« des Kriegsfürsten zum Spießrutenlauf wurde.

»Hör dir das an«, knurrte Ruiz, nachdem Saito von seinem Ausflug zur Tastatur zurückgekehrt war. »Eine kläffende Hundemeute.« Er starrte wütend zu Ramaas hinüber, der an einer Bierflasche nippte und träge zusah, wie die Vertreter der Weltmächte, Bittstellern gleich, kamen und gingen. »Und sieh ihn dir an! Er genießt jede einzelne Sekunde dieses Affentheaters. Er macht uns alle zu Deppen.«

»Das überrascht dich?«, erwiderte Marc. »Ramaas ist der unumstrittene Herrscher hier im Saal, und es ist ihm scheißegal, wer alles davon erfährt. In diesem Augenblick ist die ganze Welt seine Geisel. Er wird es genießen, solange es nur irgend geht.«

Saito warf ihm einen kalten Blick zu. »Der Kerl ist nichts weiter als ein Ganove mit einer Glückssträhne. Aber die geht bald zu Ende. Das Kombinat weiß genau, wie solche Typen ticken. Sie lassen ihm seinen Spaß. Soll er ruhig prahlen und in alle Welt hinausbrüllen, wie großartig er ist. Und dabei wird er so viel Lärm machen, dass er den tödlichen Schuss nicht einmal hören wird.«

Marc schüttelte den Kopf. »Du unterschätzt ihn, und das wirst du noch bereuen. Wenn wir versuchen, ihn wie einen Idioten auszutricksen, wird das eine Menge Menschen das Leben kosten.«

Saito setzte wieder dieses matte, freudlose Lächeln auf. »Ich sehe in ihm nichts anderes als einen Opportunisten, der sich vorgaukelt, er wäre mehr als das. Wie lautet das

Sprichwort noch mal? *Unter den Blinden ist der Einäugige König?*« Der Söldner wies mit einer Kopfbewegung auf das Podest, während die Bewaffneten sich gerade über den Mann lustig machten, der am Laptop stand – ein mürrischer Europäer, der sich nicht genau zuordnen ließ. »Diese Typen sind ungebildete, brutale Räuber, und ihr Anführer ist kaum besser. Unglaublich, dass wir uns an so einem Pack überhaupt die Finger schmutzig machen müssen.«

»Ramaas ist aber nicht Somalia«, herrschte Marc ihn wütend an. »Nicht jeder in diesem Land ist ein Pirat! Wobei … Das Kombinat interessiert sich ja sowieso nicht für die Menschen, stimmt's? Für die zählen immer nur die wirtschaftlichen Möglichkeiten. Was das angeht, unterscheidest du dich kein bisschen von deinen Auftraggebern.«

Der Japaner legte den Kopf schief. »Du bist viel zu leichtgläubig. Arme Fischer, die von den Industrienationen ausgebeutet wurden, werden zu Piraten, um das hungernde Volk zu ernähren? So wie euer Robin Hood, nicht wahr?« Er schnaubte verächtlich. »Sieh dich doch um. Wie viele von diesen Männern waren früher einmal friedliche Fischer, was glaubst du? Warum haben sie ihr altes Leben nicht wieder aufgenommen, nachdem die Militärpräsenz im Golf verstärkt worden ist? Hier sind doch schon seit Jahren keine schwimmenden Fischfabriken mehr durchgekommen. Aber nur die wenigsten wollten wieder zurück. Sie haben am schnellen Geld und am Blutvergießen Gefallen gefunden.«

Ruiz grinste wölfisch. »Na ja, das kann ich gut verstehen …«

»Weißt du eigentlich, wieso Abur Ramaas so viel Einfluss gewonnen hat?«, fuhr Saito fort. »Weil er die Clans in Eyl und in anderen Städten hinter sich versammelt hat, und zwar, indem er ihnen Gold versprochen hat. Er hat sein Versprechen gehalten, und sie sind ihm willig gefolgt. Aber dass er mit seinem Vorhaben andere Landsleute noch tiefer ins Elend stürzt … Ich glaube kaum, dass ihm das auch nur eine Minute den Schlaf raubt.«

Die Bewaffneten pfiffen gerade den letzten Bieter aus – es war einer der nordkoreanischen Offiziere –, während er sich mit steifen Bewegungen auf den Rückweg zu seinem Kollegen machte. Ramaas erhob sich und warf die leere Bierflasche achtlos in eine schattige Ecke. »Nun, wer hat wohl die größte Summe bezahlt? Wem war sein Seelenfrieden am meisten wert?« Er beugte sich zu dem Hacker, stellte ihm eine Frage und quittierte die Antwort mit schallendem Gelächter. »Oh, wie vorhersehbar. Wie überaus vorhersehbar.«

Der Kriegsfürst marschierte durch die Menge hindurch bis zu den Chinesen. Dann warf er ihnen einen Umschlag zu und marschierte wieder zurück. Einer der Chinesen musste sich bücken und den Umschlag vom Deck aufheben. Als Nächstes überreichte er den Amerikanern einen Umschlag, und den letzten bekam die Russin, begleitet von einem ironischen Bückling. Ramaas' Truppen hatten ihren Spaß dabei und feuerten ihn mit lautem Johlen an.

Marc sah Saito an. »Pech gehabt. Da seid ihr wohl überboten worden.«

»Du hast echt keine Ahnung, was hier eigentlich abgeht, oder?«, erwiderte der Söldner. »Das war doch bloß die Eröffnung. Das eigentliche Spiel beginnt erst jetzt.«

Marc musterte nacheinander die Gesichter der Russen, der Amerikaner und der Chinesen, versuchte dahinterzukommen, was auf dem Stück Papier, das sie so teuer erworben hatten, wohl zu lesen stand, aber sie hatten allesamt undurchdringliche Pokermienen aufgesetzt.

Vielleicht verspürte einer von ihnen den plötzlichen Drang, den Raum zu verlassen, vielleicht ließ sich jemand zu einem unwillkürlichen Blick Richtung Ausgang hinreißen. Denn falls hier irgendjemand erfahren hatte, dass es *seine* Stadt war, die bedroht wurde, gab es nichts Wichtigeres als eine sofortige Kontaktaufnahme mit der Heimatbasis. Doch niemand rührte sich von der Stelle, niemand sagte ein Wort, und dann kroch eine unangenehme Ahnung langsam, aber unaufhaltsam in Marcs Bewusstsein.

»Nun? Seid ihr zufrieden mit dem, was ihr erworben habt?«, wollte Ramaas wissen. »Keine Rückzahlung, keine Erstattung, bedauerlicherweise.« Er grinste seine Männer an. »Unsere Freunde hier haben uns gerade eben sehr reich gemacht.« Zustimmendes Gebrüll schallte durch den Maschinensaal.

Saito wartete, bis das Gejohle verstummt war, dann meldete er sich zu Wort: »Der Standort der Bombe ist nicht das wertvollste Gut, das du anzubieten hast. Warum hören wir nicht auf mit diesen Spielchen und kommen zum eigentlichen Zweck der Übung?«

Für einen kurzen Moment flackerte Wut in Ramaas' Blick auf. Es passte ihm nicht, dass jemand seinen Fahrplan durchkreuzen wollte. Doch dann verrauchte der Ärger, und er spielte wieder seine Rolle als König der Banditen. »Du hast recht. Sprechen wir über den Hauptgewinn.« Er zog einen vierten Briefumschlag heraus, der genauso aussah wie die anderen drei, und fächelte sich damit Luft zu. »Da hätten wir ihn. Die Funkfrequenz der Bombe sowie der siebenstellige Code, der den direkten Zugriff auf die Steuerung ermöglicht.« Ramaas reckte den Umschlag hoch über seinen Kopf. »Mit diesen Informationen kann die Bombe jederzeit entschärft … oder gezündet werden.« Er öffnete die Lippen zu einem breiten Haifischgrinsen. »Höre ich ein Gebot …?«

Lucy versuchte, einen Blick auf den Zettel zu erhaschen, den Simonova in der Hand hielt, doch die Russin drehte ihn rechtzeitig weg. Lucy unterdrückte den spontanen Impuls, ihn der anderen Frau einfach zu entreißen – scheiß auf die Konsequenzen, einfach nur, weil sie wissen wollte, wo diese unheimliche Bedrohung nun eigentlich lag. Ihre Heimatstadt New York war schließlich genauso in der Schusslinie wie Peking und Moskau. Obwohl sie sich immer wieder sagte, dass das alles hier nur ein Teil von Ramaas' groß angelegtem Hütchenspiel war, spürte sie dennoch unwillkürlich eine große Angst um ihre Geburtsstadt.

Doch dann schob sie das alles beiseite und war wieder nichts anderes als eine hervorragend ausgebildete Scharfschützin. Sie knipste sämtliche Gefühle aus, wurde kalt und nüchtern, konzentrierte sich nur noch auf ihr Ziel. Sie stellte sich vor, wie sie in einem Hinterhalt auf der Lauer lag, atmete lautlos und nahm alles um sich herum deutlich wahr, analysierte jede Veränderung. *Achte auf die Umgebung. Besonders auf die Anomalien.*

Simonova zeigte keinerlei Reaktion. Kein Muskel zuckte in ihrem ausdruckslosen Gesicht. Und auch die CIA-Agenten und die Vertreter der chinesischen Staatssicherheit blickten vollkommen ungerührt drein. Keiner von ihnen sah die anderen an, keiner zeigte eine Reaktion, die vermuten ließ, dass seine Stadt unmittelbar von der Auslöschung bedroht war. Entweder hatten all diese Agenten Nerven wie Drahtseile, oder hier war irgendetwas anderes im Gang.

Das nächste Wettbieten begann und artete schnell in

eine hässliche Brüllerei aus. Die Saudis und die geheimnisvollen Europäer überboten einander schon in den ersten Sekunden immer wieder, und zwar in Zehn-Millionen-Dollar-Schritten. Lucy registrierte, dass der Vertreter des Kombinats auch gelegentlich ein Angebot abgab, doch zu ihrer großen Enttäuschung schienen die Weltmächte nichts weiter unternehmen zu wollen. Irgendwann, so glaubte sie immer noch, würden die Amerikaner oder die Chinesen ein Gebot abgeben, das diesem ganzen Treiben ein Ende setzte, aber nichts dergleichen geschah. Mittlerweile war die Auktion zu einem Duell zwischen dem Kombinat und den Nordkoreanern geworden, bis die Summe auf gewaltige 200 Millionen Dollar angewachsen war.

Lucy suchte Marcs Blick, und sie sahen einander in die Augen. Es war klar, dass ihnen beiden dieselbe Frage auf der Zunge lag. *Was, zum Teufel, ist hier eigentlich los?*

»Genug!« Ramaas schlug seine Faust mit solcher Wucht in die andere Handfläche, dass es knallte wie ein Peitschenhieb. Er nahm den letzten Umschlag in die Hand. »Mir wird langsam schwindelig!« Er schnaubte laut, und die gehässige Feierstimmung seiner Männer verstärkte seine Worte zusätzlich. »Kommt her und holt euch den Hauptgewinn ab!«

Der japanische Söldner und ein Nordkoreaner setzten sich gleichzeitig in Bewegung, aber Ramaas nickte einem seiner Leibwächter zu, und der Mann stieß den Vertreter des Kombinats rüde zurück.

»Du nicht«, sagte Ramaas mit gefletschten Zähnen. »Niemals. Das ist eine Lektion, die deine Herren lernen müssen. Wir haben nicht vergessen, dass sie es waren, die den Giftmüll an unseren Ufern verklappt haben. Wir sind ihnen gar nichts schuldig, außer Gift.« Nachdem die

Geldübertragung abgeschlossen war, verließ der nordkoreanische Offizier seinen Standort vor dem Laptop, und Ramaas warf ihm den Umschlag zu. »Hier. Das hast du dir verdient!«

Der Mann presste sich den Umschlag an die Brust und hielt ihn gut fest. Er musterte die anderen Bewerber düster und selbstgefällig zugleich. Doch dann nickte Ramaas seinen Leibwächtern erneut zu, und einer der Männer stellte sich dem Nordkoreaner mit gezücktem Sturmgewehr in den Weg.

»Was ist denn los?«, fragte der Offizier. »Die Verhandlungen sind beendet. Wir verlassen diesen Ort.«

»Noch nicht. Aufmachen!«, befahl Ramaas. »Alle sollen es sehen.« Er konnte es kaum erwarten.

Ein ziemlich ungutes Gefühl ballte sich in Lucys Magengegend zusammen, während der missmutige Offizier den Umschlag aufriss.

Kaum hatte er gelesen, was auf dem Zettel stand, lief er vor Wut knallrot an. »*Was hat das zu bedeuten?*«, bellte er und starrte Ramaas an. »Die Volksrepublik Korea lässt sich nicht von deinesgleichen beleidigen!« Er ging auf den Kriegsfürsten los. »Du gibst uns jetzt, wofür wir dich bezahlt haben!«

Seine Worte gingen jedoch im stürmischen Hohngeschrei und hasserfüllten Gelächter der Bewaffneten auf der Empore unter, das so laut wurde, dass sogar die stählernen Wände vibrierten.

»Wie kannst du es wagen!«, brüllte der Offizier, und dann sah Lucy, was auf diesem Zettel stand. Der siebenstellige Code lautete: *FUCKYOU*. »Wir werden Feuer und Tod auf deine wertlose Nation herabregnen lassen!«, fuhr der Nordkoreaner außer sich vor Wut fort. »Damit hast du dir einen tausendjährigen Feind geschaffen!«

»Und ihr wart dämlich genug, mir euer Geld zu geben!«, schoss Ramaas zurück und brachte den anderen mit einem lauten Schrei zum Verstummen. Dann gab er seinen Männern ein Zeichen, und sie hoben alle ohne Ausnahme ihre Gewehre und legten auf die Versammlung an. »Zeigt es den anderen«, sagte er und blitzte die Russen, die Amerikaner und die Chinesen wutschnaubend an. »Zeigt der Welt, was ich euch verkauft habe!«

Zuerst war einer der Chinesen an der Reihe. Zögerlich faltete er das Blatt Papier auseinander und hielt es in die Luft. Lucy gefror das Blut in den Adern, als sie die Worte *NEW YORK CITY* las. Aber wenn das bedeutete, dass auf dem Video aus New York die echte Bombe zu sehen gewesen war, dann mussten die anderen …

Jetzt zeigte Simonova ihr Blatt. Darauf war *PEKING* als Standort der Bombe angegeben.

Sichtlich beunruhigt zeigte jetzt auch der CIA-Agent, was in seinem Umschlag gewesen war. Lucy hörte, wie Simonova den Atem anhielt, als sie *MOSKAU* las.

Und dann brandete erneut eine Woge aus schadenfrohem Gelächter durch die Halle.

Ein Hütchenspiel.

Marcs sämtliche Muskeln verkrampften sich, als ihn die volle Wucht dieser Erkenntnis traf. In keiner dieser drei Städte hatte sich jemals eine Bombe befunden. Die Videos, die Forderungen, das alles war nur eine List gewesen, mit der Ramaas seine Gegner verunsichert hatte, mit der er dafür gesorgt hatte, dass der Kampf zu seinen Bedingungen stattfand und nicht nach den Vorstellungen der Supermächte dieser Welt.

»Er hat uns alle hinters Licht geführt«, sagte Saito, und in seiner Stimme schwang sogar ein klein wenig Bewunderung mit. »Ich würde sagen, dass man zumindest seiner Kühnheit, so widerlich sie auch sein mag, Respekt zollen muss.«

»Wo ist die Bombe?« Der nordkoreanische Offizier war puterrot im Gesicht und außer sich vor Wut. »Wir hatten eine Vereinbarung! Du hast dein Versprechen gebrochen!«

Ramaas' animalisches Gelächter schlug für einen kurzen Moment in Wut um, und er schickte den Nordkoreaner mit einem harten Schlag zu Boden. »Natürlich habe ich das! Ich bin ein Lügner! Ein Verbrecher!« Er stand mit geöffneten Händen da, als wollte er sagen: *Was wollt ihr denn?* »Ich bin ein Pirat. Ich bin das, was ihr aus mir gemacht habt.«

»Du bist ein toter Mann, das bist du.« Die Worte waren Marc einfach so entschlüpft, noch bevor ihm klar wurde, dass er seine Gedanken laut ausgesprochen hatte. Und ausgerechnet in diesem Augenblick waren das Gejohle und das Gebrüll für einen Moment verstummt.

Ramaas starrte ihn herausfordernd an. »Das sehe ich aber anders.«

»Ach, wirklich?« Marc baute sich vor dem Kriegsfürsten auf und unterdrückte die Angst, die sich in seinem Inneren breitmachen wollte. »Mal sehen, ob ich das alles richtig zusammenkriege: Du hast soeben nicht nur die größten Militärmächte unseres Planeten verarscht, sondern dazu gleich noch ein paar besonders skrupellose Extremistengruppen. Also, wie kommst du darauf, dass du das irgendwie überleben könntest?« Er schüttelte den Kopf. »Du bist wahnsinnig. Selbst wenn du alle hier Anwesenden umbringen würdest, du hast eigenhändig das Todesurteil für Somalia unterzeichnet.«

Ramaas ließ wieder dieses träge Raubtierlächeln sehen. »Willst du denn gar nicht wissen, wo sie *wirklich* ist, Polizist?« Er spazierte zurück zu dem Podest im hinteren Teil des Saales und sprach währenddessen weiter. »Ich habe in meinem Leben etwas gelernt, eine Wahrheit, die Gott mich gelehrt hat: Die einzigen Dinge, die ein Mann zu respektieren hat, sind Geld und Stärke ...« Er kratzte sich unter dem dunklen Auge. »Und jetzt habe ich beides. Weil ich es diesen Dummköpfen abgenommen habe.«

Er stellte sich vor den Werkzeugkasten, der ihm als Thron gedient hatte, und klappte den Deckel auf. Dann holte er einen massiven Stahlkoffer heraus und stellte ihn auf den Boden. Im Saal wurde es mucksmäuschenstill. Der Kriegsfürst klappte die Schnallen des Koffers auf – und dann konnten alle einen Blick auf den komplexen Bombenmechanismus im Inneren werfen.

Eine lebhafte Erinnerung zuckte vor Marcs innerem Auge auf. *Die Duplikate im Kofferraum des Sportwagens. Vier Stück.*

»Und was nun?« Das war der Vollstrecker des Los-Noches-Kartells. »Sollen wir uns etwa schon wieder überbieten, Hombre? Und wer sagt, dass *das* jetzt die echte Bombe ist?«

Statt einer Antwort machte sich der dürre Hacker mit einem Geigerzähler auf den Weg und stellte sich vor den Koffer. Kaum hatte er das Messgerät auf das Innenleben des Koffers gerichtet, gab es eine ganze Serie dumpfer, metallischer Klickgeräusche von sich.

»Kein Geld mehr, kein Gebrüll, keine Wichtigtuereien wie von irgendwelchen Politikern«, sagte der Kriegsfürst. »Ihr wollt das hier haben? Ich gebe es euch. Aber der Preis ist Blut.«

»Du willst ... dass wir mit dir darum kämpfen?« Saito schien diese Aussicht interessant zu finden.

»Mit mir? *Nein!*« Ramaas kicherte. »Aber miteinander?

Ja.« Er stützte sich auf ein Geländer, während seine Männer sich ein Stück zurückzogen. »Jeder von euch gibt sein Bestes. Und der, der übrig bleibt, bekommt von mir das da.« Er zeigte auf den Stahlkoffer. »Euer Geld habe ich schon. Jetzt will ich eure Stärke sehen.«

»So viele Lügen«, spie der Nordkoreaner hervor. »Warum sollten wir dir überhaupt noch glauben?«

»Weil nur ein Mann, der kämpft, meinen Respekt verdient hat.«

Erwartungsvolles Gemurmel breitete sich unter den bewaffneten Männern aus. Marc sah, wie einige sich etwas zuraunten. Andere hatten bereits Geldscheine in der Hand, um auf den Ausgang des Kampfes zu wetten.

»Sie erwarten doch nicht ernsthaft, dass wir uns gegenseitig umbringen, nur damit Sie sich amüsieren können, oder?« Der CIA-Agent richtete sich zu voller Größe auf und verschränkte die Arme vor der Brust. »Die Vereinigten Staaten existieren nicht zu Ihrer Unterhaltung, Ramaas.« Dann drehte er sich zu den anderen um. »Hört zu, wenn wir uns alle weigern …«

Marc sah, wie Ramaas verärgert den Mund verzog und zwei Männern, die hinter den Amerikanern standen, zunickte. Er wollte sie noch warnen, doch dann ratterten auch schon die Kalaschnikows los, mit denen die Banditen den beiden Amerikanern eine Salve in den Rücken jagten.

»Wer sich weigert, stirbt«, sagte Ramaas unwirsch. »Und jetzt will ich Blut sehen!«

Simonova streifte ihre Jacke ab, und ihr wortkarger Begleiter fing sie auf. Sie schüttelte zur Lockerung die Arme aus und trat vor.

»Sie wollen das wirklich machen?«, zischte Lucy ihr zu. »Sind Sie verrückt geworden?«

»Das ist seine Arena«, erwiderte die Russin. »Er bestimmt die Regeln.« Sie drehte sich um und sah Lucy in die Augen. »Und außerdem habe ich meine Befehle, Keyes. Wenn ich diesen Ort ohne die Bombe verlasse, wird die Bohrinsel zerstört – damit sie niemandem sonst in die Hände fällt.« Simonova warf einen Blick auf ihre Armbanduhr. »Ich an Ihrer Stelle würde zusehen, dass ich von hier wegkomme, solange es noch möglich ist.«

Lucy folgte ihr, die Maschinenpistole eng an den Körper gedrückt, aber Simonova wurde bereits vom lauten Jubel der tobenden Menge empfangen. Der tätowierte Vertreter des Drogenkartells sah sie kommen und machte sich bereit. Er riss die Hände nach oben, allerdings viel zu langsam. Die Russin machte den ersten Zug in diesem neuen Spiel und landete einen harten Aufwärtshaken in seiner Magengrube, sodass der Los-Noches-Mann benommen rückwärts taumelte.

Das begeisterte Gebrüll von Ramaas' Männern war der Startschuss für ein wildes Handgemenge. Mit einem Mal wurde überall in dem rostigen Maschinensaal gekämpft. Lucy sah, wie einer der Chinesen einem anderen Kerl einen brutalen Handkantenschlag gegen die Kehle verpasste, sodass dieser zu Boden ging. Sie hörte das laute Geräusch knackender Knochen.

Lucy zog sich zurück, nutzte das ganze Durcheinander, um sich unauffällig am Rand der Halle entlang zu einer offenen Luke zu schieben. Sie sah Marc an einem Stahlpfeiler stehen. Sein Blick huschte ununterbrochen hin und her, als würde er etwas suchen.

Diesen Blick kenne ich, dachte Lucy und wurde von einer gewissen Mutlosigkeit erfasst. *Gleich macht er irgendwas Unvernünftiges.*

»Es wird Zeit, dieses kindische Spielchen zu beenden«, sagte Saito. Er streifte seine Kampfweste ab und schob sich an Marc vorbei. »Das Kombinat will die Bombe haben. Also hole ich sie mir.«

»Und wie? Indem du alle anderen umbringst?«, wollte Marc wissen.

»Ich werde tun, was notwendig ist.«

»Ramaas hasst das Kombinat und alles, wofür es steht«, sagte Ruiz. »Er wird dir das Ding niemals geben.«

Saito nickte. »Deshalb werde ich *ihn* töten, vor den Augen dieser ganzen Tiere. Er hat gesagt, dass sie Stärke respektieren. Das heißt, sie werden auch mich respektieren, sobald ich dem Piraten das Genick gebrochen habe.«

»Du kommst doch niemals in seine Nähe!« Marc sah, wie er die Kampffläche betrat, die sich mittlerweile in der Mitte der Menge gebildet hatte. »Ich komme mir vor wie im Film. *Gladiator* oder so«, murmelte er leise.

»Ach, diese Jungs, die genießen das richtig«, sagte Ruiz. »Jetzt sind sie unter sich.«

Der japanische Söldner zögerte keine Sekunde. Er griff den Saudi, der sich ihm in den Weg gestellt hatte, mit einem weiten Schwinger an, sodass der andere sich duckte … und direkt in Saitos Konter lief. Der Schwinger war nur eine Finte gewesen, aber jetzt landete Saitos andere Faust mit voller Wucht auf den Rippen seines Gegners. Sämtliche Luft wurde aus seiner Lunge gepresst, und der Saudi torkelte rückwärts. Er gab ein ersticktes Stöhnen von sich. Ohne Eile kam Saito ihm hinterher und packte den Hals des schmaler gebauten Mannes. Der Saudi versuchte, sich zu wehren, Saito ins Gesicht zu schlagen, doch es gelang ihm nicht. Der Japaner legte ihm die Hand auf Mund und Nase und erstickte ihn.

»Einer weniger«, sagte Ruiz mit säuerlichem Grinsen.

»Ich habe schon mal zugesehen, als er das gemacht hat. Ist immer wieder lehrreich.«

Saito ließ den Saudi fallen. Marc konnte nicht erkennen, ob der andere noch atmete, doch der Söldner hatte sich bereits einem der Europäer zugewandt. Sie tauschten in schneller Folge kurze, harte Schläge aus und gerieten dabei immer dichter an den Rand der freien Fläche. Die Bewaffneten johlten und schubsten die Kämpfer wieder zurück in Richtung des Podests.

Ramaas kam herunter und mischte sich unter seine Leute, teilte ihre Euphorie und ihre wilde Freude über das Schauspiel, das sich da vor ihren Augen abspielte. Der Hass, der in der Luft lag, war fast mit Händen zu greifen. Die Banditen wollten nichts anderes als zusehen, wie diese Ausländer sich gegenseitig vernichteten.

Saito schlang den Arm um den Hals des Europäers und drückte gleichmäßig zu. Sein Gegner lief dunkelrot an, und dann hörte Marc das grässliche Knacken seiner Luftröhre.

»Noch einer«, sagte Ruiz. »*Madre*, ich hätte mal auf ihn setzen sollen …«

»Was meinst du? Ob er bald müde wird?«, fragte Marc laut. Aber er hatte keinen Blick mehr für Saito oder die anderen Kämpfer, sondern starrte auf das Podest mit dem Hacker und dem Laptop … und dem Hauptgewinn. Der Stahlkoffer stand immer noch dort oben auf der Werkzeugkiste.

»Was soll das denn heißen?« Ruiz bedachte ihn mit einem mürrischen Blick.

»Nicht so wichtig.« Marc holte tief Luft, kletterte über ein verrostetes Zahnrad, das auf dem Deck herumlag, und landete mitten in der Kampfarena.

Die Menge jubelte dem neuen Herausforderer zu, während Marcs Verstand in voller Lautstärke kreischte, dass das *das Bescheuertste* sei, *was du jemals gemacht hast*. Saito hörte das Gejohle der Zuschauer und drehte sich verwirrt um.

Marc versuchte sich an all das zu erinnern, was er von Luka Pavic im Lauf der Monate gelernt hatte, und begann mit den ersten, kurzen Schritten einer Krav-Maga-Technik. Geschwindigkeit war alles. Er wollte so schnell wie möglich so viel Schaden wie möglich anrichten. Ihm war klar, dass er Saito in einem ernsthaften Zweikampf niemals besiegen oder austricksen konnte. Sein einziger, kleiner Vorteil war der Überraschungseffekt – und vielleicht die Tatsache, dass der Söldner ihn nicht wirklich ernst nahm.

Er entschied sich für einen Nierenhaken, nahm all seine Kraft zusammen und konzentrierte sie exakt auf den richtigen Punkt. Doch als seine Faust auf Saitos Körper prallte, kam es ihm vor, als hätte er ein mehrfach verknotetes Tau getroffen. Der Söldner stöhnte zwar, aber vermutlich mehr aus Verblüffung als vor Schmerz. Marc setzte nach und prügelte immer weiter auf dieselbe Stelle ein.

Wenn ich ihn aus dem Gleichgewicht bringen kann … wenn ich außerhalb seiner Reichweite bleiben kann …

Er sah die Hand nicht kommen, spürte nur den Schlag. Saitos eisenharte Fingerknöchel streiften ihn an der Stirn und rissen ihm den Kopf zur Seite. Dann traf ein Tritt des Söldners sein Kniegelenk, gefolgt von einem zweiten Faustschlag, der wie ein Elektroschock durch seinen ganzen Körper zuckte. Marc taumelte rückwärts und landete in der Zuschauermenge, die sich blitzschnell teilte und ihn auf dem Eisenfußboden landen ließ.

Marc blinzelte die tanzenden Lichter auf seiner Netzhaut ebenso weg wie die stechenden Schmerzen in seiner Brust. Saito wippte hin und her, als müsste er sich erst noch überlegen, ob es sich überhaupt lohnte, die Sache zu Ende zu bringen. Dann zuckte er zurück, weil der chinesische Agent sich auf ihn stürzte, und vergaß Marc für einen kurzen Augenblick. Irgendeiner aus der Menge bespuckte ihn, tief enttäuscht von seiner jämmerlichen Vorstellung.

Er wurde am Arm gepackt und auf die Beine gezogen. Dann sah er ein mit einem dunkelroten Palästinensertuch verhülltes Gesicht. Ein vertrautes Augenpaar starrte ihn an. »Du Vollidiot«, ätzte Lucy.

»Ich weiß genau … was ich tue.« Mühsam stabilisierte er sich auf zwei Beinen. Ein Satz, den er gerade eben zu Saito gesagt hatte, ging ihm durch den Kopf – oder waren das die ersten Symptome einer Gehirnerschütterung? »Du kommst niemals in seine Nähe. Ich muss in seine Nähe kommen.«

»Was?«

»Ich muss wieder rein«, sagte er und stürmte los. »Vertrau mir.«

»Dann nimm wenigstens das da mit!« Lucy drückte ihm etwas Kaltes, Metallisches in die Hand, und Marc schloss es in seine Finger.

Dann taumelte er wieder an den Rand der Arena. Die Zuschauer ließen ihn durch und stießen ihn feixend und grölend auf die Kampffläche.

Der Chinese atmete noch und versuchte gerade, wieder auf die Beine zu kommen, obwohl Saito irgendetwas mit seinem rechten Ellbogen gemacht haben musste. Jedenfalls baumelte der Unterarm auf sehr merkwürdige Art und Weise daran herunter. Marc sah, dass die Russin sich mit dem Los-Noches-Vollstrecker einen blutigen Boxkampf lieferte.

Saito umkreiste ihn. »Was willst du denn? Soll ich dich

umbringen? Ich kann bestimmt auch einen anderen Piloten auftreiben.«

Marc ging ebenfalls so lange im Kreis, bis er das Podest im Rücken hatte. Er sah Ramaas inmitten der Zuschauermenge stehen. Mit jedem Schlag wurde sein Grinsen ein wenig breiter. »Na los, komm doch«, fauchte Marc, »wenn du dich traust.«

Saito stürzte sich auf ihn, viel schneller, als Marc es erwartet hatte, und zwar mit derselben Technik, die er bereits bei dem Saudi angewandt hatte. So wenig hielt er also von Marcs Fähigkeiten, dass er ihn mit der gleichen Finte austricksen und in einen Monsterfaustschlag laufen lassen wollte. Marc konterte mit einem Schlag gegen Saitos Brust. Den schlanken Dolch, den Lucy ihm in die Hand gedrückt hatte – mehr Rute als Klinge – hielt er dabei fest gepackt. Eine *Misericordia*, fiel ihm jetzt wieder ein. Die analytische Schicht seines Verstandes fischte den Namen aus den Tiefen seines Nerdgedächtnisses, wo er die technischen Daten Dutzender Waffen, geheimnisvolle Programmiersprachen und Millionen anderer Belanglosigkeiten abgespeichert hatte. *Gefertigt, um die Besten zu töten.*

Die Spitze des Dolchs durchdrang Saitos Haut direkt unterhalb des rechten Schlüsselbeins und wurde durch den Schwung bis zum Heft hineingedrückt. Saito schrie vor Schmerz laut auf und schlug wie wild um sich, stieß seinen Angreifer mit aller Kraft von sich.

Marc taumelte rückwärts, als hätte ihn ein Pferd getreten, und die Menge ließ ein begeistertes Juchzen hören. Er prallte gegen das Geländer, das das Podest umgab, purzelte darüber hinweg und prallte mit dem Piratenhacker zusammen, sodass dieser zu Boden ging.

Dann griffen plötzlich alle Banditen hektisch nach ihren Sturmgewehren, weil Marc den Kerl, der den Stahlkoffer bewachte, mit einem Ellbogenschlag in die Magengrube zu Boden schickte, den Koffer packte und hochhob.

Er hielt sich den geöffneten Koffer wie einen Schild vor den Körper, sodass alle sehen konnten, wie er mit beiden Händen die Halterung des Sprengsatzes umklammerte. »Zurück!«, brüllte Marc und wich selbst immer weiter nach hinten, bis er mit dem Rücken gegen die stählerne Wand stieß.

»Was …«, mit der fünfzehn Zentimeter langen Klinge im Oberkörper fiel es Saito schwer zu atmen, »… hast du … vor?«

Marc führte sich die Baupläne der Exile-Bombe, die er aus der NATO-Datenbank abgezapft hatte, vor Augen und ließ die Finger der rechten Hand über das Innenleben des Koffers gleiten, tastete blind nach einem dicken Kabelknoten, der mit dem Zünder verbunden war. Mit der linken Hand umfasste er den Zylinder, der die atomare Sprengladung enthielt, jene Halbkugeln aus angereichertem Uran, die mit großer Wucht aufeinandergeschossen wurden, um anschließend die unvorstellbar grausame Energie einer Kernspaltung freizusetzen.

Jetzt johlte plötzlich niemand mehr.

Jalsa Soods letzte Worte klangen ihm im Ohr. *Rechter Zylinder. Neun Stäbe.* Marcs Fingerspitzen tasteten über das kalte Metall, und er zählte mit, während sein Daumen über die Spitzen der Stäbe streifte.

»Stell das wieder hin«, befahl Saito. »Bevor du … uns alle vernichtest.«

»Du kannst mich mal«, erwiderte Marc und umschloss das ganze Kabelbündel mit seiner Faust. »Ich habe wirklich keine Ahnung, was passiert, wenn ich die rausreiße. Wer will es erfahren? Ich garantiere euch, dass ihr auf keinen Fall in der Nähe sein wollt.«

Am anderen Ende des Saales klatschte Ramaas träge in die Hände. »Sehr tapfer, Polizist. Was glaubst du, wie lange wirst du ihn halten können?«

»Nicht lange«, gab Marc zu. Der Koffer war schwerer, als er gedacht hatte, und er hielt ihn ziemlich ungeschickt fest. »Also fangt lieber an zu schwimmen.«

Etliche Banditen fingen an zurückzuweichen, bis Ramaas sie in einem einheimischen Dialekt anherrschte.

»Lass den Koffer los«, sagte Saito. Er war bleich und schweißüberströmt, aber immer noch voll und ganz auf seine Mission konzentriert. »Gib ihn mir.«

»Er gehört der Russischen Föderation«, sagte die GRU-Agentin.

Da schob sich der überlebende Nordkoreaner nach vorne. »Er gehört uns!«

»Der Polizist wird es nicht wagen, die Kabel zu ziehen«, spottete Ramaas. »Er hat nicht den Mut, vor Gott zu treten und uns alle mit sich zu nehmen.«

Marc kicherte, als ihn vor lauter Nervosität ein plötzlicher Lachanfall überkam. *Verdammt, ist das Ding schwer!* Irrwitzig grinsend ließ er den Blick durch den Saal schweifen. »Dann pass mal gut auf, Ramaas. Bis jetzt war jedes deiner Worte eine Täuschung. Du hast ununterbrochen eine Lüge auf die nächste gestapelt, immer und immer wieder. Und ich kann einfach nicht glauben, dass du jetzt plötzlich damit aufgehört hast.«

Er riss mit einem kräftigen Ruck an dem Kabelbündel. Es knisterte vernehmlich, die Kabel lösten sich aus den Klemmen, und Marc ließ den Koffer zu Boden fallen.

In diesem Moment hätte jedes Geräusch laut wie ein Donnerschlag geklungen.

23

Die Explosion hätte für die Fischer, die am frühen Morgen bereits an den Küsten von Puntland und Galmudug unterwegs waren, wie ein zweiter Sonnenaufgang ausgesehen. Wer direkt in das Licht geblickt hätte, dem hätte die nukleare Stichflamme über dem Golf von Aden für immer das Augenlicht verbrannt. Am ganzen Ufer wäre der Donner der Explosion zu hören gewesen, und zwar von Raas Casayr oben im Norden bis weit unten in die Straßen von Mogadischu. Viele Satelliten im Weltraum hätten gesehen, wie ein Feuerball aus sonnenheißem Plasma die verfallene Gasbohrinsel innerhalb einer Millisekunde einhüllte und Tausende Tonnen Stahl und Beton und Meerwasser atomisierte …

Allein die Vorstellung raubte Lucy den Atem. Sie zog sich das Tuch vom Gesicht, ohne an ihre Tarnung zu denken. Ihre Lippen formten bereits Marcs Namen, aber er zerrte schon die Zündkabel aus dem Mechanismus.

Dann ließ er den Koffer fallen, sodass er scheppernd auf dem Metallfußboden landete. Niemand wagte, etwas zu sagen, als hätten sie alle Angst, dass ein einziger Atemzug die Explosion auslösen könnte.

Und dann zerriss die Spannung mit einem Schlag wie ein zerfetztes Tau. »Eine Fälschung!«, brüllte Saito quer durch den Saal. Jetzt hatte auch die regungslose Fassade des japanischen Söldners endlich Risse bekommen. »Schon wieder eine Lüge!«

Lucy wurde wieder, wie schon bei der Verfolgungsjagd auf den Straßen von Dubai, von einem tödlichen Schrecken gepackt, der aber nur wenige Augenblicke anhielt. Die kreischende Stimme in ihrem Kopf – *So will ich nicht gehen!* – wurde von der Wahrheit zum Schweigen gebracht.

Dane hatte recht gehabt. Dieser verdammte Kerl! Jeder Bluff, den Ramaas ihnen präsentierte, war nichts weiter als die Fassade für die nächste Täuschung, und so weiter und so fort.

Mit einem Mal wurde ihr bewusst, was das alles zu bedeuten hatte. Bei dieser ganzen Charade war es *keine Sekunde lang* um die Bombe oder das Geld gegangen. Sondern darum, den führenden Nationen dieser Welt, die Somalia ausgebeutet und fallen gelassen hatten und das wieder tun wollten, die Daumenschrauben anzulegen. Es ging darum, dass Ramaas Rache üben wollte, dass er diese Nationen herabwürdigen und demütigen wollte, gewaltsam und vor der gesamten Weltöffentlichkeit.

Sie musste an den Jungen denken, Rio, und an den alten Arzt, dessen tief sitzender Hass mit einem Mal an die Oberfläche gesprudelt war. Ramaas sprach mit ihrer Stimme, die ganze Zeit schon, nur hatte es niemand gemerkt. *Niemand bis auf Marc*, dachte sie.

Das dunkle Antlitz des Kriegsfürsten war das Abbild eines Gewittersturms, und jetzt brüllte er seinen Männern den nächsten, wenig überraschenden Befehl zu, voller Wut darüber, dass der Engländer seinem Spiel ein jähes Ende bereitet hatte. »*Tötet sie! Alle!*«

Aus allen Gewehren im Saal wurde zeitgleich das Feuer eröffnet, Pulvergestank erfüllte die Luft, und das vollkommene Chaos brach los. Die überlebenden Unterhändler warfen sich in Deckung oder griffen den nächstbesten

Banditen an, um sich selbst eine Waffe zu besorgen. Alles schien wie in Zeitlupe zu geschehen, während das Adrenalin in Lucys Blutbahnen schoss und der wohlbekannte, eiskalte Schauer vor einem unmittelbar bevorstehenden Kampf ihren Körper erzittern ließ.

Sie wirbelte auf der Stelle herum und sah, wie Ruiz von mehreren Kugeln getroffen, durchgeschüttelt und schließlich zu Boden gerissen wurde. Saito bekam einen Treffer in den Oberkörper, verschwand hinter einem alten Generator und tauchte nicht wieder auf. Auf der anderen Seite des Saales kämpften Simonova und ihr Kamerad gegen eine mit Kalaschnikows und Macheten bewaffnete Banditenschar um ihr Leben.

Lucy überließ sich ihren Instinkten, kniete sich hin und stellte den Schalter ihrer Kalaschnikow auf Vollautomatik. Dann richtete sie die Mündung an die Decke und drückte ab. Sie hielt die Waffe gut fest, damit der Rückstoß sie ihr nicht aus der Hand reißen konnte, und jagte ein ganzes Magazin voller 7,62-Millimeter-Projektile in das verrostete Metalldach und die rissigen Rohre, die daran befestigt waren. Gelbe Funken sprühten aus dem korrodierten Stahl, und dann brach die Deckenkonstruktion vollends auseinander. Rostiger Staub und oxidierte Metallteile stürzten auf die Männer auf den Stegen und im Innenraum der Halle. Etliche von Ramaas' Handlangern brachen in Panik aus und fingen an, unkontrolliert um sich zu schießen, weil sie glaubten, dass sie angegriffen wurden.

Lucy sprang nach vorn. Der Staub kratzte ihr unangenehm in der Kehle, und sie musste husten. Sie setzte sich in Bewegung, warf das leere Magazin beiseite und rammte, ohne hinzusehen, ein neues in den Schacht. Dann lud sie die Waffe durch. Sie entdeckte Marc auf dem

Hallenboden, wo er in ein Handgemenge mit dem schlaksigen Hacker verstrickt war. Marcs Faustschlag ging ins Leere, und der junge Bursche klatschte ihm stattdessen die flache Seite seines Laptops ins Gesicht, sodass er auf allen vieren landete. Lucy fluchte und lief zu ihm, während das Bürschchen bereits das Weite suchte.

»Steh auf«, herrschte sie ihn an und wollte ihn packen.

»Vergiss mich!«, gab Marc zurück und riss sich los. »Schnapp dir den Wichser da!« Er zeigte auf den flüchtenden Hacker.

Lucy wirbelte herum, die Waffe im Anschlag, und sah gerade noch, wie Ramaas und der junge Bursche zusammen mit einer Handvoll Männer durch eine Luke eilten. Er zog sich zurück und hinterließ wieder einmal nichts als ein heilloses Durcheinander.

»Lauf, lauf!«, brüllte Marc.

Sie biss die Zähne zusammen und rannte los, wich Hindernissen aus und jagte ab und zu eine Salve aus ihrem Lauf, um den Weg freizumachen. Marc war direkt hinter ihr, und sie hörte ihn bei jedem seiner schnellen, hinkenden Schritte fluchen.

Sie schafften es tatsächlich einmal quer durch den Saal, entkamen dem Kugelhagel, und dann ließ Marc sich stöhnend mit dem Rücken an eine Luke sinken und drückte sie zu, damit ihnen niemand folgen konnte. Als er die Riegel einrasten ließ, donnerten kräftige Schläge gegen den Rahmen, und er sprang hastig zur Seite. Sein Knie fühlte sich an, als würde jemand ununterbrochen mit einem Rasiermesser über seinen Knochen schaben, aber er durfte jetzt nicht schlappmachen.

»Da entlang.« Lucy zeigte in einen schmalen, dunklen Gang. »Meinst du, du schaffst das?«

»Locker«, stieß er zwischen zusammengebissenen Zähnen hervor und lief ihr nach.

Lucy hatte ununterbrochen die Kalaschnikow im Anschlag und blickte über den Lauf nach vorn. »Ich kann einfach nicht glauben, was du da drin gerade eben abgezogen hast. Hast du eigentlich eine Sekunde lang darüber nachgedacht, was passiert wäre, wenn du falschgelegen hättest?« Sie verschluckte sich bei diesen Worten beinahe.

»Ich habe aber nicht falschgelegen.«

»Entweder bist du völlig bescheuert oder ein unfassbarer Glückspilz«, gab sie zurück. »Aber falls wir hier lebend rauskommen, fahren wir nach Vegas und finden es raus …«

»Hör bloß auf«, erwiderte Marc kopfschüttelnd. »Ich vergeude mein Glück doch nicht mit Blackjack. Das hebe ich mir lieber für die wichtigen Dinge auf, besten Dank auch.« Er hustete einen Schwall muffige Luft aus. »Jedenfalls habe ich keineswegs Glück, sondern *recht* gehabt. Mehr gibt es nicht zu sagen. Als ich den Koffer gesehen habe, war mir sofort klar, dass er uns verarschen will.«

Da hörten sie, wie ein Stück weiter vorne etwas Hartes auf das Deck prallte, und sie drückten sich instinktiv flach an die Wand. Ihre schnelle Reaktion rettete ihnen das Leben. Grelles Mündungsfeuer flackerte in der vor ihnen liegenden Dunkelheit auf und fiel auf die grimmigen Mienen der Schützen.

Lucy erwiderte das Feuer und erntete einen erstickten Schrei. »Das ist Ramaas' Versicherung. Er will abhauen, das weiß ich genau!«

»Er spielt keine Rolle«, sagte Marc. »Aber der Laptop … Wir müssen ihn unbedingt kriegen. Alles andere ist nicht so wichtig.«

»Hast du vergessen, dass wir immer noch nicht wissen, wo die Bombe tatsächlich liegt?«

»Und du glaubst, dass Ramaas es uns verraten würde? Nach alledem?« Marc schüttelte den Kopf. »Ausgeschlossen. Aber wenn wir den Computer haben, können wir dem ganzen Spuk ein Ende bereiten.«

»Warum?«

»Weil eine Maschine nicht lügt!« Marc zuckte zusammen, als eine Kugel unmittelbar neben seinem Kopf in die Wand einschlug. »Ich weiß, wieso Rubicon keine Handygespräche zwischen Ramaas und seinen Lieutenants abgefangen hat ... Sie benutzen nämlich gar kein Handynetz, sondern kommunizieren über digitale Voice-over-IP-Verbindungen. Und so erfahren wir auch, wo die Bombe ist.«

Lucy ging in die Hocke, um zu verschnaufen. »Wann bist du denn darauf gekommen?«

»Vor einer Minute«, gestand Marc. »Als der kleine Prinz mir mit dem Laptop eins übergebraten hat.« Die Erkenntnis hatte ihn buchstäblich umgehauen.

Lucy kniff die Augen zusammen. »Okay.« Dann stieß sie einen lauten Schrei aus und stürmte den Gang entlang, wobei sie den Zeigefinger ununterbrochen auf den Abzug ihrer Kalaschnikow presste. Wieder ertönte ein unterdrückter Schrei, und erneut fiel ein lebloser Körper zu Boden.

Marc lief ihr hinterher, so schnell er nur konnte. Beinahe wäre er über die beiden Männer gestolpert, die Lucy erschossen hatte. Er blinzelte in die rauchgeschwängerte Düsternis, bis sein Blick auf eine von Trümmern übersäte Treppe fiel. Sie führte zum einen nach oben zu den obersten Plattformen der alten Bohrinsel und zum anderen nach unten in Richtung des mächtigen Betonpfeilers und der unteren Etagen. Das Klappern und Dröhnen der Metallstufen erschwerte es auszumachen, woher die Geräusche kamen.

Lucy zielte mit ihrer Maschinenpistole nach oben und lauschte. »Da bewegt sich was«, sagte sie.

»Ja …« Marc ging in die Knie und nahm einem der Toten eine AKMS ab – ebenfalls eine Kalaschnikow, allerdings mit ausklappbarem Schaft. Die Waffe war dreckig, mit Rostflecken übersät und wurde an etlichen Stellen von hauchdünnem Klebeband zusammengehalten, aber das war immer noch besser, als völlig unbewaffnet zu sein. Er unterzog die Maschinenpistole einer hastigen Prüfung, durchsuchte die Toten nach Ersatzmunition und gab Lucy die Hälfte seiner Beute ab. Dann erstarrte er und hielt den Atem an. »Hörst du das?«

Hinter ihnen quietschten laut und deutlich ein paar verrostete Türangeln. »Sie verfolgen uns«, sagte Lucy und steuerte die Treppe an. »Komm schon, wir müssen weiter.«

Marc hob die Hand. »*Warte.* Wenn wir oben ankommen, was erwartet uns da?«

Trotz der Dunkelheit sah er ihr ganz genau an, was sie jetzt dachte: *Was glaubst du denn, du Trottel?* »Die Hubschrauber. Ramaas will sich einen davon schnappen und damit verschwinden.« Kaum hatte sie ausgesprochen, hörte sie von hoch oben ein lautes Klacken … eine Luke wurde geschlossen.

»Und wenn das auch wieder nur eine Finte ist?« Er beugte sich vor. »Ramaas ist Seemann, richtig? Er steht unter Druck … Er wird sich garantiert ein Boot nehmen, etwas, was er kennt.« Marc deutete nach unten, dort, wo sich der Anleger befand.

»Sicher bin ich mir nicht«, gab er zu, und Lucy fluchte leise. »Aber es lässt sich nicht ändern. Du gehst nach oben zur Landefläche und ich runter zum Anleger.« Er kletterte über die Trümmer und rutschte die Treppe hinab.

»Lass dich nicht umbringen«, rief Lucy ihm nach.

»Du dich auch nicht«, erwiderte er und verschwand in der Dunkelheit.

Es war nicht leicht, sich lautlos fortzubewegen. Die Eisentreppe lag voller Unrat, den die letzte Besatzung der Bohrinsel zurückgelassen hatte, und Lucy musste sich zwischen abgerissenen Metallplatten hindurch und über fehlende Treppenstufen hinweg einen Weg suchen.

Zwei Etagen höher wurden die Lichtverhältnisse ein wenig besser, aber die Morgensonne stand immer noch sehr niedrig, sodass die schattigen Bereiche fast noch tiefer und dunkler erschienen als zuvor. In der Ferne war das Gebrüll der Banditen zu hören, die sich stritten und die Decks der Bohrinsel nach Opfern durchkämmten, die sie töten konnten.

Sie riskierte einen Blick auf die Leuchtziffern ihrer Armbanduhr. Wie viel Zeit hatten sie, bevor jemand nach den beiden Männern sah, die sie erschossen hatte? Und vermutlich würden auch die Militärs, die ihre Unterhändler zu dem Treffen mit Ramaas geschickt hatten, nicht ewig auf eine Rückmeldung ihrer Agenten warten. Die angesichts der Tatsache, dass sämtliche Kommunikationsgeräte auf dem Grund des zentralen Bohrschachtes lagen, auf absehbare Zeit ohnehin nicht möglich sein würde.

Vom Maschinensaal her ertönten metallische Schläge. Lucy wirbelte herum und richtete ihre Waffe in die Richtung. Eine Luke wurde aufgeschoben, und zwei Gestalten traten heraus. Sie war kurz davor, die beiden zu erschießen, da hörte sie eine raue Männerstimme auf Russisch fluchen.

»Rada?« Sie ließ ihre Waffe nicht sinken. »Sind Sie das?«

»Keyes?« Simonova trat einen Schritt vor, gefolgt von ihrem schweigsamen Kameraden, der sich irgendwie unrund bewegte. »Sie sind entkommen. Das sollte mich eigentlich nicht wundern.«

»Danke gleichfalls.« Lucy sah, dass Simonovas Kamerad eine stark blutende Wunde am Oberkörper hatte. »Das sieht aber nicht gut aus.«

»Nein, nein, Dimitri sieht immer so aus«, erwiderte die Russin. »Wo haben Sie denn Ihren Freund gelassen?«

»Ganz in der Nähe.« Lucy traute der GRU-Agentin immer noch nicht über den Weg, auch wenn sie im Prinzip so etwas wie einen zeitlich begrenzten Waffenstillstand geschlossen hatten. »Der Auftrag ist noch nicht erledigt.«

»Für uns schon. Darf ich Sie noch einmal an meinen Ratschlag von vorhin erinnern?« Simonova schob sich an ihr vorbei. Auch sie hatte eine Maschinenpistole erbeutet. »Sehen Sie zu, dass Sie hier wegkommen. Die notwendigen Maßnahmen sind bereits eingeleitet.«

»Könnten Sie Ihren letzten Satz vielleicht ein wenig präzisieren?«, bat Lucy, obwohl sie die Antwort bereits kannte. Irgendwo da draußen machten die Russen sich gerade bereit, die verfallene Bohrinsel endgültig zu zerstören. Vielleicht waren jetzt schon ein paar Marschflugkörper in der Luft, um dicht über den Wellenkämmen, unbemerkt vom Radar, ihr Ziel anzusteuern. Sie schüttelte diese beunruhigende Vorstellung wieder ab. »Also gut, von mir aus. Mir nach …«

»Zwei Seelen, ein Gedanke«, meinte Simonova.

Das Deck quietschte bei jedem Schritt alarmierend. Gelegentlich konnte Marc durch die Rostlöcher im Boden das unter ihm liegende Meer erkennen. Die Umrisse der Bohrinsel ähnelten aus der Ferne einem Motorblock, dessen unterste Ebene sich an die Unterseite der Plattform klammerte. Von hier aus führten nicht nur mehrere Gangways hinab zu dem auf den Wellen tanzenden Anleger, sondern auch zahlreiche Führungsschienen, in denen früher die Rohre verlaufen waren, die das Erdgas zu den wartenden Tankern gebracht hatten. Solche Baulücken gab es überall auf der Calypso XV, weil nach der Einstellung der Bohrarbeiten die wertvolleren Teile abmontiert und weggebracht worden waren.

Die einzige Lichtquelle war der sanft schimmernde Sonnenaufgang, der sich auf der Wasseroberfläche spiegelte. Für eine Taschenlampe hätte Marc jetzt wirklich alles gegeben. Der Wind pfiff durch die Löcher in der Konstruktion, die laut und vernehmlich quietschte und ächzte. Unter diesen Bedingungen ließ sich unmöglich feststellen, ob sich noch jemand hier aufhielt, aber jedes metallische Quietschen konnte das Zeichen für eine unmittelbar bevorstehende Attacke sein.

Er schwitzte, und ein undefinierbares Gefühl, ein Instinkt vielleicht, ließ ihn verharren. Marc ging leise in die Hocke und hielt den Atem an. Lauschte. Legte eine Hand flach auf die Stahlplatten des Decks und spürte die unregelmäßigen Vibrationen.

Dann hörte er etwas, ein leises Einatmen vielleicht ... und zwar ganz in seiner Nähe. Beängstigend nahe. Er stieß mit den gespreizten Fingern an einen Bolzen, der vergessen am Rand des Stegs lag, nahm ihn in die Hand und warf ihn dann mit einem kräftigen Schwung seines Handgelenks quer über das Deck.

Der Bolzen prallte gegen eine Wand. Zwanzig Meter weiter vorn blitzten zwei Feuerstöße auf. Zwei Gewehre hatten auf das Geräusch reagiert.

Marc richtete seine AKMS auf einen Punkt, der ein kleines Stückchen hinter dem ersten Mündungsfeuer lag, in der Hoffnung, den Schützen zu treffen. Er hielt die

Kalaschnikow möglichst weit seitlich neben dem Körper, weil ihm klar war, dass er mit dem ersten Schuss auch seinen Standort preisgeben würde.

Laut kreischend schlugen seine Kugeln in die Streben und die Deckplatten ein, dann verstummte das erste Gewehr. Marc konnte den Verwundeten nicht sehen, aber nach seinem grässlichen Geschrei zu urteilen, war er schwer verletzt. Marc drehte sich dabei fast der Magen um, aber er war schon wieder unterwegs, weil der zweite Angreifer ihn ins Visier genommen hatte.

Der Boden vibrierte unter seinen Füßen, und dann spürte er, wie eine ganze Deckplatte sich unter seinem Gewicht ruckartig verschob. Er machte einen großen Satz nach vorn, rollte sich ab und sah, wie sich ein großes, gusseisernes Stück aus der Verankerung löste und mit voller Wucht auf eines der Zodiac-Schlauchboote am Anleger krachte.

Der Verwundete brüllte immer noch. Marc lief den Steg entlang bis zu einer niedrigen, unübersichtlichen Ecke, in der sich zahlreiche Rohrleitungen drängten. Er tastete sich weiter, und als ein paar Kugeln knapp an ihm vorbeizischten, duckte er sich. Der zweite Angreifer war ganz in der Nähe, aber er wusste nicht genau, wo Marc sich jetzt befand.

Die Schreie des Verwundeten veränderten die Tonlage, und dann verstummten sie schlagartig, zeitgleich mit einem einzelnen Schuss aus einer großkalibrigen Waffe.

Immer noch geduckt zwängte Marc sich hinter einen ausrangierten Sicherungskasten und richtete die Mündung seiner AKMS nach hinten, in die Richtung, aus der er gekommen war. Er bemerkte einen Schatten – das war der zweite Bewaffnete, der nach ihm suchte. Aber die vielen Rohrleitungen erschwerten das Zielen. Marc musste abwarten, bis sein Gegner dichter herangekommen war.

Dann hörte er einen Ruf auf Somali, aber keine Antwort. Es folgte ein angespanntes, verärgertes Seufzen. Der Schatten setzte sich in Bewegung, und der zweite Bandit steuerte direkt auf die Falle zu.

Marc wartete, bis der Kerl nicht mehr von den Rohren verdeckt wurde und so dicht herangekommen war, dass er ihn unmöglich verfehlen konnte. Er drückte den Abzug seiner Kalaschnikow … und erntete ein dumpfes Klicken.

Die Waffe war so schwer, dass sie unmöglich entladen sein konnte, aber ihr Vorbesitzer hatte sie nicht gut gepflegt, sodass Marcs improvisierter Hinterhalt sich von einer Sekunde zur anderen in eine Katastrophe verwandelt hatte. Er riss und zerrte am Verschluss, der jedoch keinen Millimeter nachgab. Da musste sich irgendetwas Größeres verklemmt haben.

Der Angreifer stieß einen wütenden Schrei aus und stürmte auf Marc los. Dieser reagierte, ohne nachzudenken, und rammte die AKMS mit voller Wucht auf das Deck. Es war ein letzter, verzweifelter Versuch, die verlotterte Waffe wieder funktionsfähig zu machen. Und tatsächlich löste sich die Blockade, sodass Marc die Waffe durchladen konnte. Im selben Augenblick versuchte der Angreifer, Marc mit dem hölzernen Kolben seines Gewehrs den Schädel zu spalten.

Die verrostete AKMS – zwanzig Jahre alt und darüber hinaus eine chinesische Kopie des russischen Originals – verrichtete ihre allerletzte Aufgabe und jagte eine Salve in die Brust des Angreifers. Körperflüssigkeiten und Gewebefetzen spritzten aus seinem Rücken ins Freie, und er war auf der Stelle tot, landete als zuckender Haufen auf dem Deck. Die ersten Blutstropfen platschten auf das unterhalb angebrachte Regendach.

»Scheiße!« Marc schmeckte Kupfer und fuhr sich mit der Hand übers Gesicht. Ihm wurde angesichts der Brutalität seiner Tat übel. Auf wackeligen Beinen stand er da und musste sich sehr zusammenreißen, um sein stoßweises Keuchen wieder unter Kontrolle zu bekommen und einigermaßen ruhig zu atmen.

Schwere Schritte ertönten aus der Richtung, aus der er gekommen war, und dann hörte Marc eine tiefe, knurrige Stimme, die auf Somali einen Befehl gab.

»Deine Männer sind erledigt.« Marc gab sich alle Mühe, ruhig und sachlich zu klingen.

»Polizist«, rief Ramaas ihm aus dem Schatten heraus zu. »Warum kommst du immer wieder zurück? Wann wirst du endlich lernen?«

»Zugegeben, das ist eine meiner Charakterschwächen.« Marc war schon in Bewegung, langsam und leise, versuchte die genaue Position seines Gegenübers abzuschätzen.

Sein Orientierungssinn war schon immer außergewöhnlich gut gewesen, und er wusste, dass er das östliche Ende der Bohrinsel vor sich hatte. Dort führte eine Eisentreppe bis zum Anleger hinab. Er drückte sich mit dem Rücken an die glatte Stahltür, die den Zugang zur Treppe versperrte, und richtete seine Waffe in die Düsternis des untersten Stockwerks. Rasierklingenschmale Sonnenstrahlen drangen zu den Rissen rund um den Türrahmen herein und durchschnitten die Luft.

»Du kommst hier nicht mehr weg, Kumpel«, rief Marc. »Gib mir den Laptop, dann kannst du dich von mir aus mit dem Geld aus dem Staub machen. Mir ist das egal. Ich habe die Schnauze voll von deinem ganzen Affentheater.«

Ein tiefes Basskichern hallte von den Wänden wider. »Wer redet denn von Geld?«, sagte Ramaas. Seine Stimme klang laut und dröhnend, aber Marc konnte beim besten Willen nicht sagen, woher sie kam. »Letzten Endes bereitet die Gier danach mehr Probleme, als es tatsächlich nützt. Das Geld habe ich nur gebraucht, um euch wehzutun, verstehst du? Als Waffe gewissermaßen. Eine, die ihr Westler mir selbst in die Hand gegeben habt.«

»Wir haben dir nie auch nur einen gottverdammten Penny bezahlt«, schoss Marc zurück.

»Ich werde die Männer, die mein Heimatland in den Ruin getrieben haben, töten«, sagte Ramaas einen Augenblick später. Sein Tonfall war sachlich, seine Stimme ausdruckslos. »Das weißt du auch. Es ist bereits geschehen.«

Marc gefror das Blut in den Adern. *Kann das wahr sein? Hat dieses Arschloch die Bombe schon längst gezündet, irgendwo, während wir hier noch lustige Spielchen gespielt haben?* Doch die folgenden Worte des Kriegsfürsten legten etwas anderes nahe.

»Sie werden so leben, wie ich gelebt habe. So, wie mein Volk gelebt hat.« Seine Stimme klang so nahe, als stünde er direkt neben ihm. »Die Männer, die vor mir gelebt haben? Sie haben nur den Reichtum geliebt. Sie haben Geld genommen, damit ihr und euresgleichen eure Giftfrachter vor unseren Küsten versenken konntet. Ihr habt unsere Heimat zu eurer Müllkippe gemacht, und das hat unsere Kinder krank werden lassen. Meine Kinder ...« Der Kriegsfürst verstummte, und Marc lauschte angestrengt in die Stille. Als er schließlich weiterredete, klangen seine Worte weit entfernt, wie ein Echo. »Ich kenne die Namen derer, die das getan haben. Das Kombinat, das das Geld unbemerkt von einer Hand in die andere hat fließen lassen. Die Kriminellen, die das alles geduldet haben, die sich an die korrupten Männer herangemacht haben, damit sie ihren Unrat auf Schiffe verladen konnten ...« In seiner Stimme lag eine tiefe, unverbrüchliche Vehemenz. »Sie haben einst Somalia regiert. Dann haben sie es vergiftet. Aber wir vergessen nicht. Wir verzeihen nicht.«

Marc strich mit der Hand über seine Waffe, probierte aus, ob der Verschluss ein wenig Spiel hatte, doch er ließ sich nicht bewegen. *Ladehemmung.* Wenn er das alles hier überleben, wenn er diesen Kriegsfürsten irgendwie überwältigen wollte, dann musste er handeln, und zwar schnell. Der Kerl lauerte irgendwo da draußen in der Düsternis, und wenn es zu einem Kampf Mann gegen Mann kam, hatte er nicht die geringste Chance. Marc holte zitternd Luft, spürte jeden einzelnen gezerrten Muskel, jede Hautabschürfung, jede Prellung, die er sich im Lauf der letzten Tage zugezogen hatte. Sich mit Saito zu prügeln war schon schlimm genug gewesen. Aber wenn er versuchte, es mit Ramaas aufzunehmen, würde der ihn schlicht und einfach vernichten.

Da fiel ihm ein Satz ein, den Franko Horvat damals in dem kroatischen Casino zu ihm gesagt hatte. *Du steckst bis zum Hals in Schwierigkeiten. Das hier ist für dich eine Nummer zu groß.* Nie waren ihm die Worte des korrupten Polizisten so wahr erschienen wie jetzt.

Aber ich kann ja nicht einfach die Flinte ins Korn werfen, sagte sich Marc. *So funktioniert das nicht.* Behutsam machte er einen Schritt nach vorn, versuchte, das Deck möglichst gleichmäßig zu belasten. Trotzdem gab der Boden ein verräterisches, knarrendes Quietschen von sich.

Er unterdrückte den Drang, sich zu übergeben. Er hatte keine Lust mehr, diesem Mann noch länger hinterherzujagen, immer und immer wieder in die nächste Sackgasse gelockt zu werden. Er hatte keine Lust mehr, immer und immer wieder dieselbe Frage zu stellen: »Wo ist die Bombe?«

»Da gibt es so viele Möglichkeiten«, lautete Ramaas' Antwort. Er kam näher. »Paris. London. Rom. Berlin. Und alle anderen. Ich wünschte, Gott hätte mir genügend Sprengkörper gegeben, um sie alle auszulöschen. Aber ich gebe mich mit dem zufrieden, was ich habe. Eine Stadt voller Diebe wird zu Asche und Staub verbrennen, und alle, die ihnen Unterstützung gewährt haben, werden dafür büßen.«

Eine Stadt voller Diebe. Dieser Satz setzte in Marcs Gehirnwindungen eine Assoziationskette in Gang, und dann fingen seine Synapsen an zu glühen, machte sein analytischer Verstand sich an die Arbeit. Mit einem Mal sah er die Drohungen und Prahlereien, die Ramaas im Lauf der Zeit ausgestoßen hatte, in einem neuen Licht. Die Wahrheit lag unmittelbar vor seiner Nase, wenn er es nur schaffte, die einzelnen Teile korrekt zusammenzufügen.

Doch dann, ohne jede Vorwarnung, wurde ihm ein großkalibriger Revolver in den Nacken gedrückt. »Jetzt habe ich dein Gesicht oft genug gesehen, Polizist«, sagte Ramaas. Irgendwie hatte der hünenhafte Kriegsfürst es geschafft, sich am Rand des Stegs entlangzuschleichen und ihn schnell und lautlos zu überrumpeln. »Jetzt ist es genug. Mach deinen Frieden«, fuhr er fort.

Marc hörte das Klicken, als der gut geölte Hahn des Revolvers gespannt wurde.

Lucy versetzte der Luke, die hinaus auf den Hubschrauberlandeplatz führte, einen kräftigen Fußtritt, sodass sie aufflog und mit lautem Scheppern gegen die Metallwand krachte.

Simonovas Kamerad stieß ein wütendes Knurren aus und stürmte ins Freie. Dabei schoss er wie wild um sich. Die schwere Bauchverletzung, die sein Hemd und seine

Jacke bereits dunkelrot gefärbt hatte, schien er gar nicht zu bemerken. Er wurde von einer geradezu wahnsinnigen Zähigkeit vorangepeitscht, die Lucy durch Mark und Bein ging. Die beiden Frauen folgten ihm, als die ersten Schüsse bereits den Boden vor ihren Fußspitzen durchlöcherten.

Lucy sah ein paar Gestalten im Schutz eines Mi-8-Hubschraubers kauern. Nur ihre Füße und Unterschenkel waren zu erkennen. Sie warf sich zu Boden, federte den harten Aufprall ab, drehte sich einmal um die eigene Achse und kam dann in einen etwas unsauberen Kniestand. Die Kalaschnikow hielt sie schussbereit im Anschlag. Sie legte den Schalter auf Einzelschuss, zielte und drückte ab. Die Waffe war nicht gut gepflegt, und die erste Kugel ging deutlich daneben, aber sie korrigierte das ganz automatisch. Die Russen gaben ihr Feuerschutz, und so konnte Lucy die Männer hinter dem Hubschrauber der Reihe nach ausschalten. Jeder bekam eine Kugel ins Fußgelenk, um dort eine scheußliche Schweinerei aus Stiefelleder, Knochen und Fleisch anzurichten.

Simonova kroch nach vorn und sorgte dafür, dass es keine Überlebenden gab.

Als sich am Rand ihres Gesichtsfelds ein neues Ziel bemerkbar machte, kam Lucy wieder auf die Beine. Sie sah, wie der Hacker aus der Deckung hervorstürmte und die offene Laderampe am Heck des schwarzen Senkrechtstarters ansteuerte, der dem Kombinat gehörte. Er hatte einen kurzläufigen Revolver in der Hand und schoss im Laufen blindlings in ihre Richtung.

Sie stellte ihre Waffe auf Automatikfeuer um und jagte mit ihren letzten Patronen eine Salve quer über den Landeplatz, direkt in den Weg des jungen Burschen. Er bremste ruckartig ab, um nicht von ihren Kugeln zerfetzt zu werden, stolperte über seine eigenen Füße und fiel hin.

Lucy rannte zu ihm, trat ihm auf die Hand, mit der er die Pistole festhielt, und rammte ihm die glühend heiße Mündung ihrer Kalaschnikow zwischen die Rippen.

»Wo ist der König?«, herrschte sie ihn an. »Spuck's aus, oder du bist tot.«

»Du kannst diese Schlacht nicht gewinnen«, sagte Marc. Krampfhaft umklammerte er sein sinnlos gewordenes Sturmgewehr und machte sich auf den tödlichen Schuss gefasst. »Du wirst sterben, ohne dass du das viele Geld wieder ausgeben konntest. Aber dein Land und dein Volk werden für deine Taten bezahlen müssen.«

Ramaas drückte den Revolver noch fester in Marcs Fleisch. »Ich habe bereits gewonnen. Du willst es einfach nicht verstehen. Keiner von euch. Rache ist besser als Reichtum, Polizist. Arm ist arm … aber tot ist auch tot.«

Marc drehte sich ein kleines bisschen zur Seite, während er die Waffe immer noch im Nacken spürte. Er nahm Ramaas als hoch aufragende Silhouette vor dem schwachen Lichtschimmer wahr, der durch den Türrahmen in seinem Rücken drang. Das Haifischauge des Kriegsfürsten glitzerte in der Dunkelheit. »Gott hat nicht dich erwählt«, sagte Marc, »sondern du hast Gott erwählt, als Rechtfertigung für alles, was du angerichtet hast. Du hast dir ein moralisches Fundament für deine Gräueltaten geschaffen, aber in Wahrheit bist du nichts als ein amoralischer Verbrecher. Und du wirst auch nie etwas anderes sein.«

Ramaas bleckte die Zähne. »In genau vierundzwanzig Stunden wird die ganze Welt meinen Namen kennen. Doch du wirst es nicht mehr erleben.«

Es fiel Marc nicht leicht, ein heiseres, verächtliches Schnauben hervorzupressen, aber er tat es und stemmte gleichzeitig beide Füße fest auf den Boden. Mehr als einen einzigen Versuch würde er nicht bekommen. »Was du einfach nicht begreifen willst, Kumpel, ist, dass du nicht der Einzige bist, der anderen eine Falle stellen kann.« Beim letzten Wort drehte er sich blitzschnell um die eigene Achse, riss den Kopf nach hinten, weg vom Lauf des Revolvers, und schwang gleichzeitig sein Gewehr wie eine Keule nach oben.

Der Revolver spie Donner und Blitz, und nach dem krachenden Schuss war Marc auf einem Ohr taub. Die heißen Schmauchgase versengten ihm die Haut, und er spürte, wie der Schmerz in Wellen seine Haut durchdrang, aber der Schuss verfehlte sein Ziel. Begleitet von einem lauten Schrei rammte er die verklemmte AKMS gegen Ramaas' Bizeps, genau auf die Stelle, wo ihn die Kugel aus Jalsa Soods Pistole in Dubai getroffen hatte.

Ramaas heulte laut vor Wut und Schmerz und ließ etwas zu Boden fallen. Marc wusste, dass es der Laptop war, aber er hatte keine Zeit, sich danach zu bücken oder sonst etwas zu unternehmen, weil Ramaas nämlich noch einmal abdrückte. Orangefarbene Funken stoben durch die Gegend, als die nächste großkalibrige Kugel gegen die rostigen Metallstreben prallte.

Der Pirat schlug nach Marc und traf ihn immerhin so fest, dass er ihm dabei das sinnlos gewordene Gewehr aus der Hand riss. Marc geriet ins Straucheln, und Ramaas packte ihn an der Schulter. Seine Finger bohrten sich wie Eisendorne in Marcs Fleisch.

Inmitten der heißen, staubigen Düsternis sah Marc erneut den Revolver auf sich zukommen, wenn auch nur schemenhaft. Was Ramaas wollte, war klar: ihm eine Kugel in die Magengrube jagen und ihn töten. Er klammerte sich mit beiden Händen an den Kragen des Kriegsfürsten und ließ sich fallen.

Ramaas wurde von Marcs Gewicht und seinem eigenen Schwung nach vorn gerissen, sodass sie beide mit voller Wucht gegen die Treppenhaustür stürzten. Durch die Wucht des Aufpralls sprang sie auf, und dann lagen sie plötzlich auf einem quietschenden Balkon aus Stahl.

Im Inneren der Bohrinsel mit ihren engen Korridoren war alles dunkel und voller Schatten gewesen, aber hier draußen, auf der östlichen Seite, wurden sie in das rötlich-orangefarbene Licht der aufgehenden Sonne getaucht. Für Ramaas mit seiner geschädigten Iris fühlte sich diese plötzliche Helligkeit an, als würde ihm ein Dolch in den Schädel getrieben. Für einen kurzen Moment war er geblendet, schlug sich die Hand vors Gesicht und fuchtelte mit der anderen hilflos herum.

Marc versuchte sich von ihm loszumachen, doch dann landete der Kolben der Python auf seinen Rippen, und er bekam für einen Moment keine Luft mehr. Im nächsten Augenblick spürte er einen unheilvollen Ruck, als der völlig verrostete Steg unter ihnen nachgab. Immer mehr vom Rost zerfressene Nieten brachen entzwei, während die beiden Männer zwischen den Geländern hin und her geschleudert wurden.

Die Schwerkraft riss alle beide mit sich, Marc und Ramaas wirbelten über die Kante des zusammenbrechenden Treppenbalkons und landeten sechs Meter weiter unten unter lautem Geklapper und Gekreisch des ächzenden Metalls auf einer Gangway.

»Ramaas ist weg. Ihr könnt ihn nicht aufhalten!«, stieß der Hacker hervor. Lucy erkannte seinen US-amerikanischen Akzent sofort.

Niedergeschlagen musste sie sich eingestehen, dass Marc recht gehabt hatte. Schon wieder! Sie packte den jungen Burschen am Kragen und riss ihn auf die Füße. »Vergiss deinen Boss. Wo ist der Computer?«

»Den hab ich ihm gegeben. Bei ihm ist er in Sicherheit.« Der Hacker bleckte die Zähne zu einem wilden Grinsen und richtete die Hand wie eine Pistole auf sie. »Ihr habt gar nichts in der Hand, ihr Schweine!«

»Dann nützt er uns auch nichts mehr«, sagte Simonova, die von hinten näher kam. Ihre Waffe bellte, und der Hacker wurde von einem Schuss in die Brust nach hinten gerissen. Er taumelte über die Kante der Landefläche. Lucy sprang mit einem Satz nach vorn und sah ihn mit wild flatternden Gliedmaßen in Richtung Meeresoberfläche stürzen.

»Scheiße!« Sie stieß die Russin beiseite. »Ich muss Dane finden …«

»Keine Zeit«, entgegnete Simonova. Sie nickte Dimitri zu, der, wie Lucy erst jetzt bemerkte, mit einem Bein im Cockpit des Hubschraubers stand. Er sprach aufgeregt in ein Headset. »Wir werden abgeholt. Und Sie kommen mit.« Obwohl Simonova Lucy nicht direkt mit der Waffe bedrohte, war völlig klar, was geschehen würde, wenn sie sich weigerte.

Lucy starrte ihr Gegenüber durchdringend an. »Ich lasse meinen Kameraden doch nicht allein hier zurück.« Sie musste daran denken, dass Dane sich in Mogadischu ganz ähnliche Gedanken gemacht haben musste.

Simonovas Tonfall wurde etliche Grad kälter. »Nur damit wir uns nicht missverstehen, Keyes: Das war keine Bitte.«

Lucy wollte Zeit gewinnen und blickte hinauf zum wolkenlosen Himmel. Aber dort war weit und breit kein näher kommender Hubschrauber oder ein anderes Luftfahrzeug zu entdecken.

»Falsche Richtung«, meinte Simonova und wies mit einer Kopfbewegung zum Meer hinab. »Unsere Befehle sind eindeutig. Wir betreiben jetzt Schadensbegrenzung. Sie kommen mit uns. Nur so können Sie Ihr Leben retten, glauben Sie mir.«

Weit jenseits des Schattens, den die Bohrinsel über das Wasser warf, erkannte Lucy eine schäumende Stelle im Wasser.

Ein quadratischer Kommandoturm aus mattschwarzem Stahl brach durch die glatte Wasseroberfläche, dann wurde dahinter ein längliches Deck sichtbar. Das U-Boot schaukelte sanft auf den Wellen. Es musste die Bohrinsel schon seit Tagen von einer sicheren Stelle aus unter Beobachtung gehabt und auf den richtigen Moment gewartet haben.

»Bewegung«, knurrte Dimitri und deutete auf einen Fahrstuhl am hinteren Ende der Plattform.

Lucy ließ ihre leere Kalaschnikow fallen und streckte die Arme seitlich aus. »Sie machen einen großen Fehler, Rada. Wenn wir zusammenarbeiten, können wir die ganze Angelegenheit immer noch zu einem guten Ende bringen.«

Simonova schüttelte den Kopf. »Dafür ist es bereits zu spät. Diese Bohrinsel wird, zusammen mit Abur Ramaas, in Kürze von der Erdoberfläche verschwinden.«

»Und wenn die Kofferbombe explodiert?«, fauchte Lucy giftig. »Was dann?«

»Diese Bomben sind ein Mythos. Alles nur Propaganda und Desinformation«, erwiderte die Russin. »Ab sofort ist das die einzige Wahrheit.«

Der Schmerz, der in mächtigen Wellen über ihn einstürzte und sich vor allem auf seine Hüft- und Kniegelenke konzentrierte, drängte die drohende Bewusstlosigkeit immer wieder zurück. Schon wenn er sich nur von einer Seite auf die andere drehen wollte, war es kaum auszuhalten. Darum klammerte Marc sich an eine Metallstrebe und hievte sich mühsam in eine sitzende Position.

Er war mit voller Wucht und mit der rechten Schulter voraus auf die Gangway gekracht. Das Gewebe rund um das Gelenk fühlte sich schwammig und geschwollen an, und als er versuchte, den Arm mehr als nur ein kleines Stückchen zu bewegen, schoss ein neuerlicher stechender Schmerz durch seine Nervenbahnen. Aber es war wohl nichts gebrochen, was er dankbar zur Kenntnis nahm. Er hievte sich noch ein Stückchen höher und sah, dass die Strebe, an der er sich festhielt, Teil eines halb abgebauten Geländers war. Sie führte zu einer stumpfen Stange, von denen noch etliche Dutzend am Rand der Gangway emporragten. Nur einen halben Meter weiter rechts, und er wäre genau auf dieser Stange gelandet.

Als er sich umblickte, entdeckte er auch Ramaas, der etwas weiter entfernt aufgeschlagen war. Mit grimmiger Miene stellte er fest, dass der somalische Kriegsfürst weniger Glück gehabt hatte als er.

Aus seiner Brust, direkt unterhalb des Brustbeins, ragte eine verrostete Metallstange hervor. Sein Hemd und seine Kampfweste waren von einer dunklen Flüssigkeit getränkt, die sich auf seinem Bauch sammelte und seine Kleidung durchnässte.

Obwohl jeder einzelne Schritt eine Qual war, hinkte Marc zu ihm. Ramaas' Brust hob und senkte sich in unregelmäßigen, abgehackten Zügen, und bei jedem Atemzug drang ein feuchtes Gurgeln aus seiner Kehle. Die Metallstange hatte seine Lunge durchstoßen, und die Farbe des Blutes ließ vermuten, dass sie auch sein Herz verletzt hatte.

»Du hattest recht.« Unendlich mühsam presste Ramaas diese Worte hervor. Rosafarbene Schaumbläschen sammelten sich in seinen Mundwinkeln. »Ich werde … nicht … überleben …«

Marc sank schwer atmend auf das Deck. »Wo ist sie?«, herrschte er den Sterbenden an. »Tu das nicht. *Bitte nicht!* Sag mir einfach, wo die Bombe ist.«

Ramaas drehte sich zu Marc um. Verwirrung spiegelte sich auf seinem Gesicht. »So sollte es nicht enden.« Er betrachtete die Stange, die seine Brust durchstoßen hatte, und presste ein schmerzerfülltes Lachen hervor. »Doch Gott weiß. Die Welt liegt … auf den Hörnern des Stiers. Ich bin gestürzt …«

»*Ramaas!*« Marc wurde von einer glühenden Wut ergriffen. »Antworte mir!«

»Morgen …«, mit einer letzten, mächtigen Kraftanstrengung stemmte der riesenhafte Kerl seine Hände auf das Deck, »… ist es vorbei.«

Erst als es zu spät war, um ihn daran zu hindern, begriff Marc, was Ramaas vorhatte. Mit einem lauten Aufschrei stieß er sich nach oben und befreite sich so von dem rostigen Stab in seinem Körper. Jetzt gab es nichts mehr, was das Blut aufhalten konnte. Ramaas drehte sich auf die Seite, stieß noch ein letztes Keuchen aus und blieb dann reglos liegen. Seine leeren Augen starrten ins Nichts.

Die Kletterpartie auf die nächsthöhere Etage war eine mühsame Angelegenheit, aber Marc zwang sich dazu, setzte einen Fuß vor den anderen, ohne auf das wütende Geschrei und die vereinzelten MP-Salven in der Ferne zu achten.

Der spezialverstärkte Laptop lag immer noch genau an derselben Stelle, und für einen kurzen Moment empfand

Marc so etwas wie Erleichterung. Er humpelte hinüber und ließ sich ungeschickt neben den Computer fallen, um ihn in Augenschein zu nehmen. Am liebsten hätte er ihn an Ort und Stelle hochgefahren und sein Innenleben durchforstet. Was er hier in der Hand hielt, war die allerletzte Chance, die spurlos verschwundene Exile-Bombe doch noch zu finden und zu neutralisieren. Er konnte sich keinen Fehler erlauben. *Hier geht das nicht,* dachte er. *Ich muss zurück zu Rubicon. Dort haben sie alles, was ich brauche …*

Die Schüsse kamen näher. Bald schon würden Ramaas' Männer dahinterkommen, dass ihr Räuberhauptmann tot war, und was dann geschah, konnte niemand vorhersehen. Für einen Ausländer, einen Feind ihrer Piratennation, würde es jedoch bestimmt kein gutes Ende nehmen.

Zwischen ihm und dem Helipad lag die ganze turmhohe Bohrinsel, und wenn er sich jetzt nach oben schleppte, würde er den Kerlen mit den Maschinenpistolen genau in die Arme laufen. *Aber vielleicht ist Lucy ja da oben,* sagte eine Stimme in seinem Hinterkopf. *Willst du sie etwa ein zweites Mal im Stich lassen?*

Dann schüttelte er die Zweifel wieder ab. *Sie wird es verstehen. Der Auftrag geht vor.* Also klemmte er sich den Laptop unter den Arm und humpelte los, die Treppe hinunter zum Anleger. Und mit jedem Schritt hasste er sich ein kleines bisschen mehr.

Die Sonne stand jetzt bereits so hoch, dass der Anleger schon vom Schatten der Bohrinsel erfasst wurde. Auch hier unten lagen etliche Tote, und wie es aussah, musste es zwischen den Piraten zu einer Meinungsverschiedenheit gekommen sein, die für alle tödlich geendet hatte. Einige kleinere Boote waren untergegangen, ein paar vollgelaufene Ruderboote und Zodiacs lagen schwankend auf den

Wellen, und an anderen Stellen hatten verzweifelte Fliehende einfach die Leinen gekappt.

Am hinteren Ende des Anlegers sah Marc ein flaches schwarzes Schlauchboot liegen, aber schon nach wenigen Schritten erkannte er, dass es bereits besetzt war. Mehrere Männer in Kampfmontur drehten sich zu ihm um und rissen die Waffen nach oben. Marc hob die Hände, so gut ihm das mit dem eingeklemmten Laptop möglich war, und versuchte, so wenig bedrohlich wie nur möglich zu wirken.

Sie kamen ihm entgegen und unterhielten sich dabei auf Russisch. Die charakteristische Musterung ihrer Uniformen und die speziell für die Seestreitkräfte gefertigten Witjas-SN-Maschinenpistolen bestätigten seine Vermutung. Diese Männer gehörten zu einer Spezialeinheit der russischen Marine.

Der erste blaffte ihn zunächst auf Russisch an und wiederholte seine Worte dann noch einmal mit einem schwerfälligen Akzent auf Englisch. »Identifizieren Sie sich!«

»Mein Name ist Marc Dane. Ich bin britischer Staatsbürger.«

»Zivilist?«

»Mehr oder weniger.« Welchen Sinn hätte eine Lüge gehabt? Er und Lucy waren ganz bewusst ohne Papiere nach Somalia gekommen. »Man hat mich gegen meinen Willen hierhergebracht.« Ein zweiter Mann stellte sich jetzt hinter Marc, während der dritte ihm den Laptop entriss. Marc schrie laut auf. »*He!* Vorsichtig. Er darf auf keinen Fall …«

Der Soldat, der ihn angesprochen hatte, fuhr sich mit dem Zeigefinger quer über die Kehle und brachte ihn damit zum Schweigen. Anschließend fand ein kurzer Meinungsaustausch über sein Headset statt, dann gab er den anderen Männern einen Befehl, und sie gingen wieder zurück zum Boot. Die Maschinenpistole des Soldaten blieb ununterbrochen auf Marcs Brust gerichtet. Marcs Puls beschleunigte sich.

»Du kommst mit uns«, befahl der Soldat schließlich. »Bewegung!«

»*Spassiba*«, brachte Marc mühsam hervor. Er durfte den Laptop auf keinen Fall aus den Augen lassen, nicht jetzt, nicht nach allem, was geschehen war.

Das russische Festrumpfschlauchboot ließ den Anleger mit Vollgas hinter sich, und Marc saß geduckt auf dem Schandeck, den Blick auf die Bohrinsel gerichtet. Er sah einen Mi-8-Frachthubschrauber ein wenig wackelig vom Helipad abheben und Kurs auf die ferne Küste nehmen. Von der Osprey des Kombinats war nur eine dichte schwarze Rauchsäule zu erkennen. Allem Anschein nach stand der Senkrechtstarter in Flammen. Ob Saito noch lebte? Oder war er in Ramaas' Kampfarena geblieben?

Er drehte sich um, suchte am Horizont nach den Umrissen eines Schiffes. Da glitt dicht unterhalb der Schaumkronen ein flacher schwarzer Schatten entlang. Kurze Zeit später wusste er, dass es sich um den Turm eines U-Bootes der *Kalina*-Klasse handelte. Er war mit den technischen Details dieser Baureihe mit ihrem dieselelektrischen Antrieb durchaus vertraut. Zu Anfang seiner Karriere, vor seiner Zeit beim MI6, war er als Hubschrauberpilot für die britische Marine dafür ausgebildet worden, genau solche U-Boote aufzuspüren und zu zerstören. Allerdings hätte er damals nie gedacht, dass er einmal eines aus solcher Nähe zu sehen bekommen würde.

Das Schlauchboot schob sich mit einer raschen Wende längs neben das U-Boot. Ein paar Besatzungsmitglieder halfen Marc und den Soldaten, an Bord zu klettern. Anschließend holten sie auch das Schlauchboot ein und stellten es auf der Rückenfläche der *Kalina* ab.

»Sehe ich das richtig, dass du eine Mitfahrgelegenheit suchst?«, hörte er eine sehr vertraute Stimme leicht spöttisch sagen. Lucy schob sich an der Deckcrew vorbei und legte Marc die Hand auf die Schulter. »Alles in Ordnung mit dir, Dane?«

»Ich bin irgendwo runtergefallen« sagte er, und bei diesen Worten fuhr ihm der Aufprall noch einmal durch Mark und Bein. »Und dann bin ich irgendwo draufgefallen.« Er beugte sich nach vorne und zeigte auf den Soldaten, der ihm den Laptop abgenommen hatte. »Ich habe den Computer mitgebracht.«

»Ramaas?«

»Ist tot«, sagte er und empfand bei diesen Worten zumindest einen kleinen Triumph. »Aber deswegen sind wir noch lange nicht in Sicherheit.«

Jetzt tauchte die Russin, die er schon auf der Bohrinsel gesehen hatte, hinter Lucy auf. »Alle Mann unter Deck. Befehl vom Kapitän.«

Durch die Luke gelangten sie auf das beengte Oberdeck des U-Bootes. Marc wurde kurz von einer eigentümlichen Nostalgie ergriffen – wann war er das letzte Mal an Bord eines Marineschiffes gewesen? –, doch er schüttelte sie schnell wieder ab. Die Umgebung war ihm zwar vertraut, aber er war hier nicht unter Freunden.

»Darf ich vorstellen?« Lucy wies mit einer Kopfbewegung auf die Russin. »Rada Simonova vom GRU. Marc Dane. Er ist mein … Berater.«

Simonova musterte Marc von Kopf bis Fuß. »Sie arbeiten mit dem da zusammen? Ist doch eigentlich gar nicht Ihr Typ.«

»Ich verfüge über verborgene Talente«, gab Marc zurück. »Ich will diesen Laptop wiederhaben, kapiert? Sonst stecken wir alle bis zum Hals in der Scheiße.«

»Wir stecken ohnehin schon sehr, sehr tief in der Scheiße«, gab Simonova ungerührt zurück. »Der Laptop befindet sich jetzt im Besitz der Russischen Föderation.«

»Und was wollen Sie damit anstellen?« Marc ließ nicht locker. Sie gingen den Mittelgang des U-Bootes entlang, um den übrigen Besatzungsmitgliedern, die hastig ins Innere drängten, Platz zu machen. »Bis Sie das Ding nach Moskau geschafft haben, damit Ihre Computerspezialisten es unter die Lupe nehmen können, hat die Kofferbombe, von der Ihre Regierung behauptet, dass es sie gar nicht gibt, eine Großstadt irgendwo auf der Welt in die Luft gejagt.«

Lucy nickte. »Genau. Und ich glaube, ich weiß genau, wo er …«

Die Luken über ihren Köpfen wurden geschlossen, und Marc spürte, wie ein Zittern durch den Rumpf ging, als die Motoren ihre Drehzahl erhöhten. Eine Sirene ertönte, gefolgt von einer Lausprecherdurchsage. Eine raue Stimme gab eine Warnung durch.

»Was ist denn los?«, wollte Lucy wissen.

Marc sprach kein Russisch, aber er hatte lange genug bei der Marine gedient, um zu wissen, wie es auf einem Schiff in Gefechtsbereitschaft zuging. Er starrte Simonova durchdringend an. »Sie wollen einen Torpedo auf die Bohrinsel abfeuern.«

»Da.« Im selben Moment ging ein tiefes Dröhnen durch den U-Boot-Rumpf, pflanzte sich vom Bug bis zum Heck fort, einmal, zweimal, dreimal. »Bald wird Ramaas' Piratenstützpunkt nichts weiter sein als eine unangenehme Erinnerung.«

Marc sah, dass die Spezialkräfte jetzt mit erhobenen

Waffen näher kamen. »Tun Sie das nicht«, sagte er zu Simonova. »Wenn Sie uns jetzt in eine Zelle stecken, können wir Ihnen nicht helfen.«

»Sie werden uns bei unseren Ermittlungen unterstützen«, gab sie zurück. »Sobald wir an Land sind.«

»*Rada.*« Lucy blickte der Russin tief in die Augen. »Von Agentin zu Agentin, bitte hören Sie mir zu. Das wäre die falsche Entscheidung.«

Simonova warf einen schnellen Blick auf ihre Armbanduhr. »Sie haben keine Ahnung, wo die Waffe ist. Nur Vermutungen. Ich brauche Fakten.«

Marc streckte die Hand aus und spielte seinen allerletzten Trumpf aus. »Dann geben Sie mir den Laptop! Ich kann den Standort der Bombe ermitteln. Und wir können diese Angelegenheit so beenden, dass am Schluss alle gewinnen.«

»Er ist wirklich verdammt gut«, fügte Lucy hinzu.

Die eisige Miene der Russin wurde weicher, und sie schnipste mit dem Finger in Richtung des Mannes, der den Laptop in der Hand hatte. »Eines muss Ihnen klar sein: Wenn Sie versagen, wird die Schuld an dem, was geschieht … an allem … auf Ihren Schultern lasten.«

»Ja, klar«, erwiderte Marc, schnappte sich den Laptop und drehte ihn um. »Wie schnell können Sie uns nach Europa bringen?«

Durch die Außenhülle des U-Bootes waren jetzt in der Ferne Explosionen zu hören, begleitet vom Geräusch einstürzender Betonteile und zerreißender Stahlträger.

24

Der VW-Bus schaukelte wild hin und her, während er über das Kopfsteinpflaster einer schmalen Gasse Richtung Norden ruckelte. Das heruntergekommene Äußere sorgte dafür, dass der Wagen in der Masse der anderen Fahrzeuge auf den geschäftigen Straßen der Stadt nicht weiter auffiel. Doch die Fracht, die der Wagen beförderte, war alles andere als gewöhnlich.

Marc hockte auf einer schmalen Sitzbank, die am Boden festgeschweißt war, hatte dem Fahrer den Rücken zugewandt und sich über den Laptop gebeugt. Seit zwölf Stunden war der Computer ununterbrochen sein Begleiter. In dieser Zeit hatte er das gestohlene Gerät Stück für Stück gezähmt und zu seinem Werkzeug gemacht.

Little Jonas hatte den Computer mit einem Dutzend verschiedener Verschlüsselungsebenen gesichert – im Verlauf seiner Arbeit an und mit dem Laptop hatte Marc auch den Namen des hageren Hackers erfahren, dem Ramaas die technische Umsetzung seiner Pläne anvertraut hatte –, aber er war nicht ganz so gut gewesen, wie er selbst geglaubt hatte.

Auf der Festplatte befand sich eine Menge Material und noch sehr viel mehr auf diversen Servern in Nigeria. Marcs erster Eindruck war, dass sie als Speicherort für die Daten verwendet wurden, die dem Piraten und Kriegsfürsten weniger wichtig erschienen waren. Eine vollständige Analyse der Informationen auf dem Laptop durch ein kriminaltechnisches Team würde Monate in Anspruch nehmen. Aber wenn Ramaas keine leeren Drohungen ausgestoßen hatte, dann blieben ihnen nur noch wenige Stunden, um die unmittelbare Bedrohung durch die russische Atombombe zu neutralisieren.

Marc blickte auf, als er spürte, dass Lucy sich zu ihm herüberbeugte. Sie saß ihm gegenüber zwischen Simonova und einem der todernst dreinblickenden GRU-Agenten, die sie auf dem italienischen Flughafen, wo sie gelandet waren, in Empfang genommen hatten. Vier weitere russische Agenten hatten sich in den hinteren Teil des VW-Busses gezwängt und bereiteten sich auf die vor ihnen liegenden Aufgaben vor.

»Sei ehrlich, Marc«, sagte Lucy. »Wie stehen die Chancen, dass du tatsächlich recht hast?«

Er sah sie an. »Ich hab mir das nicht einfach aus den Fingern gesaugt, Lucy.« Seine Antwort klang schroffer als beabsichtigt, und er runzelte die Stirn. »Entschuldige.«

Schlafmangel machte ihn reizbar, und die Wirkung der Medikamente, die sie ihm an Bord des U-Bootes gegeben hatten, ließ langsam nach. Ein griesgrämiger Marinearzt hatte ihn und Lucy ausführlich getriezt, bevor er ihnen eine kräftige Dosis Schmerzmittel und Aufputschmittel gespritzt hatte. Da war ihm das noch wie eine gute Idee vorgekommen, aber so langsam fing Marc an, es zu bereuen. Wenn sie wirklich bis Sonnenuntergang durchhielten, würde er vermutlich zusammenklappen und eine ganze Woche lang schlafen.

»Hier ist unser Ziel«, sagte er abschließend und zum gefühlt hundertsten Mal an diesem Tag.

Im Anschluss an die Zerstörung der Gasbohrinsel Calypso XV hatte das U-Boot, das mit der Rettung Simonovas und ihres Teams beauftragt worden war, sie ins weiter südlich gelegene Tansania gebracht. Dort waren sie an einem einsamen Strandabschnitt gelandet und von noch mehr Männern mit grimmigen Mienen in Empfang genommen worden. Während der kurzen Fahrt, die die GRU-Agentin dazu genutzt hatte, ihre Vorgesetzten von dem Plan, die Exile-Bombe zurückzuholen, zu überzeugen, hatte Marc die diversen Sicherungssysteme in Jonas' Computer geknackt. Der Bursche war durchaus talentiert gewesen, keine Frage – aber letztlich hatte Ramaas sein Vertrauen in ein Jüngelchen ohne eigene Ideen und ohne Originalität gesetzt, dessen Programmierfähigkeiten von außen betrachtet wesentlich mehr hermachten, als es der Wirklichkeit entsprach. Ein paar einfache Verschlüsselungen zu knacken war für jemanden, der speziell dafür ausgebildet worden war, nicht weiter schwierig. Aber erst nachdem Simonova ihm einen tragbaren Satellitenrouter besorgt hatte, war Marc in der Lage gewesen, online und damit auch in die Tiefe zu gehen.

Auf dem internationalen Flughafen von Daressalam hatten sie eine Frachtmaschine der Aeroflot bestiegen und waren auf direktem Weg nach Europa geflogen. Lucy hatte so viel wie möglich geschlafen, doch Marc war dazu viel zu aufgekratzt gewesen. Er hatte es gar nicht ausgehalten, sich länger als wenige Minuten lang auszuruhen. Auch wenn er nicht auf den Bildschirm starrte, überlegte er ununterbrochen, wie die digitalen Barrieren, die ihn vom inneren Kern der Maschine trennten, am besten zu überwinden waren.

Marc besaß ein Konto auf einem privaten Cloudserver, den er von überall auf der Welt aus erreichen konnte. Von dort lud er sich alle möglichen Werkzeuge herunter, mit deren Hilfe sich die diversen Firewalls einreißen ließen, während sie die Sahara und das Mittelmeer überquerten.

Als er dann schließlich in das digitale Netzwerk des Piraten eingedrungen war, hatte er festgestellt, dass ganze Teile davon lahmgelegt waren und nicht mehr funktionierten, entweder absichtlich oder aber aufgrund der improvisierten Struktur, mit der Jonas es zusammengebastelt hatte. Außerdem stieß er auf ein halbes Dutzend Bankkonten, die mit einem zu Ramaas' Clan gehörenden Hawala-Vermittler in den USA in Verbindung standen. All diese Konten waren im Verlauf der letzten ein, zwei Tage stillgelegt worden. Als er Lucy davon erzählte, grinste sie und erzählte ihm eine wirre Geschichte von vergifteten virtuellen Dollars, einem geldgierigen Onkel, der als Taxifahrer in New York arbeitete, und wie sie an Bord der verfallenen Bohrinsel gekommen war. Doch das Netzwerk bestätigte seine Analyse. Im Lauf der vergangenen Tage waren große Summen nach Europa geflossen, Dutzende anonymer Zahlungen für Transport, Nahrung und Unterkunft. Alles, was man für eine verdeckte Operation benötigte.

Die Russen hatten Marc und Lucy an die kurze Leine gelegt, und Simonovas Männer ließen die beiden keine Sekunde lang aus den Augen. Aber Marc war jetzt auf seinem ureigensten Terrain unterwegs, und er wusste genau, wie er das zu seinem Vorteil nutzen konnte. So gelang es ihm, die Überwachungssoftware des russischen Satellitenrouters zu umgehen und eine Nachricht an einen der Rubicon-Server abzusetzen. Mehr, als Solomon und seinen Leuten mitzuteilen, dass er und Lucy noch am Leben waren, konnte er jedoch auch nicht machen.

Und natürlich sie zu warnen, dass die Stadt Neapel keinen Tag mehr zu leben hatte.

»Erklären Sie mir das noch einmal«, befahl Simonova.

»Wieso denn?« Marc blitzte sie wütend an. »Glauben Sie vielleicht, dass ich etwas vor Ihnen verbergen will? Stellen Sie mir deshalb andauernd dieselben Fragen?« Er deutete auf die Häuser der Stadt, die vor dem Fenster vorbeizogen. »Wir sind jetzt hier. Die Zeit der Zweifel ist doch längst abgelaufen.«

»Tun Sie mir einfach den Gefallen.«

»Na gut.« Er nickte zögernd und tätschelte den Laptop. »Ramaas hat zur Kommunikation ein sogenanntes Voice-over-Internetprotokoll benutzt, das nicht mit normalen Handys, sondern nur mit digitalen Satellitentelefonen funktioniert. Die Kontakte sind viel schwerer nachzuweisen, solange man nicht ganz genau weiß, wo man suchen muss. Ich habe eine ganze Reihe Anrufe von Jonas gefunden, die über einen Darknetserver und ein anonymes Netzwerk ...« Er unterbrach sich. »Sagen Sie Bescheid, wenn Ihnen das zu viel Technobabble ist, ja?« Simonova presste die Lippen aufeinander und bedeutete ihm fortzufahren. »Okay. Jonas war jedenfalls nicht ganz so clever, wie er dachte. Langer Rede, kurzer Sinn, ich habe die Nachrichten bis zu einem Internetcafé hier in Neapel zurückverfolgt.«

Die Russin betrachtete das Display des Tabletcomputers in ihrer Hand. Darauf war ein Stadtplan abgebildet. »In der Via Tarsia, genau *da*. Noch fünf Minuten entfernt.«

»Richtig. Und dort finden wir dann Ramaas' Kontaktmann.«

»Vorausgesetzt, er ist tatsächlich da. Nichts von dem, was Sie sagen, beweist, dass die Bombe in dieser Stadt ist«, fügte sie hinzu. »Und trotzdem haben Sie darauf beharrt, dass wir hierherkommen sollen.«

Er drehte den Laptop so, dass Simonova das dicht beschriebene Fenster auf seinem Bildschirm sehen konnte.

»Das sind die Transportdaten eines Frachtschiffs, der MS *Valerio Luna*. Es hat gestern in Neapel festgemacht. Ausgangshafen war Split, in Kroatien. Dort hat Ramaas die Bombe in Empfang genommen.«

»Sind Sie sich da ganz sicher?«

Marc nickte verbissen. »Ich war doch dabei. Ich bin mir verdammt sicher.« Zuerst war es nur ein Gefühl gewesen, doch Marc hatte auf sehr schmerzhafte Weise gelernt, diesem grundlegenden, fast animalischen Instinkt zu vertrauen.

»Die *Valerio* war eines der Schiffe, die wir uns nach Ramaas' Flucht aus Osteuropa näher angeschaut haben«, sagte Lucy. »Aber er war eben ein verdammt schlüpfriger Hund. Dieser ganze Quatsch mit den Videos aus New York, Peking und Moskau, dann der Koffer, den er auf der Bohrinsel mit dabeihatte … alles Fälschungen. Er hat Jalsa Sood in Dubai aufgespürt und ihm die Baupläne für die Exile-Bombe gegeben, damit der Bäcker ihm das perfekte Täuschungsmanöver zusammenbaute …«

»Und dabei hat die Bombe Europa während der ganzen Zeit nicht verlassen.« Marc tippte auf den Bildschirm. »Während jede große Antiterrororganisation auf der Welt sich wie verrückt in irgendwelche Sackgassen locken ließ, war das Ding ganz gemütlich auf einem Frachtschiff Richtung Neapel unterwegs.« Er verzog den Mund. »Das ist seine Rache. Ramaas hat dafür seine Beziehungen in der Schifffahrtsbranche spielen lassen.«

»Ein somalischer Bandit und Kriegsfürst, der glaubt, er wäre auf einem heiligen Kreuzzug, setzt sich in den Kopf, in der zweitgrößten Stadt Italiens eine Atombombe zu deponieren.« Simonova sprach diese Worte völlig sachlich und emotionslos aus. »Ein wirklich außergewöhnlicher Plan.«

»Ja«, pflichtete Lucy ihr bei. »Von einem Mann mit einem außergewöhnlich großen Groll.«

»Ramaas hat die gesamte westliche Welt für das Leiden Somalias verantwortlich gemacht – und für sein ganz persönliches auch«, fuhr Marc fort. »Doch sein eigentlicher Hass galt immer den Männern, die hier in dieser Stadt leben. Der *Camorra.*« Der Kriegsfürst hatte die Heimat der berüchtigtsten Verbrecherorganisationen Italiens ins Visier genommen.

»Er will sie auslöschen, so wie es ein somalischer Clan mit einer rivalisierenden Sippe machen würde«, spann Lucy den Faden weiter. »Nur eben in einer anderen Dimension. Die Camorra und ihre Mafiakumpels haben jahrelang Geld dafür genommen, dass sie ganze Schiffsladungen mit radioaktivem Abfall und Giftmüll in afrikanische Gewässer gebracht und dort verklappt haben. Mittlerweile ist das Gift in das somalische Grundwasser gelangt. Es hat das Leben Hunderttausender Menschen zerstört. Fehlgeburten, behinderte Säuglinge, steigende Krebsraten …«

Marc nickte erneut. »Und das Kombinat hat das alles organisiert. Die haben die Kontakte hergestellt und dafür fette Provisionen kassiert, stimmt's? Dafür will Ramaas sich rächen, wenn es sein muss, eben aus dem Jenseits.« Der Bus schoss um eine enge Kurve, und Marc hielt inne. »War das jetzt deutlich genug?«

Simonova betrachtete ihn eingehend. »Damit das klar ist. Die heilige Mission eines Einzelnen oder seine Rache oder was immer Ramaas mit alldem zu bezwecken gehofft hat, ist mir vollkommen gleichgültig. Diese Stadt und ihre Bewohner, ob Kriminelle oder nicht, sind mir vollkommen gleichgültig. Das Einzige, was für mich zählt, ist Russland. Ich werde nicht tatenlos zusehen, wie meinem Land die Schuld für die Handlungen dieses Piraten in die Schuhe geschoben wird.« Eine in Russland hergestellte Atombombe, die eine europäische Stadt auslöschte, eine Stadt, in deren Hafen zu allem Überfluss auch noch die Sechste Flotte der Marine der Vereinigten Staaten von Amerika stationiert war – die Konsequenzen wären in der Tat verheerend.

»Vielleicht hätten Ihre Staatschefs dafür sorgen sollen, dass wirklich alle Bomben vernichtet worden wären, so wie es vereinbart war,« erwiderte Marc ohne diplomatisches Drumherumgerede. »Dann wären wir jetzt nämlich nicht hier.«

Simonova ignorierte seine Bemerkung. »Also dann, Dane. Wenn Sie sich irren sollten, wenn wir hier und heute versagen, weil Sie einen entscheidenden Fehler begangen haben … dann können Sie sicher sein, dass mir das ganz und gar nicht gleichgültig sein wird.«

Das Licht der Baustellenlampen fiel auf die schrägen Wände der künstlichen Höhle, und Zayd blickte nach oben, wo zwanzig Meter über ihren Köpfen die Decke in der Dunkelheit verschwand.

Die anderen Männer hatten kein Interesse an diesem Ort. Sie waren zufrieden damit, auf leeren Ölfässern zu hocken und ihre widerlichen europäischen Zigaretten zu rauchen, zu reden oder zu würfeln. Er kannte keinen von ihnen. Sie alle waren Einwanderer, die schon länger hier wohnten und dem Clan in der Vergangenheit gelegentlich zu Diensten gewesen waren, ehemalige Soldaten und Räuber. Das machte Zayd nichts aus. Er wollte ohnehin mit keinem reden. Seine Gedanken waren voll und ganz auf seine Mission gerichtet.

Er entfernte sich von den anderen, ging zum hinteren Ende der Höhle. Sie war so breit, dass zwei Lastwagen problemlos nebeneinandergepasst hätten, hätte man sie irgendwie hier herunterschaffen können. Der gelblich graue Fels ringsumher war rau und kühl. Die Luft fühlte sich dicht und feucht an und bereitete Zayd Schwierigkeiten beim Atmen. Trotz der Ausdehnung der Grotte kam er sich hier unten viel zu eingeengt vor, um sich wirklich wohlzufühlen. Sein natürlicher Lebensraum war eine offene Fläche mit einem weiten Himmel, der Blick über das Meer oder die Dächer einer Stadt. Er versuchte, nicht daran zu denken, wie viele Tonnen Stein im Moment über seinem Kopf hingen, und machte für einen Moment die Augen zu.

Jetzt hörte er das ferne Rumpeln einer vorbeifahrenden U-Bahn. Es klang, als würde sich ein gewaltiges Tier durch einen nahe gelegenen Tunnel fressen. Diese Vorstellung verstörte ihn, und er schob sie wieder beiseite.

Diese Stätte hier war ein Grab. Das war das, was ihn am meisten daran faszinierte. Der Kontaktmann hatte gesagt, die Tunnel seien uralt, vor rund tausend Jahren aus dem Felsen gehauen, aber das alles interessierte Zayd nicht. Er gelangte zu der nackten Felswand am hinteren Ende der Höhle und drehte sich um, ließ den Blick durch die Kammer schweifen, deren anderes Ende sich in der Dunkelheit verlor. In der Ferne waren noch mehr Baustellenlampen zu erkennen.

Das alles hier kam ihm so *unnatürlich* vor. Die regungslose, leblose Luft. Die seltsamen Echos. Sogar der Boden unter seinen Füßen fühlte sich so an, als wäre ihm alles Leben entzogen worden.

Dem Tod ganz nah, dachte er. Als könnte man dem Tod tatsächlich körperlich nahe sein. *Begraben unter der Erde, zusammen mit den Toten.*

Zayd schnaubte abfällig und schüttelte diese Vorstellung wieder ab, wollte dem Gedankengang nicht weiter folgen. Darum kehrte er wieder zurück zu seiner Ausrüstung, die er in einem verrosteten Autowrack deponiert hatte, schob den länglichen Angelköcher beiseite und legte die Hand auf den Stahlkoffer.

Immer noch da. Es war dumm, immer wieder nachzusehen, aber Zayd konnte nicht anders. Ramaas' Abschiedsworte gingen ihm durch den Kopf. *Noch nie habe ich dir eine bedeutendere Aufgabe anvertraut als diese hier, Bruder. Lass mich nicht im Stich. Lass Gott nicht im Stich.*

Er überlegte, ob er den Koffer öffnen sollte, doch dann ließ er es sein. Stattdessen nahm er das Funkgerät von seinem Gürtel und versicherte sich, dass es eingeschaltet und empfangsbereit war.

Er heftete den Blick auf seine Armbanduhr. Die schimmernden Ziffern liefen unaufhörlich weiter. *Er hätte sich eigentlich schon längst melden müssen,* sagte die Stimme in seinem Kopf. Es war dieselbe Stimme, die von Gräbern und Tod und Begräbnissen sprach. *Was hat es zu bedeuten, dass er es noch nicht getan hat?*

Zayd ließ zu, dass die Frage in ihm arbeitete. Einige Zeit später griff er erneut nach dem Stahlkoffer.

Sobald der VW-Bus langsamer wurde, tippte Marc auf die Tastatur des Laptops und schloss das aktuelle Datenfenster. Dahinter kam ein weiteres Fenster zum Vorschein, an das er gar nicht mehr gedacht hatte.

Es war ein Kartenauszug aus dem Programm, das Kara Wei damals im Rubicon-Büro in Monaco geöffnet hatte. Hier zeigte es allerdings die Auswirkungen, die eine Explosion der Exile-Bombe auf die Innenstadt von Neapel hätte. Eine oberirdische Detonation würde das Herz der Stadt vollständig atomisieren, würde Neapel aushöhlen wie einen Apfel und im Umkreis von zwei Kilometern alles in Staub und Asche verwandeln. Der starke Wind aus Südwesten, der heute herrschte, würde den radioaktiven Niederschlag wie eine Speerspitze Richtung Caserta und der Matese-Berge treiben.

Die Grafik hatte eine sehr ernüchternde Wirkung, und Marc bekam urplötzlich einen trockenen Mund. Wie aus dem Nichts tauchte das Gesicht seiner Schwester vor seinem inneren Auge auf, und ihm wurde klar, dass er ihre Stimme seit über sechs Monaten nicht mehr gehört hatte. Für einen kurzen Augenblick wünschte er sich nichts sehnlicher, als mit Kate sprechen zu können, eine Verbindung zu etwas Gutem, Ehrlichem, Wahrhaftigem herstellen zu können, etwas, das weit weg war von der Gefahr, die ihn umgab.

»Wir sind da«, sagte Lucy, und damit war der kurze Augenblick des Innehaltens auch schon wieder vorbei. Der VW-Bus kam wenige Meter vor der Kreuzung von Via Tarsia und Via Toledo zum Stillstand, fuhr direkt vor einem geschlossenen Kleiderladen auf den schmalen Bürgersteig. Das Internetcafé lag nur wenige Hauseingänge entfernt. Das Leuchtschild im Schaufenster signalisierte, dass es geöffnet hatte.

Die Russen erhoben sich wie ein Mann, und Simonova gab ihnen einen letzten, knappen Befehl. Alle trugen dunkle, bewusst unauffällige Straßenkleidung, die eindeutig zu warm für diesen neapolitanischen Nachmittag war. Aber unter den Jacken konnten sie ihre leichten Schutzwesten sowie die Serdjukov-SPS-Pistolen mit ihren massiven Schalldämpfern leichter verstecken. Marc hatte wenig Zweifel, dass sie die Waffen ohne große Hemmungen einsetzen würden, sollte sich ihnen jemand in den Weg stellen.

Simonova warf noch einmal einen Blick auf ihr Tablet. Darauf waren die Daten zu sehen, die Marc Jonas' Laptop abgetrotzt hatte, die Daten, aus denen die IP-Adresse des Computers hervorging, den der Kontaktmann in Neapel benutzt hatte. »Das Gerät steht da drin«, sagte sie.

Marc erhob sich. »Ich kann Ihnen genau sagen, welches es ist …«

Simonova ließ ihn nicht zu Ende sprechen, sondern legte ihm die flache Hand auf die Brust und schob ihn zurück. »Sie und Keyes bleiben beide hier, während wir unseren Auftrag ausführen. Wenn ich Sie brauche, lasse ich Sie holen. Mischen Sie sich auf keinen Fall in diese Operation ein.«

Sie überreichte das Tablet einem ihrer Agenten – einem jüngeren Burschen mit dunklen, kurz geschorenen Haaren –, und Marc war klar, dass sie ihm den Auftrag gegeben hatte, hierzubleiben und ihn und Lucy zu bewachen. Der Mann nickte nur. Simonova setzte sich eine Brille auf. Gleichzeitig klappte auf dem Tablet ein Videofenster auf, das die Aufnahmen einer im Brillenrahmen integrierten Mikrokamera wiedergab. Der GRU-Agent, der am dichtesten bei der Schiebetür des VW-Busses stand, zählte bis drei, und dann dauerte es keine Sekunde, bis die Russen nach draußen gesprungen waren.

Die Tür klappte zu, und Marc stieß vernehmlich den Atem aus. »Puuh. *Bleib im Wagen.* Ich dachte eigentlich, dass ich das hinter mir hätte …«

Lucy klappte den Laptop zu und spähte dem GRU-Agenten über die Schulter. Auf dem Tablet konnten sie aus Simonovas Perspektive beobachten, wie sie das enge Café betrat und sich umsah. Vor Dutzenden alter PCs mit mächtigen Röhrenmonitoren saßen Leute, die E-Mails verschickten, im Internet surften oder am Videochatten waren. Der Laden wurde überwiegend von afrikanischen Migranten besucht, sodass ein Somalier hier nicht weiter auffiel.

Er sah, wie ein untersetzter Mann mit breiter Brust sich vor Simonova aufbaute und wissen wollte, was sie hier zu suchen hatte. Gleichzeitig war am Rand des Monitors ein dunkelhäutiger Kerl zu erkennen, der in heller Panik aufsprang und über die benachbarten Computertische hinwegsetzte. Das Bild ruckelte, dann war Simonova ebenfalls in Bewegung, und an den Rändern war zu erkennen, dass ihre Männer mit ihr Schritt hielten. Die Agentin sprintete eine schmale Treppe hinauf, gelangte auf einen Absatz und trat eine Tür ein.

»Jetzt geht's los«, sagte Lucy. Die Gäste des Internetcafés strömten blitzschnell nach draußen. Sie glaubten garantiert, dass sie in irgendeine Polizeirazzia geraten waren.

Der GRU-Agent sprach hastig in ein unauffällig an seinem Kragen befestigtes Mikrofon, während auf dem Display des Tablets für einen kurzen Moment Simonovas schallgedämpfte SPS-Halbautomatik zu erkennen war. Marc kam sich vor wie in einem Ego-Shooter, nur dass er keinen Einfluss darauf hatte. Simonovas Pistole zuckte, als sie auf einen dunklen Schatten schoss. Dann rannte sie weiter durch einen düsteren Wohnungsflur, der schon für eine Person kaum breit genug war. Auf der Straße ertönten laute Schreie.

Irgendwo über ihnen splitterte Glas, und die Scherben regneten auf das Dach des VW-Busses. Eine Sekunde später ging der Wagen spürbar in die Knie. Etwas Schweres war auf dem Dach gelandet und hatte eine große, kreisförmige Delle darin hinterlassen. Schritte trampelten über das Blech, eine Gestalt sprang herab und landete ungeschickt auf allen vieren. Als der Mann sich erhob, erkannte

Marc, dass es der Kerl war, den er schon im Videostream aus der Brille der Russin gesehen hatte.

»Das ist er!« Ohne jedes Zögern sprang er auf und stürmte durch die Heckklappe des VW-Busses nach draußen. In seinem Rücken ertönte ein warnender Schrei, der jedoch unvermittelt abbrach – wahrscheinlich hatte Lucy sich eingeschaltet und ihren russischen Wärter an einer überhasteten Maßnahme gehindert –, aber da war er bereits draußen. Er holte tief Luft, während der Flüchtige die Seitenstraße entlangrannte.

Die Schmerzen in seinen Beinen waren zwar nicht völlig verschwunden, aber durch die ultrastarken Schmerzmittel, die er verabreicht bekommen hatte, nur am Rand seines Bewusstseins wahrnehmbar. Marc blendete alles andere aus und konzentrierte sich nur auf eine einzige Sache – den Flüchtigen.

Die Russen waren immer noch damit beschäftigt, sich auf die neueste Entwicklung einzustellen. Wenn er wartete, bis sie endlich reagierten, würde er Ramaas' Kontaktmann aus den Augen verlieren.

Sie rannten die ansteigende Straße hinauf. Marc war dicht hinter dem Kerl, während sie sich zwischen nackten, mit zahlreichen Plakaten beklebten Betonwänden und Plastikmülltonnen hindurchschlängelten. Der Flüchtige sprang über ein Absperrgitter und rannte quer über die Straße. Marc war nur wenige Meter hinter ihm, wäre jedoch um ein Haar mit einem jungen Mädchen auf einem Motorroller kollidiert, das den Hügel heruntergerollt kam. Sie hupte und stieß einen verärgerten Schrei aus, und Marc verlor kostbare Sekunden.

Er warf einen Blick über die Schulter und sah, dass Lucy ihm folgte. »Weiter!«, schrie sie ihm zu und zeigte auf den Flüchtigen.

Die Straße führte auf eine T-Kreuzung, aber der Kerl kürzte ab, sprang über ein niedriges Mäuerchen und gelangte auf die erste von mehreren steil bergab führenden Serpentinen. Marc sah, wie seine Zielperson über einen verbeulten grünen Fiat Panda hinwegsetzte, dessen Fahrer seinem Ärger lautstark Luft machte.

Er holte auf, während sie die nächste Serpentine nahmen und einem Müll- und Schutthaufen in der Ecke ausweichen mussten. Viel fehlte nicht mehr, bis er den anderen packen konnte. Bei jedem Schritt auf dem unebenen Kopfsteinpflaster ächzten seine Muskeln.

In der Kurve riss der Flüchtige ein metallisch glänzendes Objekt aus seiner Hosentasche – ein Handy – und warf es in die entgegengesetzte Richtung. Marc sah, wie das Telefon über ein niedriges Mäuerchen taumelte und aus seinem Blickfeld verschwand. »Such das Ding da!«, brüllte er und zeigte mit dem Finger darauf. Hoffentlich kapierte Lucy, was er gemeint hatte.

Die Verfolgungsjagd führte in den Schatten einer engen, einspurigen Straße, die von fünfstöckigen Mietshäusern gesäumt wurde. Der Flüchtige schnappte sich einen vor einer Tür stehenden Stuhl und schleuderte ihn blindlings in Marcs Richtung.

Marc wich aus und biss noch einmal auf die Zähne, nahm alle Kräfte zusammen, um die letzte Lücke zu schließen und diesen Kerl endlich einzuholen. Trotz der Aufforderung, im Bus sitzen zu bleiben, hatten Marc und Lucy dieselben Kevlarwesten bekommen wie die GRU-Spezialkräfte, aber jetzt erwies sich die Schutzkleidung als hinderlich, weil sie ihn langsamer machte. Wenn er diesen Kerl nicht innerhalb der nächsten sechzig Sekunden zu fassen bekam, würde er es überhaupt nicht mehr schaffen.

Als sie an der mit Graffiti verschmierten Einmündung einer Sackgasse vorbeikamen, sah der Flüchtige sich hastig um, und Marc erkannte die wilde Panik in seinem Blick.

Deshalb konnte der Mann auch den Tankwagen nicht sehen, der jetzt aus der Sackgasse rollte und ihn mit voller Wucht rammte. Der völlig entsetzte Fahrer stieg in die Eisen und brachte den Laster bebend zum Stehen, während der Flüchtige wie ein Köder an einem Angelhaken quer über die Kreuzung geschleudert wurde.

Marc blieb zitternd und schwankend bei ihm stehen. Er war völlig außer Atem. Der Flüchtige lag auf dem Kopfsteinpflaster, den Kopf seltsam verdreht, während ihm Blut aus Mund und Nasenlöchern rann. Er sah aus wie eine kaputte, achtlos weggeworfene Puppe.

»Mist …« Schnell kniete Marc sich neben den Mann und tat so, als würde er ihm den Puls fühlen, während er ihn abtastete. Er fand eine Brieftasche und steckte sie ein.

Dann stand auch schon Lucy hinter ihm. Ringsumher wurden Türen geöffnet. Die Leute kamen auf ihre Balkone, weil sie die Unfallgeräusche gehört hatten. »In seiner Haut möchte ich jetzt nicht stecken«, murmelte sie leise und gab Marc ein Zeichen aufzustehen.

»In unserer aber auch nicht«, erwiderte er. »Unsere einzige heiße Spur ist gerade eiskalt geworden.«

»Na ja, nicht ganz.« Sie zeigte ihm ein zerkratztes digitales Satellitentelefon mit einem zersplitterten Display. »Ist immer noch heil. Kannst du das hacken?«

»Wahrscheinlich schon.« Er nahm es in die Hand und betrachtete es von allen Seiten. Das Gehäuse war zwar verbeult, aber ansonsten war es intakt. Die Chancen, dass das Gerät noch funktionierte, standen nicht schlecht.

»Wir bekommen Gesellschaft«, sagte Lucy. Zwei von

Simonovas Männern kamen auf sie zugerannt. Ihre Waffen hatten sie unter ihren Jacken versteckt. Die Einheimischen scharten sich um den Toten und den Fahrer des Lastwagens, der leichenblass geworden war und durch den Schock am ganzen Körper zitterte. So langsam wandte sich die allgemeine Aufmerksamkeit Marc und Lucy zu.

»Wir müssen verschwinden«, sagte der Russe mit dem Bürstenhaarschnitt. »Die Polizei wird gleich hier sein.«

»Verstanden«, sagte Marc und begann mit dem Rückzug.

Simonovas Mannschaft hatte das Internetcafé bereits abgeriegelt. Jetzt war sie dabei, den Besitzer zu verhören. Es war der untersetzte Mann aus dem Videostream.

Als Lucy und Marc – flankiert von ihren beiden GRU-Begleitern, nur für den Fall, dass sie noch einmal das plötzliche Bedürfnis überkam, einfach irgendwohin zu rennen – eintrafen, unterbrach sie die Befragung für einen Moment.

»Als ich gesagt habe *im Wagen bleiben*, was genau haben Sie daran missverstanden?«, fauchte Simonova. »Ich werde Sie persönlich alle beide erschießen, falls so etwas noch einmal vorkommt.«

Lucy blickte sie von der Seite her an. »Das kann sich doch nur um einen Irrtum handeln, Schwesterherz. Los, sprechen Sie mir nach: *Hallo, Leute, danke, dass ihr den Typen geschnappt habt, der uns aufgrund unserer Lahmarschigkeit durch die Lappen gegangen ist.*«

Einer der russischen Agenten berichtete Simonova, dass der Flüchtige tot war, was nicht gerade große Begeisterung auslöste. »Sie haben ihn in den Tod gehetzt. Jetzt wird mir klar, wieso Sie finden, dass ich Ihnen dankbar sein sollte.« Sie schüttelte den Kopf. »Es wird nicht lange dauern, bis die Polizia herausgefunden hat, dass er aus diesem Lokal hier geflüchtet ist. Das bedeutet, wir müssen abbrechen. Sie haben es tatsächlich geschafft, unseren Auftrag zu einem kompletten Fehlschlag werden zu lassen.«

Marc ging zu dem Computer, den der Tote benutzt hatte. »So weit würde ich nicht gehen – noch nicht.«

»Der Tag ist noch jung«, fügte Lucy mit freudlosem Lächeln hinzu.

Der Engländer warf einen schnellen Blick auf den Monitor und tippte dann auf ein paar Tasten. Seine Miene sagte alles. »Ja, genau, das ist das Gerät, an das Ramaas seine Nachrichten geschickt hat. Darauf ist ein Voice-over-IP-Programm installiert. Ganz einfach, mit einer sehr geringen Bandbreite. Dadurch kann man es unauffällig an andere Programme andocken.« Er warf Lucy und der Russin einen Blick zu. »Genau dieselbe Software hat Jonas auch auf seinem Laptop.«

»Der Besitzer sagt, dass der Flüchtige heute Morgen, als er aufgeschlossen hat, schon vor dem Laden gewartet hat«, sagte Simonova. »Und seither war er hier, hat Apfeltee getrunken und sich YouTube-Videos angeschaut. Den Videochat hat er gar nicht benutzt.«

Marc nickte nachdenklich. »Das VoIP-Programm war die ganze Zeit im Hintergrund geöffnet … aber es hat keine einzige Verbindung registriert, weder eingehend noch ausgehend. Er hat nur auf einen Anruf gewartet.« Da fiel ihm etwas auf, und er schob die Hand hinter die Tastatur. Als er sie wieder hervorzog, hatte er ein Walkie-Talkie in den Fingern. »Na, so was. Das muss er bei seiner überstürzten Flucht wohl vergessen haben.«

»Wozu braucht er denn ein Funkgerät, wenn er ein Satellitentelefon hat?«, wunderte sich Lucy.

Marc betrachtete das Funkgerät von allen Seiten und stieß auf einen Aufkleber. »Hier, sieh mal …« Er warf Lucy das Gerät zu, doch noch bevor sie es fangen konnte, pflückte Simonova es mit einer blitzartigen Handbewegung aus der Luft.

»*Proprietà di Napoli Metro*«, las die Russin vor. Sie wiegte das Walkie-Talkie nachdenklich in der Hand. Dann zeigte sie mit der Antenne des Geräts auf den Besitzer des Internetcafés. »Er sagt, dass der Kerl nachts gearbeitet hat, und zwar für die *Metropolitana Napoli.*«

Lucy wies mit einer Kopfbewegung in Richtung Hauptstraße. »Und da um die Ecke ist eine U-Bahn-Station.«

»Genau. An der Piazza Dante«, fügte Marc hinzu, während er die Brieftasche des Toten durchsuchte. »Hier ist auch eine Monatskarte. Aber er hat keinen Dienstausweis oder etwas Ähnliches bei sich gehabt, nur seinen Personalausweis …« Marc zeigte den anderen den Ausweis des Toten und verstummte. Dann machte er sich mit hastigen Bewegungen am Handy des Toten zu schaffen. »Er hat eine Menge Textnachrichten gelöscht, aber die kann ich alle wieder aus dem Kurzzeitspeicher holen.« Marc arbeitete schweigend weiter. »Okay, das hätten wir. Das könnten, hmm, vielleicht Uhrzeiten sein?«

»Eine Anweisung für ein Treffen«, schlug Simonova vor.

»Die letzte stammt von heute früh«, fuhr Marc fort. »3 Uhr … Um diese Zeit fährt doch noch gar keine U-Bahn, oder?«

Lucy nickte. »Ein normales Telefonsignal dringt unter Umständen nicht bis in die U-Bahn-Schächte vor.« Sie dachte laut nach, kombinierte. »Aber mit einem Funkgerät ist das kein Problem.«

»Computer, Satellitentelefon, Funkgerät.« Simonova reckte einen Finger nach dem anderen in die Höhe. »Unser toter Freund war ein Kommunikationsknotenpunkt.«

»Nicht nur das«, sagte Marc, begleitet von einem grimmigen Nicken. »Er war auch eine Art Türsteher, versteht ihr?« Er deutete nach unten. »Ich weiß, wo die Bombe liegt.«

Sie ließen zwei Mann beim VW-Bus zurück, um alle Spuren zu beseitigen und den Cafébesitzer so einzuschüchtern, dass er den Mund hielt. Der Rest des Teams wurde in Zweiergruppen aufgeteilt. Dann machten sie sich paarweise auf den Weg zur Piazza Dante, näherten sich dem Platz aus unterschiedlichen Richtungen, um über verschiedene Eingänge in die U-Bahn-Station zu gelangen.

Marc war mit dem kurz geschorenen GRU-Agenten unterwegs. Er bemühte sich nach Kräften, nicht zu schnell zu gehen und keine unnötige Aufmerksamkeit zu erregen. Der Platz war heute ziemlich leer, anders als an den Markttagen, wo sich hier die Stände nur so drängten. In der Mitte stand auf einem hohen, von Metallgittern geschützten Sockel eine weiße Marmorstatue von Dante Alighieri. Der Dichter zeigte mit einer Hand gelangweilt irgendwohin. Marc wusste noch, dass er irgendetwas über die Hölle geschrieben hatte, und zog die Stirn in grimmige Falten, als er sich das apokalyptische Inferno vor Augen führte, das womöglich demnächst direkt unter diesem Denkmal ausbrechen würde.

Sie näherten sich einem verglasten Eingang. Simonovas Agent war für einen kurzen Moment abgelenkt, und Marc holte das beschädigte Satellitentelefon aus seiner Tasche und tippte rasch eine Nachricht ein. Anschließend schickte er sie an die Rubicon-Mailbox. Hoffentlich funktionierte das Ding überhaupt noch.

»Was machst du denn da?« Sie waren bereits auf der Treppe in den Untergrund, als der GRU-Agent ihn wütend anstarrte.

»Ich sehe nur nach, ob noch mehr Nachrichten eingegangen sind, okay?«, log Marc.

»Ich will jederzeit deine Hände sehen, verstanden?«, erhielt er als Antwort.

Simonova und Lucy unterhielten sich bereits mit dem Stationsvorsteher. Die Russin sprach offensichtlich ziemlich gut Italienisch und überschüttete ihn mit einem Schnellfeuerwortschwall, wobei sie ihm auch noch einen gefälschten Interpolausweis unter die Nase hielt. Marc schnappte nur das Wort *terrorista* auf, aber das reichte. Innerhalb weniger Sekunden wich alle Aggressivität und jede abwehrende Haltung von dem Mann, und er wirkte mit einem Mal hilfsbereit und sehr besorgt. Er schloss die Abschrankung auf und ließ sie wortlos passieren.

»Was haben Sie ihm gesagt?«, wollte Marc wissen.

»Wir haben ihm den Ausweis des toten Mannes gezeigt«, erklärte Lucy. »Er hat gesagt, der Kerl hieß Eddie. Und allem Anschein nach hat er – oder jemand, der ihm sehr ähnlich sieht – vor etlichen Stunden einen Arbeitertrupp in die unteren Etagen der Station geführt. Unser Freund hier wollte gerade Meldung machen, da die Arbeiter eigentlich schon längst wieder hätten oben sein müssen.«

»Eddie hat seinen Dienstausweis jemand anderem gegeben.« Marc legte die Stirn in Falten. »Und dieser andere hat das zweite Funkgerät.« Er überlegte kurz, ob er versuchen sollte, Kontakt aufzunehmen und die Eindringlinge nach oben zu locken, doch dann verwarf er die Idee wieder. Falls Ramaas' Leute irgendein Kennwort abgemacht hatten, dann hätte er sie nur gewarnt. Der einzige Vorteil, den sie im Moment hatten, war das Überraschungsmoment.

Um diese Tageszeit zwischen den Hauptverkehrsschüben waren nicht viele Fahrgäste in der Station unterwegs, sodass sie schnell vorankamen. Grellbunte Wandmalereien, Mosaike und andere künstlerische Werke schmückten die Gänge, die auf die breiten Bahnsteige hinabführten. Kastenförmige silberne oder gelbe U-Bahnen fuhren ein und aus, um Touristengruppen aufzunehmen oder auszuspucken.

Am oberen Ende des Bahnsteigs für die Züge nach Süden befand sich ein Tor, das nicht abgeschlossen war. Simonova ordnete Gänsemarsch an, und so betraten sie auf einem schmalen Wartungssteg den düsteren Tunnel.

»Wenn wir schon mit Ihnen hier runtergehen, Rada …«, hörte Marc Lucy leise sagen. »Finden Sie nicht, dass Dane und ich auch eine Waffe haben sollten?«

»Ich habe Ihnen Schutzwesten gegeben«, erwiderte die russische Agentin. »Das muss reichen. Sie sind nur zur Beobachtung und zur Unterstützung hier. Ich hoffe, dass ich das dieses Mal unmissverständlich klargemacht habe.«

Der jüngere Kerl mit den kurz geschorenen Haaren hatte die Spitze übernommen und leuchtete mit seiner kräftigen Stablampe in alle Richtungen. Dann entdeckte er etwas und hob die Hand, zum Zeichen, dass sie anhalten sollten.

Marc duckte sich, genau wie alle anderen auch, während eine U-Bahn keinen halben Meter von seinem Gesicht entfernt an ihnen vorbeikreischte. Der Luftzug zerrte an seiner Jacke, und die Bahn rollte in die Station. Als der Lärm verklungen war, ging der GRU-Agent weiter und richtete den Strahl seiner Stablampe auf eine in die Tunnelwand eingelassene Luke.

Der ovale Lichtkegel glitt über den Fußboden und erfasste die Überreste eines kaputten Vorhängeschlosses. Die Metallenden funkelten. Die Männer, auf deren Fährte sie sich gesetzt hatten, waren hier entlanggekommen und hatten die Tür aufgebrochen.

»Was kommt denn dahinter?« Lucy sprach die Frage aus, die Marc sich in Gedanken auch gerade stellte.

Simonova warf einen Blick auf ihr Tablet. »Die älteren Gänge, die noch unterhalb der Metrotunnel verlaufen. Davon gibt es hier unten viele Kilometer.«

Der andere GRU-Agent stieß die Tür auf und schlüpfte hindurch. »Alles klar«, rief er dann.

Sie gingen ihm hinterher, einer nach dem anderen. Als Marc die Schwelle übertreten hatte, stand er nicht mehr in einem Tunnel aus relativ neuen, gegossenen Betonplatten, sondern in einem schmalen Gang, der in den gelben Tuffstein gebohrt worden war, jenes dichte vulkanische Gestein, das das Fundament der gesamten Stadt bildete.

Das Metrosystem war nur das jüngste von mehreren Tunnelsystemen, die frühere Generationen hier bereits gebaut hatten. Nach allem, was Marc über Neapel wusste, stammten die U-Bahn-Tunnel aus den Fünfzigerjahren des 20. Jahrhunderts. Sie schlängelten sich aber zwischen zahllosen anderen Gängen hindurch, die zum Teil bis ins 15. Jahrhundert zurückreichten, nicht zu vergessen die antiken Wasserspeicher, die die Griechen bereits rund fünfhundert Jahre vor Beginn unserer Zeitrechnung angelegt hatten. Es hätte Tage, ja Wochen gedauert, um jeden Tunnel zu durchsuchen, Zeit jedenfalls, die sie nicht hatten.

Der Gang führte über eine aus dem Stein gehauene Treppe steil bergab. Je tiefer sie kamen, desto feuchter wurde die Luft. Schließlich mündete der Gang in einen etwas größeren Tunnel, in dem knöcheltief das Wasser stand. Die Stablampe leuchtete die gebogene Decke und die hintere Wand an, wo mehrere andere Gänge abzweigten.

»Wir gehen weiter«, sagte Simonova. »Passt auf, wo ihr hintretet.«

»Wie sollen wir diese Typen denn finden?«, fragte Lucy leise. »Hast du vielleicht einen Funkkompass dabei?«

Marc schüttelte den Kopf. »Wir nähern uns an, indem wir so denken wie sie. Wo würdest du die Bombe platzieren, damit sie den größtmöglichen Schaden anrichtet?«

»Irgendwo, wo möglichst viel einstürzt …?« Sie unterbrach sich und runzelte die Stirn. »Denken wie Ramaas. Die Frage, die wir uns stellen müssen, lautet: Auf wen oder was war seine Wut am größten?«

»Das Gift.« Er sprach es aus, ohne darüber nachzudenken. *Sie haben einst Somalia regiert. Dann haben sie es vergiftet. Aber wir vergessen nicht. Wir verzeihen nicht.* Marc musste an Ramaas' Worte denken. »Zerstörung hätte ihm nicht gereicht. Er will den Boden verseuchen, ihn vollkommen unbewohnbar machen.«

»Mit einer Atombombe ist das zu schaffen«, meinte sie. »Zumindest für ein paar Hundert Jahre.«

»Ja …« Ein sehr bedrückender Gedanke kam ihm in den Sinn. »Aber wenn die Bombe in einem Grundwasserspeicher unterhalb der Erdoberfläche explodieren würde, dann wäre das Grundwasser der gesamten Region verseucht. Dann würde nicht nur Neapel zerstört, sondern auch die gesamte Umgebung vergiftet.« Mit ein paar schnellen, platschenden Schritten war er neben Simonova und packte sie an der Schulter. »Ich will mir die Karte ansehen.«

Die russische Agentin starrte ihn durchdringend und sehr verärgert an, reichte ihm aber das Tablet. Marc starrte auf das leuchtende Display und hatte sofort gefunden, wonach er gesucht hatte. »Da! Da sind sie. Garantiert! Diese Sackgasse da liegt direkt unter einem der größten Grundwasserspeicher und ist außerdem noch so dicht beim Ausgang, dass sie problemlos verschwinden können, sobald sie die Zeitschaltuhr programmiert haben.«

»Vorausgesetzt, ihr Herr und Gebieter hat ihnen nicht befohlen, sich dem heiligen Feuer hinzugeben«, murmelte Simonova.

»*Stoi!*« Der Mann an der Spitze stieß einen Warnruf aus, und alle erstarrten augenblicklich. Der Strahl seiner Lampe hatte einen Stolperdraht oberhalb des Wasserspiegels erfasst. Er führte in die Dunkelheit, aber auf der anderen Seite des Tunnels sah Marc einen schwarzen Kasten am Boden liegen. *Eine Tretmine oder etwas ähnlich Unangenehmes,* vermutete er. Eine Sprengfalle, damit niemand den Männern mit der Bombe zu nahe kommen konnte.

Der Anführer zog ein Mehrzweckmesser aus der Tasche und schnitt den Draht durch. Er plumpste schlaff ins Wasser, und der Mann ging weiter. Simonova und die beiden GRU-Agenten ebenfalls, doch Marc sah, dass Lucy zögerte.

»Was ist denn?«

»Was haben wir bis jetzt erlebt?«, flüsterte sie ihm zu. »Ein Täuschungsmanöver nach dem anderen. Finten, Irreführungen, und das nicht nur einmal, sondern wirklich immer und immer wieder.«

Ein kalter Schauer lief Marc über den Rücken. »Du meinst …?«

Noch während er sprach, stieß der Anführer mit seinem rechten Fuß gegen einen Trittschalter, der gut versteckt auf dem schlammigen Fußboden lag. Ein kleines Stück weiter vorne lag eine einzelne OSM-3-Antipersonenmine im seichten, trüben Wasser, ein ziemlich übles Teil aus russischen Beständen. Ramaas' Leute hatten das Ding genau zu diesem Zweck ins Land geschmuggelt.

Der Treibsatz der Mine wurde gezündet und schleuderte die Sprengkapsel senkrecht nach oben. Sie brach durch die Wasseroberfläche und zog einen etwa einen Meter langen Draht hinter sich her.

Marc und Lucy reagierten ohne nachzudenken und stürzten sich ins Wasser, während der Sprengsatz in dem engen Tunnel detonierte. Die Explosion löste einen Sturm aus rasierklingenscharfen Splittern aus, die sich in Schutzkleidung, Fleisch und Knochen bohrten.

25

Die Explosion der Landmine schickte einen dumpfen Donnerhall durch die Tunnel bis in die Kammer, und Zayd riss ruckartig den Kopf nach oben.

Die anderen Männer griffen hastig nach ihren Waffen und blickten ihn hilfesuchend an. Er zeigte in die Richtung, aus der der Lärm kam. »Geht! Tötet alle, die ihr seht!«

»Aber wenn es die Polizei ist…«, wandte einer zaghaft ein.

»Ich habe euch gesagt, was ihr zu tun habt!«, stieß Zayd mit bösartigem Unterton hervor. Als wäre das der Startschuss gewesen, rannten die Männer in die Düsternis davon und ließen ihn in der leeren Kammer, in der jeder Laut ein Echo hervorrief, alleine.

Der Stahlkoffer lag immer noch unter der schwarzen Sporttasche, in der er ihn hierhergebracht hatte. Mit einem Fußtritt fegte Zayd die Tasche beiseite, hob den Koffer hoch und schleppte ihn hinter eine niedrige Steinmauer. Mit bebenden Fingern öffnete er die Schlösser und klappte die Schnallen nach oben.

Meine Hände zittern nicht. Für ihn war das eine furchterregende Erfahrung. Die ganze Zeit schon hatte der Scharfschütze sich vor dieser Bombe gefürchtet, hatte jeden Gedanken an sie und an das, was sie anzurichten vermochte, vermieden, fast so, als wäre diese Sprengvorrichtung ein mythischer Dämon, der ihn mit einem einzigen

Blick in den Wahnsinn treiben würde, der, wenn man nur seinen Namen aussprach, alles Unheil dieser Welt heraufbeschworen hätte.

Und doch konnte er nicht anders, er musste diesem Monster ins Gesicht schauen. Zayd klappte den Deckel auf. Jetzt hatte er den komplexen Mechanismus im Inneren direkt vor Augen. Der dicke Stahlzylinder, umgeben von einem dichten Kabelgeflecht, erinnerte ihn an ein riesiges, stumpfes Projektil. *Ein tödlicher Schuss, der Tausende Leben beenden kann.* Er strich mit den Fingern über die Oberfläche. Sie fühlte sich warm an.

Ramaas hatte Zayd einen Stapel Papiere nach Italien geschickt, die er lesen und sich möglichst gut einprägen sollte. Darin wurde genau erklärt, wie der Sprengkörper scharfgemacht wurde. Es war eigentlich ganz einfach: Man musste einen siebenstelligen Code eingeben und einen bereits festgelegten Countdown aktivieren. Die Papiere hatte er schon vor Tagen verbrannt, aber erst, nachdem er sich die einzelnen Schritte unauslöschlich ins Gedächtnis eingeprägt hatte. Wie ferngesteuert legte der Scharfschütze jetzt die Sicherungsschalter um und gab langsam, Buchstabe für Buchstabe, den Code ein.

Er konnte Schreie und Schüsse hören, aber die akustischen Verhältnisse in der Höhle machten eine genaue Ortung schwierig, und so wusste er nicht, wie nahe der Feind schon herangekommen war. Aber er war da, mehr brauchte Zayd nicht zu wissen. Und wenn das so war …

Dann hat Ramaas versagt. Aber da er niemals versagen würde … ist er tot.

Diese Erkenntnis war ein Schock, aber eine andere Erklärung gab es nicht. Der Kriegsfürst hätte den Standort der Bombe niemals freiwillig preisgegeben, davon war Zayd bis in die tiefsten Gründe seiner Seele überzeugt.

Kein Preis wäre hoch genug gewesen, um all das Blut, das der Westen von ihrem Volk gefordert hatte, zu vergelten.

Rache ist besser als Reichtum. Das waren die Worte, die Ramaas bei ihrer allerersten Begegnung gesagt hatte, als Zayd noch ein hoch aufgeschossener Teenager mit einem scharfen Auge und dem festen Willen zu gewaltsamen Taten gewesen war. Ramaas war damals noch kein Kriegsfürst gewesen, sondern lediglich ein talentierter, skrupelloser Pirat, der dabei war, sich innerhalb seines Clans langsam nach oben zu arbeiten. Zayd war einsam und allein gewesen. Ständig hatte sein älterer Cousin ihn schlecht gemacht und die Taten des Jüngeren für sich beansprucht, ständig hatte er ihn um seinen Anteil betrogen, wenn sie ein Schiff gekapert hatten.

Ramaas jedoch, klug und scharfsichtig, wie er war, hatte die Lügen des Cousins durchschaut. Und dann, in einer dunklen Nacht auf einem gekaperten, indonesischen Autofrachter, hatte er Zayd den Anstoß gegeben, den er gebraucht hatte, um sich aus seinem untergeordneten Status zu befreien.

Zayd wusste es noch, als wäre es gestern gewesen. *Ramaas überreicht ihm ein Geschenk – das russische SVD-Präzisionsgewehr. »Du hast ein gutes Auge.« Dazu das breite Raubtiergrinsen. Er zeigt Zayd den Wachposten, weit entfernt am Heck, der gerade in den Ozean pisst. Es ist der Cousin, der ihm das Leben zur Hölle macht. Erneutes Lächeln. »Probier's aus. Damit du merkst, wie es sich anfühlt.«* Zayd traf das Ziel mit einem einzigen Schuss, und sein Cousin ward nie wieder gesehen.

Ramaas hatte recht behalten. Geld war gut und schön, aber Rache war unbezahlbar. Zayd war es dem Kriegsfürsten schuldig, dafür zu sorgen, dass seine Rache vollendet wurde. Er gab die letzten Buchstaben des Codes ein und warf einen Blick auf die eingestellte Zeit. Ramaas hatte gesagt, dass er zwei Stunden Zeit bis zur Zündung lassen solle. Das hätte dem Scharfschützen gereicht, um sich aus der unmittelbaren Gefahrenzone zu entfernen.

Doch jetzt dachte Zayd daran, wie viele Menschen durch diese Bombe sterben würden, wie viele Seelen in die nächste Welt eingehen würden, nur weil *er* einen Abzug drückte. Die Neugier ergriff mehr und mehr Besitz von ihm. Er wollte es mit eigenen Augen sehen. Die Vorstellung, selbst im Zentrum eines solchen Chaos, einer solcher Vernichtung zu stehen …

Er aktivierte den Einstellungsmodus der Zeitschaltuhr und begann, die Zahlen langsam zurückzudrehen.

Um Atem ringend kam Lucy aus dem ätzenden Wasser nach oben, rollte sich auf den Rücken und sog die feuchte Luft tief in ihre Lunge.

Die Stablampen warfen Licht an die gelben Steinwände. Hier und da bewegte sich ein Schatten, und sie versuchte, sich zu orientieren. Die Minenexplosion hatte zwar ihre Ohren zum Klingeln gebracht, ansonsten war sie jedoch unverletzt geblieben. Ihre schnelle Reaktion und die dämpfende Wirkung des Wassers hatten ihr das Leben gerettet.

Der Anführer hatte weniger Glück gehabt. Die Sprengladung hatte ihn mit voller Wucht getroffen und sowohl seine Kevlarweste als auch seinen Körper aufgerissen und zerfetzt. Er sah aus, als wäre er in einen Flugzeugpropeller geraten – sein Gesicht war eine undefinierbare, rote Masse, sein Oberkörper ein einziges Schlachtfeld. Blutiger Nebel schwebte in dem schlammigen Wasser, das ihn umgab.

Sie wandte sich ab und sah, wie Marc sich aus dem

Matsch herauswand und sich schüttelte. »Alles in Ordnung?« Durch das Scheppern in ihren Ohren nahm sie ihre eigene Stimme kaum wahr. Es war, als würde sie durch eine dicke Watteschicht sprechen.

Marc nickte schwer atmend. Abgesehen von ein paar Schnittwunden im Gesicht und an den Händen schien er unverletzt zu sein. »Wird schon gehen. Die anderen …?«

Simonova war gegen die Tunnelwand geschleudert worden, und so, wie sie versuchte, wieder auf die Beine zu kommen, war klar, dass sie von den Splittern der Mine getroffen worden war.

Einer ihrer Agenten half ihr beim Aufstehen. Ein zweiter Mann – ein älterer Kerl mit grau meliertem Bart und der Letzte aus ihrem Trupp – hatte offensichtlich große Schmerzen und konnte sich kaum auf den Beinen halten.

Lucy trat zu ihm, um ihm die Hand zu reichen, und er nahm ihre Hilfe an, wenn auch mit argwöhnischer Miene. Kaum hatten sie zwei, drei Schritte zurückgelegt, stieß Marc einen warnenden Schrei aus.

»Kontakt von rechts!« Vier Gestalten brachen aus einem Wartungstunnel auf der anderen Seite des überfluteten Ganges hervor. Sie trugen die dunklen Uniformjacken der Metromitarbeiter und hatten halbautomatische Waffen in der Hand. Sofort eröffneten sie das Feuer, und schon wieder hallte ohrenbetäubender Lärm durch den Tunnel. Der bärtige Agent riss seine SRS-Pistole nach oben und schaffte es tatsächlich, einen Schuss abzugeben, doch die Kugel prallte gegen die Felswand und sorgte letztendlich nur dafür, dass zwei der Angreifer ihn unter Beschuss nahmen.

Seine letzte Handlung bestand darin, sich vor Lucy zu schieben und ihr Deckung zu geben, bevor ein Trommelwirbel aus Projektilen in seinen Hals und seine Brust einschlug. Er stürzte rückwärts und fiel wie ein nasser Sack auf Lucy, die ihn reflexhaft festhielt. Sie griff nach der schallgedämpften SRS, bevor sie aus seinen leblosen Fingern gleiten konnte, und richtete sie auf die Angreifer, zog den toten GRU-Agenten dicht an sich und benutzte ihn als Schutzschild.

Die Pistole keuchte, spuckte leere Patronenhülsen ins Wasser, und obwohl Lucy kaum zielen konnte, erwischte sie einen der Angreifer an der Schulter. Sein lauter Aufschrei war deutlich zu hören.

Aus dem Augenwinkel sah sie, wie Marc sich duckte, während gleichzeitig der Agent, der neben Simonova stand – ein schmaler Kerl mit ernstem Gesichtsausdruck – einen der Angreifer erschoss. Der Getroffene geriet am hinteren Ende des Tunnels ins Taumeln und fiel in das seichte Wasser.

Lucy konnte den Bärtigen nicht länger halten, ließ ihn zu Boden sinken und packte seine Pistole mit beiden Händen. Gleichzeitig legte der Angreifer, den sie an der Schulter getroffen hatte, auf sie an. Sie schoss zuerst. Die Kugel drang in seine Nebenhöhle ein und schleuderte einen Strahl aus Blut und Gehirnmasse an die Felswand.

Die beiden anderen Kerle zogen sich in die Richtung zurück, aus der sie gekommen waren, und feuerten dabei ununterbrochen weiter. Als das Echo der kurzen Schießerei schließlich verklungen war, machte Lucy sich an die bittere Aufgabe, den Leichnam des Bärtigen nach Ersatzmunition zu durchsuchen. Dann schob sie ein neues Magazin in den Schacht der SRS und watete zum hinteren Ende des Tunnels.

Marc war bereits da und untersuchte die Waffe des toten Angreifers. »Eine tschechische CZ-75«, sagte er und betrachtete den Schaft der Pistole mit zusammengekniffenen Augen. »Die Seriennummer ist mit Säure entfernt worden. Das Ding stammt garantiert aus dem Bestand der Kurjaks.«

»Vermutlich«, pflichtete Lucy ihm bei. »Wie lange war Ramaas mit denen im Geschäft, bevor er sie umgebracht hat? Klar haben die seinen Männern Waffen verkauft …«

Simonova lehnte jede Hilfe ab und schleppte sich unter großen Schmerzen auf die erhöhte Steinböschung. Im Licht der Stablampe konnte Lucy sehen, dass sie kreidebleich war. Sie stand eindeutig unter Schock. »Wartet nicht auf mich«, stieß sie hervor. »Ihnen nach! *Los*!« Dann wiederholte sie ihren Befehl auf Russisch, und der andere Agent nickte und lud seine Waffe nach.

»Ihre Männer …«, setzte Marc an.

»Wir werden alle genauso enden wie sie, wenn Sie dem Ganzen nicht ein Ende setzen«, unterbrach ihn Simonova gereizt. Sie war blass und zitterte am ganzen Körper. Ihre Beine waren übersät von Schnittwunden durch die Minenexplosion. »*Dane.* Warten Sie.« Sie steckte die Hand in ihre Jacke und brachte eine Kette mit einem seltsam geformten Metallschlüssel zum Vorschein. Mit einem kräftigen Ruck riss sie die Kette entzwei. Dann blickte sie Marc durchdringend an. »Sie haben gesagt, dass Sie mit dem Mechanismus der Vorrichtung vertraut sind.«

»Mehr oder weniger«, erwiderte er ein wenig unsicher.

Simonova drückte ihm den Schlüssel in die Hand. »Benutzen Sie den. Lassen Sie nicht zu, dass die damit durchkommen.«

Die Schreie und die Schüsse kamen näher.

Zayd schob den Stahlkoffer beiseite und ging neben dem schwarzen Angelköcher, den er seit seiner Abreise aus Mogadischu bei sich hatte, in die Knie. Es war nicht einfach gewesen, den Köcher bis hierher zu bringen, ohne die Aufmerksamkeit eines Zöllners, eines Polizeibeamten oder eines Wachmannes zu erregen, aber die Mühe hatte sich gelohnt.

Zayd zog den Reißverschluss auf und klappte den Deckel zurück, sodass die langen, skelettartigen Umrisse seines »Drachen« zum Vorschein kamen, seines Dragunov-SVD-Scharfschützengewehrs.

Die Waffe war spindeldürr und absolut tödlich, ein Ebenbild ihres Besitzers, und er kannte sie genauso gut wie seinen eigenen Körper. In gewisser Weise war das Gewehr ein Teil von Zayd. Er hatte jedenfalls eine fast symbiotische Beziehung zu ihm, kannte jedes bewegliche Teil und dessen spezifische Eigenarten bis ins kleinste Detail. Ohne hinzusehen, schob er eine ganze Schachtel 7,62-Millimeter-Patronen in den Munitionsschacht, ließ dabei die Hände über den in Würde gealterten, hölzernen Schaft und den Handschutz gleiten. Seine Kameraden aus dem Clan hatten sich manchmal, wenn sie geglaubt hatten, dass er sie nicht hören konnte, über ihn lustig gemacht, darüber, dass er von seinem Gewehr sprach wie von seiner Ehefrau zum Beispiel, oder über die unendliche Sorgfalt und Hingabe, die er ihm zuteilwerden ließ. Aber Zayd hatte sie gar nicht beachtet und hatte auch nichts gesagt, wenn ihre schlecht gewarteten Waffen versagt oder ihnen durch eine Fehlzündung einen Finger geraubt hatten. Er holte das klobige PSO-1-Zielfernrohr aus seiner Lederhülle und befestigte es mit schnellen, sparsamen Bewegungen an der Waffe. Anschließend legte er sich auf den Bauch und richtete die Mündung auf den langgestreckten Tunnel, um die Zieloptik zu justieren.

Es war absolut angemessen, dass er seinen Drachen bei sich hatte, jetzt, wo der Tod unmittelbar bevorstand. Wie viele Leben hatte er damit beendet? Die Kerben im Schaft gaben präzise Auskunft darüber.

Zayd legte das Auge an das Fernrohr. Sie würden kommen, sehr bald schon.

Der Tunnel wurde zunächst schmaler und weitete sich dann wieder zu einer offenen Höhle. Marc fühlte sich an den Grund eines gewaltigen Brunnens erinnert. Von oben drang fahles Licht herab. Aus dem Fels gehauene Stützstreben warfen ihre Schatten und boten Deckung, während er sich dicht an der Wand entlang vorwärtstastete. Lucy hatte die andere Seite genommen, während Simonovas Mann sich in der Mitte des Tunnels bewegte.

Da hörte Marc das Scharren einer Stiefelsohle auf dem sandigen Boden. Im gleichen Augenblick nahm der Russe eine Bewegung wahr und stieß einen Warnruf aus.

Ein Mann trat aus der Dunkelheit hervor. Er gab mehrere Schüsse ab, ohne zu ahnen, dass sein Gegner nur einen Meter von ihm entfernt war. Als er Marc entdeckte, riss der Angreifer die Augen vor Schreck weit auf. Er drehte sich um, doch Marc drückte zweimal auf den Abzug der erbeuteten CZ und versenkte zwei Kugeln im Oberkörper des Mannes. Mit einem lauten Aufschrei ging er zu Boden.

Gegenüber stürmte der zweite Bewaffnete jetzt aus seiner Deckung und sprintete dem hinteren Ende der kreisförmigen Kammer entgegen. Dabei feuerte er immer wieder wild und ohne zu zielen über die Schulter auf seine Gegner. In der hinteren Wand war ein Durchlass zu erkennen, auf den er zusteuerte. Lucy und der Russe gingen in die Knie und schossen zurück, und nach einem kurzen Feuergefecht lag der Flüchtige regungslos am Boden.

Marc ging mit vorsichtigen Schritten zu dem Mann, den er angeschossen hatte, und beförderte dessen Waffe mit einem Fußtritt außer Reichweite. Der Angreifer war schwer verletzt, atmete aber noch … zumindest bis der GRU-Agent, der mittlerweile neben Marc getreten war, ihn mit einem Kopfschuss aus seiner schallgedämpften Pistole endgültig erledigt hatte. Anschließend warf er Marc einen herausfordernden Blick zu, als wartete er nur darauf, dass Marc etwas sagte.

»Da entlang?«, fragte Lucy, während sie sich vorsichtig der Öffnung in der Wand näherte.

Marc nickte. Auf der Karte auf Simonovas Tablet war dies der einzige Eingang zu der benachbarten Kammer gewesen, der Kammer, die am dichtesten bei dem unterirdischen Wasserspeicher lag. Er hielt den Atem an, als in der Ferne ein tiefes Rumpeln ertönte. »Eine U-Bahn …«

»Wenn es am lautesten ist, schlagen wir los, okay? Bleibt dicht an der Wand. Da drin wird es so gut wie keine Deckung geben. Das ist ein gottverdammter Trichter.«

»Verstanden.« Nur leise hatte Marc dieses Wort herausgepresst. Jetzt drückte er sich eng an die Wand unmittelbar neben der Öffnung. Die Schnittwunden, die die vielen winzigen Metallspäne aus der Mine in seinem Gesicht hinterlassen hatten, brannten wie Feuer.

Das Geräusch der näher kommenden U-Bahn schwoll immer mehr an, dann nickte Lucy kaum sichtbar mit dem Kopf. Die drei stürmten gleichzeitig in den Eingang der Nachbarkammer und rannten los.

Marc hatte einen kathedralenartigen Raum mit einer hohen Decke vor sich. Überall lagen leere Ölfässer verstreut, und dann standen auch noch mehrere verrostete Karosserien von Coupés aus den Fünfzigerjahren des vergangenen Jahrhunderts herum. Das alles brannte sich wie ein Schnappschuss in seine geistige Festplatte ein. Am Rand der künstlichen Höhle ragten in regelmäßigen Abständen dicke Felspfeiler auf, die groß genug waren, um dahinter Deckung zu finden, darum steuerte er auf direktem Weg den ersten an.

Am hinteren Ende der Höhle, vielleicht hundertfünfzig Meter vom Eingang entfernt, waren eine niedrige Mauer und noch mehr Trümmerhaufen zu erkennen, dann blitzte für einen Moment etwas auf … eine kreisrunde Lichtspiegelung.

Ein Zielfernrohr?

Marc spürte, wie ein großkalibriges Projektil an ihm vorbeizischte, so dicht, dass er zusammenzuckte. Erst dann hörte er den Schuss, und gleich danach, als er bereits laut keuchend gegen den nächsten Pfeiler prallte, einen zweiten. Er wirbelte herum und sah, dass der Schuss den Russen, der dicht hinter ihm gewesen war, an der Hüfte getroffen hatte. Noch bevor der Mann zu Boden gestürzt war, traf die dritte Kugel ihn in die Brust, und er sackte als lebloses Häufchen in sich zusammen.

Marc stieß einen unterdrückten Fluch aus und sah sich um. Lucy stand auf der gegenüberliegenden Seite des Tunnels ebenfalls hinter einem Stützpfeiler. Sie hatte die Pistole gehoben und lauschte angestrengt, während das Echo der Schüsse verhallte.

»Sieben-Zweiundsechziger«, sagte sie so leise, dass er sie gerade noch verstehen konnte. »Einzelschuss, Halbautomatik. Ich schätze mal, der Kerl da hinten hat uns mit einer SVD ins Visier genommen.«

»Das hast du nur durch den Klang der Schüsse rausgekriegt?«

Sie nickte matt. »Du hast deine Spezialkenntnisse, und ich habe meine.« Sie schwieg für einen Moment. »Wenn er gut ist, dann wird er nicht einfach blind durch die Gegend ballern. Ich nehme an, er hat ein fünfschüssiges

Magazin. Alles andere würde die Flugbahn zu stark beeinflussen …« Sie reckte die ausgestreckten Finger einer Hand in die Höhe, dann klappte sie drei davon ein. »Kapiert?« Sie formte Daumen und Zeigefinger zu einer Pistole. »Wir laufen gleichzeitig los.«

»Und wenn er ein zehnschüssiges Magazin hat?«

»Das werden wir wohl rausfinden müssen, und zwar auf die harte Tour.«

»Warte …«, fing Marc an, doch dann stockte ihm der Atem. Was sollte er sagen? *Lauf nicht los? Setz nicht dein Leben aufs Spiel?* Das hörte sich ziemlich abgedroschen an.

»Eins … zwei …« Marc holte tief Luft, spannte alle Muskeln an. »Drei!«

Sie stürmten aus ihrer Deckung und rannten vorwärts zu den nächsten beiden Stützpfeilern, die sich etwa auf einem Drittel der Gesamtlänge der hohen, steinernen Kammer befanden. Marc konzentrierte sich auf seine Schritte, schlug ab und zu einen Haken, um nicht so ein leichtes Ziel abzugeben oder weil er ein paar umgekippten Fässern ausweichen musste. Dann hörte er den Schuss. Der laute Knall versetzte ihm einen solchen Schock, dass er einen grässlichen Augenblick lang dachte, dass er selbst getroffen worden war. Doch dann prallte er mit solcher Wucht gegen den Steinpfeiler, dass er beinahe k. o. gegangen wäre.

Er drehte sich um, und das Erste, was er sah, war Lucy. Sie lag in der Mitte der Kammer auf dem Rücken. Die Waffe war ihr aus der Hand gefallen und lag außerhalb ihrer Reichweite. Er befürchtete schon das Schlimmste. Alle Farbe wich aus seinem Gesicht, doch dann hustete sie und bewegte sich leicht. Er konnte das leise Pfeifen ihrer Lunge hören, als sie mühsam um Atem rang.

Am liebsten wäre er sofort losgestürmt, um zu versuchen, sie irgendwie aus der Schusslinie zu zerren, und er musste alle Widerstandskraft aufbieten, um das nicht zu tun. Er wusste, dass das ein alter Trick war: Einen Soldaten verletzen, um dann seine Kameraden, die ihm helfen wollen, aus dem Hinterhalt heraus zu erschießen.

Er schindet Zeit, dachte Marc, und das konnte nichts Gutes bedeuten. Also steckte er die CZ-75 in seine Jacke, kramte das verbeulte Satellitentelefon hervor und betrachtete es von allen Seiten. Die Digitalkamera auf der Rückseite des Geräts funktionierte noch. Er schob die Linse vorsichtig um die Kante des Pfeilers und machte ein paar Aufnahmen von der Höhlenkammer.

Dann sah er sich die Bilder an. Neben der baufälligen Mauer auf der rechten Seite war eine Stiefelspitze zu erkennen. Dort also hockte der Schütze, gut versteckt und geschützt. Marc streckte das Telefon noch einmal nach draußen, drehte es in eine andere Richtung, um eine zweite Perspektive zu erhalten.

Er spürte den Schmerz in dem Augenblick, in dem er den Schuss hörte. Vielleicht hatte sich Licht in der Kameralinse gespiegelt, vielleicht hatte der Scharfschütze auch eine leise Bewegung wahrgenommen, jedenfalls hatte er etwas gesehen und instinktiv geschossen. Das Telefon wurde Marc aus der Hand gerissen, und er schrie laut, als Glassplitter und Bruchstücke des Aluminiumgehäuses ihm die Hand zerschnitten.

Dann sog er zwischen zusammengebissenen Zähnen die Luft ein, ballte die Finger zur Faust und nahm in dem verhallenden Echo des Schusses ein anderes, charakteristisches Geräusch wahr. Das Schnappen eines gut geölten Verschlusses, gefolgt von einem leisen, metallischen Klicken.

Er lädt nach. Lucy hatte recht gehabt. Fünf Schüsse, und

jetzt war das Magazin leer. Er hatte nur wenige Sekunden Zeit, bis das Gewehr wieder einsatzbereit war, also musste er diese eine Gelegenheit nutzen.

Marc rannte los, riss die tschechische Pistole mit der linken, unverletzten Hand aus seiner Jackentasche und schoss auf das vor ihm liegende Mäuerchen. Noch zwanzig Meter. Alle Wunden und Quetschungen, alle blauen Flecken und Zerrungen, die er sich im Lauf der vergangenen Tage zugezogen hatte, verschworen sich jetzt gegen ihn, wollten ihn mit aller Macht zu Boden reißen, noch bevor er dicht genug herangekommen war, um seine Beute zu überwältigen.

Der Schütze sah ihn kommen und schwang das langgestreckte Gewehr in seine Richtung, spannte den Verschluss, um eine Patrone in den Lauf zu schieben. Auf diese Entfernung brauchte er kein Zielfernrohr mehr. Stattdessen legte er die Waffe instinktiv an die Brust.

Doch Marc hatte bereits angefangen zu schießen, ließ die letzten Kugeln aus seinem Magazin das Mäuerchen emporwandern, mit jedem Rückstoß ein Stückchen höher, bis sie im Oberkörper des Scharfschützen einschlugen.

Ein Schuss traf sein Brustbein, der zweite streifte seinen Hals. Ausgelöst durch einen plötzlichen Nervenimpuls fing sein Arm unkontrolliert an zu zucken, und er jagte einen Schuss in den schlammigen Boden. Im selben Moment blieb der Verschluss der CZ-75 stecken. Marc hatte seine letzte Patrone verbraucht.

Nun kam er mit so viel Wucht angestürmt, dass er von seinem eigenen Schwung über das Mäuerchen hinwegkatapultiert wurde und auf den harten Steinen landete. Er benutzte die leere Pistole als Knüppel und schlug dem Scharfschützen damit mitten ins Gesicht. Blut spritzte, und alle beide gerieten ins Taumeln. Der Scharfschütze keuchte und hustete Blut, und Marc trat mit voller Wucht auf sein Gewehr. Er spürte, wie sich der gestanzte Rahmen unter seinem Gewicht verbog.

Hinter dem Verwundeten lag ein Stahlkoffer, wie Marc ihn mittlerweile schon Dutzende Male gesehen hatte – auf den Bildern aus der NATO-Datenbank, den Schnappschüssen aus Jalsa Soods Werkstatt, im Kofferraum des flüchtenden Mercedes, in Ramaas' Drohvideos und auf der vom Rost zerfressenen Bohrinsel. Derselbe silberfarbene, klobige Kasten, zerkratzt und verbeult, Zerstörung verheißend.

Mit blutigen Händen sank er neben dem Ding auf die Knie und tastete nach den Schnallen, um ihn zu öffnen. Wieder spürte er diesen grausamen, unerbittlichen Druck im Inneren seines Schädels, als könnte er die apokalyptische Gewalt, die in dieser Sprengvorrichtung schlummerte und mit aller Macht nach draußen drängte, irgendwie spüren.

Der Koffer ließ sich mühelos öffnen, und dann hatte Marc das Innere der Bombe vor sich. Die Zeitschaltuhr war bereits aktiviert, und die Zahlen auf dem digitalen Display näherten sich unaufhörlich der Null und damit dem Zeitpunkt der Explosion.

Jetzt sprang die Anzeige auf die 275. Keine fünf Minuten mehr. Er suchte nach dem Schlüssel, den Simonova ihm gegeben hatte.

Ein Schatten fiel über den geöffneten Koffer, und Blutstropfen plumpsten auf den sandigen Untergrund. Marc wirbelte herum, gerade noch schnell genug, um der scharfen Spitze des diamantförmigen Kunai-Messers auszuweichen, das der Scharfschütze ihm in den Rücken hatte stoßen wollen. Der Kerl sah fürchterlich aus. Blut quoll aus den Wunden in seiner Brust und an seinem Hals hervor, aber er lebte noch und attackierte Marc mit hasserfüllter Miene und wildem, stumpfem Blick.

Marc rollte sich zur Seite, und der Messerstich ging ins Leere. Der Scharfschütze wollte ihn in eine Ecke drängen. Marc wich verzweifelt zurück und ließ dabei den Schlüssel fallen, aber sein Gegner trat ihn achtlos in den Sand.

Dann kam die Klinge von der Seite her auf ihn zugesaust. Marc packte das Handgelenk des Angreifers und drückte es mit aller Kraft nach hinten. Sein Gegner war schlank und drahtig, aber trotzdem stark und übervoll mit Adrenalin. Er hob jetzt den anderen Arm, zog einen zweiten Dolch aus seinem Ärmel und wirbelte ihn an dem Ring, der am hinteren Griffende befestigt war, herum. Marc blockte den Stoß ab, doch dabei bohrte sich die Spitze des Messers in Marcs Schutzweste und zerschnitt sein T-Shirt.

Sie kämpften verbissen, ohne dass einer einen entscheidenden Vorteil erringen konnte. Marc stieß einen wütenden Schrei aus und setzte einen Kopfstoß an, traf den Scharfschützen mit der Stirn ins Gesicht, genau auf die Stelle, wo er ihn wenige Augenblicke zuvor schon mit der Pistole erwischt hatte. Der Angreifer stieß zwar ein schmerzerfülltes Zischen aus, ließ jedoch immer noch nicht locker.

Marc wollte den Koffer nicht ansehen, aus Furcht vor den Zahlen auf der Zeitschaltuhr, aus Furcht davor, dass er dem Scharfschützen womöglich eine Gelegenheit bot, ihm die Klinge ins Herz zu stoßen, noch bevor das atomare Feuer sie beide verschlang.

Dann war das Fauchen einer schallgedämpften Pistole zu hören, einmal, zweimal, und der Angreifer verkrampfte sich, weil zwei Kugeln in seinen Rücken eingedrungen waren. Schlagartig wich aller Widerstand aus seinem

Körper, und er sackte zu Boden. Marc ließ sich erschöpft gegen die Felswand sinken.

»Dieses verdammte Arschgesicht«, knurrte Lucy mit der rauchenden SRS-Halbautomatik in der Hand. Ihr Gesicht war von einem glänzenden Schweißfilm überzogen, und sie hielt sich die Seite. Offensichtlich hatte sie große Schmerzen.

»Alles in Ordnung?«, erkundigte sich Marc und machte einen Schritt auf sie zu, doch dann setzte der Verstand wieder ein. Er kniete sich auf den Boden und grub den Entschärfungsschlüssel aus dem Sand.

»Die Weste hat mir das Leben gerettet«, sagte sie. »Aber wahrscheinlich habe ich mir ein paar Rippen gebrochen …« Jetzt sah sie das Blut an ihren Fingern. »Ach, Mist. Meine Nähte sind auch wieder aufgeplatzt.«

»Wenn das hier nicht funktioniert, dann ist das das geringste unserer Probleme.« Marc beugte sich über den geöffneten Koffer und tastete die Umrisse des atomaren Sprengsatzes ab. Seine Fingerspitzen berührten die Metallzylinder im Zentrum der Vorrichtung, und er musste an Jalsa Soods letzte Worte denken. *Rechter Zylinder, neun Stäbe.* Er zählte nach und stellte fest, dass aus beiden Zylindern *zehn* Stäbe hervorragten. Jetzt waren auch seine letzten Zweifel beseitigt.

Er wandte sich der kleinen Schaltkonsole zu, die sich in einem stoßfesten Rahmen in einer Ecke des Koffers befand. Und da war auch eine Abdeckklappe. Er schlug sie mit dem Daumen zurück und hatte jetzt den Schlitz für den Schlüssel vor sich.

Die Zeitschaltuhr zählte unerbittlich weiter. *153. 152. 151 …*

Unschlüssig hielt Marc den Schlüssel in den Händen. Jetzt, wo der entscheidende Moment gekommen war, konnte er keinen Finger rühren. *Und wenn Ramaas den Zündmechanismus manipuliert hatte? War das denkbar? Dass die Bombe so oder so explodieren musste?*

War das womöglich sein allerletzter Kartenspielertrick?

»Gibt es eigentlich einen triftigen Grund dafür, dass du bis zur allerletzten Minute warten willst?«, herrschte Lucy ihn an. Danach sank sie erschöpft gegen die Felswand.

Marcs Herz wummerte wie verrückt, während er den silbrig-metallischen Schlüssel genauer unter die Lupe nahm. Durch den Fußtritt des Scharfschützen hatte er sich leicht verbogen. »Könnte sein … dass es nicht funktioniert.« Aber Lucy hatte recht – er hatte keine Zeit zu verlieren. Er steckte den Schlüssel in das Schloss … bis er auf halber Strecke stecken blieb. Marc versuchte, ihn zu drehen, aber er ließ sich nicht bewegen.

Die Zeitschaltuhr war mittlerweile bei *110* angelangt.

»Du meine Güte«, schnaufte Lucy. »Du hast doch schon öfter eine Bombe entschärft, oder? Ich weiß es. Ich war ja schließlich dabei.«

»Schon. Aber das waren keine Atombomben«, erwiderte er geistesabwesend.

»Spielt das eine Rolle?«

Marc musste mit aller Macht gegen den Adrenalinstoß ankämpfen, der seine Hände zittern ließ. Keine zwei Minuten mehr, dann würde die Exile-Bombe eine Kernspaltung in Gang setzen, und dann war alles, was sie bis hierhin geschafft und erduldet hatten, nichts, gar nichts mehr wert. Marcs Versuche zu beweisen, dass sein Verdacht gegen die Kurjaks berechtigt gewesen war, Rubicons Anstrengungen, Ramaas und sein »Stück von der Sonne« aufzuspüren und unschädlich zu machen, all das würde mit der Ermordung Hunderttausender Menschen und der schleichenden Vergiftung vieler Tausender mehr ebenfalls zunichtegemacht werden. Und dann würde nichts als der Hochmut eines einzigen Mannes zurückbleiben, der glaubte, er wäre von Gott zum Werkzeug seiner Rache auserkoren worden.

»Wenn ich jetzt einen Fehler mache, sind wir tot. Dann sind alle tot, Lucy.« Nach diesem Geständnis fühlte er sich vollkommen hohl und leer.

»Ich vertraue dir, Marc«, keuchte sie. »Nun mach schon. Viel Glück. Und zwar für uns alle.«

»Mit Glück hat das nichts zu tun«, erwiderte er. »Das ist ein kalkuliertes Risiko.« Und dann, noch bevor sie etwas erwidern konnte, rammte er seinen Handballen mit aller Kraft, die er aufbringen konnte, auf den Schlüssel. Metall verbog sich, Nieten platzten auf, sodass Lucy instinktiv zurückzuckte, aber der Schlüssel rutschte bis zum Schaft ins Schloss. Marc drehte ihn kraftvoll herum und starrte das Innere der Bombe herausfordernd und voller Trotz an.

Es summte und klickte gleichzeitig, dann erlosch die digitale Zeitanzeige.

»Ich nehme alles zurück«, durchbrach Lucy die anschließende Stille. »Mit Glück ist das nicht einmal ansatzweise zu beschreiben. Du bist einfach ein gottverdammter Irrer.«

»Das war kein Schlag«, beharrte er. »Ich schlage doch keine Atombombe.«

Wäre nicht dieser gleichmäßige, pulsierende Schmerz gewesen, der ihren Brustkorb einschnürte, Lucy hätte vielleicht sogar gelacht. »Wenn du meinst.«

Sie schleppten sich über die stillstehende Rolltreppe in die Schalterhalle der U-Bahn-Station, wo sie von den beiden GRU-Agenten, die Simonova beim VW-Bus zurückgelassen hatte, in Empfang genommen wurden. Einer der beiden zeigte mit eindringlichen Bewegungen zum Ausgang.

Marc, Lucy und die Russin stützten sich gegenseitig, obwohl Simonova darauf bestanden hatte, die entschärfte Bombe persönlich aus den alten Tunneln bis nach oben zu schleppen. Sie löste sich von den beiden anderen und redete in scharfem, hektischem Tonfall auf ihre Männer ein.

»Wie sollen wir das eigentlich vertuschen?«, murmelte Marc leise. »Jede Menge Toter in den Höhlen unter der Stadt? Die Italiener werden darüber alles andere als glücklich sein …«

Simonova hörte seine Worte, drehte sich zu ihm um und starrte ihn mit kalten Augen an. »Immer noch besser als ein radioaktiver Krater, da, wo einmal die Stadt war. Meine Organisation wird sich der Sache annehmen …« Dann veränderte sie ihre Haltung, und Lucy wusste, was jetzt kommen würde. Simonova nickte ihren Männern zu, die daraufhin ihre Waffen auf Marc und Lucy richteten, wenn auch immer noch eng am Körper. »Die Russische Föderation und das Geheimdienstdirektorat bedanken sich ausdrücklich bei Ihnen beiden für Ihre Unterstützung bei der Wiederbeschaffung unseres Eigentums. Dennoch müssen Sie uns begleiten, damit wir Sie einer eingehenden Befragung unterziehen können.«

»Im Ernst? Wir haben Ihnen doch schon auf dem U-Boot alles gesagt.« Marc war die Verärgerung deutlich anzuhören. »Mehr gibt es nicht zu sagen.«

»Das ist nicht der Punkt«, sagte Lucy stirnrunzelnd. Falls der GRU sie beide als ungelöstes Problem betrachtete, würde diese Angelegenheit kein gutes Ende nehmen.

»Bewegung!«, knurrte einer der Agenten und machte

eine auffordernde Geste mit seiner Waffe. Sein Kamerad riss Lucy die SRS aus der Hand, und als sie sich nicht schnell genug bewegte, versetzte er ihr einen kräftigen Schlag gegen die Schulter.

»In einem illegalen Gefängnis hat die ganze Geschichte angefangen«, sagte Lucy mit leiser Stimme. »Aber ich habe wirklich keine Lust, dass sie dort auch endet.« Doch dann sah Marc sie von der Seite her an, und zwar so, dass sie stutzig wurde. »Was ist denn?«

»Das ist nicht das Ende«, sagte er müde, und so sehr sie ihm auch glauben wollte, so klar war ihr, dass sie beide mehr tot als lebendig waren.

Wenn sie also tatsächlich noch einmal kämpfen und flüchten mussten, würden sie vermutlich nicht allzu weit kommen – was nicht bedeutete, dass sie es nicht trotzdem versuchen würden.

Sie gelangten zum Nordeingang der Metrostation. Der VW-Bus stand mit laufendem Motor ganz in der Nähe am Rand der Piazza. Der Fahrer blickte starr geradeaus. Simonovas Männer schoben ihre Waffen unter ihre Jacken und gingen auf den Bus zu. Falls einem der Ladenbesitzer, Touristen oder Passanten in der Nähe irgendetwas auffiel, was zu Besorgnis Anlass gab, ließen sie sich zumindest nichts anmerken.

Als das Grüppchen noch zwei Meter von dem VW-Bus entfernt war, ging plötzlich die Seitentür auf, und zwei Polizeibeamte in dunkelblauer Kampfmontur und Sturmhauben kamen zum Vorschein. Jeder hielt eine MP-5 im Anschlag. Sie waren Angehörige der NOCS, einer Spezialeinheit der italienischen Staatspolizei zur Terrorismusbekämpfung und Geiselbefreiung.

»*Arrenditi!*«, rief einer der beiden Männer und sprang mit vorgehaltener Waffe nach draußen. Der andere Polizist sprach in ein an seiner Weste festgemachtes Funkmikrofon. Plötzlich wimmelte es nur so von blau-weißen Streifenwagen. Aus allen Richtungen kamen sie angefahren und spuckten immer mehr schwer bewaffnete Beamte aus. Notarztwagen und Polizeitransporter blockierten die Straße an beiden Enden inmitten eines gellenden Hupkonzerts.

Die italienischen Polizisten hatten das Grüppchen in Sekundenschnelle umzingelt. Lucy reckte die Hände in die Höhe und warf Marc einen Blick zu. »Wieso kommt es mir so vor, als hättest du was damit zu tun?«

»Ich hab bloß eine Nachricht abgesetzt«, gab er zu. »Wahrscheinlich hat sie jemand abgehört.«

Dann hielt ein Panzerwagen einer polizeilichen Bombenentschärfungseinheit am Straßenrand, während die anderen Polizisten ausschwärmten und die Schaulustigen zurückdrängten. Lucy sah, dass Marc die Schultern hängen ließ, als ein griesgrämig dreinblickender Mann mit einem eleganten Jackett aus dem Wagen stieg und auf sie zukam. Er hatte einen zweiten, ziemlich dicklichen Mann im Schlepptau, der jetzt in die helle Sonne blinzelte. Dann befestigte der erste Mann einen Ausweis an seinem Jackettaufschlag. Darauf erkannte Lucy das Emblem der Vereinten Nationen.

»Kennst du die beiden?«

Marc nickte müde. »Ehemalige Kollegen.«

»Dane«, sagte der Mann im Jackett. »Sie hören einfach nie auf, mich zu enttäuschen. Hätten Sie nicht wenigstens ein Mal Ihre Anordnungen befolgen können?«

»Ich habe gekündigt«, gab Marc zurück. »Haben Sie die Nachricht nicht bekommen? Aber ein Dankeschön wäre natürlich trotzdem ganz nett, de Wit. Weil ich Ihnen nämlich gleich die Krönung Ihrer gesamten Karriere präsentieren werde.« Dann wandte er sich dem anderen

Mann zu. »Jürgen. Ich hab hier was für dich.« Er wies mit dem Daumen auf den Stahlkoffer zu seinen Füßen.

De Wits Miene erstarrte, und es dauerte einen Augenblick, bis er sich wieder gefangen hatte. Während die NOCS-Beamten die Russen zur Herausgabe ihrer Waffen aufforderten, kauerten sich Gestalten in dicken Schutzanzügen vor den Koffer und richteten ihre Geigerzähler und andere Messgeräte darauf.

Der dickliche Kerl namens Jürgen beäugte den Koffer misstrauisch. »Ist das …?«

»Genau das, was ich gesagt habe«, erwiderte Marc mit fester Stimme, doch dann wurde sein Tonfall weicher. »Tut mir leid, dass ich dich so in die Scheiße geritten habe. Aber ich hoffe, du verstehst es jetzt …«

Jürgen riss einer der Gestalten im Schutzanzug den Geigerzähler aus der Hand und trat damit vor den Koffer. Seine Augen wurden riesig. »Ich hatte ehrlich gehofft, dass du auf dem Holzweg bist.«

Marc wandte sich wieder an de Wit. »Also, so wie ich es sehe, haben Sie jetzt zwei Möglichkeiten. Sie können dieses gottverdammte Ding da mitnehmen und demontieren und dafür sorgen, dass die Welt nie wieder davon behelligt wird, oder Sie lassen die Russen damit abziehen. Ihre Entscheidung.«

Lucy warf einen Blick zu Simonova hinüber. Sie und ihre Männer waren dicht zusammengerückt und hielten ihre Waffen immer noch in der Hand. Die Italiener waren zwar weitaus in der Überzahl, aber sie war sich nicht sicher, ob die GRU-Agentin nicht trotzdem einen Schusswechsel riskieren würde.

»Dieser Gegenstand ist Eigentum meiner Regierung«, erklärte Simonova und zog sehr behutsam einen Ausweis aus ihrer Tasche. »Meine Männer und ich genießen in diesem Land diplomatische Immunität. Wir werden daher unbehelligt abreisen und unser Eigentum mitnehmen.«

De Wit starrte zuerst Marc an und dann die Russen. Jürgen flüsterte ihm etwas zu, und er nickte. »Ich fürchte, nein«, sagte er schließlich. »Ihren Status erkennen wir an, daher können Sie gehen, wohin auch immer Sie wollen. Allerdings kann ich mir vorstellen, dass es gewisse Nachwirkungen geben wird …« De Wit gab den Männern in den Schutzanzügen ein Zeichen. »Diese Vorrichtung jedoch fällt in die Zuständigkeit der Abteilung für Nukleare Sicherheit der Vereinten Nationen. Sie können Ihre Regierung nach Ihrer Rückkehr nach Moskau gerne davon in Kenntnis setzen, dass meine Abteilung dieses Gerät zerlegen und unbrauchbar machen wird. Dass die Russische Föderation das trotz eines bereits vor Jahren unterzeichneten, gültigen Vertrages bisher nicht getan hat, ist – dessen bin ich mir sicher – nur … ein Versehen?«

Lucy grinste mit schmerzverzerrtem Gesicht. »Hey, ich mag den Kerl.«

»So wollen Sie diese Angelegenheit also zu Ende bringen?« Simonova musterte de Wit noch einmal, bevor sie Lucy einen eisigen Blick zuwarf. »Also gut. Aber nehmen Sie sich in Acht, Keyes. Und für den Afrikaner gilt das Gleiche.« Sie steckte ihre Waffe ein, und ihre Männer taten es ihr gleich. Zögerlich ließen die Italiener sie in den VW-Bus einsteigen, dann brausten sie mit aufheulendem Motor davon.

Jetzt eilten die Sanitäter herbei und unterzogen die beiden einer ersten, oberflächlichen Untersuchung. Lucy erhielt einen Rippenverband, ließ ihre Wunden säubern und verbinden. Marc saß ihr gegenüber, während er ebenfalls versorgt wurde, und starrte ins Leere.

»Jetzt ist der GRU also auch noch sauer auf uns«, sagte

er leise. »Wir sollten so langsam eine Liste mit den ganzen Drei-Buchstaben-Organisationen anlegen, die uns auf die Abschussliste gesetzt haben …«

»Sei doch froh«, entgegnete Lucy. »Keine weiteren Toten, das ist doch zumindest ein Erfolg.«

Nicht weit entfernt bellte de Wit ein paar Anweisungen in sein Handy und blickte dann zum Himmel.

»Er ruft einen Hubschrauber, der die Bombe an einen sicheren Ort schaffen soll«, erklärte Jürgen. »Sehe ich das richtig, dass du ihnen gesagt hast, sie sollen mich mitnehmen?«

Marc nickte. »Alles, was du gesehen hast, kann de Wit nicht mehr abstreiten. Und vielleicht trägt es ja ein bisschen dazu bei, dass sie deine Suspendierung aufheben.«

Sein Gegenüber nickte matt. »Ja, vielen Dank auch, dass du mich so dicht an eine Atombombe gebracht hast.«

»Tut mir leid«, sagte Marc, und Lucy wusste, dass es ernst gemeint war. Wenn sie die Bombe nicht rechtzeitig gefunden hätten, wäre Danes Kollege zusammen mit allen Einwohnern dieser Stadt einfach ausgelöscht worden. Diese Verantwortung hatte schwer auf seinen Schultern gelastet. »Noch mal. Es tut mir leid. Alles.«

De Wit beendete sein Telefonat und kam näher. Sein Blick sagte den Sanitätern, dass sie sich aus dem Staub machen sollten. »Sie kommen beide mit uns.«

»Lassen Sie mich raten: Damit Sie uns einer eingehenden Befragung unterziehen können?«, erwiderte Marc. »Das ist schon das zweite Mal, dass ich das heute zu hören bekomme. Aber ich bin auch diesmal nicht interessiert.« Er setzte sich in Bewegung und ging zusammen mit Lucy auf den Rand der Piazza zu.

De Wit war ihnen auf den Fersen. »Sie haben mich vielleicht missverstanden«, beharrte er. »Das war keine Bitte.«

»Wer hat Sie eigentlich hierhergeholt?«, blaffte Marc ihn an. »Sie hätten doch keinen Schimmer von dieser ganzen Sache, wenn ich nicht Rubicon auf dem Laufenden gehalten hätte.«

Lucy hob eine Augenbraue. »Wie denn das?«

Er blickte sie an. »Ich hab dir doch erzählt, dass ich eine Nachricht an Solomons digitale Mailbox abgesetzt habe. Na ja, und die hat sinngemäß gelautet: *Kontakt mit der NSNS aufnehmen, diese Volltrottel nach Neapel holen und dafür sorgen, dass Jürgen Goss mit von der Partie ist.* Ich habe einfach gehofft, dass Solomon mitspielt.«

»Das macht er doch immer«, meinte Lucy.

De Wit verzog missmutig das Gesicht. »Die Rubicon-Gruppe hat uns in der Tat mit Informationen versorgt, und nicht das erste Mal. Sie hat die Abteilung auch in der Vergangenheit schon gelegentlich unterstützt …«

Marc zog das schwer beschädigte Satellitentelefon aus der Hosentasche und warf es Jürgen zu, der es ungeschickt auffing. »Bevor wir in den Untergrund abgetaucht sind, habe ich noch eine Nachricht abgesetzt. *Piazza Dante, sofort.*« Er deutete auf das Telefon. »Lassen Sie Goss das Ding da untersuchen. Darauf finden Sie vermutlich eine Menge nützlicher Informationen. Und er ist der Einzige in Ihrem Stab, der so was kann.«

Sie kamen an einem Touristencafé vorbei, das für die Dauer des Polizeieinsatzes evakuiert worden war. »Haben Sie Geld dabei?«, wollte Marc wissen.

De Wits mürrische Miene wurde noch ein wenig finsterer, aber er gab Marc sein Portemonnaie. Lucy beobachtete, wie er ein paar Euroscheine herausnahm und es de Wit anschließend zurückgab. »Was hast du denn vor?«, wollte sie wissen.

»Ich weiß ja nicht, wie's dir geht …«, Marc streckte die

Hand über den Tresen des Cafés und holte zwei Dosen mit San-Pellegrino-Limonade heraus, dazu Gläser und Eiswürfel; das Geld legte er neben die Kasse, »... aber ich bin total ausgedörrt.«

Er ließ sich auf einen Stuhl fallen und schenkte zwei Gläser voll. Lucy setzte sich neben ihn und verzog schmerzlich das Gesicht, weil ihre Verbände spannten.

»Geben Sie uns eine Minute Zeit, ja?«, wandte Marc sich an de Wit. »Wir müssen mal für einen Moment durchatmen.« Der Angesprochene murmelte irgendetwas Unerfreuliches auf Holländisch vor sich hin und stapfte dann zu einem der Streifenwagen.

»Er ist nicht zufrieden«, bemerkte Jürgen.

»Ist er das denn jemals?«

Jürgen lächelte kurz, dann machte er eine Geste mit dem Satellitentelefon und folgte seinem Vorgesetzten.

Die Schmerzen in Lucys Rippengegend waren zwar nicht besonders stark, aber dafür ununterbrochen zu spüren. Dennoch schmeckte der erste Schluck Orangenlimonade wie reinster Nektar, und sie vergaß für einen Augenblick ihre Schmerzen. »Ist es vorbei?« Sehr behutsam und zögerlich kam diese Frage über ihre Lippen, als hätte sie Angst vor der Antwort, weil sie womöglich anders ausfiel als erhofft. »Ist das alles jetzt tatsächlich vorbei?«

Dann wurde ihr Gespräch kurz unterbrochen. Ein Jet Ranger in den Farben der Polizei schwebte im Tiefflug über das Internat, das mit der Rückseite an den Platz grenzte, und landete. Lucy sah, wie die Leute in den Schutzanzügen an Bord kletterten. Die Exile-Vorrichtung hatten sie in einen schweren Bombentransportbehälter gesteckt, dann hoben sie auch schon wieder ab, auf schnellstem Weg zum nächstgelegenen Militärstützpunkt.

»Sagen wir einfach ja«, meinte Marc dann. »Ich bin jedenfalls total erledigt.«

»Ach, echt jetzt?« Eine vertraute Gestalt in einer roten Lederjacke trat auf sie zu. In einer Hand hielt sie ein mattschwarzes Smartphone. Kara Wei schob ihre Ray Ban auf die Nasenspitze und sah sie über den Goldrand ihrer Sonnenbrille hinweg an. »Wow, ihr seht so aus, als hättet ihr eine Menge Spaß gehabt.«

»Hallo, Kleine.« Lucy streckte ihrer Rubicon-Kollegin die geballte Faust entgegen, und sie erwiderte die Geste. »Ich hab mich schon gefragt, wo du eigentlich steckst. Ich dachte, wenn Marc anruft, kommst du bestimmt auf dem schnellsten Weg hierher.«

»Malte ist auch in der Nähe«, erwiderte Kara. Dann legte sie das Telefon auf den Tisch und tippte mit dem Finger darauf. »Sie können sprechen, Sir.«

Eine volle, laute Stimme drang aus dem Lautsprecher des Smartphones. *»Lucy. Mr. Dane. Sie sind in Sicherheit ...«* Ehrliche Besorgnis lag in Ekko Solomons Stimme. *»Nachdem Sie in Mogadischu von unserem Radar verschwunden waren, haben wir bereits das Schlimmste befürchtet. Ich bin sehr froh, dass wir nun wieder Kontakt haben. Konnten Sie die Situation unter Kontrolle bringen?«*

»Jawohl«, erwiderte Lucy. »Alle Bedrohungen wurden neutralisiert.«

»Gut. Kara sorgt dafür, dass Sie ausgeflogen werden.«

»Nachdem ihr ausgetrunken habt, natürlich«, fügte Kara mit schiefgelegtem Kopf hinzu. »Aber das Angebot gilt nur für Rubicon-Mitarbeiter. Und streng genommen war Dane bei dieser Operation ja nur als ... freier Berater tätig, oder liege ich da falsch?«

Lucy lächelte. »Da ist was dran.«

Marc leerte sein Glas, stand auf und zerbiss einen Eiswürfel. »Das stimmt.« Er streifte seine arg mitgenommene, durchnässte Jacke ab und sah sich um. Es schien, als würde er verschiedene Optionen abwägen und einen Ausweg suchen.

Habe ich mich in ihm getäuscht?, dachte Lucy. *Ich war mir eigentlich sicher, dass er sich jetzt ganz darauf einlassen will.*

Nicht jeder war scharf darauf, sich Solomons Truppe anzuschließen. Sie wusste zwar, dass Dane die Wirkung des Adrenalins genoss, und war sich sicher, dass er einer Tätigkeit nachgehen wollte, die einen wirklichen Sinn hatte und bei der er tatsächlich etwas bewirken konnte. Aber nachdem er so hautnah miterlebt hatte, was das eventuell bedeutete, nachdem er nur einen Hauch von einer falschen Entscheidung entfernt gewesen war, die unermesslich viele unschuldige Menschenleben gefordert hätte … Nicht jeder hatte den Mumm dazu. *Ich würde es ihm nicht verübeln, wenn er die Finger davon lassen würde.*

Marc griff nach dem Smartphone und betrachtete es. »Mr. Solomon, wissen Sie noch, was Sie letztes Jahr in London zu mir gesagt haben?«

»Ich glaube, ich habe Ihnen einen Job angeb…«

Er unterbrach ihn mitten im Wort. »Ich nehme an.« Und dann beendete Marc das Gespräch, ohne seinem Gesprächspartner die Gelegenheit zu einer Erwiderung zu geben, und entfernte sich ein paar Schritte. Dabei tippte er etwas in das Display des Handys ein.

Kara und Lucy tauschten einen Blick. »Hat er etwa gerade …?«

»Ich glaube, ja.«

»… den Boss abgewürgt?«

Lucy stand auf und ging ihm nach. »Marc, wo willst du denn hin?«

Er winkte ab. »Ich muss jemanden anrufen. Es ist wichtig, ja?«

Sie akzeptierte das mit einem Kopfnicken, und er ging weiter. Lucy hörte noch das Klingeln am anderen Ende der Leitung, dann ein leises Klicken und eine Frauenstimme.

»Hallo, Kate«, sagte Marc, und in seiner Stimme schwang eine Einsamkeit mit, die Lucy bisher noch nie bei ihm gehört hatte. »Können wir uns vielleicht ein bisschen unterhalten?«

26

Stoßstange an Stoßstange quälte sich der Verkehr auf der Moskvoretskaja Nabereshnaya vorwärts, stockend und zäh, während die tief hängenden Wolken Schneeregen auf die Erde schickten. Ein eisiger Polarwind wehte vom Fluss herauf und ließ die dicken, nassen Flocken auf der Flanke der schwarzen Limousine zerplatzen, die langsam auf die Bolschoi-Moskworetzki-Brücke und den dahinter liegenden Roten Platz zukroch. Draußen wurde es mit dem herannahenden Abend spürbar kälter, doch im Inneren der abgedunkelten Limousine mit ihren weichen Lederpolstern und der Glasausstattung war es warm und gemütlich.

Der Mann auf der Rückbank wischte sich einen Fussel von seinem Anzugsjackett und schenkte einen großzügigen Schwall Stolichnaya Elit in sein dickwandiges Glas, rührte den Wodka um und nahm einen Schluck. Er sah zum Fenster hinaus, während sie sich zentimeterweise an dem beeindruckenden Bauwerk des ehemaligen Kaiserlichen Waisenhauses vorbeischoben, und überlegte, was er als Nächstes tun sollte.

Das Tablet auf dem Sitz neben ihm piepste, und er nahm es stirnrunzelnd in die Hand. Während das Gerät seinen Fingerabdruck prüfte, sprach er seinen Namen in das stecknadelkopfgroße Mikrofon, um die Anmeldeprozedur abzuschließen. »Pytor Glovkonin.«

Das Display erwachte zum Leben, und dann erschien

eine elegant gekleidete Frau auf dem Monitor. »*Guten Abend*«, sagte sie. Ihr aristokratischer, französischer Akzent klang weich und verführerisch wie immer, doch die Falten auf ihrer Stirn beeinträchtigten ihre sonst so makellose Schönheit.

»Celeste.« Glovkonin prostete ihr zu. »Eine nicht geplante Kontaktaufnahme? Es ist mir immer eine Freude, von Ihnen zu hören, aber … muss ich mir Sorgen machen?«

»*Die Operation im Zusammenhang mit der Exile-Vorrichtung ist abgeschlossen*«, sagte sie.

»Ihr Tonfall verrät mir, dass es nicht in unserem Sinn ausgegangen ist.«

»*Richtig.*« Sie nickte. »*Das Komitee hat mich beauftragt, Sie zu verständigen. Wir haben alles versucht, trotzdem war die zweite Phase des Projekts ein Fehlschlag. Es scheint, als wäre die Vorrichtung durch den Verbrecher, der sie auch entwendet hat, in Neapel platziert worden. Allerdings wurde sie letzten Endes von Ermittlern der Vereinten Nationen beschlagnahmt.*«

»Bestürzend«, erwiderte er. »Nach so aufwendigen Vorbereitungen.« Sein Tonfall verriet nichts von dem Ärger, der sich in seinem Inneren zusammenballte. Er hatte in diese Operation außerordentlich viel investiert, zum Teil auch, um wenigstens einen Teil der Kosten wieder einzuspielen, die durch den Fehlschlag des Washington-Projekts im vergangenen Jahr entstanden waren.

Dank seiner Kontakte in den GRU war er bereits umfassend über die Ereignisse in Neapel informiert. Und vor Kurzem hatte er auch erfahren, dass die Bedrohung durch eine angeblich irgendwo in Moskau versteckte Atombombe ein Bluff gewesen war. Aber warum hätte er dieses Wissen offenlegen sollen? Solange das Leitungskomitee des Kombinats nicht bereit war, ihn ohne Vorbehalte aufzunehmen, sah er auch keinen Grund, ihnen mehr als das Notwendigste zu verraten.

Trotzdem, der Stachel saß tief. Glovkonin war einer der reichsten Männer Russlands, und er war es nicht gewohnt, dass es Dinge gab, die er nicht haben konnte. Seine Verbindung mit dem Kombinat hatte seinen persönlichen Reichtum noch einmal beträchtlich anwachsen lassen, aber er wollte mehr. Er wollte ein Teil des inneren Zirkels werden, wollte die Namen und Gesichter der anderen Komiteemitglieder kennenlernen.

Doch sie zeigten keinerlei Interesse daran. Das geheime Netzwerk basierte auf einer Zellenstruktur, sodass keines der Mitglieder mehr als ein oder zwei andere kannte. Celeste war Glovkonins Kontaktperson, doch er hätte zu gerne gewusst, wer ihr die Befehle gab, gegenüber wem sie sich zu verantworten hatte. *Geduld,* ermahnte er sich. *Es dauert nicht mehr lang.*

»Zumindest können wir uns damit trösten, dass die Beseitigung Fedorins reibungslos vonstattengegangen ist.«

Celeste nickte. »*Das entsprach unseren Erwartungen,* oui. *Das Komitee hat Ihre Mitwirkung in dieser Phase des Projekts ausdrücklich lobend erwähnt. Der Nachfolger des Generals steht den Bedürfnissen unserer Organisation sehr viel näher. Das wird sich in der Zukunft als hilfreich erweisen.*«

»Es freut mich, dass ich helfen konnte.« Er nippte noch einmal an seinem Wodka. »Wie wird sich der negative Ausgang der Operation auswirken?«

Sie betrachtete Glovkonin misstrauisch, als würde sie ihn nur ungern ins Vertrauen ziehen, doch dann gab sie nach. »*Wir haben etliche wichtige Mitarbeiter verloren. Ein Mittelsmann in Italien wurde ermordet. Einer unserer Operativagenten wurde beim Rückzug aus Somalia schwer verwundet … Aber die Sprengvorrichtung, ja …*«

»Man hatte damit geplant«, half er ihr auf die Sprünge.

Celeste nickte erneut. *»In der Tat, ja. Dadurch wird eines unserer Projekte um, sagen wir, ein Jahr verzögert. Es müssen stattdessen andere Optionen geprüft und in Gang gesetzt werden.«*

»Wenn ich behilflich sein kann …«

»Zur Kenntnis genommen.« Die Limousine setzte sich ruckartig in Bewegung, dann lag der Stau hinter ihnen, und sie glitten endlich wieder in zügigem Tempo über die Straßen. *»Ich sollte Ihre Aufmerksamkeit noch auf einen anderen Sachverhalt lenken. Im Verlauf der Operation hat sich ein externer Faktor eingeschaltet. Dieser war ausschlaggebend für das Scheitern unseres Vorhabens. Eine Gruppierung, die Ihnen vielleicht nicht unbekannt ist.«*

Er wusste, was jetzt kommen würde. »Rubicon. Ich will ganz offen sein, Celeste – schon seit Ekko Solomons Leute sich in Washington eingemischt haben, versuche ich, ein Paket mit geeigneten Gegenmaßnahmen auf den Weg zu bringen. Wir müssen darüber nachdenken, wie wir ihn neutralisieren.«

»Einverstanden«, erwiderte sie. *»Seien Sie versichert, dass man über Ihren Vorschlag nachdenken wird.«*

Das war seine Gelegenheit. »Ich würde mich sehr freuen, wenn ich diese Initiative in verantwortlicher Position …«

Celeste setzte ein mildes Lächeln auf. *»Das werden wir sicherlich in Erwägung ziehen.* Au revoir, *Pytor.«* Der Bildschirm wurde schwarz.

Ein tiefes Kichern, fast wie das Knurren eines Löwen, ertönte im Innenraum der Limousine. Der zweite Fahrgast veränderte seine Position und war im Schein einer Straßenlaterne für einen Moment zu erkennen. Er sah gut aus, mit einer gewissen Härte, aber in seinen Augen funkelte eine düstere, skrupellose Brutalität. »Es muss doch scheußlich sein, immer nur nach deren Pfeife zu tanzen.«

Glovkonin schluckte eine zornige Replik herunter und lächelte matt. »Man tut, was man tun muss, um zu überleben, Khadir. Wer wüsste das besser als Sie?«

»Warum bin ich hier?«, wollte der andere jetzt wissen. Er wies mit einem Kopfnicken auf das dunkle Tablet. »Um Zeuge dieses Gesprächs zu werden? Ihr Kombinat bedeutet mir gar nichts.«

»Es ist nicht *mein* Kombinat«, gab Glovkonin zurück. »*Noch* nicht. Aber das wird sich bald ändern.«

Khadir verzog spöttisch den Mund. »Ich habe schon viele Versprechungen gehört, aber unser Angriff auf Amerika war ein Fehlschlag. Gerade eben habe ich von weiteren Fehlschlägen erfahren. Warum sollte mich das kümmern?«

»Wer hat Ihnen geholfen zu überleben, Khadir? Wer hat Sie im Lauf des vergangenen Jahres geschützt, während die Vereinigten Staaten die Jagd auf Ihre Brüder von Al Saif eröffnet und viele davon getötet haben?« Er wartete nicht auf eine Antwort. »Wir beide, Sie und ich, wir haben eine gemeinsame Zukunft.«

»Wir sind keine Verbündeten«, stieß der andere wütend hervor.

»So etwas wie Verbündete gibt es nicht«, pflichtete Glovkonin ihm bei. »Es gibt nur Männer, deren Interessen sich für eine gewisse Zeit überschneiden.« Er spielte mit seinem Glas. »Mein Interesse besteht darin, das Kombinat zu leiten. Und Sie wollen die Welt in Brand setzen.« Dafür erntete er einen scharfen Blick des Terroristen, aber er ließ sich nicht stoppen. »Wenn wir uns zusammentun, können wir beide das erreichen, was wir wollen.«

Khadir ließ den Blick über den Fluss hinwegschweifen und schwieg eine ganze Weile. »Wer soll sterben?«

»Ich hätte da ein paar Vorschläge.« Glovkonin streifte das Tablet mit seinem Blick. »Es kann eine Weile dauern, bis alles arrangiert ist … Aber die Frau wird mit Sicherheit auf der Liste stehen. Andere auch. Der Afrikaner zum Beispiel.«

»Solomon?« Khadir wandte sich Glovkonin zu. In seinen Augen blitzte so etwas wie Aufmerksamkeit auf.

Glovkonin lächelte. »Wie ich sehe, habe ich Ihr Interesse geweckt.«

Danksagung

Mein erstes großes Dankeschön geht an United Agents und Bonnier Zaffre, die mich unter ihre Fittiche genommen und mir die Chance gegeben haben, diese Geschichte zu erzählen: Robert Kirby, Kate Walsh, Joanne Hornsby, Margaret Halton, Jonathan Lyons, Mark Smith, Joel Richardson, Kate Parkin, James Horobin, Emily Burns und der Rest des Teams – ich werde nie vergessen, wie viel harte Arbeit ihr geleistet und wie viel Vertrauen ihr mir entgegengebracht habt.

Dieser Roman ist ein Produkt meiner Fantasie. Trotzdem habe ich mich bemüht, meine Geschichte möglichst glaubhaft und authentisch zu schildern. Daher geht mein Dank an John Boyle, James M. Bridger, Rosie Garthwaite, Adam Goldman, Johann Hari, Ross Kemp, Tom Kington, Justin Marozzi, Jonathan Medalia, Sergeant Dan Mills, Martin Roach, Jeremy Scahill, P. W. Singer, Richard Wheeler, Richard Whittle sowie an die Internationale Atomenergiebehörde, die mir mit ihren verschiedenen Artikeln, Aufsätzen und Büchern bei der Recherche für diesen Roman eine große Hilfe waren.

Außerdem möchte ich mich bei all den Freunden, Kollegen und Familienangehörigen bedanken, die mir im Lauf des vergangenen Jahres, als ich Marc Dane in diese Welt gesetzt habe, so viel Unterstützung haben zuteilwerden lassen.

Zu guter Letzt möchte ich diejenigen nennen, denen

meine ungeteilte Liebe gilt: meine Eltern und meine bessere Hälfte, Mandy.